Karla Fabry

Schattenblau
Das Herz der Tiefe

Ein Fantasy-Epos

Schattenblau: Das Herz der Tiefe
Ein Fantasy-Epos

Deutsche Erstausgabe 2014

Text © Copyright 2014 für die deutschsprachige Erstausgabe:
Karla Fabry

Alle Rechte vorbehalten

Coverfotos: fotolia (Landschaft), Karla Fabry (Junge)

Covergestaltung: Karla Fabry,
Sofian Krüger, Design.ImLichte.net

Lektorat: Christiane Geldmacher, Textsyndikat Wiesbaden

Korrektorat: Rudolf Mihok

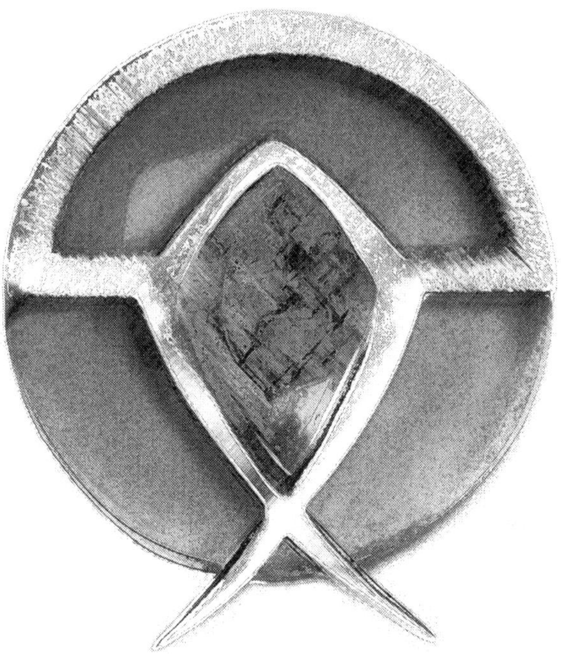

Prolog

Die Zeit steht still.

Aus dem Abgrund des Meeres tauchst du hoch, siehst den Kiel der Yacht über dir und schwimmst hin.

Unruhig lecken die Wellen am Rumpf, die Ankerkette klirrt leise. Du gleitest in den zitternden Schein der Lichter, hältst inne und wirst eins mit dem Meer. Deine Hand, die nach der Ankerkette greift, ist nur noch Erinnerung. Du schwingst mit den Wellen, Wasser wogt im Wasser. Es ist, als gäbe es dich nicht.

Er verlangt aber, dass du auftauchst und dich ihm zeigst, weil du allein dort oben wie die Dinge dieser Welt bist: sichtbar. Der Mörder aus der Tiefe fürchtet sich vor deiner Gabe, denkst du mit einem Anflug von Genugtuung. Er will dich sehen, um dich zu töten.

Gut, er soll es bekommen. Du wurdest in die Welt die Menschen geschickt und bist heute Nacht bereit, für eins ihrer Mädchen zu sterben. Dein Mädchen. Mit einem Mal ist die Erinnerung da: ihr wunderschönes Lächeln, das dir jedes Mal den Atem raubt, ihr warmer Duft, der dich an den Spätsommer erinnert, und ihre Augen, deren Sog dich wie eine klare Tiefenströmung zu sich zieht.

Plötzliche Wut. Heiß und tödlich sickert sie durch deine Adern und füllt jeden Zentimeter von dir aus. Die Vernunft schwindet und du wirst zum Kampf getrieben. Du könntest dabei sterben, doch das ist unwichtig. Um deine Liebe kämpfst du, nicht um dein Leben. Denn du hast dem nur eins entgegenzuhalten: die Entschlossenheit, alles aufs Spiel zu setzen, um sie zu retten.

Du erzitterst, die Anspannung erfasst deinen ganzen Körper und einen Herzschlag lang zögerst du doch. Dann gibst du dir einen Ruck. Geräuschlos und flink ziehst du dich an der Ankerkette hoch, schnellst durchs Wasser und durchdringst die Oberfläche.

Du riechst den Wind und siehst deine Hand, wie sie die Reling packt.

1.
Glut und kalte Asche

»Wohin bitte?«

In der allgemeinen Aufregung ihrer Familie ging Lillis Frage unter. Sie setzte sich in ihrem Stuhl auf.

»Mom! *Wohin?*« Alle verstummten. Sie hatte geschrieen. Drei Paar Augen sahen sie mit einer Mischung aus Verwunderung und Entsetzen an.

»La Perla«, sagte ihre Mutter mit Missmut in der Stimme, der jedoch gleich wieder verschwunden war. »Das liegt in Südspanien. Es soll dort sehr schön sein.« Als wäre das noch kein Grund zum Jubeln, fügte sie wie eine Künstlerin, die ihrem Werk einen letzten genialen Pinselstrich verpasst, hinzu: »Wir werden direkt am Meer wohnen. Besser als Urlaub, du wirst sehen, Lil!« Ende des Pinselstrichs. Ihre grünen Augen leuchteten noch grüner und die roten Locken wippten, als könnten sie sich vor Freude kaum fassen.

Lilli war die Einzige am Tisch, die nicht strahlte.

»Und euer Vater kann wieder auf seinem Gebiet forschen«, sagte ihre Mutter, beim Reinigen der Pinsel sozusagen. Sie plapperte weiter, doch Lilli blendete sie aus. Nur ein Gedanke biss sich an ihr fest wie ein hungriger Piranha – sie musste für lange anderthalb Jahre New York verlassen und nach Spanien gehen.

Grimmig starrte sie ihre ineinander verschränkten Finger an und bemühte sich, nicht dem Impuls nachzugeben, die Decke mitsamt dem Geschirr vom Tisch zu zerren.

Es war ein lauer Frühsommerabend, sie saß beim Abendessen in der gemütlichen Küche ihres New Yorker Apartments. Mit Blick über den Central Park, mit gebackenem Fisch und Kartoffeln und mit einem gemütlichen Plausch über ihre Schulprojekte für den Sommer. Der Auftakt eines normalen, unaufgeregten Wochenendes eben.

Aber der Fisch wurde kalt, passend zur *Wir müssen mit euch etwas Wichtiges besprechen*-Rede von eben. Der Abend war zu einem Albtraum geworden und Lilli eine stumme Hysterikerin. Im Gegensatz zu ihrem Bruder. Chris hatte sich so sehr in diese Idee verliebt, dass die Worte aus ihm herausströmten wie Wasser bei einem Dammbruch. Der Blumenstrauß, der in einer bauchigen Kristallvase auf dem Esstisch stand, höhnte mit seiner Farbenpracht und machte das Ganze nur noch schlimmer.

Nein, es war kein normaler Abend, Lilli saß sprachlos da, während ihr Leben wortgewaltig ruiniert wurde. Abwechselnd schaute sie ihre Eltern an und konnte es nicht fassen. Auch nicht in Worte.

»Sprachschule ... schon eingeschrieben ... beginnt Mitte September ... Flüge gebucht ... Lil, du kommst nach, wenn du dein Sommerprogramm durch hast ...«

Alle anderen würden schon bald abreisen. Und das ließ ihren Bruder um einige Grad mehr erglühen. Sie bekam also eine Gnadenfrist, weil sie bereits bei zwei Sommerprojekten angemeldet war? Darüber wollte sie doch gerade reden! Sie ließ es sein.

Von wegen »Vertiefen der Spanischkenntnisse«! Mexiko wäre näher gewesen! Das Forschungsministerium aber hatte ihren Vater mit diesem Projekt in Spanien geködert, weshalb nun alle die Koffer packen mussten.

Ihr Vater Louis war Biomediziner und Ozeanograf. Er war schon weltweit im Einsatz gewesen, hatte aber vor drei Jahren einen festen Posten in New York angenommen, um mehr bei der Familie sein zu können. Seitdem arbeitete er in einem Labor am Biomedizinischen Institut für Ozeanforschung. In letzter Zeit war deutlich geworden, dass ihm die Arbeit am Meer fehlte, obwohl der Atlantik nicht weit weg war. Die Sendungen über Ozeane und Meerestiere, die er sich im Fernsehen anschaute, häuften sich. Die Gespräche, in denen er in Erinnerungen ans Meer schwelgte, auch.

Und jetzt war diese Gelegenheit ins Haus geflattert. Die Familie durfte mitgehen – alles bezahlt natürlich –, warum also lange überlegen? Eine Chance wie diese käme so schnell nicht wieder. Ihre Mutter konnte als freie Fotografin überall arbeiten.

Nur warum hatten sich dann ihre Eltern in letzter Zeit dauernd gestritten, wenn alles so prächtig war? Auch das Wort »Scheidung« war einmal gefallen. Lilli fand die Eintracht ihrer Eltern bei dieser Geschichte sehr seltsam. Gerade als sie dies ansprechen wollte, bemerkte Lilli den Gesichtsausdruck ihres Vaters, der seinen Kopf in die Hand gestützt hatte und seine Gabel betrachtete. Eine Haarsträhne fiel ihm in die Stirn.

»Ist doch nur für ein Jahr«, war sein Beitrag zum Thema Spanien. Er stocherte auf seinem Teller herum und wich Lillis empörten Blicken aus.

»Anderthalb, meiner Rechnung nach, Dad. Aber ein Jahr klingt weniger bedrohlich, nicht wahr?«

»So oder so viel zu kurz, wenn ihr mich fragt.« Chris schaute in die Runde, doch keiner fragte. »Komm schon, Lil, du hast doch sonst nichts gegen Abenteuer«, setzte er noch augenzwinkernd hinzu, sie ging aber nicht darauf ein. Sie hatte noch nie was übrig für Abenteuer.

Das Essen lag Lilli schwer im Magen, als sie vom Tisch aufstand. Sie hatte das Gefühl, sie würde es nie mehr verdauen. Jedenfalls nicht an diesem Wochenende.

»Mom, wohin noch mal?«, fragte sie im Türrahmen.

»Spanien, Schatz. Das liegt in Südeuro ...«

»Herrgott. Ich weiß, wo Spanien liegt!«

Sechs Wochen nach der Abreise ihrer Familie saß Lilli auf dem Teppich in ihrem Zimmer. Ihr Ärger war in dieser Zeit kein bisschen kleiner geworden. Diese Wut, die sie von sich nicht kannte, hatte vor wenigen Minuten dazu geführt, dass sie ihr Spanischwörterbuch an die Wand geschleudert hatte.

Noch bevor ihre Eltern hier alles geregelt hatten – die Wohnung würden sie behalten, wobei das Blumengießen und die Post Mr Bondi, der Portier, übernehmen würde –, hatten sie ihr neues Leben in Spanien organisiert: Wochen vor ihrer Abreise war eine Wohnung dort gemietet, die Anmeldung an der Sprachschule für Chris und sie erledigt, ja, sogar Fahrräder standen bereit.

Nach der Abreise ihrer Familie war sie an ihren Wandschrank gegangen und hatte ihn nach der Weltkarte durchstöbert. Sie fand La Perla nicht, La Perla gab es da gar nicht. Sie sollte für anderthalb Jahre in ein spanisches Kaff, das auf einer ordentlichen Landkarte noch nicht mal verzeichnet war! Die Internetsuche sparte sie sich.

Der Blick, den sie jetzt in ihrem Zimmer umherschweifen ließ, war ein Abschiedsblick. Erst vor Kurzem hatte sie es umgeräumt, weil sie das Gefühl gehabt hatte, dass mit dem Ende ihrer

Beziehung zu Mo auch ihre Mädchenzeit zu Ende sei. Wobei die Bezeichnung »Beziehung« nicht ganz passte: Mo war eher ein Reinfall gewesen, der sich über vier Monate hingezogen und sie fast ihre Unschuld gekostet hatte.

Schnell schüttelte sie den Gedanken wieder ab. Zumindest äußerlich hatte sie es geschafft, die Mo-Geschichte aus ihrem Leben und ihrem Zimmer zu verbannen. Und überhaupt fand sie ihr Zimmer mittlerweile sehr erwachsen. Kein Schnickschnack, der darauf hindeutete, dass hier ein romantisch veranlagtes, zum Kitsch neigendes Mädchen wohnte, das dumm genug gewesen war, jemandem zu vertrauen, der einem mit dem treuesten Augenaufschlag die dicksten Lügen auftischen konnte. Nein, seit Mo war Schluss mit Abenteuer.

Dezent war das Motto dieses Sommers, von der Bettwäsche bis zur Unterwäsche. Ihre heißgeliebten Kuscheltiere waren in einer Kiste in der Abstellkammer verschwunden, dafür standen jetzt ein Schmuckkästchen und ein Blumentopf mit einem Kaktus auf ihrer weißen Spiegelkommode.

Zwei Fotos in schlichten Holzrahmen lehnten an der Wand. Eins zeigte sie zusammen mit ihrem Bruder und ihrer Großmutter vor deren Haus in Long Island. Das andere war eine Porträtaufnahme von ihr mit ihren beiden besten Freundinnen Phoebe und Marge an ihrem siebzehnten Geburtstag.

Es war aber auch wie verhext, dass beide gerade jetzt verreist waren! Sich am Telefon oder per Mail auszuheulen war nicht das Gleiche, wie persönlich darüber jammern zu können. Zu ihrer größten Verärgerung waren beide entzückt, dass Lilli »endlich etwas Neues« erleben konnte.

Phoebe, die in die gleiche Schule ging wie sie, war – welche Ironie! – mit ihrer Familie in den Ferien in Europa und schwärmte auf Facebook bildgewaltig von den Orten – auch von Spanien natürlich –, die sie dort besuchte. Phoebe war noch nie kulturbegeistert gewesen und ihr Plan war lächerlich durchschaubar: Sie wollte Lilli für Spanien gewinnen.

Und Marge war auf einem internationalen Künstlerkongress an der Westküste Amerikas zu Gast, der über vier Wochen ging. Lilli kannte die zwölf Jahre ältere Marge, die in Brooklyn eine kleine Kunstgalerie betrieb, über ihre Mutter, die in Marges Galerie ihre erste Fotoausstellung gehabt hatte. Zum Thema Spanienreise schrieb sie nur: »Bringt dich auf andere Gedanken – ich weiß, dass du noch an Mo denkst. Ist er nicht wert, vertrau mir. Liebes, du hast keine Ahnung, wie sehr ich dich beneide!« Nein, hatte sie nicht. Wieso verstand eigentlich niemand ihren Kummer?

Jedenfalls waren die vergangenen Wochen allein nicht gut gewesen. Das behielt sie für sich. Ihre Eltern durften nicht erfahren, dass es ihr nicht leichtgefallen war und dass sie irgendwann bereut hatte, nicht doch mit ihnen geflogen zu sein. Nur keine Blöße geben. Sollten sie weiter glauben, sie sei die selbstständige, pflichtbewusste Person, für die sie sie hielten.

Ihr Vater behauptete nämlich gerne, dass sie schon früh erwachsen und vernünftig geworden war und verglich sie in dieser Hinsicht mit ihrer älteren Freundin Marge, aber auch mit ihrem Bruder. Allein schon der Vergleich mit Chris trieb sie zur Weißglut. Und dann noch dieses ewige »meine Große«, das noch nicht einmal der Wahrheit entsprach.

Chris war der Ältere, über ein Jahr älter als Lilli. Aber nur auf dem Papier, denn er war noch »pubertär«, wie ihr Vater naserümpfend in regelmäßigen Abständen darüber lästerte. »Du hingegen, Lilli, warst schon eine alte Seele, als du zur Welt kamst«, pflegte er dann zu sagen. Dabei vergaß er zwei Dinge: Sie war nicht freiwillig zur Welt »gekommen«, sondern hatte seelenruhig den Geburtstermin im Bauch ihrer Mutter ignoriert und musste per Kaiserschnitt geholt werden. Und sie mochte das Wort »alt« nicht. Nicht auf sich bezogen.

Von wegen erwachsen, maulte sie in Gedanken. Und wieso, bitte schön, durfte sie dann nicht selbst entscheiden, wo sie leben möchte? Mit ihrer Meinung zu der ganzen Spaniengeschichte, die knapp zusammengefasst »Nein« hieß, war sie auf taube Ohren gestoßen. Und auf Starrsinn. Und schließlich auf Verärgerung, als sie vorgeschlagen hatte, einfach in New York zu bleiben. In wichtige Fragen bezog man Kinder nicht ein, wie selbstständig sie sonst auch sein mochten. Basta.

Lilli hob das Wörterbuch auf, das sie gerade gegen die Wand geschleudert hatte, und legte es auf ihre Kommode.

Wenn sie jetzt an die Wochen zurückdachte, wunderte sie sich, wie schnell sie doch vergangen waren. Sie war bis dahin nie länger als ein paar Tage ohne Familie gewesen und immer gut zurechtgekommen. Diesmal hatte ihr die längere Einsamkeit nicht gutgetan. Sie hatte zwar kein einziges Mal geheult, aber natürlich hatte Marge richtig gelegen: Sie hatte auch wieder öfter an Mo gedacht. Mit einem Seufzer ließ sie sich aufs Bett fallen und starrte an die Decke.

Wieso konnte sie sich nicht – wie ihr Bruder – einfach auf das neue Leben freuen? Für ihn war der Umzug wie gerufen gekommen. Er hatte gerade die Highschool beendet und noch keinen Plan, wie es weitergehen sollte. Sein zukünftiges Leben durfte jetzt mal warten.

Chris hatte es kaum erwarten können, sich ins Abenteuer zu stürzen. In seinem Kopf bedeutete Spanien Toreros, Stierkämpfe und tapfere *hombres* an der Seite schöner Mädchen. Vielleicht auch Zorro. Ja, ganz sicher Zorro.

Lilli schmunzelte. Auch für ihn endete die Reise in einem andalusischen Kaff, wo sich seine Vorstellungen vom großen Abenteuer schnell als Hirngespinste herausstellen würden.

Ein Gefühl des Abschieds und Alleinseins überwältigte sie und weinend vergrub sie ihr Gesicht in ein Kissen. Der Tag neigte sich dem Ende zu. In den Straßen der Upper East Side verebbten die Geräusche gleichzeitig mit ihrem Schluchzen, und außer dem regelmäßigen Heulen der Sirenen wurde es still in Lillis Zimmer im 12. Stockwerk.

Sie wischte sich die letzten Tränen von den Wangen und richtete sich auf. Ihr Blick fiel auf die beiden Reisetaschen, die vor ihrem Schrank standen. Kurz kam ihr der Gedanke, noch einmal umzupacken. Doch sie verwarf ihn wieder. Sie war seit Tagen nicht in der Lage, das Thema Packen praktisch anzugehen, jetzt hatte es auch keinen Sinn mehr, damit anzufangen.

Die Müdigkeit trieb sie schließlich ins Bad und als sie das allabendliche Ritual des Zähneputzens, Gesichtwaschens und Haarbürstens beendet hatte, kroch sie ins Bett.

Sie wartete lange auf den Schlaf.

Das Flugzeug rollte träge zur Startbahn. Die beiden seitlichen Gangways, über die noch vor wenigen Minuten 200 Paar Füße gelaufen waren, blieben nutzlos zurück und führten ins Nichts.

Lilli saß an einem Fenster im vorderen Teil der Maschine und starrte in die Dunkelheit. Es war kurz vor sechs Uhr morgens und ihr dritter Start, da sie mehrfach hatte umsteigen müssen. Besorgniserregend war, dass die Flughäfen mit jedem Mal kleiner wurden.

Der Flughafen, den sie in wenigen Minuten verlassen würde, war winzig und lag auf einer Insel. Er hieß La Palma. Reizend, dachte sie grimmig und verzog das Gesicht. Gut möglich, dass alle Orte in Spanien, die weniger als tausend Einwohner hatten, ein »La« im Namen trugen.

Während die Maschine warm lief, begann ihr Sitznachbar zu schnarchen. Es war ein älterer Herr mit Mundgeruch, der zuvor erfolglos versucht hatte, sie in ein Gespräch zu verwickeln. Lilli fiel erst jetzt auf, mit welcher Selbstverständlichkeit er sie auf Spanisch angesprochen hatte. Woher wollte er wissen, ob sie ihn verstand? Dass sie dunkle Haare hatte und auf einem spanischen Flughafen an Bord gegangen war, musste nicht bedeuten, dass sie Spanisch sprach, oder? Sie tat es zwar, und das sogar ziemlich gut, aber sie hatte keine Lust, sich zu unterhalten. In keiner Sprache.

Ihre Einsilbigkeit hatte den Mann verstimmt. Beleidigt hatte er die wulstigen kleinen Finger über seinem Bauch verschränkt und versucht, von Lilli wegzurücken. Die Masse seines Leibes hatte ihn daran gehindert.

Ein Anflug von Bedauern überkam sie. Sie hätte nicht so unfreundlich sein müssen, schalt sie sich und warf ihm einen kurzen Blick zu. Doch insgeheim war sie froh, dass er aufgegeben hatte.

Seit ihre Eltern sie allein in New York zurückgelassen hatten, war ihre schlechte Laune zu einer katastrophal schlechten Laune geworden, die jetzt mit ihrem dritten Start einen neuen Höhepunkt erreichte. Zusammen mit Flugangst und Müdigkeit ein gefährlicher Mix. In den letzten zwölf Stunden hatte sie kein Auge zugetan.

Die Maschine beschleunigte und Lilli wurde in den Sitz gedrückt. Ihre Finger krallten sich um die Lehnen, ihr Atem ging schneller und kalter Schweiß trat ihr auf die Stirn. Alles Symptome von Panik – wie bei jedem Start. Das Beben des Flugzeugs erfasste sie ganz.

Sie rasten an Hunderten grünen, blauen und gelben Bodenlichtern vorbei und hoben ab. Als sich die Maschine schwindelerregend neigte, einen Bogen flog, verschwanden die Lichter und Lilli hielt die Luft an. Sie dachte einen Moment, sie würden dem schwarzen Himmel entgegenstürzen, bis die Maschine zurückschwenkte und sie Autos wie Schlangen aus flüssigem Feuer kleiner werden sah. Dann erneut Dunkelheit, als hätte jemand das Licht auf der Erde ausgeknipst.

Auf dem Bordmonitor lief der Film über die Sicherheitsmaßnahmen, die Lilli auch jetzt noch mehr Angst machten, als sie zu beruhigen.

So viel zum Thema Erwachsensein, dachte sie und kam sich in der vibrierenden Maschine, die sie vom sicheren Boden davontrug, ziemlich verloren vor. Der Lärm der Turbinen, die Sicherheitsinstruktionen, draußen nichts als Dunkelheit – einen Augenblick lang war sich Lilli nicht mehr sicher, ob das tatsächlich ihr dritter Flug war, oder ob sie immer noch den ersten erlebte. Oder wieder erlebte, so wie Bill Murray in *Und täglich grüßt das Murmeltier*. Sie schüttelte den Kopf, um den absurden Gedanken zu verscheuchen. Das hier war kein komischer Film. Es war gar kein Film, es war ihr verkorkstes Leben. In echt!

Die Stewardess kam und brachte Frühstück. Lilli bestellte einen Kaffee dazu. Als sie den Becher mit der duftenden warmen Flüssigkeit in Händen hielt und daran nippte, entspannte sie sich etwas. Gleichzeitig überkam sie – trotz des Kaffees – eine bleierne Müdigkeit. Sie kaute in Zeitlupe ihr Käsebaguette, das nach nichts schmecke, und schaute mit brennenden Augen in die Finsternis, durch die sie flog.

Nach dem Start in New York, als die Lichter der Rollbahnen unter ihr verschwunden waren, hatte Lilli außer einem Wetterleuchten stundenlang kein einziges Licht gesehen. Ein unwirkliches Gefühl über dem Atlantik, als wären Raum und Zeit abhandengekommen. Und Licht, wie jetzt.

Die Bordmonitore zeigten zwischen Videoclips und Cartoons die Flughöhe an, die zwischen 11.324 und 11.326 Metern hin und her pendelte. Ihr fiel unwillkürlich ein, dass sie irgendwo gelesen hatte, wie ein bekannter Regisseur mit seinem eigenen U-Boot in den Marianengraben im Pazifik hinabgetaucht sei, zum tiefsten

Punkt der Erde in über elf Kilometern Tiefe. Sie verzog das Gesicht und dachte, dass es dort genauso dunkel und lebensfeindlich war wie hier draußen, und dass er – außer ein paar Bildern vom kahlen Meeresgrund – nicht viel gesehen haben dürfte.

Seltsam, welche Gedankensprünge ein übermüdeter Verstand machte.

Lilli rückte weiter weg vom Fenster und schaute unter schweren Lidern in die Finsternis hinter der Scheibe. Sie sah ihr schmales blasses Gesicht darin gespiegelt wie ein Trugbild, das die Wirklichkeit überlagert. Grüne, mandelförmige Augen starrten ihr entgegen, die jetzt von tiefen Schatten umrandet waren. Selbst die Lippen sahen farblos aus, als gäbe es sie in der allgemeinen Blässe ihres Gesichts gar nicht. Sie hatte sie von ihrem Vater geerbt, dessen französische Abstammung sich deutlich in seinem markanten, olivfarbenen Gesicht abzeichnete. Dort fielen die vollen Lippen allerdings nicht so auf wie bei ihr, fand sie, und fuhr unwillkürlich mit der Zunge über die spröde Haut.

Mit einem winzigen Teil ihres Verstands, der noch nicht gänzlich betäubt war, registrierte sie, dass ihre Haare, die im Leselicht wie dunkles Nugat glänzten, unordentlich nach allen Seiten abstanden. Resigniert löste sie den Haarknoten und warf sich einen letzten Blick zu. Wie merkwürdig, dachte sie, die Müdigkeit ließ sie fremd aussehen. Dann schloss sie die Augen.

Vielleicht war sie kurz eingeschlafen, vielleicht hatte sie aber auch nur mit gedankenleerem Kopf dagesessen. Verpasst hatte sie nicht viel. Als sie mit Mühe ihre Augen öffnete, zogen in der Finsternis immer noch Lichtinseln vorbei.

Egal, dachte sie, Hauptsache, sie kam endlich an. Nach der Landung lag noch eine 150-Kilometer-Autofahrt vor ihr. Lästig, doch wenigstens war ihre Mutter, die sie abholen sollte, eine gute Fahrerin.

Plötzlich und ohne Vorwarnung färbte sich der Horizont glühend rot. Die aufgehende Sonne übergoss die gegenüberliegende Sitzreihe mit Kupferlicht. Der Anblick erinnerte sie an Sonnenaufgänge, die sie in ihrem New Yorker Zimmer erlebt hatte.

In diesem Licht wirkten die einzelnen Wolken unter ihr wie grau-schwarze Schleier. Als hätte die Sonne nach der Glut und dem Feuer des Aufgangs kalte Asche hinterlassen.

Jemand hatte mal gesagt, New York sei ein Gedicht, in Fels gehauen. Fernab von der vertrauten Betriebsamkeit der Stadt verstand Lilli plötzlich, was damit gemeint war. Aus dem Elternhaus ihrer Mutter Suzú, das an der Küste einer idyllischen Kleinstadt auf Long Island lag, waren sie in das gewaltige New York gezogen, als Lilli ein Baby war. Sie kannte nichts anderes, New York war ihre Welt und jetzt, da sie sie verlassen hatte, merkte sie, wie sehr sie daran hing.

Das Wort »Heimat« hatte bisher nie etwas Großartiges für sie bedeutet, doch hier bekam es Gewicht und Lilli spürte zum ersten Mal in ihrem Leben Heimweh. Es war wie ein Ziehen im ganzen Körper, wie Sehnsucht, nur viel umfassender. Na toll, und sie war erst ein paar Stunden von zu Hause weg.

Sie räusperte sich und unterdrückte eine Schimpftirade. Ihr Sitznachbar räusperte sich ebenfalls, drehte den Kopf zur anderen Seite und schnarchte weiter.

Vielleicht hatte ihre Mutter deshalb nicht gegen den Umzug in ein spanisches Kaff protestiert, weil sie sich dort an ihre Jugend in ihrem Elternhaus am Atlantik erinnert fühlte, überlegte Lilli. Zugegeben, die Ferien bei ihrer Granily, der quirligen Großmutter, die mit ihren bald 80 Jahren allein in dem alten Haus in Southampton am Nordatlantik lebte, waren immer toll gewesen. Doch sofort erinnerte sich Lilli auch daran, dass sie irgendwann die Einöde unerträglich gefunden hatte. Der Gedanke verflüchtigte sich im Karussell anderer Erinnerungen aus ihrem müden Kopf.

Vorige Woche hatte ihre Großmutter vor der Tür ihrer New Yorker Wohnung gestanden.

»Sag nichts, Schatz. Ich tue es nicht gern, das weißt du«, hatte sie mit einem Seufzen gesagt und sich zur Tür hineingeschoben, einen kleinen Koffer auf Rädern im Schlepptau. Ein großes Opfer für ihre Granily, die New York mit Leib und Seele verabscheute.

»Suzú hat mich herbeordert«, berichtete sie, während sie sich ihrer Schuhe und ihres Gepäcks entledigte.

»Deine Mutter macht sich Sorgen, dass dir die Einsamkeit nicht bekommt«, sagte sie später. Sie musterte Lilli forschend aus den Tiefen der Wohnzimmercouch, in denen sie mit ihren knapp ein Meter sechzig beinahe ganz verschwand. In der Hand hielt sie eine

Tasse frisch gebrauten Tees und die fruchtig duftenden Dampfwölkchen, die aus der Tasse stiegen, verfingen sich in ihrem grauen Wuschelhaar. Lilli musste lächeln. Seit Wochen das erste Lächeln.

»Gran, ich bin okay.«

»Hm«, war alles, was ihre Großmutter dazu sagte, bevor sie zum Alltag überging.

Doch sie blieb nicht lange bei Lilli. New York machte sie wahnsinnig, wie sie es ausdrückte. Allein die Sirenen im Minutentakt.

»Wie kann man nur hier leben?«

»Ganz okay, man gewöhnt sich daran.«

»Oh, ich bin zu alt, um mich an so etwas zu gewöhnen. Da ist mir meine Ruhe draußen in den Hamptons lieber. Gelegentlich ein Sturm – das war es dann aber auch.« Sie verzog ihr Gesicht und Lilli schien es, als würden ihre Falten in alle Richtungen davonfließen.

»Gran, wie hältst du nur die Einöde aus?«, fragte Lilli am letzten Abend. Ihre Großmutter sah sie eine Weile ernst an, bevor sie mit einem unergründlichen Gesichtsausdruck antwortete:

»Lil, es gibt nichts Schöneres als die Stille. Wenn die Welt aufs Wesentliche schrumpft, bist du selbst viel größer. Du bist dir dann am nächsten. Und irgendwann im Leben ist das das Wichtigste, ganz gleich wie aufregend die Welt sonst ist. Die Stille am Meer ist etwas ganz Besonderes. Es gibt keinen Ort, der fantastischer ist.«

Sie blickte ins Leere, als würde sie über das unendliche Meer vor ihrem Haus schauen. Es war der Blick, den alte Leute manchmal haben, wenn sie weit zurück in ihr Leben schauen. Ein Lächeln spiegelte sich in ihren gütigen Augen und sie strahlte eine Zufriedenheit aus, um die sie Lilli plötzlich beneidete.

Jäh sah ihre Großmutter sie an und zwinkerte ihr verschmitzt zu.

»Ich wurde so geliebt, dass es mir bis zum Schluss reichen wird. Das Glück hat nicht jeder.« Und ernster: »Schatz, mach dir keine Sorgen, Spanien wird toll. Öffne dein Herz dem Meer und der Stille. Dort findest du die größten Wunder. Und lass dir eins sagen: Das Meer schweigt nie ganz, es hat immer etwas zu erzählen. Mal ist es laut, dann wieder leise, aber nie ganz still.«

»Danke, Granily.«

Es war Zeit, endlich anzukommen.

Das Glutrot des Sonnenaufgangs verblasste, als die Maschine an Höhe verlor und in eine Wolkenschicht wie aus goldener Gaze tauchte. Als sie aus der Wolkendecke brachen, sah Lilli im Morgenlicht, so weit das Auge reichte, trostlos-hellbraune Erde. Eine Wüstenlandschaft, nur unterbrochen von kleinen Tälern und Flussläufen, die mit Nebelbäuschen gepolstert waren.

Sie schloss die Augen und öffnete sie erst wieder, als das Flugzeug mit einem Ruck aufsetzte und vereinzelte Klatscher zu hören waren. Der Kapitän der Maschine hieß sie in grausigem Englisch auf dem Malaga Airport willkommen.

Lilli löste den Sicherheitsgurt und wischte sich verstohlen die schweißnassen Hände an ihrer Jeans ab. Ihr Sitznachbar stand ächzend auf und schob seinen dicken Bauch zu den anderen Wartenden im Gang. Von dort warf er ihr einen mürrisch verschlafenen Blick zu, dann kräuselte er vielsagend die Lippen und drehte den Kopf zur Seite.

Schwindel überfiel Lilli beim Aufstehen und sie musste sich schnell wieder setzen. Mit Widerwillen registrierte sie die Schlange, die sich im Gang bildete. Immer das Gleiche, dachte sie und blieb sitzen. Gelangweilt schaute sie dem Geschehen draußen auf der Rollbahn zu.

Endlich ging es im Gang vorwärts.

Lilli stand auf. Im Gänsemarsch verließ sie hinter den anderen das Flugzeug und lief zur Gepäckausgabe. Nachdem sie ihre beiden Taschen vom Fließband gezerrt hatte, trottete sie Richtung Ausgang.

Der Junge, der Lilli mit kaltem Blick hinter einer dunklen Sonnenbrille beobachtete, ging im Getümmel des Flughafens unter. Er saß in einer Reihe von Drahtstühlen am Rand der Flughafenhalle und hielt eine Zeitschrift in den Händen. Unter seiner Baseballmütze sickerte hellblondes, fast weißes Haar hervor, das sich seidig auf seine Schultern ergoss.

Er klappte die Zeitschrift zu, rollte sie zusammen, als wolle er daraus ein Fernrohr bauen, und stand auf. Für die Dauer eines Herzschlags schaute er sich in der Halle um. Dann klopfte er sich mit der Zeitschrift zufrieden auf den Oberschenkel und lief zum Ausgang.

2.
Thalassa 3

»Schau zu, Alex Valden, dass du es überlebst.«

Er begriff erst jetzt, Stunden später: Das waren Abschiedsworte gewesen. Sein Mentor hatte sich tatsächlich von ihm verabschiedet. Glaubte Seraphim etwa, er würde es nicht schaffen?

Alex schluckte, seine Kehle war trocken und fühlte sich sandig an. Seit über einer Stunde wälzte er sich nun in seinem Bett hin und her und war inzwischen vor lauter Grübeln so aufgewühlt wie sein Bettlaken.

Missmutig warf er einen Blick auf die Uhr. Es war sieben Minuten nach zwei Uhr morgens. Nur noch wenige Stunden ...

Es war ihm, als würden Bruchteile des Gesprächs mit Seraphim Gestalt annehmen und sich in seinem Zimmer wie ungebetene Gäste einnisten.

Du bist heute Nacht auf dich gestellt, dir wird niemand helfen ... Du hast alles gelernt, wende dein Wissen an, deine Intuition.

Gewöhnliche Worte, doch sie waren wie Säure, die langsam ein Loch in sein Herz fraß. Mit einer fahrigen Geste strich sich Alex die zerzausten Haare aus der Stirn und starrte durch die Saphirglaskuppel ins dunkle Meer.

Gleich einem riesigen Bullauge, in die vordere Wand seines Zimmers eingelassen, war die Kuppel sein Fenster zum Meer. Dahinter schien alles ruhig, nur ab und zu glitt ein Schatten vorbei, ein einsamer Raubfisch auf Beutesuche. Es war ein alltäglicher Anblick, der plötzlich bedrohlich und fremd wirkte. Verflixt! Klar sah er zu, dass er die Nacht überlebte, er war schließlich nicht scharf darauf, zu sterben.

Das meiste von dem, was Seraphim ihm über die kommende Nacht gesagt hatte, war aber auch wirklich gegen jegliche Vernunft. Eigentlich undenkbar. Vielleicht waren es nur Bilder, Metaphern, die er benutzt hatte. Oder er hatte ganz einfach übertrieben.

Alex seufzte. Er kannte die Antwort: Seraphim übertrieb nie, sonderlich poetisch war er auch nicht und unvernünftig schon gar nicht.

Ein Bild verdrängte die Worte seines Mentors. Er sah sich selbst an dem Tag, an dem alles begonnen hatte. Aus heutiger Sicht war es geradezu lächerlich, doch was war nicht lächerlich, wenn man kurz vor seiner ganz persönlichen Hölle stand? Vielleicht sogar vor dem Tod?

Erst sechs Monate war es her, dass sich sein ruhiges Leben mit einem Schlag verändert hatte und seine Heimat auf Thalassa 3, dem Unterwasserinternat 15 Kilometer vor der Küste der andalusischen Ortschaft La Perla, zum aufregendsten Ort der Welt geworden war.

Eben noch einer unter knapp hundert gewöhnlichen Menschenamphibien, war er von einer Minute zur nächsten ... wie hatte es Seraphim damals ausgedrückt? »Auserwählt.« Alex verzog das Gesicht, als er sich erinnerte.

Seine überschaubare Welt 200 Meter tief im Meer war aus den Fugen geraten. Er sah den Moment noch vor sich, als wäre jener Spätnachmittag erst gestern gewesen.

Alex hatte sich mit seinem Freund Marc verabredet und wollte wie jeden Tag nach der letzten Stunde den Unterrichtsraum verlassen und auf sein Zimmer gehen, um den Schwimmanzug anzuziehen.

Seraphim nahm ihn zur Seite und wartete, bis der Korridor leer war. Dann sagte er leise, aber klar und deutlich: »Du bist auserwählt.«

Erst dachte Alex, es ginge um eine Aufgabe für den Unterricht. Wie merkwürdig, warum tat sein Mentor so geheimnisvoll, war sein nächster Gedanke und für einen Moment fühlte er sich unbehaglich.

»Die Metamorphose.« Seraphims Stimme wurde noch leiser und Alex hatte diesmal Mühe, ihn zu verstehen. »Deine Verwandlung.«

Ach, darum ging es. Er atmete auf. Seraphim machte sich Sorgen um seine bevorstehende Verwandlung. Doch warum? Und wieso drückte er sich so ... geschwollen aus? Auserwählt. Quatsch. Es war nichts Ungewöhnliches daran, also völlig unnötig, sich darüber aufzuregen. Alle machten diese Verwandlung durch.

Manche früher, manche später. So war es nun einmal bei den Menschenamphibien, die unter Wasser lebten. Klar, bei den Landamphibien lief das anders, aber was kümmerte es ihn? Er, Alex, war ein Wasseramphibion und somit keine Ausnahme oder gar ... auserwählt. Reiner Unsinn! Was war nur los mit Seraphim?

Zugegeben, er war verhältnismäßig spät dran mit seinen achtzehneinhalb Jahren. Bei den meisten passierte es um die 16. Aber er hatte es nicht besonders eilig, denn die Sache war unangenehm. Wenn es nach ihm ginge, hätte er darauf verzichten können. Kurzum ...

»Ja, ich weiß, danke. Die Verwandlung kommt bald.« Was irgendwie gelogen war, denn noch spürte er keine Anzeichen. Alex hatte das verrückte Gefühl, Seraphim trösten zu müssen, und fügte hinzu: »Andere sind auch später dran.«

Sein Freund Marc zum Beispiel. Der wurde bald 18, Marcs Schwester Danya war auch schon 17. Ob Seraphim auch sie verrückt machte? Es nutze nichts, sie konnten es eh nicht beeinflussen. Die Geschichte passierte, wann sie passierte. Er wandte sich zum Gehen.

»Das meine ich nicht. Ich spreche nicht von der normalen Verwandlung.«

Seraphim packte ihn am Arm und hielt ihn zurück. Sein Verhalten hatte etwas Beunruhigendes.

Einen Moment standen beide stumm da und warteten. Alex wartete, dass Seraphim sagte, was er nun meinte, und warum er so geheimnisvoll tat.

Und Seraphim wartete offensichtlich auch. Dann gab er auf.

»Kristallkörper.«

Alex verstand nicht. Verlegen schaute er auf seine Füße, peinlicherweise stand er gerade auf der Leitung. Und dann traf ihn die Erkenntnis. Alles, was er jetzt noch über seine Lippen brachte, war ein erbärmliches »Was?«, das er am liebsten wieder hinuntergeschluckt hätte.

Natürlich kannte er die Geschichten über die Auserwählten. Alle Amphibienkinder wuchsen mit ihren Legenden auf. Diese Auserwählten verwandelten sich nicht nur einmal wie alle anderen Amphibien. Sie machten mehrere Verwandlungen durch und bekamen mit jeder neuen weitere unglaubliche Kräfte, bis sie schließlich durch die Diamantverwandlung, die letzte, unsterblich wurden. In den Legenden wohlgemerkt!

Und die erste Verwandlung, durchzuckte es Alex, war zum Kristallkörper. Er schüttelte den Kopf und schaute Seraphim an, als zweifele er plötzlich an dessen Verstand. Wollte er ihn auf den Arm nehmen?

Als Kind, ja, da hatte Alex die Legenden über diese unverwundbaren und mächtigen Auserwählten verschlungen. Er war von ihren Kräften fasziniert gewesen und hatte die Abenteuer, die er gelesen hatte, weiter und weiter gesponnen. In seiner vor Übermut strotzenden Fantasie war er immer der Held gewesen, unbesiegbar, unsterblich, so wie sie.

Die Erinnerung ließ ihn schmunzeln. Aber das war doch etwas anderes. Er war längst kein Kind mehr! Sollte er allen Ernstes glauben, Seraphim hielt *ihn* für einen solchen Auserwählten? Verflixt, was stimmte hier nicht und wie war das noch mal? Finde den Fehler ... Er kramte fieberhaft in seinen Erinnerungen. Irgendwie war alles sehr kompliziert und verworren. Wie seine Gedanken, die jetzt durcheinanderpurzelten.

Deutlich erinnerte er sich aber: Die jahrtausendealte Geschichte der Menschenamphibien war eng mit den Legenden über die Auserwählten verwoben. Es sollte ein Buch geben, das von Anbeginn der Zeit existierte: das Amphiblion. Darin sollten alle Heldentaten und geheimen Lehren der Unsterblichen niedergeschrieben sein. Dieses sagenumwobene Buch war in der alten Sprache der Amphibien verfasst. Da diese Sprache aber längst ausgestorben war, gab es nur Übersetzungen. Die wiederum waren auch schon sehr alt.

Puh! So ungefähr musste es sein. Noch etwas ...? Alex überlegte angestrengt. Genau, die Übersetzungen enthielten auch die geheimen Lehren der Unsterblichen, doch weil diese Lehren in falsche Hände geraten waren und Schreckliches über ihre Art gekommen war, sprach man bis heute nur hinter vorgehaltener Hand darüber. Alex erschauderte, als er sich an jenes dunkle Kapitel ihrer Geschichte erinnerte.

All dies ging ihm in der kurzen Zeit durch den Kopf, während Seraphim ihn aufmerksam beobachtete. Schweigend legte dieser jetzt eine Hand auf seinen Arm. Im selben Moment ging Alex ein Licht auf und alles schien mit einem Mal klar.

Die Menschen hatten ihre Bibel, den Talmud, den Koran oder die Veden, wie er erst vor Kurzem gelernt hatte. Im Lauf der Jahrhunderte hatten sie daraus immer wieder Geschichten weitergedichtet. So wie die Amphibien aus dem Amphiblion, ihr heiliges Buch.

Der Unterschied zu den Menschenbüchern war, dass ihre eigenen Legenden frei von Aberglauben und Religion waren. Es gab keine Götter, die verehrt wurden, dafür aber wimmelte es von Unsterblichen.

Trotzdem, Legenden blieben Legenden und es war lange her, dass er sie gelesen hatte. Alex schüttelte ungläubig den Kopf. Er hatte plötzlich das Gefühl, dass die Grenzen zwischen Traum und Wirklichkeit verschwunden waren. Was hatte Seraphim gerade gesagt: Du bist auserwählt? Das konnte nur ein Witz sein. Auserwählt? Für was eigentlich?

Alex prustete. »Das sind doch nur Geschichten!« Seine Belustigung verschwand schlagartig, als er Seraphims ernstes Gesicht bemerkte. Geduldig ertrug Seraphim seinen Heiterkeitsausbruch.

»Ja, es sind Geschichten. Hinter jeder Geschichte steckt jedoch ein Funken Wahrheit.«

Alex musterte seinen Mentor misstrauisch. Nichts deutete darauf hin, dass er es nicht ernst meinte.

»Wie viel Wahrheit?«, fragte Alex nach einer langen, stillen Minute und seine Stimme zitterte plötzlich.

Seraphims Blick bohrte sich in seine Augen.

Ein Schauer der Erkenntnis durchzuckte ihn unter diesem hellen, klaren Blick. Alex begriff endlich. Verflixt …

Und mit einem Augenaufschlag war alles anders.

»Bist du auch …?« Bestürzt hielt er inne und überlegte fieberhaft, wie er das Unmögliche in Worte fassen sollte.

Doch Seraphim nickte bereits kaum merklich. Seine Frage war beantwortet. Es gab sie also wirklich und er stand gerade einem von ihnen gegenüber. Einem Unsterblichen. Alex ertappte sich dabei, wie er Seraphim ohne jedes Taktgefühl anstarrte. Er wollte etwas finden, den Beweis, dass er all das hier nicht träumte. Ein Zeichen, einen Hinweis, was auch immer.

Er fand nichts. Keine Auffälligkeiten, nichts Ungewöhnliches, einfach nichts. Was hatte er erwartet? Dass sich Seraphim plötzlich verwandelte, oder dass die Lachfältchen um seine Augen verschwanden?

Was er sah, war wie immer. Es war ... eben Seraphim. Der Seraphim, der ihn, seit dem Tag, als Alex vor elf Jahren nach Thalassa 3 gekommen war, begleitete. Ein großer, drahtiger junger Mann, an dem alles irgendwie hell war: die schiefergrauen Augen, die Haut, sein kurz geschnittenes Haar, das in hellem Blond schimmerte. Und auch sein Gemüt.

Er war weder muskelbepackt noch überragend attraktiv. Erst sein Charakter machte ihn außergewöhnlich, die ihm eigene Güte und Bescheidenheit. Sobald er einen Raum betrat, füllte er ihn sofort mit seiner Gegenwart aus. Er forderte auf eine stille, aber zwingende Art den Respekt der anderen, und warum das so war, wusste Alex jetzt.

Während er Seraphim stumm musterte, hatte er das Gefühl, in seinen Augen spiegele sich die Weisheit seines ganzen Volks. Er sah in ihm eine uralte Anmut durchscheinen, und zu seiner eigenen Überraschung empfand er Ehrfurcht.

Außergewöhnliche Wesen spürt man eben, schlussfolgerte er, nachdem er ihn ausgiebig betrachtet hatte, und senkte den Blick. Und er, Alex Valden, durchschnittlich und unspektakulär, sollte auch zu diesen außergewöhnlichen Wesen gehören? Völlig unmöglich, dachte er immer noch wie hypnotisiert.

Warum gerade ich?, war der nächste Gedanke. »Und warum ...?« Er hörte sich die Worte krächzen, als hätten sie sich in seinem Hals verkeilt.

Seraphim legte einen Arm um seine Schulter und mit einem Mal wurde er ruhig. Es war ein intensiver, ja, magischer Augenblick. Doch der Augenblick verstrich und Alex räusperte sich.

»Diese Auserwählten, ähm ...« Er hielt erneut inne, verlegen diesmal, denn die Worte kamen ihm nicht leicht über die Lippen. Über Legenden zu sprechen, die keine Legenden waren, schien ihm irgendwie lächerlich.

Seraphim wartete geduldig, als könne er gut nachvollziehen, was in jemandem vorging, der gerade erfahren hatte, dass er Teil einer Legende werden sollte. Also versuchte Alex es erneut:

»Warum ich, und bin nur ich allein ein Auserwählter? Ich meine, gibt es noch andere? Und warum jetzt? Wer ...?« Es waren zu viele

Fragen. Zu viel auf einmal. Seraphim sollte ruhig lachen, er würde es sogar verstehen.

Doch sein Mentor lachte nicht.

»Alex, ich weiß, du hast eine Menge Fragen. Geh jetzt, triff dich mit Marc und lass uns morgen darüber sprechen. Ich möchte, dass du gleich nach dem Frühstück zu mir kommst.« Er gab Alex frei. »Schlaf eine Nacht drüber.« Seraphim wandte sich zum Gehen, hielt noch einmal inne und sagte über seine Schulter: »Behalte unser Gespräch für dich.«

Dann war er verschwunden und Alex blieb im leeren Korridor zurück. Woher wusste Seraphim eigentlich, dass er sich mit Marc treffen wollte?

Die Nacht, die damals folgte, war genau wie diese gewesen. Er hatte nicht schlafen können. Wie auch? Etwas Wesentliches aber unterschied die heutige Nacht von der schlaflosen damals. Vor einem halben Jahr waren es nur Fragen gewesen, die ihn wach gehalten hatten. Jetzt aber stand er vor seiner ersten großen Herausforderung.

Und plötzlich waren sie wieder da, die Worte, die ihn nicht schlafen ließen: *Kristallmetamorphose bedeutet sterben und wiedergeboren werden.*

Sterben und wiedergeboren werden. Pah! Wie sich das anhörte. Alex drehte sich zur anderen Seite und zog die Decke bis unters Kinn. Ein Schauer des Grauens lief ihm über den Rücken und machte den Gedanken an Schlaf völlig zunichte. Er wischte sich über die brennenden Augen. In dieser Nacht würde er sterben – und wiedergeboren werden. Stunden würde es dauern, Schmerzen würde es geben. Große Schmerzen. Es war auch schon vorgekommen, dass nicht alle überlebt hatten.

Verflixt, was für eine Nacht!

Vor einem halben Jahr – jene Nacht war irgendwie vergangen. Alex war zwar müde und angespannt gewesen, aber der Morgen war gekommen, ohne dass er hatte sterben müssen. Er war in Seraphims Arbeitszimmer gewesen und sie hatten Stunden geredet.

Jetzt, da sich Alex daran erinnerte, schien es ihm, als wäre es in einem anderen Leben passiert. Satzfetzen von damals zogen durch seinen Geist: *Bald geht es auch für dich los ... Du bist nicht allein, es gibt noch vier andere ... dein Freund Marc und seine Schwester Danya ...*

Hier ein paar Bücher, auch über die Menschenwelt ... Und über die Metamorphosen ... Nach der Kristallverwandlung folgt ... In einer Woche fangen wir an.

Und dann war er gekommen, der erste Tag der Ausbildung. Es war der aufregendste Tag in seinem bisherigen Leben gewesen.

Als er an die Tür von Seraphims Arbeitszimmer klopfte, war seine Aufregung auf dem Höhepunkt. Sein Mentor öffnete und bat ihn herein.

»Einen Augenblick.« Er ging zu dem großen Schreibtisch im hinteren Teil des Zimmers, wo er den Stapel Papiere ablegte, den er in der Hand hielt.

Mit weichen Knien wartete Alex. Seraphim trat wortlos vom Schreibtisch zurück und wandte sich der hinteren Wand seines Arbeitszimmers zu. Dort berührte er etwas neben einem Bild und ein Teil der Wand, so groß wie eine Tür, schob sich mit leisem Surren beiseite.

Stimmen wurden laut. Danya und Marc, die sich angeregt unterhielten. Seraphim machte eine einladende Handbewegung und Alex betrat zögernd das Zimmer.

Marc und Danya saßen neben dem Eingang. Als sie ihn sahen, verstummten sie wie auf Knopfdruck. Alex setzte sich auf einen der freien Stühle und nickte den beiden zu.

Bis auf die Stühle und eine hüfthohe Skulptur aus roter Koralle, die den Regenbogenmann darstellte, war der lang gezogene Raum leer. Die Wände schimmerten in einem zarten Türkis und eine flauschige, dicke Matte bedeckte den Steinboden. Insgesamt machte der Raum den Eindruck, als würde er nur selten benutzt.

Alex blieb mit seinen Freunden allein. Bevor sie etwas sagen konnten, trat Seraphim erneut ein, gefolgt von einem Mädchen und einem Jungen, die Alex nur vom Sehen her kannte.

»Wir sind jetzt vollzählig«, sagte Seraphim und lächelte in die Runde. »Kennt ihr euch alle?« Als er zögerndes Kopfschütteln erntete, schlug er vor: »Dann wollen wir uns kurz vorstellen. Sagt euren Vornamen, die Klasse und euer Alter. Marc, fang du bitte an.«

Marc räusperte sich und begann: »Ich bin Marcello, gehe in die 12B und bin 18 Jahre.« Marc wurde rot, senkte den Blick und fügte rasch hinzu: »Bald.«

Seraphim nickte lächelnd und schaute Danya mit einer auffordernden Geste an. Danya war weniger verlegen als ihr Bruder. Sie blickte mit ihren funkelnden dunklen Augen in die Runde und sagte mit fester Stimme: »Ich heiße Danya, bin in der 11A und 17 Jahre.«

»Alexander«, sagte Alex und rutschte auf seinem Stuhl hin und her, »ich gehe auch in die 12B und bin achtzehneinhalb.«

Das Mädchen wartete erst gar nicht, dass Seraphim sie aufforderte. Sie sprach leise und hastig, als könne sie nicht schnell genug alles loswerden. »Stella ist mein Name. Ich gehe in die 10B und bin gerade 17 geworden.« Sie ließ rasch den Kopf sinken und schaute auf ihre Hände, die sich kneteten. Ihr Haar fiel wie ein Vorhang aus sandfarbener Seide vor ihr Gesicht.

»Danke«, sagte Seraphim und berührte sie leicht an der Schulter. Stella hob den Kopf. Etwas in seinem Blick musste sie beruhigt haben, denn sie lächelte erleichtert zu ihm hoch und ihre Finger entspannten sich.

Seraphim trat zurück und schaute als Letztes den Jungen an.

»Eigentlich heiße ich Juanito, aber Jimo ist mir lieber. Ich bin auch 17 und gehe in die 11C.« Seine grauen Augen huschten von einem zum anderen.

»Gut«, sagte Seraphim und rieb sich die Hände. »Ich danke euch.« Er schaute alle kurz an, dann fuhr er fort: »Wer ich bin, wisst ihr. Damit wir auch die Frage klären, die euch sicher brennend interessiert, ich bekam den Diamantkörper mit 25.« Er machte eine Pause und alle im Raum hielten den Atem an. »Obwohl man es mir nicht ansieht, bin ich tatsächlich schon 35 Jahre. Nicht gerade uralt, aber das wird noch, ich arbeite daran. Das Tolle ist, mit hundertvier oder zweihundert sehe ich immer noch so wie jetzt aus.«

Sie lachten und die Anspannung der ersten Minuten löste sich.

Seraphim versprach, ihnen gelegentlich mehr über sich zu erzählen, und ging dazu über, erste Einblicke in ihren Unterricht zu geben. Er sprach über die Regeln der Auserwählten, über die Geheimhaltungspflicht, auch innerhalb ihrer Schule – was die wichtigste Regel war. Er erzählte, wie die Ausbildung im nächsten halben Jahr ablaufen würde, beschrieb ihr Training und eine Menge Dinge mehr. In diesen ersten Stunden erfuhren sie so viele fantastische Sachen, dass ihnen der Kopf schwirrte.

Von da an war jeder Tag der Ausbildung, die regelmäßig zweimal in der Woche nach dem normalen Unterricht meistens in jenem Raum, aber gelegentlich auch im offenen Meer stattfand, reich an Unerwartetem. Die Wochen vergingen wie im Flug. In jeder einzelnen Stunde aber war immer die Gewissheit da, Teil eines geheimnisvollen Größeren zu sein, Verbündete zu sein in einer Zeit voller Magie, die die ungewöhnlichste und aufregendste ihres Lebens wurde.

Was Alex am besten an der Ausbildung gefiel und das Fehlen eines Tisches im Raum erklärte: Sie mussten nichts aufschreiben. Es gab keine Unterrichtsblätter, keine Hausaufgaben, kein Mitschreiben. Es war sogar verboten, etwas aufzuschreiben. Sie legten alle den Schwur ab, dass sie die geheimen Lehren mit ihrem Leben verteidigen würden.

Seraphim zwinkerte ihnen zu und ordnete an, Hefte und Stifte wieder einzupacken.

»Dieses Wissen gibt man seit jeher mündlich weiter, es ist das geheime Wissen aus dem Amphiblion, um das sich, wie ihr wisst, zahlreiche Geschichten spinnen«, verriet er ihnen gleich zu Beginn. »Und so wie ich es von meinem Mentor überliefert bekommen habe, so gebe ich es an euch weiter. Vielleicht werdet ihr es eines Tages an andere Auserwählte weitergeben, wer weiß ...«

Alex' Gedanken kehrten in die Gegenwart zurück. Ja, es war eine intensive Zeit gewesen und er hatte viel gelernt. Inständiger denn je hoffte er, dass ihm das heute Nacht nützlich sein würde.

Die Uhr tickte und seine Nacht wurde immer kürzer. Bald wird man ihn holen. Man wird ihm den Schwimmanzug überreichen, der mit seiner Haut verschmelzen wird. Er wird zusammen mit den anderen zu den Einrichtungen schwimmen. In tausend Metern Tiefe wird er sich verwandeln.

Unter schweren Lidern starrte Alex ins pechschwarze Meer, als könne er dort erkennen, was ihm bevorstand. Er hatte mit einem Mal das Gefühl, dass alles, was er gelernt hatte, weg war. Ausgelöscht aus seinem Gedächtnis, das plötzlich schwarz und leer war wie das Meer. Jedes noch so kleine Geräusch, jedes flimmernde Schattenfragment ließ ihn zusammenzucken.

So ging das nicht! Er war ein Nervenbündel. Kurz vor dem Kollaps. Er legte sich hin und schloss die Augen. Dann setzte er sich wieder auf, weil er das Liegen nicht ertrug. Und schließlich fielen ihm andere Worte ein, die die dunkle Wasserwelt noch dunkler erscheinen ließen: *Nicht alle überlebten.*

Pepe, schoss es ihm durch den Sinn.

Für Pepe, einen Jungen aus seiner Klasse, war vor ein paar Tagen die übliche Verwandlung gekommen. Gestern war er dann wieder im Unterricht erschienen. In den Pausen hatten sich alle um ihn geschart und Pepe hatte berichten müssen, wie es gewesen war. Eine Verwandlung war immer ein Ereignis. Pepe hatte das Ganze zwar heruntergespielt, aber die Erschöpfung war ihm deutlich anzusehen gewesen.

Alex beneidete Pepe trotzdem. Es war ja auch noch nie passiert, dass jemand die normale Verwandlung nicht überlebt hat. Sein Klassenkamerad konnte einfach so sein, wie hundert andere auch, und sich auf zusätzliche Fähigkeiten freuen. Pepe konnte an Land gehen, durchzuckte es Alex. Darauf hätte er sich selbst garantiert gefreut. Als Einziger, vermutlich, denn dass einer an Land wollte, war so gut wie unbekannt. Allein der Gedanke an die Zusammensetzung der Luft oben reichte, um einen Hustenanfall zu bekommen.

Nur eine Sache brachte sie dazu, aufzutauchen und die Schmerzen der ersten Minuten oben zu ertragen: Amphipolo, das Lieblingsspiel der Wasseramphibien.

Alex schloss die Augen und träumte einen Augenblick davon, so wie Pepe zu sein, der jetzt sicher zum nächsten Amphipolo-Turnier gehen würde und ein normales Leben hätte.

Wie lächerlich noch vor einem halben Jahr die Angst vor der normalen Metamorphose gewesen war! Nie hätte Alex gedacht, dass es noch viel schlimmere Verwandlungen gab. Wie die Kristallverwandlung, die ihm in dieser Nacht bevorstand. Er schüttelte sich.

Wie für Pepe würde auch für ihn ein neuer Lebensabschnitt beginnen, grübelte Alex. Und das hieß, erwachsen werden. Die Schule bald verlassen, Abschied nehmen vom Gewohnten, von Freunden.

Die meisten, die auf Thalassa 3 fertig wurden, kehrten zunächst zu ihren Familien zurück. Einige gingen auf höhere Schulen. Die beliebtesten waren die Sportschulen. Doch für Alex war es die

Schule, in der man zum Boten ausgebildet wurde und danach ein Leben zwischen hier und oben führte.

Oben. Ja, das war etwas, worauf er sich freute, im Gegensatz zu den anderen. An Land gehen zu können, in die Welt der Menschen – schlechte Luft hin oder her. Für die, die noch vor der Verwandlung standen, wäre die Luft oben tödlich, sie würden qualvoll ersticken, gingen sie an Land.

Sein Blick fiel unwillkürlich auf die gerahmte Fotografie seiner Mutter, die auf dem kleinen Schreibtisch stand. Sie hätte es nicht gut gefunden, dass Alex mit dem Gedanken spielte, nach oben zu gehen. Menschen waren ihr nie geheuer gewesen.

Auf dem Bild lächelte sie. Um ihre blaugrauen Augen mit den langen dunklen Wimpern, die sie an Alex vererbt hatte, zeigten sich feine Lachfältchen. Das braune Haar sah genau wie seines aus, nur war es doppelt so lang. Es umspielte ihr Gesicht in sanften Wellen.

Vom Bett aus konnte Alex aufs Bild blicken. Er hatte immer das Gefühl, seine Mutter schaue von dort direkt in seine Seele – ein tröstlicher Blick, verständnisvoll und warm, wie nur sie ihn gehabt hatte. Das Einzige von ihr, an das er sich so lebhaft erinnerte, als hätte er sie erst vor Kurzem gesehen und nicht zuletzt vor zehn Jahren. Marc behauptete, dass er ihr immer ähnlicher sehe, mit dem Unterschied, dass sie hübscher gewesen sei.

Alex war froh, dass nicht viel an seinem Äußeren an den toten Vater erinnerte. Er war auch froh, dass *er* sich in letzter Zeit seltener an ihn erinnerte und sein Hass nicht mehr so brannte.

Vielleicht wird dieses Gefühl eines Tages ganz verschwinden, dachte er, vielleicht wird er ihm sogar verzeihen, dass er sie getötet hatte. Er rutschte zur Bettkante und schaute seiner Mutter auf dem Bild in die Augen. Nein, es war unmöglich!

»Drück mir die Daumen«, sagte er leise und ein zaghaftes Lächeln umspielte seine Lippen. Doch es währte nicht lange.

Die vollkommene Stille dieser Nacht ließ ihn unwillkürlich erzittern. Er warf einen Blick zur Saphirglaskuppel. Alles war ruhig dort draußen. Selbst die nächtlichen Jäger waren verschwunden. Nur eine farbig phosphoreszierende Qualle trieb sacht dahin. Sie sah wie eine riesige pulsierende Glühbirne aus und erst nach Ewigkeiten wurde sie von der Dunkelheit verschluckt.

Die Minuten schienen so zäh, als hätte sich die Zeit wie eine Decke über die Dinge gelegt. Alex ließ sich auf den Rücken fallen und schloss die Augen. Allmählich beruhigte er sich, konzentrierte sich aufs Atmen, auf seine Lungen und Kiemen, die feinen Membranen in den Nasenhöhlen.

Die Wasseramphibien hatten in jedem Nasenloch zwei Kanäle. Durch den einen atmeten sie Luft, durch den anderen Wasser ein und aus. Sie gingen ganz automatisch von einer Atmung zur anderen über und mussten nicht nachdenken, um durch die Kiemen zu atmen, wenn sie ins Wasser gingen. Doch während der Kristallverwandlung war es wichtig, dass er sich der Atmung bewusst wurde, wollte er nicht riskieren, unter den Schmerzen plötzlich durch den falschen Kanal zu atmen und zu ertrinken.

Die Kristallmetamorphose war aber nicht nur körperlich eine Herausforderung. Alex erinnerte sich, dass sie darüber nur sehr kurz gesprochen hatten, viel zu kurz, wie er jetzt plötzlich fand.

Seraphim hatte erwähnt, dass die Verwandlung den wahren Charakter einer Person an die Oberfläche brachte. All das, was tief in einem schlummerte, wurde verstärkt und sichtbar. Das Gute wie das Böse. Das war immer das Risiko der ersten Verwandlung. Es war eine Prüfung für alle. Auch für Seraphim einst, als sich sein Bruder durch die Kristallverwandlung für immer dem Bösen verschrieben hatte.

Vielleicht würde mit ihm das Gleiche passieren, durchzuckte es Alex. Dann lieber sterben, war gleich der nächste Gedanke. Seraphims Bruder war nach seiner Kristallverwandlung zum Mörder, zum Gejagten geworden. Sie hatten ihn gefasst, eingesperrt. Irgendwann war es ihm gelungen, zu fliehen und unterzutauchen. Jahre später jedoch weitere Morde. Die Besten der Besten waren seither auf ihn angesetzt. Bestimmt bald auch sie, die neuen Auserwählten.

Ein Klopfen an der Tür riss Alex aus seinen Gedanken. War es schon so weit? Sein Herz hämmerte wild gegen den Brustkorb. Als er die Tür einen Spalt weit öffnete, leuchtete ihm das Weiß zweier aufgerissener Augen aus dem dunklen Flur entgegen. Alex atmete auf. Es war Marc.

»Ich kann nicht schlafen«, flüsterte er und schob sich ins Zimmer.

Alex schloss leise die Tür. Noch hatte er eine kleine Gnadenfrist.

Marc stand eine Weile stumm da, ließ sich dann aufs Bett fallen. »Ich habe in vier Wochen Geburtstag und noch keinen eingeladen«, sagte er und atmete geräuschvoll aus.

»Du hättest es tun sollen. Immerhin wirst du 18. Die Menschen geben viel auf den 18. Geburtstag.«

Marcs Mutter war von oben, nur sein Vater war ein Amphibion. Doch er überhörte die Anspielung auf seine Mischeltern und seufzte.

»Und wenn ich nicht wiederkomme? Ich meine, lebendig?«

Alex setzte sich neben seinen Freund aufs Bett und klopfte ihm auf die Schulter.

»Wir alle werden in vier Wochen eine Riesenparty feiern.« Alex lachte leise in sich hinein. »Ein Geschenk habe ich schon für dich.«

Marc schwieg und schaute finster drein, als hätte er erneut Alex' Worte überhört. Sein rundes, gutmütiges Gesicht wirkte schmal und in seinen großen braunen Augen fehlte der übliche Jungenschalk.

»Ich mach mir Sorgen um Danya«, sagte Marc nach einer Weile.

»Das Ganze ist ihr in letzter Zeit nicht so leichtgefallen, wie sie den Anschein erwecken wollte.«

»Ja, meine Schwester markiert die Starke, aber ich habe sie auch schon mal heulend erwischt.«

»Sie wird es schaffen, Marc.«

»Das weiß ich doch. Deswegen mache ich mir keine Sorgen.«

Als Marc nicht weitersprach, fragte Alex: »Was ist es dann?« Er ahnte die Antwort.

»Tja, wie soll ich es sagen? Es ist nur so ein Gefühl, aber ich habe Angst, dass ihr Charakter ... ähm ... Seraphim erwähnte mal ...« Marc verstummte und zuckte hilflos mit den Schultern. »Ich habe Angst, dass sie wie Seraphims Bruder wird.« Marcs Worte hallten im Zimmer nach.

Erstaunlich, dachte Alex. Obwohl ihr Mentor diese Geschichte nur ganz kurz erwähnt hatte, war sie ihnen doch sehr lebhaft in Erinnerung geblieben. Und hatte offensichtlich nicht nur ihn beschäftigt.

»Ich kenne Danya nicht so gut wie du, aber ich bin mir sicher, du siehst Gespenster.«

»Ich weiß nicht, ich habe viel darüber nachgedacht.« Marc fuhr sich mit beiden Händen durchs Haar. Dann sagte er gedankenverloren: »Sie ist jähzornig. Wenn sie nicht ihren Willen bekommt, kann sie gemein werden.« Er stand auf und begann, durchs Zimmer zu laufen. »Erinnerst du dich noch, dass sie dich haben wollte? Als du ihr klargemacht hattest, dass sie für dich lediglich eine gute Freundin ist, weil du damals nur Augen für dieses andere Mädchen hattest, hat sie versucht, dich zu verletzen. Sie war wie verrückt.«

»Ja, ich weiß, sie war schon immer ... temperamentvoll. Aber die Geschichte ist ein Jahr alt.« Alex richtete sich auf. »In den letzten sechs gemeinsamen Monaten ist sie eine gute Freundin gewesen. Für uns alle. Sie gehört zum Team.«

Marc sah ihn dankbar an. »Vielleicht hast du recht und ich sehe wirklich Gespenster.«

»Versuch, nicht mehr an böse Dinge zu denken.« Vor wenigen Minuten hatte er selbst noch daran gedacht.

Alex legte sich bäuchlings aufs Bett und umschlang sein Kissen. Einladend klopfte er mit der flachen Hand auf die freie Seite.

Marc nickte und legte sich neben Alex. Sie gähnten fast gleichzeitig.

Alex lag noch eine Weile wach. Er lauschte Marcs Atemgeräuschen. Bald wurden diese gleichmäßig und tief. Vielleicht war es die Anwesenheit des Freundes, dass schließlich auch er in den Schlaf glitt.

Die Gestalt zog träge an der beleuchteten Südschleuse von Thalassa 3 vorbei. Das helle, seidene Haar blitzte kurz auf, bevor es sich wie ein Trugbild in der Schwärze des Meeres verlor.

3.
Der Geschmack von Salz

Es war fast Mitternacht in Calahonda. Eine Gestalt bog von der Straße ab, die sie mit langen, federnden Schritten entlanggelaufen war. Man hätte sie für einen Jogger halten können, die Kapuze des dunklen Sweatshirts tief in die Stirn gezogen. Wäre da nicht der große ausgebeulte Rucksack gewesen, der kaum zu einem Jogger passen wollte.

Die Ruhe nach der Hauptsaison und die späte Stunde lagen über den Häusern und hüllten die kleine andalusische Küstenortschaft in Stille. Nur ein Radio dudelte eine spanische Ballade irgendwo durch ein offenes Fenster in die Nacht, die schwer vom süßen Duft des Jasmins war. Über allem spannte sich ein mondloser Indigohimmel.

Die Gestalt lief auf die Ruine des Leuchtturms zu und verschwand dahinter. Das schiefe steinerne Gebäude stand einsam auf dem Kiesstrand, der hier gute 100 Meter breit war. Aus den steilen Stufen des alten Leuchtturms, die einen Meter über dem Boden im Gemäuer verschwanden, schälten sich zwei weitere Gestalten. Stumm nickten sie der ersten zu.

»Habt ihr alles?«, flüsterte der Neuankömmling.

»Ja«, kam es wie aus einem Mund zurück.

»Ich auch.« Die Kapuzengestalt schüttelte etwas und es hörte sich wie das Klimpern eines Schlüsselbundes an.

»Pfff«, zischte einer der anderen. »Wohl nicht ganz, Eugene.« Die Stimme klang verärgert.

»Lasst uns gehen«, drängelte Eugene, steckte den Schlüsselbund ein und setzte sich in Bewegung. »Auf zur Schatzsuche.« Eine Böe zog ihm die Kapuze vom Kopf und für einen Augenblick wehte sein lockiges Haar wild im Wind. Die anderen folgten ihm.

Sie ließen die schiefe Leuchtturmruine – das Wahrzeichen von Calahonda – hinter sich und bogen in eine schmale Gasse ein. Der Geruch der Nacht veränderte sich mit einem Mal. Der kühle Wind trug die salzigen Ausdünstungen angespülter Algen und Muscheln vom Meer heran.

Niemand begegnete ihnen. Die Sommerferien waren vorbei und das Städtchen an der Costa Granada lag wie ausgestorben da. Die Rollläden der Ferienhäuser und vieler Blockwohnungen waren heruntergelassen, die Touristen hatten den Ort sich selbst überlassen.

Auf dem Meer zuckte ein Blitz und sein gleißendes Licht erfasste die drei wie bei einem Schnappschuss. Einen Augenaufschlag später herrschte wieder tiefes Nachtblau. Dumpf rollte der Donner vom Meer heran, legte sich bebend über die Landschaft und zog sich wieder hinter dem Horizont zurück.

Die drei erreichten das Ende der Gasse und ihre Schritte auf dem Kies des Strands wurden laut, als knirsche die Nacht mit den Zähnen. Im selben Augenblick setzte die Kirchturmuhr zum ersten Schlag an. Als der zwölfte Schlag in der Nacht verhallt war, hatten sie ihr Ziel erreicht.

Es war ein Chiringuito, eine für diese Bucht typische Tapasbar. Das Gebäude lag am Fuß des hohen kegelförmigen Felsblocks, der wie der Spielstein eines Riesen aussah, vergessen mitten in der Landschaft. Auf der Straße schwang eine Laterne rhythmisch im Wind, quietschend pendelte ihr Licht hin und her, die einzige Wächterin der Nacht weit und breit. Die Risse und Löcher im Asphalt wirkten lebendig, Schatten krochen daraus empor und verschwanden wieder wie seltsame Tiere.

Die drei verließen die Straße und betraten den Steg aus Holzplatten, der wie ein Kranz um das Gebäude lag. Palmen und hohe Sträucher säumten das Anwesen zur Straße hin – ein beruhigender Schutz, obwohl sich keine Menschenseele weit und breit blicken ließ.

Sie liefen um die Tapasbar herum und erreichten den Eingang, der zum Meer hin lag. Über die gesamte Länge der Mauer schimmerte dort der Name der Bar in verschnörkelten, goldenen Lettern: *Mesón del Mar*.

Am Rollgitter an der Eingangstür hielten sie inne und sahen sich um. Sie lauschten in die Nacht. Das entfernte Gekläffe eines Hundes drang herüber, sonst hörten sie nichts. So bückte sich Eugene und schloss das schwere Hängeschloss auf. Es landete klirrend auf dem Boden. Er packte das Gitter, bewegte es aber nur wenige Zentimeter, dann blieb es knirschend stecken.

»Hilf mir, Chris.« Eugene stöhnte und ließ vom Gitter ab.

Chris nickte, brummte etwas wie »müsste man mal ölen« und bückte sich. Zusammen schoben sie mit Kraftaufwand, Eugene von rechts, Chris von links, das Gitter bis zum Türschloss hoch.

»Toni, du bist dran.«

Der Dritte, der unruhig von einem Fuß auf den anderen trat, griff hastig in seine Jackentasche und schob die beiden anderen zur Seite, um ans Türschloss zu kommen. Er fummelte daran herum und Sekunden später klickte es.

»Irgendwann musst du mir verraten, wie du das machst.«

»Hättest du auch den Schlüssel von der Eingangstür besorgt, müsste ich es nicht machen«, zischte Toni und ließ vom Schloss ab. Er drehte am Türknauf und stieß die Tür auf.

»Schon gut, ich sag ja nichts. Mir wäre es auch wohler, ich hätte alle Schlüssel gefunden.« Eugenes Stimme klang besänftigend.

Sie schlüpften gebückt der Reihe nach unter dem Gitter hindurch. Chris schloss als Letzter die Tür hinter sich.

»Kommt, hier entlang. Macht noch kein Licht. Ich weiß nicht, wie dicht die Jalousien sind«, flüsterte Eugene.

Drinnen war es stockdunkel. Dunkler als auf den Straßen, wo die Nacht ihr eigenes schwaches Leuchten hatte. Wie Blinde, mit vor sich ausgestreckten, die Luft abtastenden Händen, durchquerten sie den Raum. Eine Diele knarrte. Dem Scharren von Füßen folgte ein dumpfer Stoß, gleich darauf knurrte die Finsternis ein »Autsch«.

»Alles klar?« Eugenes Stimme kam von weiter hinten.

»Hab mir bloß das Schienbein gebrochen«, die feixende Antwort. Chris kicherte.

»Wir müssen diesen Tisch beiseiteschieben«, flüsterte Eugene und trommelte leise auf Holz. »Packt an, der ist ziemlich schwer. Und aufpassen, da steht eine Menge Geschirr drauf. Aus Porzellan.«

»Natürlich aus Porzellan«, sagte Chris trocken.

Stille entstand, dann flüsterte Eugene ungeduldig: »Auf drei, ja? Eins, zwei, drei.« Zwei Sekunden später erklang ein lautes Poltern.

»Was macht ihr da, Herrgott noch mal, seid vorsichtig!«, fauchte Eugene.

Toni hüstelte und es hörte sich wie ein unterdrücktes Lachen an. »Vielleicht sollten wir uns einigen, in welche Richtung wir den Tisch schieben. Wenn ihn jeder woanders hinzieht, wird das nichts, oder?« Tonis Stimme troff vor Sarkasmus.

»Nach links«, entschied Eugene.

»Von dir oder von mir aus gesehen?«, fragte Chris seelenruhig.

Eugene sagte frostig: »Richtung Tür, wenn's recht ist.«

»Okay, los, noch mal. Verdammt schwer das Ding.«

»Warte ab, das Regal ist noch schwerer!«

»Na toll.«

»Eins, zwei, drei«, befahl Eugene kurzerhand. Ein Rücken und Scharren, gefolgt von einem dreistimmigen Stöhnen, war zu hören.

»Gut, das dürfte reichen. Jetzt das Regal.« Eugenes Stimme klang gedämpft, als hätte er sich von den anderen abgewandt.

»Versuchen wir's, vielleicht klappt's, ohne alles auszuräumen. Zu dumm, dass die Falltür so zugestellt ist.«

Schlurfende Schritte folgten der Stimme.

»Was ist im Regal?«, fragte Toni in einem Tonfall, als kenne er bereits die Antwort.

»Eine Menge Geschirr?«, versuchte es Chris gedehnt.

»Aus Porzellan?« Tonis Stimme klang erwartungsvoll.

Stille. »Wieder auf drei«, sagte Eugene schließlich, den kleinen Wortwechsel übergehend.

Das Rücken und Schieben ging von vorn los und brach dann abrupt ab. Eugene knipste brummend seine Taschenlampe an, bückte sich und suchte etwas auf dem Boden. Dann nickte er zufrieden.

»Ich brauche das Stemmeisen.«

»Hier.« Chris reichte ihm eine verrostete Stange, die er mit einem Griff nach hinten aus seinem Rucksack zog.

Eugene schob sie mit dem flachen Ende in eine Ritze im Dielenboden. Anschließend legte er sein ganzes Gewicht darauf. Mit einem nervenzerreißenden Quietschen hob sich eine zwei Meter große Falltür aus dem Boden.

»*Mierda*. Das Ding ist das reinste Mammut!«, flüsterte Toni, der mit angepackt hatte und atmete geräuschvoll aus.

»Koloss«, verbesserte Chris.

»Was?«

»Koloss. Mammut ist ein Urzeittier.«
»Und Koloss?«
»Ähm ...«
»Bitte nicht jetzt. Gehen wir hinunter«, drängelte Eugene. »Streitet euch später über kolossale Mammuts.«
Der kühle Luftzug, der aus dem Boden stieg, trug den abgestandenen Geruch von Staub und alten Sachen herauf. Eugene war mit seiner Taschenlampe bereits im Loch verschwunden, Chris und Toni folgten. Gemeinsam zogen sie die schwere Falltür über die Öffnung zurück. Dann sahen sie sich im Schein der Taschenlampe um.

Die schmale Holztreppe, auf der sie standen, führte in einen geräumigen Keller hinunter. Eugene, der zuerst unten war, fand den Schalter fürs Kellerlicht, schaltete es ein und knipste gleichzeitig seine Taschenlampe aus.

Die verstaubte nackte Glühbirne warf ein fleckiges Licht an die Decke und verwandelte den Keller in eine düstere Kammer. Unter der Treppe und im hinteren Teil des Raums, dort, wo der Schein nicht hinreichte, ballten sich dichte Schatten.

Eugene stieß einen Pfiff aus und wischte sich mit dem Ärmel den Schweiß von der Stirn. Er streifte seine Kapuze ab und die anderen taten es ihm nach. Sie trugen alle ähnliche Kleidung – Jogginghosen, Turnschuhe, dunkle Kapuzensweatshirts – und doch hätten sie kaum unterschiedlicher sein können.

Der Älteste unter den dreien war Eugene. Er ging auf die einundzwanzig zu. Seine gelockten Haare verliehen ihm etwas von einem kleinen Jungen, denn sie sahen aus, als könne man sie nie in Ordnung bringen. Dichte Wimpern säumten die mandelförmigen, hellbraunen Augen, darin leuchteten Sprenkel von Grün wie Smaragdsplitter. Seine Blicke wanderten im Raum umher, während er sich eine Locke aus der Stirn strich. Um seine Lippen lag ein melancholischer Zug.

Chris überragte die beiden anderen um eine gute Handbreite. Die Stoppeln seines Dreitagebarts betonten vorteilhaft seine Kinnpartie. Die Sonnenbräune gab seinen Zügen etwas Markantes. Seine Augen, ja, alles an ihm erschien im Schein der Kellerlampe wie dunkles Kupfer. Er fuhr sich mit der Zunge über die Unterlippe und einen Augenblick später hüpfte sein Adamsapfel auf und ab, als hätte er gerade eine Bemerkung heruntergeschluckt, die ihm auf den Lippen lag.

Der Junge mit den stoppeligen Haaren, die in öligem Schwarz schimmerten, war mit siebzehn der Jüngste. Toni war kräftig und gut durchtrainiert. Das Auffälligste an ihm waren seine großen dunklen Augen, die misstrauisch den Raum musterten. Er glättete die Stirn und rümpfte zum Ausgleich schnaubend die Nase.

Die drei schauten sich an und nickten. Die Verheißung, einem Geheimnis auf der Spur zu sein, elektrisierte sie und ließ ihre Augen funkeln.

»Bis hierher hätten wir es geschafft«, sagte Chris und schob sich an Eugene vorbei in die Mitte des Kellers. Er sah sich um.

Gegenstände lagen verstreut auf dem Boden oder waren in Holzregale entlang der Steinmauern ohne jegliche Ordnung eingeräumt. Kistenstapel unterschiedlicher Höhe füllten die Lücken zwischen den Regalen, und an einem dicken Metallhaken, der wie Ahabs Klaue aus der Kellerwand ragte, hingen alte Seemannssäcke und dicke, schmutzige Seile. Der Staub der Jahrzehnte machte den Keller stickig.

»Mein Onkel war seit Jahren nicht mehr hier unten. Seid vorsichtig, weiß der Teufel, was alles herumliegt!«

Eugene drehte sich um die eigene Achse und ging auf einen Stapel Kisten zu.

»Fallen zum Beispiel.«

Mit spitzen Fingern hob Chris eine verstaubte Mausefalle hoch. Sein Gesicht glühte in fiebriger Spannung, als könnte in jeder Kiste ein Schatz warten oder eine Gefahr lauern.

Toni pfiff durch die Zähne, streifte seinen Rucksack ab und mit einem Knall landete er auf dem Boden. Alle zuckten zusammen. »Wer hat hier Angst?«, flüsterte er belustigt, konnte seine eigene Anspannung aber nicht ganz überspielen.

»Also los, fangen wir an, bevor die Geister wach werden«, sagte Eugene und deutete auf mehrere Holzkisten in einer Ecke, die mannshoch übereinandergestapelt standen.

Die drei machten sich daran, die oberste Kiste vom Stapel zu wuchten. Als sie den Deckel anhoben, schlug ihnen ein dumpfer Geruch nach altem Stoff und Moder entgegen. Eugene hielt mit geblähten Backen die Luft an. Er beugte sich über die Kiste, angewidert griff er hinein und hob die alten Kleider hoch. Eilig ließ er den Deckel wieder zufallen und atmete geräuschvoll aus.

»Nichts«, presste er hervor. »Nur mottenzerfressene, schimmlige Klamotten.«

Die anderen Kisten vom Stapel gaben genauso wenig her.

Schwatzend suchten sie noch eine Weile den Raum ab, schauten in Kisten und unter den lose verstreuten Sachen.

Allmählich klang ihre Ausgelassenheit ab, bis sie schließlich nur noch schweigend und lustlos in allem herumstocherten. Enttäuscht gaben sie es schließlich auf und ließen sich auf herumstehende Kisten fallen. Mürrisches Schweigen breitete sich aus.

Chris hatte ein vergilbtes Buch aus einem der Regale gezogen und blätterte mit finsterem Gesicht darin.

»Ganz ehrlich, *amigos*«, sagte Toni nach einer Weile und klopfte sich den Staub von der Hose, »habt ihr ernsthaft geglaubt, etwas zu finden?«

»Du etwa nicht?« Chris stand auf und stellte das Buch zurück ins Regal, an die Stelle, wo es einen dunklen, staublosen Streifen zurückgelassen hatte.

»Doch, ja«, gab Toni widerwillig zu, »aber hier gibt's nichts, was nur annähernd wertvoll ist. *Nada!* Noch nicht mal der Wein. Die älteste Flasche ist fünf Jahre alt.« Nach einer Pause brummte er verlegen: »Ich komme mir gerade echt albern vor. Wir sind doch keine Kinder mehr, die an Märchen mit versteckten Schätzen glauben.«

»Wissen wir überhaupt, wonach wir suchen? Dein Onkel hätte sonst was meinen können.«

Chris wandte sich an Eugene, der die ganze Zeit still vor sich hingestarrt hatte. »Wie hat er es noch gleich ausgedrückt? *Manche Sachen müssen bis in alle Ewigkeit verborgen bleiben. Denn manches Geheimnis ist machtvoll, und einmal gelüftet, würde es unser Leben für immer verändern oder schlimmer ...*« Er lallte mit rauer Stimme, als mache er jemanden nach, der einen über den Durst getrunken hat.

»Ich weiß, *Boccaroni* Barry hat schon immer einen Hang zum Theatralischen gehabt«, sagte Eugene und überspielte seine Verlegenheit mit einem schiefen Grinsen. »Warte, nein, er sagte: *Manches Wissen ist machtvoll.*«

»Tja, genau. Wir haben uns doch nur eingebildet, dass er einen Schatz meinte.«

»Als du ihn gefragt hast, was hier unten sei, hat er doch gesagt, dass manche *Sachen* verborgen bleiben sollten. Also meinte er schon etwas Bestimmtes oder nicht?«, protestierte Toni.

»Ich bin mir nicht sicher«, erwiderte Eugene, stand auf und zuckte unschlüssig mit den Schultern. Beiläufig fügte er hinzu: »Außerdem war er betrunken.«

Sie schwiegen.

»Vielleicht sollten wir deinen Onkel noch mal fragen, wenn er nüchtern ist«, schlug schließlich Chris vor.

»Die Sache ist die«, nahm Eugene nach einer Weile das Thema wieder auf, »erstens ist mein Onkel *nie* nüchtern, und zweitens wird er uns nichts verraten. Er macht ein Riesengeheimnis um sich. Das einzig Handfeste, was ich über ihn weiß, ist, dass er Unmengen Alkohol und *boccaronis* verdrücken kann. Von seiner Vorliebe für die kleinen Fische hat er seinen Spitznamen. Abgesehen davon würde er uns die Köpfe abreißen, wenn er wüsste, dass wir hier unten herumstöbern. Also, vergiss es.«

Es wurde wieder still im Keller und die drei gaben sich mit finsteren Gesichtern ihrer Enttäuschung hin.

»Wie lange haben wir hier unten Luft? Ich krieg jetzt schon keine mehr«, jammerte Chris irgendwann.

»Ich hatte nicht vor, die Nacht hier zu verbringen!«

»Warum eigentlich nicht? Ein paar Konserven finden wir sicher irgendwo. Und zu trinken wäre oben genug.«

»Nicht nur oben. Seht mal, welch edler Tropfen«, sagte Toni und hielt eine verstaubte Weinflasche hoch. »Vielleicht ist in einer dieser Flaschen eine Flaschenpost verborgen, eine Karte, die zu einem Schatz führt. Oder der Schatz selbst. Ein Diamant oder ...«

»Ach, halt doch die Klappe!«, zischte Eugene.

»Wir könnten alle Flaschen öffnen und nachsehen. Natürlich müssten wir die vollen erst leeren«, fuhr Toni unbeeindruckt fort, als hätte er Eugene nicht gehört.

»Und wenn wir den Schatz schon nicht finden«, nahm Chris den Faden auf, »dann könnten wir den Wein und die Thunfischkonserven alle machen. Oder etwas für unsere Bildung tun.«

Er schaute sich um, griff in die Kiste neben sich und zog wahllos ein Buch heraus. Mit dem Ärmel wischte er den Staub vom verblassten braunen Ledereinband. Er drehte es suchend hin und her, doch weder auf dem Einband noch auf dem dicken Buchrücken stand ein Titel. Nur eine handtellergroße Figur zierte das Leder des Einbands.

Er fuhr mit den Fingerspitzen über die Einprägung und brummte: »Sieht wie ein *Indalo* aus, das Symbol des Regenbogengottes, das es hier an einigen Häusern gibt.« Er schlug das Buch auf, las die Titelseite: »*Las historias y metamorfosis de los an ...*« und räusperte sich. »Ähm, was?« Er runzelte die Stirn, als könne er dadurch die verwitterte Schrift auf dem harten, rissigen Papier besser lesen. »*Anthro-phi-bios*«, las er stockend das letzte Wort. Er starrte noch eine Weile geistesabwesend die Schrift an und blätterte dann ein paar Seiten um. Das Papier sah aus, als würde es gleich zu Staub zerfallen. Vorsichtig schloss er das Buch und legte es weg, in Gedanken schon woanders. »Und wir nennen uns selbstverständlich *Der Club der toten Dichter*«, sagte er und kratzte sich am Kinn.

»Ihr Amerikaner mit euren Filmen«, spottete Toni. »*Der Club der dämlichen Spinner* wäre passender«, zischte er gleich darauf, zog die Kapuze seines Sweatshirts über und fletschte die Zähne. »Der in dieser denkwürdigen Nacht ein jahrhundertealtes Geheimnis lüftet, verborgen unter dem Chiringuito eines irischen Trunkenbolds. Der nach Spanien auswanderte, um sein Glück zu finden, und stattdessen nur *boccaronis* und Schnaps fand.«

Sie prusteten los.

»Alles, was ihn von seiner hysterischen Frau fernhielt, war wohl recht. Selbst dieses Nest«, brachte Eugene gerade noch hervor, bevor er sich verschluckte und hustete.

»Apropos Frau, wir müssten auch ein paar Mädchen dazuholen.«

»Nee, lieber nicht. Im Film ging das auch schief. Außerdem hast du doch eh kein Mädchen.« Eugene sah Toni provozierend an.

»Ich schon«, schaltete sich Chris ein und erntete einen Rippenstoß von Toni.

»Lass meine Schwester aus dem Spiel, du Weiberheld. Ich schwöre dir, wenn du Maria auch nur einmal böse ansiehst ...« Toni beendete den Satz mit einem deutlichen Zeichen.

Chris fasste sich unwillkürlich an die Kehle und krächzte: »Okay, also keine Mädchen. Ihr kennt sowieso keine.«

»Wo du recht hast, hast du recht«, sagte Eugene und seufzte theatralisch. »Meinem Onkel ist es auch nicht gut mit den Frauen ergangen.«

»Und jetzt hat er dich am Hals. Das nenne ich eine unglaubliche Verbesserung seiner trostlosen Situation.«

»Wohin er wohl diesmal flüchtet? Oder stürzt er sich am Ende ins Meer?«

»Bestimmt nicht«, sagte Eugene in gespieltem Ernst. »Ist nicht hochprozentig genug.«

Die drei brachen in Lachen aus.

»Seid leiser«, raunte Eugene und unterdrückte nur mit Mühe einen erneuten Lachanfall. »Wollt ihr, dass uns jemand hört?« Er wischte sich die Tränen aus den Augen.

Toni fiel gerade wieder etwas ein und er wandte sich an Chris: »Wie war das? *De los* – was?«

»Was? Ach so. Keine Ahnung, lies selbst. Du bist hier das spanische Original.« Chris reichte Toni das ledergebundene Buch. Er nahm es und fuhr mit den Fingern über die eingeprägte Figur auf dem Ledereinband.

»Stimmt, das Symbol sieht wirklich wie ein *Indalo* aus. Allerdings hat der hier eher einen Fischkopf.« Er schlug es auf. »Merkwürdig. Wie alt das Buch wohl ist?«, sagte er mehr zu sich. »*Las historias y metamorfosis de los ... anthrophibios.* Keine Ahnung.« Mit den Fingerkuppen strich er über das Papier, als wolle er eine Blindenschrift entziffern, und murmelte: »Die Geschichten und Verwandlungen der ... wie auch immer.«

Toni klappte das Buch zu, legte es neben sich auf die Kiste und stand auf.

»Vielleicht ein Buch über Amphibien. Wer sich dafür interessiert«, sinnierte Chris gelangweilt, gähnte und machte Anstalten, aufzustehen.

Eugene griff nach dem Buch und betrachtete die Figur. Sie sah aus wie ein von einem Kind gemaltes Strichmännchen mit ausgebreiteten Armen und gespreizten Beinen. Ein Bogen spannte sich im Halbkreis von einem Arm zum anderen und der Kopf der Figur sah einem Fischkopf sehr ähnlich.

Er öffnete das Buch und blätterte vorsichtig einige Seiten um. Erstaunt pfiff er durch die Zähne. »Das ist doch tatsächlich Altspanisch.«

Toni verdrehte die Augen und schnalzte mit der Zunge. »Du und dein Sprachfimmel.«

Eugene zuckte mit den Schultern, als hätte er den Spott öfters schon abbekommen. Fasziniert betrachtete er die Seiten des Buchs.

»Wenn das Jahreszahlen sind, dann halte ich gerade einen Schatz in Händen.«

Chris und Toni lachten trocken auf.

»Einen Schatz, na klar«, höhnte Toni und beugte sich über das Buch. »2.139 A.C.«, las er an der Stelle, wo Eugenes Finger lag. »Das ist keine Jahreszahl. Was soll denn *A.C.* bedeuten?«

»Vielleicht eine alternative Abkürzung für *Ante Christus,* vor Christus«, erwiderte Eugene.

»Das ist aber weit hergeholt«, protestierte Toni amüsiert und wandte sich wieder ab.

»Stimmt schon. Das erste Papier ist eher so 2.000 Jahre alt. Außerdem kam das Altspanische erst im 11. Jahrhundert nach Christus auf«, bemerkte Eugene in lehrerhaftem Ton und klappte das Buch wieder zu. »Und genau genommen sollte es Menschen-amphibien heißen.«

Die anderen sahen ihn verständnislos an.

»Na ja, das letzte Wort im Titel. *Anthro-* kommt bestimmt von *ànthropos,* was auf Griechisch so viel wie Mensch heißt. Und *anthro-phibios* sind dann die Menschen ...«

»Scht! Still«, unterbrach ihn Chris. »Ich habe etwas gehört.«

Sie erstarrten und lauschten angespannt.

Nach einer Weile, in der sich nichts tat, fragte Eugene ungeduldig: »Was? Außer einem Tropfen dort hinten höre ich nichts.« Er reckte sich und stand auf.

»Genau, das Tropfen.« Chris nickte, als wolle er seine Worte unterstreichen.

»Ja, und?« Eugene schaute ihn belustigt an.

Platsch. Das Geräusch war kaum wahrnehmbar. Platsch. Er legte das Buch beiseite, stand langsam auf und lauschte mit hochgezogenen Augenbrauen.

Wie auf Kommando fingen alle drei an zu suchen.

»He, hierher, ich hab was.« Chris stand im hinteren Teil des Kellers und tastete über die Wand dort. »Kann mal jemand hierher leuchten?«

Der Schein der aufflammenden Taschenlampen blendete Chris und er kniff die Augen zu.

Auf Kniehöhe erkannten sie eine feucht-schmutzige Spur, die sich von einem abstehenden Mauerstein bis zum Boden zog. Auf der Kante des Steins schwoll in regelmäßigen Abständen ein Wassertropfen an. Zuerst kaum sichtbar, dann immer dicker, bis er schließlich vom eigenen Gewicht überwältigt mit einem schmatzenden Geräusch zu Boden fiel.

Im tanzenden Schein ihrer Taschenlampen sahen sie auch noch etwas anderes: Die hintere Kellerwand war deutlich heller als die anderen Wände, so als wäre sie erst später gebaut worden. Einen halben Meter über dem Boden sah die Mauer über ihre gesamte Länge wie mit Flüssigkeit vollgesaugt aus.

Chris kniete sich vor die Wand. Mit beiden Händen rüttelte er am abstehenden Stein und tastete bis zum Boden die grobe Wand ab.

»Das Wasser kommt eindeutig von hier.« Er richtete sich auf und drehte sich zu den anderen.

»Ist doch unwichtig, es ist ein alter Keller, der Feuchtigkeit angesammelt hat«, sagte Eugene. »Was regen wir uns darüber auf? Ich schlage vor, wir gehen.« Er war im Begriff hochzulaufen, als ihn Chris' Worte zurückhielten:

»Der Keller ist nicht feucht. Er ist trocken und staubig.«

»Na und? Dann ist er eben nur an der Mauer dort feucht.«

»Und wieso ist es Salzwasser?«

Eugene starrte Toni an, der das gerade gesagt hatte.

»Ich bin mit meiner Hand an den Mund gekommen und sie schmeckt salzig ...« Tonis Worte klangen beinahe entschuldigend.

Eugene und Chris fuhren mit den Fingern über den Stein und führten sie an ihre Lippen.

»Salzig«, sagten sie wie aus einem Mund.

Und danach unterbrach nur das monotone Geräusch der Wassertropfen die Stille.

Schließlich stammelte Toni: »Ist jenseits dieser Mauer etwa ...« Er hielt inne und fuhr sich mit einer Hand durchs Haar. Hilfe suchend schaute er die beiden an, als fürchtete er, sich lächerlich zu machen, wenn er den Satz zu Ende sprach. Ihre flammenden Blicke zeigten ihm jedoch, dass sie das Gleiche dachten wie er.

Und dann nickten sie. Ein dreiköpfiges Nicken wie ein Schwur.

»Das Meer.«

4.
Faro de Sacratif

Lilli erkannte ihre Mutter fast nicht wieder, als sie ihr hinter der Absperrung in der Flughafenhalle winkend entgegenstrahlte.

Mit ihren 44 Jahren gehörte sie zu den gesegneten Frauen, die nichts tun mussten, um jugendlich zu bleiben. Sie trug ein modisches, ärmelloses Kleid, das ihre Figur betonte, und um die Schultern ein buntes Tuch. Ihr natürlich rotes Haar umspielte in Locken ihr schmales Gesicht. Früher wollte Lilli auch diese Haarfarbe haben – das kräftige Rot des wilden Weins im Herbst, ein Überbleibsel ihrer irischen Abstammung.

Insgeheim gab Lilli zu, dass die Anwesenheit ihrer Mom hinter der Absperrung etwas Beruhigendes nach den Strapazen der letzten zwölf Stunden hatte. Immerhin war sie der erste Mensch seit Langem, der sie anlächelte.

Lilli stapfte ihr auf wackeligen Beinen entgegen. Dabei sah sie sich in der Halle um und stellte erstaunt fest, dass der Flughafen modern und hell war. Überall flackerten digitale Anzeigen und Reklamebords. Die unterschiedlichsten Essensgerüche hingen in der Luft und vor vielen Schaltern warteten lange Schlangen von Menschen.

Die Schaufenster der kleinen Läden und Boutiquen waren hübsch dekoriert, was sie zuversichtlicher stimmte. Vielleicht war Spanien doch nicht so schlimm. Lilli gestand sich ein, dass sie nach dieser letzten Landung nicht viel mehr als eine düstere Holzhütte als Flughafen erwartet hatte. Jedenfalls nichts, was dem hier glich. Fast wie der JFK Airport in New York, nur eben kleiner.

Vier Jungs in ihrem Alter standen unweit ihrer Mutter und schauten sie grinsend an. Ein kräftig gebauter Junge pfiff und rief Lilli etwas auf Spanisch zu. Die anderen stimmten mit ein.

Sie schaute missmutig hinüber, woraufhin die Jungs plötzlich verstummten, als hätte jemand die »Ton aus«-Taste gedrückt. Na toll, dachte sie und erreichte die Absperrung mit hochrotem Kopf. Sie ließ es zu, dass ihre Mutter sie umarmte. Aber nur weil sie zu müde war, um sich dagegen zu wehren. Sie rümpfte die Nase.

»Lass dich nicht von denen ärgern«, sagte ihre Mutter lachend und ließ sie aus der Umarmung los. Anscheinend hatte sie die Szene beobachtet. »Das ist ihr spanisches Temperament. Die sind alle so, wenn sie ein hübsches Mädchen sehen.«

Eine Eigenschaft ihrer »alten Seele« war, dass sie im Großen und Ganzen den Tatsachen ins Auge sah. Sie war nicht gerade hässlich, aber für eine Schönheit, der man hinterherpfiff, hielt sie sich nicht. Sie hatte vielleicht keine gewöhnlichen, langweiligen Augen, vielleicht war sogar ihr schlanker Hals hübsch oder ihr langes Haar, doch insgesamt fand sie sich farblos und unscheinbar. Eigentlich nicht der Rede wert.

Lilli starrte ihre Mutter an, als hätte die ihr gerade eröffnet, zu »Miss Malaga Airport« gewählt worden zu sein. »Was?« Sie zog die Brauen hoch, erwartete allerdings keine Antwort. Sie war viel zu erschöpft, um einem Satz vom Anfang bis zum Ende zu folgen.

Und so verlor sich das Geplapper ihrer Mutter über das spanische Wetter, die bevorstehende Fahrt und wie schlimm auch sie das Fliegen fand in einer Wolke aus Staub und Lärm, die sie durch den Flughafen und hinaus ins Freie trug. Lilli schaltete auf Autopilot und trottete ihrer Mutter zum Parkhaus hinterher.

Während der Fahrt schaute sie stumm auf die Landschaft und musste sich eingestehen, dass die Aussicht spektakulär war. Fast die ganze Zeit fuhren sie eine steile Küste entlang und Lilli verlor sich bald im Funkeln und Glitzern des Meeres.

Die Autobahn schlängelte sich zwischen Klippen, führte über lange und schwindelerregend hohe Viadukte und durch Tunnel, die den Berg von Zeit zu Zeit durchbrachen. Die imposante Aussicht, über die sich ein tiefblauer, makelloser Himmel spannte, verbesserte ihre Laune nur unwesentlich. Eigentlich kam das hier fast einer Beleidigung gleich, echt! Kurzerhand schloss sie ihre müden Augen.

Sie war eingedöst und schreckte hoch, als sie durchgerüttelt wurde. Sie fuhren eine unebene Straße entlang, die die Welt vergessen zu haben schien. Andere Autos begegneten ihnen nicht, geschätzte zwanzig Minuten lang.

Wie lange fuhren sie jetzt überhaupt?, fragte sich Lilli und lehnte den Kopf an die Scheibe. Sie spürte den Blick ihrer Mutter.

»War deine Großmutter bei dir?«

»Ein paar Tage, ja.« Lilli löste sich von der Landschaft, die an ihnen vorbeizog, und schaute ihre Mutter vorwurfsvoll an. »Du hättest sie nicht zu mir schicken sollen. Es fällt ihr immer schwerer, Reisen zu unternehmen. Und nach New York sowieso.«

»Geht es ihr gut?«

»Sie war von New York so wenig begeistert wie sonst auch. Diesmal war sie kein einziges Mal draußen. Das Bein macht ihr immer mehr zu schaffen.«

»Was sagt der Arzt?«

Lilli schnaubte.

Ihre Mutter gab selbst die Antwort: »Sie geht nicht zum Arzt.«

Lilli nickte resigniert. »Echt dickköpfig. Sonst habt ihr nicht so viel gemeinsam, aber du bist genauso stur, wenn es um Ärzte geht.«

»Deine Großmutter kann gut auf sich aufpassen. Mach dir keine Sorgen. Sie war nur zwei Mal in ihrem Leben wirklich krank und ist damals endlich zum Arzt gegangen, obwohl sie sich zuerst geweigert hat. Wir sollten ihr vertrauen. Wenn sie es für angebracht hält, wird sie einen Arzt aufsuchen.«

Lilli hatte das deutliche Gefühl, dass ihre Mutter vor allem sich selbst überzeugen wollte. Für sie war das Thema damit beendet.

»Schau«, sagte ihre Mutter plötzlich und deutete nach vorn.

Lilli dachte für einen Augenblick, sie meinte das Auto, das an ihnen vorbeigesaust war. Als eindeutiges Zeichen von Zivilisation, sozusagen.

»Da ist der Leuchtturm von La Perla.«

Widerwillig schaute sie in die Richtung, in die ihre Mutter deutete.

Der kleine Leuchtturm am Rand der Klippe zog zu ihrer Rechten vorbei und schien genauso nutzlos wie alles andere. Aus dem Augenwinkel las sie noch das Schild *Faro de Sacratif,* dann war der Leuchtturm auch schon verschwunden.

»Sobald wir am Leuchtturm sind, haben wir es geschafft.«

Welch ein grandioser Anhaltspunkt. Wurde in Spanien die Entfernung etwa so gemessen: noch einen Leuchtturm weiter, dann rechts? Oder die Zeit vielleicht nach dem Stand der Sonne? Wenn die Sonne dort am Himmel steht, haben Sie Ihr Ziel erreicht?

Immerhin eine gute Nachricht, dass sie endlich ankommen würden. Sie wollte nichts sehnlicher als ankommen und schlafen. Egal wo, egal wie.

Die Aussicht, die sich Lilli bot, als sie bald darauf die Straße verließen, war bizarr. Sie fuhren zwischen Reihen von ... ja, was eigentlich?

»Das sind Gewächshäuser«, sagte ihre Mutter, als hätte sie ihre Gedanken erraten. Sie lachte schallend, als sie Lillis Gesichtsausdruck bemerkte. Ihre Mutter war schräg drauf, eindeutig. Kein Wunder, bei der Aussicht. Die Planen schienen nie mehr zu enden. Reihenweise standen sie da und sahen im Vorbeifahren wie aneinandergeklebte, dreckige, bescheuerte Iglus aus.

»Der Weg ist eine Abkürzung. Keine Sorge, bei uns sieht man nichts mehr davon.«

Bei uns ... na klar. Lilli verzog den Mund und schwieg. »Bei uns« war Tausende Meilen weit weg von hier, auch wenn es »bei uns« vermutlich regnete. »Unseren« New Yorker Regen. Und sich dort mindestens acht Millionen Menschen mehr tummelten als hier. Gab es hier überhaupt welche?

»Die Einheimischen nennen die Gewächshäuser *plastico fantastico*. Passt super, nicht?«

Sollte das ironisch klingen? In Lillis Ohren klang es nur idiotisch.

»Ganz super.«

Endlich bogen sie auch von dieser Straße ab und kamen auf eine schmale, asphaltierte Gasse, die nach einer scharfen Rechtskurve schließlich in einen unbefestigten Weg mündete. Das Meer tauchte gleißend vor ihnen auf und Lilli kniff die Augen zusammen.

Der Weg zog sich leicht erhöht entlang des Strands, der verlassen zu ihrer Linken lag und bis zu einer hohen Klippe in der Ferne reichte. Der Strand bestand aus Kieselsteinen, einige kleine Sandinseln durchbrachen das schmutzige Grau der Steine. Richtung Klippe verdichteten sich Felshaufen, die nach hinten immer größer wurden, bis sie in die Klippenwand als scharfe Randfelsen übergingen.

Das Meer war stürmisch, hohe Wellen brachen sich am Ufer und über der Wasserlinie hingen dunstige Streifen wie Nebelschwaden.

Die Müdigkeit gaukelte Lilli vor, die salzgetränkte Luft riechen zu können, obwohl die Fenster des Wagens geschlossen waren.

Der Weg schien nicht befahren. Eine Wolke aus Staub erhob sich hinter ihnen. Wird immer besser!, dachte Lilli. Obwohl ihre Mutter im Schritttempo fuhr, wurden sie heftig durchgerüttelt und die Reifen protestierten knirschend. Anscheinend bestand der Weg nicht nur aus staubiger Erde.

Rechts fuhren sie an einzelnen, in hellen Farben getünchten Häusern vorbei. Plötzlich hörte die Reihe der Häuser auf und eine Fläche mit hohem Schilf kam in Sicht, die bis zu den Hügeln in der Ferne reichte.

»Das ist ein Zuckerrohrfeld. Gibt es öfter hier in der Gegend. Die machen in der Fabrik drüben in Motril ihren berühmten Rum daraus.«

Ach so, also kein Schilf. Ihre Mutter schien heute besonders »telepathisch« zu sein. Und was sie nicht schon alles wusste ... Ob sie auch weiß, dass sie die Sauerei im Auto haben wird, wenn das Rütteln nicht bald aufhörte? Lilli versuchte die Übelkeit zu unterdrücken. Sie war im Begriff, ihre Mutter zu warnen, als nach der nächsten Wegbiegung ein Gebäude auftauchte.

Es thronte einsam auf einer niedrigen Kuppel vor der Klippe, auf deren Plateau derselbe Leuchtturm stand, an dem sie vorhin vorbeigekommen waren. Sie waren also einen Bogen gefahren, fasste Lilli zusammen, oben um die Gewächshäuser herum, hinunter zum Meer und dann entlang der Küste ein Stück wieder zurück in die Richtung, aus der sie ursprünglich gekommen waren. Für ihren miserablen Orientierungssinn, gut beobachtet!

Der Weg führte über den sanften Hang hinauf und sie hielten im Schatten der Mauer, die das Grundstück einsäumte. Die Mauer mit ihren üppigen bunten Blumenranken ließ das Anwesen wie aus einer anderen Welt erscheinen, eine farbenprächtige Insel in der staubigen Einöde.

Lilli öffnete die Wagentür und schob vorsichtig ihre steifen Beine ins Freie. Sie traute sich nicht, gleich aufzustehen. Alles drehte sich, einschließlich ihres Magens.

Gierig sog sie die Luft ein und allmählich kam die Welt um sie zum Stehen. Der Duft der Blumen, der sich mit dem Salzgeruch des Meeres mischte, war überwältigend. Sie wuchtete sich aus dem

Sitz und streckte sich ausgiebig. Die Morgensonne streifte ihre Haut und entspannte ihr Gesicht mit milder Wärme.

Ihre Mutter hob bereits die Reisetaschen mit der Bemerkung »Wieso hast du eigentlich nur so wenig Gepäck dabei?« aus dem Kofferraum und lief mit einer Tasche in jeder Hand zum niedrigen Holztor, das die Mauer durchbrach. »Chris hatte mehr dabei und er ist ein Junge«, sagte sie noch, bevor sie das Tor schwungvoll mit der Hüfte aufstieß.

Lilli schnappte sich den Rest des Gepäcks, einen großen Rucksack aus hellbraunem Leder, schloss den Kofferraum mit einem Knall und folgte ihrer Mutter. Sie kam an einem Schild vorbei, auf dem mit roter Farbe *APTOS SAN JAIME* gepinselt war.

Warum sie nicht mehr Gepäck hatte? Weil sie es einfach nicht geschafft hatte, die Packerei systematisch anzugehen. Ratlos hatte sie stundenlang ein- und wieder ausgepackt und schließlich am vorletzten Tag einfach beliebig Sachen in die beiden Taschen gestopft. Ein paar Dinge, an denen sie hing, waren aber dabei: ihre Lieblingsmusik auf ihrem MP3-Player, ihre Digitalkamera, einige Lieblingsklamotten und Schuhe. Und das Strickzeug mit dem angefangenen Pullover. Und sonst? Was nahm man schon in einen eineinhalbjährigen »Urlaub« mit ...?

Lilli trat schweigend durchs Tor. Sie fand sich in einem großen, gefliesten Hof wieder. Wäre sie nicht so müde gewesen, hätte sie ihrer Verblüffung laut Luft gemacht. Es war sehr schön hier! Ein ovaler kleiner Pool leuchtete türkis aus der Mitte des Hofs, der von sattgrünen Büschen und Palmen gesäumt war.

Eine Gestalt erschien auf einem der Balkone im obersten Stockwerk.

Ihre Mutter, die im Schatten vor der Eingangstür zum Haus wartete, grüßte laut auf Spanisch hinauf, im Flüsterton sagte sie zu Lilli, die jetzt zu ihr stieß:

»Das ist der Hausmeister. Don Pedro. Er ist etwas eigenartig. Ich glaube, er ist schwerhörig. Jedenfalls wohnt er da.«

Lilli schaute zu der rauchenden hageren Gestalt hoch und gab sich alle Mühe, ein freundliches Nicken hinzubekommen. Der Mann sah aus der Entfernung greisenhaft aus. Ein dunkles Augenpaar starrte aus dem eingefallenen Gesicht zu Lilli herab. Als sei er mit den Jahren immer mehr in sich selbst versunken, dachte sie und bekam beim finsteren Blick des Alten unwillkürlich eine Gänsehaut. Ihre Mutter verschwand kichernd im Haus, als sie Lillis Miene bemerkte.

Hoffentlich sind nicht alle hier so seltsam! Lilli stolperte ihrer Mutter nach und war erleichtert, als sie das Treppenhaus betrat. Es war langgezogen und ging in einen Flur über. Hier roch es nach staubigem Stein und frischer Tünche. Von der Decke bis zu den Bodenfliesen war alles in Weiß gehalten. Allein die dunklen Holztüren, an denen sie vorbeikam, sahen im Weiß der Wände wie riesige Schokoladentafeln aus. An den Türen hingen weiß-blaue Namensschilder aus Keramik.

Der Flur machte einen Knick und ihr Blick fiel auf die Ecke im Schatten einer Treppe. Zwei mannshohe Regale standen dort, unordentlich mit Büchern gefüllt. Im Vorbeigehen entdeckte Lilli einige englischsprachige Bücher, was sie irgendwie beruhigte. Am Ende des Flurs stellte ihre Mutter die Taschen vor einer Tür ab. Auch an dieser hing ein Keramikschild. Darauf stand in handgemalten Lettern ihr Familienname: »LeBon, Aptos 5/6«.

Ihre Mutter schloss auf und sie folgte ihr in einen geräumigen Korridor, wo sie vor einer rostfarben gebeizten Holztür mit Messingklinke innehielt.

»Das ist dein Zimmer.«

Lilli trat ein.

»Das Bett ist ja riesig«, waren die ersten Worte, die sie nach langer Zeit sagte. Mit einem Seufzer der Erleichterung warf sie ihren Rucksack aufs Bett. »Sind die Männer da?«, fragte sie und setzte sich auf die Bettkante.

»Ich habe sie einkaufen geschickt. Heute ist Markt in Motril. Und Flohmarkt.« Ihre Mutter zwinkerte Lilli zu. Flohmarkt hieß, ihr Dad würde stundenlang fortbleiben. Er liebte Flohmärkte.

Lilli nickte. Das Lächeln, das sie versuchte, musste jämmerlich aussehen, denn ihre Mutter sagte verständnisvoll:

»Ich lass dich jetzt allein. Schau dir die Wohnung später an. Wenn du etwas essen willst, ich bin drüben.« Ihre Mutter zog mit dem gleichen strahlenden Lächeln wie am Flughafen die Tür hinter sich zu.

Als Lilli erwachte, war es dunkel. Einige Atemzüge lang wusste sie nicht, wo sie war. Ihr Kopf fühlte sich schwer an und nur mit Mühe schaffte sie es, ihre Augen offen zu halten. Reglos lag sie auf dem Rücken und blinzelte in die Dunkelheit.

Die Worte ihrer Mutter fielen ihr ein, »Hab' dich lieb, Lil.« Hatte sie es nur geträumt, oder hatte ihre Mutter es tatsächlich zu ihr gesagt, bevor sie sie allein gelassen hatte? Dann dämmerte ihr, wo sie war und sie machte die Augen wieder zu. Sie nahm sich vor, noch eine Weile zu schlafen. Eine lange Weile, am besten die nächsten anderthalb Jahre ...

Ein vollkommen unwirkliches Gefühl überkam sie. Kein Wunder, nach den einsamen Wochen in New York ... Wenn da nicht das Bedürfnis gewesen wäre, auf die Toilette gehen zu müssen, hätte sie an einen Traum geglaubt. Widerwillig stand sie auf und schlurfte ins Bad.

Zurück im Zimmer schaute Lilli auf die glimmenden Ziffern einer Digitaluhr, die im Dunkeln rot leuchteten. Es war kurz vor elf Uhr. Sie hatte den ganzen Tag geschlafen. Warum fühlte sie sich dann wie durch den Fleischwolf gedreht?

Auf dem Weg zur Balkontür stolperte sie über ihre Taschen. Sie zog die Vorhänge beiseite und öffnete die Tür. Die angenehm milde Nachtluft lockte sie nach draußen und sie trat barfuß auf die noch warmen Fliesen hinaus.

Überrascht erkannte sie, dass es einen zweiten Hof gab, der sich direkt unter dem Balkon erstreckte. Er war kleiner und durch hohe Büsche vom anderen abgetrennt. Jetzt lag er unbeleuchtet und leer da, schwarze Schatten auf den Steinplatten. Dieser war nicht wie der große Hof von einer Mauer umgeben. Nur einige Palmen standen am Rand des Hangs, der zum Meer hin zeigte.

Es war windstill und süßer Blumenduft lag in der Luft. Als sich ihre Augen an das fahle Licht aus dem vorderen Hof gewöhnt hatten, machte sie durch die Palmen hindurch den Saum des Meeres aus. Der Sturm hatte sich gelegt und das Rauschen der Brandung war nur ein leises Hintergrundgeräusch in der sonst stillen Nacht. Die sanften Wellen brachen sich gelangweilt und streiften ihren Schaum am Ufer ab.

Und über allem rotierte in monoton regelmäßigen Intervallen der schmale Strahl des Leuchtturms.

Lilli starrte in die Ferne. Bilder ihrer langen Reise und Eindrücke der Fahrt mit dem Auto vermischten sich vor ihrem inneren Auge zu einem wirren Kaleidoskop. Ihre Müdigkeit überwältigte sie wieder.

Gerade, als sie sich abwenden und zurück ins Zimmer gehen wollte, sah sie in der Schwärze, dort wo das Meer auf den Horizont zuging, zwei grüne Lichter gleichzeitig aufleuchten. Sie waren ein gutes Stück vom Ufer entfernt und schimmerten eigentümlich phosphoreszierend. Flackerten wie riesige Leuchtkäfer auf einer schwarzen Decke und erloschen Sekunden später.

Sie hielt inne. Wieder leuchteten die Punkte auf, diesmal Richtung Leuchtturmklippe. Sie bewegten sich schnell aufs Ufer zu.

Gebannt verfolgte Lilli die Lichter, konnte jedoch nicht erkennen, woher sie kamen. Es schien, als glitten sie einfach über das Meer. Oder waren sie unter Wasser?

Plötzlich standen sie still und Lilli hatte das beunruhigende Gefühl, beobachtet zu werden. Als ob Augen hinter den Lichtern lauerten. Dann erloschen sie schlagartig. Angestrengt versuchte sie, etwas in der Dunkelheit zu erkennen. Ein Boot oder Schiff. Vergeblich.

Minuten vergingen. Das Gefühl, beobachtet zu werden, hielt sich auch jetzt, wo die Lichter nicht wieder aufflammten. Nichts rührte sich. Dennoch spürte sie deutlich, dass sie etwas vom nächtlichen Meer her, aus der Finsternis dort ansah. Unwillkürlich huschte eine Gänsehaut über ihren Körper.

Schließlich schüttelte sie den Kopf und trottete zurück ins Zimmer, wo sie ausgiebig gähnte. Unfug, schimpfte sie sich. Wer sollte sie beobachten? Auf diese Entfernung und bei Dunkelheit völlig unmöglich, beschloss sie.

Erst jetzt fiel ihr auf, dass sie immer noch ihre Jeans anhatte. Sie zog sie umständlich aus und kuschelte sich wieder in die Kissen. Ihr Fuß stieß gegen etwas. Es war ihr Rucksack, der noch auf dem Bett lag. Mit einem Tritt beförderte sie ihn zu Boden, wo er geräuschvoll landete.

Sie drehte sich zur Seite und zog die Steppdecke bis unters Kinn. Sicher Fischer oder Taucher, überlegte sie, die hatten solche phosphoreszierenden Lichter. Sie verscheuchte das unangenehme Gefühl, das sie von draußen mitgebracht hatte, und lauschte eine

Weile dem Zirpen der Zikaden unten im Hof. Ein neues Geräusch, an das sie sich gewöhnen musste, wie auch an das Wellenrauschen.

Während sie noch darüber nachdachte, dass es sich eigenartig ohne die vertraute Geräuschkulisse New Yorks anfühlte, war sie auch schon eingeschlafen.

5.
Unter Druck

Ein Klopfen an der Tür riss ihn aus dem Schlaf. Mit einem Schlag war Alex hellwach. Er schmiss sich herum und stieß Marc beinahe aus dem Bett.

Der saß kerzengerade am Fußende, in der Dunkelheit nur ein Umriss. Seine vor Schreck geweiteten Augen leuchteten.

Wieder klopfte es, leise Poch-Poch-Pochs, deren Widerhall bedrohlich anschwoll und den ganzen Raum füllte. Das Klopfen wurde zum Hämmern und sein schneller Herzschlag wie dessen Echo.

Alex löste sich als Erster aus der Erstarrung. Benommen schaltete er das Licht an und öffnete die Tür. Im Türrahmen lehnte ein Junge und blinzelte verschlafen ins Licht. Es war Greg. Alex blinzelte zurück.

Sein voller Name war Gregorius, aber der Junge hatte aus Gründen, über die er sich ausschwieg, darauf bestanden, dass man ihn Greg nannte. Er ging in die Stufe unter der von Alex und war in seiner Klasse der Vertrauensschüler. Greg musterte Alex schlaftrunken.

»Ich soll dich wecken.« Er zuckte mit den Schultern, als er Marc bemerkte, der hinter Alex getreten war. »Euch«, stellte er richtig, »auch gut, spart mir eine Weckaktion. Anordnung von Seraphim. Weiß zwar nicht, was das soll, klang aber schrecklich wichtig.« Greg brummte noch etwas, was wie »als ob es keine Wecker gäbe« klang, bückte sich und zog ein fest verschnürtes Bündel von der Größe zweier Fäuste aus einem Rucksack.

»Das soll ich dir geben.« Er hielt Alex das Bündel hin, bückte sich erneut und kramte ein zweites aus dem Rucksack: »... und das.«

»Danke«, flüsterte Alex und nahm ihm die Päckchen ab.

»Gut. Ich geh dann mal.« Greg schaute abwechselnd von Alex zu Marc, zuckte erneut die Achseln und schlurfte schließlich mit einem Gähnen davon. Nach ein paar Schritten drehte er sich um und mahnte Alex, der immer noch im Türrahmen stand und die beiden Päckchen betrachtete:

»Nicht wieder einschlafen, sonst bringt mich Seraphim um. Er schien es mächtig wichtig mit der Sache hier zu haben.« Und dann maulte er bereits im Gehen: »Jungs, eure Begeisterung ist echt ansteckend.«

Alex schloss die Tür.

»Begeisterung?« Marc nahm Alex eines der Bündel ab. »Der wäre auch wenig begeistert, wenn er mitten in der Nacht in die Folterkammer müsste.«

Die Freunde sahen sich wortlos an. Schließlich sagte Alex:

»Dann wollen wir mal ...«

Er wusste natürlich, was das Päckchen enthielt. Dennoch rollte er es so behutsam auseinander, als fürchtete er, etwas Zerbrechliches könnte unter seinen steifen Fingern kaputtgehen. Marc tat es ihm gleich und seufzte, als er den Inhalt erblickte.

Beide streckten die Arme von sich und betrachteten eine Weile stumm ihre Schwimmanzüge. Als könnten sie dem dünnen, samtigen Stoff ansehen, was auf sie zukam, wenn sie den Anzug überzogen.

Alex drehte ihn hin und her. Er war nicht sonderlich verwundert, dass er anders als ihre üblichen Schwimmhosen und Schwimmanzüge aussah, die sie auf Thalassa 3 hatten. Statt türkis schimmerte dieser silbrig-hell, sonst war nichts Besonderes daran. Außer vielleicht ...

»Ulkig«, kommentierte Alex, denn das, was er in der Hand hielt, war so klein wie ein Miniaturanzug oder ein Kinderschwimmanzug. Er packte ein Bein und zog daran. Der Stoff gab sofort nach.

»Interessant«, murmelte er.

»Ich hab mir etwas Beeindruckenderes vorgestellt. Der sieht so harmlos aus«, bemerkte Marc und zupfte ebenfalls an seinem Anzug herum.

»Hm«, brummte Alex und begann, sich auszuziehen. Als er kurz aufblickte und Marcs Gesicht sah, seufzte er. »Jetzt beruhige dich.« Seine Stimme zitterte vor Nervosität. Fast hätte er über die Situation gelacht.

Doch Marc schien es nicht zu bemerken, etwas anderes beschäftigte ihn offensichtlich. »Ist der nicht viel zu klein?«

Statt einer Antwort schlüpfte Alex in seinen Anzug. Der Stoff gab wie erwartet nach und passte sich seinem Körper an, dehnte sich problemlos und hüllte ihn vom Hals bis zu den Zehenspitzen ein. Er war zwar fast einen Kopf größer als Marc, aber selbst wenn er noch größer wäre, würde der Schwimmanzug passen.

»Ich bin nicht ruhig«, grummelte Marc, bei dem erst jetzt Alex' Worte angekommen waren. Er schlüpfte mit eckigen Bewegungen aus seinem Schlafanzug, faltete ihn übertrieben sorgsam zusammen und stand dann nackt und verloren da, als könnte er sich nicht entscheiden, welche Klamotten er für die nächste Schulfeier anziehen sollte.

»Du weißt doch, dass jetzt noch nichts passiert. Erst da unten.« Alex deutete zur Kuppel, hinter der dunkel das Meer lag.

Marc schüttelte sich und schlüpfte endlich mit einem »Ist der kalt!« in seinen Schwimmanzug. »Ich bin nicht ruhig«, knurrte er nochmal und schaute an sich herab, offensichtlich fasziniert, dass der Anzug passte. Seine Stimme klang weinerlich, als er einen Augenblick später sagte: »Ich friere. Und meine Haut fühlt sich an, als wäre sie aufgeschürft.«

Alex verdrehte die Augen. »Marc, du kannst gar nichts spüren. Erst da unten. Jetzt spürst du nur den Stoff, mehr nicht.« Er war inzwischen fertig angezogen. »Und frieren kannst du unmöglich länger als zwei Sekunden, das weißt du. Wir passen uns allen Temperaturen an und wir können unsere Körperwärme kontrollieren, daran wird sich nichts ändern. Außerdem fühlt sich der Anzug an wie jeder andere auch. Ich jedenfalls friere nicht.«

Marc sah ihn mit leerem Blick an. Dann bückte er sich und hob ein Paar Miniaturhandschuhe auf. Er schlüpfte hinein und betrachtete, immer noch fasziniert von der Beschaffenheit des silbrigen Stoffs, seine Hände.

»Bin trotzdem nicht ruhig«, sagte Marc.

»Ich auch nicht«, gab Alex zu. Verflixt, er war auch nicht ruhig. Marc sprach nur laut aus, was in ihnen allen vorging.

Er straffte die Schultern und ging entschlossenen Schritts zur Tür. Sein Herz raste, als er gemeinsam mit Marc den dunklen Korridor betrat. Am liebsten hätte er sich an seinem Freund festgehalten. Er hatte eine solche wahnsinnige Angst, wie er sie noch nie in seinem Leben gehabt hatte und einen Moment glaubte er, seine Knie würden nachgeben. Doch dann atmete er tief durch und fing sich wieder.

Ihre Schritte waren lautlos, als sie in Richtung Schleuse gingen, vorbei an Türen, hinter denen die anderen noch schliefen.

Marc packte ihn plötzlich am Arm. Alex blieb stehen und schaute sich erschrocken zu seinem Freund um.

»Falls ich nicht zurückkomme, kannst du meine Büchersammlung haben«, sagte er pathetisch.

Alex wollte protestieren, doch dann schnaubte er amüsiert. Marcs »Büchersammlung« bestand aus ein paar zerfledderten Comics und einer Handvoll Taschenbuchkrimis. Kein allzu wertvolles Erbe, und obendrein hatte er schon alles gelesen.

Marc fuhr mit ernster Miene fort, als wäre er auf die Lösung eines Problems gekommen, das ihn jahrelang beschäftigt hatte:

»Und falls du draufgehst, bekomme ich dein Zimmer.« Er grinste Alex an und für einen Augenblick war er wieder ganz der Alte, ohne Sorgen und Ängste.

Alex wusste, wie versessen Marc auf ein neues Zimmer war. Sein jetziges war viel zu klein und hatte zu allem Übel keine Saphirglaskuppel wie das seine. Marc würde alles tun, um an ein neues Zimmer zu kommen.

»Kein guter Deal, findest du nicht?«, zog ihn Alex auf. »Lass uns gehen. Wir werden alle heil zurückkommen. Kein Deal, mein Lieber, vergiss es.«

Vor dem schweren Metalltor der Südschleuse warteten Danya und Stella. In ihren silbrig schimmernden Schwimmanzügen sahen die Mädchen zerbrechlich wie Korallen aus.

»Hallo«, sagten sie leise zu den beiden Neuankömmlingen.

Alex und Marc nickten stumm.

»Jimo kommt auch gerade.« Danya deutete mit einer knappen Kopfbewegung in den Korridor zu ihrer Linken.

Ein silbriger Schatten bewegte sich geräuschlos und flink auf die Wartenden zu. Jimo sah in seinem Schwimmanzug ebenso verändert aus wie die Mädchen.

»Hallo«, flüsterte er, seine Augen huschten voller Furcht von einem zum anderen.

Sie antworteten mit einem Murmeln. Alle hatten sie Angst und keiner machte jetzt noch einen Hehl daraus.

»Ich schlage vor, wir ziehen das nicht in die Länge«, sagte Danya und räusperte sich. Sie öffnete die Faust. Auf ihrer Handfläche, die einen Atemzug lang zu zittern schien, lag ein großer Messingschlüssel. »Wenn ihr bereit seid, öffne ich jetzt das Tor.«

Sie nickten der Reihe nach.

»Gut.« Danya steckte den Schlüssel in das massive Schloss, drehte ihn herum und zog mit beiden Händen am Torgriff, bis das schwere Tor geräuschlos nach innen schwenkte. Sie trat beiseite und ließ die anderen vorbei, dann folgte sie. Mit einem metallischen Klicken, das alle zusammenzucken ließ, schnappte das Tor zu.

Am Ende des kleinen tunnelartigen Korridors war das eigentliche Schleusentor, ein letztes Hindernis zwischen ihnen und dem Meer. Darüber flackerte jetzt eine Lampe auf und verbreitete grünlich-blaues Licht. Auf deren Verkleidung prangte ein schwarzes S für »Südschleuse«. Das Tor bestand aus gewölbtem Saphirglas wie auch die Wände des Tunnels. Sie befanden sich in einer der vier Schleusen, die Thalassa 3 mit dem Meer verbanden, jede stand für eine Himmelsrichtung. Die Südschleuse führte Richtung offenes Meer.

Tagsüber und bis weit nach Mitternacht waren vor den Schleusen Wächter postiert, die aus den Reihen der älteren Schüler gewählt und in unregelmäßigen Abständen ausgewechselt wurden.

In den Morgenstunden, in denen alle schliefen und keiner mehr die Schleusen passierte, blieben die Tore unbewacht. Die unterschiedlichen Druckverhältnisse innen und außen verhinderten, dass jemand von draußen diese Tore öffnete. So waren alle auf Thalassa 3 in Sicherheit.

Die fünf standen eng beisammen und schauten stumm in die Finsternis des Meeres um sich, als könnten sie dort ein Zeichen des bevorstehenden Ereignisses sehen. Alex fand als Erster die Sprache wieder:

»Es wird alles gut gehen. Ich wünsche euch viel Kraft, wir sehen uns morgen wieder.« Mit diesen Worten umarmte er Marc. Die anderen murmelten sich ebenfalls aufmunternde Worte zu und umarmten sich der Reihe nach.

Dann packte Alex das schwere Drehrad, drückte den Entsicherungsknopf und begann, langsam am Rad zu drehen. Der Schleusenmechanismus sprang mit einem Zischen an und das Tor glitt Zentimeter für Zentimeter beiseite. Der Innendruck veränderte sich, glich sich dem Druck draußen im Meer an und kaltes Wasser strömte hinein.

Die fünf Gestalten, die mit wellenartigen Schwimmbewegungen hinabtauchten, hielten sich in der Kälte der Tiefe dicht beieinander.

Alex warf einen letzten Blick auf Thalassa 3 zurück, das jetzt wie ein dunkles, unförmiges Wesen hinter ihm lag und mehr und mehr verschwamm, je weiter er sich davon entfernte.

Das Unterwasserinternat war in einen Felsen gehauen, der einen Quadratkilometer inselartig aus dem sandigen Meeresgrund ragte. Sein höchster Punkt lag 200 Meter unter der Wasseroberfläche.

Der Thalassafelsen befand sich inmitten einer weiten Landschaft mit Unterwasserwäldern, die sich rund um den Felsen und am Hang weiter oben erstreckten.

Braunalgen wuchsen hier üppig und wurden bis zu neunzig Meter lang. Ihre breiten Blätter schwebten dicht wie ein riesiges Tuch über Thalassa 3 und verbargen darunter die Schule der Amphibien vor unerwünschten Blicken.

Wo die Architektur des Felsens es zuließ, war in den Zimmern eine gewölbte Kuppel aus Saphirglas eingelassen, die auch in diesen Tiefen dem Druck des Wassers trotzte. Alex stand gern vor der Kuppel in seinem Zimmer und schaute in seine Welt aus dunklem Leben, die sich selbst in dieser immerwährenden Finsternis täglich veränderte. Die erstaunlichsten Tiere und Pflanzen, die es geschafft hatten, sich dem Fehlen von Licht über Jahrmillionen anzupassen, waren hier zu Hause.

Thalassa 3 schlief noch. In wenigen Stunden erst gingen die Lichter hinter den Kuppeln an, wenn die Schüler geweckt wurden und die ersten Meeresbewohner, davon angezogen, würden ihre Bahnen davor ziehen.

Die Zimmer der knapp hundert Schüler verteilten sich auf vier Stockwerke und waren so gebaut, dass jedes Zimmer die natürlichen Gegebenheiten des Felsens beibehalten hatte: seine hohlen Windungen, die gewölbten Decken und die verschiedensten Säulen und natürlichen Stufen. Kein Raum glich dem anderen. Hie und da gingen zwei Etagen ineinander über und bildeten meterhohe Säle.

Alex musste unwillkürlich an seine Lieblingsecke im mittleren Teil des Thalassafelsens denken und sein Herz zog sich zusammen. Wann würde er wieder dort sein können? Unter der großen, algenbedeckten Kuppel mit ihren knapp 30 Metern Durchmesser, die das Herz von Thalassa 3 war.

Dort traf man sich mit seinen Freunden oder bei Schulversammlungen. Alles war gemütlich eingerichtet: kleine Leseecken, die durch hohe Paravents abgeschottet waren, eine Theke, wo man etwas zu essen und zu trinken bekam. Und dann waren da noch die Regale voller Bücher, die an zwei Wänden des Raums standen.

Er hatte nach dem Unterricht oft dort gesessen, vor einem der mächtigen Bücherregale. Von Zeit zu Zeit, wenn er die Augen von seinem Buch gehoben hatte, hatte er zur gewaltigen Kuppel hochgeblickt, in die Unterwasserwelt, deren Schatten darüber hinweggeglitten waren wie Sinnestäuschungen.

Alex riss seinen Blick von Thalassa 3 los, das jetzt völlig in der Dunkelheit verschwand. Er widerstand nur mit Mühe dem Drang, einfach umzukehren und hielt sich nahe bei den anderen.

Mit jedem weiteren Meter, den sie hinabtauchten, wuchs der Wasserdruck. Nach der Metamorphose würde ihnen dieser Druck nichts mehr ausmachen. Jetzt waren sie ihm gnadenlos ausgesetzt, und selbst die Anzüge, die es ihnen überhaupt ermöglichten, so weit zu tauchen, schützten sie kaum noch. Ohne sie würden sie nicht tiefer als 500 Meter kommen. Doch jetzt *mussten* sie tiefer.

Sein Körper fühlte sich steif an und gehorchte kaum mehr. Alex warf einen Blick auf sein Handgelenk. Sie hatten die Tiefsee erreicht. Die phosphoreszierende Anzeige seiner Taucheruhr stand bei minus 800 Meter. Wassertemperatur 3 Grad. Es fühlte sich an, als würde er durch einen Eisblock schwimmen. Noch gut 200 Meter.

Er fiel einen Moment zurück und sah die anderen vor sich. Vier kaum merklich helle Silhouetten, deren Schwimmbewegungen jetzt eckig und steif wirkten. Wenn er sich mehr als drei Meter von ihnen entfernte, verschluckte sie der dunkle Schlund des Meeres.

Sein Tiefenmesser stand bei minus 903 Meter. Bald würden sie in tausend Metern Tiefe ankommen. Hier erst war die

Kristallverwandlung möglich. Der riesige Druck bewirkte, dass der Schwimmanzug, dessen Inneres mit einer Schicht mikrofeinen Kristallpulvers überzogen war, mit ihrer Haut verschmolz und die winzigen Kristalle in jede Pore ihrer Haut drückte.

Es wird wehtun, dachte er. Es wird die Hölle sein, das wusste er seit Monaten. In der Theorie. In der Praxis aber, jetzt ... Werden sie alle wieder aus der Finsternis zurückkehren?

Da war Marc, sein bester Freund, der ihm so nahestand wie ein Bruder. Ihm war es zunehmend schwerer gefallen, die Ausbildung zu packen. Er wollte das Handtuch werfen, einmal, zweimal. Die Auserwählten konnten sich aber nicht einfach weigern. Sie mussten die Kristallverwandlung durchziehen. Es sei denn, sie wollten sterben.

Wenn sie die Kristallhaut nicht rechtzeitig bekamen, würden sie elend zu Grunde gehen, ein schmerzhafter, schrecklicher Tod. Also war klar, dass sie lieber die Schmerzen ertrugen, um weiterzuleben. Nicht um zu sterben.

Marc hatte sich wieder aufgerappelt, doch das Training hatte ihm das Letzte abverlangt. Jetzt, da Alex ihn vor sich schwimmen sah, nur ein Silberreflex im unendlichen Schwarz, kamen ihm erneut Zweifel. Marc war der Einzige außer Seraphim, dem er bedingungslos sein eigenes Leben anvertrauen würde. Er war zwar manchmal wie »einer von oben«, tollpatschig wie ein Mensch, aber wenn es darauf ankam, gab er alles. Und er, Alex, würde auch alles geben, wenn er ihm das hier ersparen könnte. Aber Marc musste da selbst durch. Bei dem Gedanken und dem Anblick seines Freundes, dessen Schwimmbewegungen immer steifer wurden, krampfte sich sein Magen zusammen und er wünschte ihm in Gedanken alle Kraft der Welt.

Sein Blick blieb an Danya hängen, dem energischen schwarzhaarigen Mädchen mit Augen so dunkel wie die Tiefsee. Sie sah ihrem Bruder kaum ähnlich. Danya hatte sich tapfer gehalten, tapferer als Marc, und keine Unterrichtsstunde verpasst. Ihre Fortschritte waren erstaunlich gewesen und Alex hatte mehr als einmal ihren eisernen Willen bewundert.

Ihr filigranes Gesicht, das zu Beginn des gemeinsamen halben Jahres noch kindlich gewirkt hatte, hatte irgendwann diesen reifen Zug bekommen, kaum merkbar, wie bei einem Kind, das sich während einer Wachstumsphase verändert. Alles an ihr strahlte eine Stärke und Entschlossenheit aus, die er ihr auch jetzt an ihren Schwimmbewegungen anmerkte.

Sie hatte Marc immer Mut zugesprochen. Hatte ihren Bruder getröstet, als er verzweifelt aufgeben wollte. Und sie war für Alex eine gute Freundin gewesen, die ihm gezeigt hatte, dass die alte Verletzung längst vergessen war. Ein wunderschönes, mutiges Mädchen. Bei dem Gedanken an ihre männlichen Verehrer auf Thalassa 3 lächelte er in sich hinein.

Sein Lächeln schloss Stella mit ein. Obwohl sie zu jenen gehörte, die man erst auf den zweiten Blick wahrnahm, fand Alex sie auf eine spezielle Art hübsch. Anders als Danya war sie die Unscheinbare. Sie war großzügig und sah in allem erst das Gute. Stella hatte ein außergewöhnliches Gespür für die Bedürfnisse der anderen. Wenn jemand Hilfe oder Trost brauchte, war sie da. Und sie hatte diese angeborene Ruhe an sich, die Alex so noch bei niemand anderem beobachtet hatte. Sie wog zuerst ab. Dann handelte sie. Sie war diejenige, die mit dem geringsten Energieverbrauch am effektivsten war. Alex hatte es noch nie erlebt, dass sie sich aufgeregt oder über etwas geschimpft hätte. Sie war die Leise, die Besonnene. Eine wunderbare Kameradin und ein sensibles Wesen mit einem riesigen Herzen.

Eine Woge des Mitgefühls erfasste Alex bei der Vorstellung, dass auch sie bald den Schmerzen der Verwandlung ausgesetzt sein würde. Ohne sie wäre seine Welt ärmer, sie musste es schaffen. Alle mussten es schaffen.

Auch Jimo! Doch wenn es einen im Team gab, um den er sich am wenigsten sorgte, dann ihn. Jimo, der Unkomplizierte und vor allem: der Flinke. Mit seinem sehnigen Körper war er wie geschaffen, um mit schnellen Bewegungen einen Gegner abzulenken. Er war zwar einen Kopf kleiner als Alex, dafür aber rasend schnell.

Die Mädchen redeten einmal darüber, dass Jimo Waise sei und Alex spürte seitdem eine stille Verbundenheit mit ihm. Mit Sicherheit hatte Jimo seine Eltern nicht so verloren wie er. Alex würde ihm niemals sagen können, dass sein Vater ein Mörder war. Marc und Seraphim waren die Einzigen, die es wussten. Und das musste auch so bleiben. Wenn jemand die wahre Geschichte erfuhr, würde er ihn mit anderen Augen sehen, dessen war er sich sicher. Würde ihn verachten, vielleicht sogar hassen. Wie er seinen Vater hasste, obwohl er längst tot war. Trotz allem war es ein Verlust, den er und Jimo erlitten hatten. Er nahm sich vor, so bald wie möglich mit ihm darüber zu reden. Er musste ihm ja nicht die ganze Wahrheit sagen. Jimo sprach zwar nicht viel über sich, aber wenn er erfahren würde, dass Alex sein Schicksal teilte, würde er sich vielleicht öffnen.

Jemand wie Jimo konnte immer wieder verblüffen und nicht nur einmal hatten sie im Training innegehalten und zugesehen, wenn er mit Seraphim im Zweikampf gewesen war. Der Junge bewegte sich so schnell, dass sie Mühe hatten, ihm mit den Augen zu folgen. Selbst Seraphim hatte lobend zugegeben, dass er sich in höchstem Maße konzentrieren musste, um mit ihm zu kämpfen.

Jimo würde sich auch in diesem Kampf so beherrschen, dass er unversehrt zurückkehrte, dachte Alex und der Gedanke war mehr eine Aufforderung ans Schicksal.

Dann wurde er abgelenkt.

Es tauchte unvermittelt aus der Dunkelheit auf, unheimlich, bedrohlich. Ein Glühen zu seiner Rechten, das direkt aus der Hölle zu kommen schien und immer heller wurde, je näher er heranschwamm. Es sah aus, als würde es im Schwarz des Abgrunds schweben.

In wenigen Metern Entfernung jedoch, als sich aus der diffusen Lichtmasse einzelne klare Linien schälten, erkannte Alex, dass auf dem massiven Vorsprung einer Schlucht Käfige aufgestellt waren. Ihre Stäbe leuchteten, als würden sie verglühen.

Wie aneinandergereihte brennende Würfel auf einem überdimensionalen Wandregal, dachte Alex.

Sie hielten ein paar Schwimmzüge davor inne und warfen sich einen letzten Blick zu. Dann trieben sie wortlos auseinander und verteilten sich. Jeder schwamm zu einem Käfig, Alex zum hintersten.

Er zögerte, bevor er das Tor öffnete und schaute sich den Käfig genauer an. Die Gitterstäbe waren nur so weit auseinander, dass gerade eine Faust hindurchpasste. Der Würfel selbst bot nicht viel Raum, eine Armlänge nach allen Richtungen. Da war er also in den nächsten Stunden eingesperrt.

Alex packte das Tor, beinahe darauf gefasst, dass die Stäbe glühend heiß waren. Er öffnete es und schwamm hinein. Eine Kolonie Flohkrebse hatte sich im dünnen Schlick am Boden häuslich niedergelassen. Die Tiere blinkten silbrig, aufgebracht über die Störung, und stoben in alle Richtungen auseinander.

Die Käfige standen noch nicht lange hier, sonst hätten sich viel mehr Meeresbewohner darin niedergelassen, dachte er und sah sich um. Rechts, nur einen knappen halben Meter entfernt, endete der Felsvorsprung und die unheimliche Finsternis der untermeerischen Schlucht tat sich auf, nur ab und zu von einem farbigen Aufblitzen durchbrochen.

Es kam von Tieren, die in der Dunkelzone lebten. Sie leuchteten in den unterschiedlichsten Farben, manche grünlich, andere wieder feuerrot oder andere in allen Farben des Regenbogens. Dieses vielfarbige Leuchten war entweder Tarnung oder eine clevere Strategie, Beute anzulocken.

Einen Augenblick lang durchzuckte Alex der Gedanke, dass auch sie jetzt wie Lebewesen der Tiefsee waren und in ihren leuchtenden Käfigen Teil dieser Landschaft, vielleicht die Jäger, aber vielleicht auch die Beute.

Im Käfig zu seiner Linken war Marc. Er sah im Schein der Stäbe, die auf seinen Schwimmanzug orangefarbene Reflexe warfen, wie ein brennendes Tiefseeungeheuer aus. Alex umklammerte mit steifen Fingern die Gitterstäbe und spähte in die Finsternis.

Er musste auf Seraphim warten, der zu ihnen kommen und die beiden fehlenden Teile, die für die Verwandlung nötig waren, bringen sollte. Es waren die Kopfbedeckung, eine Art Kappe, die aus Sicherheitsgründen nicht im Bündel dabei war, und das Amulett. Alex hatte es einmal sehen dürfen. Es war aus einem metallähnlichen Material. Auf einer Seite war ein Teil der Formel für ihre Kristallverwandlung und auf der anderen das Symbol des Regenbogenmannes eingraviert.

Hoffentlich kam Seraphim bald. Ein Dutzend Anglerfische zog an Alex' Käfig vorbei, angelockt vom Licht der Stäbe. Er schaute ihnen nach, bis sich ihre kalt leuchtenden Angeln in der Finsternis verloren.

In diesen Tiefen war jedes Licht wie ein kleines Wunder und so überraschte es ihn nicht, dass das Wasser um ihn lebendig war.

Die unterschiedlichsten Tiere wurden vom Leuchten der Gitterstäbe magisch angezogen. Der eine oder andere Fisch knabberte versuchsweise an den Stäben, in der Hoffnung auf Beute, doch hungrig zogen alle weiter.

Alex gab sich Mühe, nicht an den tonnenschweren Druck zu denken, der auf jedem Quadratzentimeter seines Körpers lastete. Er hatte gehofft, Seraphim würde während ihrer Verwandlung hier bleiben, doch ihr Mentor hatte es strikt mit den Worten abgelehnt: »Ich habe auch meine Grenzen. Ich ertrage es nicht, stundenlang eure Schmerzensschreie zu hören.«

Seraphims Anwesenheit wäre ihm sicher eine Hilfe gewesen. Doch er verstand den Einwand. Noch ein Grund, weshalb Alex ihn im letzten halben Jahr ins Herz geschlossen hatte. Er kannte keine herzlichere, großzügigere und gerechtere Person. Auch keinen geduldigeren Lehrer.

Er erinnerte sich an die Faszination, mit der er Seraphim zugehört hatte, als dieser über die Geheimlehren gesprochen hatte, die ihnen jetzt einzige Hilfe sein würden. Diese Lehren, die er ihnen Satz für Satz während ihrer Ausbildung überliefert hatte, kamen tatsächlich einst, zusammen mit den Geschichten der Unsterblichen, aus dem Buch der Bücher: dem Amphiblion.

Die alte Sprache war im Laufe der Zeit ausgestorben und wenn er wie jetzt seine geheime Formel in Gedanken wiederholte, bedauerte er es, denn er fand sie schön.

Er bedauerte auch, dass die altspanische Übersetzung des Amphiblion, die Seraphim besessen hatte, verschwunden war. Er hätte gern noch einmal diese Geschichten gelesen, diesmal mit anderen Augen. Mit den Augen eines Auserwählten, der Teil einer solchen Geschichte sein würde.

Jede Thalassa-Schule besaß eine Übersetzung. Das altspanische Amphiblion hatte Seraphim gehört, bis es jemandem gelungen war, es zu stehlen. Alex erinnerte sich noch gut an Seraphims düstere Miene, als er ihn einmal gebeten hatte, ihm das Buch mit dem langen Titel *Las historias y metamorfosis de los anthrophibios* zu zeigen. Diesen Gesichtsausdruck, eine Mischung aus Wut, Frust und Verzweiflung, hatte Alex bei Seraphim bis dahin noch nie gesehen. Sein Mentor hatte nur gemurmelt, dass es schon wieder auftauchen würde, und das Thema damit beendet.

Die Bücher über die Unsterblichen, die Alex als Kind so gern gelesen hatte, waren allerdings nur Auszüge aus dem altspanischen Amphiblion, denn die geheimen Lehren fehlten darin. Das ursprüngliche Buch der Bücher hatte keiner je gesehen. Auch nicht Seraphim. Gemeinhin zählte es zu den Legenden.

Die Übersetzungen allerdings waren real wie auch Seraphims Verzweiflung um das Verschwinden seiner altspanischen Übersetzung. Real oder nicht, dachte Alex, die Lehren waren für sie jetzt lebenswichtig. Für jeden Einzelnen hier unten. Denn das hier, das war real. Verflixt! Er umklammerte die Gitterstäbe noch fester.

Eine Bewegung riss ihn aus seinen Grübeleien. Die Schwärze der Schlucht zu seiner Rechten regte sich und ein Schatten tauchte im Schein der Gitterstäbe auf.

Alex erkannte Seraphim. Er lächelte und nickte ihm aufmunternd zu. Kaum dass er den Käfig erreicht hatte, reichte er ihm das Amulett durch die Stäbe hindurch. Alex hängte es sich um den Hals und nahm die Kappe entgegen.

Seraphim nickte ihm ein letztes Mal zu, verriegelte das Tor und sicherte es mit einem großen Vorhängeschloss. Er hatte sie darauf vorbereitet, dass er sie würde einsperren müssen. Wie Tiere würden sie im Sog der Qualen jede sich bietende Möglichkeit ergreifen, vor dem Schmerz der Verwandlung zu fliehen. Sie könnten sich selbst umbringen, ohne zu überlegen. Aufzutauchen und dem hohen Druck dieser Tiefe zu entfliehen, wenn die Verwandlung noch im Gange war, würde sie in wenigen Minuten töten.

Seraphim ließ das Vorhängeschloss einschnappen und prüfte, ob es gut verschlossen war. Als er sich Alex zuwandte, las dieser von seinen Lippen, dass er ihm alles Gute wünsche. Er umschloss Alex' Fäuste, die sich um die Gitterstäbe klammerten und drückte sie. Für einen Augenblick trafen sich ihre Blicke und im Schein der Gitter funkelte Besorgnis in Seraphims Augen auf. Schnell schaute er weg, ließ ihn los und verschwand so geisterhaft und unwirklich, wie er gekommen war.

Alex starrte in die Dunkelheit, als wollte er Seraphim durch seine flehenden Blicke zurückholen.

Irgendwann schloss er die Augen. Für die Dauer einiger Atemzüge verweilte er so und beruhigte sein rasendes Herz. Dann gab er sich einen Ruck.

Er packte die Kappe mit beiden Händen, warf ihr, wie um sie zu beschwichtigen, einen letzten Blick zu und zog sie sich über.

Der Schmerz, der ihn augenblicklich durchfuhr, schmiss ihn zu Boden. Sein ganzer Körper fühlte sich schlagartig wie eine einzige Wunde an, die sich von außen durch die Haut fraß, tiefer und tiefer in seinen Körper hinein.

Alex vergaß zu atmen. Doch der Atemhunger drohte, ihn zu zerreißen und er sog gierig Wasser ein. Durch seine Kiemen strömte das überlebenswichtige Nass, linderte die Krämpfe und er begann, die Formel zu wiederholen. Immer und immer wieder bewegten sich seine Lippen wie in einem stummen Gebet.

Doch der Schmerz kam mit voller Wucht zurück. Wellen, die brannten, fuhren durch seinen Körper und er konnte keinen klaren Gedanken mehr fassen. Es fühlte sich an, als würde ihm jemand die Haut abziehen und das ungeschützte Fleisch dem Salzwasser aussetzen.

Seine Körperumrisse schienen zu verschwinden. Er verlor sich brennend in der Unendlichkeit des Meeres, bäumte sich einmal auf, zweimal, dann sank er in sich zusammen. Er kauerte am Boden und umschlang seinen Oberkörper, wie um sich selbst vor der Auflösung zu schützen.

Neben ihm schrie jemand. Dann noch jemand. Alex schloss die Augen und krallte seine Hände in den Schlick, bis er Steine zu fassen bekam.

Vereinzelte Laute seiner Formel kehrten in sein Bewusstsein zurück und er hielt sich daran fest wie an den Steinen unter seinen Fingern. Doch die Formel entglitt ihm, verlor sich in den Wellen der Qualen wie in einem reißenden Sog. Immer wieder übermannte ihn der Schmerz. Immer wieder riss er sich daraus empor. Die Linderung währte nur Sekunden. Kürzer werdende Sekunden.

Er starb. Es schien ihm, als würde sich jede einzelne Zelle in einer Explosion auflösen. Aus allen Teilen seines Körpers schwand das Leben. Mit letzter Kraft, mit der Kraft des bevorstehenden Todes, warf er sich im Käfig herum, rüttelte am Gittertor, wollte hinaus, auftauchen, fliehen. Lieber den anderen Tod sterben als noch eine einzige Sekunde diesen Schmerz ertragen.

Er öffnete den Mund zu einem Schrei. Panik durchfuhr ihn, als das Gittertor nicht nachgab. Er musste das Ganze bis zum Schluss aushalten, musste sterben, um wiedergeboren zu werden. Das war der einzige Gedanke in diesen Sekunden.

Alex brüllte seine Verzweiflung heraus, dann versank die Welt in Dunkelheit und Schmerz.

6.
Familiengeheimnisse

Lilli umschloss sein Gesicht mit ihren Handflächen und näherte sich ihm zum tröstenden Kuss. Ihre Lippen berührten seine Haut. In einem Wirbel silbrigen Lichtes löste sich das Gesicht auf und zerrann zwischen ihren Fingern. Dann verflüchtigte es sich und verschwand ganz.

Sie kehrte langsam in die Wirklichkeit zurück. Mit jener seltsamen Gewissheit, die zwischen Traum und Erwachen am stärksten ist, wusste sie, dass der Fremde in seinem Schmerz wunderschön gewesen war.

Lilli öffnete die Augen.

Sie hatte vergessen, den Vorhang zuzuziehen, als sie in der Nacht auf dem Balkon gewesen war, und jetzt warf die Sonne ein Rechteck aus gleißendem Licht auf ihr Bett. Sie war schweißgebadet. Benommen setzte sie sich auf. Ein Blick zur Uhr sagte ihr, dass es kurz vor zehn war. Energisch streifte sie die Decke ab.

Seit Ewigkeiten hatte sie nicht mehr geträumt und das Gefühl, das sie jetzt ausfüllte, war viel zu wunderbar, als dass sie sich geärgert hätte, nicht in ihrem eigenen Bett in New York aufgewacht zu sein. Und immerhin: Sie hatte nicht von Mo geträumt.

Lilli schälte sich aus den zerwühlten Laken, ging zum Balkon und öffnete die Tür. Der kühle Luftzug vertrieb den Rest Müdigkeit. Aber auch das Traumgefühl der zärtlichen Geborgenheit.

Blinzelnd schaute sie aufs Meer, das silbrig im Sonnenschein funkelte. Ein Licht fast wie in ihrem Traum.

Die Zikaden waren verstummt und Vogelstimmen drangen an ihre Ohren. Gebannt lauschte sie dem vielstimmigen Gezwitscher, das aus den Sträuchern und Palmen im Hof kam und atmete tief den Duft der würzigen Morgenluft ein. Wie schnell der Anblick des Meeres sie milde stimmte!

Lilli lehnte sich gegen die breite Steinbrüstung des Balkons und warf einen Blick in die beiden Höfe.

Der kleine Pool drüben leuchtete in sattem Türkisblau und ein Lufthauch kräuselte die Oberfläche des Wassers. Blumenranken wucherten an der Innenseite der Mauer empor. Mit ihren satten Farben Rot, Gelb, Rosa, Orange und Blau strahlten sie selbstzufrieden spätsommerliche Wollust aus. Die Blumenranken wuchsen so dicht, dass die Mauerkrone nur an wenigen Stellen hindurchschaute. Es war herrlich, dass die Vegetation dieser kleinen Oase nicht so säuberlich maniküriert war wie die Vorgärten New Yorks. Es gab dem Ganzen ein beruhigendes Gefühl von Natürlichkeit.

Der Hof, der sich leer unter ihrem Balkon erstreckte, endete zur Rechten an einer Wiese aus sprödem gelblich-braunem Gras. Wie an der Seite, die zum Meer hin lag, fehlte auch hier eine richtige Umzäunung, allein ein paar Büsche trennten Hof und Wiese. Dahinter erhob sich die steile Felswand der weitläufigen Klippe.

Super. Aber sie musste sich bald ihrer Familie zeigen und der Gedanke vertrieb schnell den Anflug guter Laune.

Vielleicht half eine Dusche? Eine Bewegung lenkte sie ab. Sie zog sich etwas zurück, verharrte reglos. Bergziegen waren auf der kleinen Wiese hinter dem Hof erschienen und grasten dort seelenruhig. Sie hatte sie nicht kommen sehen. Lilli betrachtete fasziniert die Tiere aus dem Schatten des Balkons.

Ein massiger Ziegenbock machte sich über einen Busch her, der am Rand des Hofs stand. Sein imposantes Gehörn bewegte sich in den Blättern des Buschs und der kurze, struppige Schwanz zuckte, als wolle er das genüssliche Vergnügen zur Schau stellen, mit dem der Bock die saftigen Blätter fraß. Weiter hinten, unter der Felswand, standen Rücken an Rücken zwei weitere Tiere. Sie waren kleiner, hatten nur halb so lange Hörner und helleres Fell. Vermutlich die Weibchen oder die Jungen, überlegte Lilli. Und weiter oben, in den Felsen, entdeckte sie noch mehr Ziegen, die an Büscheln knabberten.

Sie ging ins Zimmer, holte ihren Fotoapparat aus dem Rucksack und pirschte sich zurück an die Balkonbrüstung. Die Ziegen waren nur wenige Meter entfernt und es gelang ihr, ein paar Bilder zu machen. Als sie sich weiter vorschob, um die Ziegen ganz hinten aufs Bild zu bekommen, bemerkten sie sie und stoben flink auseinander. Mit unglaublichem Geschick kletterten sie die steile Felswand hinauf und verschwanden hinter der Kuppel.

Das Ganze hatte nur wenige Minuten gedauert. Lilli wartete noch eine Weile auf dem Balkon, doch die Ziegen kamen nicht wieder.

Zurück im Zimmer holte sie ihren Kosmetikbeutel und saubere Klamotten aus der Tasche. Dann verschwand sie im Bad, entschlossener denn je, etwas Normalität herbeizuzaubern.

Frisch geduscht und mit einem T-Shirt und leichten, knielangen Leggings bekleidet, trat sie eine halbe Stunde später aus dem Bad. Ihr langes Haar floss in kühlen Strähnen über ihren Rücken und durchnässte ihr T-Shirt. Ein angenehmes Gefühl bei der Wärme in ihrem Zimmer.

Sie stopfte die getragenen Kleider, die noch den Staub und Schweiß der Reise in sich trugen, in einen Wäschekorb neben der Kommode, atmete einmal tief durch und schickte sich an, ihrer Familie entgegenzutreten. Im Herausgehen warf sie einen Blick in den Spiegel und stellte fest, dass etwas Farbe in ihre Wangen zurückgekehrt war und die dunklen Ringe unter den Augen fast ganz verschwunden waren.

Die Wohnung lag still da. Vielleicht waren alle weg, dachte Lilli mit einem Funken Hoffnung. Obwohl ihre Wut auf ihre Eltern sich tatsächlich verflüchtigt hatte.

Sie lief barfuß den gefliesten Flur entlang und kam in eine geräumige Wohnküche. Hier war niemand, doch der Duft frischen Kaffees lag in der Luft. Unschlüssig lehnte sie sich an einen der Stühle, die um den großen, ovalen Esstisch standen, und ließ ihre Blicke im Raum umherschweifen.

Der Teil des Raums, in dem gekocht wurde, war vom restlichen Wohnzimmer durch eine Wand getrennt, die parallel zur Spüle verlief. Sie endete gut zwei Meter vor der gegenüberliegenden Wand, so dass ein breiter Durchgang zwischen Flur und Wohnküche blieb. Schränke waren im unteren Teil eingelassen und eine torbogenförmige Öffnung ermöglichte es, die Sachen aus der Küche in den Wohnraum durchzureichen, wo der Esstisch stand.

Die Wohnküche sah gemütlich aus, auf den Stühlen aus geflochtenem Korb waren bunte Kissen verteilt. Eine große Vase mit Blumen, ähnlich derer im Hof unten, zierte den Tisch. Ihr intensiver Duft stieg Lilli in die Nase. Beinahe schon vertraut, dachte sie und beugte sich zu den Blumen, um daran zu riechen.

War sie tatsächlich allein? Sie durchquerte den Raum und warf einen Blick in das angrenzende Zimmer, ein kleines Wohnzimmer mit Fernseher, einem Kamin und zwei Sofas.

Auf dem Balkon entdeckte sie ihre Mutter. Sie saß mit einer Tasse an einem Tisch und schien Lilli nicht zu bemerken. Mit jenem Blick, den Menschen oft haben, wenn sie sich unbeobachtet wähnen und ihren Gefühlen keine Maske geben, schaute sie in die Ferne.

Lilli stutzte. Sie schien melancholisch, ja, fast traurig. Ganz anders als gestern, wo sie ihr strahlendstes Lächeln gezeigt hatte. Insgeheim hatte Lilli gehofft, dass ihre Eltern im neuen Leben ihre Unstimmigkeiten klären könnten. Hat dann wohl nicht geklappt, dachte sie, drehte sich um und ging auf die Suche nach Kaffee.

Ihre Mutter hatte sich offensichtlich viel Mühe gemacht, dachte Lilli gerührt, denn die Küche strahlte vor Sauberkeit. Anders als ihre Küche in New York, in der es nie sauber gewesen war. Ihre Mutter hasste Putzen. Überhaupt hasste sie alles, was mit Küche zu tun hatte, einschließlich Kochen. Küchenarbeit kam auf ihrer Liste der schrecklichsten Dinge gleich nach Tauchen.

Aber so blitzblank es hier auch sein mochte, dass die Einrichtung nicht mehr die jüngste war, sah man überall. An der Stelle, wo der Wasserhahn aus der Mauer trat, hatte sich eine grünliche Kalkkruste gebildet, die kleinen, blassblauen Fliesen, die die Arbeitsplatte zierten, waren an vielen Stellen von Rissen durchzogen und das Muster der Teller, die sauber zum Trocknen dastanden, war verblasst. Rustikal, dachte Lilli. Zu ihrer eigenen Überraschung gefiel es ihr.

Es passte zu diesen sonnendurchfluteten Räumen aus Stein und Fayencekacheln, zu den farbenfrohen Figuren, handbemalten Wandtellern und Vasen. Ihr New Yorker Wohnzimmer war vollkommen anders. Eingerichtet mit dunklen Möbeln und viel Chrom und Glas war es das Sinnbild modernen Wohnens in der Metropole. Schick, aber vollkommen unpraktisch. Allein der Staub ... Hier dagegen schien alles nicht nur gemütlich, sondern auch mit wenigen Handgriffen sauber zu bekommen. Ja, das gefiel ihr.

Der Kaffee war auf der Arbeitsplatte neben dem Gasherd und an einem Haken über der Spüle fand Lilli eine Tasse. Sie füllte sie halb. Aus dem mannshohen Kühlschrank, der das einzige moderne Gerät zu sein schien, holte sie sich eine Packung offener Milch und goss die Tasse voll. Auf der Durchreiche stand ein Korb mit Schokocroissants. Lilli hatte plötzlich Hunger.

Mit dem Kaffee und einem Croissant in den Händen trat sie auf den Balkon, wo ihre Mutter immer noch in Gedanken versunken aufs Meer schaute.

»Guten Morgen!«

»Da bist du ja!«, rief ihre Mutter und lächelte sie an. Lilli machte es sich auf einem der Plastikstühle bequem und biss genüsslich ins Croissant.

»Hab lange geschlafen.« Sie probierte ein Lächeln und stellte fest, dass es ihr besser gelang als gedacht.

»Die Reise hat dich fertiggemacht, stimmt's?«

»Hmhm.«

»Mich auch. Zum Glück war dein Dad dabei.« Ihre Mutter sah sie mitfühlend an. »Aber du hast es geschafft«, fügte sie hinzu und Stolz lag in ihrer Stimme.

»Wo ist Dad?«

»Arbeiten«, antwortete ihre Mutter in verändertem Ton und strich sich eine Haarsträhne aus dem Gesicht, die sich aus ihrem Knoten gelöst hatte. Ihre Haare leuchteten in der Morgensonne wie rubinrote Wellen. Wann waren die ersten grauen Fäden aufgetaucht?, fragte sich Lilli.

Sie schluckte den letzten Bissen ihres Frühstücks hinunter. »Auch am Samstag?«

»Er hat heute eine Gruppe von Touristen aus England, mit denen er hinausfährt.« Sie rümpfte die Nase und Lilli wusste sofort, was das zu bedeuten hatte. Ihre Mutter hasste Tauchen und wenn sie sagte »Er fährt hinaus«, meinte sie »Er geht tauchen«.

»Und Chris?«

Ihre Mutter ließ sich gern ablenken, denn prompt wendete sie sich Lilli zu und antwortete lächelnd: »Dein Bruder trifft sich mit seinen neuen Freunden Toni und Eugene. Sind echt nette Jungs, die beiden. Toni ist von hier, geht aber auf eine andere Schule außerhalb. Eine Berufsschule, er will Computerfachmann werden. Und Eugene ist ein irischer Junge. Er lebt bei seinem Onkel in Calahonda und hilft in dessen Lokal am Strand. Tolle Tapasbar übrigens. Das Essen ist fantastisch. Ich mag Eugene sehr, ein kluger und belesener Junge. Schade, dass er sein Studium noch verschieben muss. Der Arme ist auf seinen Onkel angewiesen. Na ja und dann ist da noch Maria.« Lillis Mutter machte eine bedeutungsschwangere Pause.

»Maria?«, echote Lilli, um ihre Mutter zum Weiterreden zu ermuntern. Sie musste lachen und die Befangenheit der ersten Minuten war verflogen. Ihre Mutter konnte manchmal ulkig sein, wenn sie etwas spannend machen wollte.

»Jaaa.« Sie dehnte das Wort, als wollte sie die Spannung ins Unendliche steigern. Lilli ging auf die Alberei ein und sah sie fragend an, verkniff sich aber ein »Jetzt sag schon«.

Schließlich räusperte sich ihre Mutter und erklärte in feierlichem Ton: »Maria ist die Freundin deines Bruders.« Die Bombe war geplatzt.

Trotzdem vergewisserte sich Lilli: »Freundin wie ... Freundin?«

»Jep.«

»Ah«, stöhnte Lilli, als hätte sie endlich eine schwierige Matheaufgabe kapiert. »Ging ja schnell. Am Telefon hat er sie nicht erwähnt.«

»Maria ist sehr nett. Sie ist Tonis Zwillingsschwester und geht auf die gleiche Schule, auf die du gehen wirst, im Departement für Einheimische dort. Ich denke, sie wird dir gefallen.«

»Wenn du meinst.« Typisch Mom, sie schaffte es immer, in den ersten zehn Minuten eines Gesprächs alles Wesentliche auszuplaudern.

Nicht, dass Lilli das nicht gefiel. Sie mochte es, wie ihre Mutter die Dinge schnell auf den Punkt brachte. Für den üblichen Tratsch und Smalltalk hatte sie nie was übrig gehabt. Auch der Humor ihrer Mutter war unkonventionell. Die Stunden, in denen sie mit ihrem Bruder und ihr allen möglichen Quatsch gemacht hatte, bis sich alle mit Tränen in den Augen die Bäuche vor Lachen hielten, waren ihr lebhaft in Erinnerung geblieben. Sie hatten viel Spaß gehabt, denn ihr fiel immer wieder etwas Verrücktes ein. Das Verrückteste jedes Jahr waren die Mottogeburtstagspartys und Halloweenvorbereitungen, wo das ganze Apartment kopf stand. Für Wochen. Doch es waren die lustigsten Wochen des Jahres.

Diese Zeiten gingen vorbei. Sie wurden abgelöst von ernsten Gesprächen oder Abwesenheit. Ab und zu gab es sie noch, diese Momente, in denen sie rumalberten. Lilli merkte plötzlich, wie sehr ihr das alles fehlte und warf ihrer Mutter einen warmen Blick zu. Doch diese bemerkte ihn nicht, weil sie wieder hinaus aufs Meer sah.

Schweigend saßen sie in der warmen Morgensonne. Der Himmel war tiefblau, nur am dunstigen Horizont türmten sich weiße Wolken, wie Luftspiegelungen von Bergen.

Lilli wurde das Gefühl nicht los, dass etwas auf ihrer Mutter lastete. Schließlich sagte sie: »Ich pack jetzt meine Sachen aus.«

Ihre Mutter nickte. »Hast du dir die Wohnung schon angesehen?«

»Nein, mach ich jetzt.« Lilli stand auf, nahm ihre leere Kaffeetasse und ging hinein.

Sie schaute sich in der Wohnung um.

Der erste Raum, der vom langen, S-förmigen Flur abging, war sehr klein. An der Wand zur Linken stand ein schmales Etagenbett. Das Zimmer war offensichtlich früher ein Kinderzimmer gewesen. Die Tagesdecke auf dem unteren Bett war mit Plüschtieren geschmückt und hinter der Tür stand eine Holzkiste mit Spielsachen. Jetzt war das Zimmer zum Arbeitszimmer umfunktioniert worden. Ein Computer stand auf einem winzigen Schreibtisch vor dem Fenster, das wie ein Miniaturtor mit Torbogen aussah. Eindeutig ein Raum für kleine Leute.

Lilli unterdrückte den Impuls, sich an den Computer zu setzen. Stattdessen griff sie in die Kiste mit Plüschtieren und nahm einen samtig-braunen Affen daraus, der sie aus schwarzen Knopfaugen anschaute. Sie lächelte und flüsterte: »Hi, Enrico.«

Das Zimmer ihrer Eltern war sehr ähnlich geschnitten wie ihres, hatte auch ein eigenes Bad und ein großes Bett. Zwischen ihrem Zimmer, das das letzte vor dem Ausgang war, und dem ihrer Eltern lag das Zimmer von Chris. Als sie auch hier einen Blick hineinwarf, stellte sie verblüfft fest, dass es ordentlich aufgeräumt war.

Sie schüttelte den Kopf, denn dass Chris in seinem Zimmer in New York mal aufgeräumt hätte, hatte Seltenheitswert. Er behauptete jedes Mal, wenn ihre Mutter ihn drängte, endlich auszumisten, dass er sich perfekt zurechtfand und ein Aufräumen kontraproduktiv wäre, weil er dann nichts mehr finden würde.

Was Lilli aber mindestens so verblüffte wie das saubere Zimmer ihres Bruders, war, dass hier jedes Zimmer seinen eigenen Balkon hatte. Sie ging in ihr Zimmer und legte Enrico aufs Bett.

Ein unangenehmer Geruch stieg ihr plötzlich in die Nase, den sie vorher nicht wahrgenommen hatte. Die Luft im Zimmer roch abgestanden. Im Rest der Wohnung hatte sich der bekannte Geruch ihrer Familie ausgebreitet.

Sie eilte zur Balkontür und öffnete sie, um frische Luft hineinzulassen. Einen Moment blieb sie in der Tür stehen und ließ die ersten Eindrücke aus der Fremde auf sich wirken.

Okay, sie hatte ihr eigenes Bad. Sie hatte ihren eigenen Balkon, sie hatte ein großes Bett, in dem bequem noch zwei weitere Lillis Platz hätten. Und sie hatte das Meer vor der Haustür. Ziemlich viel Luxus, so betrachtet. Ganz zu schweigen von dem unglaublichen Wetter. Sie konnte sich nicht beklagen.

Lillis Frust schmolz. Sie verstand, weshalb hier alle recht zufrieden waren. Mit einem Seufzer hievte sie eine der Taschen aufs Bett und begann, ihre Sachen in den Wandschrank und die Kommode einzuräumen.

Das Essen war angerichtet und duftete appetitlich. Ihre Mutter hatte sich richtig viel Mühe gemacht. Sie hatte bereits am frühen Nachmittag Vorbereitungen getroffen, jetzt war ein Drei-Gänge-Menü fertig und ihre Mutter sah geschafft aus. Doch sie strahlte so viel Zufriedenheit aus, dass sich Lilli anstecken ließ und gut gelaunt Teller und Besteck richtete.

Ihr Vater war gegen sechs Uhr eingetroffen, sonnengebräunt, mit noch feuchten Haaren, etwas erschöpft, aber so heiter, wie ihn Lilli schon lange nicht mehr gesehen hatte.

Er begrüßte sie stürmisch. Eine Weile hielt er sie an seine Brust gedrückt und Lilli spürte, dass er gerührt war, weil die Umarmung einen Tick zu fest war. Erst als sie röchelnde Geräusche von sich gab, ließ er sie lachend los.

Sie setzten sich an den Tisch. Chris und ihr Vater gaben durch verschiedene »Hmms« und »Aahs« zu verstehen, dass sie sich auf das lecker duftende Essen freuten. Das gemeinsame Abendessen war schon immer ein festes Ritual gewesen und Lilli merkte erst jetzt, dass sie es vermisst hatte.

Ihr Vater begann, ausgelassen über die Gruppe, mit der er tauchen war, zu berichten. Lilli betrachtete ihre Eltern und ihren Bruder und konnte sich des Gedankens nicht erwehren, irgendwas verpasst zu haben. Es waren die gleichen Menschen und doch hatte sich jeder verändert.

Chris war kaum wiederzuerkennen: Seine Haare waren gewachsen, die Bräune betonte sein hübsches Gesicht, alles Pubertäre war von ihm gewichen und er strahlte eine Männlichkeit aus, die sie an ihren Vater erinnerte. Chris sah ihm plötzlich sehr ähnlich.

Und ihr Vater erst. Er sah stark aus. Hatte sich einen gepflegten Dreitagebart zugelegt und die Haare fielen ihm in Wellen in die Stirn. Er sah ein wenig wild und geheimnisvoll aus. Seine Haare waren zwar graumeliert und die Lachfältchen von der Sonne noch tiefer, doch sie konnte verstehen, warum ihre Mutter manchmal in neckischem Ton sagte, dass er Frauen anziehe.

Ihre Mutter war nicht so braungebrannt wie Chris und ihr Vater, doch auch sie sah klasse aus. Der erste Eindruck vom Flughafen bestätigte sich erneut. Fast ein wenig jünger, dachte Lilli und schöpfte Hoffnung, dass es ihr und ihrem Vater doch etwas besser als in den Monaten vor der Reise ging.

Konnten ein paar Wochen Menschen so verändern? Lilli war umgeben von lauter Fremden. Mit ihrem käseweißen Gesicht fühlte sie sich plötzlich wie eine Genesende aus einem Sanatorium. Sie nahm sich vor, schleunigst etwas Bräune zuzulegen.

»Wir machen einen Abendspaziergang«, sagte ihr Vater, als sie fertig gegessen hatten, und folgte ihrer Mutter, die bereits im Flur war.

Lilli und Chris blieben allein und als das Geschirr gespült und die Küche aufgeräumt war, setzten sie sich mit einer Flasche Limo auf den Balkon. Die Nacht war mild und die Landschaft strahlte den letzten Rest Hitze vom Tag aus. Die Klippe leuchtete glutrot, als wäre sie ein riesiges Holzscheit im erlöschenden Feuer der Sonne.

»Die beiden machen fast jeden Abend einen Spaziergang«, sagte Chris. »Es ist toll nachts da draußen. Wenn du willst, können wir auch spazieren gehen. Ich könnte dir den Leuchtturm zeigen.«

»Hab ihn schon gesehen.« Lilli räusperte sich, als sie merkte, wie trocken ihre Antwort war. Chris schaute sie erstaunt an und sie erklärte: »Als wir gestern hergefahren sind. Mom hat ihn mir aus dem Auto gezeigt.«

Chris nickte nur und schaute hinaus aufs Meer, wie ihre Mutter am Morgen. Früher hätte er eine blöde Bemerkung schnell auf den Lippen gehabt, dachte Lilli und fragte sich erneut, was ihn in der kurzen Zeit so verändert hatte oder ob das bei Jungs normal sei, so plötzlich erwachsen zu werden.

»Du hast Maria gar nicht erwähnt.« Lilli schaute ebenfalls aufs Meer, das im letzten Licht des Tages rosa wie der Himmel schimmerte.

»Nicht? Ich dachte, ich hätte.«

Sie funkelte ihn an.

»Nein, ich hab sie nicht erwähnt.« Er räusperte sich verlegen, während er im Stuhl Haltung annahm, als müsste er ein äußerst wichtiges Thema erläutern. Dabei sagte er nur: »Es ist alles noch so frisch.«

Lilli schnaubte. »Schon gut«, sagte sie, als Chris keine Anstalten machte, zu erzählen. »Mein Bruder ist verknallt.«

Chris überhörte ihren Kommentar. »Außerdem wirst du sie eh bald kennenlernen.«

Damit war das Thema für ihn erledigt. Er entspannte sich, wie nach einer anstrengenden Arbeit und rutschte wieder tiefer in den Sitz.

Lilli griff ein anderes Thema auf.

»Dad wirkt total aufgeblüht! Er sieht gut aus. Wie geht's Mom so, ist sie glücklich hier?« Sie ließ ihre Frage so beiläufig wie möglich klingen.

»Ich denke schon.« Chris sah sie verwundert an. »Wieso fragst du?«

»Kein besonderer Grund, nur so.«

»Sie genießt die Ruhe und, du hast recht, Dad ist wie ausgewechselt. Es macht ihm wahnsinnig Spaß, wieder am Meer zu sein. Die Spanier mit ihrem südländischen Temperament liegen ihm. Schätze, es erinnert ihn an Frankreich.«

Lilli zuckte mit den Schultern und Chris zwinkerte ihr plötzlich zu, als wäre ihm etwas eingefallen. In verschwörerischem Ton flüsterte er:

»Er taucht öfter, als er es Mom gesteht.«

Lilli begriff sofort und nickte. Ihre Mutter war, was Tauchen anging, unmöglich. Sie hatte wahnsinnige Angst davor und übertrug ihre Angst auf alle anderen. Schnorcheln okay. Aber musste es immer Tauchen sein, mit all der Technik? Lilli hatte lange Kämpfe mit ihr ausgestanden, bevor sie es lernen durfte. Sie hatte aber ihren Vater als Verbündeten, denn er war leidenschaftlicher Taucher.

Man sagte es ihr besser nicht, wenn man tauchen ging, damit konnte man sie ohne Weiteres an den Rand des Nervenzusammenbruchs bringen. Der Deal war: Haltet mich da raus, ich will es nicht wissen, wenn ihr es schon nicht lassen könnt.

Lilli gab Chris ein Zeichen, dass sie wie ein Grab schweigen würde, und sagte in unverbindlichem Ton:

»Er hat nicht viel über seine Arbeit erzählt, nur über diese alberne Tauchergruppe.«

»Du kennst ihn, er hat noch nie viel von der Arbeit erzählt.«

»Ich dachte nur, weil wir doch deswegen hier sind. Und was bedeutet bitte schön *anthropogene Veränderungen an den Pflanzen und Tieren der Dämmerzone?* Da erwähnt er schon mal was und dann versteht es keiner.«

Chris zuckte mit den Schultern. »Es ist das Thema seiner Forschungen, irgendwas mit dem Einfluss der Zivilisation auf das Meer. Aber frag ihn doch selbst.« Nach einer kleinen Pause setzte er hinzu: »Mom freut sich, dass wir wieder vollzählig sind. Sie war die letzten zwei Tage richtig aufgeregt, dass du endlich kommst.«

Er blickte aufs Meer, das jetzt wie altes Silber schimmerte. Die Nacht, die sich inzwischen fast gänzlich über die Landschaft gesenkt hatte, wurde allmählich kühler. Sie verfielen in Schweigen und später, bevor jeder in sein Zimmer ging, nahm Chris Lilli in den Arm und drückte sie lange. Sie ließ es geschehen. Es war gut. Beinahe so gut wie die Umarmung ihres Vaters.

Nachdem sie das Licht gelöscht hatte, lag Lilli noch eine Weile wach und dachte über den Abend nach. Sie lauschte träge den neuen Geräuschen: das Rauschen des Meeres und die Zikaden im Hof unten, das Knarren des Betts, wenn sie sich bewegte, und das gelangweilte Gekläffe eines Hundes, der so gemächlich bellte, als würde er jedes Bellen zählen.

Sie war gerade dabei, in den Schlaf zu gleiten, als sie ihre Eltern heimkommen hörte. Schritte näherten sich ihrer Tür und Worte ihrer angeregten Unterhaltung drangen zu ihr. Sie hatten Mühe, ihre Stimmen zu einem Flüstern zu dämpfen. Lilli hatte jedes Wort verstanden.

Was war das denn? Verdutzt setzte sie sich auf und runzelte die Stirn. Sie starrte in die dunkle Ecke, hinter der sich die Zimmertür befand, als müsste dort die Antwort aufleuchten.

Von wem hatte ihre Mutter da geredet? Was hatte Granily damit zu tun und wieso hatte ihre Mutter Angst? Sie erinnerte sich an den heutigen Morgen, als sie ihre Mutter mit jenem seltsamen Gesichtsausdruck auf dem Balkon vorgefunden hatte. War es das gewesen: Angst?

Kurz überlegte sie, hinüberzugehen und ihre Eltern einfach zu fragen, beschloss dann aber, dass es besser wäre, wenn sie so tat, als hätte sie nichts gehört.

Lilli war wieder hellwach. Was ging hier vor? Ob Chris das auch mitbekommen hatte? Wenigstens mit ihm wollte sie reden. Sie warf die Decke von sich und schlüpfte in ihre Flip-Flops, streifte sie aber gleich wieder ab. Barfuß würde sie leiser sein. Behutsam öffnete sie die Tür.

Der Flur lag dunkel und still da und für einen Moment dachte Lilli, sie hätte das eben nur geträumt.

Sie schlich zu Chris' Zimmer. Ein Lichtschimmer drang unter seiner Tür hindurch. Leise klopfte sie an und wartete. Nichts rührte sich. Sie wollte erneut klopfen, doch im selben Moment ging die Tür auf. Chris stand in Shorts und T-Shirt da und blinzelte verwundert in den dunklen Flur.

»Kann ich mit dir reden?«, flüsterte Lilli.

Chris trat wortlos einen Schritt zurück und sie schlüpfte zur Tür hinein.

»Kannst du nicht schlafen?«, fragte Chris, warf sich auf sein Bett und streckte sich der Länge nach aus.

Lilli bemerkte das Buch, das wie ein kleines Zelt aufgeklappt auf dem Bett lag, eine Gewohnheit, die sie früher immer aufgeregt hatte.

»Ging mir am Anfang auch so. Das Rauschen des Meeres hat mich ...«

»Hast du die beiden eben gehört?«, unterbrach ihn Lilli ungeduldig.

Chris sah sie verwundert an. »Klar, sie sind wieder zurück. Sie waren heute länger weg als sonst ...«

»Hast du gehört, worüber sie sich unterhalten haben?« Lilli griff zu dem Buch und las den Titel. Es war ein Krimi. Sie machte das Lesezeichen hinein, das weiter hinten zwischen den Seiten steckte.

»Ähm, nein.« Chris' Augen, die ihren Bewegungen leicht amüsiert gefolgt waren, sahen sie wachsam an.

Lilli machte sich auf seinem Bett Platz, indem sie seine Beine zur Seite schob. Mit gesenkter Stimme sagte sie: »Ich zitiere:

Mom, nervös: Wieso sollte Rex wieder am Flughafen gewesen sein, Chéri? Ich habe ihn erkannt, ich bilde es mir nicht ein. Er trug zwar eine Baseballkappe und Sonnenbrille, aber ich erkenne dieses Gesicht überall.

Dad, leicht verärgert: Suzú, ich weiß es auch nicht! Ich denke, wir sollten die Augen offen halten. Es gibt keinen Grund, deine Mutter jetzt schon damit zu beunruhigen.

Mom: Und *ich* denke, wir sollten sie *sofort* verständigen. Sie muss Seraphim Bescheid geben.

Dad, ziemlich gereizt: Du weißt doch gar nicht, ob Seraphim nach all den Jahren noch vor Long Island ist.

Und nochmals Mom: Louis, ich habe Angst. Ich will nicht, dass ...

Der Rest ging unter«, beendete Lilli und holte tief Luft, denn sie hatte alles in einem einzigen Atemzug heruntergebetet.

Chris schaute sie eine Weile nachdenklich an. »Keine Ahnung, was das zu bedeuten hat.«

»Hast du in letzter Zeit irgendetwas Eigenartiges bemerkt?«

»Du meinst, etwas noch Eigenartigeres als Don Pedro, der ab und zu durchs Haus schleicht, die menschenleere Ortschaft und die Harmonie zwischen den beiden?« Er tat so, als würde er angestrengt nachdenken, dann schüttelte er energisch den Kopf. »Nee, sonst nichts.«

Lilli bemerkte natürlich seine Anspielung. Die Harmonie zwischen ihren Eltern war in der Tat etwas Neues. Wenn sie an das letzte halbe Jahr in New York zurückdachte, war der heutige Tag der Inbegriff der Harmonie gewesen. Lilli erinnerte sich nicht mehr, womit es begonnen hatte. Doch in den letzten Monaten war es offensichtlich gewesen, dass ihre Eltern unglücklich waren. Es hatte wegen jeder Kleinigkeit Streit gegeben, sie hatten nichts mehr gemeinsam unternommen und sind sich meist aus dem Weg gegangen. Sogar das heilige Ritual des gemeinsamen Abendessens wurde vernachlässigt und langsam aufgegeben.

Chris klopfte ihr auf den Rücken und holte sie zurück in die Gegenwart.

»Wenn es dich beruhigt, werde ich ein Auge offen halten. Geh jetzt schlafen. Du siehst echt ... blass aus.«

Lilli schaute ihn mit gekräuselten Lippen an. »Angeber. In zwei Wochen wirst du das nicht mehr sagen.« Sie stand auf und ging zur Tür.

»Doch, es soll schlechtes Wetter kommen.«

Lilli drehte sich um und blickte ihn finster an.

»Nacht!«, rief Chris.

Als sie antwortete, hatte sie die Tür bereits hinter sich zugezogen. Sie schlich sich zurück in ihr Zimmer, kroch ins Bett und starrte lange in die Dunkelheit.

Im Zimmer nebenan zog Chris ein altes, in blassbraunes Leder gebundenes Buch aus der Kommodenschublade heraus und schlug es auf. Er betrachtete die elegante Handschrift auf der ersten Seite. Sie war an einer Stelle verwischt, doch er las:

... *raphim y Rex Fothergyll.*

7.
Finsternis und Frost

Ich träume nicht. Es ist ein Déjà-vu. Oder die schrecklichste aller Erinnerungen, wirklicher als alle Wirklichkeit.

Die Dunkelheit drückt schwer auf meine Brust. Ich will ihr entfliehen, aber etwas lähmt mich. Meine Bewegungen sind schwerfällig und alles tut weh. Ich schwimme durch eisigen Brei, komme aber nicht von der Stelle. Der Eisbrei klebt auf meiner Haut und droht, mich zu ersticken.

Mir ist so kalt, dass ich kaum mehr zwischen Schmerz und Kälte unterscheiden kann. Wieso friere ich überhaupt? Ich habe noch nie gefroren!

Einatmen ist unmöglich, denn es ist kein Wasser und keine Luft. Und so läuft mir die Zeit davon, mein Leben, während ich gefangen bin in einem Ozean von Finsternis und Frost.

Doch das Schlimmste ist, dass ich das Licht dort oben sehe, ein feuergelbes Licht wie eine tröstende Sonne. Sie würde mich wärmen. Wenn ich sie erreiche, könnte ich weiterleben, ihr Leben in mich aufnehmen.

Ich komme aber nicht vom Fleck und mir bleibt keine Zeit. Ich muss hier weg! Verzweifelt strecke ich meine Arme dem Feuer entgegen, dorthin will ich, ins Feuerlicht, sonst ...

Alex erwachte röchelnd und setzte sich mit einem Ruck auf. Die plötzliche Bewegung jagte einen stechenden Schmerz durch seinen Körper, der ihm den Atem raubte. Er schnappte nach Luft wie ein Fisch auf dem Trockenen, spürte, wie sich seine Lungen füllten und der Schwindel und Schmerz sich legten.

Es war doch ein Traum, nur ein Traum! Mit einer fahrigen Geste wischte sich Alex über die Augen und zog seine Decke bis unters Kinn, er zitterte am ganzen Leib. Fror er? War es möglich, dass sich ein Traum so real anfühlte?

Langsam festigte sich die Welt um ihn, er war zu Hause. Doch die Erinnerung an die Schmerzen in tausend Metern Tiefe riss ihn so plötzlich mit wie ein Strudel. Es war fast wie vorhin im Traum gewesen, nur viel, viel schrecklicher.

Ein sich krümmender Körper, nackt und hilflos. Er hörte sich schreien. Schreie, die sich im Abgrund wie ein unwirkliches, dumpfes Dröhnen verloren. Als ob der tonnenschwere Druck die Geräusche zermalmte. Und er erinnerte sich, dass es einen Moment gegeben hatte, in dem er nicht gewusst hatte, ob er es war, der schrie oder die anderen – oder alle zusammen.

Er sah sich wieder dort, in der Finsternis und Kälte. Sah sich, als jede einzelne Zelle seines Körpers brannte und schmerzte, er sich krümmte, sich wünschte, zu sterben, damit es aufhörte. Er sah sich im Wahnsinn an den Gitterstäben zerren und rütteln. Sich beißen, immer und immer wieder, in der Hoffnung, sein eigenes Gift würde ihn endlich erlösen.

Und dann sah er sich sterben. Den Augenblick, in dem er plötzlich ruhig wurde, obwohl die Schmerzen in ihm weiter tobten. Als gehörten sie nicht mehr zu ihm. Als wäre sein schmerzgequälter Körper weit weg und er nur Stille und Frieden.

Es war befreiend, tat unendlich gut, es war vorbei. So also war sterben. Erträglicher als leben, das war gewiss. Es war nicht schmerzhaft, ganz im Gegenteil. Leben hatte weh getan, das jetzt war gut.

All das sah er sich dort unten denken, hier zu Hause, in seinem Bett.

Und er erinnerte sich weiter: an die Stimme, die ihm zugeflüstert hatte, er müsse wieder zurück zu den Schmerzen. Zurück zu den Schmerzen? Nein, das ging nicht! Das wollte er nicht, nein, unter keinen Umständen! Er war doch nicht verrückt! Zurück? Das war dort, wo es so weh getan hatte. Warum in aller Welt sollte er Schmerzen haben wollen?

Das würde die Stimme sicher verstehen ...

Weil er noch nicht so weit war, sagte die Stimme. Er könne jetzt nicht aufgeben, er war noch nicht angekommen. Nicht ganz verwandelt.

Seltsam, dachte er, wieso klang sie wie Seraphims Stimme?
Dennoch. Zurück?

Einen Moment lang spürte er wieder den Schmerz und schüttelte energisch den Kopf. Auf keinen Fall.

Doch dann sah er sich friedlich sterben. Und im nächsten Augenblick jagte ihm dieses Bild, in dem er nicht mehr existierte, er ganz von der Welt verschwunden war, als hätte es ihn nie gegeben, einen viel größeren Schrecken ein als der alte Schmerz. Nein, noch nicht. Er wollte noch in der Welt bleiben, es gab noch etwas zu tun.

Und so machte er sich auf den Weg zum Schmerz zurück, ließ ihn wieder zu und war überrascht, dass er sich gar nicht mehr so schrecklich anfühlte.

Dann der Augenblick der Gewissheit. Es war geschafft, er hatte es geschafft. Ein Schwebezustand zwischen Bewusstsein und Ohnmacht, zwischen Leben und Sterben. Die Gewissheit, dass Sterben nicht das Gegenteil von Leben war, es war das Gegenteil von Geborenwerden. Leben war ewig.

Wie lange er dort geblieben war, wusste er nicht. Es hatte nicht mehr so wehgetan. Und dann war auch das vorbei gewesen.

Doch wie war er zurück nach Thalassa 3 gekommen und was war mit den anderen geschehen? Dieser Teil war zu undeutlich in seiner Erinnerung, wie ein Traum, der ihm jetzt, da er wach war, schnell entglitt. Jemand hatte das Schloss an seinem Tor entfernt. Und er war zurückgeschwommen. Das Nächste, an das er sich erinnerte, war Seraphim wartend an der Schleuse.

»Die anderen ...?«, hatte Alex entkräftet gefragt, Seraphim nur mit den Schultern gezuckt.

»Ich weiß es nicht, du bist der Erste.« Eine behutsame Umarmung und Seraphim hatte ihn auf sein Zimmer geschickt.

Hier lag er nun. Auf seinem Bett in seinem Zimmer, von dem er sich in einem anderen Leben verabschiedet hatte. Die Uhr zeigte neun Uhr morgens und er fühlte sich erstaunlich ausgeruht, obwohl er nicht länger als drei Stunden geschlafen haben konnte.

Seine Augen! Als wäre es nicht vollkommen dunkel, erkannte er alles, besser als je zuvor. Wie jedes Raubtier konnten die Wasseramphibien im Dunkeln gut sehen, doch so deutlich wie jetzt war es noch nie gewesen. Alex blinzelte und vergewisserte sich, dass nirgendwo ein Licht brannte.

Behutsam, um Schmerzen zu vermeiden, stand er vom Bett auf und schaute sich neugierig um, als betrachte er sein Zimmer zum ersten Mal. Die Gegenstände waren die gleichen. Und doch war alles so scharfgezeichnet, als hätte jemand einen Schleier von seinen Augen gelüftet. Die Dinge waren beunruhigend klar, jede Linie und jede Farbe wie frisch gereinigt.

Und da war noch etwas anderes. Die Gegenstände hörten nicht mehr an ihren Grenzen auf, sie hatten eine farbige Aura um sich, eine zweite Kontur. Alex blinzelte erneut. Hatte er Sehstörungen? Er fixierte den Rahmen mit dem Foto seiner Mutter auf dem Schreibtisch. Ja, der Rahmen hatte selbst einen hellbraunen Rahmen und je länger er darauf starrte, desto klarer sah er den zweiten Umriss.

Er probierte es mit anderen Gegenständen. Um das Bücherregal schimmerte es in einem dunklen Grün, um den Rucksack dagegen war ein heller Gelbton. Der Schreibtisch hatte einen blass-violetten Rand und um das Buch, das dort aufgeschlagen lag, leuchtete es in Silbergrau.

»Interessant«, murmelte er. Das muss der Energiekörper sein, von dem Seraphim erzählt hatte. Wirklich erstaunlich.

Doch nicht nur sein Sehsinn war schärfer, die Gerüche, das Schmecken auf der Zunge, seine Haut und sein Gehör waren so empfindlich, als würde die Welt auf ihn ungefiltert einstürmen. Alles vibrierte, die Gegenstände schienen lebendig, Energie füllte den Raum wie Luft und er konnte sie sehen, spüren. Sie floss durch jedes Ding, um alles herum, durch alles hindurch. Die Welt hatte ihre Konturen geschärft und verdoppelt und erzitterte in einer Masse aus Formen und Farben, Gerüchen und Geräuschen.

Irgendwie ... unangenehm. Sehr sogar. Und jetzt? Was sollte er damit anfangen? Alex dachte an die Worte seines Mentors: »Die ersten Tage wird es euch verrückt machen. Aber ihr werdet jeden Tag lernen, damit besser umzugehen. Ihr werdet es nach Belieben ein- und ausschalten können, und irgendwann wird es zu euch gehören und euch dienen, wann immer ihr wollt. Ihr werdet euer Unterscheidungsvermögen schulen und bald die Kraft der Klarheit schätzen lernen. Denkt daran, ihr werdet einen Kristallkörper haben. Aber zunächst einmal: Geduld, Geduld, Geduld!«

»Geduld ist nicht gerade meine Stärke.«

Richtig. Wenn wir schon beim Thema Kristallkörper sind ... Er schaute an sich herab. Die Veränderung war nicht sichtbar, aber er spürte sie in jeder Faser, wie einen leichten Schmerz im ganzen

Körper, so, als sei er Hunderte Meilen am Stück geschwommen. Ja, er war nackt. Der silberne Schwimmanzug war verschwunden, war tatsächlich mit seiner Haut verschmolzen.

Er fuhr sich über die Arme, behutsam, als erwartete er, dass silbrige Funken von seiner Haut sprühten. Dann fuhr er über seine Brust auf und ab. Wenn er mit seiner Hand von oben nach unten glitt, war alles normal, strich er aber in die andere Richtung, fühlte sich seine Haut rau an, als streiche man über ein Stück Samt in die falsche Richtung.

Er musste schmunzeln. Der berühmte Haihauteffekt, dachte er. Perfekt angepasste Haut, um im Wasser leichter zu gleiten. Aber klar. Seraphim hatte es erwähnt, denn es gehörte, wie das Erkennen des Energiekörpers, zu den allgemeinen Veränderungen nach der Kristallverwandlung. Spannender war es mit den persönlichen Kräften und Fähigkeiten, die sich in wenigen Tagen zeigen sollten.

Seraphim hatte ihnen während der Ausbildung verraten, dass die meisten der Kristallverwandelten spezielle Fähigkeiten und Kräfte bekamen. Was das für Kräfte waren, konnte niemand vorher sagen, doch immer waren sie höchst erstaunlich. Als er einige Beispiele genannt hatte, waren diese so fantastisch gewesen, dass es Alex schwergefallen war, Seraphim Glauben zu schenken.

Der hatte nach der Kristallverwandlung gleich zwei Fähigkeiten bekommen. Er konnte Gegenstände bewegen, indem er sich mit ihrem Energiekörper verband. Und er konnte sich sowohl an Land als auch im Wasser unsichtbar machen. In Bruchteilen von Sekunden passte sich sein Körper der Umgebung wie ein Chamäleon an. »Changieren«, hatte es Seraphim liebevoll genannt.

Einmal hatte er sich einen Spaß erlaubt. Er war vor ihnen in den Übungsraum gegangen und hatte unsichtbar vor der Wand gestanden. Als ihr Geschwätz am lautesten gewesen war, hatte er »Ruhe!« gerufen und alle zu Tode erschreckt. Er hatte das Rätselraten noch eine Weile ausgekostet, dann war er von einer türkisfarbenen Wand zu Seraphim zurückgekehrt.

Diese Fähigkeit war ihm seine liebste. Aber das war noch nicht alles, ihr Mentor hatte nach jeder Verwandlung noch weitere Kräfte bekommen, was sehr selten war. Doch sie hatten ihm so gut wie nichts darüber entlocken können.

»Über manche Dinge redet man nicht«, hatte er bedauernd gesagt. »Das Gleiche rate ich auch euch. Plaudert nicht leichtsinnig aus, was ihr könnt. Es ist besser, dass es niemand weiß. Wird euer Vorteil sein, wenn es darauf ankommt.«

Als jemand gefragt hatte, wie man merken würde, dass man eine solche Fähigkeit besaß, hatte Seraphim nur gesagt:

»Ihr werdet es einfach wissen.«

Alex überlegte, was wohl seine besondere Fähigkeit sein könnte, wenn er denn eine haben sollte. Doch zwei Gedanken verdrängten seine Neugier. Die anderen und Hunger ...

Noch bevor er den Entschluss fasste, sich anzuziehen, nach Seraphim und den anderen zu sehen und sich etwas zu essen zu holen, hörte er jenseits seiner Zimmertür eine Bewegung. Und er roch Essen. Unmöglich ...

Jemand verharrte vor der Tür. Alex konnte fast die erhobene Hand sehen, wie sie eine Sekunde später anklopfte.

Er seufzte. Seraphim stand vor seiner Tür. Obwohl er ihn nicht sehen konnte, wusste er es. Er konnte es ... riechen. Seraphim – und das Essen. Verflixt, echt unangenehm. Er sah sich nach etwas zum Anziehen um. Vorsichtig streifte er ein T-Shirt und eine Hose über.

»Lass dir Zeit, Alex.«

Hatte sein Mentor das gerade gesagt? Wenn das so weitergeht, muss ich mir Ohrstöpsel besorgen. Er öffnete die Tür und bat Seraphim mit seinem Tablett einzutreten.

»Wie geht es dir?«, fragte dieser, nachdem er das Tablett auf dem Tisch abgestellt hatte. Er schaute Alex lange und prüfend an.

»Ich weiß nicht. Der Schmerz lässt nach. Aber«, und mit einer ausschweifenden Geste deutete Alex um sich, »das alles ist irgendwie anstrengend.«

Seraphim nickte. »Anstrengend ist das richtige Wort. Es wird besser, das verspreche ich dir.« Er musterte Alex mit ernster Miene von oben bis unten, dann sagte er erleichtert: »Ich bin stolz auf dich.«

Alex sah ihm in die Augen. »Es war ...«

»... die Hölle.«

Seraphim unterbrach jemanden nur sehr selten, dachte Alex verwundert. Überhaupt sah er betrübt und müde aus.

»Ich verrate dir etwas«, sagte Seraphim nach einer kleinen Pause, in der er sich auf den einzigen Stuhl an Alex' Tisch setzte. »Diese Verwandlung war das Schlimmste und Demütigendste, was die Auserwählten durchstehen müssen. Es ist die einzige Verwandlung, bei der es um Leben und Tod geht. Die anderen sind nicht schmerzhaft und auch nicht gefährlich, nur lästig. Aber notwendig.« Seraphim hielt nachdenklich inne, blickte ins Leere. Dann räusperte er sich und fuhr fort: »Allerdings, du weißt: Noch drei Tage, bis die Schmerzen ganz nachlassen und die Kristallhaut sich vollständig mit deiner verbunden hat. Ihr seid selbstverständlich vom Unterricht entschuldigt.« Er erhob sich und wandte sich zum Gehen.

»Ich hatte meine Formel vergessen, ich dachte ich müsse sterben.«

Seraphim schaute Alex lange an, als würde er etwas abwägen. Dann schien er einen Entschluss zu fassen. »Ich verrate dir noch etwas, und ich vertraue darauf, dass es diesen Raum nicht verlässt.« Während er sprach, ließ er Alex nicht aus den Augen. »Nicht die gesamte Formel ist wichtig. Nur die erste Silbe. Sie enthält die ganze Kraft der Formel. Sie ist die Essenz, wenn du so willst. Und die hast du offensichtlich behalten, sonst stündest du jetzt nicht hier.«

»Nur die erste Silbe?« Alex starrte Seraphim ungläubig an. »Und das andere?«

»Der restlichen Teil der Formel hatte keinen weiteren Zweck als euch abzulenken.«

»Du meinst, er war für die Verwandlung nicht wichtig?«, fragte Alex schrill. Er schnappte nach Luft und sah Seraphim aus schmalen Augen an.

»Es hätte keinen Unterschied gemacht. In der ersten Silbe ist die Quintessenz enthalten. Ein heiliger Laut, der die Kraft und Weisheit der gesamten Formel enthält. Ich weiß«, sagte Seraphim und seufzte, »es ist schwer zu begreifen. Es hat etwas mit der Kraft der Resonanz zu tun. Egal. Ist im Moment nicht wichtig. Du hast es geschafft. Es ist noch nie vorgekommen, dass jemand die erste Silbe vergessen hat.«

»Ich will trotzdem verstehen, es war schließlich mein Kampf gegen den Tod«, schnappte Alex.

Doch bevor sein Ärger ihn übermannen konnte, sagte Seraphim sanft: »Alex, diese Formel ist nur dazu da, um euren Verstand fokussiert zu halten, ihn zu beschäftigen, damit ihr von den Schmerzen abgelenkt seid. Das ist alles.«

Alex nickte und schwieg. Das war also alles. Eine Silbe, eine winzig kleine, nichtssagende Silbe ...

»Vertrau mir, es hat sich als Ablenkungsmanöver bewährt. Alles hat seinen Sinn.«

Wieder nickte Alex. Verflixt, diesen Sinn hätte er nur zu gern verstanden!

»Wie geht es den anderen?« Das hatte er längst fragen wollen.

Seraphims Gesicht verdüsterte sich.

Panik übermannte Alex. Marc, er hatte es ...

»Marc ist okay. Er ist ziemlich fertig, aber er hat es geschafft.« Seraphim fuhr sich über das Gesicht. »Ziemlich fertig ist sicher untertrieben. Er war halb tot, hat es gerade noch bis vor die Schleuse geschafft.«

Alex atmete erleichtert auf. Egal, er hat es überlebt. Wenn Marc es geschafft hatte, dann ... Er bemerkte Seraphims bekümmertes Gesicht. »Aber?«, fragte er vorsichtig.

»Ich sollte es dir noch nicht sagen. Erst wenn wir uns nachher mit den anderen treffen, hätte ich es berichtet.« Seraphim rang mit sich. Schließlich schüttelte er den Kopf und seufzte. »Jimo.« Seine Stimme zitterte. »Er ist ... er hat es nicht geschafft.«

Alex starrte seinen Mentor an. Was? Mit keinem Gedanken hatte er an Jimo gezweifelt. Seine Knie gaben plötzlich nach und er glitt zu Boden.

Seraphim ließ ihm Zeit, das Erfahrene zu begreifen. Nach langen, stillen Minuten fügte er hinzu: »Noch etwas ist geschehen.«

Alex hob den Kopf.

»Du erinnerst dich«, setzte Seraphim mit rauer Stimme an, »ich erwähnte, dass es vorkam, dass jemand auch ... Danya, sie ist zwar nicht tot, aber ...«

»Danya?« Alex' Stimme war tonlos. »Das ist unmöglich!« Er starrte seinen Mentor an und begriff zunächst nicht. Was? Nicht tot, was dann?

Als Seraphim seinem Blick auswich und nur resigniert den Kopf schüttelte, dämmerte es Alex.

»Oh, nein!« Er rang um Fassung. »Marc hat es geahnt.« Der letzte Satz war nur ein Flüstern. Er vergrub sein Gesicht in den Händen und begann zu schluchzen.

»Er hat es mir gesagt. Allerdings erst vorhin! Das war unverantwortlich. Er hätte mir seinen Verdacht früher mitteilen müssen.« Seraphim klang vorwurfsvoll.

Alex wurde mit einem Mal wütend. »Ach ja, und was wäre dann geschehen, Seraphim? Was hättest du gemacht? Die Verwandlung hätte sie durchmachen müssen, so oder so, oder sie wäre ...« Er hielt inne. Schnappte nach Luft. Stand auf und blickte ungläubig zu seinem Mentor. »Du hättest sie getötet.« Es war keine Frage, es war Gewissheit.

»Du verstehst das nicht.«

»Nein, *das* verstehe ich allerdings nicht. Ich *hoffe*, ich werde es nie verstehen!«

Die Enttäuschung, die Wut und der Kummer ließen Alex erzittern. Sein Inneres vibrierte. Verflixt noch mal, es trieb ihn zur Weißglut. Er fletschte die Zähne und sah Seraphim an, als wolle er ihm gleich an die Gurgel springen.

Seraphim versteifte sich und trat einen Schritt zurück. Seine Stimme klang ruhig, als er auf Alex einredete: »Sie wird viel Böses anrichten, bevor wir sie aufhalten ...«

Alex unterbrach ihn: »Aufhalten bedeutet töten, nehme ich an.« Seine Stimme klang frostig. In seinen Zähnen pochte das Gift und sein Atem ging mit einem Mal keuchend. Alles, was Seraphim jetzt sagte, schürte seine Wut nur noch weiter. Er war kurz davor sich gehen zu lassen.

»Wenn es sein muss, ja. Wir werden versuchen, sie zu finden. *Bevor* sie tötet. Und ich weiß, sie wird früher oder später nicht davor zurückschrecken, wenn es ihrem Ziel dient. Alex, mach dir bitte nichts vor. Sie würde auch dich töten. Sogar Marc.« Seraphims Stimme war eindringlich, ernst, todtraurig. »Sie ist nicht mehr die Danya, die wir kannten. Vergiss das nie. Nie, Alex!« Er packte ihn am Arm.

Alex starrte seinen Mentor an und langsam sickerte das, was er gerade gesagt hatte, zu ihm durch. Sein Atem beruhigte sich und seine Wut ließ nach. Seraphim muss es wissen, durchzuckte es ihn. Er hatte schließlich seinen Bruder Rex so verloren. Rex lebte zwar noch, doch er war durch die Kristallverwandlung vor Jahren bösartig geworden.

Alex erinnerte sich an Marcs Befürchtung. Wie hätte Marc seine Schwester verraten können? Und wie hätte er sie verraten können, Danya und Marc? Es war nur eine Vermutung gewesen, sagte sich Alex, doch der Trost wollte sich nicht einstellen.

Seraphim sah ihn eindringlich an und ließ mit einem Nicken seinen Arm los.

Was hatte Seraphims Berührung zu bedeuten?

»Du wirfst Marc Unverantwortlichkeit vor«, murmelte Alex.

Seraphim atmete auf, als hätte er gerade ein Unheil abgewendet. »Uns gegenüber war er das, allerdings kann ich ihn sehr gut verstehen. Er hat als Bruder gehandelt. Ich kann ihm das nicht vorwerfen. Es ist das Schlimmste, was einem Bruder passieren kann – seine eigene Schwester dem Tod zu weihen. Ich werde Marc dafür nicht verurteilen. Auch nicht bestrafen.«

Seraphim wandte sich zum Gehen. Er blieb noch einmal stehen und sagte mit matter Stimme: »Und es ist ebenso schlimm, seine Schwester ans Böse zu verlieren. Es wird Zeiten geben, in denen Marc sich wünschen wird, sie wäre tot.« Er sah Alex mit traurigem Blick an, dann wandte er sich schnell ab und ging zur Tür.

Mit der Hand bereits auf der Türklinke sagte er, ohne Alex anzusehen: »Die Sache mit der Formel weißt nur du. Ich hoffe, dir ist bewusst, dass das sonst niemand erfahren darf. Andere könnten denken, die Metamorphosen seien leicht zugänglich. Der Schwimmanzug, eine Silbe, ein Amulett und schon ist man unsterblich. Ich habe es dir nur verraten, weil du deine Angst während der Verwandlung erwähnt hast.«

Alex sagte geistesabwesend: »Ich verstehe. Danke für dein Vertrauen. Ich werde es für mich behalten.«

Seraphim nickte und öffnete die Tür. »Wir treffen uns in einer halben Stunde bei mir. Iss was.«

8.
Der Geruch von Fisch

»Mädchen nehmen wir sonst nie mit«, rief Chris und lief um den Wagen herum. Er schob seinen Kopf durch die heruntergelassene Fensterscheibe und zog dabei seine Brauen so hoch wie eine Eule.

Dieser Morgen war nicht gut, um irgendwie klug daherzukommen. Lilli zupfte an ihrem silbernen Schlangenring. Die Schwanzspitze der Schlange hatte sich verbogen und drückte in den Fingerrücken.

Ihre Brauen schoben sich zu einem V zusammen und sie hatte Mühe, nicht zu knurren. »Kann immer noch aussteigen«, brummte sie, ohne Chris anzuschauen.

Es war früh am Morgen und die Sonne schlummerte noch jenseits des Horizonts. Vielleicht war das der Grund für die schlechte Stimmung, vielleicht würde sie sich bessern, sobald die Sonne aufging, grübelte Lilli und beobachtete unter den V-Brauen ihren Bruder.

Er öffnete ruckartig die Tür. Mit einem Seufzer setzte er sich hinter das Steuer. »Ich weiß, es war meine Idee, dass du diesmal mit uns mitkommst. Ich dachte, es würde ... ich will nur sagen, dass wir bis jetzt nie Mädchen dabei hatten. Das ist alles.« Er startete den Motor und fuhr im Schritttempo über den Schotterweg. »Schnall dich an.«

Die Stimmung war eindeutig nicht gut. Möglich, dass es an ihr lag? Nein!

»Ja. Schon gut.« Es lag an ihr, okay. *Etwas unternehmen.* Sie schaute finster zu ihm hinüber. »Du tust so, als würdest du das hier dauernd machen. Wie oft habt ihr es schon gemacht?«

»Oft genug«, gab Chris trocken zurück.

Na so was, er war beleidigt. Wenn sie eine gemeine Schwester wäre, würde sich ihre Laune jetzt sofort bessern. Sie horchte in sich hinein, ob das mit der gemeinen Schwester wahr sein könnte. Ja, die Laune war tatsächlich besser geworden.

Geröll knirschte unter den Rädern, als sie den unbefestigten Weg entlang Richtung Straße fuhren, was jede Unterhaltung unmöglich machte. Chris kurbelte das Fenster hoch. Auf der asphaltierten Straße gab er Gas.

Sie verließen La Perla, als er in versöhnlicherem Ton das Gespräch wieder aufnahm. »Lil, ich dachte, es würde dir gut tun, endlich unter Leute zu kommen.«

»Ich war in der Schule unter Leuten, schon vergessen? Unter vielen Leuten.«

»Das meine ich nicht.« Er klang müde. »Seit du hier bist, hast du noch nichts *unternommen*.«

Schon wieder das Unwort ... Sie zuckte mit den Schultern und Chris gab resigniert auf.

Seit sie hier war, waren genau drei Wochen vergangen, und in dieser Zeit war nicht viel in ihrem gesellschaftlichen Leben passiert. Die Schule hatte begonnen, okay. Natürlich war das ein aufregender Moment gewesen. Aber nicht so schlimm, wie sie erwartet hatte. Überhaupt war nichts hier so schlimm, wie sie erwartet hatte.

Die ersten Tage im *Colegio Vergin del Mar* im sieben Kilometer entfernten Calahonda waren ohne besondere Vorkommnisse vergangen. Das internationale College für Sprachen lag abgelegen am nördlichen Zipfel der kleinen Ortschaft unter einem hohen Felsen auf der Rückseite und einem kleinen Park auf der vorderen Seite, ein überschaubares Gelände, in dem sie sich schnell zurecht gefunden hatte.

Ihr besonderes Talent, schnell rot zu werden, war in den ersten Tagen im Dauereinsatz gewesen. Dazu der eine oder andere Schweißausbruch, vor allem beim Begafftwerden, gepaart mit Getuschel in bestehenden Grüppchen. Die Schüler kamen von überallher, die meisten aus verschiedenen europäischen Ländern, aber auch einige Amerikaner und Kanadier waren dabei. Da viele bereits im Frühjahr begonnen hatten, war Lilli einer der wenigen Neulinge.

Die Schule war kleiner als die in New York, was nicht überraschend war. Es gab wesentlich weniger Lehrer, was erfreulich war. Und außerdem fand sie, waren die Leute nicht so kleinkariert, wie man es für eine Kleinstadt erwartete, was sehr angenehm war.

Jedenfalls vergingen die ersten Wochen unspektakulärer als befürchtet.

Ihre Banknachbarin Helena, ein blondes, hübsches Mädchen mit leicht schrägen grauen Augen und einer niedlichen Stupsnase, kam aus Russland. Sie überragte Lilli um einen Kopf, allerdings nicht nur körperlich. Ihr Ego war groß, doch ihre anfängliche Hilfsbereitschaft machte es erträglich.

Sie hatte Lilli gleich am ersten Tag mitgeschleppt, um sie ihrer Mädchenclique vorzustellen. Helena war ein typisches Großstadtmädchen und der Meinung, dass die Bekanntschaft mit ihrer Clique, in der sie unmissverständlich die »Queen« war, ein seltenes Privileg für so jemanden wie Lilli war. Der Jackpot im Lottospiel des Schullebens.

Für Lilli war es etwas weniger ... bedeutend gewesen. Bis auf eine Engländerin, Minnie, die sie gleich sympathisch gefunden hatte, war sie mit keinem der anderen Mädchen aus der Clique warm geworden.

Zum Glück gab es da noch Maria, die Freundin ihres Bruders. Chris hatte sie ihr in der Mittagspause am zweiten Schultag vorgestellt. Sie besuchte das reguläre Departement des College, auf das die Einheimischen gingen. Mit ihr hatte sie sich öfters in den Pausen getroffen, wenn sie sich von der Helena-Truppe abseilen konnte und Lust auf spanisches Essen hatte, das es meistens nur in Marias Teil der Schule zu Mittag gab.

Chris fragte in die Stille hinein als hätte er ihre Gedanken erraten:

»Und, magst du Maria?«

Als sie ihm einen kurzen Blick zuwarf, lächelte er. Sie hatte es Chris nicht leicht gemacht, zugegeben. Er hatte immer wieder versucht, sie für das eine oder andere zu begeistern, doch sie hatte jedes Mal die fadenscheinigsten Ausreden parat gehabt. Auch den Versuchen ihrer Eltern hatte sie hartnäckig widerstanden.

Bis vor zwei Tagen, als Chris mit dieser Idee kam. Ihr »Ja« zum Campingwochenende war ihr praktisch von den Lippen gerutscht, noch bevor sie ganz begriffen hatte, was es bedeutete. Zelten war das Größte und Zelten am Meer war das Allergrößte. Sie hatte es nur ein einziges Mal mit ihrer Familie erlebt, als sie 12 war. Sie hatten die Zelte direkt am Sandstrand aufgeschlagen. Ein schwieriges Unterfangen. Aber als die Zelte schließlich gestanden hatten, keine zehn Meter vom Wasser entfernt, war es ein Traum gewesen.

Als Chris ihr verraten hatte, dass diesmal auch Maria dabei sein würde, war es beschlossene Sache gewesen. Maria vertrieb selbst den hartnäckigsten Fall von Griesgrämigkeit. Darauf setzte Lilli. Und offensichtlich auch Chris.

»Aha, doppelter Verstoß gegen eure Regeln. Maria, ein Mädchen.« Sie hätte beinahe »dein Mädchen« gesagt. »Also ganze zwei Mädchen bei diesem Ausflug ...«

Chris sah sie erstaunt an, ging aber auf ihre Neckerei nicht ein. Er schien es wirklich wissen zu wollen. Seit wann war ihm ihre Meinung denn so wichtig?

»Du magst sie, oder?«, wiederholte er und ein sorgenvoller Unterton schwang in seiner Stimme mit.

Lilli seufzte. Okay, lassen wir den Kinderkram und führen ernste Gespräche wie unter Großen.

»Ja, ich mag Maria. Und sie ist auch ein Grund, weshalb ich jetzt hier sitze.« Und weil ich es eigentlich lieb finde, wie du dich bemühst, mir alles leichter zu machen, dachte sie. Im Gegensatz zu ihr fand Chris schnell neue Freunde, eine Eigenschaft, um die sie ihn manchmal beneidete.

Die Begeisterung, die sie in den ersten Tagen hier gespürt hatte, war bald wieder verflogen und ein Gefühl zwischen Trostlosigkeit und Heimweh hatte sich ihrer bemächtigt, wollte gar nicht mehr verschwinden und lähmte sie regelrecht. Und über allem lag ein Gefühl von totaler Unwirklichkeit.

Sie erreichten die Autobahn, die *Autovía del Mediterráneo,* und fuhren entlang der andalusischen Küste Richtung Osten.

Hie und da entdeckte Lilli weiß getünchte Häuser in den Hügeln neben der Straße. Aber auch Ruinen von Häusern, die verwittert im Hang standen und die Farbe der Umgebung angenommen hatten. Lehmiges Braun und Grau.

Sie schaute in die Ferne und ihre Gedanken waren so weit weg wie die Berge dort, deren Kuppen, jungen Blumenknospen gleich, mit dem ersten Schnee des Jahres bedeckt waren. Unten am Meer war vom nahenden Winter noch nichts zu spüren. Der Herbst hatte die Hänge, an denen sie jetzt vorbeifuhren, in ockerfarbene

Flächen verwandelt, die auf den ersten Blick wie verdorrtes Land aussahen.

Doch beim genaueren Hinschauen entdeckte Lilli Sträucher, die kleine Blüten trugen, Kakteengewächse, die die flachen Hänge bedeckten und ihre breiten Blätter wie blassgrüne Handteller der Sonne entgegenhielten.

»Ich kann dich nicht verstehen, Lil. Wieso bist du eigentlich immer so traurig?«

Sie schaute weiter in die Landschaft, die an ihnen vorbeizog. »Ich bin nicht traurig«, sagte sie schließlich dem Meer zu ihrer Rechten. »Es fühlt sich eben nicht wie zu Hause an, das Ganze hier ...« Sie beschrieb mit dem Arm einen weiten Bogen, der alles jenseits ihrer selbst einschloss und erst kurz vor New York Halt zu machen schien. »Ich kann es nicht ändern, ich wollte nie von zu Hause weg.« Sie schluckte und versuchte die Tränen zu unterdrücken.

»Ich doch auch nicht«, sagte Chris sanft.

»Du warst sofort Feuer und Flamme. Und du hast dich hier gut arrangiert.« Sie richtete sich in ihrem Sitz auf. Ärger ist immer noch besser als Sentimentalität. »Deine neuen Freunde, deine Freundin Maria ... für dich ist das so, so ... selbstverständlich. Wir sind in New York zu Hause, Chris, das hier ist bloß wegen Dad.« Sie schaute ihn zornig an.

Chris starrte konzentriert auf die Straße, auf der sich ein spärlicher Samstagmorgenverkehr abspielte wie in einem Filmfragment in Zeitlupe.

»Es ist doch nicht für immer, die anderthalb Jahre gehen schnell vorbei«, sagte er, ohne den Blick von der Straße zu lösen.

Klang da etwa Bedauern in seiner Stimme?

Noch bevor Lilli darüber nachdenken konnte, setzte Chris wieder an:

»Ist es wegen ...?«

»Nein!« Sie räusperte sich verlegen, als sie merkte, dass ihr zu laut geratenes »Nein« Chris ein Grinsen entlockte. »Wirklich nicht. Übrigens war nie was zwischen mir und Mo, weißt du noch?«

Mo. Ihr Literaturlehrer an der Highschool. Ihr Ex-Literaturlehrer an ihrer Noch-Highschool. Und ihr Ex ... ja, was?

Mr Monroe Fisher war an einem Septembermorgen vor einem Jahr frisch von der Uni an ihrer Schule gelandet und hatte ein paar Monate später dafür gesorgt, dass eines jener Klischees eingetreten war, von denen Lilli beim bloßen Gedanken daran Brechreiz bekam. Komisch, dachte sie, wenn man selbst die Hauptrolle spielt, wirkt es gar nicht so abgedreht, solange man mittendrin steckt. Sie schüttelte sich unwillkürlich.

Chris musste es bemerkt haben, denn er sagte in ihre Gedanken hinein: »Ich wollte dich nur aus der Reserve locken. Denk jetzt nicht mehr daran. Ich weiß, dass du ... dass da nichts war.«

Ach Herrjee! Natürlich dachte sie daran, spätestens jetzt. Chris hatte ihr das Stichwort geliefert.

Fast wäre das Nichts zu Etwas geworden. Etwas, was man nie mehr hätte richten können. Sie war in letzter Sekunde umgekehrt, wortwörtlich sozusagen.

Manchmal ist so ein Fahrstuhl wirklich eine Hilfestellung des Schicksals. Er trägt einen zueinander hin, fährt einen voneinander weg ... Seltsam ist es, wenn das ein und derselben Person passiert. Mit ein und derselben anderen Person. Wie bei Mo und ihr.

Er war ihr eines Abends im Fahrstuhl der Bibliothek buchstäblich in die Arme gelaufen, und schon hatte das Klischee seinen Lauf genommen.

Sie waren etwas trinken gegangen, schließlich kannte man sich. Wobei das »Etwas« nur für sie gestimmt hatte. Für Mo waren es etliche Etwas gewesen, ein sehr individueller Mix aus Kokosmilch, weißem Rum und Bier, sodass Lilli allein bei der Vorstellung, das Gebräu zu trinken, übel geworden war.

Nach dem dritten Etwas hatte schließlich Mo angefangen, mit ihr zu flirten und das so charmant und diskret und durchaus originell, dass sie es erst später begriffen hatte. Als sie zu Hause in ihrem Bett gelegen hatte und der Rundgang durch die gesamte Weltliteratur abgeschlossen gewesen war, der bei dem geliehenen Buch, das ihr beim Zusammenprall im Fahrstuhl aus der Hand gefallen war, angefangen hatte.

Die ernsten Gespräche über Bücher, Filme und Liebe waren dann die nächste Etappe gewesen. Er hatte ihr Bücher ausgeliehen und sie hatten darüber geredet. Mo war ein begnadeter Erzähler und in den Stunden, die sie nach der Schule mit ihm verbracht hatte,

hatte er über Gott und die Welt gesprochen. Es hatte ihr gefallen, ihm zuzuhören, beeindruckt von seinem Wissen. Außerdem hatte er wirklich gut ausgesehen. Mit seinem hellbraunen welligen Haaren und den dunklen Augen hatte er eine Anziehungskraft auf alle Mädchen auf der Schule gehabt. Das war Lilli nicht entgangen.

Umso geschmeichelter hatte sie sich gefühlt, als er ausgerechnet sie hatte treffen wollen. Die erste Einladung zu sich nach Hause war dann auch bald gekommen. Und danach hatten sie sich öfter bei ihm getroffen. Immer nach der Schule, mal hier eine Stunde, mal da zwei. Dann war der erste Kuss gefolgt.

Lilli erzitterte bei der Erinnerung.

Sie war naiv und gutgläubig gewesen. Als er ihr schließlich zugeflüstert hatte, er hätte sich Hals über Kopf in sie verliebt, hatte sie ihm geglaubt. Ja, er hatte verdammt glaubwürdig sein können.

»Alles in Ordnung?«

Die Stimme ihres Bruders kam aus weiter Ferne und holte sie zurück ins Auto. Beinahe hätte sie den Moment verpasst, da die Sonne über die Horizontlinie kroch.

Sie räusperte sich und sagte einen Tick zu resolut: »Ich habe gerade überlegt, dass ich bestimmt nicht so bald ein männliches Wesen in meiner Nähe haben will.« Mit einem Augenzwinkern fügte sie hinzu: »Außer dir, natürlich«, und lehnte den Kopf an seine Schulter.

Während sie in den Sonnenaufgang sah, schien ihr jene Zeit weit weg, als hätte die Entfernung zu New York sie auch von ihren Erlebnissen dort entfernt. Sie war überzeugt, dass ihr Bruder ihre Reaktion nicht verstand, wenn es um die Mo-Geschichte ging. Wie auch? Von einem Tag auf den anderen war das Thema tabu gewesen. Chris, ihr Eingeweihter, war es bis heute nicht gelungen, den Grund ihrer Trennung herauszubekommen.

Es war unmöglich gewesen, ihm das, was passiert war, zu erzählen. Zu demütigend. Ihren Freundinnen Phoebe und Marge hatte sie es auch erst gesagt, nachdem es vorbei gewesen war.

Sie versuchte seitdem, dieses Kapitel zu vergessen. Klar, dachte sie ab und zu an Mo, schließlich hatte sie wochenlang geglaubt, ihre große Liebe gefunden zu haben.

Wie blind sie doch gewesen war! Sie erinnerte sich zu gut an die Alarmglocken, die von Mal zu Mal lauter geworden waren und sie gedrängt hatten, auf der Hut zu sein. Sie hatte sie geflissentlich überhört, es war ihr einfach perfekt erschienen. Pfeif drauf, dass er älter gewesen war, und was hatte es schon ausgemacht, dass er ihr Lehrer war. Es war zwar so was von falsch gewesen, er hatte sich aber in sie verliebt, das allein hatte gezählt.

Das Geheimhalten hatte sie zu noch größeren Verbündeten gemacht. Sie hatte keinem etwas über ihre Liebe verraten dürfen, weil eine solche Beziehung ihn seine Stelle als Lehrer gekostet hätte. Es war ihr süßes Geheimnis gewesen.

»Wir sind wie zwei singende Vögel auf einer Insel, auf der das Singen verboten ist.« Das hatte er gesagt. Und so hatte sie nie gestutzt, wenn er sie in der Schule wie alle anderen behandelt hatte. Und auch nicht, als er es akribisch vermieden hatte, sich mit ihr zusammen irgendwo sehen zu lassen. Der Schlag hatte sie umso härter getroffen.

Lilli seufzte. Zwei Vögel auf einer Insel! Ja, dumm, keine Frage. Obwohl es toll klang, poetisch, romantisch und ... kitschig. Sie schüttelte sich.

Sie fuhren durch eine Landschaft, deren Anblick sie wieder ins Jetzt holte. Das Meer verschwand ab und an aus ihrem Blickfeld, um bei der nächsten Kurve wieder aufzutauchen, eine träge Bleimasse unter einem explodierenden Farbenspektakel.

Der Himmel war im Sonnenaufgang wie gemalt. Von einem Himmelskünstler in einem Anfall von Leidenschaft, der die kräftigsten Farben großzügig verteilt hatte. Glutrot und tiefes Violett und Butterblumengelb flossen ineinander, über allem ein Streifen Weißgold, der sich jenseits der Klippen verlor.

Die Sonne kroch hinter den dunklen Wolken hervor. Es versprach, ein warmer Tag zu werden. Genau richtig für einen Campingausflug, dachte Lilli.

Jetzt, da sie ihrem Ziel näher kamen, wurde sie doch noch neugierig. »Warum eigentlich keine Mädchen?« Sie hob den Kopf von Chris' Schulter.

Sein Gesicht, das wie Kupfer glänzte, verriet, dass ihm die Frage nicht passte. Er rümpfte die Nase.

»Chris? Wieso keine Mädchen? Und wer ist noch außer Maria, die heute nicht als Mädchen durchgeht, dabei?« Sie konnte auch hartnäckig sein.

»Hat sich so ergeben. Jetzt warte es doch einfach ab. Wir sind eh gleich da.«

Sie musste über die Schnute lachen, die er zog. »Chris, du nervst. Ich bin kein kleines Kind mehr.«

»Kein kleines Kind, hm? Und was war vorgestern mit deinem Beinahe-Unfall in der Schule?« Er zischte plötzlich.

»Woher weißt du *das* denn?«

Lilli starrte ihn wütend an. Zornesröte stieg ihr ins Gesicht. Wie hatte er das nur erfahren? Den Vorfall hatte sie total vergessen. Es war der einzige ungewöhnliche Moment in den Wochen in der Schule gewesen.

Die ersten Tage hatte sie praktisch keinen Schritt allein tun können, Chris war allgegenwärtig gewesen. Und wenn er mal nicht an ihr geklebt hatte, hatte sie oft das Gefühl gehabt, jemand beobachte sie, vor allem im Schulhof. Sie hatte sich bei Chris nicht beschwert. Ihr 18. Geburtstag stand aber vor der Tür und jetzt war gut.

»Es war nicht meine Schuld, dass mein Spind runtergeknallt ist. Herrgott noch mal!«

»Du standest nur einen halben Zentimeter davon entfernt, Elisabeth! Nur einen klitzekleinen Schritt weiter rüber und du wärst jetzt ... platt.«

Sie funkelte ihn an. Dass er ihren richtigen Namen benutzte, bedeutete, dass er wütend war.

»Christian, ich will nicht, dass du mir dauernd hinterherspionierst. Es nervt und ich habe es nur geduldet, weil ich weiß, dass du es nach dem Unfall damals nicht sein lassen kannst. Aber jetzt reicht's. Halt dich aus meinem Leben heraus. Ich meine es ernst. Pfeif deine Spitzel zurück und lass mich einfach in Ruhe. Selbst wenn du da gewesen wärst, hättest du nichts machen können, wenn ...«

»Ja, ja, reg dich wieder ab. Du hast recht, ich sollte meiner kleinen Schwester mehr vertrauen«, sagte er besänftigend.

»Genau«, fauchte sie. Sie hatte wirklich nicht wissen können, dass ihr Spind sich gelockert hatte. Die schweren Metallschränke an den Wänden der Korridore waren sowieso abenteuerliche Konstruktionen. Unter jedem Schrank stand ein würfelartiges Gebilde, das als zusätzliche Ablage für Taschen diente. Wäre dieses Ding nicht gewesen, wäre es womöglich böse ausgegangen. Als Lilli ihren Schlüssel aus der Tür des Schrankes gezogen hatte, war dieser mit einem fürchterlichen Knall auf die Ablage gefallen und dann von dort scheppernd auf dem Boden gelandet. Lilli hatte genau den Bruchteil einer Sekunde Zeit gehabt, sich mit einem Satz zur Seite zu retten.

»Was meinst du mit *ich soll meine Spitzel zurückpfeifen?* Ich war selbst im Flur, als der Schrank heruntergekracht ist. Ich habe niemanden ...«

Lilli fiel ihm ins Wort: »Es war damals nicht deine Schuld. Ich bin nicht ertrunken.«

»Was ein Wunder war«, gab Chris zurück. Seine Stimme hatte sich verändert. »Ich kann es nicht vergessen. Wie du ganz blau dagelegen hast, ohne Herzschlag, ohne Lebenszeichen.« Er hielt inne. »Ich werde dir ewig dankbar sein, dass du Granily oder Mom und Dad nichts gesagt hast. Schließlich sollte ich auf dich aufpassen. Ich hatte es ihnen versprochen. Und es gründlich versaut.«

Sie tätschelte seine Hand am Lenkrad. »Irgendwas muss ich doch gegen dich in der Hand haben, großer Bruder.« Frech grinsend lehnte sie sich an ihm.

Er grinste zurück. »Teufelin!« Wie zum Beweis seiner Empörung zog er die Hand in einer theatralischen Geste zurück.

»Hab schließlich einen guten Lehrer gehabt«, frotzelte sie.

»Ja, den hattest du, das gebe ich gern zu.« Er lachte erleichtert.

Bald darauf verließen sie die Autobahn. Die Straße, auf die sie abgebogen waren, führte durch ein Dorf und sie kamen an kleinen Läden vorbei, an einem Platz mit Springbrunnen und Häusern, deren Putz abblätterte.

Die letzten Häuser zogen vorbei, als Chris plötzlich abbog und einen Hügel hinunter Richtung Meer fuhr. Es war ein schmaler, unbefestigter Weg, an dessen Ende ein Wäldchen begann. Dort war ein dunkelrotes Auto geparkt.

»Wir sind da.«

Chris verlangsamte und hielt hinter dem Auto.

Ein schlaksiger Junge mit braunem Lockenkopf und ein zweiter, von dem Lilli nur die muskulösen Beine in hochgekrempelten Jeans sah, machten sich am Kofferraum zu schaffen.

»Ich stell dich vor.«

Chris stieg aus und ging auf die beiden zu. Sie begrüßten sich lauthals und umarmten sich auf Jungsart, linkisch und nur angedeutet. Chris sagte etwas, das Lilli nicht verstand und alle schauten zum Auto herüber.

Sie seufzte. »Also gut, dann wollen wir mal.«

Entschlossen öffnete sie die Beifahrertür, stieg aus und ging auf die Gruppe zu, darauf bedacht, selbstsicher zu wirken. Keine Mädchen, dachte sie und hob trotzig das Kinn.

Ihr Blick blieb in den Mandelaugen des großen Jungen mit den Locken hängen.

Er lächelte und reichte ihr die Hand. »Hi, ich bin Eugene.« Von seinem Hals stieg ein zartes Rosa zu seinen Wangen hoch.

Lilli nahm als Erste ihre Hand zurück und wandte sich dem anderen Jungen zu.

»Das ist Toni.«

Chris deutete mit dem Daumen über die Schulter und Lilli dachte in dem Moment, als sie ihn ansah, sie schaue Maria ins Gesicht. Das Auffälligste an Toni wie auch an Maria waren die großen, dunklen Augen mit den dichten Wimpern. Sie fand ihn auf Anhieb sympathisch.

»Hallo, du bist Marias Bruder.« Es war keine Frage, angesichts der Offensichtlichkeit. Sie ließ sich auf den kräftigen Händedruck ein und lächelte. Gerade als sie ihre Finger aus seiner Umklammerung lösen wollte, zog er sie an sich, umarmte sie stürmisch und küsste sie laut schmatzend auf beide Wangen.

»*Sí.*«

»Ist Maria nicht auch da?«, fragte Lilli, befreite sich lachend aus seiner Umarmung und blickte sich suchend um. Tonis herzliche Begrüßung überraschte sie nicht.

Sie hatte gelernt, dass Spanier es vorziehen, sich zu umarmen und zu küssen, wenn sie sich begrüßten. Und das gefiel ihr.

»Doch, sie richtet euer Zelt ein«, sagte Eugene und deutete auf das Wäldchen hinter den geparkten Autos. »Wir sind vor einer halben Stunde gekommen.«

Sie sprachen Englisch miteinander. Lilli fiel auf, dass Eugene das »R« fast wie Toni aussprach, etwas härter als üblich im Englischen, und sie erinnerte sich, dass ihre Mutter erwähnt hatte, Eugene komme aus Irland. Als sie merkte, dass er sie neugierig musterte, nickte sie. Sie schaute sich um, doch nirgends war ein Weg zu sehen.

»Wo geht's lang? Ich werde ihr dann mal helfen.«

»Ich bring dich hin, das Gepäck hole ich später«, sagte Chris und ging um den Wagen herum ins Wäldchen.

Lilli folgte ihm. Die niedrigen, jungen Bäume und das Gebüsch standen nicht dicht und sie kam leicht voran, obwohl sie über keinen Pfad lief. Es roch nach Moos und feuchter Rinde. Nach wenigen Minuten hörte der Wald auf und eine Felsformation kam in Sicht, die aus dem groben Sand herausragte. Chris kletterte zwischen den Felsen hoch. Oben angekommen, winkte er ihr zu.

»Pass auf, die Steine sind glatt!«, rief er, bevor er hinter einem Felsrücken verschwand.

Lilli atmete tief durch und machte sich auf zur Kletterpartie. Hier war ein Pfad, kaum breiter als ein Fuß, und führte steil empor, über Geröll und glatte natürliche Stufen. Behutsam tastete sie sich nach oben, streckenweise auf allen Vieren. Sie kam keuchend am Felsrücken an.

Eine Bucht von der Größe eines Fußballfelds lag halbmondförmig vor ihr, von Felsen spielerisch umsäumt. Am Fuß der Felswand stand ein kleines Zelt. Offensichtlich machte sich jemand darin zu schaffen, denn das Zelt war von einem Rücken ausgebeult.

Ein modriger Geruch wehte zu ihr, der sich mit dem Geruch von feuchtem Stein und Salzwasser mischte.

Lilli stieg den Pfad, der auf dieser Seite der Klippe sanfter verlief, hinunter und war froh, den Strand zu erreichen. Chris drehte sich zu ihr um und bedeutete ihr, still zu sein. Er schlich sich ans Zelt heran und schlug die Zelttür zurück. Flink glitt er ins Innere. Kurz darauf hörte sie das Gekreische eines Mädchens und das Zelt schwankte heftig.

Lilli kicherte. Sie stellte sich vor, wie Chris und Maria sich in den Armen lagen und sich zur Begrüßung küssten.

»Die zwei sind verrückt«, sagte eine Stimme hinter ihr. Sie hatte Toni nicht kommen hören. Er deutete mit einer bepackten Hand Richtung Zelt.

»Sieht ganz so aus«, stimmte Lilli mit einem Glucksen zu.

»Mein *poco loco amigo*.« In einwandfreiem Englisch und mit einem süßen spanischen Akzent, der Lilli an den von Maria erinnerte, fügte er hinzu: »Du hast einen tollen Bruder. Und dein toller Bruder hat eine tolle Schwester.«

Lilli wurde unter seinen frechen Blicken rot.

Toni wandte sich lachend ab, lief aufs Zelt zu und rief: »Genug geknutscht. Wir müssen unser Zelt aufbauen.« Er ließ die Sachen in den Sand fallen und drehte sich zu Lilli um. Dabei zwinkerte er ihr vielsagend zu.

Mädchen dabei zu haben, war ab und zu doch ganz nett, dachte sie und wurde dieses Mal nicht rot. Sie zwinkerte zurück.

Kurz vor Sonnenuntergang waren die Jungs verschwunden, um Holz fürs Lagerfeuer zu suchen und Lilli richtete zusammen mit Maria das Abendessen.

Der Tag war schnell vergangen. Lilli war erschöpft von der für diese Jahreszeit erstaunlich kräftigen Sonne und dem Baden im eisigen Meer. Es war aber jene angenehme Müdigkeit, die sie an Ferien erinnerte, wo sich alles herrlich ungezwungen anfühlte.

Toni und Chris hatten sich am späten Nachmittag auf einer Felsnase postiert und geangelt. Die Beute war nicht gerade üppig gewesen, für eine kleine Beilage zum restlichen Essen reichten die drei handtellergroßen Fische allemal.

Maria schuppte sie gerade und bereitete sie zum Grillen vor. Lilli packte das andere Essen aus und richtete es auf einer grob gewebten Decke.

»Ist doch ganz praktisch, Mädchen dabei zu haben«, sagte sie und lachte.

»Ja, so bekommen die wenigstens etwas Ordentliches zum Essen. Ich will nicht wissen, was sie sonst immer gegessen haben.«

»Hat Chris bei dir auch so geheimnisvoll wegen der Mädchen getan?«, fragte Lilli.

»Nein. Aber er versicherte mir, dass bestimmt und ganz sicher heute nur eine Ausnahme ist und es auch bei dieser Ausnahme bleiben wird. Das wollen wir mal abwarten.« Maria wackelte mit den Augenbrauen und beide lachten.

»Ich wette, Chris wird dich öfter dabei haben wollen.«

»Das Gefühl habe ich auch. Und du musst Eugene überzeugen, dass es für ihn sicher noch schöner sein könnte, wenn du dabei bist.«

»Maria!« Lilli tat empört und peitschte sie mit einem Tuch, das sie gerade ausbreiten wollte. »Willst du mich verkuppeln?«

»Nie im Leben! Wo denkst du hin!« Maria lachte ihr glockenhelles, ansteckendes Lachen. »Ich habe nur Augen im Kopf und mit einem davon habe ich gesehen, wie Eugene *dich* ansieht.« Als Lilli etwas erwidern wollte, schnitt Maria ihr das Wort ab: »Und komm mir jetzt nicht damit, dass du es nicht bemerkt hättest.«

Lilli schwieg verlegen. »Ja, ja, du hast recht«, gab sie nach einer Weile zerknirscht zu.

»Na bitte! Und außerdem, welcher Junge könnte dir schon widerstehen.«

»Schluss damit! Du trägst zu dick auf.« Lillis Frust war jetzt echt.

»Nein, tue ich nicht«, beharrte Maria seelenruhig. »Auf Eugene jedenfalls hast du Eindruck gemacht.«

Sie ließ nicht locker, sodass Lilli resolut erwiderte: »Er ist nett, aber ich kann nicht.«

Maria nickte. »Wie du meinst. War ja nur eine Idee.«

»Aber danke, dass du dir Gedanken um mich machst.«

Maria legte das Messer weg, mit dem sie die Fische traktiert hatte. Im selben Augenblick wurden hinter dem Felsvorsprung Stimmen und Gelächter laut. Die Jungs kehrten mit reichlicher Holzbeute zurück und führten sich wie Neandertaler auf.

Eugene ließ unweit seine Holzsammlung in den Sand fallen, trat zu Maria und begutachtete das vorbereitete Essen.

»Sieht lecker aus«, sagte er anerkennend. Dann fiel sein Blick auf die drei Fische und sein Gesicht verzog sich.

»Fische ...«, murmelte er angewidert und fasste sich an den Magen, als müsse er sich auf der Stelle übergeben.

Lilli hob fragend die Augenbrauen. »Magst du keinen Fisch?«

»Könnte man so sagen.« Er wandte sich ruckartig ab.

Lilli dachte für einen Augenblick, Eugenes Gesicht wäre ganz grün geworden. Sie schaute zu Maria.

»Auch gut, bleibt für uns mehr übrig«, fasste Maria schulterzuckend zusammen.

Wenig später hörten sie, wie Eugene sich hinter dem Felsvorsprung geräuschvoll übergab.

9.
Die Sinne des Raubtiers

Die Nachricht, dass sich Seraphim entschieden hatte, ihn an Land zu schicken, kam unvermittelt.

Es war am ersten Morgen nach der Kristallverwandlung und Alex saß bei Stella und Marc im Trainingsraum. Seraphim hatte ihnen mit nicht ganz gefasster Stimme und in knappen Worten gerade erzählt, was passiert war.

Sie waren immer noch fassungslos über Jimos Tod und Danyas Flucht. Mit vor Entsetzen geweiteten Augen schauten sie ins Leere, gelähmt, selbst zum Weinen unfähig. Da Alex einen kleinen Vorsprung hatte, was die Neuigkeiten anging, war er gefasster als seine Teamkameraden, doch es noch einmal zu hören, brachte ihn trotzdem an den Rand der Verzweiflung.

Am schlimmsten hatte es Marc erwischt. Seine Augen waren gerötet und er sah blass und erschöpft aus. Sein Mund stand offen, als hätte er die Kraft nicht mehr, ihn zu schließen. Immer wieder schüttelte er ungläubig den Kopf. Es war nicht nur der Verlust seiner Schwester. Als ob das nicht schon schlimm genug wäre, quälten ihn auch Selbstvorwürfe. Außerdem sollten in Kürze seine Eltern eintreffen, die ebenso erschüttert waren wie er selbst.

Alex ließ Marc nicht aus den Augen. Seraphims Stimme unterbrach seine sorgenvollen Gedanken.

»Alex, du wirst nach oben gehen.«

Es traf ihn unerwartet.

Die anderen wurden augenblicklich aus ihrer Entsetzensstarre gerissen und ein Raunen erhob sich.

»Ich?« Wieder so eine geistreiche Aussage, dachte Alex. An seinen Reaktionen nach überraschenden Neuigkeiten musste er noch arbeiten.

Er räusperte sich. »Ich darf nach oben. Nicht schlecht.« Es klang ungewollt komisch.

Seraphim verzog für einen Augenblick die Mundwinkel, nicht mehr als die Andeutung eines Lächelns, und nickte. »Wir werden die Details in den nächsten Tagen besprechen.«

Und das war's. Seraphim wandte sich an Marc und Stella, die unruhig auf ihren Stühlen hin- und herrutschten.

»Ihr beiden werdet die Schule und den gesamten Küstenstreifen beobachten und an mich berichten. Ihr bleibt zusammen, wenn ihr da draußen seid. Unter allen Umständen. Ihr seid noch nicht unsterblich. Ihr seid verwundbar und das bedeutet, Verletzungen können tödlich sein. Das gilt auch für dich, Alex. Keine waghalsigen Aktionen, nichts ohne meine Zustimmung.« Seraphim schaute eindringlich in die Runde. Sein Blick war ein stummer Befehl, der seinen Worten Schärfe verlieh.

Sie nickten.

»Gut, Näheres bespreche ich mit euch später. Geht auf eure Zimmer und ruht euch aus. Es gibt einiges zu verdauen. Wir sehen uns in drei Tagen im regulären Unterricht wieder. Ich habe die anderen Lehrer bereits informiert und euch entschuldigt.«

Er erhob sich und entließ sie mit einer kurzen, aber festen Umarmung.

Kaum dass Alex am nächsten Morgen vom Frühstück in sein Zimmer zurückgekehrt war, klopfte es an seiner Tür.

Seraphim sah ungewöhnlich angespannt aus, als Alex öffnete. Die Begrüßung fiel knapp aus und sein Mentor kam direkt zum Thema.

»Also, es geht los. Ich weiß, es ist überstürzt, aber die Dinge spitzen sich zu. Wir haben nur vier Tage, um die Sachen für dich vorzubereiten, heute eingerechnet.«

Wie in Trance lauschte Alex Seraphims Erklärungen und Anweisungen. Als er zum Ende gekommen war, entstand ein langes Schweigen.

Es war also so weit. In wenigen Tagen musste er an Land gehen. Es blieb kaum Zeit, sich vorzubereiten. Seitdem er erfahren hatte, dass er derjenige war, der nach oben gehen sollte, plagten ihn gemischte Gefühle. Seine Stimmung pendelte zwischen großer Vorfreude und großer Angst. Zwar träumte er vom Land, seit er denken konnte, andererseits fühlte er sich noch nicht bereit, in die Welt der Menschen zu gehen.

Vier Tage nur noch ... Ja, ihm war angst und bange. Aber ... »Dann kommt es eben, wie es kommt. Wenn du mir vertraust, dass ich das schaffe, vertraue ich mir auch.«

Seraphim sah ihn an, sein Blick war unergründlich. Langsam erreichte ein Lächeln seine Augen und wenig später lachte er leise in sich hinein.

»Genau das mag ich an dir. Wie sehr man dich auch überrascht, du passt dich schnell den Umständen an. Mehr noch, du gehst auch gleich den nächsten Schritt.« Mit ernstem Gesicht fügte er hinzu: »Deshalb zähle ich auf dich. Diese Eigenschaft wird dir noch von großem Nutzen sein. Die Menschen pflegen einen Ausdruck dafür zu gebrauchen, den ich persönlich nicht schön finde, aber er trifft es: Du fackelst nicht lange.«

Seraphim verabschiedete sich so plötzlich, wie er erschienen war.

Alex blieb allein zurück und wusste zunächst nicht, was er mit Seraphims Worten und seinen zitternden Händen anfangen sollte. Schließlich ließ er sich aufs Bett fallen.

Einen Schritt weiter, von wegen. Ein anderer Gedanke kam ihm im selben Augenblick und beruhigte ihn. Er setzte sich auf. So anders als sie waren die Menschen oben an Land nicht. Das wusste er aus der Schule und der Ausbildung. Er musste sich im Umgang mit ihnen einfach auf sein Improvisationstalent verlassen. Das sollte kein Problem sein. Außerdem hatte er viel über die Welt da oben aus den Büchern gelernt. Sein Blick blieb am Bücherregal hängen und er fügte noch eine tröstliche Aussicht hinzu: Oben gab es noch mehr davon.

Nach Thalassa 3 brachten die Boten zwar regelmäßig Dinge aus der Welt der Menschen, aber Bücher standen selten auf ihrer Liste.

Seine Leidenschaft fürs Lesen zahlte sich jetzt aus. Ganz gleich ob Romane, Lexika oder Sachbücher, er hatte alles gelesen, was er in die Finger bekam, und hatte auf diesem Weg viele Dinge über die Welt oben gelernt. Er kannte manche Klassiker der Menschenliteratur, stand auf Shakespeare und Rilke. Er las aber auch Theaterstücke und fragte sich jedes Mal, wie das wohl war, wenn die Menschen diese Stücke aufführten. Theaterspielen konnte er sich beim besten Willen nicht vorstellen. So zu tun, als wäre man jemand anderes. In eine »Rolle schlüpfen«. Er war er, wie konnte er dann ein anderer sein? Vielleicht waren diese Leute ein wenig verrückt, dass sie so viele »Ichs« haben konnten.

Sein Blick blieb an einem dicken Band im vollgestopften Bücherregal hängen, der die Geschichte des Films illustrierte. Daraus hatte er vor Jahren überhaupt erst von diesem Phänomen erfahren, bevor es auch in der Großen Grotte regelmäßig Filme zu sehen gab. Die Verwalterin der Großen Grotte, der beliebte Treffpunkt der Schüler von Thalassa 3, war halb Mensch und hatte lange Zeit oben gelebt. Señorina Lucia schien immer auf dem neuesten Stand zu sein, was in der Welt oben passierte, auch in Punkto digitaler Technik. Dank ihrer Bemühungen waren sie in den Genuss von Filmen gekommen. Alex hatte sie schon lange im Verdacht, ihre eigenen Boten zu haben, die solche Dinge von den Menschen zu ihr schmuggelten.

In seinem Regal standen neben Sachbüchern auch Krimis, historische Romane und einige Liebesromane – er sah Marc vor sich, mit sardonischem Grinsen im Gesicht. Ein älteres Programm der Modern Art Gallery in New York mit den dort ausgestellten Künstlern war auch dabei. Irgendwann würde er selbst in eine solche Stadt wie New York kommen, überlegte er. Es musste spannend sein, so viele Dinge und Menschen an einem Ort zu erleben.

Alex seufzte und stand auf. Er ging zum Regal und überlegte kurz, ob all diese Bücher reichten, um die Menschen zu verstehen. Er zog ein Buch über die Geografie Spaniens heraus. Damit machte er es sich auf seinem Bett bequem und den restlichen Tag studierte er die Landkarten und prägte sich alles ein, was er über den Süden Spaniens fand.

Als er sich zum Schlafengehen vorbereitete, war er ruhiger. Er hatte sich so viele Einzelheiten eingeprägt, wie er nur konnte. Der unbekannte Faktor blieb das menschliche Wesen.

Er hätte mehr Interesse für Anthropologie zeigen sollen, dachte Alex, als er am Vormittag des ersten Schultages nach der dreitägigen Pause auf dem Weg zum Klassenzimmer an den ausgehängten Stundenplänen vorbeilief.

Das Fach Anthropologie hatte ihn nie sonderlich interessiert. Kein Wunder, es ging um einen Haufen Zahlen und damit stand er schon immer auf Kriegsfuß: Seit wann gab es die Menschenwelt?

Wo und wann waren die ersten Menschen erschienen? Wie viele Völker und Kontinente, wie viele Sprachen? Wie viele Religionen, wie viele Kriege ...? Das war nur die eine Welt, die Welt über Wasser.

Die hier unten war noch komplizierter, weil es sie länger gab. Einige hunderttausend Jahre länger. Ein paar Zahlen mehr also. Aber was spielte es für eine Rolle, dass sich aus den Uramphibien vor Millionen Jahren die Landamphibien und Wasseramphibien entwickelt hatten? Oder dass von den Landamphibien ziemlich sicher die Menschen abstammen? Oder dass es inzwischen kaum mehr als 100.000 von ihrer Art weltweit gab?

Schlimm war, dass die jahrhundertealte Todfeindschaft zwischen den Menschenamphibien an Land unter Wasser tief in jedem einzelnen von ihnen saß. Manchmal fragte sich Alex, wie es möglich war, dass nur dank eines Pakts die beiden Arten in den letzten zehn Jahren friedlich geblieben waren. Dieser Pakt war nur so lange gut, solange keiner ihn brach und er stand auf sehr wackeligen Beinen. Allein schon dass keine Beweise nötig waren, um einen Krieg zu rechtfertigen. Jeder könnte behaupten, die anderen hätten sich eingemischt. Und das war die Kriegserklärung. Ich wüsste nur zu gern, wer sich überhaupt so etwas Unsicheres ausgedacht hat, sinnierte Alex auf dem Weg zum Klassenzimmer.

Vielleicht sollte er sich erst Gedanken darüber machen, wenn er oben war, denn jetzt gab es genug anderes, an das er denken musste. Dass er übermorgen nach oben ging, war gewiss. Er betrat das Klassenzimmer, als ihm ein Gedanke kam. Dass er nach oben ging, kann doch auch als ein Paktbruch gesehen werden! Hatte Seraphim das bedacht? Er musste ihn unbedingt fragen. Und weshalb er eigentlich nach oben geschickt wurde. Seine Aufgabe an Land war ihm nämlich nicht klar.

Sein vorletzter Tag auf Thalassa 3 begann und nur widerwillig setzte er sich an seinen Platz. Er sollte die Zeit sinnvoller nutzen. Wieso schickte Seraphim ihn überhaupt noch in den Unterricht?

Das Klingeln zur ersten Stunde riss ihn aus seinen Gedanken. Im selben Augenblick öffnete sich die Tür und Marc kam herein. Sein Freund sah zerzaust und übernächtigt aus. Ohne ein Wort setzte er sich neben Alex.

Die ersten beiden Stunden verstrichen zäh und Alex war mit seinen Gedanken immer wieder bei dem Abenteuer, das ihm bevorstand. Die Vorstellung, in die unbekannte Welt umzusiedeln, kam ihm mit jeder Stunde seltsamer vor. Fast so seltsam wie jetzt hier zu sitzen, anstatt sich vorzubereiten. Aber aus irgendeinem Grund war Seraphim, was das anging, stur geblieben.

Nach der dritten Stunde kam Seraphim in die Klasse gestürmt, nahm ihn beiseite und flüsterte ihm zu, dass die Vorbereitungen auf Hochtouren liefen. Seinen Namen würde er behalten, doch vieles in seiner neuen Biografie war erfunden: Geburtsort Australien. Zuletzt in Malaga gelebt. Eltern schon tot, was sogar stimmte ...

Er musste den Lebenslauf, den er in der Menschenwelt benutzen sollte, so schnell wie möglich einpauken. (»Zum Glück hast du durch die Kristallverwandlung ein fotografisches Gedächtnis. Du wirst das schnell erledigen.«)

Fotografisches Gedächtnis? Er hatte eher das Gefühl, sein Gedächtnis war so leer wie eine tote Miesmuschel. Aus Seraphim sprudelte es weiter heraus. Papiere und Geld waren besorgt, eine kleine Wohnung in Calahonda gefunden und so weiter und so weiter. Seraphims Leute oben waren in der kurzen Zeit erstaunlich fleißig gewesen. Wer sie waren, wollte er nicht verraten.

»Du erfährst es beizeiten«, war die Antwort und damit basta.

Alex kam es vor, als sei sein Mentor aufgeregter als er selbst, von seiner sprichwörtlichen Gelassenheit war nicht mehr viel übrig. Für einen Moment hatte er das Gefühl, ein Schauspieler in einem Stück zu sein. So ähnlich war wohl Theaterspielen. Er starrte Seraphims Lippen an, die sich pausenlos bewegten.

Wie aus weiter Ferne hörte er ihn sagen, dass er heute Abend mit ihm auftauchen müsse. Um sieben Uhr solle er sich bei diesen Koordinaten einfinden und er drückte ihm einen zusammengefalteten Zettel und andere Papiere in die Hand.

Alex nickte benommen und noch bevor er etwas sagen konnte, machte Seraphim kehrt und stürmte zur Tür hinaus.

Alex sprintete hinterher und packte ihn am Arm. »Dass ich nach oben gehe – ist das nicht ein Paktbruch?«

Seraphim schaute Alex zunächst entgeistert an, offensichtlich in Gedanken ganz woanders, um gleich darauf mit einem Stirnrunzeln den Kopf zu schütteln.

»Alex, der Pakt ist schon längst gebrochen.«

Dann klingelte es zur nächsten Stunde und Seraphim war verschwunden.

Alex setzte sich wieder an seinem Platz. Der Unterricht zog an ihm vorbei wie ein Schwarm Makrelen: Kurz blitzten Gedanken auf, bevor sie wieder im Dunkel verschwanden.

In der vorletzten Pause konnte Alex nicht mehr an sich halten und verriet Marc, der die ganze Zeit stumm und mit ausdruckslosem Gesicht im Unterricht gesessen hatte, dass er in zwei Tagen nach oben gehen würde.

Marc hob kurz den Kopf, doch er fragte nicht nach Einzelheiten. Er fragte überhaupt nichts, brummte nur: »Übermorgen also«.

Alex nickte. Verstohlen betrachtete seinen Freund. Er sah müde und bekümmert aus. Mit Sicherheit hatte er sich in den drei freien Tagen in sein Zimmer eingeschlossen und mit keinem geredet. Seinen Versuch, Marc zu treffen, hatte dieser nur unwirsch abgewimmelt.

Leise fragte Marc schließlich: »Darf ich dich mal besuchen?« Er räusperte sich, als hätte er seine Stimme lange nicht benutzt. »Ich meine, da oben, in Calahonda?«

»Jederzeit!«

»Hast du Angst vor der Reise?«

»Denke schon. Es ist alles so aufregend. Ich muss gleich heute Abend mit Seraphim nach oben. Wird sicher nicht lustig.«

Marc musterte Alex eine Weile. »Das schaffst du«, sagte er und versank erneut in Schweigen.

Die letzte Stunde begann. Alex warf Marc von Zeit zu Zeit einen Blick zu. Er schien abwesend und die dunklen Ringe unter seinen Augen gefielen ihm gar nicht. Als die Stunde beendet war, blieb Marc sitzen. Das Klassenzimmer leerte sich, und auch Alex war aufgestanden und machte Anstalten, zur Tür zu gehen, setzte sich aber wieder und musterte seinen Freund.

»Rede mit mir, Marc. Bitte.«

Marc saß mit gesenktem Kopf da, sein Gesicht wie eingefroren. Nicht die kleinste Regung darin.

Amphibien waren zurückhaltend, was die Mimik anging. Doch bei Marc war es anders. Er hatte Mischeltern. Seine Mutter war ein Mensch, sein Vater ein Wasseramphibion. Er sah seiner

Mutter sehr ähnlich und hatte auch ihr ausgeprägtes Mienenspiel. Alex hatte sich längst daran gewöhnt, dass in seinem Gesicht die erstaunlichsten Dinge vorgingen. Manchmal war es ziemlich lustig oder er konnte es dermaßen verziehen, dass es wie ein ausgequetschter Schwamm aussah, und manchmal kam es auch vor, dass es sich verfinsterte, dann hatte Marc einen Blick wie ein Raubfisch im Futterrausch.

»Marc ...« Alex schubste ihn an.

Als hätte er ihn aus tiefem Schlaf geholt, zuckte Marc zusammen und sein Gesicht taute auf. Die Starre verschwand allmählich und zwei tiefe Falten erschienen auf seiner Stirn.

»Ich weiß nicht«, begann Marc geistesabwesend und räusperte sich. »Ich bin irgendwie ... anders heute.«

»Offensichtlich«, sagte Alex. »Ich vermisse deine Grimassen. Was ist es denn?«

Marcs Denkfalten vertieften sich, seine Stirn sah wie eine vom Wasser gekämmte Sandbank aus. Doch er antwortete nicht

»Was ist?« Alex ließ nicht locker.

»Na ja, es ist so ... still in mir. Ich weiß nicht, wie ich das finden soll.«

Alex verstand nicht. »Still wie still?«

»Still wie still.« Marc schüttelte den Kopf, als wolle er das Gefühl wie Wassertropfen abschütteln.

Marcs Augen waren nie leer. Da war kindliche Neugierde oder Schalk und wenn er froh und lustig war, funkelten seine braunen Augen wie Tiefseeperlen. Nach der Kristallverwandlung, nach der Nachricht über Danya war Trauer und Schmerz darin gewesen.

Jetzt aber schaute Alex in Augen, aus denen jedes Leben verschwunden war. Nur Leere. Er versuchte, seiner Stimme Festigkeit zu geben, als er sagte:

»Hör zu, ich habe nachgedacht. Vielleicht kann ich Danya finden.«

Marc zuckte mit den Schultern und fragte ohne besonderes Interesse: »Und wie?«

»Lass uns heute Abend darüber reden.« Alex sah sich um, doch das Klassenzimmer war leer. Trotzdem dämpfte er die Stimme: »Ich werde Danya suchen, Marc, auch wenn es nicht zu meinen Aufgaben da oben gehört. Das verspreche ich dir. Lass uns heute

Abend etwas unternehmen. In die Große Grotte gehen, was hältst du davon?« Alex sah Marc erwartungsvoll an.

»Wieso nicht?«

Damit war für Marc das Gespräch beendet.

In seinem Zimmer lief Alex unruhig auf und ab. Die Sache mit Marc ließ ihn nicht los. Sollte er Seraphim alarmieren? Oder abwarten, was der Abend bringt? Er beschloss, Seraphim noch nicht einzubeziehen. Vielleicht lag es auch nur daran, dass sich Marc an den drei schulfreien Tagen ganz zurückgezogen hatte. So richtig wollte ihn aber diese Erklärung nicht trösten.

Alex schnappte sich seinen Schwimmanzug und schlüpfte mit flinken Bewegungen hinein. Dann löschte er das Licht und verließ sein Zimmer Richtung Nordschleuse, der Schleuse, die zum Festland hin zeigte. »Nicht lange fackeln.« Klang doch gar nicht so schlecht. Er musste auftauchen, zum ersten Mal die Luft über Wasser einatmen. Verflixt, wird das unangenehm!

Je weiter er landeinwärts schwamm, desto unruhiger wurde die See. Bestimmt tobte oben ein Sturm, überlegte er, während er im finsteren Meer etwas zu erkennen versuchte. In einigen hundert Metern Tiefe war vom Wetter oben nichts zu spüren. Die Meeresströmungen bewegten das Wasser in diesen Tiefen nur langsam. Doch je näher er der Wasseroberfläche kam, desto aufgewühlter wurde das Meer.

Alex peilte die Koordinaten an, die ihm Seraphim aufgeschrieben hatte und hielt Ausschau. Doch außer einem großen Schwarm unruhiger Sardinen, die wie Funken aufstoben, wenn über den Wellen ein Blitz aufleuchtete, sah er weit und breit nichts. Kein Kiel, keine Ankerkette.

Er wurde langsamer. Knapp drei Meter unter der Wasseroberfläche hielt er inne und schaltete das Licht an seiner Taucheruhr ein. Grünlich flammte es auf und durchdrang zwei Meter im Umkreis die Finsternis der See. Nach der Kristallverwandlung waren seine Augen zwar noch schärfer geworden, das phosphoreszierende Licht der Taucheruhr war trotzdem von Nutzen. Mit einem raschen Blick zum Handgelenk prüfte er seine Position. Sie stimmte mit den Koordinaten überein, die ihm Seraphim genannt hatte.

Wo blieb er nur? Vielleicht hatte er in seinem kleinen Boot mit dem Sturm zu kämpfen? Oder wollte er seine Yacht nehmen? Wäre bei dem Wetter vernünftiger. Alex drehte sich auf den Rücken, ließ sich ein paar Meter herabsinken und stellte sich auf Warten ein. Er schaute zur brodelnden Oberfläche hoch – die Wellen spürte er als sanfte Bewegung auf seiner Haut –, die aussah, als würde heftiger Regen darauf niedergehen.

Ein Spiel fiel ihm ein, das die Amphibien, die noch vor ihrer Verwandlung standen, gern als Mutprobe veranstalteten. Man ließ sich bei stiller See so weit nach oben treiben, bis die Nasenspitze aus dem Wasser ragte. Wer es am längsten so aushielt, ohne zu atmen, hatte gewonnen. »Nase hoch« hieß das Spiel.

Kurz überlegte Alex, es einfach zu versuchen, doch das Meer war heute zu aufgewühlt, da würde gleich sein halber Körper in der Luft stehen, noch ehe er sich's versah. Und ohne die beruhigende Anwesenheit Seraphims wollte er nichts riskieren.

Außerdem erinnerte er sich auch an den einen oder anderen Unfall, den es bei dem Spiel gegeben hatte. Wenn einer doch die Luft da oben einatmete, war er ein Fall für die Krankenstation. Es dauerte Tage, bis sich die Lungen von dem eingeatmeten Mist reinigten.

Bei ihm war das zwar jetzt etwas anderes, trotzdem, er wartete lieber. Eine Welle der Erregung packte ihn bei dem Gedanken, sein natürliches Element bald zu verlassen und an Land zu leben. Die Welt dort oben musste spannend sein. Was er bisher darüber erfahren hatte, war nur Theorie. Doch gleich würde er die erste praktische Erfahrung dieser geheimnisvollen Welt machen. Wie es roch, wie die Wolken aussahen. Wie sich der Regen anfühlte, der Wind auf der Haut ... Und der Himmel? Was war eigentlich der Himmel? War er wirklich so unendlich, dass man darin versinken konnte, wie er in den Büchern beschrieben wurde? Fast wie eine Geburt würde das hier sein, dachte er. Der erste Atemzug des Neugeborenen. Ob er auch wie ein Baby schreien würde?

Er warf einen Blick auf seine Uhr. Wo blieb Seraphim nur? Es war schon halb acht. Langsam bekam er Hunger. Falls etwas schiefgehen sollte, hatte Seraphim gesagt, sollte er vorher nichts essen. »Nicht wenigen wird es beim ersten Mal schlecht.« Alex verzog das Gesicht.

Plötzlich richtete er sich auf. Endlich! Eine Bewegung an der Oberfläche, dann sah er die Bugspitze eines Boots. Das Boot wurde langsamer und hielt inne. Es schaukelte im Wellengang auf und ab, wie eine leere Muschelschale.

Er vernahm zwei Klatschgeräusche neben sich und schaltete schnell das Licht seiner Taucheruhr aus. Ein Geräusch kam von einem Anker, der dicht neben ihm in die Tiefe sauste. Das andere von Seraphim, der ins Wasser gesprungen war. Er schwamm auf Alex zu und begrüßte ihn mit einer flüchtigen Geste. Dann gab er ihm das Zeichen zum Auftauchen. Seraphim lächelte aufmunternd, schnellte durchs Wasser und durchdrang die Oberfläche. Wer fackelte hier nicht lange? Alex schaute nur auf die schwarze, sich wogende Wassermasse.

Er spannte alle Muskeln, leerte prustend seine Kiemen und mit einem Satz folgte er Seraphim.

Der erste Windstoß traf ihn, er atmete ein und begann sofort zu schreien.

10.
Ein altes Buch

Wie Figuren in einer archaischen Zeremonie saßen sie um das Lagerfeuer. Im Schein glühten ihre Gesichter und machten sie zu Darstellern im rätselhaften Lichterspiel der Flammen.

Lilli hatte es sich auf ihrer Isomatte bequem gemacht und auf den Ellenbogen gestützt betrachtete sie versonnen die anderen. Wie ihre Gesichter mit der Nacht verschmolzen, wenn die Flammen klein und ruhig brannten, wie aber die Umrisse am Rande des Himmels tanzten, wenn die Flammen auflocherten.

Eugene spielte leise eine irische Melodie auf seiner Mundharmonika und hielt dabei die Augen geschlossen. Er war tief versunken in die Klänge der Musik und sein Gesicht leuchtete wie das Gesicht einer Kupferstatue, bewegt allein durch den Schein des Feuers.

Toni trommelte zu Eugenes Mundharmonikaspiel auf einer kleinen Tabla und auch er hielt die Augen geschlossen. Sein schwarzes Haar schimmerte wie Onyx.

Maria saß an Chris gekuschelt, beide schauten verträumt ins Feuer. Chris hatte seine Arme um sie gelegt und seine Finger strichen über ihre Unterarme. Gerade blickte sie zu ihm hoch und er drückte ihr einen Kuss auf die Stirn.

Lilli hatte ihren Bruder noch nie so erlebt, so zärtlich. Überhaupt hatte sie schon den ganzen Tag bewundert, wie hinreißend er mit Maria umging. Ein völlig neuer Chris, der offensichtlich glücklich war, und das war gut so.

Sie alle waren glücklich. Lilli lächelte. Der Geruch des brennenden Holzes, das knisternde Geräusch, das es von sich gab, all das erinnerte sie an ihre Campingausflüge mit ihren Eltern, an die Kindheit.

Sie liebte Lagerfeuer, liebte den Schein der Flammen, den Geruch, das geheimnisvolle Zittern der Glut, die Verwandlung des Holzes, während es langsam vom Feuer verzehrt wurde. Wie jetzt. Da war dieser dicke Stamm ganz unten, er hatte Glutschuppen wie ein Riesenfeuersalamander; und der Stamm etwas weiter würde gleich in der Mitte durchbrechen.

An den jungen, noch feuchten Hölzern leckten bläuliche Flammen. Und Funken stoben ab und an in den Himmel, wenn ein trockener Holzscheit knisternd in sich zusammenfiel.

Schau mal, Mama, der Himmel brennt. Ja, meine Süße, die Funken fliegen in den Himmel und werden zu Sternen. Die vielen Seelen da oben brauchen auch Licht, weißt du. Jetzt aber husch, husch zu den anderen ins Zelt. Noch ein wenig, Mama. Und sie war geblieben, bis sie in den Armen ihrer Mutter eingeschlafen war.

Sie wird sich an diesen Ausflug erinnern wie an die Abenteuer ihrer Kindheit. Am Lagerfeuer zu sitzen war wie das Eintauchen in eine andere Welt, an die man sich erinnerte, erinnern musste, weil man sie selbst erfand, wie jetzt, in diesen Augenblicken, wie damals, als Kind. Man kam sich selbst näher und die Welt schrumpfte aufs Wesentliche. Allein die Gedanken wurden intensiver. Auch in dieser Nacht spürte sie die freudige Erregung, die in der Luft lag, sie spürte sie körperlich, wie ein inneres Zittern, das sie durchfuhr und ihr von Zeit zu Zeit eine Gänsehaut bescherte.

Obwohl nichts Besonderes passierte, war die Nähe des Feuers auf geheimnisvolle Weise anregend und lockte die Gedanken in andere Welten. Uralte Sehnsüchte wurden wach und brachten ihr Inneres zum Vibrieren.

Ihr Rücken war kalt und feucht geworden. Sie drehte sich widerstrebend vom Feuer weg, um ihn zu wärmen, und schaute in die Schatten der kleinen Bucht. Über den Mond zogen ein paar Wolkenstreifen. Es war windstill und doch bewegte ein ferner Wind die Wellen. Auf ihrem Rücken spürte sie die sanfte Wärme des erlöschenden Feuers und eine wohlige Müdigkeit hüllte sie ein.

Es ist alles leicht, wesentlich, ohne unsere anderen Gesichter, wir sind wir. So saßen wir vor tausend Jahren zusammen, so sprachen wir, so schwiegen wir. Am Lagerfeuer spürten wir die Hitze in unseren Gesichtern. Und wir erzählten unseren Kindern Geschichten, die mit großen Augen dasaßen, wie alle Kinder, in allen Zeiten, die in ihren Welten unsere Geschichten weiterspannen. So entstanden unsere Legenden ...

Bestimmt hatten die Menschen in diesem Land auch ihre Legenden voller Magie und Aberglauben, in denen das Gute und das

Böse miteinander kämpften. In dieser Landschaft war viel vorstellbar, grübelte Lilli und betrachtete das schwarze Wasser. Der Augenblick war so voller Zauber, dass sie sich wie ein Teil einer Legende fühlte, einer Geschichte, die gerade geschah.

Sie drehte sich wieder zum Feuer und sog den Geruch des brennenden Holzes ein, der sich mit dem des Meeres und feuchten Sandes vermischte.

Es war lange nach Mitternacht und das Feuer fast erloschen, als Chris aufstand und zum Zelt der Jungs ging.

Lilli streckte sich. Ja, es war Zeit, schlafen zu gehen. Doch Chris kam zurück. Er brachte ein ledergebundenes Buch mit, das ziemlich alt aussah.

»Lasst uns beginnen«, sagte er in die allgemeine Schläfrigkeit hinein und setzte sich zwischen Eugene und Toni.

Lilli schaute erstaunt zu Maria hinüber und hob fragend die Augenbrauen. Maria bedeutete ihr mit einem Achselzucken, dass sie auch nicht wusste, was Chris vorhatte.

Eugene legte seine Mundharmonika weg und nickte Toni zu. Mit ernster Miene nickte Toni zurück. Er legte die Trommel in den Sand und nahm das Buch von Chris. Dann räusperte er sich und begann zu lesen.

Später im Zelt lagen die Mädchen noch wach, jede in ihrem Schlafsack. Ein schwacher Lichtschimmer drang ins Zelt und hob ihre Gesichter aus den tiefen Schatten, wenn die Wolken den Vollmond in unregelmäßigen Abständen freigaben. In ihren Augen glühte noch die Erregung.

Die Nacht war ohne Feuer kühl geworden und Lilli hatte kalte Füße und Hände bekommen. Doch allmählich wurde ihr im Schlafsack wärmer.

»Seltsame Geschichten waren das«, murmelte Maria und drehte sich zu Lilli. Ihr Schlafsack knisterte.

»Ja, seltsam«, gab Lilli zurück. »Aber faszinierend, nicht?«

»Und wie«, sagte Maria.

Lilli versank in die Erinnerung an die Geschichten, während ihr Blick auf die Zeltwand geheftet war, als könnte sie dort ihre Gedanken wie in einer Filmprojektion sehen. Sie waren auf Spanisch – Altspanisch, wie Eugene klargestellt hatte. Zuerst hatte

Toni aus dem Buch vorgelesen. Eugene, aber auch Chris hatten sie ins Englische übersetzt. Chris hatte alles in einem dicken Heft aufgeschrieben.

»Wie hieß das Buch gleich?«, fragte Lilli und ihr Blick schweifte zu Maria.

»Das war ... ein schwieriger Titel. Lass mich nachdenken. *Las historias y metamorfosis de los anthrophibios* oder so ähnlich. Doch, ja, so hieß es.« Maria zupfte abwesend an ihrem Schlafsack. »Ich fand es toll, dass du das Gefühl hattest, die Geschichte der Menschheit wird aus einer anderen Perspektive erzählt. Fast wie aus einer anderen Welt.«

»Ja! Zum Beispiel die Geschichte mit der Insel Santorin, die durch ein Beben, dann durch die Flut im 17. Jahrhundert vor Christus zerstört wurde. Klingt so plausibel, wenn es in der Geschichte heißt, dass es eigentlich das Werk der bösen Menschenamphibien war und keine Naturkatastrophe. Und dass es damals Krieg zwischen Gut und Böse gab.«

Und worum ging es mal wieder? Natürlich ging es um Reichtum. Um wertvolle Edelsteine, die es nur unter der Insel gab. Also sprengten die Bösen kurzerhand einen Teil der Insel und töteten durch die Flutwelle Tausende von Menschen.

»Wenn das wahr ist, Lilli, überleg doch mal ... abgesehen von den fantastischen Dingen in der Geschichte, wäre es doch möglich, nicht?« Als Lilli bedächtig nickte, fuhr Maria empört fort: »Dann war es denen egal, dass dabei so viele starben. Die haben sich überlegen gefühlt, nur weil sie stärker als die Menschen waren.«

»Und sie waren schnell und unverwundbar. Halt! Unsterblich! Sie konnten außerdem unsichtbar werden, Gedanken lesen und oh!, nicht zu vergessen – ein Teil von ihnen lebte unter Wasser. Bin ich die Einzige, der es auffällt, dass wir darüber reden, als würden wir an sie glauben?« Sie sahen sich an und lächelten.

»Wir spinnen.«

»Sprich bitte nur von dir«, konterte Lilli. »Ich schaffe es durchaus noch, eine Geschichte von der Wirklichkeit zu unterscheiden.«

»Diese Wesen in den Geschichten, die nannten sich *Menschenamphibien*. Sind das Zwitterwesen?«

»Vielleicht eine Mischung aus Mensch und Fisch oder Menschen mit besseren Lungen, was weiß ich.«

Maria war ganz hin und weg von diesen Märchen, dachte Lilli und gähnte.

»Es heißt, sie sehen zwar wie Menschen aus, sind aber Raubfische. Aber ja, du hast recht, wir reden über sie, als könnten wir morgen einem davon in die Arme schwimmen.«

Sie kicherten.

»Du musst zugeben, verlockend ist es«, flüsterte Maria. »Ein starker, schöner Jüngling, der auf einem Delfin angeritten kommt und uns verführt ... ja, das würde mir gefallen!« Lilli schnaubte und Maria fügte hastig hinzu: »Schon gut, ich weiß, ich hab ja Chris. Er liegt jetzt schnarchend neben den anderen Jungs, aber er ist mein Held.«

»Ich finde es schön, wie ihr beide miteinander umgeht. Ihr passt gut zusammen. Ich habe Chris jedenfalls noch nie so glücklich gesehen.«

»Manchmal werde ich nicht schlau aus ihm. So toll wie er aussieht. Zum Beispiel will er mir nicht verraten, ob er schon eine feste Freundin hatte. Drüben bei euch, in New York ...«

»Ach was«, unterbrach sie Lilli, »Chris und eine feste Freundin. Er hatte nur ein, zwei Dates, aber nichts Ernstes.«

»Und du? Wie wäre es mit Eugene?« Maria war hartnäckig.

Auch wenn sie es scherzhaft sagte, ahnte Lilli, dass sie darauf anspielte, wie Eugene sie den ganzen Abend lang angesehen hatte. Lilli wurde rot und war froh, dass man es bei dem schwachen Licht nicht sehen konnte.

Maria grinste Lilli ungeniert an. »Hab ich es mir doch nicht eingebildet!«

»Ich weiß nicht, ja, aber ...«

»Aber?«

»Ich habe gerade keine Lust auf eine Beziehung«, sagte Lilli und wendete sich ab, um Marias Blick nicht erwidern zu müssen.

»Manches braucht seine Zeit.« Maria seufzte leise.

Zeit, dachte Lilli. Davon hatte sie an jenem Abend reichlich gehabt. Da Maria unbedingt über Jungs sprechen wollte, fiel ihr wieder Mo ein. Er sollte ihr erster Mann werden. An jenem Abend, an dem alles vorbei gewesen war, war sie fest entschlossen gewesen, seinem Drängen nachzugeben und mit ihm zu schlafen. Doch sie war viel zu früh bei Mos Apartment angekommen und das war das Ende gewesen. Nach der Schule war sie zunächst nach Hause geflitzt, um sich vorzubereiten. Ihre Eltern hatte sie benachrichtigt, dass sie auf eine Geburtstagsfeier ginge. Mit zitternden Händen hatte sie einen Hauch Make-up aufgetragen, von ihrer Mutter etwas Parfüm geklaut und ihr einziges Kleid, ein knielanges, eng anliegendes Teil aus dunkelgrünem Samt, übergestreift. Nachdem sie eine merkwürdige Stimmung durch den Tag getragen hatte, eine Mischung aus Angst, Lust, Lampenfieber und Traurigkeit, war sie abends völlig daneben gewesen. In der Aufregung war sie viel zu früh losgegangen.

Nachdem sie den Block in der 3rd Avenue betreten hatte, hatte es sie abwechselnd heiß und kalt durchströmt. Wie schon einige Male davor, hatte sie auch diesmal den Fahrstuhl genommen und war im Begriff gewesen, in den dunklen Korridor des 7. Stocks zu treten, als sie einen Lichtschimmer am Ende des Flurs gesehen hatte, dort wo Mos Apartment lag. Sie hatte sein Lachen erkannt und aus einem merkwürdigen Reflex heraus in der Tür des Fahrstuhls innegehalten. Im selben Augenblick hatte sie sie gesehen. Mo und ein Mädchen hatten eng umschlungen im Türrahmen gestanden und sich geküsst. Als sich das Mädchen gedreht hatte, hatte sie Carol aus ihrer Klasse erkannt. Die hatte sich für den Tag krank gemeldet.

Lilli war einen Schritt zurück in den Fahrstuhl getreten und hatte langsam, fast bedächtig den Knopf für das Erdgeschoss gedrückt. Wie sie das Gebäude verlassen hatte, wusste sie bis heute nicht. Das Erste, an das sie sich erinnerte, waren die dunkle Straße und der feuchte Asphalt, auf dem sie vorwärts gestolpert und irgendwann hingefallen war. Sie hatte sich die Handflächen aufgeschrammt und war dankbar für den Schmerz gewesen. Er hatte sie für kurze Zeit vom anderen, heftigeren abgelenkt und nach Hause getrieben. Dort angekommen, hatte sie sich das Kleid vom Leib gerissen und ausgiebig geduscht, als müsse sie kiloweise Dreck abwaschen. Sie hatte sich verkauft gefühlt. Billig und dumm. Und hässlich. Seitdem hatte sie nie wieder ein Kleid angezogen.

Zwei Tage war sie nicht zur Schule gegangen und den besorgten Fragen ihrer Eltern und ihres Bruders ausgewichen. Mos Anrufe hatte sie nicht entgegengenommen und die E-Mails waren unbeantwortet geblieben. Er hatte um eine Aussprache gebettelt, weil er ihr Schweigen nicht verstanden hatte; er würde leiden und sich wie ein Sterbender fühlen.

Lilli verzog das Gesicht, als sie sich an die Mails erinnerte und nahm sich vor, wenn sie nach New York zurückkehrte, sie alle von ihrem Laptop zu löschen. Sie hatte es bisher noch nicht übers Herz gebracht, war jedoch stolz, dass sie nicht nachgegeben hatte. Wie ein Sterbender! Und sie? Sie hatte sich wie tot gefühlt. Mit jenem Kuss, den er Carol gegeben hatte, mit jenem Lachen, das ihr lange Zeit danach noch in den Ohren geklungen hatte. Als hätten sie *sie* ausgelacht.

Das ganze Mo-Drama hatte sich kurz darauf auf die radikale Tour erledigt und er war von der Schule geflogen. Wegen Missbrauchs von Schutzbefohlenen. Carol und sie waren nicht die einzigen Mädchen gewesen. Diese Episode hatte ziemlichen Wirbel gemacht, die Schulleitung hatte harte Worte gesprochen und alle zur Disziplin ermahnt. Sowohl Lehrer als auch Schüler. Im Zuge des Rausschmisses wurde bekannt, dass er verheiratet war. Seine Frau, hatte es geheißen, arbeite in einer anderen Stadt und war deshalb nur an Wochenenden in New York gewesen. Er hatte gespielt. Und er hatte verloren.

Später hatte sie sich mit Carol unterhalten und ihr von Mo und sich erzählt. Carol war nicht sonderlich überrascht gewesen. Sie hatte es leichter genommen als Lilli. Was sie beide aber in gleichem Maße geärgert hatte: dass Mo ihnen bei seinem Liebeswerben fast die gleichen Worte gesagt und geschrieben hatte. Auch Carol war für ihn ein Vogel auf einer Insel gewesen, auf der das Singen verboten war.

Marias Stimme holte sie aus den Erinnerungen zurück. Sie flüsterte in neckischem Ton: »Tja, auf deinen hübschen Delfinreiter musst du lange warten. Da liegt ein Werwolf schon fast näher.«

Lilli drehte den Kopf zu Maria, schaute sie mit gespieltem Schrecken an, bevor beide losprusteten.

»Aber du musst zugeben, die Geschichten in dem Buch klangen plausibel. Man kann's wirklich glauben, dass da unter der Meeresoberfläche diese Wesen umherschwimmen.«

»Ja, das haben gute Geschichten so an sich.«

»Allerdings kann ich mir nicht vorstellen, dass es ganze Kolonien von ihnen geben könnte. Die Menschen sind inzwischen auch in die Tiefen der Ozeane vorgedrungen. Irgendwer hätte sie längst entdeckt!«

»Wenn es sie geben würde.«

»Wenn es sie geben würde. Obwohl«, Maria machte eine nachdenkliche Pause, »ist es nicht so, dass die Meere die am wenigsten erforschten Teile unserer Erde sind?« Ihre Frage blieb unbeantwortet.

»Schade, dass kein Autor im Buch steht. Wenn es stimmt, dass im Internet nichts zu diesem Buch zu finden ist ...«

»Ich habe noch nicht einmal mitbekommen, wie die Jungs überhaupt ans Buch gekommen sind«, sagte Maria.

»Eugene hat es im Keller des *Mesón del Mar* gefunden.«

»Ich bin gespannt, wie die anderen Geschichten sind! Wie praktisch, dass Eugene so gut Altspanisch kann. Und mein Bruder ist auch nicht schlecht.« In Marias Stimme schwang Stolz mit, sie war sichtlich beeindruckt von Tonis Sprachkenntnissen.

»Lassen wir sie erst alles übersetzen und dann machen wir Mädchenvorleseabende«, nahm Lilli den Faden wieder auf.

»Wird bestimmt gruselig. Zimperlich geht es bei denen nicht gerade zu, da ist reichlich Blut geflossen. Ganz zu schweigen von den Hunderten von Giftbissen und abgesäbelten Köpfen ...«

»Aufhören! Ich muss noch mal kurz raus.« Lilli schüttelte sich. Sie öffnete den Reißverschluss ihres Schlafsacks.

»Soll ich dich begleiten?«, fragte Maria mit einem breiten Grinsen.

Lilli schnickte statt einer Antwort mit einem Zipfel ihres Schlafsacks nach ihr, öffnete das Zelt und schlüpfte ins Freie, in ihrem Rücken das gedämpfte Lachen Marias.

Sie zog ihre Turnschuhe an, die sie unter dem Zeltdach verstaut hatte, stapfte hinüber zu den Felsen und verschwand hinter ein paar Büschen.

Der Mond leuchtete unter dünnen Schleierwolken hervor wie durch einem Weichzeichnerfilter hindurch.

Auf dem Rückweg blieb Lilli einen Augenblick auf einem Felsen stehen und schaute aufs Meer hinaus, das im milchigen Schein des Mondes glänzte, als wäre es mit dunklem Silber beschlagen. Es war ein schöner Tag gewesen und sie war froh, dass sie mitgekommen war.

Chris hatte recht, sie könnte sich den Aufenthalt in Spanien wirklich leichter machen und die Zeit hier genießen. Sie setzte sich auf einen Felsblock. Es war nicht leicht, aber es würde sich lohnen. Zumal die Leute, die sie in diesen Tagen bereits kennen gelernt hatte, wirklich sehr nett waren. Hier war es leichter, Freundschaften zu schließen, es war selbstverständlicher und das gefiel Lilli.

Sie dachte über Eugene und die Worte Marias nach. Eugene war süß, sah gut aus und zeigte auch Interesse an ihr, das war ihr nicht entgangen. Da war aber etwas an ihm, was sie nicht greifen konnte. Meistens war er gut gelaunt und seine Fröhlichkeit ansteckend. Von einer Sekunde zur anderen aber konnte er unnahbar werden. Etwas lag dann in seinem Blick, eine Distanz, als wäre er in einer fernen Welt. Es machte sie neugierig, keine Frage. Was auch immer sich hinter dieser Haltung verbarg, sie wollte es wissen. Und doch hielt sie etwas ab, sich mit ihm auf mehr als Freundschaft einzulassen.

Erleichtert über diese Erkenntnis stand sie auf und machte sich auf den Rückweg zum Zelt. Ihr Blick fiel erneut auf die dunkle Wasserfläche und sie blieb entsetzt stehen.

Angestrengt starrte sie aufs Meer, das schwarzsilbern im Mondschein vor ihr lag, und hielt den Atem an. Doch der Lichtschimmer, den sie eben aus dem Augenwinkel zu sehen geglaubt hatte, tauchte nicht wieder auf.

Sie schüttelte über sich selbst den Kopf und lief weiter. »Zu viele gruselige Geschichten an diesem Abend, Lil«, murmelte sie und musste lächeln, als sie an das Gespräch mit Maria dachte.

Da waren sie wieder! Zwei grünlich-phosphoreszierende Lichtpunkte. Sie leuchteten auf und erloschen erneut.

Lilli blieb wie angewurzelt stehen und schaute raus aufs Meer. Nichts. Dann, einige Meter weiter in Richtung Ufer wieder das Leuchten. Lillis Herz begann zu rasen. Da war eindeutig etwas. Und dieses Etwas kam aufs Ufer zu – ziemlich schnell. Obwohl ihr Verstand ihr sagte, sie solle schleunigst verschwinden und die Jungs wecken, blieb sie wie versteinert stehen und starrte mit angehaltenem Atem auf die Lichtpunkte, die sich unter Wasser auf das Ufer zu bewegten.

Natürlich! Das müssen Taucher sein. Wie dumm von ihr. Ihr Vater war Profi-Taucher und er hatte eine Taucherlampe, die so ein grünliches Licht unter Wasser gab. Erleichtert atmete sie auf. Einen Moment lang suchte sie das Meer nach einem Boot oder einer Yacht ab. Doch nichts als dunkles Wasser lag vor ihr.

In diesem Augenblick erloschen beide Lichter.

Lilli schaute gebannt auf die Wasseroberfläche, die unbewegt dalag, obwohl die Taucher kaum ein, zwei Meter darunter sein mussten. Sie erinnerte sich an ihre erste Nacht in La Perla, als sie vom Balkon ähnliche Lichter im Meer gesehen hatte. Ihr Instinkt sagte ihr, dass Taucher nicht so schnell wie diese Lichter sein konnten. Wie Haie, die sich unbemerkt der Beute näherten, schoss es ihr durch den Kopf.

Im selben Moment knackte es oben in den Büschen.

Lilli schnellte herum. Außer ein paar niedrigen Sträuchern und spärlichen Grasbüscheln, die sich im Mondlicht weißlich von der dunklen Felswand abhoben, sah sie nichts. Eine Wolke verdunkelte den Mond und hüllte sie in Finsternis. Vielleicht ein Tier, dachte Lilli und schickte sich an, zurück zum Zelt zu gehen. Sie war eindeutig aufgedreht. Praktisch kurz vor dem Überschnappen.

In diesem Augenblick geschahen zwei Dinge gleichzeitig. Sie drehte sich wieder zum Meer um. Und der Mond schlüpfte hinter der Wolke hervor.

Lillis Blick blieb in zwei Augen hängen, die sie aus dem Meer anstarrten. Sie gehörten einem Jungen, der sich langsam aus dem Wasser erhob, wie eine schwerelose Erscheinung. Sein Gesicht lag halb im Schatten, doch sie spürte seine Augen auf sie gerichtet. Panik flammte in ihr auf. Der Junge hatte keine Taucherausrüstung dabei. Er neigte den Kopf und für Bruchteile von Sekunden erhaschte sie einen Blick auf sein Gesicht.

Da tauchte ein zweiter Kopf neben dem Jungen auf. Ein Mädchen! Es hatte ein schmales, hübsches Gesicht und die nassen Haare schimmerten silbrig-schwarz, als wären sie Teil der Meeresoberfläche.

Der Junge zischte dem Mädchen etwas zu und es tauchte lautlos unter, als wäre es nie da gewesen.

Lilli sah den Jungen erstaunt an. Diese Augen! Kalt und ausdruckslos wie Fischaugen. Sie starrten Lilli an, dann richteten sie sich plötzlich auf etwas hinter ihr auf dem Hügel.

Als sein Blick zu ihr zurückschnellte, war er zornerfüllt. Sie erstarrte. Der Junge glitt ohne ein Wort zurück ins Wasser, sein langes, auffällig helles Haar bildete einen silbrig schimmernden Schleier an der Oberfläche. Es löste sich in der Schwärze des Meeres auf und die Oberfläche lag still da.

Das Ganze hatte nur ein paar Sekunden gedauert, doch dieses Gesicht hatte sich in Lillis Gedächtnis gebrannt. Sie merkte erst Minuten später, als der Spuk vorbei war, dass sie zitterte. Benommen blickte sie ein letztes Mal über das Meer, bevor sie mit weichen Knien zum Zelt lief. Dort streifte sie die Schuhe ab und schlüpfte in ihren Schlafsack. Immer noch saß ihr der Schreck in den Knochen.

Maria war eingeschlafen. Ihre tiefen, gleichmäßigen Atemzüge beruhigten Lilli. Doch sie lag wach, lauschte jedem noch so leisen Geräusch in der Nacht draußen. Sie musste immer wieder an die kalten Blicke denken, die sie erschauern ließen. Wieso, fragte sie sich ärgerlich, sollte sie vor zwei jungen Menschen solche Angst haben? Sie hatten ihr nichts getan, sie hatten noch nicht einmal mit ihr geredet. Es war dunkel, sie war müde und außerdem noch voller seltsamer Geschichten vom Abend. Morgen sah das Ganze bestimmt anders aus und auch dass die Fremden keine Taucherausrüstung gehabt hatten, würde einen Sinn ergeben. Jetzt wollte sie nur noch einschlafen.

Doch aus der Tiefe ihrer Erinnerungen, zwischen Traum und Wirklichkeit, stieg ein Bild empor.

Ich bin ein kleines Mädchen. Es ist Sommer auf Long Island. An diesem Spätnachmittag ist Granily zu Besuch bei einer kranken Freundin und lässt mich mit meinem Bruder allein. Es ist ein heißer Tag und die Welt zerfließt in der Glut zu Flimmerbildern. Die trägen Minuten sind greifbar. Ich liege Chris so lange in den Ohren, bis er schließlich einwilligt, mit mir hinunter ans Meer zu gehen, obwohl Granily nicht zu Hause ist. Der Nordatlantik liegt nur wenige Meter vom Haus entfernt. Wenn Granily da ist, dürfen wir auch allein hinunter, um zu baden. Sie hat uns vom Haus aus über der flachen Düne im Blick. Ohne sie ist das Meer tabu, das ist ein eisernes Gesetz.

Wir tauchen erleichtert in die See und lassen uns von den sanften, kühlen Wellen schaukeln. Chris schwimmt wieder ans Ufer und ruft nach mir. Ich will aber noch nicht zurück in die Hitze an Land und bleibe im seichten Wasser. Als ich den dunklen Schatten sehe, ist es zu spät. Etwas packt mich, zieht mich nach unten, und ich schließe den Mund, um nicht Wasser einzusaugen, als mein Kopf untertaucht. Ich versuche, mich zu befreien, meine Lungen drohen zu zerreißen, während es mich tiefer hinabzieht. Der Hunger nach Luft wird unerträglich, verbissen weigere ich mich, Wasser zu trinken. Dann wird mir schwarz vor Augen.

Sie erlebte diese Szene erneut und wusste schlagartig, was sie in die Tiefe gerissen hatte. Oder besser gesagt, wer. Das seidig-blonde Haar, das wie ein helles Tuch sein Gesicht umspielt hatte, hatte sich für den Bruchteil einer Sekunde geteilt und kalte Fischaugen hatten sie angestarrt. Dieselben, in die sie heute Nacht geschaut hatte.

Woher kam plötzlich die Erinnerung an dieses Gesicht, diese Augen? Er konnte es unmöglich gewesen sein. Sie war damals neun Jahre alt gewesen. Und sie hatte keine Erinnerungen an das, was geschehen war. Bis heute hatte sie sich an das Gesicht, das sie für die Dauer von einer Sekunde gesehen hatte, nicht wieder erinnert. Hatte sie es verdrängt, weil damals alles so seltsam gewesen war? Oder bildete sie es sich jetzt ein und ihr müder Verstand spielte ihr einen Streich?

Chris hatte ihr später erzählt, dass er sie wild hatte strampeln sehen, woraufhin er sofort zu ihr geschwommen sei. Sie wäre fast ertrunken. Nachdem sie wieder zu sich gekommen war, wusste sie nicht, was passiert war, und alle Fragen ihres Bruders blieben unbeantwortet. Er war auch nicht weiter in sie gedrungen; schließlich war er dankbar, dass sie wieder angefangen hatte zu atmen. Für Chris war es schlimmer gewesen als für sie. Sie hatte weder Schmerzen empfunden noch einen Schaden davongetragen. Keine spätere Wasserphobie, nichts. Nur in ihrer Brust hatte es geschmerzt, als wäre eine Erkältung im Anmarsch gewesen. Chris dagegen war tagelang kaum ansprechbar gewesen und entwickelte mit der Zeit die Angewohnheit, Lilli dauernd beschützen zu wollen.

Es war verrückt, was bildete sie sich nur ein? Dass der Junge von heute Nacht sie damals in die Tiefe gerissen hatte? Weshalb sollte jemand so etwas tun? Lilli schaffte es nicht, die losen Enden ihrer

Gedanken zusammenbringen. Es war alles zu konfus, unlogisch und eigentlich unmöglich. Welche merkwürdigen Streiche einem das Gedächtnis spielen konnte ...

Als sie schließlich in jenen bizarren Zustand zwischen Wachsein und Schlaf glitt, bebte die Erde unter ihr. Nur ganz leicht, so dass sie an den Beginn eines Traums glaubte. Oder dass ihr angespannter Körper müde geworden und in den Schlaf gesunken war, bevor ihr Verstand es schaffte, zu folgen. Einen Moment später schienen die Wellen kräftiger zu branden. Dann war wieder Stille draußen. Lilli war eingeschlafen.

Über den Zelten, hinter einem Busch, lag Eugene bäuchlings auf einem Felsvorsprung und starrte aufs Meer, zu der Stelle, wo die beiden Fremden aufgetaucht waren. In seinem Blick brannte Hass.

11.
Die Große Grotte

Alex war gut gelaunt, er hatte die ersten Minuten seines »Landgangs« passabel überstanden. In den Sekunden nach dem ersten Atemzug hatte er das Gefühl gehabt, zu verbrennen, doch der Schmerz in seiner Nase, der bis in die Lungen gezogen war, hatte schnell nachgelassen. Auch der Brechreiz verschwand allmählich und er konnte sich in der Abenddämmerung umsehen.

Viel war da nicht zu erkennen. Das Land lag hinter dem Horizont und nur das Meer mit seiner wogenden Oberfläche erstreckte sich, so weit das Auge reichte. Er legte sich auf den Rücken in Seraphims Boot und schaute fasziniert zu den Gewitterwolken hoch, die wie ein wütender Schwarm über sie hinwegzogen. Die Wolken verflüchtigten sich langsam und der Regen ließ nach.

Aber dann der Anblick des Himmels! Er hatte noch nie etwas Ähnliches gesehen, dieses unendliche Blau, das zur Horizontlinie in ein dunkles Orange überging, dort, wo die Sonne ihr letztes Feuer verströmte. Als seien die intensivsten Farben aus dem Meer zum Himmel emporgestiegen.

»Atemberaubend, nicht?« Seraphim lag neben ihm auf dem Rücken. »Ich kann mich nie satt sehen.«

»Bis du oft oben?«, fragte Alex, ohne den Blick vom Himmel zu wenden.

»Wenn ich segle.« Seraphim setzte sich auf. »In der nächsten Zeit möglicherweise öfter. Schwimm jetzt zurück, du solltest Marc nicht warten lassen.«

Der Himmel verdunkelte sich rasch, als würde sich ein Schatten aufs Blau legen. Nur im Westen glühte eine letzte Spur der untergegangenen Sonne wie eine Trennlinie zwischen Himmel und Meer.

Alex verabschiedete sich ohne zu protestieren. Er hatte Hunger wie ein ausgewachsener Buckelwal.

Schweigend zog sich Alex in Marcs Zimmer um. Er streifte seinen ärmellosen, knielangen Schwimmoverall über, den er mitgebracht hatte. Der Stoff schmiegte sich wie eine zweite Haut an seinen Körper und betonte jeden Muskel. Er hatte Marc über sein erstes Auftauchen berichtet. Dieser hatte aufmerksam zugehört, war aber schweigsam geblieben.

In seinem Schwimmanzug sah er ausgemergelt aus. Alex hoffte wirklich, dass der Abend seinen Freund aufmunterte.

Als sie gemeinsam den Korridor betraten, lag er leer da. Sie liefen zur Nordschleuse, grüßten den Wächter, den gleichen, an dem Alex schon vor drei Stunden vorbeigelaufen war, und glitten hinaus ins Meer. Sie schwammen zügig landeinwärts und kamen in seichtere Gebiete. Diese Dämmerzone, in der tagsüber ein letzter Schimmer Licht drang, mussten sie auf ihrem Weg zur Großen Grotte passieren.

In ihren blaugrau schimmernden Anzügen sahen sie wie Fische aus. Sie bewegten sich in einem geschmeidigen Auf und Ab, Delfinen gleich, die ohne Hast ihre Welt durchstreiften. Je näher sie der Küste kamen, desto farbenfroher wurde der Meeresgrund. In dieser Tiefe, in der sich tagsüber das Licht noch nicht ganz verlor, waren die außergewöhnlichsten Lebewesen zu Hause. Es war die Landschaft der Kontraste und der bunten Vielfalt. Alex freute sich, wieder hier zu sein. Obwohl es jetzt gänzlich dunkel war, war diese Zone eine Abwechslung zur kargen Dunkelheit weiter unten.

Er wurde langsamer und bedeutete Marc, es ihm gleichzutun. Die beiden Freunde ließen sich herabsinken und schwebten nebeneinander nur wenige Meter über dem Meeresgrund. Sie trieben über eigentümlich zarte Unterwasserblüten und bunte Schwämme deren Arme wie Finger nach ihnen zu greifen schienen. Und sie schwammen zusammen mit farbenfrohen Fischen, deren Beutestunde gekommen war und die hungrig durch diesen Unterwasserdschungel zogen. Seegraswiesen, die sich wie riesige dunkelgrüne Teppiche auf dem Meeresgrund ausbreiteten, boten ihren Augen eine Abwechslung. In diesen Wiesen lebten Tiere, die man erst beim zweiten Hinsehen zwischen den Armen des wogenden Seetangs ausmachte.

Jedes Lebewesen hat sich mit erstaunlichem Einfallsreichtum den Bedingungen hier angepasst. Da waren die kleinen Einsiedler, die sich in Höhlen oder verlassenen Muscheln verkrochen, und die mächtigen, frei streifenden Haie, die aus dunklen Tiefen auftauchten und ihre Bahnen um die Felsen zogen, bevor sie wieder wie Geister in der Weite des Meeres verschwanden.

Und da gab es die ältesten Bewohner der Meere, die filigranen Blüten gleich ihre gefiederten Füßchen vor Jahrmillionen wie heute bewegten. Seelilien, Alex' Lieblingsgeschöpfe. Obwohl es Tiere waren, sahen sie wie zarte Blumen oder Sterne aus Federn aus und schimmerten in blassen Rosa- und Beigetönen auf dem Grund des Meeres und auf Felsvorsprüngen.

Mit einem Mal veränderte sich vor ihnen der Meeresboden und eine dunkle Schlucht tat sich auf. Langsam glitten sie in die Tiefe und verschwanden im Schwarz des Unterwasserabgrunds. Die Große Grotte war eine einzigartige, riesige Felsformation, die aus kilometerlangen labyrinthartigen Tunnels und großen Gewölben bestand.

Das Besondere an der Grotte war, dass sie in nur 190 Metern Tiefe lag, so dass die jungen Amphibien, die die Verwandlung noch nicht hinter sich hatten, auch herkommen konnten. Und dass sie innen »trocken« war, denn sie wurde ähnlich wie Thalassa 3 durch Schleusen abgeschottet.

Den größten Teil des unterirdischen Labyrinths machten die Wohnungen und Geschäfte der Amphibien aus. Hier lebten die meisten Angehörigen der Schüler von Thalassa 3. In den Gängen und Gewölben waren ihre Einkaufsläden und Unterkünfte. Aber auch Lokale, die nach Art der Cafés und Bars in der Menschenwelt eingerichtet waren. Es herrschte immer ein reges Kommen und Gehen.

Alex war nur einmal in jenem Teil der Grotte gewesen, denn dorthin durfte niemand, der noch zur Schule ging und keine Angehörige hier hatte. Marcs Eltern hatten die Erlaubnis für ihn erkämpft und so hatte er einige Tage bei Marcs Familie verbracht. Er war mit seinem Freund jeden Tag in einen anderen Teil der Grotte gegangen. Seit er damals dort gewesen war, träumte er umso mehr von der Welt oben. So musste das Leben in den Städten der Menschen sein.

Alex wurde von zwei Schatten, die auf sie zugeschwommen kamen, aus seinen Träumereien gerissen. Es waren zwei junge Amphibien, die die Grotte verließen und zurück nach Thalassa 3 schwammen. Sie begrüßten sich mit einem Nicken und zogen aneinander vorbei.

Alex und Marc erreichten das große, schwere Schleusentor, das der einzige Eingang war, den sie benutzen durften. Das Tor war gut getarnt, Schwämme und Tiefseeanemonen wuchsen darauf, einem fremden Auge bot sich nur der Anblick einer massiven Felswand. Ein etwa halber Meter großer, flacher Stein verdeckte den Öffnungsmechanismus. Alex griff dahinter und der Hebel gab einen dumpfen metallischen Laut von sich, als er ihn nach unten drückte. Das Tor der Schleuse glitt langsam auf.

Nachdem sie den Schleusenbereich passiert hatten, gelangten sie in die Umkleide. Es gab einen Flügel für Mädchen und einen für Jungen, jeder mit Duschkabinen und Schließfächern ausgestattet.

Hier herrschte eine strenge Kleiderordnung. Señorina Lucia, die Verwalterin, mit ihren klaren Vorstellungen von Ordnung und Sauberkeit, duldete unter keinen Umständen Schmutz in der Grotte. Es war schon vorgekommen, dass sie Hausverbot erteilte und einen Schüler zurückschickte, um sich »zivilisiert« anzukleiden, wie sie zu sagen pflegte.

Bevor sie überhaupt hineindurften, mussten sie unter die Süßwasserdusche, sich Haare und Körper abtrocknen und sich ordentlich anziehen. Señorina Lucia reagierte allergisch auf jeden Tropfen Salzwasser, der sich in die Grotte schlich. Man munkelte, sie sei seit Jahren nicht mehr im Meer gewesen. Señorina Lucia hatte lange Jahre oben gelebt. Von dort hatte sie außer ihrer Meerwasserphobie ein paar »nützliche« Sitten mitgebracht. Und Putzutensilien. Ihr Liebling war ein alter, klobiger Staubsauger, den sie zärtlich *mi amor* nannte und der immer zum Einsatz kam, wenn die Sperrstunde nahte. Das Ding mit seinem großen dunkelgrünen Stoffsack, der sich an einem langen Griff wie ein wütender Ballonfisch blähte, machte einen so fürchterlichen Krach, dass die wenigsten noch bis zur Sperrstunde bleiben wollten und mit an den Ohren gepressten Händen flüchteten, sobald Señorina Lucia damit zu Werke ging.

In der Umkleide waren Alex und Marc nicht mehr allein. Andere Mädchen und Jungen waren gekommen. Die Kleider hatten die meisten wie sie in wasserdichten Beuteln mitgebracht, die sie eng am Körper trugen. Einige hatten eines der heißbegehrten Schließfächer ergattert und holten von dort ihre Sachen.

Alex war mit dem Duschen und Umkleiden schnell fertig und schaute sich um, während er auf Marc wartete. Das letzte Mal, als er hier gewesen war, hatten an den Wänden Regale mit kleinen Kunstobjekten gestanden. Eine Fotoausstellung ersetzte sie jetzt. Überall hingen Bilder mit Straßenszenen aus der Welt oben. Bald würde auch er in den Straßen der Menschen wandeln, dachte er, und die fiebrige Unruhe ergriff ihn wieder.

Die Große Grotte war dank des unermüdlichen Einsatzes ihrer Verwalterin ein Sammelsurium aus Dingen und Angeboten aus beiden Welten, obwohl hier mancherorts nichts daran erinnerte, dass sie sich tief unter dem Meer befanden.

Man konnte einfach nur herumhängen, aber auch Sport treiben, oder, wie Alex es oft tat, mit einem Buch in einer der vielen kleinen Leseecken verschwinden. Die neuen Bücher, die über die Boten kamen, wurden hierher gebracht und blieben einige Wochen in den Regalen, bevor ein Teil davon nach Thalassa 3 wanderte.

In einer kleinen Sporthalle konnten sie fürs Amphipolo trainieren oder andere Sportarten betreiben. Und an einem Tag in der Woche lief in dem geräumigen Sportsaal ein Film. Der Raum wurde dann geleert, Reihen von Stühlen kamen hinein und die große Leinwand, die in der Decke des Saals untergebracht war, wurde hinuntergelassen.

Das war der ganze Stolz von Señorina Lucia und für Alex der Höhepunkt der Woche. Im letzten halben Jahr hatten sie es jedoch kein einziges Mal geschafft. Einer ihrer Ausbildungsabende war just auf den gleichen Abend gelegt worden, an dem in der Grotte Filmabend war.

Heute aber war es wieder soweit. Die engagierte Verwalterin hatte es durchgesetzt, dass der Filmabend für alle Schüler kostenlos war. Ganz im Gegensatz zur Pizza. Dafür verlangte sie teures Geld, denn schließlich backte sie selbst und das ließ sie sich gut bezahlen.

Alex' Magen knurrte und erinnerte ihn daran, dass er den ganzen Abend noch nichts gegessen hatte.

Das Geld der Amphibien auf Thalassa 3 war aus organisatorischen Gründen vor Jahren umgestellt worden und sie benutzten jetzt, anders als früher, die Währung Spaniens. Das machte das Einkaufen oben einfacher.

Auf Thalassa 3 aber wurde wenig gekauft oder verkauft, so dass Alex kaum etwas mit Geld zu tun hatte. Seine Eltern hatten ihm etwas vererbt, was von der Schule verwaltet wurde. Einen Teil davon müsste er nach oben mitnehmen, hatte Seraphim gesagt, denn bei den Menschen gab es nichts, was man einfach so bekam, alles kostete Geld.

Allerdings hatte er irgendwann erfahren, dass eine Pizza oben nur halb so viel kostete wie bei Señorina Lucia, was, wenn sie ihn jemals ärgern sollte, er ihr auch unter die Nase reiben würde.

Heute würde er Marc dazu einladen. Wenn es half, würde er ihm sogar eine zweite Pizza spendieren, Hauptsache, er kam wieder zu Kräften.

Alex wurde langsam ungeduldig. Wieso dauerte es bei Marc so lange? Er setzte sich auf eine Bank und beobachtete die Jungen und Mädchen, die hinter der schweren perlmuttverzierten Tür ins Innere der Grotte verschwanden. Als Marc immer noch nicht auftauchte, stand er auf und ging zurück in den Umkleideraum.

Alex fand seinen Freund auf dem Boden sitzend, jene Leere im Gesicht, die ihn erneut zu Tode erschreckte. Alles Leben war aus seinem Körper gewichen und er saß in sich gesunken da, ausdruckslos und schlaff wie eine Puppe. Alex ließ sich neben ihm zu Boden gleiten. Er wollte es sich nicht eingestehen, aber der Anblick seines Freundes jagte ihm eine Heidenangst ein und er nahm sich vor, schleunigst mit Seraphim darüber zu reden. Marc brauchte eindeutig Hilfe.

Alex' Augen verdunkelten sich um einen Schimmer, als er Marc bei den Schultern packte und sanft rüttelte.

Sie zogen die Blicke anderer auf sich, wie sie da auf dem Boden saßen. Ein dünner Junge blieb in der Tür stehen und beobachtete sie eine Weile. Dann kam er auf sie zu.

»Fehlt euch was?«, fragte er leise.

Alex' Blick huschte kurz zu Marc, dann winkte er ab und dankte für die Hilfsbereitschaft. Er musterte Marc, der nichts von dem mitbekam, was um ihn herum passierte.

»Hey, wir sollten uns beeilen, der Saal füllt sich, und wir finden sicher keine vernünftigen Plätze, wenn wir nicht bald hineingehen. Komm, steh auf. Ich helfe dir.« Alex' Stimme zitterte, als er auf seinen Freund einredete. »Außerdem – Pizza, Marc! Heute gibt es deine Lieblingspizza, mit den verschiedenen Käsesorten. Ich rieche sie bis hierher. Komm jetzt.«

Marc schaute stumm ins Leere. Entschlossen stand Alex auf und griff Marc unter die Achseln. Er zog ihn vom Boden hoch und lehnte ihn gegen den Schrank. Behutsam hob er sein Kinn an und schaute ihm ins Gesicht. Langsam, unendlich langsam, als wäre er für Ewigkeiten in einer fernen Welt gewesen, klärte sich Marcs Blick und das Sehen kehrte in seine Augen zurück.

»Ich bring dich nach Hause.« Alex legte einen Arm um Marcs Schultern, als er merkte, dass sein Freund sich noch nicht umgezogen hatte. Seine Kleider lagen verstreut auf dem Boden, als wären sie ihm aus dem Beutel gefallen.

Alex ließ ihn los. »Bin gleich zurück.«

Er hastete zu seinem Staufach, das in einer Wand eingelassen war, neben vielen anderen wabenförmig in den Fels gehauenen Fächern.

In Windeseile schlüpfte er in seinen Schwimmanzug, stopfte seine Klamotten in den wasserdichten Beutel und rannte zu Marc zurück. Flink sammelte er die verstreuten Kleider vom Boden ein, packte sie in Marcs Beutel und schnallte sich den ebenfalls um.

»Komm, wir gehen nach Hause«, sagte er in bemüht ruhigem Ton und griff nach Marcs Handgelenk.

Mit einem Ruck riss sich dieser los. Unter dem dünnen Stoff des Schwimmanzugs verkrampften sich seine Muskeln, und für ein paar Augenblicke fürchtete Alex, Marc würde in tausend Stücke zerspringen.

»Es wird etwas Schreckliches passieren!« Marcs Stimme klang schrill und seine Augen rollten wild hin und her. Er fing an zu zittern, dann war er schlagartig still, als hätte jemand einen »Aus«-Schalter betätigt. In seinem Gesicht erschien ein Ausdruck, den Alex bei Marc noch nie gesehen hatte.

»Was sagst du da?« Alex hoffte, seine Stimme würde gefasster klingen, als er sich fühlte. »Was soll passieren?«

»Ich *weiß* es. Es wird bald etwas passieren.« Er betonte jede Silbe, als würde er einem kleinen Kind Lippenlesen beibringen, setzte sich wieder auf den Boden und zog Alex mit sich nach unten.

»Alex«, sagte er sehr eindringlich und ernst und war beinahe der alte Marc, »du hast bestimmt schon gehört, dass Tiere

Naturkatastrophen spüren, lange bevor sie geschehen.« Es war keine Frage, es war eine Feststellung, die trotzdem eine Antwort verlangte.

»Ich habe darüber gelesen. Es ist nichts Ungewöhnliches, dass Tiere solche Dinge spüren.« Er machte eine kleine Pause, bevor er die Frage an seinen Freund richtete, der nun hellwach zu sein schien. »Du spürst es jetzt?«

»Klar und deutlich.«

»Hm ... Und ich? Wieso spüre ich es nicht? Und die anderen? Keiner scheint unruhig zu sein.« Alex' Ton hatte sich nicht verändert. Aber Marc sah ihn finster an, Verärgerung stand ihm deutlich ins Gesicht geschrieben. Diesen Ausdruck wiederum kannte Alex nur zu gut.

»Das weiß ich nicht.«

»Entschuldige«, murmelte Alex, als er begriff, dass er Marc gekränkt hatte, und ermahnte sich, achtsamer zu sein. Marc war überempfindlich.

»Dann finden wir es gemeinsam heraus.«

Die Entschlossenheit, mit der er das sagte, schien Marc ein wenig zu beruhigen, sein Gesicht entspannte sich und er schaute Alex an. »Und wie?«

»Ich lass mir was einfallen.« Alex erhob sich. »Ich sollte nur wissen, was passieren wird.«

»Bah, Alex!«, rief Marc unwirsch und stand ebenfalls auf. »Wenn ich es nur wüsste!« Er klang plötzlich verzweifelt. »Ich weiß nur, dass es mich gerade umgehauen hat. Es war alles leer in mir. Und ich konnte nichts mehr tun, ich war wie tot. Keine Kraft, kein Gefühl, nichts mehr da. Gruselig.« Er hielt kurz inne, um nach Luft zu schnappen. Dann sprudelte es weiter aus ihm heraus, als müsste er die Minuten, in denen er nicht gesprochen hatte, nachholen. »Es war unheimlich. Und völlig neu dieses ... dieses Nichtvorhandensein von Gefühlen. Nichts. Nur noch Leere. Dann plötzlich die Gewissheit. Als hätte die Leere mit einem Mal eine Form bekommen, ein Gesicht. Und glaube mir, das ist tierisch beängstigend. Es würde dich auch umhauen. Brrr.« Er schüttelte sich, als hätte er gerade Bekanntschaft mit einer Feuerqualle gemacht.

»Ja, ich verstehe.« Alex versuchte es zumindest. Seraphim fiel ihm ein, und die Sache mit den besonderen Fähigkeiten, die manche nach der Kristallverwandlung bekamen. Es wäre doch denkbar, dass dieser Zustand bei Marc so etwas war, seine neue Fähigkeit. Sagte er nicht, es wäre plötzlich dagewesen? Vielleicht konnte Marc ja tatsächlich jetzt Dinge spüren, die andere nicht spürten.

Egal wie, es war so oder so beängstigend. Wenn seine Vermutung stimmte, dann würde etwas passieren, und zwar mit ihnen allen hier; wenn es etwas anderes war, dann war es genauso beunruhigend, denn es erschöpfte Marc. Als würde seine Lebenskraft von Minute zu Minute weniger. Das Gesicht seines Freundes sah deutlich eingefallener aus als noch in der Schule. Seine Wangenknochen traten unter der blassen Haut hervor und die Augen lagen so tief in ihren Höhlen, dass sie wie dunkle Kugeln in einem Loch aussahen. Alex entschlüpfte ein Stöhnen. Er musste so schnell wie möglich mit Seraphim sprechen.

Er griff den Faden wieder auf, bemüht, seiner Stimme nichts anmerken zu lassen: »Marc, wir sollten wirklich raus ins Meer, möglich, dass wir dort etwas sehen. Wir könnten eine Weile im Wasser bleiben und die Pflanzen und Fische beobachten. Sie könnten auch etwas spüren, was hältst du davon?«

Marc schien den Vorschlag zu überdenken. Nach einer Weile zuckte er mit den Schultern und in seiner Stimme lag Schuldbewusstsein:

»Ich wollte dir den Abend nicht versauen, Al. Es ist womöglich nur falscher Alarm. Du verpasst deinen Film. Und die Pizza. Lass uns reingehen.« Marcs Gesicht verzog sich zu einem bedauernden Ausdruck, aber seine Worte klangen nicht sonderlich überzeugt.

»Ich muss da nicht rein, wirklich nicht. Und du verdirbst mir gar nichts. Ich bin genauso gern irgendwo draußen im Wasser, das weißt du. Und ich kann auch dort etwas zu Essen finden. Also, lass uns gehen.«

Alex' entschlossene Stimme überzeugte Marc. Er nickte.

Gemeinsam gingen sie in den Schleusenraum und bald hatte sie das Dunkel des untermeerischen Labyrinths verschlungen.

12.
Wenn Welten beben

Mit einem Stöhnen erhob er den Arm und schlug erneut zu. Der Hammer krachte ohrenbetäubend auf Stein. Chris hielt inne und begutachtete sein Werk. Schweiß rann ihm an den Schläfen herab. Er sah nicht zufrieden aus. Doch er machte weiter. Immer und immer wieder schlug er auf die Mauer ein.

»Gib mir den Hammer«, sagte Toni zwischen zwei Schlägen.

»Ich kann auch wieder übernehmen«, bot sich Eugene an und stand von der Kiste auf, die ihm als Sitzgelegenheit gedient hatte.

»Noch diesen Stein, dann gebe ich ab«, sagte Chris keuchend. Er wischte sich mit dem Handrücken den Schweiß von der Stirn und hinterließ dort eine üppige Schmutzspur.

Es war in der Nacht von Freitag auf Samstag, die drei Freunde waren im Keller des *Mesón del Mar* und ihr Plan war, einen Durchgang in die Wand zu schlagen, an der sie vor zwei Wochen den tropfenden Stein entdeckt hatten.

Ein Loch von einem knappen halben Meter war geschafft. Es klaffte hüfthoch über dem Boden. Noch war es viel Arbeit, wenn sie da durch wollten. Die Mauer war solide, als sei sie für die Ewigkeit gebaut worden. Allein dieses Loch hatte sie vier Nächte Arbeit gekostet, doch heute wollten sie es schaffen.

Schon als es noch klein gewesen war, so dass gerade ein Kopf hindurchpasste, hatten sie jenseits der Mauer einen Tunnel ausmachen können, der mit einer Grube direkt vor dem Loch begann. Dort hatte sich Wasser gesammelt, die Ursache für die Feuchtigkeit im unteren Teil der Mauer. Der Tunnel musste sehr lang sein, denn der Strahl ihrer Taschenlampen hatte sich in der Finsternis verloren, ohne auf ein Hindernis zu stoßen.

Ihre Ungeduld wuchs.

Chris legte den Hammer weg und mit bloßen Händen packte er den Stein, den er gelockert hatte. Er rüttelte und zerrte daran. Sein Gesicht lief vor Anstrengung dunkelrot an und die Adern an

Hals und Schläfen traten so stark hervor, dass er aussah, als würde er gleich platzen. Mit seiner ganzen Kraft stemmte er sich gegen den Stein. Und dann löste sich der Brocken. Chris stieß ihn in den Tunnel, wo er mit einem dumpfen Schmatzen landete. Steinkrümel rieselten in den Keller.

»Ja!«, stieß Chris zwischen zusammengebissenen Zähnen hervor. Jetzt war er zufrieden.

Es vergingen noch knapp drei Stunden, ehe sie es geschafft hatten, das Loch in der Mauer so zu vergrößern, dass sie hindurchschlüpfen konnten. Als auch der letzte Steinbrocken gelöst war, gönnten sie sich eine Pause. Doch ihre Ungeduld war viel zu groß, als dass sie lange hätten still sitzen können.

Schweigend zogen sie ihre Schuhe und Hosen aus. Als Erster schlüpfte Chris durch die Öffnung und landete in der Wassergrube. Er stand kniehoch im Wasser, das abgestanden und salzig roch. Der Boden der Grube war glitschig und Chris setzte vorsichtig einen Fuß vor dem anderen, sein Gepäck über dem Kopf balancierend. Er durchquerte das Wasserloch und kam erleichtert etwa drei Meter weiter heraus. Einen Moment stand er reglos im Dunkeln, roch die warme und vor Feuchtigkeit schwere Luft. Dann schaltete er seine Taschenlampe an.

Die beiden Freunde erreichten ebenfalls den trockenen Boden.

»Ich gehe vor, ihr könnt eure Taschenlampen schonen. Eine reicht.« Chris ging los. Der Schein seiner Lampe huschte nervös über den feuchten Boden und die Wände. Der Tunnel war niedrig und schmal. Auf den ersten Metern mussten sie gebückt laufen und immer wieder herumliegenden Felsbrocken ausweichen. Doch schon bald wurde er höher und so breit, dass zwei Autos locker nebeneinander hineingepasst hätten.

Die Luft wurde wärmer, je weiter sie kamen. Es roch nach feuchtem Stein und Salz. Die Feuchtigkeit hing überall im Tunnel wie feiner Nebel, durchdrang die Kleidung und setzte sich in den Haaren fest. Nach wenigen Minuten hatte sich ein feiner Film aus Feuchtigkeit auf ihren Gesichter gebildet.

Der Boden des Tunnels war eben und mit Pflastersteinen bedeckt, die sich unter einer Schicht von Ablagerungen abzeichneten. Die Wände erhoben sich gewölbeartig über ihren Köpfen und waren so glatt, als sei der Tunnel mit einem scharfen Messer aus dem Felsen geschnitten worden. Im Schein der Taschenlampe glänzten sie feucht.

»Der Tunnel ist von Menschenhand«, sagte Chris.

Die beiden anderen nickten bestätigend.

Zügigen Schritts ging Chris mit seiner Taschenlampe voraus. Eugene und Toni folgten und sie liefen eine Weile stumm durch die immer gleiche Dunkelheit, nur einen schmalen Lichtkegel vor sich. Die Tunnellandschaft veränderte sich kaum und Chris verlor jedes Zeitgefühl. Wie weit mochten sie gegangen sein? Waren es ein paar hundert Meter oder waren es Kilometer?

Abrupt blieb er stehen. Als hätte jemand die Pausentaste bei einem Film gedrückt, blieben auch die anderen beiden stehen. Vor ihnen tat sich ein Raum auf. Der Strahl der Taschenlampe reichte 20 bis 25 Meter weit: zu wenig, um das Ende des Raums zu erfassen.

Das Licht tanzte über Stalaktiten und Stalagmiten und schälte Bilder von bizarrer Schönheit aus der Dunkelheit. Sie befanden sich am Eingang einer saalartigen Tropfsteinhöhle.

Mit vor Überraschung geweiteten Augen schauten sie sich um.

Eugene und Toni schalteten ihre Taschenlampen ein und in ihrem Schein tauchten immer neue Gesteinsformationen aus der Dunkelheit auf. Gespenstische Schatten zuckten an den Wänden wie Fratzen unheimlicher Wesen. Tropfsteinsäulen von beeindruckender Größe umgaben sie. Manche reichten von der Decke bis zum Boden, 20 Meter lang und dick wie Baumstämme.

Auf dem Boden des riesigen Raums waren Steinplatten kreisförmig angelegt, auf denen man Spuren von Malereien erkennen konnte.

»Wahnsinn«, flüsterten Eugene und Toni wie aus einem Mund.

»Wo sind wir?« Chris rückte näher an die beiden heran, während er gebannt um sich schaute.

»Wenn mich meine Orientierung nicht täuscht, müssten wir unter dem Meer sein.« Eugene kramte ein Papier aus der Tasche seiner Jeans, faltete es auseinander und leuchtete mit seiner Taschenlampe darauf. Es war eine handgezeichnete Skizze.

»Das *Mesón* ist hier.« Er deutete auf ein Rechteck am äußersten linken Rand der Skizze. »Von da bis zum Ufer sind es etwa 25 Meter.« Sein Zeigefinger fuhr entlang einer gestrichelten Linie bis zu einer weiteren wellenförmigen Linie, die sich senkrecht durch die Mitte der Skizze zog. Die rechte Hälfte stellte das Meer dar.

»Ich habe meine Schritte wie besprochen gezählt«, sagte Toni. »Ich bin bei 3023. Wir sind etwa drei Kilometer gelaufen.« Er fuhr mit dem Zeigefinger über den rechten Rand des Papiers. »Wir hätten abbiegen müssen, um nicht in Richtung Meer zu kommen. Der Tunnel verlief aber bislang ziemlich gerade.«

Die Freunde sahen sich schweigend an.

Eugene drehte das Blatt Papier um und klemmte sich die Taschenlampe zwischen die Zähne. Er begann, eine neue Skizze anzulegen. Tonis Rücken diente als Zeichenpult. Diesmal hielt er die Skizze kleiner. Der linke Rand des Blattes war das Meeresufer. Von dort zeichnete Eugene in einem leichten Bogen eine Linie und beschriftete sie mit »3 km«. Dann folgte ein Kreis, »Höhle«. Eugene nahm die Taschenlampe aus seinem Mund und sagte:

»Habt ihr bemerkt, dass der Tunnel eine ganze Weile abwärts verlief? Das heißt, wir sind tiefer in die Erde hineingekommen. Ich schätze, ein-, zweihundert Meter unter dem Meeresgrund ...«

Sie nickten. Eugene faltete das Papier zusammen und stopfte es in die Gesäßtasche seiner Hose.

Toni, der sich von den anderen entfernt hatte, rief: »He, kommt mal her!« Seine Stimme brach sich an den Wänden der Höhle und hallte dumpf wider.

Chris stieß einen Pfiff aus, als er sah, was dieser meinte. Er stand am Eingang zu einem weiteren Tunnel. Das Licht ihrer Taschenlampen leuchtete einen bogenförmigen Durchgang an, hinter dem sich Finsternis auftat.

»Lasst uns nachschauen, wohin der führt«, schlug Toni vor.

»Wartet«, rief Eugene von der anderen Seite der Höhle. »Ich hab auch was.«

Toni und Chris machten auf dem Absatz kehrt und liefen hinüber zu Eugene.

»Noch ein Tunnel?«

»Sieht ganz so aus.«

»Okay, welcher zuerst?«

Eugene zögerte. »Ich schlage vor, wir schauen uns hier in der Höhle um und hören dann für heute auf. Wir kommen morgen wieder, mit Ausrüstung für einen längeren Trip. Dann schauen wir uns in aller Ruhe die beiden Tunnel an.«

»Ich bin auch dafür«, sagte Chris und Toni nickte schließlich zustimmend.

Die drei Freunde zerstreuten sich in der Höhle und der Schein dreier Taschenlampen tanzte in der Dunkelheit auf und ab.

Chris war so in seine Erkundungen vertieft, dass der Knall ihn zusammenzucken ließ.

»Was zum Kuckuck war das?«, flüsterte er.

Alle drei Lichtkegel suchten hektisch die Wände ab und hielten an derselben Stelle inne.

»Das ist ein Scherz, oder?« Chris' Stimme durchbrach die gespannte Stille.

Sie starrten auf armdicke Stäbe, die im Licht ihrer Taschenlampen metallisch glänzten. Von der Decke bis zum Boden versperrten sie den Ausgang des Tunnels, aus dem sie gekommen waren.

»Eine Falltür?«

Chris packte einen der Stäbe. Als er daran rüttelte, waren sein Arm und Körper alles, was sich bewegte. »Eine Falltür.«

»Wir sind gefangen, wir kommen nicht wieder in den Tunnel, der uns nach Hause bringt.« Toni schaute entsetzt von einem zum anderen.

»Ganz ruhig«, sagte Chris mit eindringlicher Stimme, »wir dürfen jetzt nicht den Kopf verlieren.« Dann murmelte er: »Mal überlegen. Irgendwie haben wir den Mechanismus ausgelöst ...« Darauf lauter: »Wir müssen alle dahin zurück, wo wir standen, bevor der Knall kam.«

Er sah sie an, zwei bleiche Gesichter, die im Schein seiner Lampe unnatürlich wirkten.

Eugene nickte zuerst. Er hatte Chris verstanden.

Die Freunde trennten sich und jeder ging zu der Stelle zurück, wo sie vor wenigen Minuten gewesen waren.

»Sucht den Boden ab, vielleicht seid ihr auf etwas getreten.«

Nur das Scharren ihrer Füße war zu hören.

Dann rief Chris: »Du hattest recht! Hier ist etwas! Der Stein hier ...« Er hielt inne.

Diesmal war es kein Knall, sondern ein Grollen.

»Was ist jetzt schon wieder ...«

Noch bevor er Zeit hatte, den Satz zu Ende zu sprechen, schwoll es an. Es kam aus den beiden Tunnels auf sie zu.

Plötzlich war es überall. Der Boden unter ihren Füßen begann zu vibrieren. Zunächst ganz leicht, ein kaum fühlbares Zittern, das ihre Körper erfasste, als würde in der Nähe ein Lastzug vorbeidonnern. Dann wurde es lauter und die Erde unter ihren Füßen bebte so heftig, dass sie Mühe hatten, sich aufrecht zu halten.

Chris begriff. Während er sich zu Boden warf, brüllte er: »Runter, legt euch hin!« Seine Taschenlampe entglitt ihm und rollte zuckend davon.

Zuerst rieselten kleine Steinbrocken herab, dann größere. Tropfsteinsäulen brachen auseinander und fielen um, wie von einer unsichtbaren Faust zertrümmert. Ein Stalaktit, so dick wie sein Arm, segelte einem Pflock gleich von der Decke auf Chris zu. Hätte er nur einen halben Meter weiter rechts gelegen, hätte er ihn getötet. Er kroch zur Taschenlampe, hob sie auf und leuchtete zur Decke. Entsetzen packte ihn. Im Schein der Lampe schälten sich die Spitzen Hunderter Stalaktiten aus der Dunkelheit. Die Höhlendecke war dicht mit ihnen übersät, Waffen mit mörderischen Geschossen. Und die Erde, die ganze Höhle, bebte weiter.

Felsbrocken lösten sich aus den Wänden und dem Gewölbe und krachten mit ohrenbetäubendem Lärm zu Boden, Stalaktiten donnerten herab. Chris hörte Eugene und Toni gleichzeitig brüllen.

Das Chaos war ausgebrochen.

Und es dauerte 40 Sekunden. Die Stille, die folgte, tat ebenso in den Ohren weh wie das Wüten des Bebens.

Chris lag zusammengerollt da, mit dem Gesicht auf dem Boden, die Arme schützend über dem Kopf. Als er sich auf einen Arm stützte, um aufzustehen, schrie er auf. Sein Bein. Vor seinen Augen tanzten Sterne und ihm wurde übel. Er kämpfte gegen die Ohnmacht an, in die ihn der Schmerz reißen wollte. Von weiter drüben drangen scharrende Geräusche zu ihm. Jemand schaltete eine Lampe ein und leuchtete hektisch um sich.

»Alles klar bei euch?«

Die Stimme klang rau und Chris erkannte im ersten Moment nicht, wer da rief.

Im Schein der Lampe tauchte Eugenes Gesicht hinter einem herabgestürzten Felsblock auf. Er kletterte darüber und kam stolpernd zu ihm. Schnell erfasste er dessen Lage und machte sich sofort daran, seine Beine freizulegen. Das linke Bein war unter einem Stalaktit begraben, der sich verkeilt hatte und den Eugene nicht allein anheben konnte. Stöhnend richtete er sich auf.

»Ich hole Toni.« Eugene schaute sich suchend um.

Zu seiner Rechten bewegte sich etwas und Tonis Oberkörper schälte sich aus einem Haufen Schutt und Steine. Hustend richtete er sich auf. Er hielt sich die Seite und stand gekrümmt da.

»Bist du in Ordnung?«

»Weiß nicht, glaube schon. Nur eine Prellung. Was ist mit Chris?«

»Mein Bein ist eingeklemmt«, antwortete dieser an Eugenes Stelle.

Toni bahnte sich einen Weg über Gesteinshaufen zu Chris, bückte sich und begutachtete das begrabene Bein. Seine Miene verriet nichts, doch sein Atem ging schneller.

Chris stöhnte auf.

»Hilf mir, den hochzuheben«, sagte Eugene und deutete auf den quer daliegenden Stalaktit. »Chris, wir befreien dich. Ganz ruhig.«

»Mein Bein tut so weh«, ächzte Chris und vergrub sein Gesicht in die Armbeuge. Er war kurz davor, wie ein kleines Kind zu heulen. »Ich glaube, es ist gebrochen.«

»Halt still!« Toni packte den Stalaktit und gemeinsam mit Eugene gelang es ihm, ihn von Chris' Unterschenkel wegzuheben. Sie halfen Chris, sich umzudrehen und aufzusetzen.

Eugene rollte behutsam das Hosenbein hoch und legte die Wade frei. Chris wagte einen vorsichtigen Blick. Es sah übel aus. Die Wade blutete aus einer handtellergroßen, tiefen Wunde.

»Sieht nicht gut aus.«

»Fühlt sich auch so an«, sagte Chris zerknirscht. Der Schmerz raubte ihm den Atem und in seinen Augen sammelten sich Tränen. »Es tut höllisch weh.«

Toni zog den Pulli aus und dann das T-Shirt, das er darunter trug. Damit tupfte er die Wunde ab. Chris' schmerzgetrübter Verstand registrierte den Bluterguss auf Tonis Brust, doch im selben Moment musste er nach Luft schnappen und mit der nächsten Schmerzwelle kämpfen.

»Tut mir leid, Mann. Aber du solltest die Wunde abbinden.«

»Ignorier mich einfach, okay? Falls ich dich beschimpfe, darfst du mich nicht wörtlich nehmen.«

Toni grinste. »Glaub mir, du wirst es wörtlich meinen, wenn ich dich verarzte.« Er riss das T-Shirt ein, machte daraus einen provisorischen Verband und umwickelte so behutsam wie möglich dem stöhnenden und fluchenden Freund das Bein.

»Danke«, flüsterte Chris mit tränenerstickter Stimme, als es geschafft war. »So geht es einigermaßen«, log er und kämpfte mit der Übelkeit.

Toni setzte sich auf den Boden und tätschelte Chris erschöpft den Arm.

Eugene, der die ganze Zeit über verschwunden gewesen war, kam aus der Dunkelheit zu ihnen zurück. Mit undurchdringlicher Miene ließ er sich neben sie auf den Boden fallen.

»Ich habe mich umgesehen. Sieht so aus, als würden wir hier festsitzen.«

»Kein Witz?« Toni schaute ihn finster an.

»Die Stelle, von der aus der Mechanismus der Falltür betätigt wurde, ist völlig zugeschüttet. Der linke Tunnel ist also dicht. Bleibt der rechte. Da könnten wir rein, aber es sieht nicht so aus, als würde uns dieser Tunnel wieder zurückbringen.« Er erhob sich und klopfte den Schmutz von seiner Jeans.

»Wir müssen versuchen, die Gittertür hochzuheben«, sagte Toni wenig überzeugt.

»Hast du sie dir angesehen? Ich glaube nicht, dass wir die auch nur einen Zentimeter bewegen können.«

Toni funkelte Eugene an. »Hast du einen besseren Plan?«, fauchte er.

»He, Leute ...« Chris, der, benommen vom Schmerz, dem Wortwechsel der beiden gelauscht hatte, kam nicht weiter.

In dem Moment knirschte es unter Eugenes Füßen und mit einem lauten Knacken brach der Boden weg. Eugene verschwand mit einem Entsetzensschrei in die Tiefe.

Toni wankte und brüllte etwas Unverständliches auf Spanisch. Er machte einen Satz zurück. Entgeistert schaute er auf das Loch.

»Eugene!«

»Hier. Ich bin hier«, kam es dumpf aus der Dunkelheit im Boden zurück.

»Bist du verletzt?«

»Nein! Doch, hab mir den Kopf gestoßen, ist aber nicht schlimm. Hilf mir raus.«

Toni knipste seine Taschenlampe an. Er beugte sich vorsichtig über den Rand und leuchtete ins Loch.

Chris sah, wie sein Gesicht zu einer Maske gefror.

»*Madre de Dios!*« Toni keuchte und bekreuzigte sich. Er war kreideweiß, in seinen Augen stand reines Entsetzen.

Chris richtete sich auf und versuchte zu erkennen, was Toni so erschreckte. Von da, wo er saß, konnte er nur den Rand des Lochs sehen.

Da hörte er Eugene schreien. »Ich will hier raus!«

Toni erwachte aus seiner Erstarrung und bückte sich ins Loch, reichte Eugene die Hände und half ihm hinauf. Schnaufend ließen sie sich auf den Boden fallen. Doch Chris erkannte in den Gesichtern seiner Freunde etwas viel Heftigeres als die körperliche Erschöpfung und er vergaß sein Bein für einen Moment. Gespannt robbte er heran und schaute über den Rand ins Loch.

»Grundgütiger!« Schwer atmend setzte er sich zu den anderen am Loch.

»*Oye, madre de Dios*«, wiederholte Toni entgeistert.

Chris saß da, wie vom Blitz getroffen, unfähig seinen Blick aus dem Loch zu lösen. »Skelette, Skelette, Skelette.«

Alex schreckte aus dem Schlaf hoch.

Er setzte sich auf und schaute schlaftrunken in die Dunkelheit. Als die Gegenstände deutlicher wurden und er begriff, dass er in seinem Bett lag, beruhigte sich sein Herzschlag. Er hatte nichts geträumt. Es gab nichts, wovor er Angst haben musste und doch, die Stille hatte ihn geweckt.

Die vertraute Finsternis jenseits der Glaskuppel tröstete ihn allmählich. Er schob eine Hand unter die Wange und schaute mit vor Schlaf schweren Lidern zur Kuppel. Auf der Außenseite hatten sich am Rand Algen niedergelassen.

Die vorletzte Nacht auf Thalassa 3.

Er könnte für die Zeit seiner Abwesenheit das Zimmer Marc zur Verfügung stellen. Das müsste ihn etwas aufmuntern. Vielleicht putzte er die Kuppel dafür.

Ab und zu zog ein Schatten vorbei – ein Raubfisch –, die ruhigen, schwebenden Bewegungen verrieten, dass es keine Strömung gab. Das Meer war still, wie so oft kurz vor der Dämmerung.

Wie gestern Abend, als er mit Marc die Große Grotte verlassen hatte. Sie waren ziellos umhergestreift und hatten schließlich in 30 Metern Tiefe einen guten Platz zum Beobachten gefunden. Dort waren sie dann geblieben, in der Hoffnung, etwas zu sehen, was das merkwürdige Verhalten Marcs hätte erklären können. Alles war aber ruhig geblieben. Keine Strömung, kein ungewöhnliches Verhalten der Fische. Die Anemonen, meistens die besten Stimmungsbarometer hier unten, waren nicht anders als sonst gewesen, mit ihren tausend Armen, die sacht hin und her gewogt sind. Selbst die sonst so zappeligen Makrelen waren in Schwärmen gemächlich an ihnen vorbeigezogen.

Das Wichtigste aber war gewesen, dass Marc im Wasser wieder besser ausgesehen hatte, als ob ihm das Meer einen Teil seiner Kräfte zurückgegeben hätte.

Vielleicht hätte Alex jene ungewöhnliche Stille und Sanftheit der Wasserwelt um sie herum stutzig machen sollen. Vielleicht hätte er die eigenartige Verhaltensweise seines Freundes ernster nehmen müssen. Vielleicht hätte er auf sein eigenes seltsames Befinden achten müssen.

Dann würde das gewaltige Ereignis, das in wenigen Stunden über sie hereinbrechen sollte, ihn vielleicht nicht so überrascht und aus seiner Welt geschleudert haben.

Später, als er Seraphim fragte, wieso es keiner so früh gemerkt hatte außer Marc, sagte Seraphim, dass es an der Kristallverwandlung lag. Wie Alex vermutet hatte, war es Marcs neue Fähigkeit, Dinge, die geschehen würden, lange vorher zu sagen.

Jetzt, in der Stille der frühen Stunde, schien Alex das Gestrige weit weg. Er hätte wetten können, dass Marc gleich aus seinem Zimmer kommen und mit ihm frühstücken würde, ganz der Alte.

Das Wecklicht über dem Bett leuchtete bläulich. Erst kaum sichtbar, dann innerhalb weniger Minuten immer heller, bis es schließlich den Raum in weißes Licht tauchte. Wie Delfine schliefen auch die Wasseramphibien mit einem offenen Auge. Sobald Licht auf die Netzhaut fiel, wurden sie wach.

Alex stand auf, schüttelte die unangenehmen Gefühle ab, die ihn geweckt hatten, und zog sich an. Er kämmte sich die Haare und machte sich auf den Weg zum Speisesaal.

Dort saß schon Marc an ihrem Stammtisch, ganz wie erwartet. Er sah deutlich besser als gestern aus und die Frage erübrigte sich, ob er gut geschlafen hatte. Alex atmete erleichtert auf, eine zentnerschwere Last fiel von ihm.

Beim Frühstück schlug Marc vor, den gestrigen Abend nachzuholen und wieder in die Große Grotte zu gehen. An diesem Abend lief ausnahmsweise erneut ein Film, der zweite Teil des gestrigen. Alex sagte sofort zu, obwohl er den heutigen Abend eigentlich nutzen wollte, um seine Sachen für die Abreise zu richten. Das konnte er danach noch machen.

Der Tag verging ohne Besonderheiten und zurück in seinem Zimmer nutzte er die Zeit, bis er Marc treffen sollte, um gründlich aufzuräumen. Dieser hatte freudestrahlend zugesagt, in sein Zimmer zu ziehen, solange Alex oben war.

Sie trafen sich pünktlich an der Schleuse und machten sich auf den Weg zur Großen Grotte. Als sie in flacheres Gewässer kamen, merkte Alex, dass sich das Wetter geändert hatte. Die Ruhe der Morgendämmerung war einer starken Strömung gewichen, die sie eisig umhüllte.

Einen halben Kilometer kämpften sie mit der Strömung und kamen erst wieder in Fahrt, als sie kurz vor dem Labyrinth der Grotte waren.

Das Duschen und Umziehen ging heute rasch und als sie schließlich in den bequemen Sesseln versanken und ihre Pizza-Bestellung aufgaben, erinnerte nichts mehr an die beklemmende Stimmung vom Vortag.

»Ich bin früher als sonst wach geworden«, sagte Alex, als er auch das letzte Krümelchen Algenpizza, seine Lieblingspizza, vom Teller aufgepickt hatte.

Marc hörte auf zu kauen und schaute ihn ungläubig an.

»Du schläfst doch immer wie ein Toter, als hättest du beide Augen zu«, sagte er mit vollem Mund.

»Du hast letzte Nacht bestimmt besser geschlafen als ich.«

»Was war denn?«, wollte Marc wissen und biss in seine Pizza. Es war die zweite, die er von Alex spendiert bekam.

»Weiß nicht ... ich war einfach wach.«

»Hast du etwas geträumt oder so?«

»Nein, es war nichts. Alles still und friedlich. Ist vielleicht gar nicht so wichtig. Ich wollte es dir nur erzählen. Nachdem du gestern so ...«, Alex hielt inne und überlegte, welches Wort er benutzen konnte, ohne seinen Freund zu kränken. Marc kam ihm zuvor:

»... so abgedreht war, meinst du. Ja, ich verstehe.« Marc ahmte seine Art zu sprechen nach und bemühte sich, ein Grinsen zu unterdrücken.

»Freut mich, dass du dich amüsierst«, sagte Alex trocken. Es freute ihn wirklich, denn Marc hatte seit Tagen nicht mehr gelächelt. »Versprich mir trotzdem, dass du es Seraphim sagst.«

»Versprochen.«

Die Bedienung, eine zierliche kleine Frau mit langen, rotgolden schimmernden Haaren und freundlichem Blick, brachte ihre Limo und stellte sie mit geschmeidigen Bewegungen vor ihnen auf den Tisch.

»Ich wünsche euch viel Spaß«, flötete sie und war schon wieder weg.

Sie nahmen ihre Gläser und schlenderten hinüber zum Sportraum, wo die Vorbereitungen für den Film liefen. Marc deutete auf zwei freie Plätze in einer der hinteren Reihen. Bequem in die Sitze versunken schlürften sie genüsslich ihre Limo und unterhielten sich über Alex' Abreise. Im Hintergrund lief leise Klaviermusik.

»Ich werde das hier vermissen«, sagte Alex sentimental.

Marc sah ihn belustigt an. »Warte es ab, oben wirst du genug Neues finden, was dich deine Heimat vergessen lassen wird.« Er setzte eine finstere Miene auf und fügte drohend hinzu: »Wehe, du vergisst deine Freunde.«

Alex lachte. »Wie könnte ich!«

Die letzten Musikakkorde verklangen, die Stimmen verebbten und im Raum wurde es dunkel. Mit einem Surren rollte die Leinwand von der Decke herab. Die ersten Bilder flimmerten auf. Eine Zusammenfassung des ersten Teils.

»Ich fühl mich eigenartig, Marc.« Alex riss Marc aus seiner Betrachtung.

»Was ist?«, flüsterte Marc zurück. Er wendete seinen Blick nicht von der Leinwand ab.

»Wenn ich's wüsste – ich ... es ist so ... still.«
»Und?«
»Meine Sinne sind schärfer als sonst. Es ist, als ob die Farben auf der Leinwand heute viel intensiver sind und es ist lauter ... und ich rieche etwas Eigenartiges.« Alex hielt inne und schaute sich im Raum um. Auf den Gesichtern der anderen flimmerten die Reflexe der Leinwandlichter und erweckten sie zu eigenem Leben. Jenseits der bunten Lichterspiele erkannte er darin auch etwas anderes. Eine kaum wahrnehmbare Anspannung, die, da war er sich sicher, nicht vom Film kam. Eine wachsame Starre hatte alle erfasst.

Marcs Gesichtsausdruck nach zu urteilen, sah dieser es ebenfalls. »Was denkst du?«, flüsterte er.

»Ich denke, es ist etwas in Gange«, flüsterte Alex zurück. Er sah sich erneut um. »Ich bin sicher, dass etwas geschehen wird.« Alex rutschte auf seinem Sessel hin und her, versuchte vergeblich, sich auf den Film zu konzentrieren. Die Anspannung stieg von Minute zu Minute, bis er schließlich, im selben Augenblick wie Marc, aus seinem Stuhl hochschnellte.

Sie sahen sich an, dann waren sie auch schon am Ausgang. Andere waren auch aufgesprungen und in Richtung Ausgang geeilt.

Der Raum hinter ihnen füllte sich mit Unruhe. Einer stillen Unruhe, gespenstisch. Niemand sprach, außer dem hektischen Rücken der Stühle und den Geräuschen des Films war nichts zu hören. Als würde sich jeder auf seine eigene laute innere Stimme konzentrieren.

Alex riss das große Perlmuttor auf und noch im Laufen streifte er den Pulli ab. Er erreichte sein offenes Fach und zog sich vollständig aus. Mit schnellen Bewegungen schlüpfte er in seinen Schwimmanzug, verstaute Hose und Pulli in den wasserdichten Beutel und schnallte ihn sich um.

Marc stand schon umgezogen da. Seine Anspannung war nicht zu übersehen. Sie wechselten keine Worte, beide verschwanden durch die Schleuse ins dunkle Wasser.

All das war in wenigen Minuten geschehen. Kaum, dass sie die Grotte verlassen hatten und in Richtung Thalassa 3 schwammen, fing es an.

Zunächst ein Grollen. Wie das Turbinengeräusch eines sich nähernden Tankers. Alex wusste sofort, dass es kein Schiff war.

Das Grollen schwoll an.

Sie blieben nahe beieinander und blickten sich suchend um. Nur ihre Füße machten leise Schwimmbewegungen. Andere, die aus der Grotte geflüchtet waren, schwammen hastig Richtung Thalassa 3. Alex fiel auf, dass kaum ein Fisch im Wasser war.

Das Grollen erreichte sie und gleichzeitig das Vibrieren des Wassers.

Alex riss die Augen weit auf, als könne er so die Dunkelheit bis weit nach draußen durchdringen.

Marcs Lippen formten Worte, Luftblasen lösten sich und perlten nach oben. Alex schüttelte als Antwort den Kopf. Er konnte nichts sehen.

Alex' Lippen sagten: »Wir müssen weg von hier. Nach oben schwimmen.«

Marc nickte zustimmend.

Sie kannten die Regel. Die Oberfläche war tabu. Die Schüler durften nie ohne Erlaubnis nach oben. Es gab aber ein paar Ausnahmen von dieser Regel. Eine davon war, dass man bei Gefahr zur Oberfläche schwimmen durfte, wenn man sicher war, dass Menschen nicht in der Nähe waren. Die Ausnahme der Ausnahme war, dass man auch dann zur Oberfläche schwimmen durfte, wenn Menschen in der Nähe waren und man riskierte, gesehen zu werden. Allerdings nur, wenn Lebensgefahr bestand.

Alex war sich sicher, dass sie diesmal die Regel brechen durften. Das Grollen war verstummt und eine schier unerträgliche Stille hüllte sie ein, beinahe so bedrohlich wie das Donnern vorhin. Keine Woge, kein Hauch von einer Strömung. Und kein einziger Fisch weit und breit. Allein die Wassertemperatur veränderte sich, je höher sie kamen und ein eigenartig intensiver Geschmack lag im Wasser.

Und plötzlich war die Druckwelle da.

Er spürte sie, noch bevor sie ihn erreichte. Wie einen Schlag gegen die Brust. Er wollte Marc festhalten, doch seine Kraft reichte nicht. Der gewaltige Sog erfasste seinen Freund und riss ihn wie eine riesige Faust mit. Alex sah, wie Marc in die Dunkelheit weggezogen wurde.

Es wurde ihm schwarz vor Augen. Er wusste nicht mehr, wo unten und oben war, ruderte kräftig mit seinen Armen und Beinen und versuchte, sich vom unbarmherzigen Sog loszureißen. Doch gegen die entfesselte Gewalt des Meeres kam er kaum an.

Das Grollen war wieder da, ohrenbetäubend. Er schmeckte den bitteren Geschmack des aufgewirbelten Wassers und roch die giftigen Gase, die aus der Tiefe hochstiegen. In diesem Moment begriff Alex. Er war mitten in einem Unterwasserbeben. Das Meer hatte sich getrübt, Methangas stieg hoch und machte es zunehmend schwerer, zu atmen.

Ihm wurde übel und schwindelig. Wenn er jetzt ohnmächtig wurde, war er verloren. Mit übermenschlicher Anstrengung schaffte er es an den Rand des Wassersogs zu schwimmen, daraus auszubrechen. Er schwamm Richtung Küste, was das Zeug hielt. Es war nicht die beste Lösung, an Land zu gehen, jedoch im Augenblick die einzige, wenn er nicht ersticken wollte.

Er hielt inne und suchte im aufgewühlten Wasser nach Marc. Außer zerfetzten Pflanzen und Fischen sah er nichts. Der nächste Atemzug löste einen Hustenanfall aus und ihm wurde erneut schwindlig. Verzweifelt versuchte er, an die Oberfläche zu gelangen. Er atmete noch einmal ein, doch da war nur noch giftiges Gas. Er verlor das Bewusstsein.

13.
Ein seltsamer Ausgang

Als letzte ging Chris' Taschenlampe aus. Sie flackerte ein paar Mal, erlosch dann ganz und überließ die drei der Finsternis.

Die Erschöpfung und der Schock nach dem grausigen Fund versetzte Chris in einen schweigsamen Dämmerzustand. Sein letztes bisschen Zuversicht war erloschen. Er kauerte auf einem improvisierten Lager, sein Bein lag auf zwei Stützen aus Steinen, um die verletzte Wade zu schützen. Toni und Eugene hielten sich dicht bei ihm, ab und zu seufzten sie oder veränderten ihre Liegeposition.

Seine Kleider waren feucht geworden und klebten am Körper. Ihr Proviant, zwei Tüten Knabbereien, war fast aufgegessen, die Wasserflaschen so gut wie leer. Einen Teil hatten sie aufgehoben, denn, nüchtern betrachtet, war es durchaus möglich, dass sie hier unten noch eine ganze Weile sein würden. Wenn Chris ehrlich war, hatte er keine Ahnung, wie sie überhaupt je wieder herauskommen sollten.

Aber sie durften keine Panik aufkommen lassen. Chris verdrängte die Gedanken an ihre ausweglose Lage. Allmählich verwandelte sich der brennende Schmerz in seinem Bein in einen pochenden und stechenden, ein Zeichen, dass sich die Wunde entzündete. Bei der Feuchtigkeit in der Höhle kein Wunder.

Eugene brach als Erster das bleischwere Schweigen. Als könnte er durch seine Worte das Gewicht der Dunkelheit vertreiben, sprach er sehr langsam:

»Tatsache ist, dass wir hier Hunderte Meter unter dem Meer, ohne Licht und bald auch ohne Wasser, mit den Knochen von zwei Menschen festsitzen. Habe ich was vergessen?« In seiner Stimme schwang Verzweiflung mit.

»Ja, mein kaputtes Bein. Ich schätze, wenn es nicht bald verarztet wird, werdet ihr hier mit drei Leichen sitzen.« Chris stöhnte und sackte zurück, als er versuchte, seine Liegeposition zu verändern.

»Hör damit auf«, sagte Toni und tastete in der Dunkelheit nach Chris' Schulter.

Als er sie gefunden hatte, drückte er sie aufmunternd. »Niemand wird draufgehen. Nur nicht überschnappen. Es wäre das Dümmste, was wir tun könnten. Wisst ihr es nicht? Im Film sterben sie meistens nur, wenn einer in Panik gerät.« Tonis Stimme klang gelassen, doch es war offensichtlich, dass es ihm Mühe bereitete, Ruhe zu bewahren. Er hustete und ließ Chris' Schulter wieder los. Als sich der Husten gelegt hatte, sagte er:

»Wir sollten überlegen. Unsere Möglichkeiten durchgehen.«

Eugene machte keine Anstalten, seinen Frust zu verbergen. »Nun, wir haben keine. Wenn jemandem etwas Geniales eingefallen wäre, hätte er es sicher nicht für sich behalten, oder?«

»Wir waren dumm und leichtsinnig. Wir hätten uns besser rüsten müssen, bevor wir hier runtergekommen sind. Handy, Proviant, Batterien ...« Toni hustete.

»Hätten, hätten«, unterbrach ihn Chris. »Es nützt nichts, darüber zu streiten, was wir *hätten* tun müssen.«

»Schon gut«, sagte Toni erschöpft.

»Übrigens, ich habe mein Handy dabei«, brummte Eugene, »hier unten gibt es keinen Empfang, ich habe es probiert.«

»Na toll«, sagte Chris.

Dann senkte sich erneut Stille über die drei.

»Was haltet ihr eigentlich von den beiden Skeletten?«, fragte Toni nach einer Weile.

»Es ist ein Grab. Durch das Beben haben sich Platten gelockert und es ist eingestürzt.«

»Sehe ich auch so«, sagte Eugene. »Wer die beiden wohl waren? Der Kleidung nach zu urteilen, eine Frau und ein Mann.«

»Ist euch nichts aufgefallen?« Chris hatte es ganz vergessen, doch jetzt erinnerte er sich an etwas, was er nicht deuten konnte. Es ergab keinen Sinn.

»Du meinst, etwas noch Eigenartigeres als zwei skelettierte Leichen in einem Loch 200 Meter unter dem Meer?«

Toni ignorierte die sarkastische Bemerkung Eugenes. Seine Stimme klang besorgt.

»Was meinst du, Chris?«

»Die Zähne des einen Skeletts.«

»Und?« Eugene änderte seine Lage, Steine knirschten und seine Stimme kam von weiter oben, als hätte er sich auf einen Fels gesetzt.

»Ja, und?«, echote Toni. Wieder musste er husten. Ein eigenartiges Rasseln folgte, so als würde etwas Flüssiges der Luft im Weg stehen. Chris lauschte besorgt, er vergaß eine Weile, zu antworten. Es klang nicht gut.

»Chris? Was willst du uns sagen?« Eugene ließ nicht locker.

»Ich habe die Zähne nur für den Bruchteil einer Sekunde gesehen, vielleicht habe ich es mir eingebildet.«

»Was denn?« Jetzt klang Eugenes Stimme gereizt.

»Sie waren spitz.«

»Spitz?«

»Wie meinst du das?«

»Sie sahen aus wie ...« Chris zögerte, es war lächerlich, »Eckzähne«, sagte er schließlich in die gespannte Stille hinein.

»Vielleicht kommt das daher, dass jeder Mensch welche hat«, sagte Toni spöttisch.

»Idiot.« Chris verfiel in beleidigtes Schweigen.

»Autsch. Was soll das? Wieso trittst du mich?«

Das war Toni.

Eugene schnaubte, statt einer Antwort. »Ich denke, Chris meint etwas anderes.« Es war eine Aufforderung an Chris, weiterzusprechen.

»Ich weiß, dass jeder Mensch Eckzähne hat. Aber soweit mir bekannt ist, zwei oben und zwei unten.« Chris sagte es ohne jeden Spott. »Was ich sah, waren *nur* Eckzähne. Wie ein Haigebiss.«

Chris konnte förmlich die sich überstürzenden Gedanken der beiden hören.

»Du behauptest also, dass die beiden da unten im Loch lauter spitze Zähne haben?«

»Ich habe es nur bei dem einen gesehen.«

»Wenn es so wäre, und ich sage nicht, dass ich das glaube, denn so etwas Verrücktes hätte mir auffallen müssen, aber wenn es so wäre, was bedeutet das dann?«

»Das weiß ich nicht, Eugene. Und unter uns gesagt, ich bezweifle, dass es dir aufgefallen wäre. Du warst viel zu beschäftigt, aus dem Haufen Gebeine freizukommen.«

Toni kicherte und kassierte damit einen weiteren Tritt von Eugene. »Aua, he, lass das!«

»Oh, Mann. Wir haben nicht nur zwei Skelette am Hals und, falls wir jemals hier rauskommen, Probleme, diese zu erklären. Nein, wir haben auch noch mutierte Zähne. Einfach großartig.«

»Willst du allen Ernstes die beiden Knochenhaufen melden?«, fragte Toni ungläubig.

»Was würdest du machen?«

»Erst mal einen Weg finden, um wieder ans Tageslicht zu kommen. Dann überlegen, wie es mit den Zweien da unten weitergeht.«

»Was, wenn es noch mehr davon gibt?«, fragte Toni. »Vielleicht ist die Höhle ein Grab aus dem Mittelalter, in dem alle Mutierten verbuddelt wurden. Waren die Leute damals nicht abergläubisch?«

Eugene schnalzte mit der Zunge. »Etwas sagt mir, dass es die einzigen sind«, erwiderte er nachdenklich.

Chris schwieg. Er hatte das Interesse an ihrem Gespräch verloren, die erste Fieberwelle schüttelte ihn. Mühsam versuchte er, das Klappern seiner Zähne zu unterdrücken.

»Haltet mich für übergeschnappt, aber mir kommt das alles bekannt vor«, sagte Eugene nach längerem Schweigen.

»Was kommt dir bekannt vor?«

»Die Sache mit der Tropfsteinhöhle und den Skeletten.«

»Du hast zu viele Gruselfilme gesehen«, sagte Toni trocken. Der Fußtritt blieb diesmal offensichtlich aus.

Dafür schrie Eugene plötzlich auf: »Das ist es!«

Chris zuckte zusammen und stöhnte, als eine brennende Schmerzwelle seinen gesamten Körper erfasste. »Herrgott, du hast mich erschreckt. Tu das nie wieder!«

Eugene achtete nicht auf ihn. »Keine Gruselfilme, Jungs, Gruselstorys!«

»Was?«

»Na, unser Lederbuch über diese Menschenamphibien. Die Geschichten, die wir gelesen haben.«

»Stimmt!«, rief Toni seinerseits und musste einen erneuten Hustenanfall über sich ergehen lassen.

»Eine Geschichte handelt von der Liebe zwischen einem Wasseramphibion und einem Landamphibion. An sich ein Ding der Unmöglichkeit, denn die beiden sollen Todfeinde gewesen sein.

Doch es gab eine solche Verbindung und sie ging, wie so oft bei verbotenen Beziehungen, nicht gut aus. Die beiden Liebenden, die angesehen und von gewissem Rang in ihren Welten waren, versteckten sich östlich von Malaga an der Küste, heißt es. Das klingt doch ganz nach unserer Ecke hier.«

Chris erinnerte sich an die Geschichte. Man hatte nie herausgefunden, wie sie gestorben waren. Sie blieben verschwunden und niemand sah sie je wieder. Alle nahmen an, dass sie umgebracht worden waren. Es hieß, ein Mensch soll auch darin verwickelt gewesen sein.

Chris fielen weitere Details ein.

Die Frau, eine Landamphibienfrau, war mit einem Menschen verheiratet. Eines Tages hatte sie einen Unfall auf See gehabt und ein Wasseramphibion rettete sie. Sie verliebten sich und die Frau verließ ihren Mann. Sie mussten sich aber verstecken, denn sie wurden sowohl von den Landamphibien, als auch von den Wasseramphibien gejagt.

Chris schüttelte den Kopf. Er griff sich an die Stirn, sie brannte.

»Es ist nur eine Geschichte. Wir wären bescheuert, daran zu glauben. Eine fantastische Story aus einem alten Buch kann die beiden Skelette nicht erklären.«

Er war zu erschöpft, um das zu Ende zu denken. Der pochende Schmerz im Bein quälte ihn und Fieberwellen schüttelten seinen Körper. Es fühlte sich an, als hätte jemand in jeder Pore Sensoren angebracht. Er reagierte auf die kleinste Bewegung mit Gänsehaut, selbst von den Atembewegungen bekam er eine. Hitze und Kälte wechselten sich ab, allmählich verlor er das Zeitgefühl und tauchte in eine bleierne Benommenheit.

Wie aus weiter Ferne hörte er Eugene murmeln, dass sie etwas Schlaf bekommen und über den noch zugänglichen Tunnel einen Ausweg finden sollten.

Toni und Eugene schliefen schnell ein und Chris lauschte ihren regelmäßigen Atemzügen, in der Hoffnung, auch einschlafen zu können.

Wie lange waren die beiden grün phosphoreszierenden Lichtpunkte schon dort hinten zu sehen? Mit schweren Lidern blinzelte er, wie um einen Fremdkörper von der Netzhaut wegzuwischen. Die Lichter blieben und kamen näher.

Im selben Moment, als die Erde erneut zu beben begann, verlor Chris das Bewusstsein.

Als Alex wieder zu sich kam, trieb er nur wenige Meter unter der Wasseroberfläche. Ein rötlicher Lichtschimmer erhellte die Welt um ihn. Wenn das der Sonnenaufgang war, war er Stunden bewusstlos gewesen.

Er schaute sich um. Das Wasser war aufgeklart. Doch so weit das Auge reichte, trieben tote Fische, Algenbüschel und andere Pflanzen- oder Tierfetzen im Wasser, als ob sie noch einen Platz zum Sterben suchten.

Die See schmeckte nach Tod. Er spürte den Überlebenskampf überall um sich im Wasser, in jedem Wassermolekül gespeichert wie in einem Andenkenalbum.

Alex erschauderte. Vorsichtig bewegte er sich voran, darauf bedacht, den toten Fischen auszuweichen. Er hatte jegliche Orientierung verloren, erkannte aber, dass er dem Festland näher gekommen war, denn unter ihm lag der Meeresboden in höchstens 30 Metern Tiefe.

Er war erschöpft. Die Wasserwüste berührte seine Haut wie eine eklige Brühe. Am schlimmsten war es, zu atmen. Die giftigen Methangase hatten sich zwar verflüchtigt, aber das Wasser trug einen viel schlimmeren Geruch. Angewidert ließ er sich treiben und versuchte, den Brechreiz im Zaum zu halten.

Zuerst war es eine Andeutung, fast unwirklich. Je weiter Richtung Küste er trieb, desto stärker wurde es. Mit dem nächsten Atemzug traf es ihn mit voller Wucht, wie ein Hieb in die Magengrube.

Das Blut eines Menschen. Zu wenig, um es zu sehen, schmeckte und roch er es dennoch überdeutlich, als würde er in Blut baden. Ein Schauer lief durch seinen Körper. Er zappelte wie ein Fisch im Netz. Seine Zähne pochten und voller Abscheu spürte er, wie Gift in die Eckzähne schoss. *Nein!*

Wieder und wieder schmeckte er das Menschenblut, roch es und ließ sich in einen Rausch fallen, der seine Sinne trübte. Süß, zart, unglaublich köstlich, so wie er es immer gehört hatte; so anders, als das Blut der Meereslebewesen. Verlangen und Gier brannten in seinen Eingeweiden und trieben ihn an.

Ich. Will!
Das Verlangen, sofort zu töten.

Er bäumte sich auf und ein Knurren entwich seiner Brust. Das Geräusch klang unter Wasser fremd und animalisch und das verwirrte ihn. Genug, um aus dem blinden Blutrausch zu erwachen. Unwillkürlich biss er sich in den Unterarm. Der Schmerz und das eigene Gift holten ihn aus seinem Rausch. Scham überwältigte ihn. Das war er nicht, woher kam auf einmal dieses übermächtige Verlangen?

Seit Hunderten von Jahren hatte seine Art das Töten von Menschen verboten. Früher, da war es nichts Ungewöhnliches gewesen, Menschen zu jagen. Es hatte Generationen gedauert, um die Triebe, die das Blut eines Menschen auslösten, zu unterdrücken. Dass sie nicht gänzlich verschwunden waren, lernte Alex gerade mit voller Wucht.

Ein kleiner Hauch von Blut und der Instinkt übernahm die Macht. Und dann war es zu spät. Für beide. Denn kein Lebewesen würde davonkommen, wenn ein Menschenamphibion im Blutrausch war. Aber wer zu töten begonnen hatte, würde sein Leben lang töten müssen. »Du vergisst nie wieder die Verlockung des frischen Menschenbluts«, hatte Seraphim einst gesagt.

Alex schüttelte sich. Manche Naturgesetze waren einfach schrecklich. Wieso waren sie so blutrünstig und unbeherrscht? Er konzentrierte sich aufs Schwimmen. Er musste hier weg. Allmählich beruhigte er sich. Noch wenige Schwimmzüge und er würde das Ufer erreichen. Doch er war nicht mehr allein.

Ein dunkler Schemen näherte sich. Alex erkannte, dass es ein Artgenosse war. Es war noch jemand hier, mit dem er sich zusammentun, mit dem er an Land gehen konnte!

Erleichtert schwamm er auf den anderen zu, doch Entsetzen packte ihn, als er dessen Gesicht sah. Der blutrünstige Ausdruck seiner verengten Augen, die einen silbrigen Perlmuttglanz angenommen hatten und deren Pupillen nur noch Schlitze waren, der halb geöffnete Mund und der nach vorn geschobene Unterkiefer, die Anspannung im ganzen Körper: alles Zeichen, dass er im Blutrausch war.

Verflixt, das hatte noch gefehlt. Hatte der Fremde die Quelle des Bluts geortet und wollte mehr? Er hatte keine Lust auf einen

Kampf mit einem Artgenossen, dachte er grimmig und schwamm ihm in den Weg. Wie ein lästiges Hindernis wich ihm dieser aus und setzte seinen Weg fort. Er hatte ein Ziel.

Und dann ging alles sehr schnell.

In einem Augenaufschlag nahm Alex wahr, dass in mehreren Metern Entfernung eine Gestalt an der Oberfläche trieb und sie das Ziel des anderen war. Ohne lange zu überlegen, schnellte er vor und packte die Füße des Fremden. Der Junge zappelte und wand sich in Alex' Klammergriff und ließ einen Moment von seiner Beute ab.

Alex lockerte seinen Griff keine Sekunde. Er handelte instinktiv. Das gab ihm Kraft und lenkte ihn von seiner eigenen Gier ab. Der Anblick des anderen war wie eine Ohrfeige, die ihn wachrüttelte, ein Spiegel, in dem er voller Entsetzen sich selbst erkannte. Vor wenigen Minuten hätte er dieser Fremde sein können.

Der Kampf, der folgte, war kurz. Alex war ihm kräftemäßig überlegen und das verstand der andere schnell. Wütend zog er ab und verschwand in den Tiefen des Meeres. Er wird mir irgendwann danken, wenn er seine Sinne wieder beisammen hatte, dachte Alex.

Als er sicher war, dass der andere nicht zurück kam, schwamm er auf die Gestalt zu, die leblos an der Oberfläche trieb. Hier war der Blutgeruch noch intensiver und er hatte Mühe, das Verlangen, das wieder aufbrandete, in den Griff zu kriegen.

Er hielt unter der Gestalt inne, griff nach dem Handgelenk und suchte den Puls. Tot war der Mensch nicht. Aber lange würde er es nicht mehr machen, zumal er weiter blutete.

Alex erinnerte sich ans erste Auftauchen mit seinem Mentor. Was war das kleinere Übel? Das Wasser voller Blut oder die Luft oben? Beide waren schlimm, keine Frage. Doch ein Leben hing davon ab. Die Entscheidung fiel Alex nicht schwer. Er packte den Körper und tauchte auf.

Es war ein Déjà vu.

Der erste Atemzug fühlte sich wie eine stechend scharfe Welle an. Übelkeit stieg in ihm hoch und er würgte. Die Luft auf den Schleimhäuten war wie Säure, seine Nasenlöcher und Augen brannten und ein heftiger Schmerz wanderte von der Nase bis in seine Lungenspitzen.

Benommen ließ er den Körper los, drehte sich auf den Rücken und ließ sich vom Wasser tragen. Allmählich ließen der Schmerz und das Brennen nach. Er traute sich, weiter zu atmen. Behutsam öffnete er die Augen und blinzelte.

Langes, dunkles Haar verhüllte das Gesicht der Gestalt wie ein schweres Tuch. Er strich es zur Seite und blickte erstaunt auf ein Mädchen, kaum jünger als er selbst.

Mit wenigen kräftigen Schwimmbewegungen erreichte er das Ufer, das Mädchen mit sich tragend, darauf bedacht, den Kopf über Wasser zu halten. Er hob es aus dem Wasser und sah sich suchend um. Zu seiner Linken entdeckte er einen Holzsteg. Dort legte Alex die leblose Gestalt ab.

Das schmale Gesicht des Mädchens war unnatürlich bleich. Es hatte die Augen geschlossen und fast schien es, als würde es schlafen. Doch die große Wunde an der Schläfe belehrte ihn eines Besseren. Sie blutete heftig. Ein Wunder, dass sie überhaupt noch lebte.

Er hastete zurück ins Wasser. Geschickt wie ein Delfin machte er zwei große Sprünge aufs offene Meer zu, bevor er ganz verschwand. Er tauchte zum Meeresgrund und hielt Ausschau nach einer bestimmten Algenart. Schnell fand er, was er suchte. Nicht zu übersehen leuchtete ihm der rote Meerampfer entgegen. In aller Hast rupfte er von einem Fels ein Büschel, stopfte es sich in den Mund und kaute kräftig darauf, während er den Weg zurück ans Ufer antrat. Sein Speichel und die Rotalgen würden die Wunde verschließen.

Zurück beim Mädchen presste er den Algenbausch an die blutende Wunde. Als er ihn nach einer Weile anhob, stellte er erleichtert fest, dass die Wunde nur noch leicht, fast unmerklich blutete. Das Pochen in seinen Zähnen ignorierte er.

Das schmale Handgelenk war kalt, doch er spürte einen zarten Pulsschlag unter seinen Fingerkuppen.

Er betrachtete die Fremde nachdenklich. Ihre Lippen waren blau angelaufen und ihre Haut schimmerte fast durchscheinend wie die eines Tiefseefischs. Sie war unterkühlt, was für einen Menschen keine geringe Gefahr war. Das dunkle T-Shirt und die Dreiviertelhose, die sie trug, machten das Ganze nicht besser.

Alex überlegte, wie er es angehen sollte. Es war nicht der Moment, sich von Berührungsängsten leiten zu lassen. Oder von

Anstandsregeln. Er zog der Fremden die nassen Sachen einfach aus. Seinen wasserdichten Beutel trug er noch umgeschnallt, daraus nahm er seinen Pulli und die knielange Hose.

Mit flinken Bewegungen streifte er ihr die Kleider über. Sie waren zu groß, dafür aber trocken. Dann setzte er sich auf den Holzsteg und begann, ihre Füße und Waden kräftig zu reiben.

Während der ganzen Zeit redete er immer wieder mit leiser, ruhiger Stimme auf sie ein. Langsam wurden ihre Füße wärmer und das Leben kehrte in ihren Körper zurück. Ihr Puls ging jetzt kräftiger. Ihre Brust hob und senkte sich regelmäßig. Es beruhigte ihn, dieser Bewegung zu folgen, es war ein gutes Zeichen. Sie war über den Berg.

Lange betrachtete er ihr Gesicht. Obwohl sie mitgenommen aussah, konnte er in ihren Zügen etwas Apartes, Reizendes sehen, das ihn merkwürdig berührte. Die meisten Amphibienmädchen waren zwar auch schlank und feingliedrig, doch sie hatten alle kraftvolle Körper. Dieses Menschenmädchen dagegen ... er hatte noch nie ein so zerbrechliches Wesen gesehen. Das feine Gesicht mit den hohen Wangenknochen, die schmale Nase, die in sanftem Gegensatz zu ihren vollen Lippen stand. Sie sah aus, als könnte er sie mit einer Berührung töten. In einem Anflug von Rührung hob er seine Hand, um ihre Wange zu berühren, doch er ließ den Arm wieder sinken.

Plötzlich wurde ihm bewusst, dass er zum ersten Mal Land unter den Füßen hatte, dass er richtig »oben« war. Im Morgenlicht schimmerte die Landschaft bläulich-kühl, nur am östlichen Horizont schob sich die aufgehende Sonne über das Meer. Alex legte den Kopf in den Nacken. Da war er wieder, der Himmel!

Das vollkommene Himmelszelt trug allein die angebrochene Scheibe des Mondes, keine Spur des nächtlichen Gewitters weit und breit. Das Blau des Morgens erinnerte ihn an das Licht der Dämmerzone in seiner Wasserwelt, wenn die Strahlen der Sonne sie erhellten.

Er betrachtete fasziniert die Sonne, die schnell aufstieg und binnen weniger Minuten dem Himmel eine andere Farbe gab. Als sich der Feuerball ganz über das Meer geschoben hatte, leuchtete er so intensiv, dass er die Augen schließen musste. Hinter den geschlossenen Lidern pulsierte der Sonnenball als schwarzer Kreis weiter.

Alex atmete tief ein und nahm den Geruch der Landschaft wahr. Ein fremder Geruch, den er sofort mochte. Vielleicht kam er von den kleinen, unscheinbaren Blumen, die im Hang wuchsen. Oder vom Feld weiter hinten, das mit den meterlangen Pflanzen aussah wie eine wogende Seetangwiese. Und da war eine vertraute Note, die sich kaum wahrnehmbar mit den anderen Düften vermischte. Der Geruch von Salz, feuchtem Stein und Muscheln.

Eine Bewegung riss ihn schlagartig aus seinen Betrachtungen. Das Mädchen drehte den Kopf mit einem rauen Seufzer zur Seite und verzog unter Schmerzen den Mund.

Er richtete sich auf, beobachtete es angespannt. Menschen waren unberechenbar und er war auf der Hut. Wachsam verfolgte er jede ihrer Regungen. Sie hatte die Augen immer noch geschlossen, aber unter den Lidern begann es zu flackern.

Es war Zeit für ihn, sich zu verstecken. Mit flinken, weit ausholenden Schritten rannte er auf die Klippe zu, die sich zu seiner Linken aus dem Meer erhob, und verschwand hinter den mannshohen Felsen. Mit dem Rücken an der kühlen Felswand sah er lange in die Ferne. Ob die Fremde inzwischen zu sich gekommen war?

Er wagte einen Blick hinter die Felsnase. Sie war tatsächlich dabei, aufzustehen. Vorsichtig, als müsse sie erst sichergehen, dass sie nicht gleich wieder umkippte, erhob sie sich. Mit einem verwirrten Gesichtsausdruck griff sie sich an den Kopf und ihr Gesicht verzog sich zu einer schmerzvollen Grimasse. Ihr Stöhnen ließ ihn zusammenfahren. Sie hatte das Büschel Algen auf ihrer Stirn bemerkt und entfernte es behutsam. Verdutzt schaute sie es an, strich sich über die Wunde und zuckte abermals zusammen.

Die Kleider, dachte Alex, noch etwas, worüber sie sich gleich wundern wird. Und als hätte sie seine Gedanken gehört, hielt sie den Saum des Pullis von sich weg. Die Verwunderung stand ihr deutlich ins Gesicht geschrieben und es sah ulkig aus. Seine Hose rutsche ihr über die Hüften und glitt zu Boden. Sie ließ sie liegen und begnügte sich mit dem Pulli, der fast als Kleid hätte durchgehen können. Sie sah verloren darin aus. Am liebsten wäre er zu ihr gegangen und hätte sie tröstend in die Arme genommen.

Jetzt schaute sie sich um, als müsste sie prüfen, wo sie sich befand. Alex zog schnell den Kopf ein. Eine Weile verharrte er so und achtete auf jedes noch so kleine Geräusch. Eine Windbö trug ihren Geruch zu ihm und er bekam eine Gänsehaut. Ein Mensch roch auf diese Entfernung nichts mehr, doch für seine feinen Sinne war es, als stünde sie neben ihm. Sie roch immer noch nach Blut, doch ein anderer Duft überdeckte den Blutgeruch und Alex sog ihn gierig ein. Ihm fiel nichts ein, was ihm ähnelte, womit er ihn hätte vergleichen können. Vielleicht ein wenig so wie der Duft der Blumen vorhin.

Als er erneut einen Blick aus seinem Versteck wagte, war sie dabei, auf noch wackeligen Beinen über den Holzsteg Richtung Anhöhe zu einem Anwesen zu laufen. Alex hatte das einsame, große Gebäude, das wie zum Schutz in die steile Klippe eingebettet war, schon vorher bemerkt. Oben, auf der Kuppel der Klippe, entdeckte er einen Leuchtturm.

Das Mädchen lief zum Haus und kurze Zeit später war es im Hof verschwunden. Dumpfes Hundegebell hallte über den Strand, ein Geräusch, das er aus Filmen kannte. Bald verklang es und die Stille des Morgens hatte die Landschaft wieder, als wäre nie etwas geschehen.

Das Meer war nach dem Beben ruhig geworden, nur ab und zu spielten kleine Wellen auf der Oberfläche. Allein die nasse Erde, die sich bis weit ins Land erstreckte, und die toten Fische erinnerten daran, dass etwas Ungewöhnliches geschehen war.

Marc fiel ihm ein. Er musste ihn suchen! Alex drehte sich um und kletterte über Felsen zum Wasser hinunter. Die Sonne tauchte die Landschaft in ihr warmes Licht und er blieb stehen, knöcheltief im Wasser, um noch einmal den Anblick dieser Landschaft und dem fast schon vertrauten Duft in sich aufzunehmen. Die wohlige Wärme der Sonne auf seinem Gesicht, die friedliche Stimmung der Morgenstunde, er vergaß für einen Augenblick, dass ein Beben ihn gezwungen hatte, an Land zu gehen.

Doch Alex verharrte noch aus einem anderen Grund. Er spürte wieder jene angespannte Stille, die zweihundertprozentige Wachsamkeit aller Sinne. Was konnte denn jetzt noch kommen? War es noch nicht vorbei?

Und dann handelte er, ohne zu überlegen.

Mit einem Satz war er wieder auf den Felsen, sein Kopf fuhr herum und er rannte los. Keine Sekunde zu früh erreichte er den offenen Strand. Die Erde begann, ohrenbetäubend zu grollen und ein heftiger Ruck zog ihm den Boden unter den Füßen weg. Er landete auf allen vieren im Kies und sah mit Entsetzen, wie Felsbrocken herabstürzten, wo er noch wenige Augenblicke zuvor gestanden hatte. Sein Blick fiel aufs Meer. Vielmehr dorthin, wo bis eben noch das Meer gewesen war. Bis weit hinaus erstreckte sich nur noch nasser Felsen. Das Wasser zog sich zurück, wie bei einer Ebbe im Zeitraffer.

Und es kam wieder.

Wie versteinert starrte er auf die Welle, die wuchs und wuchs und direkt auf ihn zurollte. Ihr Kamm war kurz vor dem Brechen. Im nächsten Moment erreichte ihn die Zehn-Meter-Wand aus Wasser und warf ihn in den Kies. Sein Kopf schlug hart auf. Das Gewicht des Wassers drückte ihn zu Boden und instinktiv grub er seine Hände tief in den Kies, bis er darunter festen Stein zu fassen bekam.

Er klammerte sich an spitze Kanten und kämpfte gegen den kräftigen Sog des Wassers. Erst riss ihn die Welle ins Landesinnere, kurz darauf zog sich das Wasser zurück und zerrte mit noch mehr Kraft an ihm. Große und kleine Steine trafen ihn und er kämpfte gegen den Schwindel an, der ihn in Dunkelheit zu stürzen drohte. Er war binnen Sekunden am ganzen Körper zerschunden und seine Lungen brannten vom Wechsel der Atmung. Sand knirschte unangenehm zwischen seinen Zähnen. Und dann traf ihn etwas am Kopf. Helle Flecken tanzten vor seinen Augen. Er verlor das Bewusstsein.

Als er wieder zu sich kam, hatte sich das Wasser zurückgezogen und ihn irgendwo zwischen Büschen und Felsen gelassen. Allmählich verklang das Donnern unter der Erde und in seinem Kopf.

Alex stand benommen auf. Er spuckte den Sand aus und säuberte seine Augen. Die Lungen brannten noch und mit auf seine Knie gestützten Händen stand er keuchend und hustend vornübergebeugt da. Sein Körper fühlte sich wie eine einzige riesige Beule an, jeder Muskel tat weh und er hatte Mühe, sich auf den Beinen zu halten, zumal es unter seinen Füßen immer noch leicht bebte.

Als er auch die letzten Sandkörner aus den Atemwegen bekommen hatte und seine Augen zu tränen aufhörten, blickte er ins Land, wo die Welle bis fast zu den Bergen vorgedrungen war und das Feld, auf dem noch vor Kurzem zwei Meter hohe Pflanzen gewachsen waren, platt gemacht hatte. Beim Anwesen auf der Anhöhe waren Blumenranken weggerissen worden, doch sonst schien nichts passiert zu sein.

Irgendwie war die Erde an seinem ersten Tag an Land etwas unfreundlich zu ihm. Noch einmal so etwas und er würde es persönlich nehmen. Er stellte fest, dass sein Kopf höllisch schmerzte. Vorsichtig tastete er an seinen Hinterkopf, eine üble Beule zeichnete sich dort ab.

Er hatte schon befürchtet, dass der Anfang an Land nicht so einfach sein würde, mit einer Flutwelle hatte er aber nicht gerechnet. Ich gehe jetzt nach Hause und wir versuchen es übermorgen noch einmal, dachte er und machte auf dem Absatz kehrt, um ins Wasser zu stapfen. Er war sauer, fühlte sich krank und schwach.

Wo das Meer hätte sein sollen, erhob sich eine Wand aus Felsen. Nein, ein ganzer Berg! Bis fast zur Spitze war Geröll und Kies aufgehäuft, als hätte sich der Strand über den Berg wie eine Decke gelegt. Verflixt, was …?

Verwirrt sah er sich nach allen Richtungen um. Da vorn war das Meer gewesen! Ganz sicher. Dieser Berg gehörte nach hinten, oder irgendwo anders hin, aber nicht hierher. Wo bitte war das Meer?

So weit sein Auge reichte, nur diese Bergkette. Alex lief bis zur nächsten Kurve, auch dahinter nur Berg. Sein Blick suchte das weite Meer, doch die Wand aus Felsgestein trennte es vom Land. Und er war an Land, in eine eingemauerte Bucht verbannt, ohne Ausblick auf seine Heimat. Sogar die Morgensonne war weg, irgendwo jenseits der gezackten Bergkrone verschwunden.

In Pfützen zappelten noch einige Fische, die meisten waren schon tot. Mit einem Schlag wurde ihm klar: Sein Weg zurück ins Meer war versperrt.

Benommen sank er in den nassen Kies. Ganz ruhig, dachte er und musste fast gleichzeitig lachen, ein dumpfes, heiseres Lachen. Was in aller Welt …

Jetzt nur nicht den Kopf verlieren. Wie sagte Seraphim doch gleich? Nicht lange fackeln.

Fassungslos erhob er sich und prompt wurde ihm schwindlig. Der Schwindel kam nicht nur von den Verletzungen und dem Schock, auch Hunger schwächte ihn. Auf eine Nahrungssuche an Land war er nicht vorbereitet. Was konnte man an Land essen, wenn man kein Geld hatte, um sich etwas zu kaufen? Ihm wurde ganz mulmig, als er merkte, wie hilflos er war.

Sein Blick fiel auf die Meerteiche am Fuß des Bergs. Er schleppte sich hin.

Zerfetzte Algenbüschel schwammen zwischen den toten Fischen im trüben Wasser und hungrig tauchte er seine Finger hinein.

14.
Im Tunnel

Eugene hörte ein wildes Fauchen. Mit einem Schlag war er wach und stellte verblüfft fest, dass das Fauchen aus seiner eigenen Kehle kam.

Etwas stimmte hier nicht. Benommen rieb er sich die Augen. Wieso konnte er plötzlich sehen? Ihre Taschenlampen hatten längst den Geist aufgegeben, es war stockdunkel und doch erkannte Eugene jedes Detail in der Höhle. Die beiden Freunde, die ruhig dalagen und schliefen, weiter vorn das Loch, in das er gefallen war, die Wände der Höhle mit ihren imposanten Tropfsteingebilden, überall die herumliegenden Felsen und Steine ...

Was ging hier vor? Er und fuhr sich mit der Zunge über die Lippen. Sie schmeckten salzig. Im selben Augenblick registrierte er ein Pochen in seinen Zähnen. Kein Schmerz, eher ein Ziehen, das in den Körper floss. Vor seinem Auge tauchte das Bild des Jungen auf, den er während des Campingwochenendes zusammen mit dem Mädchen im Wasser gesehen hatte. In jener Nacht hatte er das gleiche Pochen gespürt, nur viel schwächer.

Eugene ertastete mit der Zunge die Zähne und stutzte. Die Kanten fühlten sich fremd an, scharf. Nein, nicht nur scharf, seine Zähne waren spitz! Wie Stachel bohrten sie sich in seine Zunge und er schmeckte Blut.

Sein Herz raste in wilder Panik. Was geschah mit ihm? Chris fiel ihm ein, der gesehen haben wollte, dass bei einem der Skelette im Grab alle Zähne spitz waren.

Er war mitten in die Gebeine gestürzt, hatte sie berührt. Hatte er sich einen Virus aus dem Grab eingefangen?

Gehetzt schaute er seine schlafenden Freunde an. Sie sahen wie immer aus, nur etwas blass und erschöpft. Er beugte sich zu Chris und schob seine Oberlippe zurück. Dessen Zähne waren ganz normal. Bei Toni – kein Haigebiss. Nichts Ungewöhnliches. Erleichtert ließ er sich neben den beiden zu Boden gleiten. Er sollte sie vielleicht wecken. Jemand musste ihm sagen, dass er sich alles nur einbildete.

Er legte die Hand auf Tonis Schulter. Da hörte er hinten ein Geräusch und erstarrte. Wie in Zeitlupe drehte er sich um und schaute angespannt in die Richtung, aus der es gekommen war. Seine Augen suchten die Höhle ab.

Da war das Geräusch wieder. Ein leises Scharren, dann ein Wischen, als würde etwas an den Felsen entlangstreichen. Eugene stand langsam auf und ein Grollen entwich seiner Brust. In seinem Mund pochte es, als hätte er lauter eitrige Zähne.

»Ist da jemand?«, rief er und erschrak über die Lautstärke seiner eigenen Stimme. Sie klang anders. Tief, rau und von einem Fauchen begleitet. Gleichzeitig kam er sich albern vor. Wer sollte da sein? Vielleicht ein Tier, dachte er im selben Augenblick. Ja. Sicher lebten hier unten Fledermäuse, kein Grund, sich so anzustellen.

Doch das, was sich in sein Blickfeld schob, sah nicht einmal annähernd nach einer Fledermaus aus. Es war ein junger Mann. Gefolgt von einem Jungen in seinem Alter. Eugene dachte einen Augenblick lang, er würde halluzinieren.

»Hallo«, sagte der Mann und hob zum Gruß die Hand.

Eugene schätzte ihn auf etwa 25 Jahre.

»Hab keine Angst, wir tun dir nichts.«

Warum sollten sie mir etwas tun, dachte Eugene verwirrt. Der Mann redete Englisch, einwandfrei. Eugene hielt den Mund und rührte sich nicht. Nur seine Augen huschten zu seinen Freunden, die ungestört weiterschliefen. Klar schliefen sie! Wenn das alles real wäre, wären sie jetzt wach.

Die beiden Fremden setzten sich in Bewegung. Eugene zuckte zusammen und wich einen Schritt zurück. Seine Zähne pochten wieder und er ertappte sich dabei, wie er leise knurrte. Ohne zu überlegen, nahm er die Haltung von jemandem an, der einen Angreifer abwehren wollte: gebeugte Knie, Oberkörper etwas nach vorn geneigt, Arme weg vom Körper, bereit zum Sprung.

»Ich bin Seraphim und das ist Marc. Wir wollen euch helfen.« Der Mann sprach leise und in seiner Stimme lag etwas Beruhigendes. Als Eugene nicht antwortete, fuhr er fort: »Die beiden sind bewusstlos. Sie müssen dringend verarztet werden. Wir bringen euch hier weg.«

Als wäre das sein Stichwort, fiel die Starre von Eugene. »Der Ausgang ist versperrt.« Seine Stimme klang immer noch sehr fremd.

»Durch den Tunnel dort.« Der Junge, der Marc hieß, deutete auf den rechten Tunnel. Auch sein Englisch war perfekt.

Merkwürdig, dachte Eugene, doch der Gedanke ans Nachhausegehen verdrängte die Überlegung, weshalb das so war.

Den Tunnel hatte er ganz vergessen. Auch sie hatten es dort versuchen wollen. Ihre einzige Möglichkeit. Führte er also doch zurück zum Festland? Vielleicht kannten sich die beiden Fremden hier unten aus, überlegte Eugene und Hoffnung keimte auf.

Doch bevor er etwas sagen konnte, sprach ihn Seraphim erneut an: »Ich muss dich etwas fragen.«

Eugene bemühte sich, das heftige Pochen in seinen Zähnen zu ignorieren. Jetzt standen sie sich gegenüber, kaum einen Meter voneinander entfernt. In den hellen Augen Seraphims lag Wachsamkeit.

»Weißt du, was mit dir vorgeht, oder was du bist?«

Er behielt Eugene weiter im Blick und Eugene musste unwillkürlich blinzeln. Er fand die Frage durchaus passend zu der absurden Situation. Fast schon witzig.

Seraphims Gesicht blieb ernst, offensichtlich machte er keine Witze. Er schaute zu Marc. Vielleicht bedeutete ihr Blickwechsel: *Der ist komplett verwirrt.* Eugene hatte das deutliche Gefühl, dass die beiden etwas wussten. Und er wurde das unbehagliche Kribbeln nicht los, das ihm sagte, dass er in etwas geraten war, was gar nicht gut war.

»Ich habe mich noch nicht vorgestellt. Ich bin Eugene«, sagte er schließlich, weil ihm nichts Besseres einfiel und er irgendwas sagen musste, so fordernd war jetzt Seraphims Blick.

»Und *was* ist Eugene?«, fragte Seraphim geduldig, als hätte er einen begriffsstutzigen Schüler vor sich.

»Wie, *was*? Du meinst *wer*?« Eugene überlegte, ob vielleicht Seraphims Englisch doch nicht so gut war, schließlich waren sie immer noch in Spanien. Irgendwie. Besser gesagt, unter Spanien. Wollte er wissen, was er von Beruf sei?

»Ich helfe meinem Onkel. Er hat eine Tapasbar in Calahonda und da ...«

»Ich meinte *was*«, beharrte Seraphim.

Eugene wurde allmählich ärgerlich. Die Art von Ärger, die ihn packte, wenn er etwas nicht verstand.

»Was?«, echote er. »Ein Mensch. Wie du.« Er schaute mit finsterem Blick zu Seraphim, dann zu Marc und fügte hinzu: »Und du.« Wie dämlich war das denn? Was redete er da, ein Mensch. Seraphim musste etwas anderes meinen. Eugene fühlte sich auf den Arm genommen. Wieso redete er überhaupt mit denen? Es war grotesk. Das Pochen und Ziehen in seinen Zähnen schwoll an.

»Ich bin kein Mensch.« Seraphim sah Eugene direkt in die Augen.

»Ich auch nicht.« Irgendwie klang Marcs Bemerkung überflüssig.

Eugene glotzte zurück, ließ seinen Blick von einem zum anderen huschen.

»Äußerlich schon ...« Seraphim hielt verlegen inne. Er runzelte die Stirn, als müsse er überlegen, wie er jemandem etwas derart Heikles beibringen konnte. Er gab sich einen Ruck. »Hast du dich vorhin nicht gefragt, wieso du plötzlich sehen kannst, obwohl es stockdunkel ist? Wieso deine Wunden verheilt sind? Und deine Zähne ...«

»Schon gut!« Eugenes Stimme war um zwei Oktaven zu hoch und er begann zu zittern. Er wollte es nicht hören. Er verlor offensichtlich den Verstand. Ihm glitt der Boden unter den Füßen weg und er musste sich an der Felswand festhalten. Die beiden rührten sich nicht. Mit bebender Stimme fragte er in die Stille hinein, die plötzlich auf ihm lastete wie ein Bleituch:

»*Was* ... bin ich?«

»Wir sind uns ziemlich sicher, dass du zu den Landamphibien gehörst.« Seraphim machte eine Pause. Dann sagte er in einem Ton, als würde er das Selbstverständlichste der Welt kundtun: »Du hast ganz typisch auf uns reagiert. Deine Zähne haben sich verändert und deine Pupillen zu Schlitzen verengt. Du hast gefaucht und geknurrt. Vielleicht habe ich mich getäuscht, aber ich dachte, auch deine Haut hätte begonnen, sich zu verändern.«

Eugene schluckte. Pupillen zu Schlitzen, veränderte Zähne und Haut? Amphibien? Okaaay. Sonst noch was?

Als hätte Seraphim seine Fragen gehört, schmunzelte er umsichtig. »Du gehörst wahrscheinlich nicht zu den reinen Terramphi ...

ähm, Landamphibien, in deiner Familie gibt es aber eindeutig Amphibienblut. Die Frage ist nur, wer ...?« Seraphim unterbrach sich. »Nun, lassen wir das jetzt.« Er sagte es, als würde er mit einem unartigen Kind reden, das ihm bereits zu viele Fragen gestellt hat.

Eugene versuchte, ein kluges Gesicht zu machen, als er fragte: »Bin ich jetzt tot und so etwas wie ein Vampir?« Im selben Moment, als ihm die Worte entschlüpften, ärgerte er sich darüber. Wie konnte er solch dummes Zeug fragen? Schnell schob er hinterher: »Wenn ihr keine Menschen seid, seid ihr dann auch Amphibien, und müsstet ihr nicht auch spitze Zähne haben und alles andere?«

Zum ersten Mal trat auf die Gesichter der beiden ein breites Grinsen. Sie tauschten einen Blick.

»Dinge wie Vampire gibt es nicht. Das sind nur Legenden der Menschen. Nein, du bist total lebendig und gehörst zur Art der Menschenamphibien. Eine sehr, sehr alte Art. Und nein, wir können uns in der Regel gut beherrschen, nur wenn es sein muss, verändern wir uns und ...«

»Was genau sind Menschenamphibien?«, unterbrach ihn Eugene.

Das alles war nicht real, sagte er sich. Er musste träumen. Er hatte die Geschichten in dem alten Buch gelesen und träumte jetzt davon. Oder er war krank, schwer krank. Vielleicht doch ein Virus aus dem Grab, vielleicht war er verrückt geworden und redete im Wahn mit zwei Ausgeburten seines kranken Hirns. Wahnvorstellungen, nichts weiter. Oder sollte er ernsthaft glauben, die Evolution, er selbst, waren etwas anderes, als er bislang angenommen hatte? So lief es nicht im richtigen Leben. Man las kein Buch und Tage später war man selbst Teil einer verrückten Geschichte. Menschenamphibien. Er war eindeutig übergeschnappt. Seine Fantasie ging mit ihm durch. Das war doch nur ein Buch, Geschichten, mehr nicht! Oder?

Er schloss die Augen und presste die Fäuste fest dagegen. Wenn er sie jetzt wieder öffnete, waren die beiden weg und er ...

»Das erklären wir später.«

Sie waren noch da und sie sprachen mit ihm.

»Wir müssen hier weg. Die beiden machen es nicht mehr lange.«

Eugene riss die Augen auf. Marc deutete auf Chris und Toni, die immer noch reglos dalagen.

»Ja, ja, natürlich«, stammelte Eugene. Vor lauter fantastischem Kram hatte er seine Freunde vergessen. »Sie schlafen noch.«

»Sie sind bewusstlos.«

»Bewusstlos? Wieso das?«

»Schlimme Verletzungen«, bemerkte Seraphim knapp.

»Auch Toni? Er war doch nicht ...«

»Toni ist vermutlich der mit den inneren Blutungen«, unterbrach ihn Marc.

»Innere Blutungen? Wovon zum ...«

»Sammle eure Sachen ein. Marc und ich werden die beiden tragen.« Die Aufforderung war freundlich, aber bestimmt.

Eugene nickte.

Seraphim hob Chris hoch und legte ihn über seine Schulter. Chris' Oberkörper und Hände baumelten leblos an Seraphims Rücken herab. Mit einer Hand hielt Seraphim Chris fest, den anderen Arm verschränkte er auf seinem Rücken und stützte den Kopf so, dass er fast waagerecht lag. Marc tat das Gleiche mit Toni.

Eugenes Magen krampfte sich zusammen. »Werden die beiden ...?« Seine Stimme brach, und Panik erfüllte ihn. In was waren sie nur hineingeraten? Es sollte ein harmloser Ausflug werden und jetzt waren seine Freunde halb tot.

Es war seine Idee gewesen, in Onkel Barrys Keller herumzuschnüffeln. Einen Schatz zu suchen. Und dann dieses blöde Buch! Er hatte es mit nach Hause genommen und angefangen, darin zu lesen. Seine Neugierde über ein im Altspanischen verfasstes Buch war zu groß gewesen.

Er hatte die Freunde mit den Geschichten verrückt gemacht. Und es war seine Idee gewesen, ein Loch in die Mauer im Keller des *Mesón del Mar* zu hauen, nur weil in einer Geschichte ein geheimnisvoller Tunnel erwähnt wurde. Er hatte in seinem Irrsinn angenommen, dass dieser Tunnel hinter der Mauer war. Gut, es hatte ja auch gestimmt, doch das hier hatte er nicht gewollt.

Er öffnete den Mund, wollte den beiden von dieser Geschichte erzählen, schloss ihn aber wieder. Etwas riet ihm, besser nicht zu erwähnen, dass er ein Buch besaß, in dem es von Menschenamphibien nur so wimmelte.

»Wir werden sie verarzten und es wird ihnen wieder gut gehen. Wir müssen uns aber beeilen«, sagte Seraphim kühl.

Eigentlich wollte Eugene fragen, ob seine beiden Freunde auch Amphibien waren, doch er stellte die Frage nicht. Offensichtlich waren sie ganz normale Menschen, sonst wären sie nicht bewusstlos. Sonst wären ihre Verletzungen verheilt wie die seinen.

Seraphim und Marc liefen bereits Richtung Tunnel. Er folgte ihnen, als ihn ein anderer Gedanke durchzuckte. Ihm wurde plötzlich übel.

»He!«

Die beiden hielten inne und drehten sich zu Eugene um, der jetzt wenige Schritte hinter ihnen stand. In Eugene stieg kalte Wut hoch, er spürte erneut das Pochen in seinen Zähnen.

»Warum sollte ich euch glauben? Wieso sollte ich euch meine Freunde anvertrauen? Als ich einschlief, war Toni putzmunter. Jetzt hängt er auf der Schulter eines Kerls, der mir weismachen will, dass ich kein Mensch bin.« Eugene hielt inne, seine Wut war vielleicht fehl am Platz. Er war in der schwächeren Position.

Ihre Gesichter blieben undurchdringlich, als sie ihn stumm ansahen.

»Ich meine, was sagt mir, dass ihr uns nicht alle ...« Er räusperte sich. »Wieso sollte ich euch vertrauen?« Finster schaute er vom einen zum anderen.

Seraphim und Marc tauschten einen Blick, schienen durch die Worte Eugenes jedoch nicht beleidigt zu sein. Vorsichtig legten sie Chris und Toni auf den Boden.

Seraphim fasste in seine Jacke und zog ein Messer heraus. Mit einem Satz war Eugene bei ihm, doch Seraphim hatte bereits mit einer schnellen Geste das Bein von Chris freigelegt und den provisorischen Verband durchgeschnitten. Er deutete mit dem Messer auf die große, hässliche Wunde, die zum Vorschein kam. Eugenes Eingeweide zogen sich zusammen.

»Die Wunde ist in einem gefährlichen Stadium. Er hat hohes Fieber und wenn sich die Entzündung weiter ausbreitet, geht sie ins Blut. Er stirbt innerhalb von Stunden an multiplem Organversa ... an einer Blutvergiftung.«

»Und das hier sind zwei gebrochene Rippen, die die Lunge verletzt haben«, sagte Marc. Er hatte Tonis Pulli hochgeschoben, seine Brust freigelegt und deutete auf eine dunkle Verfärbung, die die ganze rechte Hälfte von Tonis Oberkörper einnahm. »An der

Stelle sammelt sich Flüssigkeit. Wenn wir uns nicht beeilen, wird er in seinem eigenen Saft ertrinken.« Marc sah zu Eugene auf, während er Tonis Oberkörper wieder bedeckte.

Eugenes Augen füllten sich mit Tränen. Er ließ die Schultern hängen und sagte mit tonloser Stimme: »Lasst nicht zu, dass ihnen etwas passiert. Bitte.«

Seraphim und Marc nickten. Dann schulterten sie erneut die beiden Bewusstlosen und gingen weiter.

»Ihr habt gesagt, ich gehöre zu den Landamphibien, bin aber kein reines. Was bedeutet das, und woher wisst ihr das?« Eugene hatte über die Worte der beiden Fremden nachgedacht, während er stumm neben ihnen durch den Tunnel lief. Ihm war jedes Zeitgefühl abhanden gekommen, die immer gleich aussehende Tunnellandschaft trug zu dem Gefühl bei, er würde seit Stunden laufen.

»Weil ein reines Landamphibion uns angegriffen hätte. Du hättest versucht, uns zu töten.«

»Oh! Und wieso?«

»Natürliche Feinde.«

Ach, das. Er erinnerte sich an die Geschichten aus dem alten Lederbuch. Irgendwie schien das alles hier mit diesem Buch zusammenzuhängen. »Dann seid ihr ...?«

»Wasseramphibien. Die Landamphibien sind seit Jahrhunderten unsere Feinde. Oder wir die ihren. Wie man es nimmt.«

»So lange gibt es euch?«

»Uns gibt es seit Millionen von Jahren. Länger als die Menschen. Damals, als wir noch alle im Urmeer lebten, war wenig Menschliches an uns. Kaum vorstellbar. Während sich die Gattung der Uramphibien weiterentwickelte, ist ein Teil an Land gegangen und ein anderer blieb im Wasser. Von denen an Land stammen die großen Reptilien ab. Die Menschen, nun, das ist bis heute ein Streitpunkt. Aber sicher ist, dass auch die Menschen von den Amphibien abstammen. Ob von den Landamphibien oder Wasseramphibien ist letztendlich egal, denn als sie da waren, wurde alles anders. Das ist jetzt lange her. Um genauer zu sein, 800.000 Jahre und zwei Eiszeiten später sahen wir so ähnlich aus wie heute.«

Da Eugene schwieg, fuhr Seraphim fort, als würde er einen Vortrag vor Publikum halten. »Euer Darwin hatte in einem Punkt recht: Die Evolution passierte in vielen kleinen Schritten und ich möchte behaupten, sie ist noch nicht beendet. Jedenfalls haben Amphibien eine lange Geschichte auf der Erde und der Mensch ist das jüngste Ergebnis dieser Evolution.

Wir halten uns natürlich aus ihrer Welt heraus. Nur wenn der Mensch übermütig wird und die Nase in unseren Lebensraum steckt, reagieren wir. Meistens mit Rückzug. Und aus der Welt der anderen Amphibien an Land halten wir uns auch raus. Die leben unter den Menschen, sind aber unorganisiert und über das ganze Festland verstreut. Und sie sind nicht so zivilisiert wie wir – außer jenen, die wie du erst gar nicht ihrer Natur gemäß leben. Wir haben unsere eigene Kultur, wenn du so willst. Die Wasseramphibien leben in Schulen. Wo wir jetzt hingehen, ist eine solche Schule. Wir nennen sie Thalassa 3. Sie ist vergleichbar mit einem Internat bei euch.«

Marc räusperte sich und deutete mit einer knappen Kopfbewegung Richtung Eugene.

Seraphim blieb kurz stehen und sah Eugene an. Er war kreidebleich geworden und starrte mit aufgerissenen Augen ins Leere, während er wie in Trance neben den beiden herlief. Seraphim zuckte mit der Schulter und setzte unbeeindruckt seinen Weg und seine Rede fort. »Ich weiß nicht, welche Konsequenzen das Ganze für euch drei haben wird, den Fall hatten wir noch nie, doch eins ist sicher: So einfach können wir euch nicht gehen lassen, nach all dem ...«

Marc fuhr Seraphim ins Wort: »Als Erstes die Kranken, Seraphim.« Er dämpfte seine Stimme. »Du machst ihm Angst, gib ihm etwas Zeit, das Ganze zu verdauen.«

Eugene riss sich zusammen. Er hatte Marcs Worte gehört. Ja, verdammt, er hatte Angst. Er war, um ehrlich zu sein, verrückt vor Angst.

»Wir müssen uns mit dem Rat treffen und die weiteren Schritte besprechen.« Seraphim überhörte Marcs Worte, er dachte einfach laut weiter. »Es ist nämlich das eingetreten, was nie hätte passieren dürfen. Jemand von oben weiß über uns Bescheid. Das ist das Todesurteil für die drei, wenn du mich fragst und ich weiß nicht, wie ich es anders und schonender sagen soll.«

»Schon gut, Seraphim.« Marc seufzte. »Er hat dich gehört.«

»Ja, und er steht noch auf seinen Beinen. Vielleicht wackelig, aber Marc, weißt du, eigentlich bin ich echt sauer über die ganze Sache. Wieso muss gerade jetzt ein Landamphibion den Pakt brechen? Nicht, dass es der Grund ist ...« An Eugene gewandt sagte er: »Es tut mir leid, dass du es auf die Art erfährst. Wir werden zu gegebener Zeit deine Fragen beantworten und dir helfen, alles zu begreifen. Aber wir sind jetzt da und kümmern uns zunächst um deine Freunde.«

Seraphim war verärgert, das merkte sogar Eugene.

Sie hatten das Ende des Tunnels erreicht. Eine Wand aus massiven Steinen, ähnlich der Kellerwand im *Mesón*, verschloss ihn. Seraphim hantierte an der Wand herum. Was genau er machte, sah Eugene nicht, denn Seraphims Rücken nahm ihm die Sicht, jedenfalls glitt die Wand mit einem leisen Zischen nach innen.

Sie traten in einen Korridor, der in schwaches bläuliches Licht getaucht war, was ihm etwas Unwirkliches gab. Eugene kam sich vor, als sei er mitten in einen düsteren Science-Fiction-Film geraten.

Der Korridor war etwa 30 Meter lang. Am anderen Ende befand sich eine weitere Tür. Die Wände des Korridors waren transparent und es dauerte ein paar Sekunden, bis er begriff, dass die Schwärze dahinter Wasser war.

»Wir sind auf Thalassa 3.« Marc sah Eugene aufmunternd an, als sie einen weiteren Korridor betraten, dessen Wände aus Stein feucht schimmerten.

Der Raum, in den sie Eugene führten, war riesig. Fast so groß wie der Saal des Nationaltheaters in Granada. Eugene war beeindruckt.

Seraphim erklärte ihm, dass sie ihn gleich in einen anderen Raum bringen müssten, den sie abschließen konnten. Die meisten hier würden verstört über die Anwesenheit eines Landamphibions sein. Es wäre zu seinem eigenen Schutz, sagte Seraphim, bevor er ihm bedeutete, zu folgen.

Eugene verstand die Anspielung. Er konnte sich ausmalen, dass »verstörte« Amphibien nicht gerade zimperlich sein würden. Er hatte schließlich ihre Geschichten gelesen.

Gehorsam folgte er Seraphim und Marc durch viele Korridore und Räume, bis sie schließlich in einem winzigen Raum ankamen.

»Du wartest hier, bis wir die beiden zur Krankenstation bringen«, sagte Seraphim. »Schließ die Tür ab«, fügte er noch hinzu, bevor er mit Chris auf der Schulter verschwand.

Marc war nicht mehr zu sehen und Eugene schloss hastig die Tür hinter Seraphim ab.

Hier war er also, in einem düsteren, quadratischen Raum tief unter dem Meer, der bis auf zwei Ohrensessel und einen runden Tisch nichts enthielt. In einen der Ohrensessel gekauert, wartete er, jeden Muskel im Körper angespannt.

Es war ganz still um ihn herum. Nur selten drangen unbekannte Geräusche zu ihm, die sich wie das Knacken in einem Rohr anhörten oder wie ein fernes Hämmern.

Allmählich löste sich seine Anspannung und er schlummerte ein. Als es klopfte, war er sofort hellwach. Mit rasendem Herzen schloss er die Tür auf und öffnete sie einen Spalt weit. Ein verängstigt dreinschauender Junge stand vor ihm, auf einem Unterarm balancierte er ein Tablett. Er hielt es Eugene wortlos hin, ohne sich auch nur einen Zentimeter zu nähern. Eugene nahm es ihm ab und dankte mit einem Lächeln.

Als der Junge verschwunden war, stellte er das Tablett auf den Tisch. Erst jetzt, als der Duft der Speisen in seine Nase drang, merkte er, wie ausgehungert er war.

Nichts von dem, was auf dem Teller lag, war ihm bekannt, doch während er den ersten Bissen kaute, stellte er erleichtert fest, dass es nicht schlecht schmeckte. Mit Appetit aß er den Teller leer. Er musste an Chris und Toni denken, die irgendwo in diesem Gebäude waren und um ihr Leben kämpften. Wie lange noch, bis er sie sehen konnte?

Als er sich die letzte Schnitte in den Mund schob, klopfte es erneut an der Tür, diesmal entschlossener. Er stand auf und öffnete. Seraphim trat ein.

»Eugene, deinen Freunden geht es wieder besser. Sie sind noch bewusstlos, aber außer Gefahr. Unsere Leute haben ganze Arbeit geleistet.«

Eugene atmete erleichtert auf. Er konnte nur mit Mühe dem Impuls widerstehen, Seraphim zu umarmen, obwohl es in seinen Zähnen wieder wie verrückt pochte.

Seraphim setzte sich in den Sessel, schlug mit einer eleganten Geste ein Bein über das andere und faltete seine Hände im Schoß.

Eugene musste sich eingestehen, dass ihn der Mann beeindruckte. Obwohl er eher unscheinbar war, strahlte er etwas aus, was Eugene in seinen Bann zog. Es waren Kraft und Stolz zugleich. Aber auch eine gewisse Härte, die warnte, sich mit ihm besser nicht anzulegen. Eugene suchte etwas an diesem Mann, das sein Nichtmenschsein verriet, eine Anomalie im Körperbau, irgendetwas, was ein Mensch nicht haben würde. Schwimmhäute vielleicht ... Wenn Landamphibien spitze Zähne hatten, dann hatten Wasseramphibien vielleicht Schuppen, oder? Doch er fand nichts, so genau er auch hinschaute.

Seraphim sah wie ein ganz normaler Mensch aus, wenngleich ein ziemlich blasser. Eugene blickte verlegen zur Seite. Bestimmt hatte er Seraphim angeglotzt.

Er räusperte sich. »Ich bin sehr dankbar für eure Hilfe«, sagte er in die Stille hinein. Mit einem schüchternen Lächeln deutete er auf den leeren Teller und fügte hinzu: »Und für das Essen. Ich hatte befürchtet, es gäbe Fisch. Was auch immer es war, es war sehr gut.«

Seraphim lächelte, doch nur für einen Moment, dann wurde sein Gesicht wieder ernst: »Wir sind Fische. Raubfische, genauer gesagt. Nimm einen Hai, verzehnfache seine Kraft und füge noch hinzu: hundert Mal schärfere Sinne, enorme Stärke und Schnelligkeit und andere Fähigkeiten, von denen Menschen nur träumen. Dann hast du in etwa das, was wir sind. Wir haben weder im Meer noch an Land Feinde.« Er machte eine Pause, dann fügte er hinzu: »Übrigens finde ich deine Beherrschung uns gegenüber erstaunlich. Für jemanden, der in diesen Dingen unerfahren ist, wirklich erstaunlich.«

Lag in Seraphims Blick etwa Bewunderung? Vielleicht waren »neue« Amphibien ja nicht in der Lage, ihre Tötungsinstinkte so zu unterdrücken, überlegte Eugene und spürte ein wenig Stolz.

»Und was das Fischessen angeht«, nahm Seraphim das Thema wieder auf, »wir jagen zwar Fische, doch seltener, als du glaubst. Wir haben Jagdperioden, wenn Fische reichlich da sind. Im Augenblick ist keine Jagdsaison. Deshalb gibt es auch kaum Fisch auf unserem Speiseplan. Außerdem, servier einem Landamphibion Fisch und du vergiftest ihn.«

Eugene ging plötzlich ein Licht auf. »Jetzt verstehe ich, warum ich in letzter Zeit keinen Fisch essen konnte. Ich kann ihn noch nicht mal riechen.« Eugene schüttelte sich. »Was esst ihr dann? Ich meine, hier unten gibt es nicht viel, was essbar ist.«

»Oh, doch. Es gibt eine Menge Sachen, die wir essen. Eigentlich fast alles aus dem Meer. Aber hauptsächlich Plankton. Den verarbeiten wir auch. Es gab Zeiten, da haben wir auch Menschen gegessen. Und Landamphibien.«

»Menschen? Landamphibien?« Seraphim nahm kein Blatt vor den Mund. Wollte er ihn zu Tode ängstigen?

»Wir sind Raubtiere. Auch du, Eugene. Deine Jagdinstinkte sind noch da. Wir unterdrücken sie seit Jahrhunderten, doch sie sind in uns.« Seraphim schaute Eugene an und etwas in dessen Gesicht musste ihn verwirren, denn er fügte mit sanfterer Stimme hinzu: »Wir essen aber auch Schokolade. Ich liebe Schokolade.«

Seraphim lachte, als Eugene ihn verdutzt ansah. Dann wechselte er abrupt das Thema.

»Du willst sicher wissen, wie es weitergeht. Nun, ich habe beschlossen, euch dem Rat jetzt nicht zu übergeben.«

»Dem Rat?«

Seraphim überhörte Eugenes Frage. »Wir befinden uns momentan in einer schwierigen Lage. Weiteren Ärger können wir nicht gebrauchen. Ich werde den Rat über euch in Kenntnis setzen. Zu gegebener Zeit. Aber zuerst werden wir euch nach Calahonda zurückbringen. Im allgemeinen Durcheinander nach dem Beben wird es nicht auffallen. Für euch ist das Beben ein Glücksfall.« Seraphim schaute Eugene nachdenklich an. »Allerdings war es mit hoher Wahrscheinlichkeit kein natürliches. Zwischen Calahonda und La Perla ist entlang der gesamten Küste eine Bergkette entstanden. Alex Valden, einer unserer Leute ist, wie es aussieht, dort gestrandet. Ich hoffe es, denn wenn er nicht an Land ist, ist er tot.«

Er hob die Hand, als Eugene Anstalten machte, etwas zu sagen. Eugene wartete ungeduldig. Er hatte tausend Fragen.

»Du willst wissen, was der Rat ist. Es ist unser Gesetz. Das Allerwichtigste aber: Niemand von oben darf erfahren, dass es uns hier unten gibt.«

Obwohl Seraphim keine Frage gestellt hatte, fühlte Eugene sich verpflichtet, zu antworten: »Klar. Du kannst mir vertrauen. Ich werde nichts erzählen. Niemandem. Ihr habt uns das Leben gerettet. Du hast mein Wort.« Mit einem schiefen Grinsen fügte er hinzu: »Wer würde mir schon glauben?«

»Du wärst erstaunt, wie viele es in diesem Teil der Welt gibt, die dir glauben. Der Süden Spaniens hat schon immer an seine Legenden geglaubt.« Und mehr zu sich selbst sagte er: »Du weißt viel zu viel über uns. Ich hätte den Mund halten sollen.«

Eugene schluckte. »Das heißt ...«

Seraphim seufzte leise. Er schaute Eugene durchdringend an, doch Eugene hielt seinem Blick stand. Seraphim erhob sich und machte nachdenklich ein paar Schritte.

»Das heißt, es wäre besser, du würdest sterben.«

Eugene zuckte zusammen. Schluckte. Wollte etwas erwidern, doch Seraphim hob erneut die Hand.

Mit derselben geschmeidigen Eleganz wie vorhin setzte er sich wieder und schlug ein Bein über das andere. Sein Gesicht war freundlich, doch Eugene spürte die Anspannung, die im Raum lag, auf jedem Zentimeter seines Körpers.

»Ich gehe das Risiko ungern ein, aber ich habe beschlossen, dass du zurück an Land gehst. Ich muss dir wohl vertrauen.« Er betonte das letzte Wort, als könne Eugene es überhören.

Eugene nickte. Sein Mund war so trocken, dass er kaum die Zunge vom Gaumen lösen konnte.

»In einer Stunde brechen wir auf. Solange deine Freunde noch bewusstlos sind. So bekommen sie nichts mit. Du erzählst ihnen glaubhaft, du hättest die Falltür aufbekommen. Und dann hättest du sie nacheinander herausgetragen. Bring sie zu dir nach Hause und pflege sie mit eurer Medizin. Sie werden nicht erfahren, wie schlimm es wirklich um sie stand, denn du wirst es ihnen nicht sagen. Denk dir was aus. Oben ist alles in Aufruhr. Bestimmt gibt es Verletzte. Es fällt also nicht auf, dass du mit ihnen durch die Gegend läufst. Kannst du gut lügen?«

Seraphims Blick bohrte sich in Eugenes Augen. Gänsehaut bildete sich in seinem Nacken und kroch über seine Arme. Ihm fröstelte.

Wenn es einen Teil seiner Schuld tilgte, wenn es die Wiedergutmachung für seine verantwortungslose Aktion war, ja, dann würde er gut lügen können.

Seraphim lehnte sich zurück und etwas wie Erleichterung spiegelte sich in seinen Zügen.

»Niemand wird etwas von mir erfahren. Und Chris und Toni werden sicher verstehen, dass sie das kleine Abenteuer im Tunnel für sich behalten müssen.« Eugene sah Seraphim fest in die Augen und wiederholte entschlossen: »Ja.«

»Gut. Ich glaube dir. Du musst wissen, dass viele Leben davon abhängen, ob du dein Wissen für dich behältst.« Seraphim sagte erneut: »Gut.« Er stand auf »Dann wäre das geklärt. Ich sage Marc Bescheid, dass wir euch an Land bringen. Er kann alles vorbereiten. Und in der Zwischenzeit reden wir.« Mit diesen Worten verließ er den Raum.

Eugene blieb mit seinen Gedanken allein. Und mit der Frage, wer Amphibienblut in seiner Familie hatte.

15.
Die Sprache der Steine

Ein Blick zur Uhr sagte Lilli, dass es Spätnachmittag war. Das Brummen in ihrem Schädel war nicht das Einzige, das sie geweckt hatte. Von draußen drang vibrierendes Surren von Hubschraubern zu ihr.

Vorsichtig stand sie auf, darauf bedacht, den Kopf nicht allzu schnell zu bewegen, und ging zur Balkontür. Sie schob den Vorhang beiseite und öffnete die Tür.

Autos hupten, Menschen redeten laut durcheinander und irgendwo heulten Sirenen. Was, wie sie erstaunt feststellte, sehr vertraut klang, weil es das gleiche Geräusch war, wie das der New Yorker Sirenen. Zwei Hubschrauber kreisten über der Bergkette, die unvermutet aufgetaucht war, als Lilli im Lauf des Vormittags aufgestanden war und hinausgeschaut hatte.

Da unten war die Hölle los.

Der Tag war trüb und die Temperatur spürbar gesunken. Die kühle Luft verscheuchte die letzten Spuren von Müdigkeit, aber durch den Lärm unten fühlte es sich in ihrem Kopf wie auf einer Baustelle an. Es hämmerte, bohrte und zwickte, und der Schmerz raste zwischen den Schläfen hin und her. Unwillkürlich betastete sie ihre Verletzung. Die Wunde war verheilt. Es fühlte sich noch sehr schmerzempfindlich an, aber weder eine Kruste noch eine Beule waren übrig geblieben.

Bevor sie sich weiter darüber Gedanken machen konnte, lenkte sie das Klingeln ihres Handys ab. Augenblick mal, dachte sie verwirrt, hatte sie es nicht in ihrer Tasche gehabt, die sie während des Bebens verloren hatte? Sie erinnerte sich. Ihr Vater war ihre Sachen suchen gegangen, nachdem sie berichtet hatte, was geschehen war.

Er hatte offensichtlich ihre Tasche gefunden, denn sie lag auf dem Stuhl im Zimmer. Sie war zwar noch feucht, ebenso die Schutzhülle, doch das Handy funktionierte einwandfrei. Eugenes Name blinkte im Display.

»Hallo, Eugene!«

»Hi. Wie geht es dir? Wie sieht es bei euch aus? Hier ist die Hölle los.«

»Hier auch. Ich habe eine Kleinigkeit abbekommen, nichts Schlimmes. Bin gerade eben wach geworden und wollte nach den anderen sehen.«

Als sie am Morgen heimgekommen war, hatte ihr Vater ihr gesagt, Chris sei noch nicht von Eugene zurück, ans Handy ginge er auch nicht.

»Deswegen rufe ich an. Chris ist bei mir. Den hat es übel am Bein erwischt.« Bevor Lilli fragen konnte, was passiert war, fuhr Eugene fort: »Wir waren auf dem Weg zu mir, als das Beben anfing. Toni ist auch hier. Dein Bruder wird ein, zwei Tage bei mir bleiben müssen. Er schläft jetzt. Ich habe ihm ein Schmerzmittel verpasst und sein Bein verarztet. Ich sage ihm, dass er sich bei euch melden soll, sobald er wach ist.«

»Gut. Und was ist mit dir? Bist du auch verletzt?«

»Ich bin mit einem Kratzer davongekommen. Wie steht es um dich, wo hat es dich erwischt?« In seiner Stimme klang Besorgnis mit.

»Ich war mit dem Fahrrad auf dem Heimweg von Maria, als es losging und ...«

»Ich meinte, an welchem Körperteil«, unterbrach Eugene sie.

»Ach so, am Kopf.«

»Autsch.«

»Halb so wild.« Sie hatte keine Lust, Eugene von dem komischen, übel riechenden Bausch an ihrer Schläfe und den fremden Klamotten zu erzählen, die sie angehabt hatte, als sie zu sich gekommen war.

»Solltest du nicht zu einem Arzt gehen? Ich kann dich fahren, wenn du willst. Mit Kopfverletzungen sollte man vorsichtig sein.«

»Lieb von dir, ist aber wirklich nicht nötig.« Sie griff sich an die Stirn. Das Kopfweh war zwar übel, doch mit etwas Schlaf würde sie wiederhergestellt sein. Was auch immer sie da gestern auf der Schläfe gehabt hatte, es war hundertmal wirksamer als das, was ihr ein Arzt geben würde.

»Wie du meinst. Falls es bis morgen nicht besser ist, fahre ich dich zum Doc. Widerstand zwecklos.« Eugene fügte hinzu: »Und keine Sorge: Falls du dich seltsam verhalten solltest, sage ich niemandem, dass du eins auf den Kopf gekriegt hast.«

Lilli lächelte. »Wie überaus rücksichtsvoll von dir. Machs gut.«

»Du auch.«

Sie legte das Handy auf die Kommode und verließ ihr Zimmer. Sie sollte das mit Chris ihren Eltern sagen.

Ihre Mutter schaute im Wohnzimmer fern. Und ja, sie sah beunruhigt aus.

»Die berichten auf allen Kanälen von dem Berg. Es ist irre«, begrüßte sie Lilli und löste den Blick vom Fernseher. »Du siehst viel besser aus als heute morgen, als du heimgekommen bist.« Ein Schatten verdunkelte ihre Züge. »Ich kann es immer noch nicht fassen. Wir haben nicht gemerkt, dass du die ganze Nacht gefehlt hast.« Sie schüttelte sich. »Wenn ich überlege, dass du nur ein paar Meter entfernt da draußen warst ...«

»Mom, schon gut. Mach dich nicht verrückt. Du hättest es nicht wissen können.«

Lilli setzte sich auf die Couch und ihre Mutter schlang den Arm um sie.

»Wären wir nicht so früh eingeschlafen, hätten dein Dad und ich zumindest etwas vom ersten Beben mitbekommen und nach dir suchen können. Wir hätten nur unseren Spaziergang machen müssen und ...«

»Mom, wirklich«, unterbrach sie Lilli. »Ich bin später von Maria gekommen, als ich vorhatte. Ihr hättet so oder so schon geschlafen, als es bebte.« Lilli tätschelte den Arm ihrer Mutter und lächelte sie tröstend an.

»Eugene hat vorhin angerufen.« Lilli berichtete ihrer Mutter, was Eugene gesagt hatte und hoffte, sie damit abzulenken.

»Ist es schlimm?«, fragte diese.

»Eugene meint, es ist nicht so wild. Chris schläft jetzt und meldet sich, sobald er wach ist.«

Für einen Moment flackerte Sorge im Blick ihrer Mutter auf, als sie sich ansahen. Doch dann nickte sie und wendete sich wieder dem Bildschirm zu.

Lilli schaute mit ihr die Nachrichten. Verblüfft erfuhr sie, dass es ein zweites Beben gegeben hatte, stärker als das erste, das sie nachts erwischt hatte. Das zweite Beben hatte in den Morgenstunden gewütet, etwa zur Zeit, da sie zu sich gekommen war und sich heimgeschleppt und schlafen gelegt hatte. Sie musste in einen todesähnlichen Schlaf gesunken sein, dass sie davon nichts mitbekommen hatte.

Eine der Kontinentalplatten vor der Südküste Spaniens hatte sich wohl einige Meter Richtung Festland bewegt und ganze Landmassen dabei nach oben gedrückt.

Eine längere Einstellung zeigte den Berg von oben und erst jetzt begriff Lilli das Ausmaß des Geschehens. Eine Bergkette war entstanden, die sich an der Küste zwischen La Perla und Calahonda auf sieben Kilometern Länge entlangzog, wie eine gewundene Mauer. Eingestürzte Umzäunungen und Häuser, deren Mauern tiefe Risse hatten, kamen ins Bild. Und ältere Häuser, die beträchtlich gelitten haben. Die Schäden zogen sich bis weit ins Landesinnere.

Der Reporter meldete die Anzahl der Verletzten und Toten.

Lilli zuckte zusammen. Es hatte Tote gegeben?

Während die Kamera über die Ortschaften strich, die von dem Beben betroffen waren, sprach der Reporter von fünf Toten und einem Schwerverletzten, der sich noch in akuter Lebensgefahr befand. Und von zahlreichen Leichtverletzten.

»Wo ist Dad?«, fragte Lilli plötzlich.

»Tauchen«, antwortete ihre Mutter spitz.

Erstaunt sah Lilli sie an und bereute sofort, gefragt zu haben.

»Man hat ihn gebeten, die Sache unter Wasser zu dokumentieren. Er und ein Tauchlehrer, mit dem er arbeitet, sind im Augenblick die Einzigen, die die Gegend hier unter Wasser gut kennen. Sie sagen, dass eine Schlucht entstanden ist, als sich die Platte verschoben hat. Er ist mit einem Kamerateam unten.«

Als hätte der Fernseher das verstanden, strahlte er jetzt Bilder von unter Wasser aus, die die frische Abbruchkante einer Schlucht im Scheinwerferlicht von Tauchern zeigten.

Der Kommentator bemerkte mit sensationslüsterner Stimme, dass man noch nicht feststellen könne, wie tief die Erde eingerissen sei und welche Auswirkungen das auf die Küste und das Leben unter Wasser haben würde. Ein Team wolle hinuntergehen und mit hochmoderner Ausrüstung, vielleicht sogar mit einer bemannten Taucherkapsel, die Schlucht erkunden.

Lillis Mutter war ganz blass geworden. Lilli gestand sich ein, dass beim Anblick der Schlucht auch ihr mulmig zumute war. Von den Wänden lösten sich immer noch Steine und Felsen und schwebten wie in Zeitlupe in die Tiefe, was darüber hinwegtäuschte, dass ihr Gewicht in Tonnen berechnet wurde. Und ihr Dad war jetzt irgendwo da unten.

Lilli stand auf, es reichte ihr. Ihr Kopf brummte immer noch und eine bleierne Müdigkeit lag ihr in den Knochen.

»Ich leg mich wieder hin«, sagte sie knapp.

»Mach das, du siehst erschöpft aus.« Ihre Mutter bedachte sie mit einem mitfühlenden Blick. »Ich bin heilfroh, dass uns nichts Schlimmes passiert ist. Und dass das Haus so weit okay ist. Nur ein paar kaputte Vasen und Bilderrahmen. Und das Internet geht nicht. Vorhin jedenfalls war die Leitung tot. Ach ja, und dein Fahrrad ist Schrott. Dein Dad hat es heute Morgen neben deiner Tasche gefunden und gleich in den Müll geworfen. Ruh dich aus, Liebes.«

Lilli nickte und ging auf schweren Beinen davon. Vor dem Spiegel in ihrem Zimmer blieb sie stehen und begutachtete die verletzte Stelle an ihrer Schläfe. Sie war nur noch als roter Fleck zu erkennen, als hätte sie sich gerade gekratzt.

Noch einmal ging sie auf den Balkon und schaute unentschlossen dem Treiben unten zu. Die Hubschrauber zogen immer noch ihre Kreise, als könnten sie es nicht glauben, dass diese Mauer aus Fels und Geröll jetzt da war. Der Berg veränderte die Landschaft und für einen Augenblick hatte Lilli das verrückte Gefühl, sie sei plötzlich woanders.

Kopfschüttelnd schloss sie die Balkontür und setzte sich aufs Bett. Ihr Blick fiel auf den Pulli, der zusammengeknüllt am Fußende lag. Sie rollte ihn auseinander und betrachtete ihn gedankenverloren.

Was war nur letzte Nacht geschehen? Wer hatte ihr diesen Pullover angezogen und die Wunde am Kopf verarztet?

Sie war bei Maria gewesen, wo sie einen lustigen Mädchenabend mit zwei anderen Freundinnen Marias verbracht hatte. Es war bereits lange nach Mitternacht gewesen, als das Grollen begonnen hatte. Zuerst hatte sie gedacht, ein Laster würde irgendwo in der Nähe starten. Doch das Grollen war angeschwollen. Sie war die Küstenstraße entlanggefahren, als das Fahrrad zu vibrieren begonnen hatte. Sie hatte Mühe gehabt, sich darauf zu halten. Als sie anhalten und absteigen wollte, waren plötzlich die Straßenlampen ausgegangen. Eine heftige Erschütterung hatte sie erfasst und gegen die Steinmauer geworfen, die sich kniehoch entlang der Küstenstraße zog.

Sie musste unglücklich aufgeschlagen sein, denn ab da erinnerte sie sich an nichts mehr. Die fremden Kleider und dass sie fast einen Kilometer weiter am Strand zu sich gekommen war – keine Erinnerung, nichts.

Der Gedanke, dass sie dem unbekannten Retter nie begegnen würde, machte sie traurig. Schade, sie hätte wirklich gern gewusst, wer es gewesen war.

Sie hielt den Pulli an sich gepresst, als könnte er ihr eine Antwort zuflüstern. Unwillkürlich hob sie ihn an ihre Nase und sog seinen Duft ein. Er roch auf eine Weise, die sie merkwürdig berührte. Nach Meer, mit einem Hauch von trockenem Holz und Muscheln. Und darunter mischte sich eine Note, die ihr ganz vertraut vorkam. Sie roch noch einmal. Ja, Bernstein. Es war der harzige Duft von geschliffenem Bernstein.

Wie damals, als sie etwas auf dem Wasser treibend gefunden und es ihrer Granily gezeigt hatte.

»Schau mal, ein Stein, der auf einem Büschel Algen schwimmt, Gran!« Ihre Großmutter hatte ihn genommen, zwischen ihren Fingern gedreht und schließlich daran genagt. Lilli hatte gelacht.

»Das ist ja Bernstein! Welch ein Glücksfang, Liebes. Findet man nur noch selten hier am Atlantik. Hebe ihn gut auf, es ist dein Glücksstein.«

Lilli hatte ihn aufmerksam betrachtet, hatte aber nichts Aufregendes daran finden können, außer dass er sehr leicht für einen Stein war. Er war schmutzig-bräunlich und eigentlich hässlich. Ihre Granily hatte ihr am nächsten Tag Schleifpapier gegeben und gezeigt, wie man Bernstein schleift. Zuerst mit einem groben Schleifpapier, um ihm eine Form zu geben.

»Und die Rinde wegzuschleifen, die oberste Schicht«, hatte ihre Granily ihr erklärt. »Dann machst du einen weiteren Schliff mit diesem feinen Papier.«

Lilli hatte sich zunächst skeptisch, dann fasziniert ans Schleifen gemacht. Der Bernstein hatte sich von Minute zu Minute verändert, bis das Schleifpapier gänzlich verbraucht gewesen war. Er hatte sich von dem unförmig trüben Klumpen in einen ovalen durchscheinenden Stein verwandelt.

Sie hatte bis in sein Inneres sehen können. Feine Strukturen waren darin eingeschlossen, hellere und dunklere, die dem Stein etwas Magisches gegeben hatten. Sie hatte beinahe Ehrfurcht bei dem Gedanken empfunden, dass sie etwas so Altes in Händen hielt. Millionen Jahre altes Harz von Nadelbäumen, über die Zeit versteinert, das ein winziges Fragment Leben von dieser Erde in sich trug.

Als sie das Ergebnis ihrer Großmutter gezeigt hatte, hatte sie diese ins Bad gescheucht, ein Handtuch genommen und ein wenig Zahnpasta darauf getan.

»Damit reiben wir den Stein ein und polieren ihn, bis er glänzt.«

Wie ein Stück fest gewordener Waldblütenhonig hatte er danach geschimmert.

Der feine Staub, der beim Schleifen auf dem Papier zurückgeblieben war, hatte einen angenehm harzigen Duft verströmt, ähnlich dem, den sie an dem Pulli roch. Unbestreitbar ein besonderer Duft. Und er gehörte demjenigen, der sie gerettet hatte.

Sie stand auf, ging zum Schrank und legte den Pulli behutsam wie eine Kostbarkeit hinein.

Am übernächsten Morgen trat Lilli zu ihrer Mutter in den Flur. Sie hatte die beiden letzten Tage fast ausschließlich in ihrem Zimmer verbracht.

Vorgestern hatte sie nur geschlafen. Bis auf die kleinen Pausen, um etwas zu essen und zu trinken. Und gestern hatte sie spazieren gehen wollen, war aber schnell umgekehrt, denn unten war noch immer die Hölle los gewesen. Stattdessen hatte sie Phoebe angerufen.

Ihre Freundin hatte die ersten New Yorker Tage nach ihrem spektakulären Europa-Urlaub hinter sich und war total frustriert, weil das Wetter schlecht war, die Schule wieder angefangen hatte und die Beziehung zu einem Typen, den Lilli nie gesehen hatte, nicht nach ihren Vorstellungen lief.

»Und weil du nicht da bist. Ich vermiss dich, Lilo.«

»Ich dich auch. Wie war doch gleich der Name des Neuen?«, hatte Lilli gefragt.

»Ach, vergiss es. Den musst du dir nicht merken, ich mach morgen Schluss mit ihm.«

Lilli hatte aufgelacht. »Oh! Selbst für dich ein Rekord. Ganze fünf Tage hat es diesmal gehalten.«

Phoebe hatte gekichert. »Ich habe natürlich schon jemanden ins Auge gefasst ...«

»Natürlich. Du lässt nie was anbrennen.« Ihre Freundin war in Sachen Jungs auf Konsum eingestellt. So zurückhaltend sie mit Naschereien jeglicher Art war: Jungs vernaschte sie massenweise.

»Warum sollte ich? Und was ist jetzt eigentlich bei dir? Willst du bis zur Hochzeit warten oder was? Wenn du es nie versuchst, kannst du auch nicht dem Richtigen begegnen.«

»Wo du recht hast, hast du recht. Aber mir ist keiner über den Weg gelaufen, der mich annähernd interessieren würde.«

»Noch nicht einmal ein kleiner Urlaubsflirt mit einem süßen Spanier?«

»Nichts. Obwohl ...« Eugene vielleicht.

»Ja? Spuck's aus! Es gibt doch jemanden, stimmt's?«

»Da gibt es einen irischen Jungen, dem ich wohl gefalle.«

»Mhm. Und weiter?«

»Nichts weiter.« Lilli hatte das Thema gewechselt. »Hast du eigentlich mitbekommen, dass es hier ein heftiges Erdbeben gegeben hat? Ein Berg ist entstanden. Völlig verrückte Geschichte.« Lilli hatte Phoebe erzählt, was geschehen war, von ihrem mysteriösen Retter und dem Pulli in ihrem Schrank.

Phoebe hatte nur kommentiert: »Natürlich rettet dich einer und du lernst ihn *nicht* kennen. Das ist so typisch! Endlich passiert was und dann verpennst du alles.«

»Ich war bewusstlos, schon vergessen?«

»Na ja, läuft auf's Gleiche hinaus.«

Sie hatten sich bald darauf verabschiedet, nicht ohne dass Lilli ihrer Freundin hatte versprechen müssen, bald jemanden kennenzulernen. Am besten noch am gleichen Tag. Lilli hatte lachend aufgelegt und sich bildlich vorgestellt, wie sie sich einen Typen angeln würde.

Als sie jetzt neben ihrer Mutter zum Ausgang lief, dachte sie, dass es vielleicht keine so schlechte Idee war, etwas zu unternehmen, irgendwo hin zu gehen, weg von hier, denn die Gegend hier war zu einem Pilgerort für Sensationsgierige mutiert. Und davon gab es reichlich. Es wimmelte täglich von Reportagewagen und die Straße war zugeparkt mit Autos und Wohnmobilen.

Alle Zeitungen, die sie mit der Post bekamen, waren voller Schlagzeilen wie *Andalusien um eine Bergkette reicher, Die kleine Schwester der Sierra Nevada erblickt das Sonnenlicht* oder *Das Königshaus setzt auf neue Gipfel.*

Einen Namen für die Bergkette gab es auch schon, *Sierra Vergin del Mar* – der Berg der Meerjungfrau. Nebst einem offiziellen Termin zur Taufe mit anschließender Riesenparty. Zukunftspläne für die Region schmiedete man ebenfalls fleißig, doch die widersprachen sich täglich.

Manche Berichte spekulierten, dass man alle paar Meter Tunnels in den Berg graben würde, um ans Meer zu kommen, andere sagten, der Berg würde bleiben wie er war, einige behaupteten auch, dass er abgetragen werden solle.

Die Zerstörung in der Region hielt sich laut der Zeitung *El Sur* in Grenzen und über die inzwischen sechs Toten brachte man nur noch sporadisch ein paar Zeilen.

Lilli verließ gemeinsam mit ihrer Mutter die Wohnung. Ihre Mutter wollte die frühe Stunde nutzen, um mit dem Rad nach Calahonda zu Chris zu fahren, solange die Straße einigermaßen passierbar war. Ihr Bruder saß noch immer bei Eugene fest. Wenn er nicht einen Hubschrauber entführen und damit hier im Pool landen wollte, musste er sich noch einige Tage gedulden. Denn mit einem Auto durchzukommen war unmöglich. Und Fahrrad fahren mit seinem verletzten Bein ebenfalls.

Ihre Mutter hatte Leckereien dabei. Obwohl Eugene beteuert hatte, dass es nicht nötig sei, etwas vorbeizubringen, ließ sie sich nicht umstimmen. Schließlich sollten die Jungs wieder auf die Beine kommen. Lilli wurde den Gedanken nicht los, dass ihre Mutter eine Ablenkung suchte, eine Beschäftigung.

Sie verließen das Haus. Ihre Mutter ging zum Fahrrad, deponierte die volle Tasche im Korb und schob das Fahrrad neben Lilli den Hang hinunter.

»Richte den Jungs meine Grüße aus«, sagte Lilli und umarmte ihre Mutter, als sie den unbefestigten Weg erreichten.

»Mache ich. Und du, was hast du vor?«

Lilli zuckte mit den Schultern. Es war Samstag und sie hatte sich noch keine Gedanken gemacht, wie sie den Tag verbringen würde. Da es ihr inzwischen wieder gut ging – die Kopfschmerzen waren weg, und von der Wunde sah man kaum mehr als einen rosa Hauch –, wollte sie die frühe Stunde ebenfalls nutzen, bevor die Meute an Reportern und Schaulustigen angerollt kam.

»Ich gehe spazieren. Schaue mir den Berg mal an.« Sie deutete mit einer Kopfbewegung in die Richtung, wo früher der Strand und das Meer gewesen waren. »Vielleicht gehe ich eine Runde schnorcheln«, fügte sie grimmig hinzu.

Ihre Mutter presste die Lippen zusammen. »Das Schönste hier war, dass wir das Meer so nahe hatten. Jetzt ist es weg, wahrscheinlich für immer. Sie sind so stolz auf diesen Berg, als wäre es ihr Verdienst, dass er jetzt da ist. Die wollen gar nichts verändern.«

Lilli nickte stumm.

»Willst du nicht doch etwas anderes unternehmen als nur hier herumzuhängen? Komm doch mit.«

Lilli verdrehte die Augen und wollte sich schon abwenden, als ihre Mutter unbeirrt fortfuhr:

»Oder lass uns morgen nach Motril ins Kino fahren. Nur wir beide, wie früher. Von deinem Vater werden wir in den nächsten Tagen nicht viel sehen, der ist mehr unter als über Wasser. Was meinst du?«

»Ja, vielleicht. Wir können morgen darüber reden.« Bevor ihre Mutter noch etwas sagen konnte, hatte sich Lilli schon umgedreht und stapfte davon.

Der Strand sah auf den ersten Blick wie eine eintönige schmutzig-graue Fläche aus, doch bei genauerem Hinsehen fanden sich unter den grauen Kieseln viele außergewöhnliche Steine.

Lilli schaute genauer hin, seitdem sie das herausgefunden hatte. Auch jetzt wanderten ihre Blicke über silbrig schimmernde Schiefersteine, weiße, runde Steine, die in der Sonne wie kleine Schneebälle glitzerten, oder jene braunen wie versteinerte Erde. Andere waren wiederum bunt, von grün bis korallenrot, durchzogen von feinen Äderchen. Die seltensten waren die schwarzen Steine. Wie verbranntes Gold glänzten sie in der Sonne. Doch am schönsten fand sie die hellen Schiefersteine in Tränenform, die sie in einem extra dafür besorgten Weidenkorb sammelte.

Seit dem Beben hatte sich der Kies am Fuß des Bergs angehäuft, als hätte jemand ihn dorthin gefegt. Stein und Sand schimmerten am Strand durch. Sie überlegte kurz, den Kies am Fuß des Bergs zu betreten und dort nach schönen Steinen zu suchen, doch es schien ihr gefährlich. Er sah so aus, als könnte man ohne weiteres darin versinken wie in Treibsand.

Plötzlich hielt Lilli inne. Eine Steinträne fiel ihr auf, handtellergroß, die im Morgenlicht wie neues Silber schimmerte. Der Stein lag oben auf einem Haufen anderer Steine.

Sie bückte sich und hob ihn auf, begutachtete ihn, drehte ihn zwischen ihren Fingern und da sah sie es: »I NEED HELP.«

War es ein Streich? Sie schaute sich um. Niemand war zu dieser frühen Stunde hier. Überhaupt kamen, seitdem der Berg aus dem Meer gewachsen war, kaum mehr Leute ans Ende der Bucht. Mit ihren Autos blieben alle weiter vorn auf der Straße und mieden den unbefestigten Weg.

Klar und deutlich waren die Worte in den Stein geritzt.

Lilli sah sich noch einmal um, ließ den Stein in ihre Tasche gleiten und holte kopfschüttelnd die Decke und ihr Buch heraus. Auf Spazieren Gehen und Berg Erkunden hatte sie plötzlich keine Lust mehr.

Unruhe hatte sie erfasst und die Worte auf dem Stein gingen ihr nicht mehr aus dem Kopf. Bestimmt war der Stein von einem Kinderspiel liegen geblieben, versuchte sie, sich zu trösten. Sie zögerte, überlegte, wieder zurück ins Haus zu gehen. Doch dann breitete sie die Decke aus und setzte sich in den Schneidersitz darauf. Albern, warum sollte sie beunruhigt sein?

Die Sonne erhob sich allmählich hinter dem Berg und tauchte den Strand in gleißendes Licht. Eine Schar Möwen zog Richtung Westen, wie jeden Morgen um diese Zeit.

Lilli vermisste das Wasser, sie vermisste es, in die Ferne zu schauen und die Linie zwischen Himmel und Meer zu sehen. Nein, es war etwas anderes, hier zu sitzen. Sie würde auch nicht mehr herkommen, beschloss sie trotzig. Wozu auch? Solange das Meer hinter dem Berg blieb, war es sinnlos. Das Beben hatte ihre kleine Ecke der Welt für immer verändert.

I NEED HELP. Eigenartig. Was, wenn es wirklich so gemeint war? Und kein Kinderspiel?

Sie holte den Stein aus ihrer Tasche und betrachtete ihn erneut. Er war ungewöhnlich groß für einen Tränenstein und etwa einen halben Zentimeter dick. Die Buchstaben waren tief eingeritzt, was sie verwunderte. Sie suchte einen scharfkantigen Stein und versuchte, einen Strich hinein zu ritzen. Es gelang ihr trotz Kraftanstrengung nur ein leichter Kratzer. Jemand hatte mit sehr viel Kraft diese Worte in den Stein geritzt. Oder gemeißelt?

Vielleicht sollte sie wirklich besser mit ihrer Mutter ins Kino, dachte sie kopfschüttelnd. Sie sollte unter Menschen, sonst begann sie noch, hinter jedem Stein eine Gruselstory zu wittern. Sie legte die Träne neben sich auf die Decke und griff zu ihrem Buch.

16.
I Need Help

Alex wachte stöhnend auf. Die Schleimhäute seiner Nase waren so ausgetrocknet, dass jeder Atemzug wie Feuer brannte. Er musste mehrere Stunden geschlafen haben.

Obwohl er sich tagsüber in den Schatten der kleinen Höhle auf der anderen Seite der Klippe verkroch, heizte die Sonne die Steine auf und er trocknete langsam aber sicher aus.

Benommen blinzelte er ins Licht, selbst das brannte. Er musste dringend Wasser finden, schnellstens zurück ins Meer kommen, bevor er wie ein gestrandeter Delfin verenden würde.

In seiner ersten Nacht hatte er versucht, den Berg zu überwinden. Normalerweise kein Hindernis. Doch im Geröll, den Kieseln, die sich über die Bergkette gleich einer meterdicken steinernen Decke gelegt hatten und in den vielen messerscharfen Kanten abgesplitterter Felsstücke war er ständig versunken und immer wieder zum Fuß des Bergs zurückgerollt. Die scharfen Kanten hatten seine trockene Haut an Fußsohlen und Handflächen verletzt. Geschwächt wie er war, heilten seine Verletzungen nur sehr langsam.

Erschöpft und an allen Vieren blutend, hatte er schließlich aufgegeben und sich in die Höhle unter dem Leuchtturm verkrochen.

Dieses Erdloch war nicht groß, er passte nur zusammengerollt hinein, doch war es lebenswichtig. Tagsüber schützte ihn die hinter niedrigen Büschen versteckte Höhle vor der Sonne, den Hubschraubern und den Blicken der Menschen, die auf der Straße weiter vorn in Scharen herumliefen.

Gestern Morgen hatte er das Mädchen, das er gerettet hatte, wiedergesehen. Es war aus dem Haus am Hang gekommen und gleich wieder zurückgegangen. Vermutlich hatten die vielen Leute es eingeschüchtert.

Er wollte sie ansprechen, wenn sie wieder an den Strand kommen sollte. Vielleicht konnte sie ihm helfen. Die Idee mit dem

Stein war ihm nachts gekommen. Er hatte ihn gut sichtbar auf einen Haufen anderer Steine gelegt und hatte gehofft, dass sie ihn finden würde.

Am frühen Morgen war sie zwar kurz da gewesen, doch er hatte es nicht über sich gebracht, sie anzusprechen, obwohl sie den Stein gefunden hatte. Er hatte befürchtet, sie zu erschrecken, so verschmutzt und entkräftet, wie er war. Außerdem hatte sie nach dem Fund des Steins den Eindruck gemacht, dass sie etwas beunruhigte. Vielleicht würde sie abends wiederkommen.

Er musste wirklich mit ihr sprechen, wenn er nicht sterben wollte. Er brauchte Hilfe.

In seinen Augen brannte es wie Salzwasser in einer frischen Wunde, das Schlucken war scheußlich schmerzhaft und der nagende Hunger längst nebensächlich. Alles in ihm schrie nach Wasser.

Auf allen Vieren schleppte er sich aus der Höhle. Es war später Nachmittag, doch die Sonne war noch nicht ganz hinter den Klippen verschwunden. So fasziniert er von ihrem Anblick am ersten Morgen gewesen war, so sehr verfluchte er sie jetzt, da sie schonungslos aus einem wolkenlosen Himmel auf ihn niederschien. Allein die Nacht brachte Kühlung.

Alex sehnte sich nach der Leichtigkeit und Schwerelosigkeit seines Lebens unter Wasser und bedauerte fast die Menschen, denn das Leben an Land schien viel schwerer zu sein als unter Wasser.

Vorsichtig spähte er hinter den Felsen hervor. Sobald sich die letzten Menschen vorn auf der Straße verzogen hatten, musste er es riskieren, zu den Häusern dort zu gehen. Er hatte keine andere Möglichkeit; wenn das Mädchen nicht kam, musste er dort Wasser finden.

In der zweiten Nacht hatte er sich bis zum vordersten Haus gewagt und von einer Wäscheleine im Garten eine Hose gestohlen, ohne lang zu überlegen. Ins Haus einzudringen, hatte er sich nicht getraut. Zumal von drinnen wütendes Hundegebell zu hören gewesen war.

Langsam ließ er sich zu Boden gleiten und rutschte in den Schatten der Felsen. Wasser. Wasser. Wasser. Es machte ihn wahnsinnig.

Die Zeit schien versteinert, die Sonne wollte nicht aufhören zu glühen. Alex döste weg und als er aufschreckte, spürte er erleichtert, dass sich die Luft abgekühlt hatte. Benommen stand er auf und wollte einen Blick hinter die Klippe wagen.

Er hielt inne, die Stirn an den Fels gepresst. Ein bekannter Geruch. Ganz langsam schob er den Kopf über den Rand des Felsens.

Sie saß nicht weit entfernt auf einer Decke. Das offene Haar glühte im Licht der Abendsonne wie dunkles Gold. Er beobachtete sie, ein beinahe vertrauter Anblick.

»I NEED HELP.« Er hatte es voller Verzweiflung in den Stein geritzt und sie hatte ihn am Morgen gefunden und eingesteckt.

Gebannt betrachtete er die sitzende Gestalt und Hoffnung keimte auf, denn sie hielt etwas in ihrer Hand. Aber es war nur ein Buch! Was hatte er erwartet? Dass sie ihn suchte, ihn rief? Dass sie die Worte auf dem Stein ernst nahm und ... Nein, jetzt, da er darüber nachdachte, wurde ihm klar, dass sie nichts tun würde. Könnte. Warum auch, wenn sie nicht einmal wusste, wie der Stein dort hingekommen war und was es mit »I NEED HELP« auf sich hatte? Er musste sich ihr zeigen, ihr vertrauen, und wenn es nicht anders ging, ihr sogar sagen, dass er sie gerettet hatte. Es gab keine andere Möglichkeit. Er war geschwächt, ausgetrocknet, er hatte keine Unterkunft und keine Nahrung und seine Lungen brannten wie Feuer. Er war kurz davor, erbärmlich zu krepieren. Geheimhalten hin oder her, er wollte überleben, alles andere würde sich regeln lassen. Und abgesehen davon, musste er ihr nicht gleich auf die Nase binden, was er war.

Wie aber würde sie auf einen Fremden reagieren, der nicht gerade vertrauenerweckend war? Was sollte er ihr sagen, falls sie Fragen stellte? Nie zuvor war er so hilflos, so ausgeliefert wie in diesen drei Tagen in der fremden Welt. In einer Welt, in der er nicht einmal wusste, wie er an Wasser und Nahrung kommen konnte.

Gestern hatte er einen Vogel gefangen und versucht, damit seinen fürchterlichen Hunger zu stillen. Doch nachdem er seine Zähne in dessen warmen kleinen Körper geschlagen hatte, war dem Hunger heftige Übelkeit gewichen und er hatte das Tier würgend von sich geschleudert.

Die Fremde war seine letzte Hoffnung. Sein Herz begann zu rasen bei dem Gedanken, wie sie reagieren würde. Was, wenn sie vor Schreck alles zusammenschrie und davonlief, bevor ...

Sie erhob sich, bückte sich nach der Decke und schüttelte sie kurz aus. Als hätte sie ein Geräusch gehört, drehte sie sich plötzlich um. Alex hatte keine Zeit mehr, sich hinter den Felsen zu ducken. Er stand wie versteinert da und ihre Blicke trafen sich.

Lilli starrte zu der Klippe hinüber und versuchte, im Licht der Abendsonne die Gestalt auszumachen, die dort stand. Sie hatte nicht bemerkt, dass da jemand hingegangen wäre, aber vielleicht lag es daran, dass der Lärm der Hubschrauber, die erst vor Kurzem abgezogen waren, die Schritte übertönt hatte.

Die Gestalt rührte sich nicht.

Lillis Herz begann, schneller zu schlagen. Sie erkannte einen Jungen, seine Augen schienen im Abendlicht zu glühen. Seine ganze Gestalt war in einen Schein getaucht, der ihn vollkommen unwirklich aussehen ließ. Hatte der Fremde sie etwa beobachtet?

Ein leises »Hallo, wie geht's?« drang von der Klippe zu ihr. Die Worte klangen, als würden sie vom Wind verweht werden.

Verwundert, dass er sie auf Englisch ansprach, antwortete sie erst gar nicht.

Wäre sie nur nicht wieder hierhergekommen! Doch der laue Abend und das Bedürfnis nach frischer Luft hatten sie an den Strand getrieben.

Ein Teil von ihr wusste, dass es klüger wäre, jetzt einfach zu gehen, aber etwas an dem Fremden hielt sie fest. Er sah wie ein verängstigtes Tier aus, das sich nicht aus seinem Versteck hervorwagte.

Doch dann kam Bewegung in die Gestalt und Lilli gefror das Blut in den Adern. Der Fremde schwang sich geschmeidig über die Felsen und kam langsam auf sie zu. Der Eindruck der Hilflosigkeit wich einem anderen Bild. Er sah jetzt eher aus, als hätte er ein Ziel.

Sie dachte einen Augenblick mit erstaunlicher Nüchternheit, dass sie sein Ziel war und dass es, wenn sie blieb, vielleicht nicht gut für sie ausgehen würde. Sie schaute sich um, der Einbruch des Abends hatte alle Schaulustigen weggefegt. Sie waren allein. Trotzdem rührte sie sich nicht von der Stelle. Und dann kam ihr ein Gedanke und sie rief ihm zu:

»Hast du den Stein da hingelegt?«

Sie hatte den »I NEED HELP«-Stein nicht dabei, doch wenn er es gewesen war, der ihn hierher gelegt hatte, wusste er, was sie meinte.

Etwas an seinem Gang sagte ihr, dass sie keine Antwort auf ihre Frage bekommen würde.

Noch einmal sah sie sich um. Sie waren allein. Nur oben, im Anwesen, brannte Licht.

Der Fremde trug knielange helle Hosen, die schon bessere Zeiten gesehen hatten. Sein Oberkörper war nackt und sah sehr blass aus. Überhaupt war er unnatürlich blass. Er sah nicht gut aus. War er vielleicht krank? Hatte er die Worte in den Stein geritzt und den Stein dort hingelegt, damit jemand ihn finden und ihm helfen konnte?

Bevor er Lilli erreichte, brach er plötzlich zusammen. Er ging in die Knie und fiel nach vorn in den Kies, röchelnd, als würde er keine Luft bekommen.

Das war dann wohl ein Ja, dachte Lilli. »He, komm schon ...« Sie sah auf die Gestalt herab und wartete, dass er die Komödie beendete. »Soll das witzig sein?«

Vielleicht ist er verrückt, durchzuckte es sie. Eine Möglichkeit. Oder er wollte ihr nur einen Streich spielen. Oder das Ganze war echt. Diese Möglichkeit fand Lilli gar nicht gut. Das Lächeln verging ihr. Hier stimmte etwas nicht. Echt nicht.

Sie trat auf ihn zu, bückte sich und berührte seine nackte Schulter. Ein Röcheln versank leise im Kies. Kurzerhand drehte sie ihn auf den Rücken.

»Oh Gott, was ...?«

Sie hielt den Atem an. Obwohl mit ihm etwas nicht stimmte, war sein Gesicht vollkommen entspannt. Nur die geisterhafte Blässe verscheuchte das Trugbild, dass er schlief. Er war bewusstlos, oder?

Lilli rüttelte ihn sanft und zuckte zurück, denn wieder kam über seine Lippen ein gequältes Röcheln als sei es sein letzter Atemzug. Sie hob seinen Kopf an und schob ihm ihre Decke darunter. Dann kniete sie sich neben ihn und strich seine Haare aus dem Gesicht.

»Was ist los, bist du verletzt?« Sie beugte sich zu ihm hinunter, sein Atem war oberflächlich und hörte sich an, als riebe jemand mit der Hand über Schmirgelpapier.

»Wasser ... bitte ...« Sein Kopf rollte zur Seite.

Jetzt war er ganz sicher bewusstlos. Sie betrachtete ihn einen kurzen Moment lang, er hatte keine sichtbaren Verletzungen. Sie musste unter Schock stehen, denn ihr war das Amulett mit dem Symbol des andalusischen Schutzgottes Indalo um seinen Hals aufgefallen. Und sie erkannte, dass er jung war, etwa in ihrem Alter.

Ihre Starre löste sich. Sie sprang auf und rannte los. Sie rannte wie von Furien gehetzt zum Haus.

Als sie ein paar Minuten später wieder zurück war, in jeder Hand eine Flasche Wasser, lag er unverändert da.

Eine Schar Möwen hatte sich unweit eingefunden, die Vögel beobachteten unruhig das Geschehen.

Keuchend öffnete Lilli eine der Flaschen und hob seinen Kopf so weit an, dass sie ihm die Flasche an die Lippen halten konnte. Er reagierte nicht.

»Komm schon, Wasser ... ich habe dir Wasser gebracht ... trink!«

Er rührte sich nicht und Lilli bekam einen Schrecken. Er lag totenstill da. Atmete nicht mehr.

Sie wurde panisch. Gehetzt packte sie seine Schultern und rüttelte ihn, dass sein Kopf hin und her flog.

»Atme, verflixt noch mal, das ist jetzt nicht dein Ernst! Du sollst atmen!«

Sie war so wütend, dass sie ihn anschrie und wie von Sinnen rüttelte, die Flasche packte und ihm den gesamten Inhalt ins Gesicht und über die Brust schüttete. Sie öffnete auch die zweite Flasche und goss die Hälfte über ihn, als würde sie ihn so aus dieser Schmierenkomödie »Totstellen« reißen können.

Nichts geschah. Nur die Möwen, von ihrem Wutausbruch aufgeschreckt, flogen davon, als hätten sie begriffen, dass es kein Futter hier gab.

Lilli keuchte und Tränen liefen über ihre Wangen. Er war wirklich tot, er war gestorben, vor ihren Augen. Oh nein, was sollte sie nur tun? Den Notruf wählen oder ... Wiederbeleben! Sie musste ihn wiederbeleben und wenn's nicht anders ging, mit Mund-zu-Mund-Beatmung. Und den Notruf wählen ...

Okay, ganz ruhig. Sie atmete ein paar Mal tief ein und aus und beruhigte sich. Sie legte die Handflächen auf seine Brust, entschlossen, es so zu machen, wie sie es in Filmen gesehen hatte. Sie platzierte ihre rechte Hand in Höhe des Herzens. Sie spürte die Kühle seiner Haut, wenigstens hatte er kein Fieber. Und gleichzeitig ... Seine Brust war eben noch nass gewesen, jetzt war das Wasser weg, wie verdunstet. Merkwürdig, dachte sie.

Ihr Verstand arbeitete auf Hochtouren, während ihre Hand über seine Brust glitt. Die Blässe seiner Haut war erschreckend. Doch sie nahm noch etwas anderes wahr. Als ihre Finger über seine Brust nach unten strichen, fühlte sich die Haut glatt an. Doch sobald sie ihre Finger zurückgleiten ließ, war sie eigenartig rau, als würde sie über Samt in die falsche Richtung streichen. Lilli schüttelte verwirrt den Kopf, jetzt war keine Zeit für solche Details. Der Junge starb und sie machte sich Gedanken über den Zustand seiner Haut.

Sie setzte zur Herzmassage an, als eine Bewegung durch den Körper des Fremden ging. Lilli erstarrte und sah gebannt auf ihn nieder. Ihre Hände lagen immer noch auf seiner Brust, sie wartete. Doch er rührte sich nicht.

Sie bückte sich, legte ein Ohr an die Brust, schloss die Augen und horchte. Nichts. Doch, jetzt! Da war er, ein kaum wahrnehmbarer Herzschlag. Schon fürchtete sie, sie könnte es sich auch nur eingebildet haben. Weil sie es hören wollte. Weil es nicht sein durfte, dass er unter ihren Händen starb. Noch einmal schlug sein Herz und noch einmal. Jetzt war es ganz deutlich, aber unnatürlich langsam. Zwischen zwei Herzschlägen vergingen Sekunden. Sie horchte weiter, zählte. Poch ... eins, zwei, drei, vier, fünf, sechs. Poch ... eins, zwei, drei, vier. Poch ...

»Danke!«

Lilli zuckte zusammen und schnellte hoch. Er hatte die Augen geöffnet und betrachtete sie erstaunt, so als müsste er sich etwas klar machen.

»Herrgott, hast du mich erschreckt! Ich dachte, du bist ... tot«, japste Lilli.

»Ja ... nein ... ich war nur ... weg«, sagte er leise.

Er schaute ihr in die Augen und sie schaute zurück. In Augen, die in tiefem Blaugrau schillerten, wie Splitter aus dem stürmischen Meer. Dass sie dabei rot wurde, ärgerte sie und sie war froh, dass es beinahe dunkel war und er es nicht sehen konnte. Sie setzte sich auf.

»Was ist passiert? Du bist ohnmächtig geworden. Du hast mich zu Tode erschreckt.« Lilli war bemüht, ihre Aufregung zu verbergen, doch ihre Stimme klang zittrig.

Er sah sie stumm an, ließ dann den Kopf sinken und schloss die Augen.

»Hey, nicht, nicht schon wieder ohnmächtig werden.« Sie rüttelte an ihm, diesmal sanfter.

Er öffnete die Augen und richtete sich auf. »Entschuldige. Ich wollte dich nicht verstören.« Er sprach leise, als könnte er so seinen Worten mehr Glaubwürdigkeit verleihen.

Seine Stimme kam ihr merkwürdig vertraut vor. Sie war tief und weich und ein Akzent klang fast unmerklich mit. Überhaupt hatte sie das eigenartige Gefühl, diese Stimme schon einmal gehört zu haben. Lilli warf ihm einen forschenden Blick zu und beschloss, ihm jetzt keine Fragen zu stellen. Er sah erschöpft aus. Irgendetwas war schließlich mit ihm los. Niemand bricht einfach nur so zusammen.

»In der Flasche ist noch etwas Wasser, möchtest du trinken?«, fragte sie.

Er griff hastig danach und leerte sie in einem Zug. »Danke. Du hast mir das Leben gerettet.« Er beugte sich zu ihr und sah ihr in die Augen.

Gewitterwolkenaugen, ging es ihr durch den Kopf. Verlegen über seine Bemerkung und über ihre eigenen poetischen Gedanken räusperte sie sich und es gelang ihr, unbeeindruckt zu klingen, als sie sagte:

»Du übertreibst, es ist nicht der Rede wert. Keine Ursache.« Und als sie es schaffte, ihre Gedanken zu entwirren, fügte sie hinzu: »Kann ich noch etwas für dich tun? Dir noch mehr Wasser holen oder etwas zum Essen?«

»Ich bin dir sehr dankbar für deine Hilfe. Du hast mir das Leben gerettet«, wiederholte er und schien es ernst zu meinen. »Entschuldige, wenn ich dich erschreckt habe.«

»Du musst dich nicht entschuldigen«, antwortete Lilli. Er hatte ihre Frage nicht beantwortet. Oder doch?

»Dein Herz hat so schnell geschlagen, ich dachte, ich hätte dir Angst gemacht, als ich von da kam.« Er zeigte flüchtig auf die Klippe.

»Mein Herz?« Was redete er da? Oh, nein, er hatte ihr die Angst angesehen. Wie peinlich.

Er betrachtete sie mit einem undurchdringlichen Ausdruck, und, als wollte er das Thema wechseln, zuckte er mit den Schultern. »Du hast so ausgesehen, als hättest du plötzlich Angst bekommen. Mein Anblick war nicht gerade vertrauenerweckend.«

»Ja, schon, du sagtest aber, mein Herz hätte so schnell geschlagen.«

»Ich meinte, du sahst aus, als wärst du verängstigt. Ich heiße übrigens Alex.«

»Ja, ich ... Lilli. Hallo«, stotterte sie.

»Hallo, Lilli.« Alex flüsterte ihren Namen, als gebe es im Augenblick kein schöneres Wort für ihn.

Sie saßen nebeneinander im Kies. Es gelang ihr kaum, einen klaren Gedanken zu fassen. Es war alles so seltsam. Als würde ihr das hier nicht wirklich passieren, als wäre sie in einem Traum.

»Ich sollte gehen«, sagte sie abrupt. »Wenn ich nichts mehr tun kann ...«

Eigentlich wäre sie gern noch geblieben, am liebsten noch ganz lange. Wer war dieser Fremde? Was war hier los? Sie musste sich eingestehen, dass er sie neugierig machte. Doch andererseits ging es sie nichts an. Er schien über das Schlimmste hinweg und wollte nichts mehr haben.

»Kann ich dir etwas anvertrauen, Lilli?« Alex schaute sie mit Augen an, die ihre Widerstandskraft dahinschmelzen ließen. Er hatte sich ganz aufgesetzt und ihre Gesichter waren auf gleicher Höhe.

Lilli rührte sich nicht, fasziniert und sprachlos starrte sie ihn an. Sie konnte sich nicht erinnern, jemals einen schöneren Menschen gesehen zu haben. Seine Haare hatten die Farbe von feuchtem Holz. Sie fielen ihm in sanften Wellen in den Nacken. Eine Strähne klebte nass an seiner linken Schläfe und sah im Dämmerlicht wie eine frische Wunde aus. Lilli musste mit aller Macht den Impuls unterdrücken, sie ihm wegzustreichen. Sein Gesicht, nur Zentimeter vor ihr, schimmerte blass im letzten Licht des Tages, die Züge sanft und männlich zugleich. Die gerade Nase verlieh ihm einen edlen Zug, aber auch eine gewisse Strenge, die durch die sinnlichen Lippen aufgehoben wurde. An seinem Kinn zeichnete sich kaum sichtbar ein Grübchen ab.

In diesem Augenblick flackerten ein paar Meter weiter oben auf der Straße die Lampen auf und in ihrem orangefarbenen Licht erkannte Lilli, was in diesem Gesicht das Außergewöhnlichste war. Es waren die Augen. Sie hatten die Farbe der Gewitterwolken oder des graublauen Meeres, wenn es aufgewühlt und stürmisch war. Kleine braune Sprenkel schwammen darin wie Inseln. Und sie waren von den längsten Wimpern, die Lilli bei einem Jungen gesehen hatte, umrahmt. Im Schein der Straßenlampen warfen die Wimpern lange feine Schattenfäden auf seine Wangen.

Diese Augen sahen sie jetzt immer noch an, genauso erstaunt und berührt wie sie selbst. Obwohl er vor kaum einer halben Stunde so gut wie tot gewesen war, fühlte Lilli sich durch seine Anwesenheit auf merkwürdige Weise lebendig. Ja, fast glücklich. Als hätte sie sein Erscheinen aus einem langen Schlaf geweckt. Sie verspürte eine unbändige Lebensfreude, intensiver als je zuvor. Und gleichzeitig merkte sie, wie verloren und wenig lebendig sie für allzu lange Zeit gewesen war. Ja, sie war glücklich, jetzt in diesen Sekunden, in denen seine Augen auf ihr ruhten. Vielleicht stimmte es und sie hatte ihm das Leben gerettet. Was sicher stimmte: dass er sie gerade zum Leben erweckt hat.

Sie wusste nicht, wie lange sie so dagesessen hatte, doch als sie sich schließlich zusammenriss, um seine Frage zu beantworten, schien es ihr, als hätte er sie in einem anderen Leben gestellt.

Sie sagte wie beiläufig: »Mädchen sind bekanntlich keine guten Geheimnisbewahrer. Aber ich könnte mich bemühen.« Verschmitzt sah sie ihn an und als sie sein ernstes Gesicht bemerkte, fügte sie rasch hinzu: »Du kannst mir vertrauen. Versprochen, Alex.«

Er lächelte fast unmerklich, stützte sich auf seine Arme und schaute zum Himmel. Die Nacht war hereingebrochen.

In den drei Stunden, in denen sie auf Alex wartete, durchlebte Lilli eine ganze Palette von Emotionen.

Sie packte ihr Buch aus, um sich so gelassen wie möglich zu geben. Doch kein Wort, das sie las, drang in ihr Bewusstsein. Sie war viel zu aufgeregt.

Das hier war schließlich fast ein Date. Nein, nicht fast, es war ein Date, zumindest nach spanischen Verhältnissen. Auch wenn sie auf einer abgenutzten Decke an einem Strand ohne Meerblick saß.

Er hatte gesagt, er würde hierherkommen. Sie sollte heute zur gleichen Zeit wie gestern hier sein, zum Sonnenuntergang.

Es ging auf acht Uhr zu und die Sonne war schon untergegangen. Lilli verscheuchte ihre Zweifel und sagte sich, dass er nicht mehr wusste, wie spät es gestern gewesen war. Schließlich war es ihm nicht gut gegangen, da hatte er sicher nicht auf die Zeit geachtet. Hatte er überhaupt eine Uhr gehabt?

Als es aber eine ganze Weile schon dunkel war, keimte Wut in ihr auf. Er verspätete sich. Um neun Uhr schwand Lillis Zuversicht, dass er überhaupt noch kommen würde. Gleichzeitig schwand auch ihre Wut und Taubheit hüllte sie ein wie ein kaltes Tuch. Sie fröstelte. Der Abend war kühl und die ersten Sterne zeigten sich am Himmel. Immer wieder redete sie sich ein, dass er noch kommen würde. Doch eine Stimme in ihr sagte ihr, dass sie umsonst wartete.

Sie erinnerte sich an ihre Euphorie, die sie durch den Tag getragen hatte. Wie beschwingt sie aus dem Bett gesprungen war, ein Lied vor sich hinsummend. Wie leicht sie sich den ganzen Tag gefühlt hatte und dass die Zeit wie im Flug vergangen war. Natürlich hatte es daran gelegen, dass sie Alex wiedersehen würde, an der Vorfreude auf die Geschichte, die er ihr gestern Abend versprochen hatte. Oder war es weniger die Geschichte gewesen als vielmehr seine Nähe, auf die sie sich so gefreut hatte? Egal, sie hatte sich gefreut und das war gut.

Da ihr Internetanschluss wieder funktionierte, hatte sie ihre E-Mails gecheckt.

Obwohl sie erst gestern telefoniert hatten, hatte Phoebe ihr geschrieben. Dass sie sich immer noch vom Urlaub in Europa erhole. (Ein Smiley hatte den Satz beendet.) Doch ihre angebliche Erschöpfung und die Tatsache, dass sie noch nicht Schluss mit ihrem Freund, »der übrigens George heißt«, gemacht hatte, hatte sie nicht davon abgehalten, sich mit einem Jungen namens Ruben einzulassen. »Nachdem ich mit dir telefoniert habe, habe ich ihn angesprochen. Gott, ist der süß! Allein schon dieser Name ...« Und um Lilli klarzumachen, wie einfach und toll es war, Jungs kennenzulernen, und wie toll Ruben war, »ganz anders als George«, hatte sie ihr in so vielen Einzelheiten über ihre erste Nacht mit ihm berichtet, dass Lilli beim Lesen rot geworden war.

Lilli hatte ihr in ihrer Antwort von der Begegnung mit Alex erzählt. »Siehst du, ich hab endlich auf dich gehört und noch am selben Tag jemanden kennengelernt, der mich fasziniert. Er sieht umwerfend aus. Ach ja, eine Kleinigkeit noch: Ich habe ihm das Leben gerettet. Was bestimmt besser ist als Sex! Und ich sehe ihn heute Abend wieder.« Grinsend hatte sie die Mail an Phoebe geschlossen: »Ich werde ihn küssen! Das weiß ich. Ich halte dich auf dem Laufenden. Und mach um Gotteswillen Schluss mit G.«

Ihrer Freundin Marge hatte sie vom Beben geschrieben, da sie vor zwei Tagen schon beunruhigt gemailt hatte. Lilli hatte in ihrer Antwort nur kurz den Jungen erwähnt, »der vor mir zusammengebrochen ist und dem ich wahrscheinlich das Leben gerettet habe.« Doch sie war sich sicher gewesen, Marge würde sich nicht mit ihrem knappen Bericht begnügen. »Wenn allerdings der Abend so verlaufen wird, wie ich es mir vorstelle«, hatte sie noch abschließend geschrieben, »werde ich dir erzählen können, dass ich endlich wieder einen Jungen geküsst habe.«

Wie weit weg jene hellen Stunden jetzt im Dunkel der Nacht waren! Wie unbegreiflich ihre Freude! Und wie fern jeder Realität ihre Träumereien! Für einen Augenblick hatte sie das Gefühl, dass Alex gar nicht wirklich existierte. Dass nichts von all dem existierte. Dass das Gestrige nie passiert war. Sie würde weder Phoebe noch Marge über ihr Date schreiben können, geschweige denn über ihre Küsse. Er hatte sie versetzt. Das war alles, was sie berichten wird können.

Sie lag zusammengerollt auf ihrer Decke und lauschte in die Nacht. Von der Straße oben drang ab und zu das Motorgeräusch eines vorbeifahrenden Autos zu ihr. Sonst war es still; so still, dass sie die Brandung hinter dem Berg hörte und sich einbildete, Salzluft zu riechen.

Ihr Körper war eiskalt und steif, als sie ein letztes Mal auf ihre Uhr sah. Kurz nach halb elf. Sie stand auf und nahm ihre Decke. Langsam ging sie zum Haus zurück. Ihr Herz war so schwer, dass sie ihre Tränen kommen ließ, ohne dagegen anzukämpfen.

17.
Bekannter Fremder

Wenn der Weg zur Schule beinahe im Krankenhaus endet, ist das kein guter Tagesbeginn. Was aber Lilli nicht weiter verwunderte, waren die vergangenen zwei Wochen auch keine guten zwei Wochen gewesen. Sie waren wie in einem Warteraum vergangen. Kaum etwas war zu ihr durchgedrungen und nichts von dem, was um sie herum geschehen war, hatte sie berührt.

Einzelne Momente waren ihr in Erinnerung geblieben. Zum Beispiel, als Eugene Chris heimgebracht hatte, als ihr Vater einem Lokalsender ein Interview im Wohnzimmer gegeben hatte, als Maria sie besucht hatte und sie sich einen Film im Fernseher angeschaut hatten. Dann als sie ihre E-Mails abgefragt hatte und von ihren Freundinnen in New York zwei gefunden hatte, in denen sie sie um Neuigkeiten zu Alex ausfragten. Phoebe auf ihre direkte Art, ob denn dem Kuss auch noch mehr gefolgt war. Und Marge diskret, ob sie Kontakt hatte zu dem Jungen, den sie gerettet hatte.

Und sie erinnerte sich, wie am letzten Freitag der Anruf gekommen war, dass am Montag die Schule weiterging.

Hier war sie, auf dem Weg in einen neuen Schultag. Auf der Küstenstraße und in den Ortschaften war Normalität eingekehrt. Die Schaulustigen, Reporter oder Politiker, die sich hier nach dem Beben beinahe häuslich eingerichtet hatten, waren weg. Der Berg, der im kommenden Jahr im Rahmen eines großen Festes offiziell auf den Namen *Sierra Vergin del Mar* getauft werden sollte, war Teil der spätherbstlichen Landschaft und bot nichts Neues mehr, worüber es sich zu berichten lohnte. An diesem vorletzten Novembermorgen war er das Einzige, was daran erinnerte, dass etwas Großes hier passiert war.

Die verlassene Küstenstraße erstreckte sich zwischen der neuen Bergkette rechts und den alten Gewächshäusern links, die aussahen, als würden sie gleich unter dem Staub zusammenbrechen, die das Beben hinterlassen hatte. Im Schatten des Bergs wirkten sie noch geduckter als sonst.

Lilli hörte über Kopfhörer die Musik einer spanischen Band, die sie hier entdeckt hatte, *Héroes del Silencio*. Der Sonnenaufgang, der sich rosa hinter der Bergkette andeutete, passte zur Stimmung der langsamen Melodie.

Seit sie hier war, staunte sie oft über die Himmelsbilder des Sonnenaufgangs. Noch nie hatte sie so viele Schattierungen gesehen, so viele Wolkengestalten. Manchmal hingen morgens dunkle Regenwolken so tief über den Bergen hinter Calahonda, als müssten sie sich bald entleeren, um ihre Last loszuwerden. Doch die Wolken verschwanden im Lauf des Tages wie von Zauberhand und es wurde sonnig und klar. Manchmal waren die Wolken nur da, um der Sonne eine passende Kulisse für ihren allmorgendlichen Auftritt zu bieten.

Seit es den Berg gab, ging die Sonne später auf und mit einem Mal wurde Lilli bewusst, dass sie sie nie wieder über dem Meer auf- und untergehen sehen würde. Jene Minuten, in denen diese mit den Farben des Himmels und Meeres spielte, waren für immer weg. Viele dieser Himmelsbilder hatte sie fotografiert und war jetzt froh darüber. Wenigstens ein paar Erinnerungen an die frühere Landschaft hier.

Das Fahrrad, das sie letzte Woche von ihren Eltern bekommen hatte, fühlte sich noch fremd an. Sie fuhr deshalb vorsichtiger als sonst und konnte den Sturz noch auffangen, als sie in die Kurve bog. Buchstäblich in letzter Sekunde wich sie dem Fahrradfahrer aus, der ihren Weg schnitt. Ihr Rad geriet gefährlich ins Straucheln, doch es gelang ihr, rechtzeitig auszuweichen. Nicht schon wieder ein Fahrradunfall!

Sie bremste, stieg mit weichen Knien vom Rad und lehnte es an die niedrige Mauer, die die Straße vom Strand trennte. Das war knapp, dachte sie verärgert und drehte sich suchend um, doch der Fahrradfahrer war bereits hinter der Kurve verschwunden.

Dieses Gesicht. Sie hatte es schon einmal gesehen. Die eingefallenen Wangen und dunklen Augen, der mürrische, düstere Gesichtsausdruck. Ja, natürlich! Jetzt erinnerte sie sich. Es war am Tag ihrer Ankunft in La Perla gewesen. Der Hausmeister, Don Pedro. Ihr fiel auf, dass sie ihn seither nicht mehr gesehen hatte.

Gedankenverloren setzte sie sich auf die Mauer. Als ihr nach drei Minuten Warten klar wurde, dass der Mann nicht zurückkommen würde, stieg sie aufs Rad und fuhr weiter, immer noch wütend über die Rücksichtslosigkeit des Hausmeisters.

Auf der restlichen Strecke war Lilli noch vorsichtiger. Sie kam ohne weitere Vorkommnisse an. In Amerika würde Calahonda nicht einmal den Rang eines Vororts einnehmen, geschweige denn als Kleinstadt bezeichnet werden. Es gab nicht viele Straßen hier, der Ort war überschaubar, zum Glück, denn ihr Orientierungssinn war miserabel.

Seit dem Beben war sie nicht hier gewesen. Sie fand dessen Spuren überall in den Straßen. Die meisten Häuser hatten Risse in den Fassaden, von Stelle zu Stelle türmten sich Schutthaufen und warteten darauf, abtransportiert zu werden. Zerbrochene Blumenkübel und umgestürzte Palmen lagen immer noch herum, als gäbe es niemanden, der sie wegräumen könnte.

Sie kam an einem Haus vorbei, das ein Bild der Verwüstung bot. Plötzlich rief der Anblick Erinnerungen an andere Bilder aus ihrer New Yorker Heimat wach. An Schuttberge. Und Balken, die daraus wie riesige Finger ragten. An herumliegende Gegenstände, die mal jemandem gehört hatten. Auch hier hatten Menschen gelebt, vielleicht waren sie hier gestorben.

Es roch nach erdigem Staub und es war so still wie am Ground Zero in New York, wenige Wochen nach der Katastrophe. Manchmal hatte der Tod dasselbe Gesicht, dachte sie aufgewühlt. Selbst wenn er auf zwei verschiedenen Kontinenten kam und aus zwei verschiedenen Quellen. Dies hier war schließlich eine Naturkatastrophe gewesen, keine von Menschenhand verursachte.

Plötzlich musste sie würgen. Sie verlangsamte.

Aus den Ruinen, dem Schutt und Staub sah sie Möbelteile herauslugen; ein Regal stand schief und in sich verkeilt an einer halb eingestürzten Mauer. Ein Bilderrahmen ohne Glas und Bild war der einzige Gegenstand darin. Und dort musste das Schlafzimmer gewesen sein, dachte Lilli. Das Ende eines breiten Betts stand aufrecht da, als würde es darauf warten, dass man es endlich an den Rest befestigte.

Nachdem sie sich etwas beruhigt hatte, setzte sie ihren Weg fort und allmählich ließ das Gefühl der Übelkeit nach.

Gedankenverloren und traurig erreichte sie die Schule, stellte ihr Rad an einem Eukalyptusbaum ab und nahm ihren Rucksack aus dem Korb.

Sie sah sich im Schulhof um. Auch hier hatte das Beben Spuren hinterlassen. Risse durchzogen den geteerten Boden und setzten sich in der Fassade des Schulgebäudes fort. Ein Strommast stand schief und das Fußballtor auf dem Sportplatz war zusammengebrochen.

Andere Schüler kamen.

Lilli schloss sich einem Mädchen an, dessen Namen sie nicht kannte.

Das Mädchen nickte ihr zu und sagte mit einem Lächeln: »Guten Morgen. Mal sehen, wie es drinnen aussieht. Ich hörte, dass einige Geräte beschädigt wurden.«

»Ist schon heftig gewesen, drüben in La Perla ist auch einiges kaputtgegangen«, bemerkte Lilli und musste an die Ruinen des Hauses denken, das sie gerade gesehen hatte.

»Du bist heil davongekommen?«

»Nur eine Kleinigkeit, nicht schlimm. Ist längst verheilt.« Unwillkürlich griff sich Lilli an die Schläfe.

Das Mädchen betrachtete sie einen Moment mit ernstem Gesicht, dann sagte sie:

»Meine Mutter hat es böse erwischt, sie musste mit gebrochenen Rippen ins Krankenhaus.«

Lilli sah das Mädchen entsetzt an. »So schlimm? Wie geht es ihr?«

»Besser. Sie ist jetzt zu Hause, trägt aber immer noch eine Korsage um den ganzen Brustkorb.« Das Mädchen lächelte. »Sie sagt, sie fühlt sich wie eine Schildkröte.«

Gemeinsam liefen sie die Treppen in den ersten Stock hoch.

»In welcher Klasse bist du?«

Das Mädchen deutete auf eine Tür. »Dort ist meine Klasse. Die B.«

Das internationale Departement der Schule hatte insgesamt vier Klassen mit je 20 Schülern, die nach Alter und Zugang aufgeteilt waren. Lillis Klasse war die mit den neuesten Zugängen.

»Ich bin drüben in der D. Ich heiße übrigens Lilli.«

»Nina. Du bist Amerikanerin?«

Da an der Schule grundsätzlich spanisch gesprochen wurde, war Lilli überrascht, dass Nina das merkte. »Hört man es?«

Noch bevor Nina antworten konnte, rutschte Lilli auf einer Plastikfolie aus und verlor das Gleichgewicht. Sie schlug unsanft mit einem Knie auf.

»Alles okay?«, erkundigte sich Nina und half Lilli wieder auf die Beine.

»Ja, danke, geht schon. Das konnte nur mir passieren.« Lilli versuchte, ihre Verlegenheit mit einem schiefen Lächeln zu überspielen.

»Hätte auch ich sein können«, sagte Nina und grinste.

Lilli sah sie dankbar an. Wenn es nicht schon längst klar gewesen wäre, dass sie Nina mochte, dann war das spätestens jetzt der Fall.

Nina hatte ein schmales Gesicht mit hohen Wangen und schwungvollen Lippen. Die Brille mit dunklen Rändern verbarg ihre blauen Augen ein wenig. Sie war kleiner als Lilli und sehr schlank, beinahe knochig. Die dunkelblonden Haare trug sie zu einem Zopf zusammengebunden. Lilli fand, dass Nina Ähnlichkeit mit der jungen Uma Thurman hatte.

»Wirklich alles okay? Es ist nicht sehr effektiv, sich *nach* dem Beben ein kaputtes Knie zu holen.«

Lilli lachte. »Stimmt, den Zug habe ich verpasst.«

Nina lachte ebenfalls. »Also, man sieht sich.«

»Ja, man sieht sich.«

Lilli ging mit gesenktem Blick an ihren Platz. Wie um ihr klarzumachen, dass der Tag noch weitere Peinlichkeiten bereithielt, fielen ihr prompt sämtliche Bücher aus den Händen, als sie sie aus ihrem Rucksack ziehen wollte und merkte, dass sie sich vorhin, beim Sturz, den Daumen der rechten Hand geprellt hatte. Er hatte ihr eben seinen Dienst versagt.

Es war eindeutig einer dieser Tage, an denen sie lieber im Bett hätte bleiben sollen. Grimmig stellte sie ihren Rucksack ab und bückte sich, um die verstreuten Bücher einzusammeln.

Ihr Blick blieb in zwei blaugrauen Gewitterwolkenaugen hängen.

Er saß in der Reihe neben ihr und schaute sie mit einer Mischung aus Überraschung und Erheiterung an. Alex, der Junge, der am Strand von La Perla vor ihr zusammengebrochen war. Der Junge, der sie versetzt hatte. Der Junge, der die Ursache dafür war, dass sie seit Monaten wieder geheult hatte.

Und als hätte jemand einen Damm in ihrem Inneren eingerissen, überfluteten sie die angestauten Erinnerungen mit einer Wucht, die ihr die Luft nahm.

Noch während sie sich in den Stuhl zurücksinken ließ, bemerkte sie die Veränderung an ihm. Er war ordentlich gekleidet, trug ein hellgraues T-Shirt und dunkle Jeans und hatte nichts mehr von der Blässe von damals an sich. Die frische Sonnenbräune brachte seine Augen zum Strahlen, er sah eindeutig ... gesund aus. Und umwerfend. Reiß dich zusammen, Dummkopf, mahnte sie sich. Sie wurde rot und wendete schnell den Blick ab. Verzweifelt biss sie sich auf die Unterlippe. Dieser Tag war definitiv eine Katastrophe.

Was tat er hier? Sie war so überwältigt von seinem Erscheinen, dass sie nicht bemerkte, wie sich der Klassenraum füllte. Erst als der Lärmpegel hoch genug war, dass sie ihre eigenen Gedanken nicht mehr hören konnte, kam sie wieder zu sich. Lilli schloss die Augen und atmete tief durch.

Obwohl sie krampfhaft vermied, in seine Richtung zu schauen, spürte sie seine Anwesenheit. Wieso hatte er eigentlich so amüsiert geschaut? War ihm noch nie etwas aus der Hand gefallen?

In übertriebener Geschäftigkeit sortierte sie ihre Bücher, legte gleich drei Stifte und zwei Hefte heraus und blätterte dann mit hochkonzentriertem Gesicht in ihrem kleinen Kalender, als sei sie eine vielbeschäftigte Geschäftsfrau, die sich über ihre bevorstehenden Termine auf dem Laufenden hielt. Dabei versuchte sie, die Wut, die sie ihm gegenüber empfinden sollte, heraufzubeschwören.

Sie sollte eigentlich richtig sauer sein, dass er sie so schamlos versetzt hatte. Pah! Von wegen »lass mich dir etwas anvertrauen« und »du hast mir das Leben gerettet«. Wie oft rettet man schon jemandem das Leben. Sie kannte niemanden, der einem anderen das Leben gerettet hatte, sie kannte ihren eigenen Retter nicht. Und wenn sie ihn kennen würde, könnte sie ihn nie einfach so versetzen.

Sie sollte sauer sein. Stattdessen freute sie sich, dass er da war. Ziemlich sogar. Seit jenem Abend, an dem sie vergeblich auf ihn gewartet hatte, hatte sich Lilli Mühe gegeben, Alex aus ihren

Gedanken zu verbannen. Je mehr sie es versucht hatte, desto hartnäckiger hatte er sich dort aufgehalten.

Er war in ihrem Kopf, wenn sie die dunklen Wolken am Himmel betrachtete, die sie an seine Augen erinnerten; er tummelte sich zwischen den Zeilen, wenn sie ein Buch las; und bevor sie einschlief war er meistens auch da. Nein, nicht meistens, immer! Selbst wenn sie Wasser trank, musste sie an ihn denken. Wie er am Strand dagelegen hatte und sie gedacht hatte, er wäre tot. Wie sie ihm die Flasche an die Lippen gehalten und er gierig daraus getrunken hatte. Wie seine nackte Brust im Abendlicht geschimmert hatte, vollkommen wie die einer Steinstatue, und wie sie ihn berührt hatte.

Und jetzt saß er da drüben, sah fit und atemberaubend gut aus und glotzte sie belustigt an. Sie musste sich mit aller Gewalt zusammenreißen, um nicht erneut zu ihm zu sehen.

Wie lange saß ihre Banknachbarin Helena schon da? Sie hatte sie nicht kommen hören. Schnell holte Lilli den Guten-Morgen-Gruß nach. Sie wollte nicht auch noch Helenas leicht aufflammende Missgunst auf sich ziehen. Der Tag hatte bereits jetzt etwas von einem Albtraum.

Helena murmelte etwas, was sie nicht verstand.

Zu spät, dachte Lilli, sie ist sauer. »Tut mir leid, ich war in Gedanken woanders. Wie geht es dir? Habt ihr das Beben gut überstanden?« Lilli wurde verlegen, irgendwie kam sie sich so unehrlich vor.

Helena nickte, ihr Gesicht wurde jedoch nicht freundlicher. Im Gegenteil, sie sah Lilli finster an und verzog den Mund.

»Tut mir echt leid«, wiederholte Lilli. An ihrer verspäteten Begrüßung konnte es kaum liegen, dass sie so schlecht gelaunt war.

Helena sagte mit einem Mal viel zu laut und übertrieben freundlich: »Kein Problem, ich bin heute auch etwas abgelenkt.« Dabei sah sie demonstrativ zu Alex hinüber.

Herrje! Hatte sie den Blickwechsel zwischen ihr und Alex bemerkt? Und wenn schon, dachte Lilli trotzig, vielleicht war es gar nicht so schlecht, dass Helena nicht gleich im Mittelpunkt stand.

Lilli schaute sich um und stellte fest, dass etliche Mädchen ihre Köpfe zu Alex gedreht hatten und ihm mehr oder weniger verstohlene Blicke zuwarfen. Und sie stellte fest, dass ihr das Unbehagen bereitete. Sie schüttelte den Kopf. Was für ein merkwürdiger Morgen.

Anders als in ihrer New Yorker Schule fanden auf diesem College alle Stunden im gleichen Raum statt und nur die Lehrer wechselten. Plötzlich fragte sie sich, ob Alex jetzt länger hier sein würde.

Außer wenn Laborarbeit angesagt war, hatten die Schüler ihre festen Plätze in der Klasse. Das war von Vorteil, fand Lilli, denn man musste nicht dauernd umziehen. Ein weiterer Vorteil war, dass Alex jetzt jeden Tag, in jeder Stunde am selben Platz unweit von ihr sitzen würde. Und der Nachteil: Alex würde jeden Tag, in jeder Stunde am selben Platz unweit von ihr sitzen.

Missmutig schlug Lilli ein Buch auf und versuchte, den neuen Mitschüler zu ignorieren. Sie würde ihn nicht ansprechen. Sie würde nicht hinüberschauen. Ganz bestimmt nicht. Nahm sie sich fest vor und für ganze 20 Sekunden gelang es ihr auch.

Sie klemmte die Haare hinter ihr Ohr und schielte mit gesenktem Kinn verstohlen hinüber. Sie würde garantiert seinem Blick begegnen und dann ... Erleichtert merkte sie, dass Alex sie gar nicht beachtete. Stattdessen schaute er konzentriert auf ein Formular und war offensichtlich dabei, es auszufüllen.

Lilli war froh, als Señor Yó in die Klasse kam und der Unterricht beginnen konnte.

Eigentlich hieß ihr Klassenlehrer Yago Mendez, aber er hatte gleich am Anfang klargemacht, dass er Señor Yó genannt werden wollte, mit Betonung auf dem »O«. Das würde seinem Ego zugutekommen, hatte er auch Lilli erklärt, denn »*yo* bedeutet, wie wir alle wissen, auf Spanisch *Ich*. Und *Herr Ich* klingt doch prima.«

Señor Yós Ego war in der Tat üppig. Dadurch wirkte seine ganze Gestalt größer, denn Señor Yó war ein sehr kleiner Mann. Ansonsten war er ein angenehmer Lehrer, der einen gesunden Sinn für Humor und Selbstironie besaß.

Er stellte seine Tasche auf den Tisch und begrüßte die Klasse. Dann ließ er seinen Blick über ihre Köpfe schweifen, legte die Fingerkuppen aneinander und sagte feierlich:

»Heute haben wir die Ehre, einen neuen Schüler zu begrüßen. Sein Name ist Alexander Valden und er wohnt bei einer Gastfamilie in Calahonda. Er wurde in Australien geboren, lebte aber die letzten zwei Jahre im Süden Spaniens, in der Nähe von Malaga.« Die letzten Worte richtete Señor Yó direkt an Alex. Nach einer dramatischen Pause dann: »Willkommen, Alexander!«

Alle Köpfe flogen zu Alex, die der Mädchen schneller als die der Jungen, wie Lilli fand. Sie betrachtete ihren Daumen, den sie sich vorhin geprellt hatte, und stellte unbeeindruckt fest, dass er leicht angeschwollen war.

Alex sagte nur: »Ja, danke, Señor Yó.«

In dem Glauben, ihn ungestört anschauen zu können, hob Lilli den Kopf. Ihr Herz begann zu flattern, als sich ihr Blick in dem seinen verfing. Er schien nicht verlegen zu sein. Es war eher ein Blick, der sie forschend und neugierig abschätzte.

Und da war noch etwas anderes. Während er sie ansah, hatte sie das Gefühl, er wäre auf der Hut. Lilli nahm sich vor, Alex nicht mehr zu beachten. Schließlich hatte sie nicht damit gerechnet, ihn je wiederzusehen. Was auch immer es zu bedeuten hatte, dass er jetzt hier saß: Es ging sie nichts an.

Die Stunde verging wie im Flug. Lilli war übertrieben aufmerksam dem Gerede Señor Yós gefolgt. Als es zur Pause läutete, zuckte sie zusammen. Die anderen schossen aus ihren Stühlen und drängten sich geräuschvoll zur Tür.

Lilli blieb sitzen. Plötzlich streifte sie ein Schatten.

»Weißt du, wo ich die Anmeldung für die Theatergruppe abgeben kann?« Alex hatte seine Stimme gesenkt und sich zu ihr gebeugt, als befürchte er, dass ihn jemand hören könnte.

Sie hatte nicht vergessen, wie angenehm seine Stimme klang. Und wieder hatte sie das Gefühl, die Stimme von früher zu kennen.

»Theatergruppe?« Fiel ihr wirklich nichts Intelligenteres ein? Sie sollte wenigstens nicht so dümmlich gucken. Und weiteratmen.

»Ich möchte mich anmelden, aber ich finde auf dem Formular nichts angegeben, wo ich das machen kann. Ich dachte, du weißt es.«

»Nein, tut mir leid.« Sie flüsterte, weil sie befürchtete, ihre Stimme würde brechen. Schroffer, sie sollte viel schroffer werden. Ernsthaft, tat er gerade so, als wäre das nichts gewesen, sie zu versetzen? Es war so, als wären sie sich nie zuvor begegnet. Und er hielt es offensichtlich nicht für nötig, sich zu entschuldigen. Sicher hatte er längst vergessen, wer sie war, obwohl er damals mindestens ... zwei Mal versichert hatte, sie hätte ihm das Leben gerettet.

Sie räusperte sich und sagte dann in einem Ton, bei dem man die Anführungszeichen sah: »Mit *Theaterspielen* habe ich es nicht so.«

Alex hatte sich inzwischen auf ihre Tischkante gesetzt und sah so aus, als wollte er die Pause dort verbringen. Er blickte mit undurchdringlichem Gesichtsausdruck zu Lilli herab und sie fragte sich, ob er ihren Seitenhieb tatsächlich nicht bemerkt hatte.

Ihre Blicke begegneten sich und plötzlich wusste Lilli, wieso sie nicht sauer sein konnte. Sie war verletzt. Sie war weder wütend, noch beleidigt. Es tat nur weh. Schnell wandte sie den Blick ab.

»Tut mir leid, Lilli.«

Hatte er ihren Namen gesagt? Hatte er sich gerade entschuldigt? Verdattert stammelte sie: »Weswegen?«

»Wegen Sonntag vor zwei Wochen.«

Ihre Verblüffung wuchs. Er erinnerte sich nicht nur an ihren Namen, nein, er wusste sogar noch den Tag, an dem er sie versetzt hatte. Und er hatte sich tatsächlich entschuldigt.

»Wenn du nichts dagegen hast, werde ich jetzt hinausgehen.«

Etwas unbeholfen stand sie auf und zwängte sich an Alex vorbei in den Gang. Dabei streifte sie seine Schulter. Alex zuckte zurück, als hätte sie ihn gestochen. Brüsk stand er auf und ging hinüber zu seinem Platz, wo er sich wieder seinem Formular widmete.

Lilli verließ mit fliegenden Haaren den Raum.

»Theatergruppe«, schnaubte sie, während sie im Schulhof in der Vormittagssonne saß und an einem Keks knabberte. Das passte. Theater konnte er gut spielen! Aber sie wird gewiss nicht weiter zu seinem Publikum gehören.

Eingebildeter Kerl! Echt! Hielt sich wohl für einen Hollywoodstar. Gut, musste sie zugeben, allein schon vom Aussehen hätte er das Zeug dazu. Aber dann gleich so zu protzen? Theater! Vermutlich eine klasse Gelegenheit, ein paar Mädchen den Kopf zu verdrehen. Eingebildet, keine Frage!

Lilli war aufgewühlt und das gefiel ihr gar nicht. Alex' Erscheinen hatte sie völlig aus dem Tritt gebracht. Und nun, da er wieder in ihr Leben getreten war, musste sie dafür sorgen, ihm keinen Platz einzuräumen. Nicht noch einmal.

Doch kaum hatte sie den Gedanken zu Ende gedacht, nahm er, ohne zu fragen, neben ihr auf der Bank Platz. Sie starrte ihn an, als wäre er eine Erscheinung.

»Hast du Lust, einen Spaziergang zu machen? Nach der Schule?«
Was? Oh, ja klar! Warum nicht. Er konnte sie doch jederzeit versetzen. Sie runzelte die Stirn. »Ich ... Nein.« Hatte sie tatsächlich *nein* gesagt?

»Nein?«

Sie hatte tatsächlich *nein* gesagt.

Alex schien genauso überrascht wie sie selbst. »Nein, nicht nach der Schule oder nein, nicht spazieren gehen?«

»Ja.« Lilli nickte bejahend. »Ich meine, nein.« Sie schüttelte den Kopf.

Alex betrachtete sie belustigt. Erneut. Ein Lächeln deutete sich in seinen Mundwinkeln an.

Lilli holte tief Luft: »Nein, ich werde nicht mit dir spazieren gehen. Weder nach der Schule noch ein anderes Mal.« Endlich ein paar ganze, vernünftige Sätze. Oder?

Alex schwieg. Schien zu überlegen, sein Lächeln verschwand.

Kaum hatte sie den Satz ausgesprochen, bereute sie es. Was hatte er ihr getan? Sie waren verabredet gewesen, okay. Er war nicht gekommen, nicht okay. Vielleicht war er ernsthaft krank gewesen. Eine Möglichkeit. Vielleicht hatte er gute, wirklich gute Gründe. Noch eine Möglichkeit. Vielleicht wollte er ihr jetzt erklären, weshalb er nicht gekommen war. Diese Möglichkeit gefiel Lilli. Sie könnte entgegenkommender sein, dachte sie, doch dann verwarf sie den Gedanken. Er hatte sich gerade entschuldigt. Super, dann war's das.

Lilli drehte sich zu Alex und sagte: »Ich nehme deine Entschuldigung an. Ist nicht mehr wichtig, du musst mir nichts erklären. Aber ich kann nicht mit dir spazieren gehen.« Denn den Schmerz an jenem Abend würde sie nicht so leicht vergessen.

Alex sah sie lange an, dann nickte er und stand auf. Im selben Moment ertönte die Glocke.

»Ich begleite dich ein Stück.« Seine Worte übertönten das allgemeine Stimmengewirr und die Zurufe der anderen Schüler, die das Schulgelände verließen.

Lilli richtete sich auf und legte das Fahrradschloss, das sie gerade gelöst hatte, um den Sattel. Alex stand neben ihr.

Es war keine Frage, es war ... die klare Feststellung einer Tatsache. Und diese Feststellung ließ keinen Widerspruch zu. Wie stellte er das nur an? Schon heftete er sich an ihre Seite und sie war außerstande, ihn wegzuschicken. Als wäre es das Selbstverständlichste der Welt, schob sie ihr Rad vor sich her. Eigentlich könnte sie jetzt aufsteigen und ihn einfach stehen lassen. Bekam er immer, was er wollte?

»Hast du kein Rad?« Sie wich einem Auto aus, das sich die Straße freihupte. Ein Junge saß auf dem Beifahrersitz. Er lehnte sich aus dem heruntergekurbelten Fenster und rief zwei Mädchen etwas zu, die auf der anderen Straßenseite liefen. Die Mädchen ignorierten ihn.

»Nein«, sagte Alex zögernd: »Ich kann nicht Radfahren.«

»Du kannst nicht Radfahren?«, echote sie.

»Nein.«

Wieso fand sie das so komisch? »Du bist der Erste, den ich kenne, der nicht Radfahren kann. Ich meine, in deinem Alter. Samuel, mein Nachbar in New York, der kann's auch nicht. Er übt aber gerade mit einem Dreirad. In New York gibt es seit kurzem richtige Fahrradwege.« Als Alex schwieg und sie nur neugierig ansah, fügte sie hinzu: »Samuel ist gerade drei geworden.«

»New York also.« Er lächelte, doch in seiner Stimme lag eine Melancholie, die sich Lilli nicht erklären konnte.

»Ja, da komme ich her.«

Alex nickte nur. »Du könntest es mir zeigen!«, rief er plötzlich.

»Was? New York?«

»Radfahren. Du könntest es mir beibringen.«

Lilli lachte auf. »Ich? Oh ...«

»Tun wir so, als wäre ich drei.«

War das ein Versuch, sie auf den Arm zu nehmen? Noch bevor Lilli etwas sagen konnte, schnappte sich Alex ihr Rad und schwang sich auf den Sattel. Da er nur auf einem Bein stand, war das eine wackelige Angelegenheit und Lilli gluckste.

»Du musst dich mit beiden Händen hier festhalten.« Sie zeigte ihm die Griffe an der Fahrradstange, senkte dabei die Stimme und blickte sich beschämt um, ob sie jemand beobachtete. Doch die

Straße hatte sich geleert. Nur ein paar Jungs mühten sich im Schulhof ab, das Fußballtor wieder aufzustellen.

»Was sind das für ... Hebel?«

»Hier ist die Gangschaltung und das sind die Bremsen.«

Lilli erklärte ihm das Fahrrad von oben bis unten und tat so, als sei er ein Kind. Er hörte aufmerksam zu und folgte jedem ihrer Worte und jeder Geste mit großem Interesse, als würde sie gerade etwas sehr, sehr Wichtiges erläutern.

»Du solltest zuerst das Gleichgewicht und das Bremsen üben. Alles andere ist für den Anfang nicht so wichtig.«

»Gut, das Gleichgewicht.«

»Und das Bremsen, mein Junge.«

»Mhm, und das Bremsen, Mami. Stützt du mich, während ich es versuche?« Sein Blick senkte sich in den ihren und ihr war klar, dass sie es ihm nicht abschlagen konnte. Nicht solange er sie so ansah.

Sie nickte. »Aber bitte nicht Mami, einigen wir uns auf große Schwester.«

Wie sich herausstellte, musste sie nicht lange Hilfestellung leisten. Kaum dass Alex seine Füße in die Pedale gestemmt hatte, fuhr er auch schon los. Die ersten Meter wackelte das Rad bedrohlich, doch keine drei Häuser weiter hatte er sich gefangen und verschwand um die nächste Ecke.

Lilli schaute ihm verblüfft hinterher. Theaterspielen, durchzuckte es sie. Sie war doch tatsächlich auf seinen Trick hereingefallen.

Zuerst lachte sie auf, schaute eine Weile auf die Ecke, um die er verschwunden war, und hatte bereits einen Spruch auf den Lippen, den sie ihm an den Kopf schleudern würde, wenn er jetzt gleich zurückkäme. Doch er kam nicht. Und sie wurde wütend. Endlich. Er hatte sie doch noch soweit gebracht.

Mit weit ausholenden Schritten lief sie die Straße hinunter, blieb an der Ecke stehen und sah sich um. Die Gasse war leer. Außer einer alten Frau mit Einkaufstasche, war weit und breit kein Alex.

Mit einem bohrenden Gefühl im Magen bog sie zum Strand ab. Dort streifte sie ihren Rucksack von der Schulter und setzte sich in den Kies.

Ohne Rad steckte sie hier fest. Es blieb ihr nichts anderes übrig, als zu warten, bis Alex seine Fahrradtour beendet hätte. Oder zu

Fuß die sieben Kilometer laufen, worauf sie nach dem langen Tag in der Schule jetzt echt keine Lust hatte.

Sie kramte in ihrem Rucksack, packte ihr Buch und den MP3-Player aus und versuchte, sich damit abzulenken. Doch bereits wenige Minuten später schweiften ihre Gedanken ab. Sie kam sich dumm vor. Was, wenn sie umsonst hier saß? Mit einem Knall klappte sie das Buch zu und stellte die Musik wieder ab. Lilli stand auf, packte alles ein und trat den Fußmarsch nach Hause an.

Als sie die Straße erreichte, sah sie ihn. Sein Gesicht strahlte. Dafür war Lillis Gesicht um so düsterer.

»Es ist fantastisch! Ich finde Radfahren großartig.« Er bremste und sprang vom Rad.

Entweder war er wirklich gut im Vorspielen oder er war verrückt.

»Ich bin bis Motril gekommen!«

»Was? Das sind über 12 Kilometer!« Lillis Stimme klang schrill.

»Oh! Hast du gewartet?«

»Du musst wie ein Wahnsinniger gefahren sein, wenn du 24 Kilometer in der Zeit geschafft hast. Bist du sicher, dass es Motril war?« Sie war so perplex, dass sie vergaß, wütend zu sein.

Alex zuckte die Achseln. »Die Schilder im Hafen jedenfalls sagten *Puerto Deportivo Motril*. Da bin ich wieder umgekehrt.« Er fügte hinzu: »Es war nicht so schwierig, wie ich dachte.«

»Ich schätze, es war auch nicht das erste Mal, dass du auf einem Fahrradsattel gesessen bist.«

Alex' Augen weiteten sich und die Freude verschwand schlagartig aus seinem Gesicht. »Du denkst, ich habe dich angelogen?«

»Ja, das denke ich. Wäre nicht das erste Mal«, fauchte sie.

»Tut mir leid. Ich bin wohl nicht sehr vertrauenswürdig. Kein Wunder. Ich ... es tut mir leid.« Mit undurchdringlicher Miene schaute er in die Ferne. Die untergehende Sonne tauchte den Himmel über dem Berg in rote Glut.

Lilli betrachtete Alex von der Seite und der Anblick seiner Schönheit gab ihrer Wut einen Dämpfer. Sein Gesicht schien wie aus Kupfer gemacht. Er schaute ohne zu blinzeln in den Himmel und seine ebenmäßigen Züge glichen denen einer Statue. Eine sanfte Brise spielte mit seinen seidigen Haaren. Sie hielt den Atem an, als müsse sie sich seiner Reglosigkeit anschließen.

Die kindliche Freude vorhin, der Ernst in seinem Gesicht jetzt, es war alles echt, dachte Lilli. Kein Mensch konnte sich dermaßen verstellen, oder? Sie wurde nicht schlau aus seinem Verhalten. Als hätte er ihre Blicke gespürt, drehte er den Kopf und schaute sie über die Schulter an.

»Radfahren ist wirklich toll. Danke, dass du mir erlaubt hast, dein Rad zu benutzen.« Seine Mundwinkel hoben sich zu einem schüchternen Lächeln.

Lilli sah verlegen an ihm vorbei auf den glühenden Himmel im Westen. Ohne den Blick abzuwenden, sagte sie: »Verrätst du mir, warum du damals nicht gekommen bist?«

»Nein.«

Seine Antwort kam so spontan, als wären sie gerade mitten im Thema.

»Ich dachte, du wolltest mir erklären, wieso du mich versetzt hast.«

»Ich dachte, du wolltest es nicht hören«, erinnerte er sie. Er lächelte. Als sie jedoch nichts sagte, wurde er wieder ernst und fügte hinzu: »Wollte ich. Ich wollte dir irgendetwas erzählen, etwas, was ... nicht ganz gestimmt hätte. Ich hätte dich anlügen müssen, Lilli. Doch jetzt will ich es nicht mehr. Ich möchte dich nicht belügen.«

»Ich verstehe kein Wort.« Wovon sprach er? »Ich würde dir auch nicht raten, mich noch einmal anzulügen«, schnappte sie.

»Du musst es dabei belassen. Ich entschuldige mich nochmals dafür, ich kann jedoch nicht verraten, warum ich an jenem Abend nicht gekommen bin. Ich darf die Wahrheit nicht sagen.« Seine Stimme klang belegt.

Lilli schnaubte. Wie hieß es immer? *Wenn ich dir die Wahrheit sage, muss ich dich töten.* »Aha.«

»Ich weiß, es klingt eigenartig in deinen Ohren.«

Eigenartig? Das war die Untertreibung des Tages. Er hatte gesagt, die Wahrheit dürfe er nicht sagen. Er hatte nicht gesagt, dass er *ihr* die Wahrheit nicht sagen dürfe. Wieso fiel ihr diese Kleinigkeit jetzt auf? Sie wollte die Frage laut stellen, ließ es jedoch. Seine Augen glänzten abgründig im Licht der hereinbrechenden Nacht und ihr Blick verlor sich für eine kleine Ewigkeit darin. Sie musste sich mit Gewalt daraus lösen. Es konnte nicht sein, dass dieser Junge sie so um den Finger wickelte.

»Gut.« Lilli griff nach dem Fahrrad, das Alex immer noch hielt. »Ist nicht mehr wichtig.« Sie stieg auf und zögerte. »Theater spielen ist wirklich das Passende für dich«, sagte sie und fuhr davon.

18.
Der unerwartete Frühstücksgast

Ein ohrenbetäubender Lärm weckte Lilli. Benommen setzte sie sich auf. Es war noch dunkel im Zimmer, sie musste sich irren, geträumt haben, wer sollte so früh schon ... Sie lauschte angestrengt. Sie träumte nicht.

Von unten, vom Strand drang ein Geräusch zu ihr, als würden in regelmäßigen Abständen Schauer aus Kieselsteinen niedergehen. Verwundert stand sie auf und ging zum Balkon. Der Tag rückte gerade sein erstes Licht heraus und vertrieb die blaue Stunde.

Am Ende des Küstenstreifens, dort wo die Klippe steil ins Meer fiel und jetzt der Berg ansetzte, stand ein Bagger und seine Schaufel drang in den Kies am Fuß des Berges. Er packte die Schaufel voll und schwenkte sie hinüber zu einem Container, wo er seine Last donnernd entlud. Entlang des Hügels zur Rechten standen sechs Lastkraftwagen und ein weiterer fuhr auf die Gruppe zu.

Im gleißenden Licht ihrer Scheinwerfer bemerkte Lilli ein paar Männer in Arbeitskleidung. Einer gab dem ankommenden LKW mit hektischen Armbewegungen Anweisungen. Der Laster parkte neben den anderen und verstummte mit einem Schnaufer.

Lilli schaute auf die Uhr. In 11 Minuten würde ihr Wecker klingeln. Es war kurz vor sieben. Sie stellte die Weckfunktion auf AUS und schlenderte ins Bad.

Als sie fertig angezogen war, trat sie erneut auf den Balkon, ihre Haarbürste in der Hand.

Mehrere Bagger waren nun aufgetaucht und standen verteilt am Fuß des Berges. Ein Teil der LKW zog ab. Mit irritierend langsamen Bewegungen, als müssten sie sich ihrer Steifheit vorerst entledigen, stießen die Schaufel der Bagger in den Kies und Zentimeter für Zentimeter bohrten sie sich knirschend hinein. Unweit der Laster waren mehrere Container aufgereiht, dorthin fuhren die Bagger mit ihren vollen Schaufeln, um sie über die Container in einem donnernden Wasserfall aus Steinen und Staub zu entleeren.

Sie trugen den Berg ab! Bedächtig hob sie ihre Haarbürste und begann mit langsamen Bewegungen ihr Haar zu bürsten. An die Steinbrüstung des Balkons gelehnt, schaute sie lange den Baggerschaufeln zu. Wenn sie in diesem Tempo weitermachten, war bald ein Durchgang zum Meer freigeschaufelt. Sie würde das Wasser wieder sehen! Mehr wollte sie nicht.

Die Sonne ging über der Bergkuppe auf und tauchte die sich verändernde Landschaft in goldgelbes Licht.

Ein Geräusch im Flur riss sie aus ihren Überlegungen. Gedämpfte Stimmen zogen an ihrer Tür vorbei, Richtung Küche. Eine Stimme gehörte ihrem Vater, die andere klang zwar vertraut, aber sie kam nicht darauf, wessen Stimme es war.

Flink klaubte Lilli ihre Schulsachen zusammen, die überall im Zimmer verstreut lagen, und machte sich für die Schule fertig. Die freudige Erregung der vergangenen drei Tage packte sie wieder und das schon vertraute Kribbeln im Bauch war zurück. Sie konnte es kaum erwarten, in die Schule zu kommen. Und das lag sicher nicht am faszinierenden Unterrichtsstoff.

Seit der letzten Begegnung hatte sie mit Alex kein Wort mehr gewechselt. Doch sie war jeden Morgen gespannt, ihn in der Klasse neben sich zu sehen.

Während des Unterrichts warf sie ihm verstohlene Blicke zu und saugte sein Bild in sich auf, als könnte sie es so für immer festhalten. Die meiste Zeit ignorierte er sie. Er schien dem Unterricht sehr aufmerksam zu folgen, als würde ihm das Erstaunlichste der Welt dort vorn geboten. An ihr hingegen flogen die Stunden vorbei und hinterließen kaum eine Erinnerung.

Einmal begegnete sie seinem Blick. Sein verschlossenes Gesicht ließ sie jedoch schnell wieder wegsehen. Okay, sie war unfreundlich zu ihm gewesen. Aber was erwartete er? Das ganze Theater mit dem Fahrrad war schon ärgerlich, das musste selbst er einsehen. Sie schätzte es nicht, wenn man sie für dumm verkaufen wollte. Dass er sie aber so verächtlich behandelte, das fand sie dann doch etwas übertrieben.

Vielleicht sollte sie heute zur Abwechslung versuchen, freundlicher zu sein, grübelte sie, während sie einen letzten Blick in den Spiegel warf. Wie immer, wenn sie sich das vornahm, war sie hin- und hergerissen zwischen Stolz und dem irrationalen Bedürfnis,

Alex nahe zu sein. Und jedes Mal, wenn sie sich dazu durchrang, geschah etwas, was sie wieder von ihrem Vorhaben abhielt.

Gestern, zum Beispiel. Da war er nach der Mittagspause nicht mehr aufgetaucht. Helena, ihre Banknachbarin, auch nicht. Lilli hatte später erfahren, dass sie zusammen in die Probe der neu gegründeten Theatergruppe gegangen waren. Es hatte ihr einen Stich versetzt und sie hatte sich zusammenreißen müssen, um ihre schlechte Laune am Nachmittag zu verbergen.

Obwohl sie wusste, wie dumm und kindisch es war, sich trotzdem heute wieder auf ihn zu freuen, tat sie es mit der gleichen Heftigkeit wie am Morgen davor.

Sie schnappte sich ihren Rucksack und schüttelte die Erinnerung an den gestrigen Nachmittag ab. Heute war ein neuer Tag und sie sollte mit ihm reden. Gedankenverloren legte sie sich schon ein paar Worte zurecht, während sie Richtung Küche lief. Die Stimmen wurden lauter. Woher kannte sie nur die andere Stimme? Dunkel und weich zugleich ...

Als sie um die Ecke bog, stieß sie einen Seufzer des Entsetzens aus und ließ ihren Rucksack fallen.

Am Frühstückstisch saß Alex und biss gerade von seinem Marmeladenbrot ab. Ihre Blicke begegneten sich und seine Augen wurden groß. Er erstarrte.

»Ah, da bist du«, sagte ihr Vater.

Völlig unnötig. Ihr Auftritt war wohl nicht zu überhören.

»Guten Morgen, Schatz. Ich habe jemanden eingeladen.«

Wieder unnötig, schließlich war sie nicht blind. Lilli stand wie angewurzelt am Durchgang und starrte Alex an. Wieso war *er* so überrascht, sie zu sehen, schoss es ihr durch den Kopf. Schließlich wusste er, wohin er zum Frühstück kam und wer Louis war. Oder nicht?

Alex legte behutsam das angebissene Marmeladenbrot auf dem Teller ab, als fürchtete er, es würde ihm davonlaufen. Die anfängliche Überraschung wich und ein unergründlicher Ausdruck erschien auf seinem Gesicht, den Lilli inzwischen nur zu gut kannte.

»Das ist Alex. Er ist mein neuer Taucherkollege und wird mir ein, zwei Mal die Woche aushelfen. Seit der Verschiebung der Kontinentalplatte und der ganzen Geschichte mit dem Berg wollen eine Menge Leute tauchen. Ist das nicht erstaunlich?«

Louis sah von einem zum anderen und als keiner etwas sagte, fuhr er fort: »Ich dachte, ich stelle ihn euch vor. Leider ist Chris schon weg und deine Mom schläft noch ...«

Ihr Vater hielt inne und schaute Lilli verwundert an. »Ist was, Lil?«

Sie riss sich zusammen.

»Wir kennen uns bereits.«

Sie warf Alex einen wütenden Blick zu. So, dachte sie, Radfahren kann er nicht, aber tauchen schon.

Ihr Vater hob seine buschigen Brauen. Dann kniff er die Augen zusammen und warf Alex einen forschenden Blick zu. »Ihr kennt euch?«

Alex schaute auf und lächelte Lilli entwaffnend an. »Wir sind in der gleichen Klasse.«

Sie stützte sich am Tisch ab. Nicht zu fassen, was ein Lächeln nach drei Tagen Ignoranz auslösen konnte.

»Ach so. Ja, dann ...« Ihr Vater schien aus irgendeinem Grund erleichtert. Er drehte sich zu Alex und sagte übertrieben fröhlich: »Dann muss ich euch nicht mehr bekannt machen.«

»Nein, Dad«, zischte Lilli und hob ihren Rucksack auf. Sie war nicht mehr hungrig. Und sie musste hier raus. Im selben Moment überlegte sie es sich anders. Warum weglaufen? Sie nahm sich trotzig vor, das Frühstück zu genießen und lief zur Anrichte. Sie goss sich Kaffee ein und setzte sich neben ihren Vater, Alex gegenüber. Schließlich war sie hier zu Hause. Also würde sie sich auch so verhalten.

Sie schüttete Cornflakes in eine Schale und goss Milch darüber. Dann fing sie betont gelassen an zu essen. Die Tüte Cornflakes begann, sich knisternd zu neigen und kippte schließlich um. Keiner stellte sie wieder auf.

»Sie tragen den Berg ab.«

Ihr Vater sah sie an und nickte. Alex nahm sein Marmeladenbrot vom Teller und biss hinein, als sei ihre Bemerkung das Signal gewesen, sich wieder zu rühren. Ein seltsam zufriedener Ausdruck huschte über sein Gesicht.

»Was ist das?«, fragte Alex und deutete auf sein Brot.

Sie hob eine Augenbraue. Sie würde ihm jetzt nicht ernsthaft antworten.

Ihr Vater übernahm es für sie für sie.

»Kirschmarmelade.«

Alex nickte kauend, auf der rechten Wange ein dünner Streifen roter Marmelade wie eine frische Wunde.

»Ausgesprochen köstlich.«

Er betonte das Wort »ausgesprochen« so selbstverständlich, als gehörte es zu seinem täglichen Vokabular. Vielleicht redete man in seiner Heimat Australien ja so, sinnierte Lilli. Und dort gab es sicher keine Marmelade, nein, nicht in Australien.

Ihren Vater schien das hier überhaupt nicht zu irritieren. Was sollte dieses Theater?

Das war das Stichwort.

Plötzlich erinnerte sich Lilli an den gestrigen Nachmittag, an dem Helena und Alex zur Probe verschwunden waren. Theater. Irgendwie schien das Wort Alex noch am besten zu umschreiben. Er war *ausgesprochen* theatralisch.

»Wie war denn die Probe gestern?«, fragte sie mit einem kühlen Lächeln. Alex hob den Blick und sie bereute sofort die Frage. Sie wurde prompt rot.

»Wir sind unterbesetzt. Es fehlen uns noch zwei Leute. Inzwischen drei. Erst dann können wir richtig beginnen.«

»Wovon redet ihr?« Ihr Vater schaute kauend von einem zum anderen.

»Wir haben an der Schule eine kleine Theatergruppe gegründet.« Alex verfiel in einen Plauderton. »Der Lehrer, der das macht, hat einige Semester Theaterwissenschaften studiert und bringt jedes Jahr etwas mit den Schülern auf die Bühne, hauptsächlich die Klassiker.«

»Ach, sehr schön!«

»Ja, wird bestimmt ... reizend«, brummte Lilli.

»Und du? Machst du auch mit?« Ihr Vater schien ihre Gereiztheit nicht zu registrieren.

»Ich? Nein! Sicher nicht!«

»Warum nicht? Ist es keine Pflicht?«

»Sie ist nicht so fürs Theaterspielen.« Alex übernahm wie selbstverständlich das Antwortgeben.

Dass er sich ihre Worte gemerkt hatte, beeindruckte sie. Und das wiederum ärgerte sie.

»Richtig«, sagte sie und sah verlegen auf ihre Schale. »Und nein, Dad, es ist keine Pflicht.« Es war albern. Wieso war Alex hierher gekommen?

»Was wollt ihr denn aufführen, Alex?«

Alex räusperte sich und Lilli hatte den Eindruck, es sollte ein Kichern vertuschen. »Romeo und Julia«, sagte er mit heiserer Stimme.

Lilli hob abrupt den Kopf und lachte laut auf. Wollte er wirklich alle Klischees bedienen?

Ihr Vater fragte unwirsch: »Was ist daran so lustig, Lil?«

»Nichts. Wirklich originell«, gluckste sie.

»Ja, ist es. Es wird eine Adaption. Wir wollen es in die heutige Zeit bringen und ein fantastisches Element dazu nehmen.« Alex sah Lilli durchdringend an und fügte mit leiser Stimme hinzu: »Es wird sehr schön werden.«

»Fantastisch.« Lilli riss sich aus seinem Blick und überlegte fieberhaft, wie sie das Thema wechseln konnte.

»Da siehst du es, Lil. Alter Stoff in neuem Gewand. Warum nicht!« Louis griff zu einer weiteren Scheibe Brot und strich Butter darauf.

»Ja, warum nicht.« Lilli sagte es mehr zu sich.

Alex ließ nicht locker. »Wir alle beteiligen uns am Drehbuch, es macht Spaß.« Und dann setzte er noch eins drauf: »Mach doch mit, Lilli, wir suchen noch immer jemanden für die Rolle der Julia.«

Sie sah ihn an und wenn ihre Blicke Feuer hätten legen können, wäre Alex jetzt ein Häufchen Asche. Er schien es ernst zu meinen, denn in seinem Gesicht war keine Spur von Belustigung mehr. Eher freudige Erwartung. Wobei, wann war dieser ... dieser Schauspieler schon wirklich ernst? Und wann spielte er den Ernsten, weil es die Situation erforderte?

»Was ist mit Helena, ich dachte, sie macht mit. Sie gibt doch sicher eine hübsche Julia ab.«

»Ja, Helena«, sagte Alex gedehnt, als müsse er jedes Wort abwiegen. Er räusperte sich und bemühte sich sichtlich, seinem Gesicht den nötigen Ernst zu verleihen. »Ursprünglich war sie ja auch dafür eingeplant. Sie ist sehr hübsch, keine Frage. Sie war ganz versessen auf die Rolle, doch der Regisseur hat sie nach dem ersten Vorspielen wieder weggeschickt.«

Alex wich Lillis Blick aus, aber irgendwie besänftigte sie seine Bemerkung.

»Wen spielst du eigentlich?«, fragte Louis, der Alex' Worte überhört zu haben schien.

»Lass mich raten«, Lilli mimte die Nachdenkliche, »Romeo?« Sie hob den Blick zu Alex. Er nickte.

Klar, was hatte sie anderes erwartet! Plötzlich reichte es ihr. Sie stand auf und hätte beinahe ihren Stuhl umgeworfen. Verärgert schnappte sie sich ihren Rucksack und verließ ohne ein Wort die Wohnküche. In ihrem Rücken hörte sie ihren Vater »Was soll das denn?« rufen, dann war sie schon im Flur. Das war doch alles nicht wahr! Echt!

Unten angekommen öffnete sie das Fahrradschloss und schob ihr Rad zum Tor hinaus, den holprigen Weg hinunter und zur asphaltierten Straße.

Sie war reichlich früh dran, aber das kümmerte sie im Augenblick wenig. Fester als sonst trat sie in die Pedale und stieß dabei ein freudloses Lachen aus. Romeo! Wieso überraschte es sie nicht? Ein wirklich, wirklich eingebildeter Kerl. Und entweder war sie dumm, sich trotzdem zu ihm hingezogen zu fühlen, einfältig oder verrückt. Verrückt, entschied sie. Die Armee ihrer Alarmglockenschwinger bemühte sich tausendmal am Tag, laut und deutlich zu protestieren, doch was tat sie stattdessen – sie dachte nur noch mehr an ihn.

Romeo! Echt?

Während sie resolut die Straße entlangfuhr, folgte ihr Alex in zwanzig Metern Abstand auf dem Rad, das ihm Louis geliehen hatte. Er behielt Lilli im Blick und achtete darauf, dass sich der Abstand zwischen ihnen nicht verringerte.

Sie hatte es übertrieben eilig, dachte er. Er dachte auch über den Zufall nach, dass sein neuer Chef Lillis Vater war. Alex erinnerte sich, wie er eines Abends das Schild am erleuchteten Fenster des Tauchclubs entdeckt hatte: *Aushilfe gesucht. Erfahrener Taucher, auch Amateure, für zwei Mal die Woche. Bitte im Büro melden.*

Und hier war er gewesen, der Job, den Seraphim aus Zeitmangel nicht mehr hatte organisieren können, und der ihm ein wenig Geld bringen sollte.

»Erfahrener Taucher.« Alex hatte ein Auflachen unterdrückt. Doch dann war ihm eingefallen, dass er sich mit den Tauchgeräten der Menschen nicht sonderlich auskannte. Er hatte nur wenig darüber gelernt, aus einem Buch über das Tauchen aus dem Jahr 1997. Trotzdem hatte er am Tag darauf an die Tür des Büros geklopft. Hinter einem mit Papieren, Seekarten und anderen schwer identifizierbaren Gegenständen überladenen Schreibtisch hatte Louis gesessen. Sonnengebräunt und mit zerzausten grauen Locken war er für Alex der Innbegriff eines *Marinero* gewesen.

Louis war nicht gerade begeistert gewesen, einen so jungen Bewerber vor sich zu haben. Doch er hatte Alex eine Chance gegeben, ihn auf einen Probetauchgang mitgenommen. Davor hatte er ihm die Taucherausrüstung sehr gründlich erklärt, es gehörte zum Glück zu den Regeln. Warum, hatte Alex sofort verstanden: Viele verschiedene Ausrüstungen, und jede davon hatte ihre Eigenheiten.

Alex hatte an den beiden Tagen in der Woche alles zur vollen Zufriedenheit seines neuen Chefs erledigt, obwohl er sich mit dem einen oder anderen »menschlichen« Ding erst noch vertraut machen musste. Louis und er waren bislang gut miteinander zurechtgekommen, keiner war dem anderen mit Fragen über Herkunft oder Familie auf die Nerven gegangen. Zwar wussten sie wenig voneinander, doch sie vertrauten sich, sie waren ein Team. Nur als Alex Louis gefragt hatte, was man machen müsste, wenn der Apparat auf dem Tisch so fürchterlich laut schrillte, hatte er einen ungeduldigen Blick geerntet. Etwa so, wie Lilli vorhin, als er gefragt hatte, was das auf seinem Brot sei.

Ja, es war ein seltsamer Zufall, der ihn an ihren Frühstückstisch gebracht hatte. Aber diese Marmelade! Fantastisch.

Scherz beiseite. Lilli war zweifelsohne etwas Besonderes, aber es war nicht gut, so oft an sie zu denken. Es lenkte ihn ab.

In jener Nacht, in der er auf der Klippe hinter Calahonda gekauert hatte, statt zum ausgemachten Treffen zu gehen, hätte er nicht damit gerechnet, sie wiederzusehen. Gut, er hatte auch nicht damit gerechnet, den Sprung aus 40 Metern Höhe zu überleben. Als er dort oben gestanden hatte, vertrocknet, verhungert und so verzweifelt wie noch nie, unter ihm der schwarze Abgrund, das Meer, hatte sein Verstand aufgehört zu funktionieren. Den

Geruch von Salzwasser in der Nase, war er einfach gesprungen, ihr Bild vor Augen.

Doch das war nichts gewesen im Vergleich zu dem, was er durchlebt hatte, als er sie in der Schule wiedergesehen hatte. Im ersten Moment war ihm das Herz stehengeblieben und im nächsten wollte er wegrennen. Aber seine Aufgabe oben hatte Vorrang. Sie war überlebenswichtig, wenn es dieses Land noch eine Weile geben sollte.

Lilli passte nicht in seinen Plan, doch sie war nun mal auf der gleichen Schule, er musste sich zusammenreißen. Und improvisieren. Zugegeben, die Sache mit dem Rad war nicht die beste Idee gewesen. Für einen Menschen war nicht Fahrrad fahren zu können eindeutig etwas sehr Merkwürdiges. In etwa so, als würde ein Wasseramphibion nicht schwimmen können?

Die Menschen waren eigenartige Wesen, sinnierte er, während er Lilli weiter folgte. Er sollte vor ihnen auf der Hut sein. Aber er musste sie gleichzeitig gut studieren. Sie beobachten, ihr Verhalten erforschen. Zu groß war sonst die Gefahr, dass er wieder etwas Dummes machen würde, was verraten könnte, dass er nicht von ihrer Welt war. Und er musste gegen die Spannungen zwischen Lilli und ihm etwas unternehmen.

Sie lenkte ihn ab; er dachte ständig an sie. Und das beunruhigte ihn. Nachdem er damals einen Weg zurück ins Meer gefunden hatte und mehr tot als lebendig, auf Thalassa 3 angekommen war, hatte er Marc, der das Beben besser als er überstanden hatte, oft mit Lilli in den Ohren gelegen. Doch Marc hatte sich zurückhaltend gegeben. Sein Freund hatte einiges zu verdauen gehabt: den Verlust von Danya, den Kummer seiner Eltern und das Beben, das auf Thalassa 3 ziemlichen Schaden angerichtet hatte. Außerdem seine neue Fähigkeit, die ihn noch überforderte. Alex' Schwärmerei war ihm auf die Nerven gegangen.

Unverständlich blieb Alex, warum er sich so zu Lilli hingezogen fühlte. Es war ein schönes Gefühl, doch es war nicht gut. Paradox, Alex, aber wahr. Ja, er hatte sie gerettet und dann hatte sie ihn gerettet. Verflixt. Na ja ... sei's drum.

Er wischte seine Zweifel beiseite und holte langsam auf. Was konnte es schaden, sich bei ihr für die letzten drei Grummeltage zu entschuldigen? Kurzerhand beschloss er, sie wieder auf einen kleinen Spaziergang nach der Schule einzuladen. Menschen taten es – spazierengehen. Spazieren zu gehen schien ihm etwas zu sein, was ... normal klang. Menschlich. Und nachdem er mit ihr gesprochen hatte, würde er ihr aus dem Weg gehen. Das war ein guter Plan, dachte er.

Er war hier, um Rex aufzuhalten, um die Menschen zu beschützen und den Teil der Erde zu retten, den dieser Besessene zerstören wollte. Ein Vorgeschmack seines Irrsinns zog sich zu seiner Rechten sieben Kilometer bis Calahonda.

Sierra Vergin del Mar. Die Menschen machten das Beste daraus, sie wussten nicht, dass nicht die Natur ihnen dieses Geschenk gemacht hatte, sondern ein Wahnsinniger. Sie wussten nicht, wie knapp sie einer schrecklichen Katastrophe entkommen waren, wäre sein Plan aufgegangen.

Alex sah Lilli mit flatternden Haaren vor sich fahren, trotzig in die Pedale tretend. Sie war anders als andere, wenn sie wütend war. Ihre Wut trieb ihr die Röte auf die Wangen und machte sie noch hübscher. Die grünen Augen funkelten wie Perlmutt am Grund des Meeres, wenn das Licht der Sonne es noch leicht berührte. Und ihr Gesicht bekam einen Ausdruck süßer Entrücktheit.

Señor Yó zum Beispiel sah furchterregend aus, wenn er sich aufregte.

Oder Helena. Ihr Gesicht verzerrte sich zu einer hässlichen Fratze, wie gestern, als Vaska, ihr Theaterlehrer, sie auf Russisch beschwichtigt hatte, weil er ihr die Rolle der Julia nicht geben wollte.

Versonnen betrachtete Alex Lillis zarte Gestalt auf dem Rad, die Umrisse ihrer Schultern in der ärmellosen Bluse, wie sie sanft im Morgenlicht glänzten, die Biegung ihrer Wirbelsäule, die leicht schwingenden Hüften, ihre schlanken, muskulösen Beine, die von den knielangen Leggings betont wurden.

Schön, grübelte er. In solchen Augenblicken, in denen er sie unbeobachtet betrachten konnte, ihr Bild in sich aufsog, vergaß er seine Verantwortung, vergaß all die schrecklichen Dinge, die passieren würden, wenn es ihnen nicht gelang, Rex aufzuhalten.

Der Gedanke, ihr fernbleiben zu müssen, fühlte sich schrecklich an. Wie an den letzten zwei Tagen, in der Schule. Sie war so nah gewesen, und doch hatten sie kein Wort miteinander gesprochen.

Er hätte den Arm ausstrecken können, sich leicht hinüberbeugen können und sie berühren können ...

Er holte sie entschlossen ein.

»Wir sind früh dran.«

Lilli zuckte zusammen und geriet ins Wanken. Blitzschnell legte Alex seine Hand auf die ihre und fing das Straucheln des Rads auf. Er sah sie von der Seite an und schmunzelte.

Sie wollte rufen, er solle sich nie wieder so an sie heranschleichen, doch sie brachte keinen Laut über die Lippen.

»Wir könnten langsamer fahren, was meinst du?«

Lilli vergaß einen Moment, dass sie auf einem Fahrrad saß und nach vorn auf die Straße schauen sollte. Sie spürte seine kühle Hand auf der ihren. Dann riss sie sich zusammen. »Du hast dir ein Fahrrad besorgt.«

»Dein Dad hat es mir geliehen. Eigentlich war das der Grund meines Besuchs. Ich finde das sehr nett von ihm.« Er schaute ihr in die Augen, hielt weiter ihre Hand fest und mit ihr die Lenkstange. Sie musste sich seinem Tempo anpassen. Und wieder auf die Straße schauen.

»Ja, er scheint *ausgesprochen* nett zu dir zu sein.« Lilli biss sich auf die Unterlippe. Schon wieder klang sie so unfreundlich.

»Sollte dich das wundern?«, fragte Alex.

Sie zuckte mit den Schultern. Irgendwie gelang es diesem Jungen, sie wie eine übelgelaunte Zicke dastehen zu lassen. Verlegen räusperte sie sich und bemühte sich um einen neutralen Ton: »Sag du es mir.«

Ein Schatten zog über sein schönes Gesicht.

»Du hast recht, es gibt keinen Grund, weshalb jemand nett zu mir sein sollte.« Alex ließ ihre Hand los und fiel ein paar Meter zurück.

Lilli schaute sich um. Das hatte sie nicht erwartet, er schien plötzlich traurig. Sie ließ sich ebenfalls zurückfallen und glich ihr Tempo dem seinen an. »Ich meinte es vorhin nicht so. Lass uns noch mal von vorn beginnen.« Hatte sie das wirklich gesagt? Oh Gott, was für ein dummes, dummes Geplapper. Idiotisch. Echt.

»Ich schon.« Seine Stimme klang rau und ein merkwürdiger Unterton lag in seinen Worten.

»Alex, es tut mir leid, dass ich so unfreundlich war. Ich weiß auch nicht ...«

»Du hast völlig recht«, unterbrach er sie. »Wenn du unfreundlich sein willst, dann sei es!«

Lilli war so überrumpelt von *seiner* plötzlichen Unfreundlichkeit, dass sie keine Zeit hatte, zu überlegen, was das sollte. »Das klingt, als würdest du es so wollen ...«, stammelte sie.

»Ich denke, du solltest auf deinen Instinkt hören.«

»Keine gute Idee. Darin war ich nie besonders geschickt. Ich schaffe es locker sämtliche Alarmglocken zu überhören.«

»Wie jetzt? Überhörst du jetzt die Alarmglocken?«

Lilli verzog das Gesicht. »Mhm. Ja.« Sie hob den Blick.

Ein schmerzlicher Zug lag um seine Lippen. Fast hätte sie dem süßen Verlangen nachgegeben, sein Gesicht zu berühren. Doch Furcht mischte sich in ihr Gefühl der Zuneigung.

Als hätte Alex es gespürt, hielt er an.

Lilli hielt ein paar Meter weiter ebenfalls an. Der Zauber des Augenblicks, als sich ihre Blicke begegnet waren, war verflogen, und sie zögerte.

Sein schroffes und feindseliges »Geh!« ließ sie zusammenzucken, aufsitzen und ohne ein Wort davonfahren, während er mit eckigen Bewegungen vom Rad stieg.

Sie fuhr wie benebelt Meter um Meter. Sie wollte doch nur die kindische Unfreundlichkeit wiedergutmachen. Aber offensichtlich reagierte er umso unfreundlicher, je netter sie wurde und umgekehrt. Kopfschüttelnd hielt sie an und schaute sich um. Er war nicht mehr zu sehen.

Kurzerhand wendete sie und fuhr zurück. Es spielte keine Rolle, dass er ihr befohlen hatte, zu gehen, er musste ihr sagen, was das sollte.

Alex hielt keuchend sein Rad fest. Er zwang sich, ruhig zu werden. Das Pochen seiner Zähne war das Geringste. Vielmehr das Verlangen brachte ihn an den Rand der Verzweiflung. Was geschah mit ihm? Was sollte er tun?

In seinen Eckzähnen pochte Gift, als hätte er Beute gewittert, das Blut tobte in seinen Adern, er zitterte am ganzen Körper. Und da war ein ziehendes, wahnsinniges Verlangen nach ... ja, wonach?

Töten. Er ließ das Rad fallen und glitt jenseits der Mauer, die sich am Straßenrand entlangzog, in den Kies. Ein heiseres Stöhnen entfloh seiner Kehle. »Nein!«

Wie konnte er ihr das hier erklären? Dass er sie töten wollte? Weil er sie berühren, ihr nahe sein wollte.

Jetzt hatte er seine Antwort. Jetzt wusste er, was er war. *Ein Tier. Eine wilde Bestie im Blutrausch.* Seraphim hatte ihn gewarnt. Menschen können verlockend sein, hatte er gesagt. Dass Seraphim mit »verlockend« gemeint hatte, er könne jemandem die Kehle herausreißen wollen, darauf war er nicht vorbereitet.

Ihre Nähe brachte ihn um den Verstand. Er war kurz davor, sich zu vergessen, hatte kaum Kontrolle über seine Instinkte, über die Blutgier. Ekel stieg ihm in die Kehle, er würgte. Keuchte, versuchte, die Gier in den Griff zu bekommen. Den Rausch, der seine Sinne benebelte. Er versuchte, den Gedanken an Lilli zu verdrängen, an ihre Nähe, die ihn fast dazu gebracht hatte, sie zu ... *Nein!*

»Nein!« Er schrie es.

Als sie um die Kurve bog, sah sie ihn im Kies unter der Mauer sitzen, den Kopf zwischen den Händen vergraben. Einen Moment blieb sie stehen und ein anderes Bild tauchte vor ihrem Auge auf. Das Bild eines sterbenden Jungen. Sein Bild, als er vor ihr zusammengebrochen war.

Nein. Albern, sich vor ihm zu fürchten. Was auch immer ihn quälte, sie sollte ihm helfen. Aber sie kannte ihn kaum. Sie wusste zwar, dass er mit ihrem Vater arbeitete, dass er tauchen konnte und Marmeladenbrot mochte. Doch das war auch schon so ziemlich alles, und das wollte sie schleunigst ändern. Und wenn es sein musste, spielte sie auch die Julia.

Lilli stieg vom Rad und ging entschlossen auf ihn zu.

»Tut mir leid, Lilli.«

Er schaute nicht auf und doch wusste er, dass sie es war. Seine Stimme kam wie aus weiter Ferne, die Worte schienen auch das zu meinen, was geschehen würde.

Ist das der Moment, wo einer dem anderen den ersten Schmerz zufügt? Die Frage verpuffte als sie sein Stöhnen hörte.

Sie setze sich zu ihm und gab sich Mühe, ihre Stimme normal klingen zu lassen: »Lass uns damit aufhören, uns dauernd zu entschuldigen, Alex. Dafür, dass wir uns erst so kurz kennen, entschuldigen wir uns zu oft.«

Als er seinen Kopf hob und sie anschaute, erstarrte sie.

Tränen glitzerten in seinen Augenwinkeln. Und er versuchte nicht, sie zu verbergen. Seine Augen, die sie jetzt mehr denn je an den aufgewühlten Gewitterhimmel erinnerten, waren direkt auf sie gerichtet, und der abgrundtiefe Schmerz in ihnen schnürte ihr die Kehle zu. Lange war sie außerstande sich zu rühren, schließlich nahm sie seine Hand und drückte sie, als wollte sie sie nie mehr loslassen.

Eine Ewigkeit verging, bis er sich endlich regte. Er zuckte zurück, als wäre er aus einer Trance erwacht, zog hastig seine Hand aus ihrer und wischte sich über die Augen. Sie hatte das deutliche Gefühl, dass er sie gar nicht mehr wahrnahm, dass er weit weg war.

»Seraphim, ich muss zu ihm«, murmelte er wie zur Bestätigung.

Er stand auf, taumelte kurz und stieg aufs Rad. Was er noch sagte, verstand sie nicht. Er fuhr davon, als wäre der Teufel höchst persönlich hinter ihm her.

Lillis Mund klappte auf und sie sah ihm verdutzt nach. »Herrgott, hör damit auf, hör auf, dauernd zu verschwinden. Rede mit mir!«

Sie rief ins Nichts.

Alex war den ganzen Tag nicht in der Schule aufgetaucht. Lilli hatte an nichts anderes denken können als an seine tränenerfüllten Augen, an den Schmerz darin.

Fest entschlossen, mehr über ihn in Erfahrung zu bringen, machte sie sich nach der Schule nicht gleich auf den Heimweg, sondern bog zur Tauchschule ab, wo ihr Vater noch um die Uhrzeit sein musste. Wenn nicht er etwas über Alex wusste, wer dann? Schließlich waren sie Kollegen.

Die Tauchschule befand sich in einem Gebäude am Ende des Strands von Calahonda, schräg gegenüber dem *Mesón del Mar*, in einem ebenerdigen Gebäude mit drei Sälen, jeder mit eigenem Eingang. Auf der linken Seite hatte der kleine Motorboothafen sein Büro, in der Mitte befand sich der Gemeinschaftsraum und rechts davon die Tauchschule *Calahonda Diving Club*.

Auch hier hatten sie mit den Arbeiten am Berg begonnen. Ein Tunnel durchbrach ihn und führte ans Meer, wo der kleine Hafen war. Lilli sah die Boote, die das Beben überstanden hatten, auf den seichten Wellen tanzen.

Sie klopfte an die Eingangstür, an der ein Schild mit dem Namen des Taucherclubs hing. Ein gedämpftes »Ja« war die Antwort und sie drückte die Türklinke.

Wie in einem Dèjá vu schaute sie direkt in Alex' Gewitterwolkenaugen. Heute war der Tag der seltsamen Begegnungen, dachte sie und wollte etwas sagen, als plötzlich das Telefon schrillte.

Alex, der hinter dem Schreibtisch saß, griff zum Hörer und meldete sich mit dem gleichen einsilbigen »Ja«.

Er lauschte in den Hörer und in seinem Gesicht machte sich ein besorgter Ausdruck breit. »Wann war das?« Er sprach Spanisch. Wieder lauschte er.

Lilli sah ihn neugierig an. Etwas war eindeutig nicht in Ordnung. Da ihr Vater nicht hier war, musste er am Telefon sein.

»Beruhigen Sie sich. Ich brauche die genauen Koordinaten.« Erneut gespanntes Lauschen.

Nein, das klang nicht so, als spräche Alex mit ihrem Vater. Er brummte etwas von 36 Grad West und mit einem knappen »Ich komme« legte er auf. Einen Moment lang stand er reglos da und sah mit dunklen Augen ins Nichts.

Noch bevor Lilli fragen konnte, was denn sei, sagte er: »Dein Dad, es scheint etwas draußen passiert zu sein.«

»Wie meinst du das?«, stammelte sie.

»Einer der Taucher hat angerufen. Sie haben deinen Dad verloren.«

»Verloren?« Lilli bemühte sich erst gar nicht, ihre Panik zu verbergen.

»Beim Auftauchen. Er war nicht mehr bei ihnen. Zwei suchen noch nach ihm, solange der Sauerstoff reicht. Der dritte ist zum Boot zurückgeschwommen, in der Hoffnung, Louis wäre dort. Doch er ist nicht aufgetaucht. Ich gehe raus.«

Mit diesen Worten stürmte Alex los, als hätte er sich gerade selbst den Startschuss gegeben. Er riss die Tür auf und war weg. Lilli hastete hinterher.

»Warte, ich komme mit!«

Alex blieb abrupt stehen, so dass Lilli ihn beinahe über den Haufen gerannt hätte.

»Kommt nicht infrage. Bleib du hier, falls jemand anrufen sollte.«

»Ich kann tauchen. Ich helfe bei der Suche. Bitte, Alex, es ist mein Dad.«

Er zögerte, sah sie eindringlich an und schien fieberhaft über etwas nachzudenken.

Lilli packte ihn am Arm, in ihren Augen sammelten sich Tränen.

»Nein. Ich gehe allein. Bleib hier, verständige die Rettungsdienste, tu etwas ...«

Sie unterbrach ihn: »Ich komme mit und wenn du noch länger mit mir diskutierst, dann geh ich allein. Mach das Boot klar, ich hole die Taucheranzüge. Gibt es überhaupt noch ein Boot, das wir nehmen können?«

Alex nickte.

Sie rannte in das Gebäude zurück. Nachdem sie sämtliche Schranktüren aufgerissen hatte, fand sie die Taucheranzüge und Sauerstoffflaschen in einer überdimensionalen Holzkiste. Sie schnappte sich zwei Ausrüstungen. Kurz fiel ihr auf, dass Alex ohne Ausrüstung zum Boot gegangen war. In der Hektik hatte er sicher nicht daran gedacht, zuerst einen Taucheranzug zu holen.

Als Lilli unten am Wasser ankam, war Alex dabei, das Motorboot »Calahonda Diving Club 2« loszumachen. Das Wasser am Ufer war trüb und schlammig vom frisch gegrabenen Durchgang im Berg. Der Schmutzteppich erstreckte sich mehrere Meter Richtung offenes Meer.

Alex bedachte sie mit einem finsteren Blick, als sie ins Boot sprang. Er startete und fuhr mit heulendem Motor los.

»Wie konnte so etwas passieren? Er ist ein erfahrener Taucher, er wäre nie leichtsinnig.«

»Ja, und genau deshalb muss ich allein gehen. Wer weiß, was da unten los war.«

Sein Versuch, ihr Angst einzujagen, war so durchschaubar, dass es sie fast amüsierte.

»Vielleicht haben seine Tauchgeräte versagt. Oh Gott, bitte lass es nicht so sein.« Lilli hielt sich mit beiden Händen am nassen Bootsrand fest und starrte verzweifelt auf das weite Meer. Wenn es eine kaputte Sauerstoffflasche war, dann hatten sie keine Chance.

»Weißt du, wohin du fahren musst, Alex?«

»Der Anrufer hat mir die Koordinaten durchgegeben. Es ist nicht mehr weit.« Alex deutete nach vorn.

Am Horizont zeichnete sich der Umriss eines anderen Boots ab.

»Ich ziehe den Taucheranzug an. Dann übernehme ich das Steuer. Solange kannst du ...«

»Lass mich allein nach unten gehen«, unterbrach er sie und sah sie eindringlich an, doch sie schüttelte den Kopf, wendete sich ab und begann, sich zu entkleiden. Minuten später war sie fertig und zurrte den Gurt der Sauerstoffflasche fest. Sie drehte sich zu Alex um.

Und starrte auf ein herrenloses Paar Schuhe.

19.
Das Gedächtnis des Wassers

Er war wütend. Und besorgt. Alex streifte Jeans und T-Shirt ab und tauchte schnell tiefer.

Was hätte er schon sagen können? Hör zu, Lilli, eigentlich brauche ich keine Taucherausrüstung, und auch kein Boot weil ich ... ein Fisch bin? Ein Ding, na, du weißt schon, so einer, der im Wasser lebt. Zwar bin ich im Moment an Land unterwegs, aber sonst lebe ich auf Thalassa 3, das ist ein Unterwasserinternat gar nicht weit von hier. Alles ganz selbstverständlich, Lilli.

Sein Ärger trieb ihn an. Seit sie ins Boot gesprungen war, hatte er ein Problem. Er hatte sich blitzschnell entscheiden müssen: Entweder Louis' Leben aufs Spiel setzen, indem er Zeit verlor, so tat, als sei er ein normaler Mensch und den Taucheranzug anlegte, der ihn nur behinderte. Oder sein Geheimnis preisgeben, indem er einfach sprang.

Verflixt unnötig. Wäre sie doch nicht just da aufgetaucht. Ein paar Halbwahrheiten würde er improvisieren müssen, denn sie war nicht dumm. Doch jetzt kam es auf jede Sekunde an.

Durch das diaphane Blau des Wassers sah er in der Ferne die Umrisse des anderen Bootes. Es hatte den Anker geworfen.

Alex schätzte die Tiefe des Wassers auf 40 Meter. Es war klar und er erkannte deutlich den felsigen und von kleinen Schluchten durchzogenen Meeresgrund. Bunte Fische zogen um die Felsen und sammelten sich in Schwärmen an ihren Nahrungsplätzen.

Alex schwamm flink über die Unterwasserlandschaft hinweg. Sie zeigte an manchen Stellen Spuren des Bebens. Vom Sog herausgerissene Algenbüschel, die sich mit den letzten Wurzelfäden an den Meeresboden klammerten, kahle, von Rissen durchzogene Steinplatten am Grund und Felsen, wie von einem Riesenhammer zertrümmert. In vielen Spalten schmiegten sich unförmige Tintenfische mit ihren weichen knochenlosen Körpern. Schwerelos glitt er durchs Wasser, ein Raubfisch mit wachen Sinnen.

Wie still diese Welt im Gegensatz zu der oben war! Es war aber keine vollkommene Ruhe, ein immerwährendes Raunen, Kratzen und Knacken drang an seine Ohren und verschmolz zu einer an- und abschwellenden marinen Geräuschkulisse.

Er schloss die Augen, konzentrierte sich.

Wasser trug Informationen über große Entfernungen hinweg und er hatte gelernt, die verschiedenen Botschaften des Wassers zu unterscheiden und zu entziffern, sie zu lesen – wie in einem Buch. Über seine Haut spürte er Lebewesen, die weiter entfernt waren. Auch die Botschaft eines Lebewesens in Not. Angst veränderte das Wasser auf eine ganz bestimmte Weise.

Doch sosehr er sich auch bemühte, nichts Ungewöhnliches geschah. Nichts, was nicht zum täglichen Kampf um Leben und Tod hier unten gehörte. Mehrere Kilometer Richtung offenes Meer machte eine Delfinschule Jagd auf Fischschwärme. Er spürte den Kampf Tausender Fische, die in die Enge getrieben wurden, hörte das entfernte Schnattern und Klappern der Delfine, die sich während der Jagd singend verständigten. Sie spielten noch. Sehr bald schon würde ihr Spiel zu tödlichem Ernst werden. Weit draußen Tausende anderer Wesen, die sich nicht fortbewegten. Vielleicht eine Muschelbank. Sie starben. Mit letzter Kraft gaben sie leise Laute von sich, die einem Stöhnen glichen.

Seine Achtsamkeit galt jedoch einem menschlichen Todeskampf.

Die Landschaft veränderte sich. Der Meeresboden senkte sich ab und zerklüftete Gesteinsformationen türmten sich vor ihm auf. Ein riesiger Mantarochen flog von einem Felsrücken auf und umkreiste Alex mit langsamen, fast träumerischen Flügelschlägen, als wolle er auskundschaften, was da für ein merkwürdiger Fisch kam. Alex schaute dem Sieben-Meter-Koloss nach, wie er in die Dunkelheit des offenen Meeres davonschwebte.

Rasch umschwamm er eine Felsformation nach der anderen und gelangte plötzlich an eine frische Abbruchkante. Der Abgrund tat sich unter ihm auf. Er schwebte am Hang entlang und sah sich aufmerksam um. Algen oder Schwämme, die ersten, die neues Land in Besitz nahmen, wuchsen nirgends. Dieser Hang war noch nicht lange hier. Als sich während des Bebens Land ins Land geschoben hatte, musste hier unten gleichzeitig der Meeresboden aufgerissen worden sein. An Land hatte sich die Erdplatte zu einem Berg aufgetürmt und unter Wasser von der anderen Kontinentalplatte gelöst. Eine Schlucht war entstanden. Schauer liefen ihm durch den Körper im Angesicht der Kräfte, die hier am Werk gewesen waren.

Bestimmt war von hier das giftige Methangas entwichen, das ihn damals fast umgebracht hatte. Methan fand sich oft dort, wo Erdplatten zusammentrafen. Tief unten im Meeresboden war es gefroren, wenn es aber schmolz, wurde es gasförmig und stieg im Wasser hoch. Wie an dieser Stelle, wo durch den Riss wärmeres Wasser in die Erde gelangt war.

Hatte Rex den Sprengstoff hier gelegt und das Beben ausgelöst? Der finstere Schlund, über den er schwebte, schien endlos tief. Eisige Kälte leckte an seinem Körper wie die Bahn einer Tiefenströmung. Es konnten 500, aber auch 5.000 Meter sein. Selbst er, der in der schwärzesten Schwärze noch etwas erkennen konnte, sah den Grund nicht. Wenn ein Mensch da hinuntergeriet, brachte ihn der Druck auf alle Fälle um, dachte er. Sorge packte ihn.

Für Menschen, selbst für geübte Sporttaucher, war bei etwa 100 Metern Schluss und an dieser Grenze war er jetzt angekommen.

Wohin hätte Louis schwimmen können? War er auf die Schlucht gestoßen, hatte seine wissenschaftliche Neugierde ihn hinuntergetrieben? Alex konnte es ihm nicht verdenken, wie oft bekam man schon eine frische Abbruchkante an einer Kontinentalplatte zu sehen? Vielleicht war er, wie so oft in den letzten Wochen, hinuntergeschwommen, nur hatte er sich diesmal verschätzt ...

Alex wusste wie leidenschaftlich Louis war, wenn es um die Erforschung des Meeres ging. Andererseits war er ein erfahrener Taucher. Das aber war ein *frischer* Riss. Möglich, dass sich bis heute noch größere Felsen lösten und herabstürzten.

Er überlegte fieberhaft. Er war etwa zwei Kilometer von den Booten entfernt. Umkehren hatte keinen Sinn, denn dort hatten schon die anderen gesucht. Es blieb nur die Schlucht. Und das bedeutete, Louis war tot.

Alex sah verzweifelt in den schwarzen Abgrund. Lillis Gesicht tauchte vor ihm auf, ihre von Kummer erfüllten Augen. Es war, als könne er diesen Schmerz selbst spüren. Wird es sie verfolgen? So, wie es ihn verfolgt hatte, als sein Vater gestorben war? Er zwang sich, an etwas anderes zu denken, an Louis. Im Gegensatz zu seinem Vater war Lillis Vater kein Krimineller. Louis war der netteste Mensch, dem Alex oben begegnet war. Er hatte den Tod nicht verdient. Er war froh, mit Louis zusammenzuarbeiten, es gab ihm ein Gefühl von Sicherheit, die noch fremde Welt kam ihm weniger bedrohlich vor. Inzwischen wusste er nicht nur, was ein Telefon, sondern auch was ein Smartphone war, denn Louis hatte immer alle seine Fragen beantwortet, ohne selbst Fragen zu stellen. Er hatte ihn so genommen, wie er war.

Etwas, was er mit seinem Vater gemeinsam hatte. Es gab nicht viel, was nicht vom Hass auf ihn verdeckt gewesen wäre, doch daran erinnerte er sich noch: Sein Vater war auch geduldig gewesen. Er hatte sich nie über etwas aufgeregt und immer einen guten Rat gewusst. Und er hatte ihm oft von der Welt oben erzählt. Denn, anders als seine Mutter, war sein Vater gern oben gewesen.

Mit bangem Herzen schaute Alex ins dunkle Nichts unter ihm und der Gedanke, der ihm dabei kam, schnürte ihm die Kehle zu. Er hatte Louis nicht retten können.

Er würde ihn suchen, so weit tauchen, bis er ihn fand, und er würde ihn hochbringen. Das schuldete er Lilli.

Er begann den Abstieg. Nach der Kristallmetamorphose machte ihm der Druck in Tausenden von Metern Tiefe nichts aus. Doch er hoffte, jetzt nicht so weit hinabtauchen zu müssen. Solche Tiefen waren unheimlich. Nicht dass die Amphibien natürliche Feinde unter Wasser gehabt hätten. Doch die karge und gespenstische Tiefseelandschaft mit ihren bizarren Bewohnern war nicht gerade ein Ort, an dem man sein wollte. Und gegen tonnenschwer herabstürzende Erdmassen war er immer noch hilflos, auch mit seinem Kristallkörper.

Alex schwamm kopfüber entlang der steilen unregelmäßigen Verwerfung in die Tiefe. Seine Taucheruhr zeigte Minus 103 Meter.

Und dann spürte er sie. Die Botschaft des Todes. Das Wasser brachte sie ihm aus der Finsternis entgegen, umhüllte seinen Körper mit Milliarden Wassermolekülen, die erfüllt waren von der Angst eines sterbenden Wesens.

Er erschauerte. Schon einmal hatte er erlebt, wie ein Mensch im Sterben lag. Lilli, als sie nach dem Beben im Wasser getrieben hatte. Doch damals war das Gefühl durch seinen aufkommenden Blutrausch überdeckt worden. Die Intensität dieser

Wasserbotschaft hingegen war wie ein Schock. Er spürte körperlich, was der andere im Sterben durchmachte. Panik überkam ihn und er schnappte hastig nach Wasser, bis sein Gehirn begriff, dass er in seinem natürlichen Element war.

Doch noch etwas anderes ließ ihn erschauern. *Du weißt es einfach,* hatte Seraphim gesagt. Fasziniert schaute er an sich herab und sah ... nichts. Hatte die Botschaft des Todes seine Fähigkeit erweckt? Konnte er unsichtbar werden, sich der Umgebung anpassen wie ein Tintenfisch in Gefahr? Er probierte es. Kraft seines Willens wurde er wieder sichtbar. Und noch einmal konzentrierte er sich. Die Hände vor seinen Augen verschwanden, waren nicht mehr über der dunklen Schlucht zu sehen. Ha! Seraphim bekam Konkurrenz. Gleichzeitig wusste er: Es war nicht wie bei seinem Mentor, er würde an Land nicht unsichtbar werden können. Macht auch nichts, sagte er sich und wurde wieder sichtbar. Doch so begeistert er auch über seine Fähigkeit war, im Augenblick nutzte sie ihm wenig.

Er schaute sich um. Ein schwacher Lichtschimmer zu seiner Rechten! Die Quelle war nicht zu sehen. Doch überrascht erkannte er, dass er neben dem Eingang einer Unterwasserhöhle war, die er von oben nicht gesehen hatte, denn sie befand sich direkt unter einem Felsvorsprung. Warum Alex erst so spät die Signale des Todes spürte, war ihm klar. Die Höhle hielt sie zurück, eingeschlossen zwischen ihren Wänden aus Stein. Dort drinnen war ein Mensch und hatte Angst.

Er schwamm hinein, ohne lange zu überlegen. Die Dunkelheit verdichtete sich. Er fand sich in einem geräumigen Höhlengang wieder. Etwa zehn Meter weiter hinten verengte sich der Gang. Aus der schmalen Öffnung ragte Louis' Oberkörper, wie eine leblose Puppe in der Schwerelosigkeit. An der Stirn flackerte schwach seine Taucherlampe und gab seinem Gesicht ein gespenstisches Aussehen.

Alex erreichte Louis. Er war bewusstlos. Vereinzelte Luftbläschen lösten sich von seinen Lippen und stiegen zur Höhlendecke, wo sie mit anderen verschmolzen und eine schimmernde Schicht auf der Oberfläche der Felsen bildeten. Die Decke sah aus, als wäre sie mit Hunderttausenden von silbernen Fischeiern geschmückt, die im schwachen Licht zitterten.

Alex erinnerte sich, was er über die Auswirkungen des hohen Tiefendrucks auf Menschen wusste. Vermutlich war Louis nicht mehr in der Lage gewesen, sich koordiniert zu bewegen, und in seiner Panik hatte er, anstatt sich zu befreien, sich noch mehr mit der Ausrüstung in dem engen Durchgang verkeilt.

Er warf einen Blick auf die Messgeräte. Louis hatte Alex beim Einarbeiten gesagt, dass die Führer immer eine Reserveflasche mit sich trugen, für den Fall, dass sie Hilfe leisten mussten. Die Sauerstoffflaschen waren leer, die Reserveflasche ebenfalls. Doch es musste erst vor Kurzem geschehen sein, denn die Luftblasen, die aus Louis' Mund entwichen, deuteten darauf hin, dass er noch etwas Luft in den Lungen hatte.

Er brauchte trotzdem dringend Luft. Alex entfernte das Mundstück des Regulators zwischen Louis' Zähnen und legte seinen Mund auf den von Louis. Gleichzeitig hielt er dessen Nase zu. Mit einem Stoß presste er ihm Luft hinein und achtete gleichzeitig darauf, dass der Druck, mit dem er es tat, dem hier unten entsprach, was wichtig war, wenn er ihn nicht umbringen wollte. Die menschliche Lunge war in dieser Tiefe durch den Wasserdruck verkleinert, zu viel Luft auf einmal würde sie zerreißen. Es war eine gefährliche Sache, doch so hatte Louis wenigstens eine gute Chance. Alles andere würde ihn mit Sicherheit umbringen.

Er löste die leeren Flaschen vom Rücken des Bewusstlosen und befreite ihn aus seiner Falle. Dann packte er ihn und machte sich auf den Rückweg.

Das Signal, dass jemand anderes hier gewesen war, erreichte ihn unerwartet. Er hielt inne. Ein Bild flackerte undeutlich auf und verschwand wieder. Es war wie eine Erinnerung, die im Gedächtnis des Meeres gespeichert war. An Stellen, wo Wasser eingeschlossen war, wie in dieser Höhle, konnte das passieren. Doch er hatte jetzt keine Zeit, dem nachzugehen. Außerdem fühlte sich die Erinnerung nicht gut an.

Alex konzentrierte sich wieder auf Louis. Noch einmal gab er ihm eine Lunge voll Luft und erreichte mit wenigen Schwimmzügen den Höhlenausgang, Louis wie ein Kind unter dem Arm geklemmt.

Sie begannen den Aufstieg. Menschen durften nicht schnell auftauchen, auch das wusste Alex. Louis könnte sehr krank werden, ja sogar sterben. Alex unterdrückte den Impuls, sich zu beeilen und schwamm langsam, Meter für Meter, mit dem Bewusstlosen Richtung Oberfläche. Er hielt in regelmäßigen Abständen inne, um ihn mit Luft zu versorgen, immer darauf bedacht, den Druck anzupassen.

Von Zeit zu Zeit schüttelte Louis ein Zucken, manchmal versteifte und verbog er sich, als hätte er einen Stromschlag bekommen. Denn trotz des langsamen Auftauchens, waren sie zu schnell. Alex müsste sich mehrere Stunden Zeit nehmen, um die Taucherkrankheit zu vermeiden, doch das war unmöglich. Dieses Risiko nahm er in kauf.

Endlich erkannte Alex die Umrisse des Bootes. Nur noch wenige Meter bis zur Oberfläche! Er gab Louis ein letztes Mal Luft.

Aus den Augenwinkeln registrierte er eine Bewegung neben sich. Er drehte sich um und starrte in Lillis weit aufgerissene Augen hinter ihrer Tauchermaske.

Sie flüsterte ihrem Vater, der in eine Decke gehüllt im Boot lag, immer wieder beschwichtigende Worte zu. Alex stand am Steuerpult und jagte das Motorboot Richtung Küste. Er lauschte angespannt, was sich in seinem Rücken tat, vermied es aber, sich umzudrehen. Jeden Moment rechnete er mit Fragen. Lilli mochte zwar unter Schock stehen, doch ihr war sein merkwürdiges Verhalten bestimmt nicht entgangen.

Als sie ihm tatsächlich eine Frage stellte, war es nicht die, die er befürchtet hatte.

»Alex, wieso ist Dad immer noch bewusstlos?«

Gegen den Fahrtwind rief er: »Sein Blutkreislauf ist durcheinander, er war länger ohne Sauerstoff, es ist nicht ungewöhnlich, dass es eine Weile dauert, bis alles wieder normal funktioniert.«

Lilli redete wieder beruhigend auf ihren Vater ein.

»Und die Zuckungen, sind die auch normal?« Ihre Stimme klang besorgt.

»Alles im grünen Bereich«, log er. In Wirklichkeit wusste er nicht, ob Louis wieder normal sein würde, sein Gehirn war länger unterversorgt gewesen, außerdem hatte sich Stickstoff in seinem Gewebe eingelagert, das nur durch eine Dekompression wieder abgehen würde.

Calahonda kam in Sicht und sie erreichten kurz darauf das Ufer. Alex verlangsamte, stoppte den Motor und steuerte den Holzsteg an. Mit einem geschmeidigen Satz sprang er aus dem Boot und seilte es an. Über Funk hatte er die Notrufnummer gewählt und auch die anderen Taucher informiert.

Ein Krankenwagen stand bereits oben auf der Straße und zwei Sanitäter mit einer Trage kamen auch schon durch den Berg gelaufen. Alex grüßte die Sanitäter knapp. Zusammen hoben sie Louis auf die Trage, stülpten ihm eine Sauerstoffmaske über Nase und Mund und schnallten ihn an. Lilli blieb an seiner Seite.

Während Alex mit wenigen, präzisen Worten den beiden Notärzten berichtete, was geschehen war, brachten sie die Trage im Laufschritt zum Krankenwagen. Er hatte zwar über Funk geschildert, worum es ging, doch es war sicherer, erneut zu erwähnen, dass Louis einen Tauchunfall gehabt hatte und schleunigst in eine Dekompressionskammer musste.

Er stieg in den Krankenwagen, half, die Trage zu fixieren, und reichte dann Lilli die Hand. Sie setzte sich neben ihn und schaute stumm zu, wie die Sanitäter Louis mit dem Nötigsten versorgten.

Lilli hielt sich zwar tapfer, doch sie sah blass und erschöpft aus und ihre Augen waren gerötet.

»Es kommt alles in Ordnung. Er ist bald wieder ganz der Alte. Versprochen.« Alex hasste Lillis Schmerz.

Lilli flüsterte ein »Danke« zurück, ohne ihn anzusehen.

Die Nacht war hereingebrochen, als Lilli durch die Schwingtür des Krankenhauses trat. Alex folgte ihr. Ihre Mutter war mit Chris vor einer knappen halben Stunde erschienen und hatte sie nach Hause geschickt.

»Alex, tut mir leid, dass meine Mom so unfreundlich zu dir war. Sie ist sonst nicht so. Ich hatte das Gefühl, hätte Chris sie nicht in Dads Zimmer gezerrt, hätte sie uns total fertiggemacht. Sie ist ausgeflippt, ihre schlimmsten Befürchtungen sind Wirklichkeit geworden. Sie war schon immer gegen das Tauchen.« Als Alex schwieg, fuhr sie fort: »Ich weiß, dass sie dir dankbar ist, auch wenn sie es nicht gesagt hat. Ohne dich wäre Dad ...«

»Schon gut. Ich hatte Glück, ihn so schnell zu finden.«

Alex schien verlegen und gleichzeitig irgendwie abwesend.

Ohne groß zu überlegen, fragte sie: »Wollen wir irgendwo etwas essen? Ich spendiere ein Marmeladenbrot.« Scheu lächelte sie ihn an.

»Klingt gut«, sagte er und lächelte zurück.

Den Weg nach Calahonda rein liefen sie, denn das Krankenhaus lag etwas außerhalb. Nach einem stillen Fußmarsch entdeckte Lilli eine kleine Tapasbar am Ende einer Gasse. Durch die offene Tür drang ein verführerischer Essensduft und die Klänge einer spanischen Ballade mischten sich mit Stimmen und Lachen. Sie traten ein und fanden einen freien Tisch unter einem der offenen Fenster.

Ein Mann mit rundem Gesicht, das im Widerspruch zu seinem zierlichen Körper stand, kam auf sie zu und begrüßte sie mit einem begeisterten *Hola*. Sein Schnurrbart war so lang, dass er seinen Mund völlig verdeckte.

Lilli bestellte eine Tortilla, ohne in die Karte zu schauen, dazu ein Glas Wasser.

»Ich nehme das Gleiche«, sagte Alex. »Nein, warten Sie. Haben Sie auch Kirschmarmeladenbrot?«

Der Mann sah Alex an und hob verwundert eine Augenbraue, die fast so buschig war wie sein Schnurrbart. Dann zwang er sich zu einem Lächeln und fragte mit einem Anflug von Verzweiflung: »Bitte Señor, *was* wünschen Sie?« Sein Schnurbart zitterte.

»Ich hätte gern zwei Scheiben Kirschmarmeladenbrot.« Alex sah ihn ernst an.

Das Lächeln im Gesicht des Mannes erstarb und ein dunkles Rot machte sich auf seinen glänzenden Wangen breit. »Ich frage in der Küche.« Er machte auf dem Absatz kehrt.

Lilli grinste.

»Was? Ist was daran lustig?«

»Sagen wir mal, es ist ... ungewöhnlich.«

Manchmal schien er nicht von dieser Welt zu sein. Gerade das machte ihn so anziehend. Wie jetzt, wo er nicht merkte, wie lustig es war, abends um neun Uhr ein Marmeladenbrot zu bestellen. Wie er mit gerunzelter Stirn nachdachte. Wie er mit den Fingern durch seine zerzausten und vom Salzwasser verklebten Haare fuhr. Und wie er sie manchmal ansah, mit diesen Augen, die unmöglich von dieser Welt sein konnten.

Lilli war so versunken in seinen Anblick, dass sie erst der Kellner zurück in die Wirklichkeit holte, als er das Essen brachte.

»Tortilla für Señorita und Marmeladenbrot für Sie, Señor.« Er stellte mit einem beleidigten Gesichtsausdruck Alex einen Teller hin, auf dem zwei Scheiben getoastetes Baguette mit Marmelade lagen. »Ist aber Himbeermarmelade. Kirschmarmelade war alle.«

Auf Alex' Gesicht machte sich jenes Strahlen breit, das Lilli jedes Mal umhaute. Kopfschüttelnd begann sie, ihre Tortilla zu essen.

»Macht nichts. Himbeermarmelade ist prima.«

Die Bedienung verschwand ohne ein Wort.

»Wie hast du das mit meinem Dad gemacht?«

Die Frage, vor der er sich gefürchtet hatte. Bedächtig legte Alex das Brot auf seinen Teller zurück und vermied es, Lilli anzusehen. Er würgte den Bissen hinunter, bemüht um einen gelassenen Tonfall.

»Was meinst du?«

Lilli schaute ihre Gabel an, als überlegte sie, diese als Waffe zu benutzen. Sie beugte sich zu ihm hinüber. »Wie bist du ohne Sauerstoff getaucht, Alex?«, flüsterte sie und etwas in ihrer Stimme zwang ihn, sie anzusehen.

»Och, ich bin ein guter Freitaucher.« Das war noch nicht einmal gelogen. Gratuliere, Alex.

Lilli lehnte sich abrupt zurück, ließ die Gabel klirrend auf den Teller fallen und verschränkte die Hände vor die Brust. Sie schaute ihn wütend an.

Okay, das sah nicht so aus, als wäre sie mit seiner Antwort zufrieden.

»Ich habe noch von keinem Apnoetaucher gehört, der über eine halbe Stunde ohne Luft auskommen kann. Also? Wie?«

»Lilli, es war keine halbe Stunde. Es waren höchstens fünfzehn Minuten. Du weißt über das Apnoetauchen Bescheid?« Klar, sie war ja schließlich die Tochter eines Tauchlehrers, beantwortete er sich selbst die Frage.

»Dann solltest du dich für den Weltrekord anmelden, der lag letztens bei vierzehn Minuten und fünfzehn Sekunden.«

Offensichtlich wusste sie besser Bescheid, als gut war.

»Was spielt das für eine Rolle? Deinem Dad geht es bald wieder besser. Das ist das Wichtigste, oder?« Er musste sich etwas anderes einfallen lassen. Und das wurde schwierig, ja, fast unmöglich.

»Ja, ja, natürlich ist das das Wichtigste.« Lilli seufzte.

Aber?, dachte er mit dem unguten Gefühl, dass noch etwas hinterherkam.

»Ich habe gesehen, wie du meinen Dad beatmet hast. Nachdem du so lange ohne Sauerstoff unten warst, hast du genug Luft gehabt, um ihm was davon abzugeben.«

»Lilli, leidest du etwa am Tiefenrausch?« Oh, großartig, super Kontra.

»Ich habe es gesehen.«

Alex schaute ihr direkt in die Augen. »Du weißt, dass es unmöglich wäre.«

Ihr Gesicht war jetzt nur noch Zentimeter von seinem entfernt und einen verrückten Moment lang fragte er sich, wie es wäre, sie zu küssen.

Und dann war er da. Sein Duft, der Duft seines warmen Atems. Der Duft des Pullis, den sie angehabt hatte, als sie nach dem Beben aus der Bewusstlosigkeit zu sich gekommen war. Meeresbrise am frühen Morgen. Salzgeruch und Bernstein. Betörend. Der Duft, der ihr jedes Mal einen Schauer über den Rücken jagte, wenn sie ihren Schrank öffnete.

Und jetzt hing genau dieser Duft zwischen ihnen. Mit einem Schlag verstand sie.

Alex war ihr Retter. Er hatte ihre Wunde am Kopf versorgt. Er hatte ihr die nassen Sachen abgestreift, den Pullover angezogen. Die Erinnerung ließ sie erröten. Sie nickte bedächtig. Sein hypnotischer Blick gab sie frei.

Gut. Sie ließ es sein. Doch er hatte sich zu früh gefreut. Sie löste sich aus seinem Blick und sagte mit einem Anflug von Unsicherheit:

»Dennoch. Es war so.«

Alex verdrehte die Augen und lehnte sich zurück. Warum nur? Warum konnte sie es nicht einfach dabei belassen! Musste er ihr doch noch eine Lüge auftischen, eine Geschichte, die sie sowieso nie glauben würde? Nichts war auch nur annähernd logisch – aus menschlicher Perspektive. Er hasste es, sie anzulügen. Doch ihr nächster Satz stellte alles auf den Kopf.

»Du warst es, der mich nach dem Beben gerettet hat.«

»Wie bitte?« Er verschluckte sich am letzten Happen Marmeladenbrot.

»Der Pulli, den ich anhatte ...«

Oh, nein! Den hatte er ganz vergessen. Er biss sich auf die Unterlippe. Schwieg. Wieso sagte sie das gerade jetzt? Er überlegte fieberhaft, irgendetwas musste sie darauf gebracht haben.

Lilli legte eine Hand auf seine.

Er entzog sie ihr und ballte sie zur Faust. »Ich weiß nicht, wovon du redest.« Er saß in der Falle. Verflixt! Wenn er sie jetzt nicht von der blöden Fragerei abbrachte ... Er konnte es ihr nicht sagen! Es würde gegen das wichtigste Gesetz der Amphibien verstoßen, es würde Unheil bedeuten. Es war manchmal wirklich schwer, ein Mensch zu sein.

»Ich behalte es für mich, Alex. Versprochen. Ich will es nur wissen.«

Sie sah ihn eindringlich an. Sie hatte recht: Er war es gewesen. Was war nur in jener Nacht geschehen? Ihre Erinnerung hörte dort auf, wo die Erde angefangen hatte zu beben und sie vom Rad gestürzt war.

»Alex, ich möchte meinem Retter danken, verstehst du das nicht? Wenn du es warst, sag es mir einfach. Ich möchte dir danken.«

Alex sah an ihr vorbei. Er war weit weg, in einer fremden Ferne. Dann murmelte er etwas, womit sie am allerwenigsten gerechnet hatte:

»Du bist verletzt, die Wunde an der Stirn blutet so stark, es ist überall im Wasser. Ich habe dein Blut an mir und im Mund und will ... dann sehe ich den anderen, wie er sich auf dich stürzt, um dich zu töten.«

»Was? Wer?« Wovon redete er da? Hatte er den Verstand verloren? Litt *er* am Tiefenrausch?

»Ich kämpfe mit ihm und bringe dich an Land. Du bist so kalt, du hast viel Blut verloren. Ich reibe deine Hände und Füße warm, endlich wird dein Puls kräftiger ...« Er hielt inne, erschrocken, als hätte er ohne seinen Willen gesprochen. Nach Ewigkeiten kehrte sein Blick an den Tisch zurück. »Ich wäre fast zu spät gekommen. Es ist mein Pulli, ja.«

Sie starrte ihn wie vom Blitz getroffen an. Mit einem Geständnis hatte sie ganz und gar nicht gerechnet. Sie ließ seine letzten Worte auf sich wirken und war mit einem Mal erleichtert.

Obwohl ... »Aber wer wollte mich töten?« Sie betrachtete Alex genau und hielt den Atem an. Würde er weitere Geständnisse ablegen?

»Weiß nicht, ich kannte ihn nicht.«

»Alex, sieh mich an, bitte.«

Er räusperte sich.

»Wer bist du?« Vor Anspannung zitterte sie am ganzen Körper und ihr Atem ging schnell.

Seine Augen schweiften zu ihr hinüber. »Lilli, bitte.« Ein gequälter Ausdruck trat auf sein Gesicht. Er entglitt ihr wieder.

»Vertraust du mir denn so wenig?« Sie musste fragen, wollte noch nicht aufgeben, er war so kurz davor, ihr sein Geheimnis zu verraten.

»Ich darf es nicht sagen.«

Schon wieder! Er sagte wieder, er dürfe nichts sagen. Und nicht, er dürfe *ihr* nichts sagen. Und dann hörte sie auch dies: »Ich sollte gar nicht hier mit dir sitzen.«

Sie schluckte hart. Natürlich. Das war es also. Sie war kein Mädchen, mit dem man zu Abend essen geht. Vermutlich war sie auch nicht jemand, den man rettete. Und auch nicht jemand, dem man Geheimnisse anvertraute. Sie war unbedeutend. Und dieser überirdisch schöne Junge tat all dies allein aus Mitleid. Sie war diejenige gewesen, die ihn zum Essen eingeladen hatte. Bestimmt schämte er sich gerade, mit ihr hier zu sitzen.

Es tat weh. Sie senkte den Blick. Es wäre dumm, jetzt zu heulen. Für Selbstmitleid war später Zeit. Eines musste sie ihm aber lassen: Er sagte ihr wenigstens direkt ins Gesicht, dass er nicht mit ihr hier sein wollte. Vielleicht hatte er eine Freundin, ging es ihr durch den Kopf, vielleicht ging er mit Helena, ihrer Banknachbarin. Unter Schauspielkollegen sozusagen.

»Du solltest deine Tortilla aufessen.«

Lilli hob den Blick. »Was?«

»Dein Essen.«

»Ich ... bin fertig«, stammelte sie. Sie bekam keinen Bissen mehr herunter. »Willst du los?«

»Es war ein schrecklicher Tag. Ich bringe dich nach Hause.«

Das war dann wohl ein Ja. Lilli stand stumm auf und blickte Alex nach, der an die Theke ging, um zu bezahlen. Eigentlich hatte *sie* ihn eingeladen, dachte sie noch. Abwesend bemerkte sie, wie das runde Gesicht des Kellners plötzlich unter einem breiten Grinsen erstrahlte.

Als sie das Lokal verließen und in Richtung Tauchschule liefen, wo ihre Räder standen, sah Alex zum Himmel hoch, wie jeden Abend, seitdem er an Land lebte.

Er hatte Lilli viel zu viel verraten. Es drängte ihn, sofort wegzulaufen und diese Welt zu verlassen, wieder ins Meer zu gehen, wo er niemandem Fragen beantworten musste, sich rechtfertigen musste, warum er so war, wie er war. Wo er nicht lügen musste, um ein Geheimnis zu bewahren, das er nicht bewahren wollte. Nicht vor Lilli.

Der Anblick der Mondsichel ließ ihn innehalten und seine düsteren Gedanken für einen Augenblick vergessen. Es war schön unter diesem Sternenhimmel. Und am schönsten war es, Lilli dabei zu haben, da konnte er noch so viel davonlaufen wollen, das war einfach so. Er schloss die Augen.

Lilli. In seinem Inneren brannte es schmerzlich.

Er hatte in der Zeit an Land das Verhalten der Menschen beobachtet. Sie war so anders als andere Menschen, andere Schüler in Calahonda, als Helena zum Beispiel.

Jetzt war sie zum Greifen nahe und dennoch fühlte es sich an, als wäre sie jenseits des Ozeans. Sein Herz schrie nach ihr, doch sein Verstand gebot ihm, sich ihr fern zu halten. Sein Verhalten musste verletzend für sie sein, gerade eben war sie richtig traurig geworden.

Er war hin- und hergerissen zwischen dem Verlangen, ihr nahe zu sein, und der Angst, sich in ihrer Nähe zu vergessen. Es kostete ihn bereits Mühe, mit ihr am gleichen Tisch zu sitzen.

Er hatte geglaubt, die schlimmsten Qualen während der Kristallverwandlung erlebt zu haben. Doch der Kampf, der in ihm tobte, wenn er bei ihr war, schmerzte mehr als jener Kampf ums

Überleben in tausend Metern Tiefe. Und hier war kein Käfig, der ihn zurückhielt. Der Lilli beschützte, wenn er sich vergessen sollte.

Er war drauf und dran gewesen, nach der Begegnung mit Lilli vom Morgen zu Seraphim zu gehen. Sein Mentor hatte ihm aber ausdrücklich untersagt, auf Thalasssa 3 zu erscheinen, wenn es nicht ein Notfall war. Und unter Notfall hatte Seraphim sicher kein 17-jähriges Mädchen gemeint, das ihm den Kopf verdrehte.

Er öffnete die Augen und schaute wieder in den Himmel.

Lilli folgte seinem Blick zum Himmel. Die dünne Mondsichel hing über den Bergen wie eine Spielzeuglampe über der gewölbten Daunendecke in einem Kinderbett. Ein Meer von Sternen umgab sie.

Sein Antlitz war so düster, als hätten sich hinter seiner Stirn tausend böse Gedanken gesammelt. Langsam nur entspannten sich seine Gesichtszüge.

Wie war es möglich, dass ein Mensch sich so quälte und gleichzeitig so unglaublich schön war? Im Licht der Straßenbeleuchtung schimmerten seine feinen Gesichtszüge wie gemeißelter Stein, auf dem das Licht der Nacht gleich einer Silberhaut lag. Die glatte Stirn, die gerade Nase und die atemberaubend sinnlichen Lippen, die jetzt leicht geöffnet waren. Sein Haar, in dem das Salzwasser getrocknet war und das in alle Richtungen abstand und in ihr das Verlangen weckte, bändigend hindurch zu streichen, sein langer schlanker Hals, die Kuhle darunter ...

Sie blinzelte und räusperte sich. Er war tatsächlich nicht von dieser Welt. Das wusste sie. Sie wusste es einfach. Und diese Gewissheit fühlte sich nach Abschied an.

»Schön, nicht?« Ihre Stimme bebte.

Sie sahen einander an. Als wollte er die Dunkelheit aus ihren Augen mit seiner sanften Stimme vertreiben, erwiderte er leise: »Ja, schön.« Seine Augen ließen von ihr nicht ab. Mit einer eigenartig zögernden Geste entfernte er ein Haar, das sich in den Wimpern ihres Augenlids verfangen hatte.

Sie stand reglos da und beobachtete ihn mit angehaltenem Atem. Sie wollte ihn berühren, ihn spüren, doch auf seinem Gesicht war wieder jener Ausdruck erschienen, der verlockte, anzog und gleichzeitig zurückwies.

Er legte den Kopf in den Nacken. Ein Seufzer löste sich von seinen Lippen. Wieso machte er sie glauben, dass er sie meinte? Nein, er meinte nicht sie, ermahnte sie sich selbst, vielleicht den Mond oder die Sterne, aber nicht sie. Mit ihr wollte er gar nicht hier sein. Ihr Herz fühlte sich an, als hätte sich dort der Schmerz verdichtet. Verzweifelt legte sie eine Hand auf die Brust.

Um sich abzulenken, brach sie das Schweigen. Mühsam bewegte sie die Lippen als sie sprach: »Eines noch, Alex.« Sie fasste sich ein Herz, eine letzte Frage brannte ihr auf den Lippen. »Was würde geschehen, wenn ich die Wahrheit über dich erfahren würde?«

Alex sah sie lange und wachsam an. Er schien jede Regung ihres Gesichtes zu studieren. Schließlich sagte er mit einer Sanftheit, die ihr einen Schauer über den Rücken jagte:

»Ich müsste dich töten.«

20.
Zwischen Traum und Albtraum

Lilli lag in ihrem Bett und gab es fürs Erste auf, einzuschlafen. Die Bilder des Tages zogen an ihr vorbei wie eine Endlosschleife und bescherten ihr ein Wechselbad der Gefühle. Mit einem abgrundtiefen Seufzer warf sie die Decke von sich und stand auf. Sie trat hinaus auf den Balkon, in der Hoffnung, die kühle Nachtluft würde sie beruhigen.

In den Zimmern nebenan war es still. Ihr Bruder und ihre Mutter waren vor Kurzem wieder nach Hause gekommen. Chris hatte ihr berichtet, dass ihr Dad bei Bewusstsein war und es ihm soweit gut ging. Dass er so gut wie entlassen war, wenn er wieder aus der Dekompressionskammer kam. Der Schreck über seinen Unfall hatte sich ganz plötzlich gelöst. Sie hatten noch kurz geredet, Chris hatte ihren Teil der Geschichte wissen wollen. Der Vernunft folgend, hatte sie einige Details verschwiegen. Zum Beispiel, dass Alex ohne Ausrüstung getaucht war und dass er, selbst nach über einer halben Stunde, noch genug Luft gehabt hatte, um ihren Vater zu beatmen. Es war zu verrückt. Andererseits wusste sie, was sie gesehen hatte.

»Ich müsste dich töten.«

Während sie in die Nacht schaute, die sich kühl über die Landschaft gelegt hatte, hörte sie erneut Alex' Stimme und erinnerte sich, wie sanft sie bei diesen Worten geklungen hatte. Sie erinnerte sich auch, wie er ihr ein Haar weggestrichen hatte. Sie war kurz davor gewesen, ihn zu umarmen, sich an ihn zu schmiegen. Und wieder war da etwas an Alex gewesen, das sie abgehalten hatte. Trotz allem hatte sie keine Angst gehabt. Weder vor seinen Worten noch vor seiner Nähe.

Heftige Traurigkeit trieb ihr Tränen in die Augen. Es war so hoffnungslos, dachte sie und schlang die Arme um sich. Sie würde nie erfahren, wer Alex in Wirklichkeit war. Er hatte etwas Dunkles zu verbergen, daran zweifelte sie keine Sekunde. Sie zweifelte auch nicht am Guten in ihm. Denn er war derjenige, der sie gerettet hatte. Und heute hatte er ihren Vater gerettet. Aber es gab etwas, was ihn gefährlich machte. Trotzdem spürte sie keine Furcht, wie es vermutlich bei jedem anderen vernünftigen Menschen der Fall gewesen wäre.

Das Schlimmste war, dass er ihr fernbleiben wollte, und bei dem Gedanken überkam sie tatsächlich Angst. Hatte sie sich nur eingebildet, dass er sie mochte? Hoffnung keimte auf. Nein, etwas war da gewesen, und wenn auch nur ein bisschen. Für einen Anfang könnte es reichen. Und wenn es sein Geheimnis war, das ihn hinderte, mit ihr zu sein, nun, mit seinem Geheimnis würde sie leben können. Sie würde es in Kauf nehmen, um mit ihm zusammenzusein. Das musste sie ihm sagen, gleich morgen!

Doch jetzt war er so unerreichbar wie der dunkle Horizont dort in der Ferne, der mit der Nacht verschmolz, wie ein Traumwesen, eine Traumgestalt, die sich auflöste, sobald man sie berühren wollte. Oder ein Held aus einer Schauergeschichte in Eugenes Buch. Sie blickte auf das Meer jenseits der Hofmauer. Warum erinnerte sie sich gerade jetzt an diese Geschichten?

Kopfschüttelnd ging sie wieder ins Zimmer und warf sich aufs Bett. Zu viel Fantasie! Und doch, ein Teil von ihr wusste, dass irgendwo, in diesem ganzen Irrsinn, der Hinweis war, den sie suchte.

Sie fröstelte wie im Fieber. Traumheld, schnaubte sie. Eher der Held ihrer Albträume. Doch da war nur eine übermächtige sehnsüchtige Anziehung. Und das war vielleicht ein Fehler, der sie das Leben kosten könnte!

Aber was, wenn sein Geheimnis gar nicht bedeutete, dass *er* gefährlich oder böse war. Was, wenn es etwas war, das *ihn* in Gefahr brachte? Echt, Lilli? Und der Weihnachtsmann kommt bald mit Geschenken! Bleib bei den Fakten, Dummkopf! Das half immer, wenn das Chaos zu groß wurde. Und diese Fakten waren: Alex hatte ihr nach dem Beben das Leben gerettet; Alex hatte ihrem Vater das Leben gerettet; Alex konnte ohne Taucherausrüstung eine halbe Stunde lang unter Wasser bleiben. Und Alex verbarg etwas Gefährliches, wobei in diesem Punkt offenblieb, für wen es gefährlich war. Ach ja, und ein letzter Fakt: Sie, Elisabeth LeBon, war bis über beide Ohren in Alex verliebt.

Fakten eben.

Sie seufzte. Es war zu spät, um weiter mit sich selbst zu diskutieren. Den letzten klaren Entschluss, den sie in dieser Nacht fasste, war, dass sie unbedingt mehr über Alex herausfinden musste.

Ein Bild begleitete sie in den Schlaf. Seine nackte Brust im Dämmerlicht und das Amulett, das er um den Hals trug. Es war das gleiche Symbol wie auf dem alten Buch über die Menschenamphibien.

Der Morgen war noch nicht hereingebrochen, als Lilli wieder die Augen öffnete. Die Leuchtziffern ihrer Uhr zeigten vier Minuten nach sechs. Und weil ihr Verstand drohte, sofort wieder dort anzusetzen, wo er in der Nacht durch die Gnade des Schlafs aufgehört hatte, kuschelte sich Lilli tiefer in die Kissen und schloss die Augen. Eine knappe Stunde blieb ihr noch und sie ließ sich in jenen Zustand gleiten, in dem sich Träume wie Teile der Wirklichkeit anfühlen.

Ich drifte ab und sinke tiefer.

Das Wasser ist tieftürkis und kühl auf meiner Haut. Nur ein dünnes Kleid umhüllt mich und schmiegt sich seidig an meinen Körper. Wie selbstverständlich ich im Wasser atme. Ich schwebe in die Tiefe, schon kann ich den zerklüfteten Meeresboden sehen, der sich dunkel unter mir ausbreitet. Hie und da ragen Felsen empor wie kleine Berge und wenn ich nach oben schaue, treiben bunte Fische über mir, Vogelschwärmen gleich. Bald berühren meine nackten Füße den Meeresboden, denke ich und lasse mich ganz in die Umarmung des Wassers fallen. Es ist nichts Beängstigendes in diesem Bild, doch weiß ich, dass sich dies ändern wird, denn ich bin gekommen, um mich zu ergeben.

Plötzlich ist er da. Der hellhaarige Junge taucht hinter einem Felsvorsprung vor mir auf und seine langen Haare schweben vor seinem Gesicht wie ein seidener Schal. Dann legt sich der Seidenschal. Ein Schauer durchfährt mich, der nicht von der Kühle des Wassers kommt. Der Junge starrt mich aus pechschwarzen Augen an. Er hebt die Mundwinkel und entblößt eine Reihe spitzer Zähne, schiebt seinen Unterkiefer vor und beginnt mit geschmeidigen, lässigen Bewegungen auf mich zuzuschwimmen. Ich kann mich nicht rühren. Das Wasser fühlt sich wie eine zähe, eisige Masse an. Und ich bin unfähig die Gewissheit zu ignorieren: Ich bin hier, um mich diesem Jungen zu ergeben.

Da erscheint aus der Tiefe eine zweite Gestalt. Alex! Er taucht hinter dem Jungen auf, als hätte er sich aus Wasser verdichtet, schwimmt heran und packt ihn an der Schulter. Jetzt sind sie sich so nahe, dass sich ihre Nasenspitzen beinahe berühren.

Ich erkenne mit Grauen, dass Alex' Züge nicht mehr menschlich sind. Die Augen funkeln schwarz und hasserfüllt, sein Unterkiefer mahlt und die Hände sind zu Fäusten geballt.

Dann beginnt der Kampf. Die Bewegungen muten wie ein zärtlicher Tanz an, doch es ist ein Todestanz.

Die Kämpfenden lassen voneinander ab, als sie mich auf sich zuschwimmen sehen. Für einen Augenblick richtet Alex seinen Blick auf mich und es durchfährt mich mit der Klarheit des Endgültigen: Ich bin gekommen, um mich diesem Jungen zu ergeben, weil ich Alex retten muss.

Nackte Angst packt mich. Mein erster Gedanke ist, zu fliehen. Ich will mich umdrehen und wegschwimmen, doch Alex hält mir seine Hand hin. Dann schiebt sich eine zweite Hand ins Bild. Ich hebe den Blick und schaue in die Augen des anderen. Ich erkenne gleichzeitig, dass es ein Fehler ist. Seine Augen locken und ziehen mich in ihren Bann. Sie sind wieder menschlich, von einem hellen Grau. Und diese Augen halten mich fest, machen mich willenlos. Ich reiche ihm meine Hand. Im selben Augenblick merke ich, dass er nicht mehr so jung ist, er hat ein faltiges Gesicht und sein Haar ist weiß.

Als ich Alex ansehe, formt sein Mund voller Entsetzten das Wort »Nein«.

Er weiß es; er weiß, dass ich für ihn in den Tod gehen will. Er hätte es nie erfahren dürfen. Doch jetzt ist es zu spät. Wieso ist er überhaupt hier? Er hätte in seiner Heimat sein müssen, weit weg, mitten im tiefen Ozean. Ich sehe ihn ein letztes Mal an, ein Abschiedsblick. In seinem Gesicht steht das blanke Entsetzten, seine Lippen formen meinen Namen.

»Lilli! Lilli!«

Die Stimme meines Bruders. Was hat der unten im Meer zu suchen?
»Bist du schon wach?«

Benommen richtete sie sich auf. Sie war in ihrem Bett und es war zwei Minuten vor sieben.

»Jetzt ja«, brummte sie, stand auf und öffnete die Tür mit einem Gähnen.

»Du siehst ... zerwühlt aus«, sagte Chris und wuschelte ihr durchs Haar. »Hast du einen wilden Traum gehabt?« Er lachte und zwinkerte ihr zu. Lilli starrte ihn an und befürchtete, er könnte auf einmal Gedanken lesen. Verwirrt schüttelte sie den Kopf.

»Ich geh vor der Schule zu Dad ins Krankenhaus, warte nicht mit dem Frühstück.« Chris bückte sich, immer noch grinsend, und hob seinen Rucksack auf.

»Oh, okay. Drück ihn von mir, ja?« Lilli rieb sich die Augen.

»Klar. Wir sehen uns in der Schule.«

»Chris?«

Er drehte sich um und hob fragend die Augenbrauen.

»Das Buch, das ihr beim Campen dabei gehabt habt, hast du es noch?«

Chris sah sie verwundert an. »Das mit den Amphibiengeschichten? Nein, habe ich Eugene zurückgegeben. Wieso?«

»Kannst du mir Eugenes Telefonnummer aufschreiben?«

Noch bevor sie den Satz beendet hatte, verzog Chris seinen Mund zu einem breiten Grinsen.

»Eugene, hm? Coole Anmache: *Hey Gene, ich hätte soooo gern mal dein Buch gesehen?* Wobei ...«

»Bitte, Chris. Lass es.«

»Klar doch. Du möchtest ihn wirklich nur nach einem Buch fragen.« Und schon hatte er aus seinem Rucksack sein Handy, ein Blatt Papier und einen Kuli gefischt. Seine Mundwinkel zuckten, während er die Nummer aus seinem Handy aufs Blatt schrieb.

»Es ist nicht, was du denkst.«

»Was denke ich denn?«

»Chris, hau ab, bevor ...« Sie kämpfte um Worte.

»Bevor ich laut ausspreche, was ich denke?«

In diesem Augenblick ging der Wecker los.

Lilli knallte die Tür zu und stellte den Wecker ab. Sie hörte Chris' Kichern im Flur verhallen. Blödmann, dachte sie und schaute auf den Zettel. Er hatte zu der Nummer keinen Namen hingeschrieben, stattdessen ein Herzchen gemalt. Sollte er denken, was er wollte. War vielleicht sogar besser so. Und schon flogen ihre Gedanken wieder zu Alex.

Hatte ihr der Traum Antworten geschickt? Ja. Nicht von dieser Welt. Hatte sie aber jemals an einen Traum geglaubt? Nein. Weil sie immer den Traum von der Wirklichkeit unterscheiden konnte.

Gedankenverloren schaute sie auf das Herzchen, das Chris neben Eugenes Nummer gemalt hatte. Sie stand auf und schnappte sich ihr Handy. Schaltete es ein, tippte den Zugangscode und wartete, dass es sich ins lokale Netz einloggte. Dann wählte sie die Nummer auf dem Zettel.

»*Hola*, Lilli! Komm herein.« Eugenes Gesicht bekam einen rosa Schimmer, als er sie zur Begrüßung umarmte. Verlegen trat er zur Seite, um sie hereinzulassen.

Sie hatte Eugene eine Weile nicht gesehen und fand, dass er sich verändert hatte. Er erschien ihr ernster als sonst, aber gleichzeitig auch müde. Trotz der dunklen Ringe unter den Augen bemerkte sie, dass er ziemlich gut aussah. Irgendwie süß. Alles an ihm war von einem dunklen Honigbraun. Die gewellten Haare, die Mandelaugen, selbst die sonnengebräunte Haut glänzte wie Honig.

Sie folgte ihm ins Haus. »Und ich störe wirklich nicht?« Am Telefon hatte er ihr versichert, dass er sich über ihren Besuch freue.

»Sicher nicht«, bestätigte Eugene und schloss die Tür. »Wie war die Schule?«

»Das Übliche«, antwortete Lilli.

Eugene nickte und schien mit der knappen Antwort zufrieden.

Was hätte sie schon sagen können? Dass die Schule schrecklich war, weil Alex nicht da gewesen war?

»Komm mit, ich zeig dir mein Zimmer.«

Eugene ging vor. Während sie ihm folgte, schaute sie sich um. Es war ein typischer spanischer Bungalow, mit Wänden aus weiß getünchtem Stein und grauen Marmorböden. Sie kam an einem Wohnzimmer vorbei, in dem ein Fernseher lief, vor dem niemand saß.

Eugene öffnete die nächste Tür und bat sie hinein. In dem Zimmer waren so viele Sachen untergebracht, dass sie mit einem leisen Pfiff mitten im Raum stehen blieb. Staunend betrachtete sie die Bücherregale, die sich an zwei Wänden bis unter die Zimmerdecke erstreckten. Ein massiver Schreibtisch, der unter einem großen

Fenster stand, war als weiteres Bücherregal umfunktioniert worden, noch mehr Bücher stapelten sich darauf.

»Du liest viel«, sagte Lilli bewundernd.

Eugene errötete und nickte verlegen. »Ich wollte diesen Herbst ein Studium beginnen. Altphilologie in Granada. Ist aber anders gekommen.«

»Kannst du deshalb so gut Altspanisch?«

»Gut ist übertrieben, aber mit Wörterbuch und Grammatik finde ich mich in einem Text zurecht.«

Lilli trat an ein Regal und schaute sich die Bücher an. Es war eine Mischung aus Unterhaltungsliteratur, Sachbüchern, alten, in Leder gebundenen Ausgaben der Klassiker und Taschenbuchromanen.

»Willst du später an die Uni?«, fragte Lilli, ihr Blick noch bei den Büchern. Sie drehte sich um und sah ihn fragend an, als er schwieg.

Eugene seufzte und sein Gesicht bekam einen düsteren Ausdruck. Er zuckte mit den Schultern. »Vielleicht irgendwann«, murmelte er.

Vielleicht ein Traum, den er aufgegeben hatte, dachte sie. »Man muss nicht unbedingt zur Uni, um seine Begabungen zu verwirklichen.«

»Ich weiß nicht, ob es das ist. Meine Begabung ... keine Ahnung, ob ich eine habe.« Er war so ernst geworden.

Sie wechselte das Thema. »Ich habe uns etwas zum Essen mitgebracht«, kramte in ihrem Rucksack und packte zwei Pappschachteln aus. »Keinen Fisch«, sagte sie mit einem Augenzwinkern und reichte ihm eine Schachtel.

Eugene lächelte und nahm sie ihr mit einem genussvollen »Hmmm« ab.

Es freute ihn offensichtlich, dass sie dieses Detail noch wusste.

»Können wir in den Garten?« Lilli schaute erwartungsvoll zur offenen Terrassentür.

»Klar.« Er ging mit seinem Essen vor.

Der Garten war größer, als sie erwartet hatte. Doch er hatte wohl schon bessere Tage gesehen, denn er war etwas vernachlässigt. Eugene schien ihre Gedanken zu erraten. Verlegen bemerkte er:

»Weder mein Onkel noch ich haben den grünen Daumen.« Er zuckte mit den Schultern und ging auf eine Stelle zu, die wie eine Lichtung in einem Urwald aussah.

Sprödes Gras und kleine weiße Blümchen wuchsen hier. Es gefiel ihr. Die Natur hatte sich ihr eigenes kleines Reich geschaffen.

Eugene hob den Zeigefinger, als wäre ihm ein Licht aufgegangen, drückte ihr seine Pappschachtel mit den Worten »Halte mal!« in die Hand und sprintete zurück ins Haus. Kurze Zeit später tauchte er mit mehreren Kissen und einer Decke auf, die er ins Gras warf. Schon verschwand er erneut im Haus. Diesmal dauerte es länger. Zurück kam er mit zwei Tellern und Besteck.

»Bitte verzeihen Sie, Gnädigste, ich bin ein äußerst unaufmerksamer Gastgeber«, sagte er mit gespielt kultiviertem Ton und echter Verlegenheit, während er Decke und Kissen aufs Gras legte.

Lilli kicherte. Mit einer theatralischen Geste sagte sie: »Es sei Ihnen verziehen, mein Herr.« Elegant, als hätte sie ein Korsagenkleid aus einer längst vergangenen Epoche an, setzte sie sich auf eines der Kissen. »Unter einer Bedingung«, ergänzte sie und schaute Eugene kokett an. Sie hielt ihre Hand zum Handkuss hin.

Eugene bückte sich, ergriff sie und deutete einen Kuss an. Unter gesenkten Wimpern sah er sie an: »Was immer Sie wünschen, Ihr Wunsch ist mir Befehl.«

Er richtete sich auf und legte den rechten Arm auf den Rücken, während er sich mit der linken Hand auf einen imaginären Gehstock stütze. Das sah so ulkig aus, dass Lilli losprustete.

Eugene versuchte für einige Sekunden sein ernstes Gesicht beizubehalten, doch schließlich lachte er ebenfalls. »Und was war die Bedingung?«

Der Nachmittag verstrich schnell. Sie aßen die Tortillas und plauderten über Belanglosigkeiten.

Später wollte Eugene mehr über ihre Familie wissen, über ihr New Yorker Leben, ihre Freunde, ihre Hobbys. Eugene war ein aufmerksamer Zuhörer und so taute sie rasch auf. Dann war Eugene dran und, obwohl er nicht viel erzählte, erfuhr sie einiges über seinen Onkel mit dem lustigen Spitznamen »Boccaroni Barry« und über die Tapasbar *Mesón del Mar,* die dieser betrieb und wo Eugene mithalf.

Lilli fühlte sich wohl in seiner Gesellschaft, fast schämte sie sich, dass dieser Besuch einem bestimmten Zweck diente.

»Apropos Bücher«, sagte Lilli in einem stillen Augenblick.

Die Sonne war aus dem Garten verschwunden und es wurde langsam kühler.

Eugene hob träge den Kopf. Er hatte sich auf mehrere Kissen gelegt und die Beine im Gras ausgestreckt. Mit geschlossenen Augen kaute er an einem trockenen Grashalm.

»Das Buch, das du beim Zelten dabei gehabt hast, war ziemlich ungewöhnlich.«

Eugene setzte sich auf und schaute Lilli mit gerunzelten Brauen an. Er schwieg.

»Du erinnerst dich«, fuhr Lilli fort, »das alte Buch mit den Geschichten über diese Wasserwesen. Wie hieß es doch gleich ...«

»Ich weiß, welches du meinst. *Las historias y metamorfosis de los anthrophibios.*«

»Genau. Puh, allein schon dieser Titel ...«

»Was ist damit?«, unterbrach sie Eugene barsch.

Lilli sah ihn verwundert an. Hatte er sie durchschaut? Hatte er gemerkt, dass sie deswegen hier war? Sie zögerte, dann lächelte sie Eugene an und versuchte, gleichgültig zu wirken.

»Ach, nichts Besonderes, ist mir nur gerade eingefallen. Ich dachte, vielleicht seid ihr weitergekommen. Ich meine, mit der Übersetzung. Maria ist ganz gespannt auf weitere Geschichten.« Lilli kam sich fies vor. Er musste etwas merken.

Doch Eugene schien nicht weiter darüber nachzudenken, denn er legte sich wieder zurück aufs Kissen und kaute weiter an seinem Halm.

»Ich habe mich gefragt, ob diese Geschichten einen wahren Kern haben könnten.«

Zu ihrer Verwunderung sagte er: »Das hab ich mich auch gefragt.«

Ihre Blicke trafen sich, doch Eugene schien mit seinen Gedanken weit weg. Dann seufzte er und drehte sich wieder auf den Rücken.

»Und? Denkst du, es könnte etwas Wahres dran sein? Könnte es diese Wassermenschen gegeben haben? Ich meine«, fügte sie schnell hinzu, »vor langer Zeit vielleicht.« Es klang echt abgedreht. Lilli stützte sich auf den Ellbogen und schaute zu Eugene hinüber.

»Möglich ist alles. Ich hatte eine Phase in meiner frühen Jugend, da glaubte ich an Spiderman. Ich ließ mich sogar von Spinnen beißen, in der Hoffnung, so wie er zu werden.« Er brach ab und grinste sie an.

Lilli prustete. »Du wolltest Spiderman sein?«

»Ich verschaukle dich nicht. Ich glaubte tatsächlich, dass es ihn gibt. Dass ich versucht hatte, auf Wände zu klettern, habe ich bisher keinem verraten.« Eugene sah sie drohend an. »Wenn du es weitererzählst, reiße ich dir den Kopf ab.«

Lilli machte die Geste des Stillschweigens. Dann griff sie Eugenes Geschichte auf: »In deiner frühen Jugend?«

»Ja, jetzt bin ich alt und weise.«

»Erstem stimme ich zu.«

Eugenes Miene wurde undurchdringlich. »Du findest also, ich bin alt?«

»Nicht weise«, konterte Lilli.

Eugenes Empörung war nur gespielt: »Also hör mal, so alt bin ich doch noch gar nicht.«

Gelassen legte sie noch eins drauf: »Älter als ich.«

»Richtig, aber nur zwei Jahre älter. Du bist also auch nicht mehr die Jüngste.«

»Aber du bist so alt, dass du jetzt nicht mehr an solche Geschichten glaubst. Kein Spiderman?«

Eugene schwieg. Sie sah ihn mit hochgezogenen Brauen an. Er zuckte mit der Schulter und strich sich eine Haarsträhne aus der Stirn.

»Keine Ahnung. Vermutlich ist es so ähnlich wie mit dem Aberglauben. Keiner gibt zu, abergläubisch zu sein, bis einem die schwarze Katze über den Weg läuft. Da stellt man sich auf den Weltuntergang ein.« Er machte ein nachdenkliches Gesicht, als würde er über seinen Vergleich grübeln. »Was ist mit dir? Glaubst du daran?«

»Ich? Oh, weiß ... nicht«, stotterte Lilli. Sie hatte nicht mir einer Gegenfrage gerechnet. Irgendwie war für sie klar, dass sie daran glaubte. Seit sie Alex kannte, schloss sie es jedenfalls nicht mehr aus. Doch das konnte sie schlecht zugeben. »Vielleicht so ähnlich wie bei dir. Ein wenig schon, aber nicht besonders. Bis es darauf ankommt«, sagte sie ausweichend.

Eugene sah sie gedankenverloren an. Dann sagte er in einem Ton, als wäre ihm gerade eine besonders tolle Idee gekommen: »Wenn du willst, kann ich dir das Buch leihen. Du weißt schon, die Amphibiengeschichten.«

Das kam unerwartet. Lilli bemühte sich um eine undurchdringliche Miene. »Wenn du nicht weiter daran arbeitest«, sagte sie so beiläufig wie möglich.

»Im Moment nicht«, erwiderte Eugene. »Wir haben noch einige Geschichten übersetzt, aber die Sache mit dem Beben und Chris' und Tonis Verletzungen ...« Er hielt inne.

Seiner bekümmerten Miene nach zu urteilen, sah er das Bebens wieder vor sich. Doch sein Gesicht hellte sich wieder auf. Er sagte im Plauderton: »Erinnere mich daran, dir das Buch und das Heft mit der Übersetzung mitzugeben. Maria soll nicht zu kurz kommen.«

Lilli nickte und senkte den Blick. Wie könnte sie es vergessen.

»Stört es dich, dass ich älter bin als du?«, fragte Eugene plötzlich.

»Was? Nein, wie kommst du darauf. Im Gegenteil, ich komme mit Älteren viel besser klar. Ich habe eine zwölf Jahre ältere beste Freundin.«

Die Antwort schien Eugene zu gefallen und um seine Lippen spielte ein Lächeln.

Der Tag neigte sich dem Ende zu. Der Himmel glühte wie tiefdunkler, roter Samt und die Umrisse des Bergs, einem raffinierten Scherenschnitt gleich, hoben sich schwarz davor ab.

Das Gewicht des Buchs in ihrem Rucksack beflügelte Lilli, sie trat kräftig in die Pedale. Es war ein schöner Nachmittag gewesen, dachte sie, während ihr die Abendbrise ins Gesicht wehte.

Mit Eugene war es total unkompliziert. Es war, als würden sie sich schon ewig kennen. Er war echt lustig und auch ein wenig verrückt. Und kultiviert, was sie beeindruckte. Sie selbst war keine große Leseratte, obwohl sie es sich immer wieder vornahm, mehr zu lesen. Ihr Ding war eher das Optische. Bilder, Fotos. Auch Filme. Das hatte sie von ihrer Mom. Als Eugene sie gefragt hatte, was ihre Hobbys seien und sie das Fotografieren erwähnt hatte, hatte sie ihm versprechen müssen, ihm bei Gelegenheit ihre Bilder zu zeigen. Auch als sie protestiert hatte (»Ich habe sie selbst meiner Mutter noch nicht gezeigt, und die ist Profifotografin!«), hatte er nicht lockergelassen.

Die meisten Jungs in ihrem Alter waren für ihren Geschmack zu unreif. Obendrein neigte sie zur Zurückgezogenheit, was bedeutete, dass sie kein sehr reges soziales Leben hatte. Wie sie Eugene einschätzte, hatte er auch nicht viele Freunde. Allein deswegen fühlte sie sich mit ihm verbunden. Und er war, wie sie, nicht freiwillig an diesem Ort.

Ja, es war ein unbekümmerter Nachmittag, dachte Lilli glücklich. Sie hatte sich so leicht wie schon lange nicht mehr gefühlt und zwischendurch völlig vergessen, weshalb sie eigentlich Eugene besucht hatte.

Alex. Jetzt, während sie durch die Abenddämmerung fuhr, sah sie ihren merkwürdigen Traum von letzter Nacht erneut vor sich. Was war es nur, was ihr nicht einfallen wollte? Im Traum hatte sie etwas verstanden, etwas sehr Wichtiges über Alex. Doch was?

Lilli kam am Haus an. Das letzte Stück Schotterweg schob sie ihr Rad neben sich her, stellte es im Hof ab und ging ins Haus. Ein Blick auf die Uhr an ihrem Handgelenk sagte ihr, dass es Abendessenszeit war. Sie schloss die Apartmenttür auf und stellte auf dem Weg zur Küche den Rucksack in ihrem Zimmer ab.

Wie sie vermutet hatte, saßen Chris und ihre Mutter beim Essen. Und die Überraschung des Abends: Ihr Vater saß mit ihnen am Tisch.

»Da bist du endlich«, begrüßte er sie.

Ob sie ihm das wohl irgendwann abgewöhnen könnte, dachte Lilli liebevoll und stürzte sich auf ihn, um ihn zu umarmen. »Dad! Schön, dass du wieder da bist. Wie geht es dir?«

Er lachte und drückte sie an sich. Leise murmelte er ihr ins Haar: »Die Ärzte meinen, ich hatte ein Riesenglück. Die Tage in der Dekompressionskammer haben mir geholfen, meinen Körper zu 98 Prozent zu normalisieren. Ich bin okay.«

Lilli setzte sich mit einem glücklichen Lächeln an den Tisch. Wie erleichtert sie war! Zwei Prozent waren vernachlässigbar.

Ihre Mutter hatte den Blick gesenkt und stocherte stumm in ihrem Teller herum. Sie sah müde aus.

»Was auch immer dein Vater dir ins Ohr geflüstert hat, ich verbiete dir, jemals wieder zu tauchen!«

»Mom!«

»Suzú!«

»Nichts da! Ihr beiden versprecht mir auf der Stelle, nie wieder zu tauchen.« Sie schlug mit der Faust auf den Tisch, dass das Besteck klirrte.

Lilli wechselte einen erschrockenen Blick mit ihrem Vater.

»*Chérie*, jetzt lass uns doch vernünftig bleiben. Ich weiß, du bist schon immer dagegen gewesen ...«

»Offensichtlich völlig grundlos!«, unterbrach sie ihn. Sie war puterrot im Gesicht.

»Nein, das nicht ... Ich gebe zu, es war leichtsinnig von mir, so tief zu tauchen. Ich habe meine Sauerstoffreserven überschätzt, als ich in diese Höhle geschwommen bin. Aber es war mir eine Lehre, versprochen. Ich werde in Zukunft vorsichtiger sein.«

»Du hast verdammtes Glück gehabt, Louis! Hätte dein Kollege dich nicht rechtzeitig gefunden, wärst du jetzt ... wärst du ...«

»Fischfutter.«

Ihre Mutter sah ihren Vater an, einen kurzen Moment wechselte ihr Mienenspiel zwischen Sorge und Belustigung. Doch der angestaute Stress siegte. Sie begann zu schluchzen und vergrub ihr Gesicht in den Händen.

»Mom, beruhige dich, es ist alles gut gegangen! Ich verspreche dir, dass ich vorsichtig sein werde. Aber du kannst uns das Tauchen nicht verbieten. Außerdem war ich hier noch gar nicht tauchen.«

Chris, der sich bisher aus dem Gespräch herausgehalten hatte, sagte:

»Abgesehen davon, wer kann schon behaupten, eine Dekompressionskammer von innen gesehen zu haben?«

Ihr Vater lächelte und tätschelte die Hand ihrer Mutter.

Schniefend wischte sie sich mit einer Serviette das tränenüberströmte Gesicht trocken. »Wenigstens um dich muss ich mich nicht sorgen.« Sie schaute Chris mit geröteten Augen an.

»Na, ist das nix? Ich werde sicher nie eine Taucherausrüstung anlegen.« Er klopfte mit den Zeigefingern auf seine Ohren. »Die sind nicht dafür gemacht und ohne Druckausgleich kein Tauchen. Außerdem fahre ich vorsichtig Auto, rauche und trinke nicht und nehme keine Drogen. Na ja, wenn die Limo, nach der ich süchtig bin, nicht als Droge zählt.«

Ihre Mutter lächelte.

Geschickt wechselte Chris das Thema. »Schwesterherz, wie war es bei deinem Bücherfreund?«

Lilli vermied es, ihren Bruder anzusehen. Idiot, dachte sie und stand auf. Insgeheim war sie aber froh, dass Chris ihre Mutter abzulenken versuchte.

Hunger hatte sie keinen, die Tortilla bei Eugene war üppig gewesen und er hatte ihr danach noch *hojaldres* – spanische Blätterteigsüßigkeiten – angeboten.

»Willst du nicht mit uns essen?« Ihr Vater sah sie fragend an.

»Ich habe schon gegessen.« Sie machte Anstalten, zu gehen.

»Wie war es bei Eugene, habt ihr euch gut unterhalten?«

Klar, ihre Mom.

Lilli drehte sich um und sagte: »Ja, war lustig. Eugene hat eine Menge Bücher.«

»Bücher«, grübelte Chris laut.

Ihr Blick hätte ihn töten können. Er grinste unverschämt.

Ihre Eltern aßen weiter. Als ihre Mutter nichts mehr über ihr Treffen wissen wollte – und das kam ihr entgegen, denn in ihrem Zimmer wartete noch eine spannende Lektüre auf sie – verabschiedete sie sich mit undurchdringlicher Miene. Chris lachte leise.

Zurück in ihrem Zimmer warf sie sich, so wie sie war, aufs Bett. Puh! Ihre Mutter war echt heftig gewesen. Sicher, sie verstand nach dem Unfall ihres Dads diese Reaktion. Doch ihre Angst nahm beunruhigende Ausmaße an. Autounfälle kamen öfter vor als Tauchunfälle. Dann dürfte sie sich auch nie wieder in ein Auto setzen!

Lilli knipste die Nachttischlampe an, packte das Buch und Eugenes Heft mit den Übersetzungen aus und legte sie nebeneinander aufs Bett.

Vorsichtig blätterte sie die Titelseite des Buches um. Es war so alt, dass sie fürchtete, es könne unter ihren Fingern zerfallen. Über dem gedruckten Titel auf der ersten Seite sah sie in kleiner, schon fast gänzlich verblasster Handschrift etwas geschrieben. Erst bei genauerem Hinsehen erkannte sie, dass es sich um Namen handelte.

Das erste Wort war bereits halb verschwunden. Übrig geblieben waren die Buchstaben ·a·p·h·i·m. Der zweite Name lautete *Rex*.

Was dann folgte, musste ein Nachname sein, grübelte sie: *Fothergyll*. Zwischen dem ersten und zweiten Wort erkannte Lilli einen Buchstaben, ein »y«. Könnte für das spanische »und« stehen.

Neugierig studierte sie die vergilbte und mit Flecken übersäte Seite. Waren es die Namen der früheren Besitzer? *...aphim y Rex Fothergyll?* Vielleicht hieß Eugenes Onkel mit Nachnamen Fothergyll, schließlich hatten die Jungs das Buch im Keller seiner Tapasbar gefunden.

»aphim« war aber kein richtiger Name. Und auch der Nachname klang so merkwürdig. Irgendwie alt, aus einer längst vergangenen Zeit. Seraphim, fiel ihr plötzlich ein. »Wir sollten es Seraphim sagen«, hatte ihre Mutter in ihrer zweiten Nacht in Spanien gesagt, als sie mit ihrem Vater an ihre Tür vorbeigelaufen war. Und es war der gleiche Name, den Alex neulich erwähnt hatte.

...aphim, Seraphim. Lilli sog die Luft geräuschvoll ein. Das konnte kein Zufall sein. Wer war dieser mysteriöse Seraphim, den sowohl ihre Eltern als auch Alex zu kennen schienen? Das Buch hatte also möglicherweise diesem Seraphim und einem Rex gehört, okay. Doch was hatte das mit ihren Eltern zu tun? Und mit Alex? Es war wie verhext. Kaum hatte sie die Antwort auf eine Frage, schon folgten weitere.

Etwas sagte ihr aber, dass sie die wichtigsten Antworten nicht im Buch finden würde.

21.
Wo alles beginnt

Der Lichtkegel des Leuchtturms streifte in Sekundenintervallen über die weite Fläche des Meeres. Einen Moment hielt Alex inne, spähte in die Dunkelheit des Treppenhauses und lauschte. Dann trat er ein. Vorsichtig schloss er die schwere Metalltür hinter sich, die Muskeln angespannt, alle Sinne hellwach.

Im Stockfinsteren erkannte er mit seinen Kristallkörperaugen jede einzelne Stufe, jeden herausgebrochenen Stein und jeden Riss.

Geschmeidig wie eine Raubkatze nahm er Stufe für Stufe. Unter seinen nackten Füßen spürte er kühlen Stein. Der alte Leuchtturm hatte das Beben gut überstanden, die Treppe war allerdings mit Krümeln aus Mörtel und Steinsplittern übersät.

Immer wieder unterbrach er seinen Weg nach oben und lauschte. Noch waren die Stimmen zu weit entfernt, um einzelne Worte auszumachen. Die dicken alten Mauern dämpften die Gespräche und verfremdeten sie zu einem auf- und abschwellenden unverständlichen Gemurmel.

Alex zögerte, hin- und hergerissen zwischen seiner kämpferischen Neugier und der unmissverständlichen Anweisung Seraphims: verfolgen, doch so viel Abstand halten, um nicht selbst in Gefahr zu geraten. Auf keinen Fall handeln. Noch nicht.

Eine gute Stunde hatte er unter den Klippen, in seinem Versteck gewartet, in dem er nun seit Wochen fast jeden Abend lauerte. Schon hatte er aufgeben wollen, als er das grüne Phosphorlicht im Meer unter sich entdeckt hatte. Aus den Wellen war Rex aufgetaucht.

Alex hatte noch eine Weile reglos in seinem Versteck gewartet, verborgen hinter niedrigen Pinienbüschen, die seinen Geruch überdeckten. Doch als er dieses Mal herausgekrochen war, hatte er nicht kehrtgemacht, war nicht den Weg hinunter zum Meer gelaufen, sondern hatte den schmalen, gewundenen Pfad genommen, der zum Leuchtturm hoch führte, jederzeit bereit in den Abgrund zu seiner Rechten zu springen. Und genau das war schon mehr gewesen, als sein Mentor zugelassen hätte.

Sein Vorteil: Die anderen glaubten sich unentdeckt und das würde er nutzen. Seraphim würde ihm Vorwürfe machen, doch dieses Risiko musste er eingehen, er musste mehr erfahren.

Er schüttelte seine Bedenken ab und schlich Stufe für Stufe nach oben. Lautloser als ein Schatten. Je höher er kam, desto wärmer wurde es, es roch schwer nach Staub und frisch gerissenem Mauerwerk.

Die Stimmen wurden deutlicher. Es waren vier. Er duckte sich, dicht an die Wand gedrängt, um dem Lichtstreifen, der auf die erste Stufe fiel, auszuweichen. Auf allen Vieren kauerte er unter dem Geländer. Jetzt verstand er jedes Wort.

Ihm sträubten sich die Nackenhaare, als er die weibliche Stimme erkannte. Danya. Sie war also tatsächlich bei Rex. Genau, wie es Seraphim befürchtet hatte.

Es trieb ihn, bis ganz nach oben zu gehen, er musste sie mit eigenen Augen sehen. Dort verharrte er mit dem Rücken an die Wand gepresst. Der Treppenabsatz weitete sich hier und bildete eine Brüstung. Neben einer Stahltür befand sich in der Mauer eingelassen ein kleines Fenster, sein Metallrahmen war grün angemalt wie das Geländer. Er reckte den Hals und schob sich Millimeter für Millimeter ins Fenster hinein.

Im Raum waren außer Rex zwei weitere junge Männer. Alex erfasste die Lage in Bruchteilen von Sekunden. Sein Blick blieb an dem Mann hängen, der in naher Zukunft noch mehr Zerstörung und Leid über die Menschen hier bringen sollte. Jetzt konnte er ihn genauer betrachten. Er hatte feine Gesichtszüge, die ihn an Seraphim erinnerten. Eine gewisse Linie der Wangenknochen oder vielleicht auch die gerade schmale Nase. Doch dieser Mann strahlte etwas anderes als sein Bruder aus. Es jagte Alex einen Schauer über den Rücken, denn es war wie das Wasser in der Höhle, in der er Louis gefunden hatte. Böse.

Rex saß auf einem verschlissenen Sofa. Und da war sie. Danya. Sie setzte sich auf Rex' Schoß und legte ihre Arme um seinen Hals. In dem bauchfreien Top und kurzen Jeans sah sie fantastisch aus.

Was hatte er erwartet? Eine leidende, ausgemergelte Danya? Alex verzog angewidert das Gesicht. Etwas Wesentliches hatte sich verändert. Ihr durchtrainierter Körper, das Gesicht und die Haare waren die der alten Danya, doch die Aura des Bösen und Primitiven umgab sie wie alle anderen in diesem Raum. Als hätte Rex sie mit einem Zauber belegt, dachte Alex unwillkürlich.

Alex zuckte zusammen, als Danya und Rex laut auflachten. Der Anblick dieses Mädchens, das vor gar nicht so langer Zeit seine Freundin gewesen war, hatte ihn verstört und taub gemacht für das, was sie sprachen. Nun drangen wieder Worte in sein Bewusstsein.

»... wie neulich. Das war vielleicht ein Anblick. Ich habe mich wie Gott gefühlt. Der Kleine da im Käfig, es war köstlich, wie er mich angefleht hat. Ich habe nichts weiter getan, als seinem Flehen nachzugeben. Oder, *mí amor?*«

Rex grinste Danya von der Seite an und gab ihr einen Klaps auf ihren nackten Oberschenkel. »Und dann hat er mich doch tatsächlich *Seraphim* genannt. War das nicht herrlich? Er hat wirklich gedacht, mein lieber Bruder sei gekommen, um ihn von den Schmerzen der Verwandlung zu erlösen.«

»Armes, kleines Waisenkind«, antwortete Danya und ihr Gesicht verzog sich zu einer Fratze. »Hey, Baby, für Jimo warst du in dem Moment Gott. Oder vielleicht doch *el diablo?* Hast ihm das Tor zur Hölle geöffnet, was?«

Danya und Rex brachen erneut in Gelächter aus.

Langsam dämmerte es Alex, worüber sie sich dort drinnen lustig machten.

»Süße, ich sehe da kaum einen Unterschied«, griff Rex den Faden wieder auf. »Tor ist Tor, wo du letztendlich hingehst, wenn du hindurch trittst, ist deine Sache.« Rex schubste Danya von seinem Schoß und stand auf.

Alex duckte sich blitzschnell.

»Ich habe nur sein Tor geöffnet, mehr nicht. Gestorben ist er selbst. Hab ich recht?«

»Klar, Boss«, sagte eine männliche Stimme im Brustton der Überzeugung.

Eine andere ergänzte: »Du hast nur das Schloss geöffnet. Er hat dich doch darum gebeten. Nein, er hat dich angefleht. Und wer bist du, um einem armen Wurm nicht helfen zu wollen?«

Erneut schallendes Gelächter.

Alex ballte die Fäuste und musste sich zusammenreißen, um nicht in den Raum zu stürmen. Plötzlich sah er alles klar vor sich.

Während wir uns verwandeln, taucht Rex bei unseren Käfigen auf. Jimo bleibt als letzter unten. Und da ergreift Rex seine Chance, einen von uns zu töten. Jimo verlangt im Wahn der Schmerzen, dass er das Tor öffnen soll, er denkt, es ist Seraphim. Jimo stirbt im Glauben, unser Mentor hätte ihn da herausgeholt. Als er auftaucht und dabei ums Leben kommt, weil seine Verwandlung noch nicht vollständig ist, bringt ihn Rex zurück in den Käfig. Niemand schöpft Verdacht, noch nicht einmal Seraphim.

In Alex stieg heiße Wut hoch. Seine Fingernägel gruben sich schmerzhaft ins Fleisch. Es war Jimo, wollte er schreien. Jimo, unser Freund und Teamkollege, Danya! Wie konnte sie nur über seinen Tod spotten. Wie konnte sie nur ... Tränen der Wut traten ihm in die Augen und er musste einige Male tief durchatmen, um das Zittern, das seinen Körper schüttelte, in den Griff zu bekommen.

Er schwor sich, jetzt, in der Dunkelheit dieses Treppenhauses, unter diesem Fenster, hinter dem diese verfluchten Mörder waren und über den Tod seines Freundes lachten, da schwor er sich, Rex dafür bezahlen zu lassen. Der bekannte, alte Hass war wieder da. Jener Hass, den er gespürt hatte, als er erfahren hatte, dass sein eigener Vater gemordet hatte.

Mit einem Mal war er überzeugt, dass auch Danya keine Sekunde zögern würde, zu töten. Selbst ihn oder ihren eigenen Bruder. Er verstand mit schmerzhafter Klarheit, was Seraphim einst gemeint hatte. *Kein Tier tötet oder bringt Unglück bewusst und nur zum Vergnügen. Kein Wesen auf der ganzen weiten Welt, weder im Wasser noch an Land, kann so vollkommen böse sein wie ein vernunftbegabtes Wesen.*

Er kauerte noch eine Weile am Boden und lauschte mit versteinerter Miene den Gesprächen jenseits der Mauer. Rex' Stimme dominierte stets, wie die eines Herrschers, der zu seinen Anhängern spricht.

Fürs Erste hatte er genug gehört und gesehen. Eine heftige Übelkeit hielt ihn im Griff. Doch es war an der Zeit, aufzubrechen.

Ein Treffen stand noch diese Nacht bevor.

So lautlos, wie er gekommen war, schlich er sich nach unten, trat durch die Tür hinaus und tauchte ein in die sternenklare Nacht.

Alex saß in Calahonda am Ufer und schaute aufs Meer, das jetzt, in der Nacht, Teil der Finsternis war. In seinem Rücken der Berg wie ein schützendes Schild. Weit nach Mitternacht war es ruhig und menschenleer, nur das leise Wellenrauschen und ferne Lichter von Schiffen unterbrachen die Schläfrigkeit der Nacht.

Er war fast jede Nacht einige Stunden draußen, um die fremde Welt besser kennenzulernen. Er nutzte den Vorteil, mit weniger Schlaf als die Menschen auszukommen und unternahm Streifzüge in den Straßen und Gassen der Ortschaften. Er prägte sich deren Geografie ein und hatte inzwischen eine exakte Landkarte im Kopf, die sich über viele Kilometer um Calahonda erstreckte.

In der Nacht reduzierten sich die Geräusche der Welt auf die Natur. Es war die Stunde der großen und kleinen Jäger, auch die des Verfolgers, der im Schutz der Dunkelheit unbeobachtet seinen Pflichten nachging.

Alex hätte nicht damit gerechnet, dass es ihm nach den ersten schrecklichen Erfahrungen an Land gefallen würde. Das lag aber nicht nur an der aufregenden neuen Welt.

Lilli. Sie war in sein Leben getreten und hatte es aus den Angeln gehoben. Aus unerfindlichen Gründen reagierte er auf ihre Nähe wie ein ... hungriges Tier.

Er sah das Bild der neuen Danya vor sich. Und wieder schaute er voller Abscheu in den Abgrund seiner Erinnerung wie in eine schwarze Unterwasserschlucht. Seine animalische Gier neulich. Sein blinder Rausch. Sein Verlangen, Lilli die Kehle herauszureißen.

War er so anders als Danya?

Er erschauerte. Hastig stand er auf und lief auf und ab, auf und ab. Nur langsam beruhigte sich sein rasendes Herz. Er bückte sich, hob einen Stein auf und schleuderte ihn weit aufs Meer hinaus.

Und dann seine dumme Antwort. *Ich müsste dich töten,* äffte er sich nach. Wütend schleuderte er wieder einen Stein ins Wasser. Nie wollte er so wie Danya werden! Schwur hin oder her, selbst wenn jemand herausfände, wer er war, er würde keinen dafür töten. Wie hatte er zu Lilli so etwas sagen können? Es war unüberlegt und es war das Tor zu weiteren Fragen, unvermeidlich. Sie hatte ihn aber mit diesem Blick angesehen, als schaue sie bis auf den Grund seiner Seele. Da waren ihm die Worte einfach herausgerutscht.

Was ihn allerdings verblüfft hatte, war ihre Reaktion. Sie war weder verängstigt gewesen, noch hatte sie zu verstehen gegeben, dass sie ihn in Zukunft meiden würde. Ja, sie war ein ungewöhnliches Mädchen.

Alex schaute verträumt in die Ferne und wünschte sich, Lilli wäre bei ihm. Stattdessen wartete er allein am Meeresufer auf ein Boot.

Es war die Nacht, in der er Seraphim zum ersten Mal treffen sollte, seitdem er Thalassa 3 verlassen hatte, um die letzten Neuigkeiten auszutauschen. Er war fest entschlossen, seinen Mentor zu fragen, was es zu bedeuten hatte, dass er sich ausgerechnet zu Lilli auf diese Weise hingezogen fühlte. Er bückte sich nach einem neuen Stein.

Sicher, es gab vieles, was sie anziehend machte. Sie war wunderschön und hatte ein gutes Herz; sie war bezaubernd offen und gleichzeitig geheimnisvoll. Auch ungewöhnlich. Sie sammelte gern Steine, etwas, das er so bei keinem anderen Menschen gesehen hatte. Während er den Stein in seiner Hand betrachtete, erinnerte er sich, wie er sie damals, in seinen ersten Tagen an Land, dabei beobachtet hatte. Als hätte sie geahnt, dass ihr die Steine etwas geben könnten. Jene geheimnisvolle Kraft, die sie verströmten, wenn man sie hielt.

Ja, Lilli hatte viele Dinge an sich, die liebenswert waren und die er gerade zu entdecken begann. Doch es war noch etwas anderes. Kein anderer Mensch lockte ihn so, wie sie es tat. Es war da etwas jenseits von Vernunft, Gefühlen oder Faszination. Die körperliche Nähe, und die machte ihn unberechenbar. Vielleicht ihr Geruch. Oder ihre Körpersprache, die Stimme, die Blicke. Etwas war an ihr, was das Raubtier in ihm lockte wie die Sirenen den Odysseus.

Er sah auf, als er ein entferntes Motorengeräusch in der Finsternis über dem Meer hörte. Das Geräusch kam näher, dann verstummte es. Alex stand auf, streifte seine Kleidung ab und Sekunden später kräuselte sich die Oberfläche der See, als wäre ein Fisch aus dem Wasser gesprungen, um nach einem Insekt zu schnappen.

Drei Minuten und fünf Kilometer später erreichte er Seraphims Motorsegelboot, einen Zweimaster von knapp 15 Metern Länge, der den klangvollen Namen *Lady of the Sea* trug.

Geräuschlos schwang er sich über die Reling und schaute sich um. Seraphims Leidenschaft für Boote war überall am gepflegten Äußeren an Deck zu erkennen. Dieses Boot war sein Heiligtum, das er stolz auf Fotos herumzeigte.

In echt sah es sogar besser aus. Es war ein Prachtstück! Aus Holz und Messing, mutete es wie ein Segelboot aus einem anderen Jahrhundert an. Es roch aber alles andere als alt. Ein zitroniger Duft, der von den frisch gebohnerten Deckplanken kam, mischte sich mit der feuchten, salzigen Luft der Nacht.

Er schaute sich beeindruckt um. Die Segel des Zweimasters bauschten sich leicht in der Nachtbrise. Neben dem Ruder leuchtete ein elektronisches Pult. Er bückte sich und las auf einem Monitor verschiedene Daten, darunter auch die Koordinaten und ein Symbol, dass der Anker geworfen worden war. Neben dem Steuerpult erhob sich ein schmaler Mast. Die Ausstattung an Bord war modernste Satellitentechnik.

In diesem Moment entdeckte Alex im Gegenlicht der Kajüte einen dunklen Umriss.

»Alex, hallo!«, rief Seraphim, kam auf ihn zu und umarmte ihn herzlich.

»Hallo«, grüßte Alex zurück. Erst jetzt wurde ihm bewusst, dass er seinen Mentor vermisst hatte.

Der boxte Alex freundschaftlich in die Schulter. »Ich sehe, es geht dir gut.«

Alex nickte und wurde etwas verlegen unter den forschenden Blicken Seraphims.

»Die *Lady* ist wirklich schön«, sagte er und deutete um sich.

»Nicht wahr?« Seraphim grinste stolz und tätschelte liebevoll die hölzerne Reling. »Ich soll dich von Marc und Stella grüßen. Sie sind ... na ja, etwas geknickt, dass ich sie nicht mitgenommen habe.« Seraphim schaute verschmitzt. »Ich habe sie vertröstet, rate mal, womit.« Ein breites Lächeln zauberte Fältchen um seine Augen.

»Keine Ahnung, mit zusätzlichen Hausaufgaben?«, versuchte es Alex.

»Ach, komm schon, du weißt es. Was will jeder Amphi gleich nach der Metamorphose? Na ...«

Alex überlegte, dann klatschte er sich mit der Handfläche gegen die Stirn. »Amphipolo.«

»Aye! Das nächste Turnier.«

Alex' Gesicht verdüsterte sich. »Ich wäre gern dabei gewesen«, murmelte er und sah auf seine nackten Füße, die eine feuchte Spur auf den hölzernen Deckplanken hinterlassen hatten.

»Wirst du«, sagte Seraphim.

»Wirklich?« Alex schaute ihn hoffnungsvoll an.

»Zwar nur als Zuschauer, aber für den Anfang und in Anbetracht der Umstände ... womit wir beim Thema wären.«

Seraphim konnte grausam sein. Er gab ihm mit einer stummen Geste zu verstehen, dass es jetzt um die wichtigen Dinge ging. Alex wusste, dass das Thema Amphipolo fürs Erste abgehakt war. Na gut. Rex also.

»Es ist der Leuchtturm«, begann Alex. »Ich bin Rex fast jede Nacht dorthin gefolgt.« Er sah mit wütendem Blick in die Ferne, als würde sich am Horizont die Leuchtturmszene erneut abspielen.

»Seraphim«, setzte Alex an und hielt inne, denn er wusste nicht, wie er es am besten sagen sollte.

Seraphim wartete geduldig.

»Ich ...«

»Alex, es ist okay. Ich dachte mir das schon. Du musst dir nur darüber im Klaren sein, dass es gefährlich werden könnte. Für sie natürlich.«

Alex sah Seraphim entgeistert an. Woher wusste er, dass er Rex in den Leuchtturm gefolgt war? Konnte er Gedanken lesen? »Oh!«, war alles, was er über die Lippen brachte.

»Es ist eben so, dass man für die, die man rettet, verantwortlich ist. Ein Leben lang. Der Leuchtturm, und weiter?«

Was zum Kuckuck redete er da? Alex verstand kein Wort. Offensichtlich bemerkte Seraphim seine Verwirrung, denn er sagte jetzt in etwas weniger lehrerhaftem Ton:

»Du hast sie gerettet. Euch verbindet ein starkes Band, allein schon deshalb solltest du auf der Hut sein. Es ist sehr gefährlich, weil du schon mal ihr Blut geschmeckt hast, damals im Wasser. Ich erinnere mich, mit wie viel Entsetzen du mir darüber berichtet hast. Und weil du mit ihr auf diese Weise verbunden bist, wird sie dich wie kein anderer Mensch verführen, das Raubtier in dir locken. Ich hätte es dir sagen sollen ...«

»Seraphim, redest du von Lilli?«, unterbrach ihn Alex.

Jetzt sah Seraphim ihn verdutzt an. »Ja, von wem sonst?«

»Ich wollte eigentlich über Danya reden.«

»Danya? Wie kommst ... oh, nein! Du hast doch wohl nichts Dummes gemacht?!« Seraphims Stimme wurde nicht lauter, doch der Ton war eindeutig schärfer. Er sah Alex aus schmalen Augen an. »Gut, egal, erzähl«, sagte er mit einer wegwerfenden Handbewegung.

»Ich bin Rex gefolgt. Ich habe herausgefunden, dass sie sich tatsächlich im *Faro de Sacratif* treffen. So weit, so gut. Ich ... habe ich mich hineingeschlichen und ...« Alex stockte. Sein Gesicht verdüsterte sich, als er fortfuhr: »Ich habe Danya gesehen. Sie ist mit Rex zusammen. Sie ist ...« Seine Stimme brach. Er musste sich räuspern.

»Unvorstellbar grausam?«, beendete Seraphim den Satz und Zorn schwang in seiner Stimme mit.

Alex war sich nicht sicher, wem dieser Zorn galt. Er nickte nur. »Ich musste Gewissheit haben.« Er hielt erneut inne und wartete auf die Schelte seines Mentors.

Dieser sagte jedoch nur: »Weiter.«

»Ich habe etwas erfahren, was uns alle angehen dürfte. Sie haben Jimo auf dem Gewissen. Rex hat den Käfig während der Kristallverwandlung geöffnet. Jimo hat geglaubt, du bist es. Er ist aufgetaucht, bevor die Verwandlung vollzogen war.«

Sein Mentor starrte ihn an und die ganze Ungläubigkeit der Welt schien sich auf seinem Gesicht zu spiegeln. Dann schüttelte er sich und seufzte.

»Wieso habe ich nicht früher daran gedacht? Das Schloss zu knacken war für Rex ein Kinderspiel.« Sein Gesicht sah mit einem Mal alt aus, als wäre der Diamantkörper von ihm gefallen.

»Du musst ihn sehr hassen«, sagte Alex leise.

Seraphims Stimme klang belegt, als er sprach. »Ich habe ihn anfangs gehasst. Es war leichter, als ich ihn hassen konnte. Dann wollte ich ihn nur noch vergessen und weitermachen. Er ist immer wieder aufgetaucht und hat mir das Leben zur Hölle gemacht.

Schließlich konnten wir ihn fangen und einsperren, doch er ist entkommen.« Er bemühte sich sichtlich, seine Fassung zu bewahren. »Er ist, was er ist, ich muss das akzeptieren. Es ist sehr schwierig, glaube mir. Wer will sich schon eingestehen, dass der eigene Bruder das verkörperte Böse ist?«

Alex musste plötzlich an seinen Freund Marc denken, der Ähnliches durchmachte wie sein Mentor. »Ich hasse diese Bestien!«

Seraphim tätschelte Alex' Hand wie bei einem kleinen Kind. Es war eine Geste, die unbedacht geschah und einen Augenblick hatte Alex das Gefühl, er wolle sich selbst beruhigen.

»Ich mache mir große Vorwürfe, Alex.«

»Du dir Vorwürfe? Wieso? Du hast nichts falsch gemacht.«

»Ich hätte ihn töten sollen, als ich die Gelegenheit dazu hatte. Ich habe gezögert.«

»Verständlich.«

»Ja und nein. Wenn man wie ein Bruder denkt. Doch ich hatte zu spät begriffen, dass das nicht mehr der Bruder war, den ich kannte. Es war ein böses Tier. Nein, Tier ist noch zu schmeichelhaft. Tiere töten nicht aus purem Vergnügen. Und Tiere sind nicht gierig nach Unsterblichkeit.«

»Er will unsterblich werden?«, platzte es aus Alex heraus. Bislang hatte er angenommen, Rex wolle aus purer Bosheit zerstören, weil der Pakt angeblich gebrochen war. Doch was Seraphim da andeutete, gab dem Ganzen eine völlig neue Wendung. Es gab ihm einen Sinn und das machte Alex plötzlich Angst.

»Wir waren nicht untätig. Während du Rex oben gefolgt bist, habe ich ihn unter Wasser beobachten lassen. Marc und Stella sind ihm auf der Spur geblieben. Wir wissen jetzt, wo er sprengen will. Und rein zufällig gibt es dort jene Diamanten, die die Auserwählten für den letzten Körper, den Diamantkörper, benötigen. Was sagt man dazu?«

Alex erhob sich und begann, im Boot auf und ab zu gehen. Seine nackten Füße machten Platschgeräusche auf den Planken.

»Setz dich wieder, Alex. Bitte.«

»Rex will Tausende von Menschen für seine persönliche Unsterblichkeit vernichten! Natürlich war uns allen bald klar gewesen, dass die ganze Pakt-Geschichte ein Aufhänger war. Wieso sollte Rex sich dafür verantwortlich fühlen, dass ein Landamphibion in den

Tunnel zwischen Calahonda und Thalassa 3 eingedrungen war? Es ist nicht sein Stil, sich um Gerechtigkeit zu scheren.« Alex hielt in seinen Überlegungen und dem Hin- und Herlaufen inne, fuhr dann ernüchtert mit beidem fort: »Letztendlich ist es unwichtig, weshalb er die Diamanten will. Macht, Unsterblichkeit, es spielt keine Rolle mehr.«

»Sehr weise gedacht, Alex. Es spielt keine Rolle. Wichtig ist es zu wissen, dass er auf jeden Fall töten wird. Und zwar bald.«

»Sag mir, was ich tun muss.« Alex setzte sich und sah Seraphim entschlossen, ja, fast grimmig an.

Dieser musterte ihn eine Weile nachdenklich, dann sagte er: »Weiter beobachten.«

Alex hob zu einem Protest an, doch Seraphim gebot ihm mit unmissverständlicher Geste Einhalt.

»Wenn Rex etwas unternimmt, dann nicht vor dem nächsten Vollmond. Da erst wirkt die Anziehungskraft des Mondes und der Sonne gleich stark auf die Erde und das Meer. Er wird eine natürliche, harmlose Springflut in eine tödliche verwandeln. Durch Explosionen entlang der Kontinentalplatte. Der Süden Europas verschwindet für immer im Meer.«

Alex biss die Zähne zusammen. Er überlegte fieberhaft. »Der nächste Vollmond ist schon in sechs Tagen ...«

»Ich bezweifle, dass er den nötigen Sprengstoff beschafft hat. Dennoch sollten wir herausfinden, wie weit er mit den Vorbereitungen ist. Folge, wenn nötig, auch seinen Leuten. Du hast sie ja jetzt gesehen. Finde heraus, wo er den Sprengstoff lagert. Rex muss unter den Menschen Gehilfen haben.«

Alex blickte nur grimmig in die Ferne. Eine andere Frage drängte sich ihm auf.

»Wie in aller Welt kann er den Diamantkörper bekommen, selbst wenn er die Edelsteine findet? Wie bei der Kristallverwandlung muss er einen Anzug haben, um sich zu verwandeln. Er muss ihn aus den Diamanten anfertigen. Einen solchen Anzug kann er doch nicht so einfach herstellen! Dazu bräuchte er spezielle ...«

»Alles machbar«, unterbrach ihn Seraphim. »Den Anzug anfertigen, das Amulett besorgen, die Formel erfahren ... alles machbar. Am schwierigsten ist es, an diese Diamanten zu kommen. Es gibt sie nur an einer Stelle. Die wertvollsten Edelsteine der ganzen

Welt, ihre Eigenschaften sind einzigartig. Nur eine Handvoll Eingeweihter weiß darüber Bescheid. Wenn die Menschen von der Existenz dieser Steine erfahren würden«, Seraphim schüttelte den Kopf und sagte matt, »gäbe es Mord und Totschlag. Sie sind mit Geld nicht zu bezahlen. Wenn es Rex gelingt, ein paar davon zu ergattern, ist alles andere ein Kinderspiel.«

Alex sah ihn zweifelnd an.

»Sicher«, fuhr Seraphim fort, »er braucht die Technik, diese härtesten aller Steine zu so feinem Staub zu verarbeiten, dass er daraus die Diamanthaut machen kann.« Seraphim setzte sich zu Alex auf die Heckbank. »Doch wie ich ihn kenne, würde er es schaffen, an all das zu gelangen. Das Schwierigste ist, wie gesagt, die Diamanten zu finden. Ich frage mich nur, woher er weiß, wo sie sich befinden.« Seraphim sah erschöpft aus.

»Wieso muss er gleich halb Europa im Meer versenken? Er könnte doch einen Diamantanzug von Thalassa 3 stehlen.«

»Er hat es versucht. Weit ist er nicht gekommen. Es ist leichter, Sprengstoff zu besorgen und in die Schlote von Schwarzen Rauchern zu platzieren, als in Thalassa 3 einzudringen.«

»Wir waren also auf der falschen Spur, als wir annahmen, dass er das aus purem Vergnügen macht.«

Seraphim stand auf, lehnte sich an die Reling und schaute über das dunkle Meer. Resigniert sagte er: »Ja, waren wir. In gewisser Weise verstehe ich sogar seine wahren Gründe.« Seraphim hob den Arm, als er Alex' Entrüstung bemerkte. »Er ist krank. Er hat die tödliche Krankheit, die die gescheiterten Auserwählten auslöscht. Er hofft, durch den Diamantkörper am Leben zu bleiben. Die Idee ist gut, das muss ich ihm lassen. Ich sage damit nicht, dass ich es billige.«

»Woher weißt du, dass er todkrank ist?«

»Weil jeder Gescheiterte früher oder später erkrankt und stirbt.«

Das hattest du vergessen zu erwähnen, dachte Alex eingeschnappt.

»Dass es bei Rex bald soweit ist, weiß ich von Marc und Stella. Als sie ihn einmal beobachtet hatten, hat er einen Anfall bekommen. Erstickungssymptome, Bluthusten, Ohnmacht. Er macht es nicht mehr lange.«

Danya! Sie wird auch daran sterben!

»Aber ich muss dir noch etwas anderes sagen, Alex.«

Noch mehr Überraschungen also.

»Lillis Eltern sind auf unserer Seite. Ich habe mit ihrem Vater gesprochen. Als er den Unfall gehabt hatte, war er da unten gewesen, um die Stelle zu erkunden, an der Rex ein paar Mal gesehen wurde. Er kann sich zwar nicht erinnern, was passiert ist, nachdem er die Höhle erforscht hat und wieder zurückkehren wollte. Er weiß nur noch, dass er sich mit der Ausrüstung verkeilt hatte. Dann ist er ohnmächtig geworden.«

»Lillis Eltern also!« Alex sog die Luft scharf ein. Es war die Nacht der erschütternden Neuigkeiten.

»Na ja, eher ihr Vater, obwohl er ganz und gar menschlich ist. Ihre Mutter kommt mit unserer Existenz nicht gut klar. Was seltsam ist, da sie selbst ... egal. Ihre Kinder Chris und Lilli wissen natürlich nichts von uns.«

Plötzlich erinnerte sich Alex an das Gefühl in der Höhle. »Seraphim, als ich Louis gefunden habe, habe ich noch etwas anderes außer seiner Todesangst gespürt. Es hat sich ähnlich wie im Leuchtturm in der Nähe von Rex angefühlt ...« Alex rang um die richtigen Worte. »Etwas, das den Tod bringt«, fasste er schließlich zusammen.

Alex stand neben Seraphim an der Reling und schaute auf die ruhige Wasseroberfläche. Lange sagte keiner etwas.

»Das Wasser hat sich erinnert. An Rex. Er war dort gewesen«, sagte Seraphim.

Alex nickte nur.

»Finde heraus, was Louis da unten genau widerfahren ist. Mach es aber diskret. Wenn Rex es auch auf ihn abgesehen hat, muss er es nicht unbedingt wissen. Er hat genug durchgemacht.«

Wieder nickte Alex. Er hob den Kopf und schaute zum Himmel. Doch dann sah er abrupt Seraphim an: »Auch? Auf wen hat Rex es noch abgesehen?«

Seraphim richtete sich auf und für den Bruchteil einer Sekunde glaubte Alex, in dessen Augen Furcht aufflackern zu sehen. Doch dann hatte er seine Gesichtszüge unter Kontrolle.

»Er will Hunderttausenden den Tod bringen, schon vergessen?«

Er sah Seraphim forschend an. Das Gefühl, dass dieser noch etwas anderes gemeint hatte, wollte nicht ganz verschwinden.

Sie standen eine ganze Weile stumm da.

Schließlich brach Seraphim das Schweigen. »Was Lilli betrifft, ich ahne es, will es aber von dir hören.«

»Lilli?«

»Lilli.«

Alex konnte seinem bohrenden Blick nicht lange standhalten. Woher wusste er das nun wieder? Na gut, er wollte es ihm eh sagen.

»Ich fühle mich zu ihr hingezogen, wie zu keinem anderen Menschen«, begann er. »Es ist ein sehr starkes ...« Er brach ab, die Erinnerung an seinen Blutrausch quälte ihn plötzlich wieder. Wie sollte er *das* Seraphim nur sagen? Verzweifelt vergrub er sein Gesicht in seinen Händen.

Seraphim legte ihm eine Hand auf die Schulter. »Kein Grund zur Sorge. Wir sind ein Leben lang mit dem Wesen verbunden, das wir gerettet haben, Alex. Ganz gleich ob Mensch oder Tier.«

»Ja, schon«, platzte es aus Alex heraus. »Nur warum will ich sie dann dauernd töten?«

»Oh! So heftig also? Den Fall hatten wir, glaube ich, noch nie.« Seraphim sprang auf. »Lilli ist doch das Mädchen, das dich gerettet hat!«, rief er. »Natürlich, jetzt verstehe ich.«

»Schön für dich, ich verstehe nämlich gar nichts mehr.«

Im Gegensatz zu Alex schien Seraphim richtig erleichtert. »Also, ich versuche, das Ganze zusammenzufassen. Du hast sie gerettet. Soweit nichts Ungewöhnliches. Doch dann hat sie dich gerettet. Das ist ungewöhnlich. Und echt dumm.«

»Na toll, freut mich, dass du meine Rettung dumm findest. Wenn ich nicht so verwirrt wäre, wäre ich beleidigt.«

»Was ich meine ... sieh mal, Alex, wir sind so veranlagt, dass wir die, die über uns Bescheid wissen, töten müssen. Als deine Retterin hat Lilli mit ziemlicher Sicherheit etwas über dich erfahren, was kein Mensch wissen darf.«

»Aber das ergibt doch keinen Sinn. Außerdem hat sie nichts erfahren. Warum sollte ich diejenige töten wollen, die mich gerettet hat?« Alex konnte seine Verzweiflung kaum noch verbergen.

»Weil sie dich verraten könnte. Nicht in böser Absicht, doch die Möglichkeit besteht. Gerade bei Verliebten.«

Manchmal, dachte Alex, hatte Seraphim eine Art an sich, die ihn noch mehr beunruhigte. Unterdrückte dieser ein Lachen? Alex sah auf.

Seraphim grinste tatsächlich.

»Es ist nicht witzig.« Er hätte seine Klappe halten sollen. Es war ernst. Todernst, sozusagen.

»Entschuldige. Ich mache mich nicht über deine Gefühle lustig, es ist nur herrlich, einen jungen Menschen verliebt zu sehen.«

Alex setzte zu einem Protest an, doch dann klappte er den Mund wieder zu und schwieg. Verliebt, dachte er und bei dem Wort rannen ihm wohlige Schauer über den Rücken. *Ja, verliebt!*

»Wenn du in ihrer Nähe bist, spürst du es am stärksten. Was wiederum normal ist, denn so ist es nun einmal, wenn man jemanden mag. Das ist auch bei Menschen so. Dass ihr euch gegenseitig gerettet habt, macht es spezieller. Kein Wunder, dass es manchmal übermächtig ist. Und dadurch wirklich gefährlich für Lilli. Wie gesagt, den Fall kenne ich nicht. Dass wir Amphibien Menschen retten, gab es immer schon. Doch dass daraufhin der Gerettete den Retter rettet ...« Seraphim lachte über sein eigenes Wortspiel. »Tja, wie gesagt, es könnte doppelt gefährlich werden, wenn ihr euch näher kommt«, sagte er, wieder ernst geworden.

»Das jagt mir eine Heidenangst ein.«

»Verstehe ich. Du weißt nicht, ob du nicht in einem Moment der Nähe die Kontrolle über dich verlierst.«

Alex kaute an seiner Unterlippe.

»Erwidert sie deine Gefühle?«

»Ich schätze, sie mag mich ... ich glaube, ich mag sie mehr.«

»Noch etwas spricht dagegen.« Seraphim sah Alex ernst an. Als dieser ratlos schwieg, fuhr er fort: »Du solltest wissen, dass in Lillis Familie Amphibienblut fließt. Warte, unterbrich mich nicht. Die weiblichen Mitglieder der LeBons tragen das Landamphibien-Gen in sich, auch Lilli. Du weißt, was das bedeutet.« Seraphim hielt inne und sah Alex an. »Um ehrlich zu sein, wundert es mich, dass du dich so gut beherrscht hast. Du musst Lilli aus dem Weg gehen. Ich werde es veranlassen, dass du in eine andere Schule kommst.«

Alex sah ihn entgeistert an. Lilli und Landamphibienblut. Ein Todfeind. Eine unmögliche Freundschaft also. Die Beziehung zwischen einem Wasseramphibion und einem Landamphibion verstieß gegen ihr Gesetz. Mit einem Mal hatte er das Gefühl, die Planken, auf denen er stand, schwankten so heftig, als sei das Boot mitten in einen Sturm geraten.

»Weiß Lilli, dass sie Landamphibienblut in sich hat?«, fragte er schließlich tonlos.

»Natürlich nicht. Sie weiß weder darüber noch über uns Bescheid.« Seraphims Stimme schien weit weg. »Unnötig, dir zu sagen, dass auch deine Herkunft geheim bleiben muss.« Seraphim sah ihn eindringlich an.

»Ich denke, sie ahnt etwas.«

Er schaute an Seraphim vorbei aufs Meer, das sich unter einer leichten Brise kräuselte, als hätte es durch den Wortwechsel eine Gänsehaut bekommen.

»Alex, du kennst unser oberstes Gesetz.«

»Ja, ich kenne es. Aber ich hatte die Wahl zwischen a) einen Menschen so schnell wie möglich zu retten und mich dabei möglicherweise zu verraten und b) so zu tun, als sei ich ein gewöhnlicher Mensch und den anderen sterben zu lassen.«

Er war plötzlich wütend. Wieso musste er sich jetzt auch noch gegenüber Seraphim rechtfertigen. Mann, war das alles abgedreht!

»Verstehe. Ich finde, du hast dich richtig entschieden.«

»Ach? Ich dachte ...«

»Ich hätte das Gleiche getan«, unterbrach ihn Seraphim.

»Und was jetzt?«

»Du musst Lilli auf andere Gedanken bringen. Welche, das kann ich dir nicht sagen. Wie kommt sie überhaupt dazu, einen Verdacht zu haben? Für Menschen wäre die Offenbarung unserer Existenz so fantastisch, dass sie vermutlich alles, was darauf hindeutet, ganz schnell verdrängen.«

»Da ist Lilli anders. Sie wird nicht lockerlassen, ehe sie es weiß.«

»Tu dein Bestes, um das zu verhindern.«

»Und wenn sie es trotzdem herausbekommt? Sie ist clever.«

»Dann ...«

»Kommt nicht infrage!«, fauchte Alex, noch bevor Seraphim ein weiteres Wort sagen konnte. »Ich habe sie damals nicht gerettet, um sie jetzt wegen eines Geheimnisses zu töten. Außerdem, wenn ihre Eltern auf unserer Seite sind, könnte sie doch ...« Er hielt inne, als er Seraphims belustigte Miene sah.

»Dann«, fuhr dieser unbeirrt fort, »solltest du dafür sorgen, dass sie es nicht überall herumplaudert.«

Alex saß da wie ein begossener Pudel. Na toll, dachte er. Einerseits ist es das Band, das Lilli für ihn so unwiderstehlich macht, andererseits treibt ihn eine jahrtausendealte Feindschaft dazu, sie zu töten. Seraphim hatte recht, ja. In Anbetracht all dieser Umstände wäre es mörderisch, Lilli nahe zu sein. Und gegen das Gesetz. Es konnte nicht gut ausgehen. So oder so. Sie musste schleunigst aus seinem Leben verschwinden, er musste sie vergessen.

»Ich kann nicht.« Die Worte rutschten ihm einfach heraus. Alles, nur das nicht. Die Vorstellung, Lilli nie wieder zu sehen, war unerträglich.

Seraphim sah ihn an, diesmal hielt Alex seinem Blick stand.

»Verstehe. Dann liegt es von nun an in deiner Verantwortung. Ich habe dich gewarnt.«

Ja, du hast mich gewarnt. Und ich bin dumm genug, die Warnung in den Wind zu schlagen, dachte er. Er spürte trotz alledem Erleichterung. Er war nicht durch und durch böse. Es gab rationale Gründe, weswegen er sich so in Lillis Nähe fühlte, die er nun verstand. Zuversicht erfüllte ihn. Er konnte es in den Griff bekommen. Er war keine Bestie, er war menschlich genug, um sich unter Kontrolle zu halten.

Er stand auf und verabschiedete sich mit einer stummen Umarmung von seinem Mentor. Bevor er über die Reling kletterte, drehte er sich noch einmal um. Eine Frage musste er noch stellen.

»Woher wusstest du das mit Lilli?«

»Verliebte schauen öfter nach oben.« Seraphim deutete mit einer Hand zum sternenübersäten Himmel und zwinkerte Alex zu.

Alex nickte. Dann kletterte er über die Reling. Er lächelte in die Nacht und ließ sich geräuschlos ins Wasser gleiten.

22.
Zwischen zwei Welten

»*My bounty is as boundless as the sea,*
My love as deep: the more I give to thee
The more I have, for both are infinite.

Ich möchte Dir so viel sagen, liebste Lilli, und doch fehlen mir die Worte. Also schenke ich Dir Julias Worte, die sie für Romeo sprach. Weil ich es nicht schöner sagen könnte. Und weil mir der Vergleich der unendlichen Liebe mit der unendlichen See, die ich liebe, so gut gefällt.

Diese Zeilen haben mich schon immer berührt, ich wusste nie, weshalb. Jetzt weiß ich es, ich spüre sie jetzt tief in mir. Dort, wo ich Dich spüre. Ich schlafe ein und denke an Dich, ich wache auf und denke an Dich. Ich denke in jedem Augenblick, bei allem, was ich tue, nur an Dich, Lilli. Ich erfinde eine neue Welt mit Dir in meinen Gedanken, in meinem Herzen. Und doch ist es mir manchmal, als wärst Du seit Ewigkeiten mein Mädchen.

Das erste Mal, als ich Dich sah, Dich auf meinen Armen trug, warst Du zerbrechlich und hilflos, wie ich es später in Deinen Armen war. Wir retteten uns gegenseitig und so verbindet uns ein ewiges Band. Stärker als alles. Mächtiger als mein Wille. Und es treibt mich – zu schwach, um weiter dagegen anzukämpfen – zu Dir. Immer wieder zu Dir, Lilli.

Du bist stark und hast es besser verstanden als ich. Du hast nach Antworten gesucht. Vielleicht werde ich Dir eines Tages alles erklären können, jetzt nur so viel: Dieses Band besiegelt unser beider Schicksal. Es ist unser Schicksal! Unsere Zukunft. Wenn ich dagegen angekämpft habe, dann nur um Dich nicht in Gefahr zu bringen. Nicht, weil ich Dir nicht nahe sein möchte, Lilli. Du hast ja keine Ahnung … Ich kann nicht länger mein Herz davor verschließen. Ich möchte es auch nicht, selbst wenn ich mit diesem Brief bereits dagegen verstoße, was mir gestattet ist.

Ich hoffe, dass es nicht zu spät ist. Dass ich die Zuneigung, die ich in Deinen Augen fand, durch mein Verhalten nicht vertrieben habe. Dass Du mich nicht wegschickst. Verdient hätte ich es, doch ich hoffe auf Deine Güte. Wende Dich nicht ab.

Ich weiß, dass ich viel verlange. Die Dinge, die ich Dir nicht erklären kann, all die Ungereimtheiten, die Antworten, die ich Dir nie geben werde ... Ich verlange viel, wenn ich Dich bitte, es dabei zu belassen. Es ist nicht wegen Dir, Lilli, es ist wegen mir.

Auf etwas kannst Du aber vertrauen, ich flehe Dich an: auf meine Gefühle für Dich. Ich fürchtete, sie wären eine Gefahr. Doch jetzt weiß ich, dass ich stark genug bin. Es ist nicht diese Gefahr, die uns trennt.

Schreckliche Dinge werden geschehen, wenn ich nicht wachsam bleibe. Doch hab keine Angst. Nie werde ich zulassen, dass Dir, Liebste, etwas geschieht. Vertraue mir und lass mich Dich beschützen. Das ist mir das Wichtigste.

Für immer

Dein Alex«

Eine Träne kullerte ihre Wange hinab. Sie faltete den Brief zusammen. Faltete ihn sofort wieder auseinander, als könnten die Worte so verschwinden. Lilli strich das Papier glatt und betrachtete es zum hundertsten Mal.

Die seidige Oberfläche, die elegante Schrift, fast so, als hätte Alex die Zeilen mit einer Feder geschrieben, wie einst Shakespeare *Romeo und Julia*. Seine Worte auf diesem Papier, sie lagen in ihrer Hand wie ein kostbarer Schatz.

Wie war es möglich, dass ein Junge von 19 Jahren einen solchen Brief verfassen konnte?

Erst hatte sie an einen üblen Streich gedacht: Theaterspielen. Romeo. Alles irgendwo abgeschrieben.

Doch schnell hatte Freude und Rührung ihre Zweifel weggefegt. Nein, so weit ging keiner, es war ein echter Liebesbrief. Für sie.

Wieder Zweifel. Ein grausames Spiel, Alex spielte mit ihr und der Satz »Ich müsste dich töten« ergab plötzlich einen schrecklichen Sinn.

Dann Zuversicht. Sein Gesicht, als er ihr in der Schule den Brief gegeben hatte, sein offener Blick. Das Strahlen in seinen Augen.

Und schließlich Ungläubigkeit. Meinte er wirklich sie? Vielleicht hatte er sich vertan, vielleicht hatte er den Brief einer anderen geben wollen. Wie dämlich ist das, Lilli! Ihr Name stand schließlich da. Mehrmals!

Jetzt war es plötzlich Panik. Was sollte sie nur antworten? Sie hatte noch nie einen Liebesbrief bekommen, geschweige denn selbst einen geschrieben. Die wenigen E-Mails zwischen Mo und ihr waren zwar schön und manchmal auch poetisch gewesen. Doch nie so tief, so ergreifend und voller Liebe. Auch nie so geheimnisvoll.

Sie hatte sich nichts mehr gewünscht, als dass Alex für sie genauso empfand wie sie für ihn. Und jetzt, da er über seine Gefühle schrieb, bekam sie Angst. Als er ihr gesagt hatte, er müsse sie töten, würde sie sein Geheimnis erfahren, hatte sie nicht mit der Wimper gezuckt, doch nun zitterte sie am ganzen Körper.

Ihr Herz raste. Sie begriff endlich. Als hätten die Worte einen langen Weg vom Papier bis zu ihrem Verstand zurücklegen müssen und wären erst jetzt dort angekommen. Ihr schwindelte. Sie musste sich setzen. Doch kaum saß sie, sprang sie auch schon wieder auf. Nichts wie raus.

Hastig griff sie sich ein Buch und den Brief und steckte sie zusammen mit ihrer Decke in die Stofftasche, die sie benutzte, wenn sie an den Strand ging. Dann schlüpfte sie in ihre Flip-Flops und verließ die Wohnung.

Der Spätnachmittag warf sein goldenes Licht über die Kieselsteine und Felsen am Fuß der Bergkette und brachte sie zum Glühen. Lilli lief mit weit ausholenden Schritten den Strand entlang, an mehreren Tunnels vorbei, und hoffte, einen klaren Kopf zu bekommen.

Sie entwarf eine Antwort nach der anderen. Eine nach der anderen verwarf sie wieder. Nie würde sie einen ebenbürtigen Brief verfassen können. Was sagen, nach diesen betörenden Worten? Alles, was sie schreiben würde, wäre nur ein erbärmliches Gestammel, ein Stottern ohne Stil und ohne Schönheit.

Sie setzte sich atemlos auf einen Felsen am Ende der Bucht. Der Stein war angenehm warm und ihr Puls beruhigte sich allmählich. Mit rundem Rücken saß sie da, den Kopf auf beide Hände gestützt.

Sie schloss die Augen, sie war berauscht. Wie in einem Wirbel, einem Karussell aus Gefühlen und Worten gefangen. Sie musste sich dringend ablenken, um nicht durchzudrehen. Im Augenblick war klar denken eindeutig nicht drin.

Mit einem Seufzer bückte sie sich zu ihrer Tasche und holte das Buch heraus. Wenig hoffnungsvoll schlug sie es dort auf, wo der Zettel mit ihren Notizen, die sie beim Durchblättern von Eugenes Buch gemacht hatte, als Lesezeichen steckte.

Sie las zwei Sätze, las sie noch einmal und noch einmal. Kein einziges Wort wollte in ihr Bewusstsein dringen. Schließlich gab sie es auf. Sie legte den Zettel wieder zwischen die Seiten und schlug das Buch zu.

Alles, woran sie denken konnte, waren seine Worte. Sicher war: Es gab tatsächlich etwas, was Alex vor ihr verheimlichte. Es war nicht nur ihre Einbildung. Lilli überlegte angestrengt, ließ sich noch einmal jedes Wort des Briefs durch den Kopf gehen, in der Hoffnung, einen Hinweis zu finden, den sie in ihrer Euphorie zunächst übersehen hatte.

Was, wenn er in kriminelle Machenschaften verstrickt war? Vielleicht hatte er ja tatsächlich ein besonderes Talent, lange unter Wasser bleiben zu können und wurde von Mafiosi dazu missbraucht, nach kostbaren Perlen zu tauchen? Lilli gluckste.

Aber was, wenn die Wahrheit verrückter war als jede Fantasie? Was, wenn er ein Freak war und tatsächlich etwas Übermenschliches an sich hatte? Na klar, übermenschlich. Sie verzog das Gesicht. Es kam ja auch jeden Tag vor, dass hier übermenschliche Wesen herumliefen. Kurz erinnerte sie sich an das Buch über die Menschenamphibien und an Alex' Amulett. Beide trugen das Symbol des Regenbogengottes. Zufall? Mit Sicherheit, schließlich war der Indalo hier in der Gegend allgegenwärtig. Nichts Übermenschliches.

Doch übermenschlich war Alex in so ziemlich jeder Hinsicht. Er war überirdisch schön, er war sinnlich und stark; er verhielt sich manchmal ulkig, war aber auch verlockend geheimnisvoll und in der Schule unter den Besten; er war gütig und geschickt mit Worten, ein fantastischer Taucher und er hatte Louis und ihr das Leben gerettet. In der kurzen Zeit, seit sie sich begegnet waren, hatte er seine besonderen Talente gezeigt. Nur bei so alltäglichen Dingen wie Radfahren oder Marmeladenbrot hatte er noch dazulernen müssen.

Die Sonne stand nur noch knapp über der Bergwand und die Schatten wurden länger.

Lillis Kopf fühlte sich an, als würde es darin brodeln. Wieso ließ sie der Gedanke an Alex' verborgene Seite erschauern? Wieso nagte die Ungewissheit so an ihr? Hatte sie nicht beschlossen, zu akzeptieren, dass da etwas war, was sie nicht wissen durfte? Er hatte ihr seine Liebe gestanden, das war doch alles, was zählte.

Sie stöhnte leise auf.

Hatte er tatsächlich geschrieben, dass er sie liebte? Hastig und mit zitternden Händen kramte sie in ihrer Tasche, fischte den Brief heraus und überflog ihn. Nein, es stand nirgends, dass er sie liebte. Sie hatte es sich nur eingebildet. Okay, es hieß am Anfang »liebste Lilli« und das Zitat sprach auch von »love«. Er sagte aber nirgends, dass er sie, Lilli LeBon, liebte. War es doch kein Liebesbrief? Schnell fegte sie den Zweifel weg. Natürlich war es einer. Ein sehr schöner sogar. Man kann doch jemandem sagen, dass man ihn liebt, auch ohne ihm ausdrücklich zu sagen, dass man ihn liebt, oder?

Und sie sollte es dabei belassen. Nicht alles hinterfragen. Sie sollte im Namen der Liebe auf einen Teil von ihm verzichten. Doch für sich selbst musste sie weiter suchen. Sie musste einfach. Für ihren eigenen Seelenfrieden.

Denn etwas in ihr sagte ihr, dass sie auf der richtigen Spur war.

»Lilli?«

Sie war so in Gedanken versunken, dass sie aufschreckte und ihr Buch fallen ließ. Sie schaute auf und begegnete Alex' schönen Augen. Und wie jedes Mal durchfuhr sie ein wohliger Schauer. Er lächelte sie an und schlagartig wurde sie ruhig.

»Tut mir leid, ich wollte dich nicht erschrecken.« Alex setzte sich auf einen benachbarten Felsen und hob das Buch auf. Er betrachtete den Einband.

»Oh, Javier Marías. Auf Spanisch. Ich bin beeindruckt. Einer meiner Lieblingsautoren. Allerdings habe ich es nicht gewagt, ihn auf Spanisch zu lesen.«

»Ist für den Aufsatz über spanische Gegenwartsautoren. Ich habe von Javier Marías schon was gelesen. Auf Englisch zwar, aber es dürfte helfen.«

Der Zettel, der Lilli als Lesezeichen diente, war aus dem Buch herausgefallen und sie bückte sich, um ihn aufzuheben.

Alex kam ihr zuvor. Doch er versteinerte mit einem Mal mitten in der Bewegung. Sie sah, wie sich seine Nackenmuskeln verkrampften.

Plötzlich stand Furcht zwischen ihnen. Als er langsam den Kopf wendete, erzitterte sie unter dem Blick seiner wutgesprenkelten Augen.

»Alex, ich ...«, weiter kam sie nicht. Er zischte etwas und sprang abrupt auf. Einen wilden Ausdruck in den Augen hastete er davon.

Mit weit ausholenden Schritten entfernte er sich von Lilli. Sein Schatten lief vor ihm her, als hätte er die Absicht, seiner Wut zu entfliehen. Seine flinken Augen hatten das Geschriebene auf dem Zettel in einem einzigen Moment erfasst:

Alex = Wasserwesen?
Menschen-Amphibien
anthro-phibios kommt von anthropos und amphibios?
Wer ist Seraphim?
Zwitterwesen/Regenbogenmann = Indalo = Regenbogengott

Die Worte hallten in ihm wider wie ein bedrohliches Echo. Er stolperte immer weiter, blind und taub. Wie war es möglich, dass Lilli schon so nahe dran war? Wo zum Kuckuck hatte sie das Wort *anthrophibios* her?

Verzweiflung und Wut stiegen in ihm hoch, er zerknüllte den Zettel in seiner Faust. Sie konnte es nicht lassen, sie konnte es einfach nicht sein lassen. Verflixt, verflixt und noch mal verflixt, was sollte er bloß machen?

Zwei Schritte weiter blieb er stehen. Er wusste, mit einem einzigen tiefen Atemzug, was zu tun war.

Seine Gestalt wurde kleiner, doch selbst aus der Entfernung erkannte Lilli, dass er am ganzen Körper bebte. Sie blieb sprachlos zurück und fragte sich, ob das eben der gleiche Alex war, der den Liebesbrief geschrieben hatte.

Plötzlich hielt er inne. Er stand einen Moment reglos da, eine Dunstgestalt am Horizont, drehte sich dann um und stapfte mit langen Schritten zurück. Lilli starrte ihn gebannt an.

Als er nahe genug war, dass sie seinen Gesichtsausdruck sehen konnte, erkannte sie erleichtert, dass sein Zorn verraucht war. Er blieb dicht vor ihr stehen, ein leises Lächeln spielte um seine Mundwinkel. Doch als er sprach, verschwand das Lächeln und er zog seine Stirn kraus:

»Lilli, ich dachte, ich hätte mich klar ausgedrückt. Du bist unglaublich. Wieso?«

Seine Stimme klang ruhig, doch sie merkte, wie es tief in ihm noch brodelte.

»Wieso was?«, fragte sie mit echter Verwunderung. Wofür klagte er sie an? Dass sie ihre Gedanken notiert hatte? Und ihre Notizen zu lesen, ohne sie um Erlaubnis zu bitten, war in Ordnung? Immerhin hatte sie jetzt die Bestätigung, auf der richtigen Spur zu sein.

Er streckte ihr seine Faust entgegen und öffnete die verkrampften Finger. Der zerknüllte Zettel kam zum Vorschein. Alex deutete mit einer Kopfbewegung darauf und fragte, ohne sie anzuschauen:

»Was soll das?« Ungeduld lag in seiner Stimme.

»Ich habe dir nicht erlaubt, das zu lesen. Es sind nur dumme Gedanken, mehr nicht.«

Alex schnaubte. »Man notiert niemals nur dumme Gedanken. Sag mir einfach, was sie bedeuten.« Und etwas sanfter fügte er hinzu: »Bitte.« Sein Blick bohrte sich in den ihren.

»Sie bedeuten, dass ich glaube, du bist mehr als ein normaler Mensch. Und sie bedeuten, dass ich die Zusammenhänge verstehen will. Schließlich bin ich nicht die Einzige, die betroffen ist«, platzte es aus ihr heraus. Unglaublich. War Alex mit einem Blick in der Lage, ihre Willenskraft schrumpfen lassen, dass sie bereitwillig ihre verborgensten Gedanken aussprach?

Erleichtert stellte sie fest, dass seine Wut einem ehrlichen Erstaunen wich. Oder war es Belustigung? Okay, es klang lächerlich. Geradezu peinlich. Sie schaute zu Boden. Gleich wird er lachen, dachte sie und wurde rot. Als sie schließlich aufblickte, fand sie ein paar ernst dreinschauende Gewitterwolkenaugen auf sich gerichtet.

»Was?«, fragte er zögernd.

»Deine Augen. Als du weggegangen bist ...«

»Tut mir leid, ich war wütend«, unterbrach er sie.

»Deine Augen waren ...« Ja, wie waren sie? Vielleicht war es nur das Licht gewesen, das seine Augen so merkwürdig hell und kalt hatte erscheinen lassen.

»Ach, nichts«, sagte sie. Es gelang ihr nicht, etwas auszusprechen, das wieder nicht in die Kategorie »normal« fiel.

Plötzlich legte Alex einen Arm um ihre Schulter. Sie zuckte aus einem Reflex heraus zusammen. Ihr gesamter Körper spannte sich an.

»Lilli, sei ohne Sorge, ich tue dir nichts«, sagte er mit samtweicher Stimme, in der – bildete sie es sich ein? – eine Spur Schmerz mitklang.

»Schon gut«, sagte sie leise, »ich habe eine natürliche Scheu vor wütenden Menschen. Sie verunsichern mich.«

»Ich verspreche, nicht mehr wütend zu sein. Komm, laufen wir ein paar Schritte.«

Er zog sie näher an sich. Plötzlich wieder sein Duft! Bernstein und Salz. Tief atmete sie ihn ein und entspannte sich schnell. Sie legte ihren Arm um seine Hüfte und hakte den Daumen in den Gürtel seiner Jeans. Wie leicht ihr diese Geste fiel!

»Beruhigend, dass dich wenigstens *etwas* verunsichert.«

Alex murmelte die Worte, als würden sie für ihn keinen Sinn ergeben. Bevor sie etwas erwidern konnte, wechselte er das Thema: »Was meintest du vorhin damit, dass du nicht die Einzige bist, die betroffen ist?«

Seine Stimme klang sanft, doch sie wurde das Gefühl nicht los, dass er ziemlich angespannt war. Sie schaute auf ihre nackten Zehen in den Flip-Flops, die sich abwechselnd krümmten, wenn sie den Fuß hob und wieder entspannten. Sie überlegte eine ausweichende Antwort. Schließlich entschied sie sich für die Wahrheit.

»Meine Mutter hat den Namen Seraphim meinem Vater gegenüber erwähnt.« Wie du auch, fügte sie in Gedanken hinzu. Schon befürchtete sie den nächsten Wutausbruch, doch Alex hielt sein Versprechen. Lediglich eine Furche erschien auf seiner Stirn.

»Ist das so?«

Seine Frage klang nicht sonderlich verwundert und er erwartete offenbar auch keine weitere Erklärung. Er schwieg. Lilli schwieg ebenfalls.

Sie spürte durch den dünnen Stoff ihrer Bluse seinen kühlen Rücken, die Bewegung seiner Hüfte, während er im Gleichklang mit ihr lief, das Gewicht seines Arms um ihr. Sie presste ihre Wange an seine Schulter. Verstohlen sah sie zu ihm hoch, doch sein ruhiges Gesicht, sein verträumter Blick gaben ihr ein Gefühl von Geborgenheit, das sich auch nicht durch die kaum sichtbare Wachsamkeit in seinen Zügen erschüttern ließ.

Es war das erste Mal, dass er sie so hielt und sie genoss den Augenblick mit euphorischer Heiterkeit. Ein leises Lächeln bewegte ihre Lippen und jeder Schritt, den sie so mit ihm ging, war wie ein Schweben. Sie fühlte sich getragen von seiner Nähe, die sie mit jeder Faser ihres Körpers wahrnahm.

Alex spielte mit einer Haarsträhne. Sie schaute hoch und bemerkte überrascht, dass auf seinem Gesicht ein konzentrierter Zug erschienen war, als würde er auf etwas lauschen.

Er fing ihren Blick auf, plötzlich trat ein Leuchten in seine Augen und er blieb stehen. Sanft glitt sein Arm von ihrer Schulter, streifte ihren Arm entlang nach unten, und einen Atemzug lang hielt seine Hand in ihrer inne. Ihre Finger umschlangen sich. Mit der anderen Hand zog er die Linie ihres Gesichts nach.

Ihr Herz setzte einen Moment aus, bevor es wild gegen ihren Brustkorb hämmerte.

»Ich bin eine Zumutung für dich«, sagte er mit einem Anflug von Traurigkeit.

Doch das warme Leuchten seiner Augen kehrte zurück und noch bevor Lilli etwas sagen konnte, spürte sie seine Lippen auf ihren. Die Berührung seiner kühlen Lippen durchfuhr sie und brandete bis in ihr Herz. Unwillkürlich hielt sie den Atem an. Ihre Körperumrisse schienen sich aufzulösen, sie war nur noch an den Stellen da, wo er sie mit seinen Händen berührte: Handrücken ... Arme ... die Linie der Schlüsselbeine ... Halsgrube ... Nacken ... Schultern ... Rücken ... Taille.

Sie atmete tief ein, vergrub ihre Hände in seinem Haar und zog ihn näher zu sich. Sein Duft berauschte sie und es gab nur noch ihn, der sie hielt, sie küsste.

Noch bevor sie begriff, wie ihr geschah, löste sich Alex auch schon von ihr. Er stand auf einmal einen Schritt weit weg und sie hörte ihn nach Luft schnappen.

Ihr Brustkorb hob und senkte sich leidenschaftlich, während sie ihn gebannt ansah. Das Licht des frühen Abends zauberte Reflexe in sein Haar, die Augen leuchteten wie flüssiges Silber und das abgründige Lächeln, das um seine Lippen spielte, bescherte ihr eine Gänsehaut. Ihr schwindelte, es war irgendwie nicht gut für ihren Kreislauf, in so kurzer Zeit mit diesen gegensätzlichen Gefühlen umzugehen.

»Besser als Marmeladenbrot.« Er fuhr sich mit der Zunge über die Lippen.

Lilli schluckte und gab einen gutturalen Laut von sich, der einem Röcheln nicht unähnlich klang. »Heißt das, ich habe dir geschmeckt?« Sie schlug einen neckischen Ton an, um nicht hysterisch aufzulachen.

Sein Gesicht verdüsterte sich, in seine Augen kroch ein Schatten.

»Was?« Lilli begann zu zittern, es war doch nur ein Scherz. Kein Grund so zu gucken. »Du hast das, mit der Marmelade ...«

»Ich sollte gehen«, sagte er und hatte sich bereits abgewandt. Lilli konnte ihn gerade noch am Arm packen.

»Bitte, bleib«, flüsterte sie und im selben Moment brannten Tränen in ihren Augen. Alex drehte sich nicht zu ihr um. Er schaute über seine Schulter auf Lillis Hand, die seinen Arm ganz fest hielt. Eine Sekunde dachte sie, er würde ihre Hand abschütteln. Doch er schüttelte nur den Kopf.

»Habe ich etwas Falsches gesagt?«, fragte sie mit heiserer Stimme und noch bevor Alex antworten konnte, fügte sie hinzu: »Ich kann es nicht ertragen, wenn du dauernd wegläufst. Ich werde das, was du in deinem Brief verlangst, respektieren, aber bitte, lauf nicht wieder weg! Bleib bei mir.«

Sie hatte Tränen in den Augen und der letzte Satz war nur noch ein Flüstern. Er drehte sich um und schaute sie mit einem Ausdruck unendlichen Schmerzes an. Nach Ewigkeiten strich er mit beiden Händen über ihr Haar, hielt am Hals inne, bevor er mit den Daumen über ihre feuchten Wangen fuhr. Sie schloss die Augen und spürte die leise Berührung seiner Lippen auf ihren Augenlidern. Sanfte Finger wischten die Tränen weg.

»Lilli, meine Lilie«, flüsterte er zwischen zwei Küssen und sie hatte das Gefühl, seine Stimme wäre flüssige Luft geworden, »ich laufe doch nicht vor dir weg.« Seine Küsse wanderten von ihren

Augenlidern herab zum Nasenflügel. »Ich laufe vor mir selbst davon«, hauchten seine Lippen, glitten tiefer, zart wie der Flügelschlag eines Schmetterlings.

Lilli öffnete mit einem Seufzer ihre wartenden Lippen. Diesmal war der Kuss leidenschaftlich. Im Rausch seiner kühlen, fordernden Berührung war ihre Frage, was er mit »ich laufe vor mir selbst davon« meine, verpufft. Nichts war in diesem Augenblick wichtiger als sein weicher Mund auf ihrem.

Als er sich von ihr löste, viel zu früh, und er ihr einen letzten gehauchten Kuss gab, brannten ihre Lippen.

»Ich würde sagen, du schmeckst sehr gut. Doch, sehr gut«, fasste er zufrieden zusammen und zog Lilli erneut an sich. Seine Augen blitzten auf.

Sie kuschelte ihre Stirn in seine Halsbeuge, schob ihre Nase in die Kuhle am Schlüsselbein und sog seinen Duft tief ein. Bernstein und Salz.

»Lilli, wirst du weiter suchen?« Er drückte ihr einen Kuss aufs Haar.

Sie zögerte, doch dann nickte sie.

»Natürlich«, seufzte Alex und löste sich von ihr. »Stur wie du bist. Halte mich wenigstens über deine Nachforschungen auf dem Laufenden. Ich finde deine Theorie echt ... originell. Wie ist der jetzige Stand? Also: Ich bin deiner Meinung nach mehr als nur ein Mensch, ein Wasserwesen, schreibst du. Und weiter?«

»Alex, bitte. Zwinge mich nicht, mich lächerlich zu machen.«

»Ach, gönn mir doch auch meinen Spaß«, frotzelte er. »Außerdem will ich alles wissen. Was du machst, denkst und fühlst – auch wenn es noch so verrückt ist.«

»Kein Geben ohne Nehmen.« Lilli ging auf seinen neckischen Ton ein. Das bedrückende Gefühl wich. Er ist nicht weggelaufen und er hatte sie geküsst, es schwindelte ihr immer noch davon.

Alex beugte sich zu ihr und wollte sie erneut küssen.

»Das ist unfair«, schnaubte sie und wich einige Schritte zurück, obwohl sie nichts lieber getan hätte, als sich von ihm küssen zu lassen. Alex stand mit zum Kuss geformten Lippen da. Sie lachte schallend.

»Ich dachte, es hat dir gefallen«, sagte er und blickte sie unter langen Wimpern vielsagend an. Dabei schmollte er und war so entwaffnend, dass Lilli nicht an sich halten konnte und sich ihm in die Arme warf.

»Ich will auch alles über dich ...« Erschrocken brach sie ab. Schaute zu ihm hoch und erhaschte noch einen verklingenden Funken Verärgerung, bevor er seine Züge wieder entspannte. »Du kannst mir nicht verbieten, nach Antworten zu suchen.«

Er nickte stumm und sah aus schmalen Augen in die Ferne. »Nein, kann ich wohl nicht«, sagte er wenig später, ließ sie los und machte auf dem Absatz kehrt. Er entfernte sich schnellen Schritts.

Diesmal hielt sie ihn nicht zurück. Das Feuer ihrer Lippen erlosch und ein Schauer lief ihr den Rücken hinunter.

Es war plötzlich so kalt.

23.
Lippen, die ich reden sah

»Chris?«

Lilli schaute in den düsteren Korridor. Vor Schreck hätte sie fast ihren Schlüssel fallen gelassen. Sie blieb mit der Türklinke in der Hand stehen. Ein Schatten vor ihrer Zimmertür, eine Gestalt.

Es war Don Pedro. Aus schwarzen Augenhöhlen schaute der Hausmeister sie an. Sie fand den Lichtschalter.

»Kann ich Ihnen helfen?«, fragte sie mit zitternder Stimme. Was hatte er in ihrer Wohnung zu suchen? Sie blickte Richtung Küche, doch da schien niemand zu sein, es war alles still.

»Ha!«, fauchte Don Pedro und schoss an ihr vorbei. Dabei rammte er sie mit seiner Schulter und Lilli wich entsetzt zurück.

Kopfschüttelnd sah sie ihm nach. Sicher, er war der Hausmeister, doch wieso schlich er hier herum, wenn niemand da war? Und hatte sie es sich nur eingebildet, oder hatte er die Tür ihres Zimmers gerade hinter sich zugezogen?

Sie machte Licht in ihrem Zimmer, obwohl es noch nicht ganz dunkel war, und schloss hinter sich ab. Immer noch raste ihr Herz. Das Zimmer lag ruhig im warmen Schein der Lampe und das gedämpfte Rauschen des Meeres war das einzige Geräusch.

Angst kroch ihren Rücken hoch. Dass er etwas stehlen wollte, konnte sie nicht glauben. Es wäre dumm und zu offensichtlich. Er besaß schließlich die Schlüssel zu den Wohnungen und wäre der erste Verdächtige.

Irgendetwas ging hier vor. Und dazu noch sein merkwürdiges Verhalten ihr gegenüber, als würde er sie abgrundtief hassen. Sie kannten sich doch gar nicht. Was hätte dieser Fremde für einen Grund, sie zu hassen?

Sie griff zum Handy und schaltete es ein, sie musste mit jemandem reden. Gleichzeitig fiel ihr Blick aufs Regal, in das sie Eugenes Buch gelegt hatte.

Der Platz war leer.

Lilli verharrte reglos, spannte ihren Körper an, als fürchtete sie, jemand könne sie aus der dunklen Ecke des Zimmers anspringen.

Wo war das Buch? Hatte sie es verlegt? Sie riss sämtliche Schubladen auf, schaute unters Bett, kehrte die Sachen im Regal und im Zimmer von unten nach oben, sogar im Bad schaute sie nach. Nichts. Das Buch war weg.

Ihr Bruder hatte es, ja, bestimmt! Sie stürmte zu ihrer Zimmertür hinaus und zu Chris' Zimmertür wieder hinein. Sie machte die Nachttischlampe an. Nach minutenlanger Suche gab sie es schließlich auf. Das Buch war nicht bei Chris. Bei ihren Eltern? Unwahrscheinlich.

Es blieb also nur die eine Möglichkeit. Der Hausmeister hatte es gestohlen. Und der nächste Gedanke: Eugene wird mich umbringen. Sie schüttelte resigniert den Kopf, machte das Licht in Chris' Zimmer aus und trat in den dunklen Flur. In Gedanken versunken ging sie zurück in ihr Zimmer.

In diesem Augenblick schrillte ihr Handy und sie zuckte zusammen. Ihre Nerven waren zur Zeit nicht gerade die besten. Im Display erschien Marias Name. Sie drückte den Anruf weg. Sie würde sie später anrufen, jetzt musste sie mit ihrem Bruder sprechen.

Sie bemerkte, dass sie zwei entgangene Anrufe hatte. Eugene. Beide Male. Einen Augenblick zögerte sie. Sollte sie zurückrufen? Ihm vom Verschwinden seines Buchs erzählen? Doch sie verwarf den Gedanken sofort. Es war keine gute Idee, Eugene würde sicher sauer sein. Schließlich war es ein wertvolles Buch. Es musste wieder auftauchen!

Sie beschloss trotzdem, Eugene zurückzurufen, sie musste ihm ja das mit dem Buch nicht gleich verraten.

»Hi, Eugene«, sagte sie fröhlich als er abhob. »Du hast angerufen, wie ich sehe. Bist mir zuvorgekommen, ich hätte dich auch angerufen.« Und das war noch nicht einmal gelogen. Sie hatte tatsächlich vorgehabt, ihren Bruder und dann Eugene anzurufen, bevor sie das Verschwinden des Buchs bemerkt hatte.

»Das höre ich gern«, sagte Eugene.

Schwang in seiner Stimme Zweifel mit? Sie lächelte. Wie abgedroschen ihre Worte gewesen waren, fiel ihr erst jetzt auf.

»Doch, ehrlich. Ich bin gerade nach Hause gekommen und wollte dich anrufen, um dich etwas zu fragen.« Sie hielt inne. Als nichts von ihm kam, fuhr sie fort. »Ich hatte gehofft, du würdest Zeit für einen Ausflug nach Granada haben.«

Lilli biss sich auf die Unterlippe. Und schon wieder wollte sie Eugene für ihre Zwecke einspannen. Sie musste in die Bibliothek von Granada, in die Abteilung, in der alte Zeitungsberichte auf Mikrofilm aufbewahrt wurden.

Auf der Website der Bibliothek stand, dass man einen Ausweis dazu brauchte. Und solche Ausweise bekamen nur Einheimische oder dauerhaft in Spanien Lebende.

Eugene hatte erwähnt, dass er öfter Bücher in Granada auslieh, weil die Bibliothek hier nicht sehr viel bot. Also musste er einen Ausweis haben.

Am anderen Ende blieb es eine Weile still, dann sagte Eugene: »Klar, wieso nicht. Granada also.« Er schien nicht gerade begeistert zu sein.

»Worüber wolltest du mit mir reden?«, fragte Lilli artig.

»Ach, über nichts Bestimmtes. Ich wollte nur hören, wie es dir geht. Und deinem Dad.«

»Mein Dad ist wieder zu Hause.« Sie überlegte, warum Eugene so merkwürdig war.

»Das ist toll. Dann geht es ihm wieder besser.« Nach einer kleinen Pause fügte er hinzu: »Und wie geht es dir?«

»Gut soweit.«

»Du bist gerade nach Hause gekommen, wo warst du?«

Sie runzelte die Brauen. Irgendwie klang Eugene plötzlich besitzergreifend.

»Ich war unten am Strand«, sagte sie ausweichend und hoffte, dass ihre Nonchalance nicht zu gespielt erschien.

»Ach so. Ja, okay. Bei euch haben sie auch schon Tunnels in den Berg gegraben.« Er hielt inne, atmete hörbar ein und sagte: »Also, dann.«

Echt komisch, dachte Lilli und wurde das eigenartige Gefühl nicht los, Eugene würde sie überprüfen, sie aushorchen. Das Gespräch war mehr als seltsam.

»Eugene, spuck es aus, was ist los?« Sie klang gereizter als beabsichtigt. Sie mochte es nicht, wenn man sie hinhielt. »Bist du noch da?«

»Ja, ich bin noch dran.«

Langsam verlor sie die Geduld. Doch bevor sie ihm etwas Unfreundliches an den Kopf werfen konnte, sagte er leise, beinahe zaghaft: »Ich habe mich gefragt, wie gut du Alex kennst.«

Wie bitte? Scharf sog sie die Luft ein. »Ich wüsste nicht, was dich das angeht.« Es war albern, doch sie zischte die Worte tatsächlich. Im gleichen Moment tat es ihr leid. Wieso regte sie sich so auf? »Ich bin nur überrascht, dass *du* ihn kennst«, fügte sie schnell in einem versöhnlicheren Ton hinzu.

»Tue ich nicht.« Eugenes Stimme klang jetzt fester.

»Wie kommst du dann darauf, mich zu Alex zu befragen?«

»Tut mir leid, wenn es nach Befragung geklungen hat. Ich ... war nur neugieriger, als es mir zusteht. Alex ist hier in Calahonda kein Unbekannter.«

Ihre Knie gaben nach und sie musste sich setzen.

»Lilli?«

»Ja, ich bin noch dran. Was meinst du damit, dass Alex kein Unbekannter ist, Eugene?«

»Nichts Bestimmtes. Na ja, die Leute reden. Ich dachte, du solltest es wissen.«

»Was wissen?« Die Leute reden? Was du nicht sagst, dachte sie gereizt. Was wollten diese Leute, was wurde über Alex geredet und, vor allem, *wer* redete?

»Dass man über euch redet.« Eugene hörte sich für ihren Geschmack etwas zu gelassen an.

»Wer ist man? Eugene, lass dir nicht jedes Wort aus der Nase ziehen!« Okay, sie war jetzt echt wütend. Und sie hatte keine Lust, es vor ihm zu verbergen.

»Ich habe es zufällig gestern im *Mesón* aufgeschnappt«, brummte Eugene. »Sie hieß Elena oder Helena. Und der Typ, seinen Namen habe ich nicht mitbekommen. Groß, blond ... auffällig blond, meine ich. Sie war sehr geschwätzig. Ich interessiere mich eigentlich nie für die Gespräche der Leute. Bis dein Name fiel. Da hörte ich dann doch genauer hin.«

Helena also, dachte Lilli grimmig. Dass ihre Banknachbarin sie nicht gerade mochte, war ihr nicht entgangen, besonders als dieser aufgefallen war, dass Alex mehr Interesse an Lilli zeigte. Doch dass sie gleich über sie reden würde, das war schon merkwürdig. Und wer war der Blonde?

Als Lilli nichts sagte, fuhr Eugene fort: »Sie erwähnte einen Alex und dass sie dich mit ihm gesehen hat. Was soweit nicht unbedingt seltsam ist. Schließlich bist du ein, ähm ... Mädchen, mit dem man sicher gern ausgeht. Wenn du mich fragst, sprach der pure Neid aus ihr.« Lilli schnalzte mit der Zunge. »Als an einem anderen Tisch erneut der Name Alex fiel, wurde ich stutzig. So viele Alex-Typen an einem Abend?« Er brach ab, als wäre ihm das Ganze peinlich.

»Was hast du gehört?« Und wieso im *Mesón del Mar,* dachte sie benommen. Hatte die Bar nicht geschlossen?

»Das war ja das Merkwürdige. Die Leute an diesem Tisch waren nicht in unserem Alter, wie die beiden anderen. Dort saßen drei Männer. Einer in den Fünfzigern, fast kahl, sympathische Gesichtszüge, sie nannten ihn Señor Jo, so klang es jedenfalls.«

»Ich kenne Señor Yó, er ist mein Klassenlehrer«, unterbrach ihn Lilli. Plötzlich schien ihr das Ganze nicht mehr eigenartig. Es war doch nicht undenkbar, dass ein Lehrer über seine Schüler redet. Vermutlich waren die anderen auch Lehrer. »Und die anderen?«

»Auch älter. Ein etwa 60-Jähriger, Schnurrbart, graue, dichte Haare. Und der andere, dessen Alter ich schlecht einschätzen konnte, hatte einen hellen Sonnenhut auf und eine Brille wie ...«

»John Lennon«, vervollständigte sie Eugenes Beschreibung. »Er unterrichtet Ethik und Religion an meiner Schule. Übrigens geht Alex in die gleiche Klasse wie ich. Ach ja, und Helena ist meine Banknachbarin. Vielleicht sollte ich erwähnen, dass sie mich nicht besonders mag«, fügte Lilli zerknirscht hinzu.

Doch sie war erleichtert. Wieso hatte sie nicht gleich erwähnt, dass sie und Alex in die gleiche Klasse gingen? Und was war schon dabei, dass man sie zusammen gesehen hatte? Alles ganz normal, sagte sich Lilli, eine fiese Stimme aber raunte ihr zu, dass da noch mehr war. Was zunächst wie ein Krimiszenario geklungen hatte, fand eine ganz simple Erklärung. Das ungute Gefühl blieb aber.

Eugene schwieg, als würde er über Lillis Worte nachdenken.

Dann sagte er mit einer Stimme, in der unterdrückte Anspannung mitschwang: »Mag sein, dass es die meisten Dinge erklärt. Wieso aber hat Señor Yó zu unserem John Lennon gesagt: *Ich kann Alex nicht länger verschonen, wir müssen so schnell wie möglich handeln, bevor Menschen sterben?«*

Lilli starrte das längst erloschene Display ihres Handys an, als fürchtete sie weitere beunruhigende Nachrichten aus dem Gerät. Das Gespräch mit Eugene lag fast eine Stunde zurück. Doch sie saß immer noch wie gelähmt auf der Bettkante.

Eugene hatte ihr erzählt, dass das *Mesón* neulich aufgemacht hatte, weil viele von außerhalb kamen, um den Berg zu sehen. Auch viele, die ihre Sommerwohnungen in der Gegend hatten, waren gekommen, um sich die Schäden anzuschauen. Und so hatte sein Onkel beschlossen, die Tapasbar zu öffnen, denn Kundschaft gab es für diese Jahreszeit ausnahmsweise genug.

Eugenes Stimme war irgendwann zu einem Hintergrundgeräusch verklungen, aus dem sich nur einzelne Worte gelöst hatten. Sie hatten sich für den übernächsten Tag zum Ausflug nach Granada verabredet und sie hatte Eugene gebeten, seinen Bibliotheksausweis mitzunehmen.

Ihre Gedanken kreisten ständig um das, was Señor Yó zu ihrem Religionslehrer Señor Suarrez gesagt hatte. Konnte es sein, dass Alex tatsächlich in Schwierigkeiten steckte?

Kurz dachte sie daran, zu Alex zu fahren. Doch ihr fiel ein, dass sie gar nicht wusste, wo genau er in Calahonda wohnte. Und dass sie keine Telefonnummer von ihm hatte.

Aus dem Wohnzimmer hörte sie die Stimmen ihrer Eltern. Sie waren irgendwann nach Hause gekommen, hatten kurz den Kopf zu ihr hereingesteckt und waren wieder verschwunden.

Erschöpft wie nach einem Tag harter Arbeit schleppte sie sich ins Bad und von dort ins Bett. Sie sank fast augenblicklich in einen bleischweren Schlaf, aus dem sie erst am frühen Morgen erwachte.

Ihr erster Gedanke galt Alex. Ein unbändiges Verlangen nach seiner Gegenwart überkam sie. Sie rollte sich unter der Decke zusammen und begann still zu weinen. Ihr Körper bebte und für Minuten war es die einzige Regung, zu der sie fähig war. Allmählich beruhigte sie sich, wischte sich die letzten Tränen aus den Augen und kroch aus dem Bett. Ihr Entschluss stand fest.

»Señor Yó, kann ich Sie kurz sprechen?«

Lilli stand in der Tür seines Arbeitszimmers in der Schule und wartete, dass er seinen Kopf von dem Stapel Papiere hob. Er schob seine Brille von der Nase auf die kahle Stirn und nickte. Ein Lächeln huschte über sein Gesicht.

»Aber sicher, Señorita LeBon. Nur herein.«

Er machte eine ausholende Bewegung mit dem Arm, die das kleine, mit allem möglichen Zeug vollgestopfte Arbeitszimmer größer werden ließ. Lilli nickte dankbar und trat ein. Sie schloss die Tür hinter sich und ging auf den Schreibtisch zu, hinter dem Señor Yó saß.

»Was haben wir so früh am Morgen auf dem Herzen, junge Dame?«, fragte er und deutete auf den Stuhl vor seinem Schreibtisch. Lilli setzte sich und verstaute den Rucksack auf ihrem Schoß.

Jetzt, da sie in das freundliche Gesicht ihres Klassenlehrers schaute, kam sie sich plötzlich dumm vor. Zu spät, sie saß nun einmal hier. Der sanfte Blick aus seinen braunen Augen lag auf ihrem Gesicht und etwas in diesen Augen machte ihr Mut.

»Ich möchte über Alex Valden reden.«

Für den Bruchteil einer Sekunde sah Señor Yós Gesicht aus, als würde es nie wieder freundlich sein können, doch dann verzog sich sein Mund zu einem breiten Grinsen.

»Na, was sagt man dazu. Jeder will gerade über diesen Jungen reden. Muss etwas Besonderes sein.« Señor Yó kratzte sich am Kinn und schüttelte den Kopf.

»Wissen Sie, ob er in Schwierigkeiten ist?« Lillis Gesicht wurde plötzlich heiß. Sie hatte so etwas noch nie getan. Mit einem Lehrer über einen Jungen zu sprechen. Nicht über irgendeinen, sondern über den Jungen, in den sie fürchterlich verliebt war.

»Aber, aber, wie kommen Sie darauf?«

Seine Stimme klang immer noch jovial, doch Lilli meinte, eine Spur von Unsicherheit herauszuhören.

»Manche reden«, sagte sie so unverbindlich wie möglich, »und weil er ein guter Freund ist, mache ich mir Sorgen.« Lilli umklammerte ihren Rucksack wie ein Kissen, in das sie am liebsten ihr gerötetes Gesicht gesteckt hätte.

Señor Yó sah sie mit einer Mischung aus Verwunderung und Belustigung an. Er kratzte sich am Hinterkopf und seufzte.

»Die Leute reden viel, wenn der Tag lang ist, meine Liebe. Besonders im Dorf. In New York mag das anders sein, doch hier haben die Leute nicht viel zu tun außer zu reden. Sie sollten sich darüber nicht den Kopf zerbrechen.«

Lilli sah ihn direkt an und aus einem Impuls heraus sagte sie: »Auch Sie, Señor Yó? Reden auch Sie viel, wenn der Tag lang ist?«

Abrupt verschwand das Lächeln aus seinem Gesicht und seine Brauen schoben sich bedrohlich über die zornig funkelnden Augen zusammen. Lilli war sich sicher, dass er ihre Anspielung auf den Abend im *Mesón* verstand.

»Junge Dame, ich verbitte mir Ihre Frechheiten! Sie denken, Sie hätten das Recht, hier hereinzuschneien und meine Gutmütigkeit überzustrapazieren. Das ist keine gute Basis für ein vernünftiges Gespräch. Es ist lobenswert sich um einen ... guten Freund zu sorgen, doch nicht auf diese Weise.«

Sein Gesicht war rot angelaufen und Lilli erfuhr zum ersten Mal die ungemütliche Seite dieses Mannes. Sie senkte den Blick und überlegte, was sie sagen sollte.

Doch dann sprach er weiter und seine Stimme klang etwas ruhiger: »Ich will diesmal ein Auge zudrücken, doch hüten Sie Ihre Zunge.«

Als Lilli ihren Blick hob, hatte er wieder sein freundliches Señor-Yó-Gesicht aufgesetzt. Sie nickte und er zwinkerte ihr zu, wie einem Kind, das er durch seine erzieherische Maßnahme gebändigt hatte. Lilli schenke ihm ein erleichtertes Lächeln.

»Also. Ich gestehe, manchmal bin selbst ich für das Gerede zu haben, wenn auch meist als Zuhörer. Man kann sich dem nicht immer entziehen, wenn man hier lebt. Und ich gebe zu, manche Geschichten sind sehr aufschlussreich. Ich habe mehr als einmal etwas über die Menschen erfahren, jenseits dessen, was sie erzählten. Indem ich sie beobachtete. Man lernt viel, wenn man Menschen beobachtet. Und was Ihren Freund angeht, so kann ich Ihnen versichern, dass er nichts tut, was nicht rechtens ist. Egal, was man redet. Ich kann für ihn die Hand ins Feuer legen. Mehr darf ich dazu nicht sagen, doch seien Sie versichert, dass alles seinen Sinn hat. Ich bin mir sicher, dass Sie in Alex einen Freund haben, wie man sich ihn nur wünschen kann. Wie sagt ihr Amerikaner so schön: *A friend in need is a friend indeed.* Und das ist der junge Mann.« Er machte eine Pause. »Hören Sie auf Ihr Herz, das wird Ihnen die Antworten geben, die Sie brauchen.

Aber eigentlich brauchen Sie keine mehr. Ihr Herz«, dabei klopfte er sich pathetisch auf die Brust, »weiß es längst.«

Señor Yó hatte sich, während er geredet hatte, nach vorn gebeugt. Er sah Lilli mit einem so ernsten Blick an, dass ihr eine Gänsehaut über den Rücken lief. Sie schluckte trocken, denn ihr wurde plötzlich klar, dass sie im Begriff war, in etwas hineinzugeraten, das größer war, als alles, was sie sich bislang ausgemalt hatte. Und nicht nur geheimnisvoll, sondern möglicherweise auch gefährlich war.

Die Worte »mehr darf ich dazu nicht sagen« hallten in ihr wider. Sie klangen allzu bekannt. Wieder jemand, der nicht mehr sagen darf.

Und noch eines wurde ihr klar unter den klugen Blicken Señor Yós.

Er wusste, dass ihr Interesse an Alex mehr als nur freundschaftlich war. Doch diese Erkenntnis trieb ihr nicht wieder die Röte ins Gesicht. Etwas hier in diesem Raum gab ihr die Zuversicht, dass alles gut werden würde und machte sie und Señor Yó zu Verbündeten. Wofür auch immer sie kämpfen müssten, Lilli war sich sicher, Señor Yó würde auf ihrer Seite stehen. Mehr Gewissheit brauchte sie nicht.

Sie schaute ihn direkt an und sagte: »Danke, Señor Yó. Ja, ein Teil von mir wusste es. Sie haben mir geholfen, daran zu glauben.«

»Gut. Es sei Ihnen verziehen, mein Fräulein. Ich freue mich für Alex, dass er eine so gute Freundin in Ihnen gefunden hat. Vielleicht wird er eines Tages Ihre Loyalität mehr brauchen als alles andere.«

Lilli nickte und stand auf. »Ach, bitte sagen Sie niemandem, dass ich mit Ihnen gesprochen habe.«

»Aber gewiss, Miss LeBon. Alle Gespräche in diesem Raum sind vertraulich.« Mit diesen Worten schob Señor Yó seine Brille von der Stirn wieder auf die Nase und beugte sich über den Stapel Papiere.

Das Gespräch war beendet.

Lilli verließ ohne ein weiteres Wort den Raum. Erst jetzt merkte sie, dass sich Tränen in ihren Augen gesammelt hatten, doch ihre Schritte waren fest, als sie den Korridor entlang zu ihrem Klassenzimmer ging.

Alex fand in der Mittagspause endlich einen freien Tisch, der so stand, dass er sie gut sehen konnte. Mit seinem Tablett voller lecker riechender Tapas-Gerichte setzte er sich und starrte zu Lilli hinüber. Sie saß mit zwei Mädchen, die er nicht kannte, am anderen Ende der Cafeteria.

Er war zum ersten Mal im Departement, wo die Einheimischen essen gingen. Nur kurz warf er einen Blick auf die unbekannten Speisen vor sich, dann schaute er wieder zu den Mädchen hinüber.

Sie saßen zu weit weg, um ihren Gesprächen lauschen zu können. Außerdem war die Cafeteria gut besucht und es war laut. Selbst für sein feines Gehör war es unmöglich, zu verstehen, worüber die Mädchen redeten.

Unter Wasser wäre es kein Problem gewesen, Wasser trug Geräusche schneller als Luft. Doch er hatte noch eine Waffe. Er konzentrierte sich auf ihre Lippen. Allerdings konnte er nur zwei Paar davon ablesen, denn eines der Mädchen saß mit dem Rücken zu ihm.

Bis jetzt hatte er herausbekommen, dass das Mädchen mit den dunklen kürzeren Haaren Maria hieß und das blonde Mädchen, das mit dem Rücken zu ihm saß, Ina oder Nina. Oder vielleicht auch Rina.

Lilli hatte ihn vor ein paar Minuten entdeckt und es so unauffällig wie möglich Maria gesagt. Diese verkniff es sich eine ganze Weile, herüberzusehen, doch schließlich drehte das Mädchen den Kopf und musterte ihn neugierig.

Er schaute schnell weg und widmete sich seinem Essen. Als er wieder hinsah, trafen sich seine Blicke mit denen von Lilli. Er lächelte ihr zu und winkte, sie antwortete mit jenem Lächeln, das ihn vergessen ließ, wo er war und was er gerade tat. Es war fast schon lächerlich, wie er jedes Mal darauf reagierte.

Nach dem gestrigen Kuss waren sie sich in der Schule schüchtern und schweigsam begegnet. Vermutlich lag es auch an seinem Abgang. Daran musste er noch arbeiten, er wollte sie wirklich nicht kränken. Ihr Lächeln machte all seine Zweifel wieder wett.

Die Mädchen amüsierten sich über ihren langen und intensiven Blickwechsel. Auch darüber, dass Lilli rot geworden war. Und dann sagte sie etwas, was sein Herz schneller schlagen ließ:

»Okay, es ist kompliziert. Er ist irgendwie anders, aber ich bin ziemlich verliebt.«

Marias Lippen antworteten: »Dachte ich mir doch! Du bist in letzter Zeit verändert. Er sieht gut aus.« Und als Lilli nickte, fuhr Maria fort, indem sie ihm erneut verstohlene Blicke zuwarf: »Ich bin froh, dass dein Herz wieder für jemanden schlägt, auch wenn ich zunächst an Eugene gedacht hatte. Du weißt schon, Camping und so. Er Ire, du mit irischen Wurzeln. Na ja, wie auch immer, manchmal kommt es anders, als man denkt. Alex also. Woher kennt ihr euch?«

Lilli antwortete nach kurzem Zögern: »Er ist neu in meine Klasse dazugekommen.«

Alex verkniff sich ein Schmunzeln. Die Strandszene, ihre erste Begegnung, verschwieg sie also. Dann fiel ihm wieder ein, was Maria vorhin gesagt hatte und ein Stich fuhr ihm ins Herz. Wer verflixt noch mal war Eugene? Er starrte konzentriert auf die Mädchen, um ja kein Wort zu verpassen, bis Maria sagte:

»Der sieht dich ja wirklich die ganze Zeit ohne zu blinzeln an. Dann erübrigt sich meine Frage, ob er das Gleiche für dich empfindet. Wer so guckt, kann nur verliebt sein.«

Die Mädchen kicherten und Alex riss sich von ihrem Anblick los. Er schaute eine Weile auf seinen Teller und versuchte, sich aufs Essen zu konzentrieren, doch nach wenigen Sekunden wanderten seine Augen wieder zu Lilli. Er hatte einen Teil des Gesprächs verpasst.

Lillis Gesicht war ernst geworden. »...uns gestern geküsst, aber ich bin mir nicht sicher. Manchmal habe ich das Gefühl, ich empfinde mehr für ihn als er für mich.«

Alex senkte den Blick und seufzte leise. Ach Lilli, sie zweifelte immer noch, dass er sie liebte? Er legte die Gabel auf sein Tablett und schaute wieder hinüber.

»... einen Brief gegeben«, formten Lillis Lippen. »Er ist so wunderschön. Aber da ist etwas, was er vor mir verheimlicht und das macht mich nervös. Ich weiß nicht, wie ich damit umgehen soll.«

Die Mädchen schwiegen eine Weile. Dann schaute Maria abrupt zu ihm herüber, ihre Blicke trafen sich und für Sekunden sahen sie einander offen an. Plötzlich lächelte Maria ihm zu und wendete sich wieder an Lilli.

»An deiner Stelle würde ich es laufen lassen, wie es kommt. Ich denke, du solltest auf dein Herz hören. Das Vertrauen kommt von selbst, wenn er der Richtige ist. Intensiv ist er jedenfalls, er schaut immer nur hierher.«

Gut so, Maria, danke. Einen Moment hatte er geglaubt, Lilli würde ihre Überlegungen zu seinem Geheimnis ausplaudern. Alex atmete erleichtert auf. Irgendwie begann er, Maria zu mögen.

Lilli lächelte. »Ja, du hast recht. Intensiv. Ihr Spanier erinnert mich immer daran, auf mein Herz zu hören und das brauche ich manchmal. Ich bin viel zu sehr in meinem Kopf.«

Alex war kurz davor, zu Lilli hinüber zu gehen und sie in seine Arme zu schließen, doch er bremste sich. Stattdessen nahm er sein Tablett, nickte ihr zu und stand auf. Ich sehe dich später in der Klasse, Dickkopf, dachte er fröhlich.

Lilli entdeckte ihn im Sonnenlicht am Zaun. Alex lächelte sie an und seine Augen funkelten wie Wolkensplitter. Sie spürte die gleiche Benommenheit, die sie wenige Stunden zuvor in der Cafeteria gespürt hatte.

»Hallo«, flüsterte sie.

Statt einer Begrüßung beugte er sich zu ihr und gab ihr einen Kuss, nicht auf den Mund, doch viel zu nahe dort. Es war das erste Mal, dass er sie in der Schule so begrüßte.

Sie starrte ihn an.

Er hatte die Situation im Griff und sagte gut gelaunt: »Hast du Lust auf eine kleine Bootstour? Ich möchte dir etwas zeigen.«

Alex nahm sie bei der Hand, auch das etwas Neues, und gemeinsam schlenderten sie am eingezäunten Schulhof vorbei, Richtung Strand.

Lilli spürte die Blicke der anderen Schüler in ihrem Rücken und erinnerte sich an Señor Yós Worte von heute Morgen. Er hatte recht, sei's drum, was die Leute reden. Sie war jetzt hier mit diesem Jungen und er hielt ihre Hand, als wäre es nie anders gewesen. Warum sollte sie sich Gedanken machen, was die anderen redeten? Fest nahm sie seine Hand, führte sie an ihre Lippen und drückte einen Kuss darauf.

Sie spürte, wie Alex in sich hineinlachte und schaute unter gesenkten Augenlidern zu ihm hoch.

»Ich werde meine Hand nie wieder waschen, ich will deinen Kuss nicht wegwaschen.« Er lächelte verträumt.

Wie machte er das nur immer, wie schaffte er es, sie mit Worten so zu betören? Es gefiel ihr, wenn er solche Sachen zu ihr sagte und das Beste daran war, dass er es nicht wusste. Er sagte es, ohne etwas Bestimmtes damit erreichen zu wollen.

Sie kamen an der Anlegestelle an und liefen über den Steg zum Boot der Tauchschule. Es war ein schnittiges Motorboot von etwa sieben Metern Länge, groß genug, eine Gruppe von Leuten zu transportieren. Die Tauchschule benutzte es, um Ausflüge mit den Touristen zu machen und auch Louis war öfters damit draußen, wenn er seine Tauchgänge machte und Material für seien Forschungen sammelte.

Alex half Lilli ins Boot, löste das Tau und sprang mit einem geschmeidigen Satz dazu. Sie setzte sich auf die Heckbank, während er ans Steuerpult ging, um den Motor zu starten.

Vorsichtig manövrierte er sie vorbei an den anderen Booten und Richtung hohe See, dann gab er Gas. Lilli klammerte sich unwillkürlich an die Heckbank. Das Tempo, das er anschlug, machte sie schwindelig.

Wasser spritzte ins Boot und wie ein scharfes Messer durchdrang die Bootsspitze die Oberfläche. Sie hatte das Gefühl, als würden sie von einem Wellenkamm zum nächsten fliegen.

Als sich Alex zu ihr umdrehte, hatte sie sich ganz auf die Planken gleiten lassen und schaute ihn verzweifelt an.

Sie rief ihm gegen den Fahrtwind zu: »Es ist die Geschwindigkeit, es macht mich ganz nervös, wenn du so schnell fährst.«

Alex lachte. »Keine Sorge, es passiert nichts. Wir müssen uns beeilen, was ich dir zeigen will, ist ziemlich weit draußen.«

»Was ist es denn?«

Ihre Worte wurde vom Fahrtwind weggetragen, Alex schien sie dennoch verstanden zu haben. Er lächelte geheimnisvoll und rief:

»Warte es ab, es ist eine Überraschung.« Damit drehte er ihr wieder den Rücken zu.

Lilli versuchte, sich auf die Betrachtung seines Rückens zu konzentrieren und die Geschwindigkeit, mit der sie fuhren, zu ignorieren. Sie beobachtete sehr aufmerksam die Bewegung seiner Muskeln unter dem T-Shirt, das sich über seinen Rücken spannte.

Er legte den Kopf in den Nacken und genoss den Wind, der ihm ins Gesicht peitschte. Seine Haare flatterten wie seidene Fähnchen.

Schließlich wurde das Boot langsamer und Alex stellte den Motor ab. Sie schaukelten im leichten Wellengang der schimmernden See. Die Stille war herrlich. Benommen strich sie sich das vom Fahrtwind zerzauste Haar aus dem Gesicht.

Alex kam leichtfüßig auf sie zu. »Wir sind da. Ich denke, bald bekommen wir Gesellschaft.« Damit reichte er ihr die Hand und zog sie auf die Beine, als sei sie kaum mehr als ein paar Kilo schwer.

Sie schaute sich um, doch da war nichts außer dem weiten Meer. Das Festland war nur noch als dunkle Linie zu erkennen war. Die Bergkette sah wie ein merkwürdiges, schlangenartiges Wesen aus, das über den Wellen schwamm.

Sie löste den Blick aus der Ferne und beobachtete Alex, wie er sich auf der Heckbank kniend über die Reling beugte. Eine Hand tauchte er ins Wasser und bewegte sie hin und her, als würde er das Meer streicheln.

Ein Schatten dicht unter der Meeresoberfläche kam rasend schnell auf das Boot zugeschwommen.

Gerade wollte sie Alex warnen und ihn vom Wasser wegziehen, als sich ein grauer Schnabel unter seine Hand schob.

Mit einem freudigen »Hallo, da seid ihr endlich!« tätschelte er den Kopf eines Delfins. Und schon kam neben dem ersten ein zweiter silbrig schimmernder Kopf an die Oberfläche und Lilli schaute in die lächelnden Gesichter zweier Delfine.

Alex richtete sich auf. Er strahlte, wie sie es noch nie gesehen hatte, überwältigt von Glück. Und es war ansteckend.

Sie beugte sich auch hinunter. In dem Moment sprühte einer der Tümmler schnaufend einen Wasserstrahl durch sein Blasloch und Lilli bekam ihn ins Gesicht. Sie lachte auf und wischte sich prustend über die Augen. Behutsam berührte sie ihn am feucht glänzenden Schnabel und streichelte seinen Kopf. Er nickte und machte pfeifende Geräusche, ein graubraunes Auge auf sie gerichtet. Der andere meldete sich laut klappernd, als ob er ihr sagen wollte: »Ich will auch!« Lachend streichelte sie auch den zweiten. Zufrieden schnatterte er ihr seine Zustimmung entgegen, gekrönt von einem langen melodischen Pfeifen.

»Sie mögen dich«, rief ihr Alex zu. Er strahlte und sie fragte sich in dem Augenblick, wie sie ihn nur verdächtigen konnte, etwas Böses im Schilde zu führen.

Er streichelte immer wieder die Delfine, redete mit ihnen, hielt ihre Köpfe in beiden Händen und rieb seine Wangen an sie.

Sie setzte sich. Alex ließ von den Delfinen ab und bückte sich besorgt zu ihr.

»Fehlt dir was? Du bist ganz blass.«

»Es ist nichts. Ich bin nur ... ich bin überwältigt.« Lilli sog die Luft tief ein und schloss die Augen.

»Dachte mir, dass dir die beiden gefallen.« Er deutete nach hinten, dorthin, von wo schnatternde und platschende Geräusche kamen.

»Danke, dass du uns bekannt gemacht hast.«

Liebevoll strich er ihr mit der nassen Hand über die Wange. Dann zog er sich mit einer schnellen Bewegung das T-Shirt aus. Die Jeans folgte und noch bevor sie begriff, was er vorhatte, war er schon über Bord gegangen.

Sie beugte sich verdutzt über die Reling. Dort, im tiefblauen Wasser waren die beiden Delfine und Alex in einem funkelnden Kreis aus Luftblasen.

Er schaute hoch zu ihr und winkte lachend und prustend. »Ich drehe ein paar Runden. Bin gleich zurück!«, rief er und weg waren sie.

Dicht unter der Wasseroberfläche glitten ihre Schatten davon, um in der Ferne Sekunden später wieder aufzutauchen.

Lilli schaute ihnen gebannt zu, wie sie in weiten Kreisen um das Boot schwammen und eine silberne Bahn hinterließen. Mit Anmut tauchten sie auf und wieder unter. Alex hielt sich mal am einen, mal am anderen Delfin fest und ließ sich von ihnen mittragen. Es war ein verblüffendes Schauspiel, wie sie durch das klare Wasser glitten, auf und ab, kurz eintauchten, um mit einem Mal erneut die Wasseroberfläche in einem glitzernden Schauer aus Wassertropfen zu durchbrechen.

Ihre Geschwindigkeit war schwindelerregend, doch Alex schwamm wie selbstverständlich zwischen den beiden und es schien Lilli, als würde er sich nicht mehr an ihnen festhalten, sondern selbst im gleichen rasenden Tempo mitschwimmen. Doch beim nächsten Mal, als sie auftauchten, hielt sich Alex an ihren Flossen wie an den Griffen einer Fahrradstange fest.

Träumte sie? Es war so unwirklich, dass sie blinzeln musste. Die drei, wie sie dort draußen schwammen, als wäre es das Selbstverständlichste der Welt, ihre spielerische Kraft, das goldene Licht der Abendsonne, das dem Bild ein Quäntchen mehr Unwirklichkeit hinzufügte und diese vollkommene Harmonie zwischen den beiden Delfinen und Alex. Die gleichen Bewegungen, die gleiche grazile Schwimmweise, das unbekümmerte Miteinander, das Vertrauen zueinander und zum Meer ... All das gab ihr das Gefühl, als schaue sie nicht zwei Delfinen und einem Jungen zu, sondern drei Meereswesen in ihrem Element.

Als wäre Alex einer von ihnen, durchzuckte es sie.

Ein Schauer lief ihr den Rücken hinab. Sie erinnerte sich plötzlich an ein anderes Bild. Ihre erste Begegnung, als er bewusstlos in ihren Armen lag und sie über seine nackte Brust gestrichen hatte. Und das Gefühl vorhin, als sie den Delfin gestreichelt hatte. Die glatte feste Haut, die sich ein wenig rau anfühlte, wenn man daran entlangfuhr.

Die drei hatten ihr Spiel beendet und Alex schwang sich lachend zurück an Bord. Auf seinem Körper glitzerten Wassertropfen wie tausend Lichtperlen. Sie musste sich zusammenreißen, um ihn nicht zu berühren.

Alex stand stumm neben ihr und schaute in die Ferne, wo die beiden Delfine kleiner werdende Punkte über der Wasseroberfläche waren. Dann setzte er sich und bedeutete Lilli, es ihm gleichzutun.

Die Sonne stand bereits tief und ihr goldenes Licht leuchtete auf Alex' nassem Körper wie flüssiges Gold. Sie betrachtete traumverloren das Spiel von Licht und Schatten auf seiner Haut, während er näher zu ihr rückte. In einer zärtlichen Geste strich er mit kühlen Fingern über ihre Wange.

»Nachdem man sie einmal gesehen hat, ist es unmöglich, sie nicht zu lieben. Das habt ihr so an euch. Deshalb wollte ich sie dir zeigen. Sie erinnern mich ein wenig an dich.«

Unter seinem glühenden Blick hatte sie das Gefühl zu verbrennen. Sie wollte etwas sagen, doch sie brachte keinen Ton über die Lippen. Wie hypnotisiert schaute sie ihn an, die Wimpern, in denen noch die letzten Spuren des Bades funkelten, die Wangen, das kleine Grübchen am Kinn. Und sie stellte mit jenem kaum mehr vorhandenen Rest Bewusstseins fest, dass seine Lippen unmerklich zitterten, als sie die ihren berührten.

Die Vorstellung, dass ihn nicht allein die Abendkühle erzittern ließ, berauschte sie nur noch mehr. Und sie ließ sich in die Flut von Gefühlen, die seine Nähe in ihr auslöste, fallen.

Als er sich schließlich erhob und kurz in der Kabine verschwand, um mit einer Decke zurückzukommen, schwebte sie immer noch im betörenden Gefühl seines Kusses.

Er wickelte sie in die Decke und sie kuschelte sich an ihm. Sein Gesicht glühte im Licht der späten Sonne. Wie eine Kupferfigur, geborgen aus den Tiefen des Meeres. Mit einem seligen Schmunzeln schaute er in den Himmel, der allmählich dunkler wurde.

Sie saßen lange eng beisammen, es musste nichts gesagt werden. Das einzige Geräusch war das der sanften Wellen, die gegen das Boot klatschten. Sie fühlte sich geborgen, es fehlte nichts. Sie war vollkommen, ihre kleine Welt in einem Boot, weit weg vom anderen Leben. Sie fühlte sich ganz.

Als auch das letzte Rot hinter dem westlichen Horizont verschwunden war, erhob sich Alex mit einem leisen Seufzer.

»Ich sollte dich jetzt schleunigst heimbringen, deine Mom fragt sich sicher schon, wo du so lange bleibst.« Verschmitzt lächelnd fügte er hinzu: »Du kannst ihr ja die Wahrheit sagen. Dass du mit einem Jungen aus deiner Klasse und zwei Delfinen gespielt hast.«

Kommentarlos warf Lilli das T-Shirt nach ihm, das er sich zu ihrem Bedauern auch überzog. Schade, dass er so vernünftig war.

Er schaute sie belustigt an und fragte aufreizend unschuldig: »Nein? Was sagst du ihr dann?«

»Keine Ahnung«, fauchte sie, »darüber denke ich erst nach, wenn es sein muss.«

»Miss LeBon, wissen Sie, dass Sie ausgesprochen hübsch aussehen, wenn Sie wütend sind?«

Sie wusste nicht, was sie darauf antworten sollte. Es war immerhin ein Kompliment, oder?

Seine Lippen verzogen sich zu einem Grinsen. Doch schnell wurde er wieder ernst und, ohne sie anzusehen, fragte er: »Würdest du deinen Eltern sagen, dass du einen Freund hast?« Lilli wollte sich an ihn schmiegen, doch er beharrte: »Würdest du?«

»Ist es dir wichtig, dass sie es wissen?« Und ohne seine Antwort abzuwarten, fügte sie hinzu: »Ich wusste nicht, dass du jetzt offiziell mein Freund bist.«

Es sollte ein Scherz sein, doch Alex blieb ernst, auf seiner Stirn bildete sich eine tiefe Furche, als grübelte er über ein schwieriges Problem.

»Sagt man das nicht so bei ...« Plötzlich hielt er inne und schaute Lilli unverwandt an. »Ich finde, schon, dass wir Freunde sind.« Irgendwie klangen diese Sätze aus seinem Mund eigenartig.

»Wir sprechen zu Hause nicht so ausführlich über diese Dinge. Chris hat zwar von seiner Freundin Maria erzählt, aber wenn ich mit einer solchen Nachricht käme ... ich weiß nicht, ob sie es gut fänden.« Lilli sah nachdenklich auf das Meer, das sich nun auch dunkel färbte, als hätte der Himmel keine Grenze mehr.

»Warum nicht?«

»Weiß nicht, vielleicht weil ich jünger bin. Und ein Mädchen.«

Alex legte einen Arm um ihre Schultern und raunte ihr zu: »Ich fände es schön, wenn sie über mich Bescheid wüssten. Es ist schön, das Glück mit anderen zu teilen, findest du nicht? Ich würde es gern meinen Eltern sagen, wenn sie noch lebten.«

Jetzt klang er traurig. Lilli schmiegte sich an ihn und schlang ihre Arme um seine Hüfte. »Du hast recht. Ich sollte mich glücklich schätzen, eine richtige Familie zu haben. Es tut mir leid, dass deine Eltern nicht mehr leben. Was ist passiert?«

»Ein anderes Mal, ja?«, flüsterte Alex in ihr Haar und drückte ihr einen Kuss darauf.

Sie nickte und sagte: »Und ich bin froh, dich zu haben.« Sie hob das Gesicht zu ihm und küsste sein Kinn.

Er drückte sie statt einer Antwort an sich.

»Findest du, dass das ein Glück ist?«, fragte er nach einer Weile.

Es war eine rhetorische Frage. Dennoch sagte sie: »Ich bin froh, dass es dich gibt. Und bitte kein Widerspruch«, fügte sie schnell hinzu, als sie merkte, dass Alex etwas erwidern wollte.

Er lachte in sich hinein und löste sich aus ihrer Umarmung. Der Blick, den er Lilli zuwarf, war unergründlich. Dann gab er sich einen Ruck. »Wenn du nicht schleunigst heimkommst, wird deine Familie unangenehm werden. Das ist der Nachteil, man kann nicht machen, was man will. Nicht, wenn man minderjährig ist.«

Er grinste frech und war schon vorn am Steuerpult. Das Geräusch des startenden Motors klang in der Stille des offenen Meers wie eine Explosion und Lilli zuckte zusammen. Er wendete in sanftem Bogen und gab Gas. Diesmal ließ er das Boot jedoch langsamer über das Wasser gleiten. Als sie schließlich den kleinen Hafen ansteuerten und er das Boot vertäut hatte, war es dunkel geworden.

Lilli überkam ein Anflug von Traurigkeit, dass sie sich schon wieder von ihm trennen musste.

»Wollen wir morgen die beiden besuchen?« Mit einer Kopfbewegung deutete Alex aufs Meer.

Lilli fiel ein, dass sie morgen den Granada-Ausflug mit Eugene geplant hatte. »Morgen geht nicht«, sagte sie mit echtem Bedauern.

»Oh, okay, dann vielleicht übermorgen.« Alex klang enttäuscht.

»Ja! Ja, übermorgen«, beeilte sie sich, zu versprechen.

»Hast du morgen etwas vor?«

Lilli seufzte. »Ich habe mit einem Freund meines Bruders ausgemacht, dass wir nach Granada fahren. Ich muss dort in die Bibliothek ...« Sie brach ab, als ihr klar wurde, dass sie nicht mehr sagen konnte. Wie sollte sie ihm erklären, dass sie etwas suchte, das vielleicht Details über ihn ans Licht brachte?

Doch Alex beharrte nicht länger auf dem Thema. »Ich bringe dich nach Hause«, sagte er stattdessen.

»Macht es dir nichts aus? Es sind vierzehn Kilometer hin und zurück.«

Lilli verstand nicht, wieso Alex auflachte.

»Ist schon in Ordnung. Ich radle für mein Leben gern, schon vergessen?«

»Also gut, wie du willst«, sagte sie, froh, dass sie ihn noch ein paar Minuten länger hatte.

Sie kamen bei der Tauchschule an, wo ihre Fahrräder an der Mauer lehnten.

Die Fahrt verlief wortkarg, etwas schien Alex zu beschäftigen. Vielleicht war es der Gedanke an seine Eltern oder ihre Pläne. Doch Lilli wollte nicht in ihn dringen.

Als sie den unbefestigten Weg erreichten, der zum Anwesen führte, stiegen sie vom Rad. Alex ließ seines am Wegrand liegen, nahm ihr das Rad ab und schob es den Hang hinauf.

»Ich sehe dich morgen in der Schule«, sagte er am Hoftor und seine kühlen Lippen streifen ihren Mund.

Lilli sah ihm nach, wie er den Weg zurück ging. Eine kalte Faust packte ihr Herz. Jeder Abschied von Alex war wie ein Tor, das zuschlug. Das Gefühl der Unwirklichkeit holte sie ein, sobald er aus ihrem Blickfeld verschwunden war. Als würde sie einen Traum ziehen lassen.

Heute Nacht sehe ich dich wieder, dachte sie. In meinen Träumen. Sie ging ins Haus.

24.
Ein Ausflug nach Granada

Eugene wartete an sein Auto gelehnt. Als Lilli auf ihn zuging, hatte sie das Gefühl, beobachtet zu werden. Als würden sie Blicke wie Fingerspitzen streifen. Sie schaute sich um, konnte jedoch niemanden entdecken. Litt sie unter Verfolgungswahn?

Sie schüttelte das ungemütliche Gefühl ab und lächelnd umarmte sie Eugene. »Hey! Schickes Auto. Coole Farbe.«

»Klar, der letzte Schrei hier.« Er streichelte lachend über die verbeulte Karosserie des alten Renault Twingo, die im grellen Türkis gehalten war und ihren Glanz eingebüßt hatte. »Schön, dich wiederzusehen«, fügte er mit ehrlicher Freude hinzu und Lilli bestätigte nickend.

»Steig ein, der absolute Hammer kommt noch.« Galant öffnete er ihr die Wagentür, sprintete um das Auto und klemmte sich hinter das Lenkrad. »Pass auf«, sagte er und packte einen Hebel über seinem Kopf. Das Wagendach war aus dem typischen schwarzen Stoff gemacht, aus dem Cabriodächer bestehen. Als Eugene anfing, am Hebel zu kurbeln, glitt es mit einem fürchterlichen Quietschen zurück.

»Wahnsinn! Der pure Luxus«, rief Lilli.

»Aber hallo!«, stimmte Eugene ihr zu und grinste dabei wie ein Honigkuchenpferd.

Die Leichtigkeit zwischen ihnen, die Lilli so gut gefiel, stellte sich wie von selbst ein. Vergessen war das unangenehme Kribbeln beim Verlassen der Schule. Vergessen war auch das seltsame Telefongespräch mit Eugene zwei Tage zuvor.

Es war eine einhalbstündige Fahrt bis Granada und der Renault kam auf der Autobahn nicht über 110 Stundenkilometer. Eugene war ein guter Fahrer. So entspannte sich Lilli und genoss die Landschaft, die an ihnen vorbeizog. Ihr schlechtes Gewissen wegen des verschwundenen Buchs meldete sich nur ganz kurz. Sie wusste zwar noch nicht wie, doch sie würde es wieder auftreiben.

Sie redeten nicht viel während der Fahrt, denn der Lärm des alten Motors zwang sie, zu schreien, was auf Dauer unangenehm war. Und so machte Eugene das Radio an, stellte auf einen spanischen Sender und drehte den Ton voll auf.

Sie fuhren schließlich von der Autobahn ab und durchquerten die Randgebiete der Stadt. Unerwartet tauchte die Alhambra auf. Eine atemberaubende Aussicht. Vor ihnen auf dem sattgrünen Hang erhob sich in leuchtendem Rot die Palastfestung, dahinter die schneeweißen Kuppen der Sierra Nevada. Und über allem ein tiefblauer Himmel. Die typischen Farben dieser Stadt. Beinahe unwirklich, als wären sie nur dazu da, die Besucher zu verführen, um im nächsten Augenaufschlag wie eine Chimäre zu verschwinden.

Das Bild veränderte sich, die Betriebsamkeit der Stadt vertrieb das Gefühl von Unwirklichkeit und holte sie in den Alltag zurück. Nach der dörflichen Atmosphäre in La Perla und Calahonda empfand Lilli Granada als anstrengend. Autos lärmten in den Straßen, Ampel reihte sich an Ampel und die Menschen erschienen wie eine aufgeregte Herde, die es eilig zur nächsten Wasserstelle trieb.

Sie erinnerte sich an die Worte ihrer Granily. Hatte sie sich so an die Ruhe und Trägheit der Kleinstadt gewöhnt? Als sie an die letzten Wochen zurückdachte, fiel ihr auf, dass sie unbewusst genau das getan hatte: die Stille genießen. Die Stunden, die sie außerhalb der Schule verbracht hatte, waren tatsächlich voller Stille gewesen.

Na ja, bis Alex in ihr Leben getreten war und es durcheinandergebracht hatte. Klar, und da war noch die Sache mit dem Beben. Und die, die ihr Vater fast mit dem Leben bezahlt hätte.

Genau deshalb war sie jetzt hier. Wegen Alex und den merkwürdigen Dingen, die um sie herum geschahen. Wie gesagt, er konnte ihr nicht verbieten, nach Antworten zu suchen.

Nach Antworten suchen! Dazu gehörte wohl auch, sich an den Computer zu setzen und bestimmte Stichworte in die Suchmaschine einzugeben. Wie zum Beispiel das Wort »Amphibien«. Dabei war sie auf eine Menge Stoff gestoßen und hatte mindestens eine Stunde verschwendet, um über die unzähligen Amphibienarten, deren Lebensraum, Gewohnheiten, Metamorphosen oder Überlebensstrategien – wie das Anpassen der Körpertemperatur an die Umgebung – zu lesen. Im Großen und Ganzen alles nutzlos.

Also hatte sie weiter gesucht und war auf eine Seite gekommen, wo es um Haie ging. Auch hier war sie hängengeblieben. Sie hatte fasziniert über die feinen Sinne dieser Tiere gelesen, dass sie Blut in milliardenfacher Verdünnung wahrnahmen, dass ihre Augen zehn Mal lichtempfindlicher waren als die der Menschen und ihre spitzen Zähne aus dem gleichen Material wie Menschenzähne gemacht waren. Alles sehr spannend, okay, doch auch das hatte sie nicht wirklich weitergebracht.

Genervt hatte sie die Seite wieder verlassen. Spaßeshalber hatte sie das Wort »anthrophibios« eingegeben, nicht ohne den Kopf zu schütteln. Natürlich hatte die Suchmaschine gemeldet, dass es dafür keine Treffer gab, ob sie »Anthropos« gemeint hätte? Nein, hatte sie nicht.

Sie hatte schon den Computer ausschalten wollen, doch dann hatte sie eine letzte Idee: »Meermenschen«. Schnell die Eingabetaste gedrückt, als fürchtete sie, jemand könnte ihr über die Schulter blicken und mitlesen.

Zu ihrem Erstaunen waren etliche Treffer erschienen. Sie hatte auf den erstbesten Link geklickt und war auf eine Seite mit Legenden aus aller Welt geraten. Darunter griechische Legenden über Undinen, die nur dann eine Seele bekommen, wenn sie sich mit einem Menschen vereinen. Eine weitere Geschichte handelte von Platons Schrift »Timaios« und Atlantis, der legendären versunkenen Stadt, deren Bewohner das Idealbild eines vernunftbegabten Wesens darstellen und eine Vielzahl guter Eigenschaften besitzen. Gut, ein wenig Allgemeinbildung schadete nie. Sie hatte aber etwas anderes gesucht. Ungeduldig hatte sie schließlich auch diese Seite verlassen und bei den Treffern zu »Meermenschen« weitergescrollt.

Ein Satz hatte sie innehalten lassen: »Rettet Meerjungfrau Kind?« Lilli hatte auf den Link geklickt, eine schlichte Seite war erschienen. In ungewöhnlich großer, grellblauer Schrift war ein Text auf gelbem Hintergrund geschrieben. Der Autor – unbekannt – berichtete in fehlerhaftem Englisch über merkwürdige Ereignisse, die sich an verschiedenen Küsten weltweit zugetragen hatten. Tiere sollen angespült worden sein, die angeblich noch nie ein Mensch gesehen hatte, sogar von Seemonstern war die Rede gewesen.

Auf den ersten Blick war das Ganze unseriös erschienen. Doch dann hatte Lilli eine Geschichte gefunden, die sich an der Costa Granada im Jahr 1979 zugetragen haben sollte. Ein Bootsunglück, das nur ein kleines Mädchen überlebte. Dieses Mädchen hatte behauptet, von einer Meerjungfrau gerettet worden zu sein. Natürlich hatte sich schnell eine Erklärung für diese seltsame Aussage gefunden: Schock und Trauer über den Verlust ihrer Eltern. Und so wurde die Geschichte der Neunjährigen als kindliche Fantasie abgetan. Auch die anderen Geschichten fanden eine simple und völlig natürliche Erklärung, denn es gab keine Monster. Und es gab selbstverständlich keine Meerjungfrauen.

Doch Lillis Neugierde über das Bootsunglück war geweckt. So war ihr der Gedanke gekommen, die Zeitungen aus jenem Jahr in der Bibliothek von Granada zu durchforsten. Mit Sicherheit hatte man davon berichtet.

Und hier war sie also, jagte einer Geschichte nach, die von einem kleinen Mädchen und einer Meerjungfrau handelte. Alex würde sich kaputtlachen.

Sie mussten etwas abseits nach einem Parkplatz suchen. Lilli wurde es bei dem chaotischen Verkehr schwindelig. Sie hatte gedacht, New York sei der pure Wahnsinn, doch hier war es noch verrückter. Im Gegensatz zu ihr schien es Eugene nicht aus der Ruhe zu bringen. Geschickt besetzte er schließlich eine schmale Lücke, in die sie nie im Leben hätte einparken können. Aber sie war auch eine lausige Autofahrerin und bediente das Klischee »Frau am Steuer«.

Eugene lachte. »Und ich hatte schon vor, dich zurückfahren zu lassen.«

Auf dem Weg zur Bibliothek kamen sie immer wieder durch schmale Gassen mit Ständen, an denen von Essen bis Touristensouvenirs alles angeboten wurde und in denen es wie auf einem Jahrmarkt zuging. Exotische Essensdüfte lagen in der Luft, Farben und Sprachen vermischten sich in einem verwirrend schönen Durcheinander, es war wie die Landung auf einem anderen Kontinent.

Doch auch durch stille Gassen kamen sie. Eugene warf ab und zu eine Bemerkung zu den Sehenswürdigkeiten ein, an denen sie vorbeiliefen. Er kannte sich gut aus und führte Lilli zielstrebig durch die Gassen von Granada. An einer Kreuzung passierten sie eine kleine Buchhandlung, in deren Schaufenster Bücher und Bilder von Federico García Lorca, dem spanischen Nationaldichter, ausgestellt waren.

Eugene verlangsamte seinen Schritt. »Hier findest du so ziemlich alles über Lorca.« Er lächelte verlegen, als wäre er sich bewusst geworden, dass es angeberisch klang, über Spaniens größten Dichter zu sprechen.

»Wir waren im letzten Frühjahr mit der Schule bei einer Aufführung auf dem Broadway. Eine spanische Theatergruppe hat *Bodas de sangre,* die *Bluthochzeit* von Lorca inszeniert. Ich war beeindruckt.«

Lilli blieb vor dem Schaufenster stehen und schaute sich die Bücher an. Nach einer Weile merkte sie, dass Eugene sie beobachtete. »Entschuldige, ich halte uns auf.«

»Schon okay«, sagte er. »Ist eine blutige Sache gewesen. Warst du wirklich beeindruckt vom Theaterstück?«

»Ja, wieso?«

»Nur so, ich treffe nicht oft Mädchen, die von Lorca begeistert sind.« Ein feiner Rosaschimmer breitete sich auf seinem Hals aus. »Wenn du magst, können wir ein anderes Mal herkommen und uns ausgiebiger im Laden umschauen. Es gibt öfter auch Veranstaltungen hier. *Auf den Spuren von Lorca* und Ähnliches.« Eugene sah Lilli hoffnungsvoll an.

»Sehr gern«, erwiderte sie ehrlich begeistert.

»Wir sollten jetzt weiter, die Bibliothek hat heute nur bis sieben offen.«

Als sie aus der stillen Gasse auf einen großen Boulevard gelangten, holte sie wieder der Lärm und die Betriebsamkeit der Stadt ein. Im Zentrum wuselte es nur so von Menschen und Autos. Lilli packte unwillkürlich Eugenes Arm.

»Also gegen New York ist das hier doch nichts«, zog sie Eugene auf. Er wich einer älteren Frau aus, der Lilli beinahe auf die Füße getappt wäre.

»Aber nach La Perla ist es fast noch schlimmer.« Sie schaute fragend zu ihm hoch, ob er nichts dagegen hatte, dass sie seinen Arm hielt. Doch nach seinem überheblichen »Ich beschütze dich schon«-Ausdruck zu urteilen, fand er es ziemlich gut.

Sie liefen Seite an Seite durch die Menschenmenge. Plötzlich blieb Eugene stehen und rief ihr zu: »Alles hier ist Leben und Gefühl! Granada ist intim, eine Fantasie von einer Welt, die es nicht gibt. Ich liebe diese Stadt!«

Lilli sah ihn belustigt an, doch er zog sie schon weiter.

Der Gehweg hatte die Hitze gespeichert und atmete sie jetzt wie ein gereiztes Tier aus. Eugene fuhr mit seinen Erklärungen fort, deutete auf das eine oder andere Gebäude und fühlte sich sichtlich in seinem Element. Er kannte sich gut aus und Lilli wurde allmählich ruhiger. Doch sie ließ Eugenes Arm erst los, als sie die Stufen zur Nationalbibliothek betraten.

Auch hier fühlte sich Eugene wie zu Hause. Er brachte Lilli in die Abteilung mit Zeitungsberichten und zeigte ihr, wie man das Gerät und die Mikrofilme benutzte.

»Was genau willst du lesen?«, fragte er und deutete auf die unzähligen kleinen Fächer.

Lilli war auf die Frage gefasst. Während Eugene seinen Bibliotheksausweis aus der Gesäßtasche fischte und ihn vor einen kleinen unscheinbaren Kasten hielt, der kurz piepte, antwortete sie:

»Wir müssen für die Schule etwas über die Region Andalusien schreiben, da dachte ich, dass man in einem Zeitungsarchiv gutes Material findet.«

Eugene nickte. Er schien ihre Antwort plausibel zu finden und steckte seinen Ausweis weg.

»Klar, es gibt viel Historisches hier, da findest du sicher etwas. Du kannst jetzt an die Fächer, ich habe sie entsichert.« Als er ihr verdutztes Gesicht bemerkte, fügte er lächelnd hinzu: »Wir sind hier sehr fortschrittlich. Bald wird dies alles«, dabei deutete er auf die vielen Regale, »digitalisiert sein. Sie haben vor ein paar Monaten damit begonnen. Die Mikrofiches sind übrigens chronologisch geordnet. Ich gehe rüber in die andere Abteilung. Wir sehen uns später.«

»Danke, Eugene.«

Er verschwand mit einem Winken um die Ecke und Lilli fand sich allein vor einem riesigen Archiv wieder. Sie atmete tief durch und machte sich auf die Suche.

Als sie sich schließlich zum Jahr 1979 durchgewühlt hatte, hielt sie mit einem Stöhnen inne. Allein für dieses Jahr waren etliche

Zeitungsausgaben vorhanden, es würde Stunden dauern, alles durchzuarbeiten. Nach kurzem Überlegen beschloss sie, nach Monaten zu suchen. Vermutlich waren die Verunglückten Touristen gewesen, also schloss sie die kalten Monate Dezember bis Februar aus. Blieben noch neun Monate, in denen tagtäglich mindestens zwei, drei große Zeitungen erschienen waren. Na dann, viel Glück, du verrücktes Huhn, dachte sie.

Natürlich konnte sie nicht alles durchsuchen, kurzerhand entschied sie sich für das Prinzip Zufall. Sie wählte den September 1979, weil sie selbst im September nach Spanien gekommen war. Behutsam entnahm sie die Mikroficherolle aus der Kassette und legte sie ins Gerät, wie es ihr Eugene erklärt hatte.

Sie hielt sich auf den Titelseiten der drei größten Zeitungen aus der Region auf, in der Hoffnung, dass ein solch dramatisches Ereignis gleich am Anfang gebracht wurde. Sicher waren die Menschen zu der Zeit nicht weniger gierig nach Sensationen gewesen als heute.

Am 3. September fand sie eine kleinere Headline, die einen Bericht auf Seite drei ankündigte. Über ein Bootsunglück, das vor 14 Tagen geschehen war. Lilli las dort, dass die zweite Leiche geborgen worden war. Allerdings konnte man nur vermuten, dass es sich um den verunglückten Ehemann gehandelt hatte, er war zu lange im Wasser gewesen, um ihn noch hundertprozentig identifizieren zu können. Damals gab es noch keine DNA-Analyse, erinnerte sich Lilli, stand auf und ging zu den Regalen. Sie legte die September-Rolle zurück und entnahm die August-Rolle. Als sie sie ins Gerät spannte, ergriff sie eine fiebrige Erwartung. Ungeduldig begann sie vorzuspulen.

Bei Mitte August fand sie schließlich auf der ersten Seite von *El Sur* den Bericht vom Bootsunglück. Es hatte sich an einem Freitag ereignet. Die Überschrift lautete: »Meerjungfrau rettet kleines Mädchen« und prangte über der Schwarzweißfotografie eines verängstigt in die Kamera schauenden Mädchens.

Der Bericht erstreckte sich auf drei Spalten über die Titelseite. Das Mädchen auf dem Foto war nicht älter als zehn. Im Hintergrund erkannte Lilli ein Segelboot. Der Mast war in der oberen Hälfte abgebrochen und das Stück, das noch mit der Schot am Mast baumelte, machte aus ihm eine überdimensionale Eins. Das

Segel hing nass vom Mast über dem Besanbaum herab wie ein Putzlappen. Die Achterkajüte zeigte ebenfalls Spuren des Unglücks. Das Bullauge hatte einen breiten Riss und die Tür der Einstiegsluke hielt sich nur noch an einem Scharnier.

Lilli löste ihren Blick von dem Foto und begann zu lesen:

»Es war eine Meerjungfrau.« Das sind die verstörenden Worte der neunjährigen Amanda, die als Einzige das schreckliche Unglück überlebte.

Bis zu dem Augenblick, als das kleine Segelboot der dreiköpfigen Familie De La Varga aus Almeria in einen Sturm kommt, ist ihr Ausflug idyllisch. Sie segelten vor vier Tagen aus dem Hafen Marina del Este hinaus, Richtung Osten und wollten am darauf folgenden Tag den Hafen in Cabo de Gata ansteuern. Doch dazu kommt es unglücklicherweise nicht mehr. Ein Sturm überrascht die Amateursegler und bringt ihr Boot zum Kentern. Nach dem jetzigen Stand der Ermittlungen hat keines der Elternteile dieses Unglück überlebt.

Allein die Tochter des Ehepaars De la Varga hat eine überirdisch große Portion Glück. Überirdisch ist auch ihre Aussage, dass es eine Frau aus dem Meer war, die sie aus den eisigen Fluten ans Ufer gebracht hat.

Versucht Amanda ihren Schock über den Verlust der Eltern mit einer blühenden Fantasie zu verwinden? Wer ist diese mysteriöse Retterin aus dem Meer? Gibt es tatsächlich Meerjungfrauen, und wenn ja, wie sehen sie aus? Wie sah die Retterin von Amanda aus? Diese Fragen stellte ich dem Kind.

»Ihr Haar war lang, sie hatte aber keinen Fischschwanz, sie war nur unheimlich stark.«

Das sind die Worte, mit denen Amanda die geheimnisvolle Frau beschreibt, die sie gerettet haben soll.

Doch kehren wir zurück zu den Tatsachen, denn wir wollen unsere Leser nicht verärgern, indem wir solchen Dingen, dem verwirrten Gehirn eines kleinen Mädchens entsprungen, mehr Glauben schenken als einem Märchen. Meerjungfrauen gibt es allein in der Fantasie dieser traumatisierten Neunjährigen, die auf solch tragische Weise ihre Familie und ihren Halt verliert.

Unsere tiefe Anteilnahme und Sorge gilt diesem Mädchen, das nun allein auf der Welt steht und ...

Lilli brach ab, ihr wurde schlecht. Wie ekelhaft war das denn? Diese Zeitungsreporterin hatte keine Skrupel. So viel Heuchelei und Spott! Solche Journalisten gab es wohl zu allen Zeiten. Sie las nur widerwillig zu Ende, darauf bedacht, die Fakten herauszufiltern und die Kommentare der Schreiberin zu überlesen.

Die Journalistin hatte natürlich versucht, das Mädchen weiter auszuquetschen. Auf ihre Frage, wie die Frau aus dem Meer genau ausgesehen hatte, hatte Amanda ihre Retterin als eine schlanke und groß gewachsene junge Frau beschrieben, deren Augen sehr schön gewesen waren und die eine schimmernde Haut gehabt hatte. Aber vielleicht war es auch ein Schwimmanzug gewesen. Als die Journalistin noch einmal gefragt hatte, ob sie denn nicht doch einen Fischschwanz gehabt hatte, soll das Mädchen nur gesagt haben: »*Nein, sie sah so aus wie Sie. Hübsch aber sonst nichts Ungewöhnliches.*« Der Kommentar der Journalistin: dass sie sich selbstverständlich geschmeichelt fühle, mit einer mysteriösen und schönen Frau, die in den Wellen verschwunden war, verglichen zu werden. Ihr war es noch nie passiert, hatte sie hinzugefügt, dass man sie mit einer Meerjungfrau verglichen hätte.

Als die Zeitungsjournalistin Amanda dann gefragt hatte, was diese Frau gesagt habe, war das Mädchen plötzlich nervös geworden und hatte sich geweigert, zu antworten. Doch dank der »einfühlsamen Bemühungen« war es ihr schließlich gelungen, dem Mädchen eine Antwort zu entlocken. Die Frau soll zu dem Mädchen gesagt haben, sie dürfe es keinem erzählen, dass sie es gerettet hätte. Das Mädchen hatte sich offensichtlich geschämt, dass sie dies doch ausgeplaudert hatte, woraufhin die einfühlsame Journalistin sie getröstet und ihr versichert hatte, dass es schon in Ordnung sei, denn schließlich muss man eine solche Heldentat nicht verschweigen.

Warum es der Frau aus dem Meer nicht gelungen war, auch ihre Eltern zu retten? Darauf hatte es natürlich aus Sicht dieser herzensguten Journalistin nur eine mögliche Erklärung gegeben: »*Diese geheimnisvolle Retterin aus dem Meer mit den schönen Augen, der schillernden Haut und starken Armen hat nie existiert.*«

Wütend schaltete Lilli das Gerät aus und packte den Film zurück in die Kassette. So eine gemeine Person, dachte sie und ärgerte sich über den überheblichen Ton des Artikels, dem jedes Feingefühl für die dramatische Situation fehlte, in der sich dieses Mädchen befunden hatte.

Lilli kramte ihr Notizbuch und einen Stift aus ihrer Tasche. Sie notierte sich einige Daten, die sie in dem Artikel gefunden hatte und packte die Sachen wieder zurück. Noch wusste sie nicht, was sie mit den Notizen anfangen würde. Vielleicht bekam sie die Gelegenheit, das Mädchen aufzuspüren. Sicher, die Chancen waren so gering, dass es an ein Wunder grenzen würde, wenn es ihr anhand der wenigen Angaben gelänge, sie zu finden. Vielleicht hatte sie geheiratet und ihren Namen geändert? Vielleicht lebte sie gar nicht mehr in der Region Granada oder sie selbst lebte nicht mehr?

Lilli schüttelte den Kopf. Was erhoffte sie sich überhaupt von einem Gespräch mit dieser Frau? Das Unglück lag über 30 Jahre zurück, möglicherweise wollte die Frau sich gar nicht mehr daran erinnern. Schließlich hatte sie damals ihre Eltern verloren.

Doch was, wenn Amanda etwas wusste und sie es tatsächlich verschwiegen hatte, so wie die Meerfrau sie gebeten hatte? Na klar, dachte Lilli, während sie in der Bibliothek auf der Suche nach Eugene umherstreifte. Wenn sie es damals nicht sagen wollte, wird sie es wohl kaum einer dahergelaufenen Fremden nach drei Jahrzehnten sagen.

Lilli hatte ihr Geburtsdatum, ihren vollständigen Mädchennamen und den Ort, wo sie damals gewohnt hatte. Sonst nichts. Aber wenn ihr jemand Antworten geben konnte, dann dieses Mädchen.

Sie entdeckte Eugene zwischen zwei Regalen in ein Buch vertieft. Lilli trat grinsend zu ihm. »Bin fertig.«

»Warst du erfolgreich?«, fragte Eugene und hob den Blick vom Buch.

»Ja, war ich. Ich werde etwas über den maurischen Einfluss auf Andalusien schreiben.« Wie leicht ihr das Lügen fiel. Eigentlich sollte sie sich dafür schämen, doch sie war zu aufgedreht.

»Klingt gut, da gibt es sicher eine Menge Material dazu. Die Einflüsse der arabischen Kultur sind gewaltig gewesen.« Er hielt inne, denn Lilli sah ihn mit einem Anflug von Belustigung an. »Ich meine, gute Idee. Wenn du möchtest, kann ich dir auch das eine oder andere Buch geben.«

Lilli versteifte sich beim unsäglichen Thema »Buch ausleihen«. Sie sagte schnell: »Ich habe zum Glück noch etwas Zeit mit der Hausarbeit. Aber ich werde bald auf dein Angebot zurückkommen.«

Eugene sammelte die Bücher ein, die er auf dem Boden zwischengelagert hatte, und sie gingen gemeinsam zur Ausleihe.

Während die Dame am Schalter die Buchcodes einscannte, schaute sich Lilli in dem Raum um, dessen Dach sich über ihr zu einer Kuppel wölbte. Es war ein altes Gebäude und, obwohl es nicht sonderlich groß war, verlieh die Höhe der Wände ihm etwas von der Imposanz eines Opernhauses. Die massiven Steinmauern strahlten eine angenehme Kühle aus. Und ein vertrauter Geruch lag in der Luft, der Lilli an die Bibliotheken in New York erinnerte. Es roch nach altem Papier, Leder und Staub, vermischt mit den Ausdünstungen elektronischer Geräte.

Eugene verstaute die Bücher in eine Tragetasche.

Als sie wieder ins gleißende Licht des Spätnachmittags traten, musste Lilli blinzeln.

»Lass uns irgendwo eine Tortilla essen. Hast du Lust?«, fragte Eugene.

»Sicher, warum nicht, ich lade dich ein.« Das Taschengeld ging zwar zu Ende, aber für eine Tortilla würde es reichen.

»Kommt nicht in Frage, diesmal gebe ich eine aus!«, rief Eugene entschieden und hielt ihr den angewinkelten Arm mit einer kaum merklichen Verbeugung hin. Lachend nahm sie ihn und gemeinsam stürzten sie sich in die vor Hitze und Staub flimmernde Altstadt.

»Also gut, aber nur weil ich mit meinem Taschengeld so knapp bin.«

»Meines sieht noch ganz gut aus«, gab Eugene zurück.

»Du bekommst auch Taschengeld?«, fragte Lilli verwundert. Er ging seinem Onkel jeden Tag im *Mesón* zur Hand. Doch dass er dafür nur ein Taschengeld bekam, empörte sie. Schließlich verzichtete er auf sein Studium, um seinem Onkel Barry in der Tapasbar zu unterstützen.

»Na ja, zugegeben, es ist mehr als nur ein Taschengeld. Wir teilen uns die Einnahmen. Und im Moment sieht es ganz gut aus.« Plötzlich rief er, als hätte er eine Eingebung: »Du könntest dein Taschengeld aufbessern! Wir können ein zusätzliches Paar helfender Hände gut gebrauchen, im *Mesón* ist ziemlich viel los.« Als er Lillis skeptischen Blick sah, fügte er schnell hinzu: »Du müsstest selbstverständlich nur einfache Sachen erledigen.«

»Nicht bedienen?« Sie verzog verlegen das Gesicht. Sie konnte sich beim besten Willen nicht vorstellen, auch nur ein Glas mit dem Inhalt an sein Ziel zu bringen.

»Nicht, wenn du nicht willst. Es gibt genügend anderes zu tun. Gläser spülen, Bier zapfen, Zwiebeln putzen und kleinhacken ...« Eugene bemühte sich um ein ernstes Gesicht.

Lilli dachte über den Vorschlag nach. Etwas mehr Geld wäre nicht schlecht. »Musst du nicht zuerst deinen Onkel fragen?«

»Manche Entscheidungen darf ich auch allein treffen. Überlege es dir, das Angebot steht.«

Lilli nickte und war dankbar, dass Eugene sie jetzt nicht zu einer Entscheidung drängte. Eine Weile sagten beide nichts, während sie durch die Stadt liefen.

Langsam kroch Müdigkeit in ihre Beine. »Wohin führst du mich?«, fragte sie in quengeligem Ton.

»Ich kenne ein Lokal, in dem man besonders leckere Tortillas essen kann. Vertrau mir.«

»Ja, schon, aber ist es noch weit?« Sie seufzte, denn ihre Füße taten ihr inzwischen weh und sie war am Verdursten.

»Wie sagt ihr in New York so schön: Noch zwei Blocks weiter.«

»Na, hoffentlich sind die Blocks hier nicht so lang wie die in New York«, gab Lilli zurück.

»Entspann dich, wir sind schon da.« Er tätschelte ihr fürsorglich die Hand. »Miss LeBon, Sie sind ein zartes Pflänzchen.«

Bevor Lilli etwas erwidern konnte, hielt Eugene tatsächlich inne und deutete auf einen unscheinbaren Eingang.

Sie befanden sich am Beginn einer schmalen Seitengasse mit Kopfsteinpflaster, wo es durch den Schatten der Häuser wohltuend kühl wurde. Die Gasse, die den romantischen Namen *Calle de los sueños* – der Pfad der Träume – trug, war wenig bevölkert. Das Lokal musste ein Insidertipp sein, denn es war von außen kaum zu erkennen. Nur auf einer kleinen Tafel über der Tür konnte man *El Ancla* lesen.

Sie ließ Eugenes Arm los. »Ich wette, du bist auf das Lokal nur deshalb gekommen, weil die Gasse einen poetischen Namen trägt.«

»Woher weißt du das denn?« In seiner Stimme lag ehrliches Erstaunen.

Sie zuckte mit der Schulter und trat ein. Herrlich leckerer Speisenduft stieg ihr in die Nase und prompt knurrte ihr Magen.

Das Lokal war noch fast leer. Lilli schaute sich unschlüssig um, da deutete Eugene auf einen kleinen Tisch mit drei Stühlen etwas abseits.

»Lass uns dort sitzen. Bald kommen alle zum Abendessen und hinten ist es nicht so laut.«

Sie gingen auf den Tisch zu und Lilli setzte sich auf den Stuhl, den ihr Eugene anbot. Die Wanduhr hinter der Bar zeigte kurz vor sieben.

»*Tortilla española* für dich?«, fragte Eugene, als auch er saß.

Lilli nickte. »Und eine Flasche Wasser, ich sterbe vor Durst«, fügte sie hinzu.

Eugene bestellte. Die Bedienung verschwand und Lilli hatte Gelegenheit, sich in dem Lokal umzusehen. Es war in dunklem Holz gehalten, was es düster gemacht hätte, doch die rot und weiß karierten Tischdecken und die Kerzen verliehen ihm eine angenehme Atmosphäre von Gemütlichkeit und Unkompliziertheit.

Über der Theke der Bar, auf der ein riesiges Glas mit eingelegten Paprika stand, hingen an großen Metallhaken in Reih und Glied geräucherte Schinken und machten den Eindruck, als wären sie aus geschnitztem Holz. Lilli hatte schon solche Räucherkeulen gesehen, doch noch nie so viele an einem Platz.

»Sind die zum Essen oder als Waffe gedacht?« Sie deutete zur Theke. »Damit könnte man ohne Weiteres jemanden erschlagen.«

Eugene lachte. »Soll schon mal vorgekommen sein.« Als Lilli ihn zweifelnd anschaute, fügte er hinzu: »Hauptsächlich sind die aber dazu da, um Eindruck zu schinden. Ich habe mir sagen lassen, es sei ein Statussymbol des Hausherren. Je mehr solcher Schinken da hängen, desto potenter der Hausherr.«

Sie zog eine Augenbraue hoch und sah Eugene skeptisch an. Auf seinem Pokergesicht zuckte kein Muskel. »Bei dir weiß ich nie, wann du ernst bist und wann du mich auf den Arm nimmst«, sagte sie entrüstet.

»Ich nehme dich nie auf den Arm.« Eugenes Mudwinkel zuckten.

»Tust du wohl.«

»Okay, das mit Spiderman gebe ich zu.« Ein Anflug von Reue zeigte sich auf seinem Gesicht.

»Das stimmte also nicht? Du wolltest nicht Spiderman sein?« Als sie sein Grinsen bemerkte, seufzte sie. Mit viel Ernst in der Stimme hatte er ihr erzählt, dass er sich als Kind gewünscht hatte, Spiderman zu sein und sich sogar von Spinnen hatte beißen lassen. Es war schlicht lächerlich, stimmt. Beißen Spinnen überhaupt?

»Schade. Ich finde die Spiderman-Filme gar nicht so schlecht.«

»*Du* magst Spiderman?«

»Allerdings nur an zweiter Stelle. Superman ist mein absoluter Held. Ich finde seine Tarnung spannend. Unscheinbarer Reporter, der sein hübsches Gesicht hinter einer schrecklichen Brille verbirgt. Und so weiter.«

»Jetzt nimmst du mich auf den Arm.« Echter Zweifel lag in seinem Blick.

»Nein, das ist dein Talent. Wirklich. Ich bin ein Fan von Superman.«

Lilli sah Eugene mit großen Augen an, die sicher nicht aussahen, als würden sie lügen. Zumal sie tatsächlich eine Phase in ihrem Leben gehabt hatte, in der sie auf Helden wie Superman gestanden hatte.

Als Eugene nichts weiter als ein unschlüssiges »Hm« von sich gab, fragte Lilli: »Wer waren denn deine Helden, wenn nicht Spiderman?«

»Mein Bruder.«

Sie hatte den Eindruck, dass Eugene es ohne nachzudenken gesagt hatte, denn er schien jetzt verlegen.

»Dein Bruder?«

»Er war für mich der Held.« Eugene lehnte sich zurück und mied es, Lilli anzuschauen, als er hinzufügte: »Er ist vor drei Jahren gestorben.«

»Tut mir leid.« Sie senkte den Blick. Ihre ohnehin schon trockene Kehle wurde noch trockener.

»Mir hat es auch leidgetan. Eine Verschwendung, sein Leben so wegzuschmeißen.«

Es lief ihr eiskalt über den Rücken, sie ahnte, was jetzt kommen würde. Doch Eugene schwieg.

»Hat er sich das Leben genommen?«, fragte sie nach einer Weile.

Er nickte. »Ich war stinksauer. Ich habe es ihm lange nicht verziehen.« Unterdrückte Wut klang in seiner Stimme.

»Ich finde, so einen Schritt zu gehen, irgendwie egoistisch«, hörte sie sich sagen. Schnell fügte sie hinzu: »So verzweifelt man selbst sein mag, was man hinterlässt, ist schlimm.« Sie schaute Eugene mit verständnisvollem Blick an, legte eine Hand auf seine und drückte sie. »Wütend zu sein ist okay. Du hast diese Wut gebraucht, das verstehe ich. Ich bin mir sicher, irgendwann wirst du sie ganz loslassen können wie deinen Bruder.«

Eugene sah sie lange an, bevor er antwortete: »Danke für dein Verständnis. Es hat mich drei Jahre gekostet, das genauso zu sehen. Ich hatte Schuldgefühle und dachte, ich sei verantwortlich für seine Entscheidung. Doch das war ich nicht, jetzt weiß ich es.«

Lilli hatte Eugene noch nie so ernst erlebt. Sie schaute ihn aufmerksam an, während er weitersprach:

»Es hat unsere Familie kaputtgemacht. Alles lief aus dem Ruder. Ich konnte es nicht mehr ertragen, wie meine Eltern sich fertigmachten. Ich stand kurz davor, den gleichen Weg wie mein Bruder zu gehen. Doch ich konnte rechtzeitig die Notbremse ziehen.«

Lilli blinzelte.

Eugene schaute auf seine Hände, die eine Serviette zerknüllten. Er war weit weg und auf seiner Reise in die Vergangenheit nahm er sie mit.

»Meine Mutter und mein Vater trennten sich und ich hing dazwischen. Meine Mutter lebt irgendwo in Irland. Als ich volljährig wurde und von zu Hause wegging, war mein Vater bereits ausgezogen. Meine Mutter stand zu der Zeit unter starken Antidepressiva. Sie war mir fremd geworden, ich habe sie nie wieder lachen sehen. Und sie hat oft gelacht, sie ist ein lustiger Mensch gewesen, bis das mit James passierte. Sie ist dann auch weg aus der Stadt. Zu viel hat sie dort an James erinnert.

Sie hat mir aber nie gesagt, wohin sie gezogen ist. Irgendwie hatte ich das Gefühl, sie wollte mich vergessen. Meine Schuldgefühle verwandelten sich in Wut. James hat es geschafft, mir nicht nur den Bruder zu nehmen, sondern auch meine Mutter. Meine ganze Familie.

Heute verstehe ich sie. Ich sah James sehr ähnlich. Wir waren Zwillinge. Ich erinnerte sie tagtäglich an ihn. Nicht nur einmal hat sie mich James genannt, wenn ich zur Tür hereingekommen bin. Es ist unerträglich gewesen.«

Lilli räusperte sich. Zum Glück kam die Bedienung mit den Getränken und sie griff danach wie nach dem sprichwörtlichen Strohhalm.

Eugene war so in seine Erinnerungen versunken, dass er nicht bemerkte, wie ihm die Bedienung sein Glas hinstellte.

Er fuhr fort: »Und Dad, keine Ahnung, er wollte nichts mehr mit uns zu tun haben. Er blieb zwar in der Stadt, doch wie ich gehört habe, hat er zu trinken begonnen. Er hat mir nie auf meine Briefe geantwortet. Einmal habe ich angerufen. Er hat unverständliches Zeug gelallt, und dann ist ihm wohl der Hörer aus der Hand gefallen, ich habe einen Knall gehört und kurz darauf das Besetztzeichen. Ich habe nie wieder angerufen.

Vor gut einem Jahr kam ich hierher, zu meinem Onkel. Für mich war es die richtige Entscheidung, obwohl es mit Barry nicht einfach ist. Doch wir gehen uns meistens aus dem Weg. Im Grunde bin ich meinem Onkel dankbar dafür, was er für mich tut. Es ist nicht viel. Dass er mir die Möglichkeit gibt, hier zu leben, ist aber vermutlich das Beste, was mir passieren konnte.«

In diesem Moment kam die Bedienung mit zwei Riesentellern. Die Tortillas sahen sehr appetitlich aus, goldgelb gebacken und umrandet von Tomatenscheiben, auf denen Petersilienblättchen lagen.

»Hm, lecker«, sagte Eugene und nahm Messer und Gabel. Er schien froh, das Thema zu beenden. Bevor er jedoch seine Tortilla anschnitt, sah er sie mit ernsten Augen an und sagte: »Danke fürs Zuhören, ich habe mit niemandem über diese Dinge gesprochen. Ich weiß nicht, wieso ich es dir erzählt habe.«

Lilli schaute verlegen auf ihre Gabel.

»Genug jetzt mit den schwer verdaulichen Geschichten, ich hoffe, ich habe dich damit nicht belästigt. Lass es dir schmecken.«

»Ja, du dir auch.«

Lilli kostete. Die Tortilla war echt lecker. »Eugene, du hast mich nicht belästigt. Es hat mich sehr berührt und ich danke dir, dass du mir alles anvertraut hast.«

»Ist es wirklich okay? Ich meine, eine solche Geschichte macht mich nicht gerade zum begehrten Junggesellen.«

Lilli lächelte warm. »Sie macht dich menschlich.« Sie wechselte das Thema, als sie Eugenes intensiven Blick bemerkte: »Wenn man jemanden in Spanien finden will und nur einen Namen von vor über 30 Jahren hat, wo fängt man an?«

Eugene hob erstaunt die Augenbrauen und sofort bereute sie es, ihn gefragt zu haben. Doch die Vertrautheit, die sich zwischen ihnen eingestellt hatte, machte sie mutiger. Irgendwie konnte man Eugene alles Mögliche fragen, ohne gleich für verrückt erklärt zu werden. Allerdings sah er sie jetzt mit einem seltsamen Blick an.

Schnell fügte sie hinzu: »Rein theoretisch, natürlich.«

»Natürlich«, wiederholte Eugene mit einem süffisanten Grinsen.

Lilli senkte den Blick und widmete sich einer Tomatenscheibe mit besonderer Hingabe.

»Also. Man würde zum Einwohnermeldeamt gehen, den zuständigen Beamten bezirzen und ihn dann fragen, ob er die Person ausfindig machen könne. Rein theoretisch, natürlich.«

Lilli grinste in ihren Teller und als sie die Augen zu Eugene hob und ihn mit einem Blinzeln ansah, ergänzte er:

»Genau so meinte ich es. Die Hilfe wäre dir also garantiert. Wenn ich der Beamte wäre. Armer Kerl.«

Lilli bemerkte seine Verlegenheit. War sie zu weit gegangen? Wenn sie mit Eugene zusammen war, fiel es ihr leicht, sich so zu geben. Gut möglich, dass er aber in ihrer lockeren Art einen Flirt sah. Sie nahm sich vor, etwas vorsichtiger zu sein.

»Okay, und wenn der Beamte eine griesgrämige alte Jungfrau ist?«, fragte sie.

»Oh, das«, Eugene machte eine dramatische Pause, »würde ich Schicksal nennen.«

Lilli seufzte. »Verstehe«, erwiderte sie kleinlaut und aß das letzte Tortillastück auf. Sie hoffte, dass ihre Frage verrückt genug war und er nicht ernsthaft glaubte, sie hätte vor, jemanden zu suchen.

Hatte sie aber.

25.
Ach, wie gut, dass niemand weiß ...

Die Heimfahrt verlief in träger Sorglosigkeit. Mit Eugene schwieg sich's leicht und es wurde nicht peinlich. Etwas Seltenes, dachte Lilli und schaute an ihm vorbei ins Dunkel.

Sie genoss die Fahrt, auch wenn der alte Renault so laut wie ein rostiger Panzer über die Autobahn ratterte und jedes Gespräch unmöglich machte.

Die Küste und das Meer blitzten von Zeit zu Zeit in der Finsternis hinter den Klippen auf, was der nächtlichen Landschaft etwas Dreidimensionales gab.

Manche hatten es nicht leicht, grübelte sie, als sie sich an die Geschichte mit Eugenes Zwillingsbruder erinnerte. Sie bewunderte Eugene. Ein anderer hätte sich gehen lassen. Was würde sie tun, wenn sie Chris auf diese Weise verlieren würde? Und plötzlich verstand sie die übertriebene Fürsorge ihres Bruders nach dem Unfall damals, als sie beinahe ertrunken war.

Die Gedanken machten sie schwindelig und schwach. Eugene hatte eine innere Stärke und Integrität, und das war irgendwie einzigartig.

Alex! Ihr Herz begann ohne Vorwarnung zu rasen. Der Tag war verstrichen und sie hatte nicht an ihn gedacht. Der gestrige Spätnachmittag hatte sich für immer in ihre Erinnerung eingebrannt, seine Küsse, seine Berührungen. Doch nach diesen Stunden fern von ihm war er wieder in diese unwirkliche Erinnerung gehüllt, verdunkelt wie ein grauer Nebel, der sich über eine Landschaft legt und die klare Sicht nimmt. Es machte ihr Angst. Hastig verschränkte sie die Arme vor ihre Brust. Das Frösteln blieb. Er war wirklich, was auch immer er war, es gab ihn!

Sie erwachte aus ihren Gedanken erst, als sie den unbefestigten Weg erreichten. Sie waren zu Hause angekommen. Eugene hielt, ohne den Motor abzustellen und löste seinen Sicherheitsgurt. Er sah sie mit einem Ausdruck an, der sie verlegen machte.

Ehe sie sich's versah, beugte er sich zu ihr und gab ihr einen Kuss auf die Wange. »Bis bald. Schlaf gut, Lilli.«

Sie öffnete lächelnd die Beifahrertür. »Danke für den Ausflug, Eugene. Es war schön.«

»Jederzeit wieder. Vielleicht einen Ausflug zum Einwohnermeldeamt ...«

Das Lächeln verging ihr schlagartig und sie lief rot an. Mit einem Schnauben stieg sie aus. Als sie die Tür zuknallte, musste sie jedoch lachen.

Eugene wendete und blieb noch einmal kurz stehen, um ihr zuzuwinken.

Doch dann geschah etwas Seltsames. Seine Nasenflügel blähten sich, sein Gesicht versteinerte und ruckartig riss er den Kopf herum. Wie ein Tier, das etwas wittert, dachte Lilli unwillkürlich.

Sein Blick verfinsterte sich, als er aufs Meer schaute. Er war kaum mehr als eine Andeutung im Wageninneren, aber sie sah dennoch die Veränderung in seiner Haltung. Reglos saß er da und hielt das Lenkrad fest umklammert. War das ein Knurren oder nur der aufheulende Motor, als er in einer Staubwolke davonraste?

Ungläubig sah sie den Rücklichtern nach, die in der Dunkelheit verschwanden. Dann machte sie kehrt und stapfte zum Haus. Was war das denn gewesen? Am Tor hielt sie inne und betrachtete die Wellen, wie sie durch den breiten Tunnel im Berg traten und sich auf den Strand ergossen. Dort hatte Eugene hingesehen, bevor er davongerast war. Als hätte er ein Monster entdeckt.

Die Wellen, die träge auf die Steine schwappten und weißen Schaum hinterließen, und vereinzelte Schaumkronen waren alles, was sie sah.

Alex tauchte hinter dem Kamm einer Welle ins Meer und nahm die Verfolgung des türkisfarbenen Autos auf. Er schwamm dicht unter der Wasseroberfläche, hob nur ab und zu den Kopf aus dem Wasser und warf einen Blick auf die Küstenstraße, die er durch die Tunnels im Blick hatte.

Das Auto fuhr nicht mehr schnell und Alex drosselte seine Geschwindigkeit. Er spürte noch immer den stechenden Blick des Jungen, den Lilli Eugene genannt hatte. Dieser Eugene gefiel ihm nicht. Dass Lilli Zeit mit ihm verbrachte, gefiel ihm noch weniger. Und dass er sie auf die Wange geküsst hatte, war richtiger Mist, verflixt! Und wieso hatte sie gelacht, als er irgend so ein Amt erwähnt hatte?

Ein Gefühl, das er noch nie gespürt hatte, brannte in seinem Herzen.

Er hatte schon den ganzen Abend im Meer unweit der Küste gewartet, so lange, bis Lilli nach Hause gekommen war. Erleichtert hatte er seine Muskeln entspannt, doch etwas an dem Ganzen missfiel ihm. Er traute Eugene nicht. Warum das so war, konnte er sich nicht erklären, es war einfach so. Vielleicht weil ihn damals Maria erwähnt hatte, als möglichen Freund Lillis. Oder vielleicht, weil Lilli so gutgelaunt aus seinem Auto gestiegen war. Vielleicht aber auch wegen des Blicks vorhin, als Eugene aufs Meer geschaut hatte. War es möglich, dass er ihn bemerkt hatte? Einen Moment lang hatte Alex das deutliche Gefühl gehabt, Eugene hätte ihn tatsächlich angestarrt.

Eigentlich war das für einen Menschen unmöglich, bei Dunkelheit auf diese Entfernung etwas zu erkennen, doch Alex wurde das nagende Gefühl nicht los, dass Eugene ihn gesehen hatte. Der logische Schluss war, dass dieser Kerl eben kein Mensch war. Sicher, Alex! Wäre doch gelacht, wenn nicht ein paar obskure Gestalten sich dort herumtreiben, wo du bist!

Völlig abwegig war das aber nicht, überlegte er weiter, während er parallel zur Straße schwamm. Schließlich trieben Rex und seine Leute sich auch hier herum. Jedenfalls war das Verhalten dieses jungen Mannes äußerst seltsam gewesen. Dessen Gesichtszüge, ja sein ganzer Körper, waren versteinert, als hätte er plötzlich mit einem Schmerz kämpfen müssen.

Alex hob den Kopf aus dem Wasser und suchte die Rücklichter des Autos auf der Küstenstraße. Er hatte keine Ahnung, wieso er ihn verfolgte und was er machen sollte, falls Eugene einfach nach Hause fuhr.

Als er, in Calahonda angekommen, nicht abbog und stattdessen auf die Straße entlang der Küste einfuhr, war Alex erleichtert. Durch den letzten Tunnel am Hafen beobachtete er, wie Eugene vor einer Strandbar unweit der Tauchschule hielt.

Dorthin konnte er ihm problemlos folgen. Aber dann? Er beantwortete sich die Frage mit einer Grimasse. Dann improvisiere ich.

Vielleicht wird der heutige Abend ganz lehrreich. Er hatte Eugene zwar noch nie am Leuchtturm in der Gesellschaft von Rex gesehen, aber das musste ja nicht bedeuten, dass er nicht trotzdem mit ihm unter einer Decke steckte.

Bevor er sich weitere Gedanken machen konnte, entdeckte er Eugene, der mit langen Schritten auf das *Chiringuito* zustapfte und durch die offene Eingangstür verschwand, die zum Meer lag.

Kurz entschlossen schwamm Alex ans Ufer und schnallte den wasserdichten Beutel ab. Bevor er sein T-Shirt überstreifte, schüttelte er das Wasser aus den Haaren. Während die Abendbrise auch die letzten Wassertropfen auf seiner Haut trocknete, beobachtete er den Eingang der Bar. In einer geschmeidigen Bewegung streifte er das T-Shirt über, dann folgten die leichte knielange Hose und seine Flip-Flops. Ein letztes Mal schüttelte er die Haare aus, fuhr mit den Fingern hindurch und machte sich zur Bar auf.

Stimmengewirr und Musik drangen zu ihm. Alex trat durch die Tür, über die *Mesón del Mar* zu lesen war, und schaute sich um. Er entdeckte Eugene hinter der Theke.

Einen Augenblick zögerte er, doch dann stellte er sich neben einen Mann, der ein Glas Bier mit beiden Händen umklammert hielt.

Eugene wandte ihm den Rücken zu. Plötzlich versteifte er sich und erstarrte zur völligen Regungslosigkeit. Nach langen Sekunden fuhr er herum und schaute Alex mit vor Hass glühenden Augen an. Alex hielt dem Blick stand, doch auch sein Körper reagierte seltsam: angespannte Muskeln, Pochen im Mund, Gift in den Eckzähnen.

So standen sie sich stumm gegenüber und nur ihre Körper sprachen eine eigenartige Sprache.

Alex fing sich als Erster. »Hallo«, sagte er krächzend und versuchte seine Sinne unter Kontrolle zu bringen, obwohl sein Blut heiß durch seine Adern rauschte.

Eugene presste die Lippen aufeinander, als müsse er sie zwingen, sich nicht zu bewegen.

»Ich bin Alex.« Täuschte er sich, oder weiteten sich Eugenes Augen, bevor er sie zu Schlitzen zusammenkniff? »Wir sollten uns unterhalten.«

Alex gab sich Mühe, die Fassung zu bewahren. Etwas trieb ihn, mit einem Satz über die Theke zu springen und diesem Jungen die Kehle herauszureißen. Er biss die Zähne zusammen, die jetzt schmerzhaft pochten. Glühendheiße Wellen schüttelten ihn.

»Ein Glas Wasser, bitte.«

Eugene blinzelte. In Zeitlupe drehte er sich um, griff nach einem Glas und einer offenen Flasche Wasser. Er machte einen Schritt auf Alex zu, stellte die Flasche und das Glas vor ihm ab und trat hastig zurück, als hätte er Angst, Alex könnte ihn packen.

Dankend nickte dieser und schüttete sich mit zitternder Hand das Glas voll. In einem Atemzug leerte er es und schenkte sofort wieder nach. Das kalte Wasser beruhigte ihn, obwohl er nicht trinken müsste. Manchmal aber war es eine Wohltat, auch wenn die Wasseramphibien über ihre Haut Wasser aufnahmen. Als er das Glas ein zweites Mal geleert hatte, schaute er zu Eugene hoch. Dessen Augen musterten ihn kalt.

Alex hatte einen Augenblick Zeit, ihn näher zu betrachten. Unter den hellbraunen Mandelaugen waren zwar dunkle Ringe, doch das schmälerte ihre Ausdruckskraft nicht. Sie gaben ihm etwas Exotisches, was durch das gewellte braune Haar, das im orangefarbenen Licht der Bar wie lackiertes Holz glänzte, noch unterstrichen wurde. Er sah gut aus. Alex dachte unwillkürlich an Lilli. Wenn seine Augen lächelten, waren sie bestimmt sehr einnehmend.

Doch jetzt lächelten Eugenes Augen nicht. Sie betrachteten ihn voller Argwohn.

Seit er in die Bar gekommen war, hatte Eugene kein Wort gesprochen und wenn er nicht bald etwas sagen würde, müsste Alex wohl oder übel gehen.

Doch Eugene machte plötzlich eine Bewegung mit dem Kopf, mit der er Alex bedeutete, ihm zu folgen. Er trat hinter der Theke hervor und lief quer durch das gut besetzte Lokal.

Vor einer Tür im hinteren Teil des Raums hielt er inne, kramte in seinen Jeans und holte einen Schlüsselbund hervor. Mit eckigen Bewegungen schloss er auf und verschwand in der Dunkelheit hinter der Tür.

Alex folgte ihm. Er fand sich in einem Hof wieder, in dem mehrere Tische und Stühle standen, die mit Ketten gesichert waren. Eugene öffnete das Hängeschloss an einem der Tische, entfernte die Kette und zog zwei Stühle hervor. Mit einer knappen

Handbewegung deutete er auf einen der Stühle und Alex setzte sich, ohne Eugene aus den Augen zu lassen.

»Ich bin Eugene. Aber ich habe das Gefühl, das weißt du schon.« Als Alex nichts sagte, fügte er hinzu: »Worüber willst du mit mir reden?« Eugenes Stimme klang rau.

Gute Frage, dachte Alex und rutschte unruhig auf dem Stuhl hin und her. So weit war er in seinen Überlegungen nicht gekommen. Eugene setzte sich auf den anderen Stuhl und achtete darauf, dass zwischen ihnen gute zwei Meter Abstand lagen.

»Du arbeitest hier?« Etwas Besseres kam Alex auf die Schnelle nicht in den Sinn.

Eugene nickte. »Die Bar gehört meinem Onkel.« Bevor Alex etwas erwidern konnte, räusperte sich Eugene. »Du bist also Alex.« Er betrachtete ihn mit einer Mischung aus Arroganz und Unsicherheit.

Alex hob fragend die Augenbrauen. »Wie bereits erwähnt«, gab er ruhig zurück.

»Hab von dir gehört.«

»Von Lilli?« Er stellte die Frage, ohne zu überlegen, und bereute sofort, Lilli ins Spiel gebracht zu haben. Etwas sagte ihm, dass dieser Junge mehr war, als nur ein gewöhnlicher Junge. Sein Instinkt täuschte ihn nicht, seit gut zehn Minuten war er in höchster Alarmbereitschaft.

»Ich hatte weniger an Lilli gedacht, aber ja, jetzt, wo du es sagst. Sie hat dich mal erwähnt.«

Alex fand keine Erklärung für das Gefühl, das ihn schmerzhaft durchfuhr. Er legte den Kopf in den Nacken und schaute in den Himmel.

»Man kann sich an die Existenz mancher Dinge nicht so schnell gewöhnen, stimmt's?« Eugene sprach leise, als fürchte er, dass ihnen jemand zuhörte.

Alex senkte den Kopf. Im ersten Moment begriff er nicht, was Eugene meinte. Doch als dieser zum Himmel deutete, in dem sich ein Sternenmeer ausbreitete, ging ihm ein Licht auf. Natürlich!

»Du weißt es«, sagte er und beugte sich vor. Eugene wusste, dass Alex erst seit Kurzem den Himmel zu sehen bekam.

Einen Augenblick lang starrte Eugene ihm in die Augen, dann ließ er resigniert den Kopf hängen.

Alex' Verstand arbeitete plötzlich auf Hochtouren, seine Gedanken überschlugen sich. Er erinnerte sich an das Gespräch mit Seraphim. War es möglich, dass er einem Landamphibion gegenübersaß? Ja, das war sogar ziemlich wahrscheinlich. Wie sein Körper reagierte, seit er die Bar betreten hatte, die Haltung Eugenes, die ebenso viel Selbstbeherrschung verriet, die feindselige Stimmung – alles eindeutige Anzeichen.

Hatte ihm sein Mentor etwas verschwiegen? Ein paar Puzzlesteine fehlten ihm offensichtlich. Während er fieberhaft überlegte, ließ er Eugene keine Sekunde aus den Augen. Schließlich stellte er die Frage, die ihn am meisten beschäftigte:

»Was weißt du und wer weiß es noch? Bitte überlege genau, es ist wichtig.« Er betrachtete Eugenes Gesicht. Sieht so aus, als ob es nicht amüsant für ihn ist, das zu sein, was er ist, schlussfolgerte Alex mit einem Anflug von Mitgefühl.

»Sonst niemand.« Eugene hob den Blick. Die Anspannung war von ihm gewichen, er schaute Alex erschöpft an, als hätte er bereits aufgegeben. Alles Raubtierhafte war verschwunden und er sah zerbrechlich, jung und sehr menschlich aus. Vielleicht gar nicht so schlecht, wenn er Antworten bekommen wollte, dachte Alex.

»Wie hast du es erfahren?« Er stellte die Frage ruhig, bezweifelte jedoch, dass Eugene ihm seine Geschichte anvertrauen würde.

»Ich denke nicht, dass dich das etwas angeht.«

Wie vermutet. »Du hast recht, entschuldige. Ich dachte, es hilft dir, darüber zu sprechen.« Alex zuckte mit den Schultern und fügte hinzu, während er sich erhob: »Vielleicht ein anderes Mal.« Dann ging auf die Tür zu, durch die sie in den Hof gekommen waren.

Wie ein Wimmern klang Eugenes Stimme, als er seinen Namen rief. Alex blieb stehen und machte kehrt.

»Ich wollte das nicht. Ich habe mir immer und immer wieder gesagt, ich hätte keine Schuld, dass etwas Schlimmes passieren wird. Ich konnte nicht wissen, was dieser Tunnel war, was er bedeutete.«

Alex setzte sich wieder, ohne ihn zu unterbrechen.

Plötzlich sprudelte es aus Eugene heraus. »Es war doch nur eine dumme Idee. Mein Onkel hatte irgendwann erwähnt, dass im Keller der Bar etwas sei. Toni, Chris und ich haben angefangen zu fantasieren, bis wir überzeugt waren, einen Schatz dort zu finden. Es wurde zu einer Obsession.«

Chris? War das nicht Lillis Bruder?

Eugene berichtete weiter. »Und dann sind wir eines Nachts in den Keller und haben gesucht. Natürlich haben wir nichts gefunden.« Eugene schüttelte den Kopf, wie um eine peinliche Erinnerung abzuschütteln.

Er erzählte Alex die ganze Geschichte in einem Atemzug. Über die Entdeckung des Tunnels hinter der Mauer, ihren Marsch durch den Tunnel bis zur großen Tropfsteinhöhle, das Beben, das sie verletzt und eingeschlossen hatte. Und über seine Begegnung mit Seraphim und Marc. Auch über den Besuch auf Thalassa 3 sprach er, beschrieb, wie man Chris und Toni gerettet hatte, wie er von Seraphim erfahren hatte, was die Menschenamphibien sind und was er vermutlich angerichtet hatte, als er den Tunnel betreten hatte.

Nebenan war es still geworden.

Sie saßen eine Weile schweigend da, dann sagte Alex: »Es ist nicht deine Schuld, dass die Katastrophe ihren Lauf genommen hat. Die ganze Pakt-Geschichte war ein Aufhänger. Ihr hattet doch kaum den Tunnel entdeckt und schon hatte Rex zugeschlagen. Hier geht es inzwischen um etwas anderes.« Ob er ihm sagen sollte, worum es für Rex ging? Diamantkörper, Unsterblichkeit ... Nein, Seraphim hatte ihn sicher nicht in die Geheimnisse der Unsterblichen eingeweiht.

Stattdessen fragte Alex: »Die beiden anderen haben also nichts mitbekommen?«

»Nein, sie waren die ganze Zeit bewusstlos.« Eugene schien in Gedanken weit weg.

Armer Kerl, dachte Alex, welch ein Schock. All die Jahre in dem Glauben, er sei ein Mensch, und dann so was.

Das Knarren der Tür riss beide aus ihren Gedanken. Alex machte im Türrahmen die Umrisse eines hochgewachsenen Mannes aus. Dieser blinzelte in die Dunkelheit.

An ihrem Tisch angekommen, schnappte er sich einen Stuhl und ließ sich mit einem Ächzen darauf fallen. Er sortierte umständlich seine langen Gliedmaßen. Rotes schütteres Haar, dunkle Augen unter schweren Lidern und ein Schnurrbart, der die Oberlippe nicht bedeckte, verliehen ihm das Aussehen eines Künstlers. Er roch nach Alkohol und Zigaretten.

»Das ist mein Onkel Barry«, sagte Eugene zu Alex, dann zu seinem Onkel: »Das ist Alex.« Sein Gesicht blieb ausdruckslos.

Der Mann reichte Alex die Hand und mit unerwartet tiefer und sanfter Stimme sagte er: »Barry ist für Freunde, meine Feinde nennen mich auch *Boccaroni* Barry.«

Alex war über den festen Händedruck genauso überrascht wie über die Sicherheit in dessen Blick, der jetzt etwas Provokatives angenommen hatte.

»Und was machen die jungen Leute so ganz allein im dunklen Hof?« Barry sah Eugene mit einem merkwürdigen Blick an.

Alex fühlte sich verpflichtet zu antworten. »Wir haben ein wenig geredet.«

Barry schaute weiter Eugene an, sagte mit einem ironischen Schmunzeln, das Alex galt: »Du musst etwas Besonderes sein, denn Eugene redet in letzter Zeit nicht mehr viel, stimmt's?« Sein Blick hielt Eugene fest und für einen Moment flackerte ein Funken von Bosheit in seinen Augen. »Nicht, dass er früher eine Plaudertasche gewesen wäre, aber neuerdings hat er Geheimnisse. Soll er nur. Liegt in der Familie sozusagen. Ich hoffe, dass seine Freunde wissen, worauf sie sich mit ihm einlassen.«

Eugene funkelte zurück, doch er sagte nichts, biss sich nur auf die Unterlippe.

»Dann geh ich mal lieber.« Barry stand auf und seufzte, als hätte ihn das Sitzen angestrengt. Er sagte zu Eugene gewandt: »Vergiss nicht, abzuschließen. Wir wollen nicht noch einmal unerwarteten Besuch in unserem Keller bekommen, nicht wahr?« Ohne eine Antwort abzuwarten, machte er auf dem Absatz kehrt und ging in die Bar zurück.

Eugene zischte etwas, sprang auf und ballte die Fäuste, während er die Tür fixierte, durch die sein Onkel verschwunden war, als wolle er sich darauf stürzen.

»Er weiß etwas. Ich habe nichts gesagt, ich habe mich an die Abmachung mit Seraphim gehalten und erzählt, dass das Beben schuld sei. Dass es im Keller deshalb zum Einsturz der Mauer kam.« Eugene lief auf und ab. »Er nervt, er nervt ganz schrecklich mit seinen Andeutungen. Er gibt keine Ruhe, bis er mich zur

Weißglut treibt. Seit der ganzen Geschichte ist er unerträglich geworden.«

»Warum glaubst du, dass er etwas weiß?«

»Er macht dauernd diese Anspielungen. Quasselt über Geheimnisse, die einen von innen auffressen, wenn man sie nicht teilt, von Leuten, die an ihren Geheimnissen gestorben sind und so ein Zeug. Ich bin mir sicher, er weiß zumindest über die Skelette im Tunnel Bescheid.«

Alex war schlau genug, sich nicht durch Fragen zu verraten, dass *er* darüber nichts wusste. Skelette? Im Tunnel?

Eugene ließ sich schwer auf den Stuhl fallen. »Ich rede mit dir nur deshalb, weil dich Seraphim erwähnt hat. Nach dem Beben warst du einige Tage verschwunden, er hat sich Sorgen gemacht und dich gesucht. Mir war seit einer Weile klar, dass du der Alex bist, den Seraphim meinte und dass du einer von ihnen bist. Kein Wunder, dass ich so auf dich reagiert habe.« Plötzlich hielt er inne, als hätte er begriffen, wie abfällig seine letzten Worte klangen.

Alex blieb gelassen, nickte und erwiderte ohne jegliche Emotion: »Ja, ich bin ein Wasseramphibion. Und wie du sicher weißt, sind wir beide Todfeinde.«

Eugene warf Alex einen merkwürdigen Blick zu. »Jedenfalls kann ich meinem Onkel nichts sagen. Ich habe es Seraphim geschworen.«

»Und du? Wie geht es dir dabei? Kannst du mit der Geschichte leben?«

»Verflucht, nein!«, brach es aus Eugene heraus. »Es ist wie ein Albtraum, aus dem ich nicht erwache. Ich beobachte mich in jeder Sekunde, ich horche in mich hinein, ob etwas Ungewöhnliches mit mir geschieht und zucke bei dem kleinsten Kopfweh zusammen. Ich meide Menschen aus Angst, ihnen plötzlich an die Kehle zu springen.« Er stand auf. »Der Ausflug mit Lilli heute war das erste Mal seit Wochen, dass ich länger mit einem Menschen zusammen war. Bei ihr fühle ich mich sicher.«

Kein Wunder, sie trägt wie du Landamphibiengene in sich!, dachte Alex grimmig.

Eugene ließ sich wieder in den Stuhl fallen. »Als nichts Ungewöhnliches mit mir passierte, dachte ich schon, ich hätte es überstanden und es wäre nur eine vorübergehende Krankheit. Ich hatte so sehr gehofft, wieder gesund zu sein.« Er wischte sich über das Gesicht und schaute Alex zornig an. »Und dann tauchst du auf und ich sitze da im Auto und drehe durch, weil meine Zähne wieder weh tun und ich dir an die Gurgel springen will.«

Alex nickte, bemüht, seine Gesichtszüge unter Kontrolle zu halten. »Ich weiß, was du meinst. Tut mir leid.«

Eugene beruhigte sich allmählich und betrachtete Alex jetzt mit neuem Interesse. »Geht es euch Wasseramphibien auch so, wenn ihr einem Landamphibion gegenübersteht?« Eugenes Hals lief rot an, als würde er sich für die Frage schämen.

»Ja, genau so. Wir sind gemacht, um uns gegenseitig zu hassen. Ich finde aber, diese alte Feindschaft wird überbewertet. Du siehst, wir sitzen hier und können uns unterhalten, ohne uns zu zerfleischen. Wir müssen uns ja nicht mögen.«

Eugene überhörte den letzten Satz. »Ich fühle mich eigentlich wieder ganz normal. Vielleicht etwas gereizt, aber bei Weitem nicht wie vor einer Stunde.«

»Ich auch. Wir können vernünftig bleiben und uns nicht gleich die Kehle herausreißen.«

»Wie ist das?«, wollte Eugene wissen.

»Die Kehle herausreißen?«

»Nein, dieses Hin und Her zwischen ... na ja ...«

»Du meinst, wie es ist, zwischen Bestie und Mensch zu existieren. Nur eine Frage der Übung. Wir lernen, uns zu kontrollieren. Dann sind wir wie jetzt, menschlich. Dein großes Glück ist, dass du bis vor ein paar Wochen ganz und gar Mensch warst. Deine Raubtierinstinkte sind kaum ausgeprägt, weil sie sich erst seit Kurzem in dir entfaltet haben, ausgelöst durch deinen Beinahe-Tod im Tunnel. Ein Blutrausch aber ist auch für dich eine große Herausforderung. Auch du kannst dich gehen lassen, wenn es dich überwältigt.«

»Wieso Beinahe-Tod?« Eugene klang mit einem Mal besorgt. »Wäre ich gestorben?«

»Du bist gestorben. Diesen Teil hat Seraphim verschwiegen, wie ich sehe. Es ist nichts, was du nicht wissen darfst.« Alex setzte zu einer Erklärung an. »Der komplizierte Selbstheilungsmechanismus, der gleichzeitig dein Amphibienerbe auslöst, springt nur dann an, wenn du im Sterben liegst. Dein Immunsystem und deine vitalen Funktionen greifen sofort darauf zurück. Du heilst, behältst aber die Amphibieneigenschaften bei. Sie sind aktiviert worden, sozusagen. Anders ausgedrückt – du hast dich weiterentwickelt. Hast noch ein paar Eigenschaften dazubekommen. Deine Verwandlung wird als letzter Schritt folgen.«

Alex schaute beinahe belustigt in Eugenes geweitete Augen, die bei den letzten Worten an seinen Lippen gehangen hatten.

Als dieser Alex' Blick bemerkte, riss er sich zusammen und sagte in sachlichem Ton: »Seraphim hat etwas angedeutet, ja. Ich kann mir aber nicht vorstellen, wie eine solche Verwandlung ist. Sehe ich dann anders aus? Ihr verwandelt euch ja nicht, nur eure Zähne verändern sich. Was ist mit uns?«

»Außer deinen Zähnen verändern sich auch deine Haut, dein Gesicht und deine Gliedmaßen.«

Eugene verzog den Mund.

»Und dein Verhalten«, schloss Alex.

»Tut das weh?«

»Soweit mir bekannt, nur die ersten ein, zwei Male.«

»Sehe ich dann wie eine Riesenechse aus?« Eugene schüttelte sich, die Vorstellung schien ihm zu grausen.

Alex lachte leise auf. »Ja, so ähnlich.« Als er Eugenes entsetzten Blick auffing, fügte er hinzu: »Du siehst aber einem Menschen ähnlicher als einer Echse. Und du kannst bestimmen, ob du dich verwandelst oder nicht.«

Eugene schwieg lange, bevor er erneut fragte: »Was meintest du vorhin mit Blutrausch? Wann kann es dazu kommen?«

»Wenn du das Blut deiner Feinde witterst, du dich verteidigen musst oder sehr wütend bist.« Oder jemandem nahe kommst, fügte Alex in Gedanken hinzu. Und wieder durchzuckte ihn die Erinnerung an seine außer Kontrolle geratenen Instinkte in Lillis Nähe.

Er fing Eugenes Blick auf, der ihn aufmerksam betrachtete. Er dachte offensichtlich über seine Worte nach. Vielleicht merkte er, dass auch Alex diesen Blutrausch kannte, dagegen ankämpfen musste, um Mensch zu bleiben.

Dann sagte Eugene etwas, womit Alex nicht gerechnet hatte:

»Ich will helfen. Ich fühle mich schuldig, obwohl Seraphim – und auch du jetzt – mir versichert hat, dass es nicht an mir liegt.

Aber wenn ich schon diese ganzen Amphibiendinge kann, lass mich helfen.«

Eugene beugte sich vor und streckte ihm die Hand entgegen. Alex zuckte zurück. Doch es war nur eine instinktive Reaktion, von der sich Eugene nicht einschüchtern ließ. Seine Hand blieb.

Alex schaute einige Augenblicke darauf, dann in Eugenes Augen. Wortlos ergriff er dessen Hand und schüttelte sie.

26.
Unglaubliche Geschichten und Legenden

Das Abendessen war endlich vorbei. Bei Chris' augenzwinkernden Anspielungen auf Eugene hatten ihre Eltern zwar so getan, als würden sie nichts bemerken, doch Lilli war sich sicher, dass sie alles mitbekommen hatten.

Sie ertrug seine Witzeleien inzwischen mit der größten Gelassenheit. Besser er dachte, dass zwischen Eugene und ihr etwas wäre, als dass er die Wahrheit wusste. Seine kleine Schwester verliebt in einen mysteriösen Jungen.

Lilli trug den Stapel schmutziger Teller zu Chris in die Küche, heute Abend war er mit Spülen dran. Sie rächte sich mit einem hämischen Grinsen, als sie ihm die Teller hinstellte.

Schnell verdrückte sie sich auf ihr Zimmer, im Rücken das missmutige Brummen ihres Bruders. Doch sie war von den Eindrücken des Tages zu aufgedreht, um ans Schlafengehen zu denken.

Die Geschichte des Mädchens ließ sie einfach nicht los.

Das Bild Amandas aus der Zeitung hatte sich ihr ins Gedächtnis gebrannt. Plötzlich erinnerte sie sich wieder an jenes seltsame Gefühl, das sie in der Bibliothek gehabt hatte, als das Bild des Mädchens zum ersten Mal auf dem Bildschirm vor ihr aufgeflimmert war. In der Hektik der Suche hatte sie nicht weiter darüber nachgedacht. Doch jetzt fiel es ihr wieder ein: Etwas in diesem Gesicht war ihr vertraut vorgekommen.

Vielleicht lag es daran, dass das Mädchen bereits in so jungen Jahren eine Schönheit gewesen war. Ihre langen dunklen Locken, die mandelförmigen Augen, ihre vollen Lippen. Und dann jener Ernst im Blick, ein Ausdruck, der sich einstellt, wenn Kinder trauern. Etwas an all dem war ihr vertraut erschienen, doch sie kam nicht darauf, was es war.

Lilli ließ sich den Artikel noch einmal durch den Kopf gehen und fragte sich erneut, wie sie das Mädchen finden könnte. Beziehungsweise die Frau, die sie heute sein musste.

Geistesabwesend fischte sie ihr Notizheft aus der Tasche. Sie schlug es auf und las ihre Anmerkungen durch:

- *Amanda de la Varga*
- *geboren am 17. November 1970*
- *Wohnort Almeria, Granada*

Ein Gedanke kam ihr, der so verrückt war, dass sie ihn erst gar nicht zu Ende denken mochte. Was, wenn Amanda irgendwo in irgendeinem Winkel des Internet eingetragen war ... So viele Zufälle gibt es wirklich nicht, sagte sie sich im selben Moment, doch der Gedanke ließ sie nicht mehr los. Was hatte sie schon zu verlieren, außer ein wenig Zeit bei der Suche?

Einen Versuch war es wert, ermunterte sie sich, nahm das Notizheft und ging nebenan ins kleine Zimmer, in dem der Computer stand. Wieder bereute sie es, ihr Laptop in New York gelassen zu haben.

Im Wohnzimmer war eine wilde Schießerei in Gang.

»Lilli?«

»Ja, Dad?«

»Sollen wir den Fernseher leiser stellen?« Louis lugte hinter dem Türrahmen mit einem fragenden Blick zu ihr hinüber.

»Nein, schon okay. Ich gehe noch kurz ins Internet.«

»Oh, gut. Also dann ...« Und weg war er. Sie hörte ihn noch fragen: »Hab ich was verpasst?«

Muss ja wahnsinnig spannend sein, dachte Lilli belustigt und schloss die Tür.

Nachdem sie den Computer eingeschaltet hatte, musste sie eine ganze Weile warten, bis er hochgefahren war. Von wegen kurz ins Internet! Die mittelalterlichen Geräte waren zum Davonlaufen. Als endlich die Startseite erschien, wählte sie die Suchmaschine und gab den Namen des Mädchens ein.

Nach einer weiteren unendlichen Minute sagte ihr die Suchmaschine, dass sie 14.378 Einträge gefunden hatte und Lilli musste laut auflachen. Zum Glück waren nur die ersten zwei Seiten interessant, dann folgten abstruse Kombinationen, die bloß einen Teil des Namens enthielten, diverse Blogs, Foren und sogar Erotikseiten, die verschiedene Amandas anpriesen.

Lilli scrollte vor und zurück, klickte auf verschiedene Links und verließ alle Seiten wieder. Das Ganze lief in Zeitlupe ab, manche Seiten brauchten bald zwei Minuten, um überhaupt zu laden.

Dann fiel ihr Blick auf einen Facebook-Link unter dem Namen Amanda G. Sie klickte ohne große Hoffnung darauf. Die kleine Sanduhr zeigte an, dass der Computer suchte. Nach über einer Minute wollte sie die Seite wegklicken, doch vor ihren Augen entrollte sich endlich ein Bild. Sie blickte in mandelförmige Augen, auf lange lockige Haare, auf volle Lippen, die lächelten.

Sie hatte keine Sekunde Zweifel, dass sie die Amanda gefunden hatte, die sie suchte. Es war Amanda de la Varga. Ganz sicher!

Die gleichen exotischen Augen schauten sie aus dem Bild an und trotz des Alters erkannte sie das Mädchen von damals darin. Lilli starrte, verdutzt über so viel Glück, auf den Bildschirm.

Amandas sanftes, verträumtes Lächeln gab ihrem Gesicht etwas Weiches, beinahe Verlorenes. Lilli schaute unschlüssig in das Gesicht, dann meldete sie sich auf Facebook an. Sie erinnerte sich noch an ihr Passwort, obwohl sie sich seit über einem halben Jahr nicht mehr eingeloggt hatte.

Erwartungsvoll begann sie, in die ihr zugänglichen Einträge der Facebook-Seite von Amanda zu stöbern, froh, dass sie ihren Account noch nicht gelöscht hatte, wie sie vorgehabt hatte.

Amandas Seite war auf Englisch verfasst, was Lilli zunächst irritierte. Doch dann sagte sie sich, dass dies heutzutage vielleicht nicht mehr so ungewöhnlich war, wenn man international sein wollte.

Über den obligatorischen Freunden, die links in einer Spalte erschienen, fand sie einige Angaben zu Amanda. Als sie das Geburtsdatum sah, begann ihr Herz zu rasen. 17. November 1970. Es stimmte mit dem Datum überein, das sie sich notiert hatte. Wenn das nicht der endgültige Beweis war! Es konnte kein Zufall sein. Was aber verbarg sich hinter dem »G«? Es hatte nichts mit dem Mädchennamen de la Varga zu tun. Konnte natürlich ihr Nachname nach einer Heirat sein. Okay, und nun?

Unschlüssig schaute sie auf den Bildschirm.

Wenn sie Amanda anschriebe? Doch was sagen? »Hey, ich glaube an deine Meerjungfrau!« Ihre Aufmerksamkeit hätte sie mit Sicherheit.

Lilli klickte auf den Chat, in dem alle erschienen, die gerade online waren. Amanda war nicht dabei. Sie sah sich ihren letzten Eintrag an. Es war ein *Post-it* von gestern zu einem Event.

Sie gab sich einen Ruck und klickte auf »Nachricht senden«. Kurz entschlossen schrieb sie ins geöffnete Fenster:

Hallo, Amanda, ist dein Mädchenname de la Varga?

Eine letzte Vergewisserung konnte nicht schaden, sie klickte auf »Senden«. Facebook würde Amanda eine Benachrichtigung an ihren Mailaccount schicken.

Sie saß noch eine ganze Weile da und starrte auf das Foto. Kurz kam ihr der Gedanke, auf der Seite von Amanda herumzustöbern, doch die Geduld hatte sie jetzt nicht. Sie würde den Computer herunterfahren und morgen früh nachschauen. Gerade als sie Facebook verlassen wollte, entdeckte sie, dass eine Person online dazugekommen war. Reflexartig klickte sie auf das Feld. Amanda war online gegangen.

Gespannt sah sie auf den Bildschirm. Sie würde ihre Nachricht finden.

Sie lehnte sich mit einem Seufzer zurück und wartete. Sie stellte sich die Frau vor, wie sie vor ihrem Computer saß und den Eintrag las. Was würde sie tun?

Nach einer Weile stand Lilli auf, ging in die Küche und kam mit einer Flasche Sprudel zurück. Sie stellte sich auf längeres Warten ein.

Doch plötzlich zeigte der Bildschirm den Eingang einer Nachricht an. Sie bekam einen Schreck. Atemlos klickte sie auf den Link zu ihrer Nachricht und las:

Wer bist du?

Schnell antwortete sie:

Lilli LeBon. Du kennst mich nicht. Ich habe kürzlich über das Unglück gelesen, das dir als Kind passiert ist. Ich würde gern mit dir darüber reden.

Lilli schickte die Nachricht ins Netz und wartete gespannt. Sie kam sich albern vor. Außerdem war es unnötig gewesen, ihren Namen zu nennen. Schließlich sah Amanda, wer ihr schrieb.

Lange tat sich nichts. Lilli wurde immer unruhiger. Als nach fünf Minuten immer noch keine Antwort kam, beschloss sie, erneut zu schreiben. Doch dann erschien folgende Zeile:

Im Chat. Bis gleich.

Lillis Herz begann, heftig zu rasen. War sie so nahe an des Rätsels Lösung?

Sie klickte auf das Chat-Kästchen, dort wartete bereits eine Nachricht auf sie.

Ich muss verrückt sein, dir zu antworten. Ja, mein Mädchennamen ist de la Varga. Worüber willst du mit mir reden?

Schnell tippte Lilli:

Entschuldige, dass ich dich so überfalle. Ich habe neulich über das Bootsunglück gelesen. Übrigens, ich finde diese Journalistin schrecklich.

Sie schickte die Nachricht ab.

Das waren sie damals alle. Ich weiß noch, wie sie sich einen Spaß daraus machten, die Geschichte mit der Meerjungfrau in allen möglichen Varianten ins Lächerliche zu ziehen.

Es tut mir leid.

Lilli drückte auf Eingabe.

Egal, ist schon so lange her. Trotzdem danke.

Ich glaube dir.

Lilli hielt den Atem an, als sie das abschickte. Eine Pause entstand. Doch an dem kleinen Symbol erkannte sie, dass Amanda wieder schrieb.

Wirklich?

Lilli spürte förmlich die Zweifel in Amandas Antwort.

Ich bin überzeugt, dass es mehr in unserer Welt gibt, als nur das, was wir sehen.

Klang es nicht zu abgedroschen? Doch die Antwort kam prompt:

Würdest du mir glauben, wenn ich dir sage, dass es Meerwesen gibt, die uns Menschen sehr ähnlich sind?

Lilli brauchte nur an Alex zu denken und wusste, dass alles möglich war. Doch es einfach jemandem so zu gestehen ... Sie gab sich einen Ruck.

Ja.

Pause auf der anderen Seite. Das Symbol, dass Amanda schrieb, erschien schließlich.

Okay, also gehen wir beide von den gleichen Voraussetzungen für dieses Gespräch aus. Dann will ich jetzt deine Fragen beantworten.

Wie nüchtern das klang, dachte Lilli. So, als wäre es für Amanda das Selbstverständlichste auf der Welt, über irgendwelche Meerwesen zu plaudern.

Danke. Kannst du die Frau beschreiben, die dich an Land gebracht hat? Ich weiß, es ist lange her und es haben dich schon alle möglichen Leute danach gefragt. Doch ich hatte gehofft, es gäbe etwas, was du noch keinem gesagt hast. Vielleicht hast du etwas Ungewöhnliches beobachtet oder sie hat dir etwas anvertraut?

Es dauerte diesmal ganze neun Minuten, doch als die Antwort kam, war sie lang. Lilli las mit klopfendem Herzen:

Sie trug einen silbern schimmernden Schwimmanzug, der den Oberkörper und die Oberschenkel bedeckte. Ich weiß noch, wie mich sein Glanz fasziniert hat.

Sie sah wie ein Delfin aus, nur viel schillernder. Tausend Wassertropfen funkelten an ihr, Kristallen gleich. Sie perlten ab wie auf einem Lotusblütenblatt. Und während sie mich auf ihren Armen trug, spürte ich, wie seidenglatt der Stoff war. Doch plötzlich fühlte sich der Stoff ganz rau, fast widerspenstig an. Ungewöhnlich für einen Schwimmanzug. So etwas erwartet man eher bei Wildleder oder Samt, nicht bei einem Schwimmanzug. Deshalb ist es mir im Gedächtnis geblieben. Vielleicht hast du schon mal einen Delfin berührt, genauso fühlte es sich an. Unglaublich geschmeidig und rau zugleich.

Natürlich war sie wunderschön, sie hatte lange dunkle Haare und ihre Augen! Blaugrau, und Wimpern, wie ich sie bis dahin noch nie gesehen hatte. Aber die bilde ich mir vielleicht auch nur ein.

Sie war stark. Ich kann mich an ihre harten Armmuskeln erinnern, an die ich mich klammerte, als sie mich trug. Doch auch das war damals nicht das Seltsamste für mich und auch nicht, dass sie so lange unter Wasser blieb, obwohl sie keine Taucherausrüstung hatte. Das Seltsamste war, dass sie unsichtbar wurde, sobald sie ins Wasser tauchte. Zuerst dachte ich, es wäre eine Spiegelung, eine Halluzination, die aus meiner Fantasie kam. Sie verschwand einige Male im Wasser, um nach meinen Eltern zu suchen. Sobald sie untertauchte, wurde sie unsichtbar, das konnte ich klar und deutlich sehen. Merkwürdig, nicht? Sie wollte meine Eltern retten, doch sie schaffte es nicht. Als sie schließlich zu mir sagte, dass meine Eltern jetzt eine lange Reise machen würden, in ihre Heimatstadt, die Stadt der Meerjungfrauen, da wusste ich, dass ich meine Mutter und meinen Vater nie wieder sehen würde. Die Frau war darüber so traurig wie ich. Doch sie versprach mir, dass meine Eltern jedes Mal, wenn ich im Meer schwimmen gehen werde, unten am Meeresgrund über mich wachen, damit mir nichts geschieht.

Und weißt du was? Bis heute spüre ich das. Wenn ich im Meer schwimme, weiß ich, dass jemand über mich wacht.

Sie gab mir einen Kuss auf die Wange, ihre Lippen waren eisig wie das Wasser, und verschwand in den Wellen. Bevor sie ganz untertauchte, rief sie mir zu, ich solle keinem erzählen, dass ich sie gesehen hätte, denn die Menschen glaubten nicht mehr an Meerjungfrauen.

Wie sich herausstellte, bezahlte ich meine Dummheit mit dem Spott der Leute. Was ich nicht verstehen konnte, war, warum sie die Körper meiner Eltern nicht an Land gebracht hatte. Doch heute weiß ich es natürlich. Wie hätte ich erklären sollen, dass meine Eltern tot am Strand lagen, wenn ich über diese Frau schweigen sollte? Meine Geschichte war schon so seltsam genug. Und dass ich nicht ertrunken war, ebenso. Sie wollte mich und sich selbst schützen.

Doch damals war ich wütend gewesen. Stadt der Meerjungfrauen hin oder her. Eigentlich war ich wütend gewesen, dass ich nicht auch dorthin gehen konnte. Vielleicht verriet ich deshalb einen Teil der Geschichte. Dumm, nicht?

Natürlich hat es Augenblicke gegeben, in denen ich mir gewünscht habe, auch ertrunken zu sein. Ich habe auch jahrelang an meinem Verstand gezweifelt, vor allem, als ich dann älter wurde und nicht mehr an Märchen glaubte. Doch heute bin ich mir sicher, es hat sich so zugetragen und es hat diese Frau wirklich gegeben.

Wenn du jetzt fragst, ob sie einen Fischschwanz, Schwimmhäute oder ähnliche märchenhafte Dinge hatte – nein, es war nichts Ungewöhnliches an ihr. Sie sah wie ein ganz normaler Mensch aus. Nur viel schöner. Ich meine nicht die äußere Schönheit, die war ganz offensichtlich. Sie strahlte etwas aus, das ich nie wieder bei einem Menschen gefunden habe. Etwas ... Mystisches. Etwas ganz und gar Hypnotisches. Obwohl wie ein Traum, war sie sehr real. Verrückt, nicht?

Als Lilli zu Ende gelesen hatte, konnte sie sich eine Weile nicht rühren. Sie musste bei Amandas letzten Worten unwillkürlich an Alex denken. Ja, real, aber wie ein Traumwesen zugleich. Hypnotisch. Das traf zu! Plötzlich packte sie eine schmerzliche Sehnsucht nach Alex.

Doch dann nahm sich Lilli zusammen und schrieb:
Du warst nicht dumm. Du hast nur der Dummheit anderer Stoff geliefert.

Amanda antwortete prompt:
Vermutlich hast du recht. Andererseits kann man es den Leuten nicht verdenken, dass sie über mich gelacht haben. Meerjungfrauen! Wer würde es für bare Münze nehmen. Außer dir! ☺

Als Lilli das Smiley sah, musste sie schmunzeln.
Ich habe wohl etwas mehr Fantasie, als andere.
Eindeutig! Aber Spaß beiseite. Wieso glaubst du daran?, fragte Amanda.

Lilli setzte zu einer Antwort an, hielt aber inne. Was sollte sie sagen? Die Frau war ehrlich zu ihr. Konnte sie ihr ihrerseits verraten, dass sie womöglich einen Meermenschen kannte? Kannte sie einen? Sie schrieb:
Sagt dir anthrophibios *etwas?*

Wieder entstand eine längere Pause am anderen Ende.
Woher kennst du das Wort?

Irgendetwas schien Amanda zu verunsichern, Lilli spürte in der Frage eine Unruhe, die sich fast körperlich übertrug.
Aus einem alten Buch, antwortete sie und wartete.
Woher hast du das Buch?

Bildete es sich Lilli ein, oder war Amanda jetzt gereizt? Sie überlegte eine Weile, sie wollte niemanden in diese Geschichte verwickeln.

Ihr Zögern führte am anderen Ende zu einer weiteren Nachricht:
Lilli – bitte sag mir, wie das Buch heißt und woher du es hast. Es ist wichtig! Wo bist du?

Ups, gleich drei Fragen. Die eine wollte Lilli nicht so recht beantworten, sie wollte Eugene nicht mit hineinziehen. Die anderen konnte sie ohne Bedenken beantworten:
Das Buch heißt Las historias y metamorfosis de los anthrophibios *und ich bin zurzeit in Spanien, Andalusien.*

Eingabe. Pause. Lilli knabberte ungeduldig an ihrer Unterlippe. Dann die Antwort, wieder eine Frage:
Und wo genau in Spanien?

So genau doch nicht, schließlich kannten sie sich nicht. Also statt La Perla:

Calahonda. Und du?
Irland, Sekunden später die knappe Antwort. Genau war das aber auch nicht. Erklärte allerdings die englischsprachige Facebook-Seite und dass ihr Englisch fehlerlos war.
Wieso ist das so wichtig, Amanda? Und was sagst du nun zu dem Buch?
Zugegeben, auch wieder nur Fragen. Aber deshalb tat sie das ja auch, um Fragen zu stellen. Und um Antworten zu bekommen.
Schweigen. Lilli wartete mit einem unguten Gefühl im Magen. Sie wollte Amanda nicht verärgern. War sie zu weit gegangen?
Bevor sie einen weiteren Gedanken fassen konnte, erschien das Symbol, dass Amanda wieder tippte. Die Antwort traf sie wie ein Faustschlag in die Magengrube:
Mein Name ist heute Amanda O'Grady. Ich rate dir in aller Freundschaft, obwohl ich dich nicht kenne, dich von all dem fern zu halten. Mich hätte es beinahe umgebracht. Und ich meine damit nicht das Bootsunglück und dass ich fast ertrunken wäre. Ich hätte ertrinken müssen, Lilli! Etwas, was ich keinem je gesagt habe. Ich war tot. Die Frau hatte mich zwar gerettet, doch sie kam erst, als ich wieder zu ... Egal, jedenfalls rate ich dir, das Ganze zu vergessen, solange du noch kannst.
Du sagst, du bist in Calahonda? Dann kennst du vielleicht Eugene O'Grady? Er lebt dort, Calahonda ist ja winzig. Er ist mein Sohn. Falls du ihn kennst, dann frage ihn bei Gelegenheit, was sein Geheimnis ist.
Lilli starrte auf die Worte am Bildschirm. Sie grinsten sie an, höhnisch. Der Cursor blinkte am Ende des letzten Wortes und je länger sie darauf starrte, desto heftiger schien er zu pulsieren. Wie eine schmerzhafte, eitrige Wunde. Immer wieder schüttelte sie den Kopf, als könne sie so die Sätze auf dem Bildschirm verscheuchen.
Sie war unfähig zu antworten. Amanda nahm ihr Schweigen offensichtlich als Antwort und schwieg ebenfalls. Nach ewigen Minuten sah Lilli, dass Amanda sich abgemeldet hatte. Ohne ein weiteres Wort war sie offline gegangen.
Lilli verließ schließlich den Chat, als sie sich sicher sein konnte, dass Amanda nicht zurückkehren würde. Mit steifen Fingern fuhr sie den Computer herunter. Sie stand auf und schlurfte in ihr

Zimmer. Mit einem Ohr registrierte sie den Fernseher im Wohnzimmer, bevor sie ihre Tür schloss.

Sie lag noch lange wach und starrte mit brennenden Augen in die Dunkelheit. Ihr Verstand war wie betäubt, kein einziger Gedanke schaffte es, zu Ende gedacht zu werden. Was war Eugenes Geheimnis, war ihr letzter Gedanke, bevor der Schlaf sie gnädig erlöste.

Alex schaute auf die gekräuselte Fläche des Wassers, während es gurgelnd gegen die Bootswände schlug.

Die Silhouetten der Delfine wurden im gleißenden Licht des Spätnachmittags allmählich kleiner, bis sie ganz hinter der Horizontlinie verschwanden. Sie könnten jetzt bereits über Thalassa 3 sein, dachte er wehmütig.

Es war ihm ein Rätsel, warum das Delfinpärchen hier aufgetaucht war. Seit einigen Jahren trieben die beiden sich in der Region um Thalassa 3 herum, Alex hatte oft mit ihnen gespielt und kleine Schwimmwettkämpfe veranstaltet. Wie er vor der Verwandlung, erreichten auch Delfine Geschwindigkeiten von 60 Stundenkilometern. Mit dem Kristallkörper waren sie aber keine Konkurrenten mehr.

Nachdem er an Land gegangen war, hatte er die beiden vergessen, andere Dinge hatten ihn beschäftigt. Doch in der Nacht nach der Begegnung mit Seraphim auf dessen Yacht waren sie plötzlich da gewesen. Als er auf dem Rückweg nach Calahonda gewesen war, noch voller Eindrücke von dem Gespräch mit seinem Mentor, waren sie im nächtlichen Meer wie zwei Schatten aus dem Nichts erschienen.

In jener Nacht hatte er noch lange mit ihnen gespielt, bevor er – die Morgendämmerung hatte bereits alles in ihr blaues Licht getaucht – erschöpft und glücklich an Land gegangen war. Da hatte er sich fest vorgenommen, Lilli seine beiden langjährigen Delfinfreunde zu zeigen. Wenigstens etwas, was er ihr aus seinem anderen Leben offenbaren konnte, ohne sich zu verraten.

Bei ihrer ersten Begegnung vorgestern hatte es zu seiner Freude mit dem Vorstellen ganz gut geklappt. Wilde Delfine waren nicht besonders zutraulich, sie spürten aber sofort, wem sie vertrauen konnten.

Und als Lilli vorhin ohne Scheu die Schnäbel der beiden erneut gestreichelt hatte und die Delfine es zugelassen hatten, da war er sich ganz sicher gewesen, das Richtige getan zu haben.

Lilli war nun Teil dieser Freundschaft und sein Geheimnis lastete nicht mehr so schwer auf ihm. Er strich sich mit beiden Händen das Meerwasser aus den Haaren und warf einen letzten Blick in die Ferne. Dann drehte er sich zu Lilli um.

Im noch hellen Licht der Abenddämmerung, das zu dieser Stunde sanfter war und die Farben der Welt wie in einer alten Sepiafotografie leuchten ließ, sah sie so bezaubernd aus, dass er ihre Schönheit und Nähe mit jeder Faser seines Körpers spürte. Ein kaum merkliches Zittern erfasste ihn.

Berauscht von ihrer elektrisierenden Gegenwart wusste er plötzlich, dass jetzt der Moment gekommen war, das zu tun, was er tun musste. Das, was er vor Tagen beschlossen hatte, als er ihren Zettel mit den Notizen gefunden hatte und gemerkt hatte, wie nahe sie seinem Geheimnis gekommen war.

Sein Entschluss erfüllte ihn mit unbändiger Euphorie und übermütig zog er Lilli, die aufgestanden war und zu ihm trat, in seine Arme.

Sie fühlte sich weich und warm an, alles an ihr verlangte nach Achtsamkeit. Er betrachtete ihr schönes Gesicht zwischen seinen Händen, die geschlossenen Augen, die sanfte Linie ihrer Nase und die geschwungenen Lippen. Er strich über ihre Wangen, auf denen sich ein rosa Schimmer ausbreitete, über den schlanken Hals, die Kuhle dort.

Wohlige Schauer kamen und gingen, ihr betörender Duft hüllte ihn ein und all seine Sinne kosteten ihre Nähe aus. Er spürte die samtene Haut ihres Nackens unter seinen Fingerkuppen und ihre warmen Lippen, die er mit seinen im Kuss umschloss.

Im Rausch ihrer zärtlichen Berührung vergaß er alles um sich herum. Er war dabei, sich zu verlieren. Und er wollte es geschehen lassen.

Er presste seine Lippen hart an ihre Kehle. Das leise Knurren des Raubtiers entfloh tief aus seiner Brust.

Das Geräusch vibrierte wie ein ferner Donner in seinem Kopf. Ein anderer musste hier sein! Er hob den Blick, ließ von ihrer Kehle ab und witterte die Abendluft. Vielleicht kümmerte er sich später darum. Jetzt hatte er etwas vor. Etwas Verbotenes. Und es war unwiderstehlich, sodass er der Stimme kein Gehör schenkte, die aus einem Winkel seines Bewusstseins eine Warnung flüsterte.

Benommen, taumelnd sog er den Duft des Wesens in seinen Armen ein, während seine Lippen die Kehle streiften und an der Stelle innehielten, wo das Blut ganz dicht unter der Haut pulsierte. Sie stöhnte leise und legte den Kopf in den Nacken.

So einfach, es war so einfach. Er hatte immer geglaubt, dass Töten schwer sei, dass die Beute sich wehrte, kämpfte, entkommen wollte.

Nicht so seine Beute. Freiwillig hielt sie ihm die Kehle hin. Es schien ihr zu gefallen.

In seinen Zähnen pochte es und die Vorstellung, dass sein Gift in den Adern des Lebewesens fließen wird, in dessen Blut hier, dicht unter der Haut, berauschte ihn nur noch mehr. Speichel sammelte sich unter seiner Zunge und er schluckte hart.

Noch einen Moment wollte er den Genuss hinausschieben, die Vorfreude verlängern, mit der Beute spielen, sie locken und täuschen, bevor er zubiss. Seine Hände wanderten über ihre Schultern, am Rücken hinab, strichen über ihre Hüften. Er grub seine Finger in ihre Taille und zog sie näher zu sich.

Mit der Nasenspitze fuhr er über die Kinnbeuge, legte die Lippen auf ihre Haut, strich mit der Zungenspitze darüber, schmeckte Salz und spürte Gänsehaut. Ganz zart pulsierte darunter eine Ader.

Es machte ihn rasend, er konnte nicht mehr, jetzt war der perfekte Augenblick.

Ein lautes Knurren entfuhr ihm, ließ seine Lippen erzittern, als er die spitzen Zähne zum Biss entblößte.

Etwas an diesem Geräusch erschreckte ihn. Er hielt inne. Als würde es aus den Tiefen eines dunklen Wassers auftauchen, kehrte sein menschliches Bewusstsein zurück. Entsetzt riss er seine Augen auf.

Die Welt setzte sich wieder zusammen, ein Puzzle, das durcheinandergeraten war. Er ließ Lilli abrupt los.

Was tue ich?, ein erster klarer Gedanke.

Sein Puls schlug wild gegen das Trommelfell, in seinen Ohren rauschte das Blut und er zitterte am ganzen Körper. Er spürte die

Spitzen seiner Zähne und das Gift in den Eckzähnen pulsieren wie Eiter in einer entzündeten Wunde. Hypnotisiert starrte er auf Lillis Kehle. Sie war unversehrt, in der Schlagader am Hals pochte rhythmisch ihr Leben.

Voller Abscheu umschlang er seinen Oberkörper, als könne er so verhindern, dass er zu tausend Scherben zersprang. Schwer atmend beugte er sich über die Reling und schaute ins Wasser.

Das Licht der Abenddämmerung verwandelte das Meer in einen Kupferspiegel. Für Sekunden sah er sein Gesicht im Wasser und etwas in diesem Bild jagte ihm einen solchen Schrecken ein, dass er voller Verzweiflung das Gesicht in seine Hände vergrub. Das war er nicht! Das Gesicht im Wasser, es war das eines Wahnsinnigen.

»Tut mir leid, wenn ich etwas Falsches gemacht habe.«

Ihre Stimme war so scheu in seinem Rücken, dass ihm ein bitteres Auflachen entschlüpfte. Oh, wenn du wüsstest!

»Nicht du solltest dich entschuldigen. Du hast nichts falsch gemacht, du kannst nichts dafür.« Tränen schossen in seine Augen. Er ließ sich auf die Deckplanken gleiten. »Du kannst nichts dafür«, wiederholte er leise, wie um sich selbst zu überzeugen. »Ganz im Gegenteil. Ich vergesse, wer ich bin, wenn ich dir nahe bin. Dann stelle ich mir vor, dass ich ein anderer bin. Jemand Gutes. Und dann ...«

... vergesse ich, gut zu sein und bin eine Bestie im Blutrausch, die alles um sich zerfleischen will.

Er schaute zu Lilli auf und bemerkte die Verständnislosigkeit in ihrem Gesicht. Wie sollte sie auch sein wirres Gerede verstehen? Schmerz schnürte ihm die Kehle zu. Am liebsten würde er auf den Grund des Meeres sinken, in die Finsternis. Dorthin, wo er keinem etwas tun konnte, keinem so gütigen Menschen, wie sie es war.

Wie hatte er nur so unvorsichtig sein können! Wenn sie durch seine Hand sterben würde! Die schrecklichen Worte seines Mentors hallten in seinem Kopf wider: *Nehmt euch in Acht. Wenn ein Kristallverwandelter einmal getötet, dem Blutrausch nachgegeben hat, wird er es immer wieder tun.*

Eine Hand legte sich auf sein Haar, behutsam, tröstend. Alex packte sie und mit jäher Verzweiflung drückte er sie an seine Wange.

Lilli kniete neben ihm und legte die andere Hand an sein Kinn. Sie zwang ihn, den Kopf zu heben und sie anzusehen.

Die zitternde Wärme ihres Blicks entlockte ihm einen tiefen Seufzer, doch beruhigte sich Alex allmählich. Sie hatte keine Furcht. Mehr noch, sie schien mit ihm mitzuleiden, als wäre sein Schmerz auch der ihre. Als würde sie ihm sagen wollen, dass er nicht allein leiden durfte. Was mutete er ihr nur zu!

Er war dankbar, dass sie jetzt keine Fragen stellte. Zu groß war seine Scham.

»Du bist gut, Alex«, sagte sie stattdessen mit eindringlicher Stimme. »Ich weiß es. Und denke bitte nichts anderes von dir«, fügte sie hinzu und sah ihn mit festem Blick an. Sie vertraute ihm. Und er war ihr so nahe gekommen, mit dem Übermut des allzu Selbstsicheren. Nein, mit purer Selbstsucht.

Er war noch nicht so weit, hatte sich nicht vollständig unter Kontrolle. Vorgestern war vorgestern, da war es ihm leichter gefallen, nur seinen Gefühlen nachzugeben, als er sie geküsst hatte. Heute war es anders. Warum, wusste er nicht. Alles war so neu. Viel zu früh hatte er geglaubt, seine Instinkte unter Kontrolle zu haben. Er schüttelte sich, als könne er die Schmerzen spüren, die sie gespürt hätte, wenn sein Gift sie durchdrungen hätte. Zunächst wilde Schmerzen, beim zweiten Biss Lähmung, beim dritten, vierten oder spätestens beim fünften der Tod.

Panik überkam ihn bei der Erinnerung an seine unbändige Lust, den Instinkten des Raubtiers nachzugeben. Doch die Panik mischte sich mit einer anderen Furcht und brachte ihn erneut auf den Gipfel der Verzweiflung. Wenn sie erfuhr, wer er war, wie kurz davor er gewesen war, sie zu töten, würde sie dann nicht vor ihm fliehen? Natürlich wird sie, jeder würde es.

Dieser Gedanke brachte seinen Entschluss, den er vor wenigen Minuten gefasst hatte, ins Wanken. Um nichts in der Welt wollte er sie verlieren. Es wäre, als würde er den Sinn seines Lebens verlieren.

Mit einem Mal war er da. Jener andere Schmerz, der ihn in den Stunden, in denen sie getrennt waren, begleitete. Die Dinge zu tun, die Lilli nicht einbezogen, alles, was ihn von ihr fernhielt, war wie eine mächtige Last. Wenn er auf dem Rückweg von seinen Beobachtungstouren beim Leuchtturm war und manchmal unter ihrer offenen Balkontür kauerte, ihren Atemzügen lauschte, die nur für ihn dort unten hörbar waren, musste er sich mit aller Macht zusammenreißen, um nicht zu ihr zu gehen. Oder ihre Unternehmungen ohne ihn, wie gestern, als sie mit Eugene weggefahren war. Und so versuchte er, sich auf die Dinge zu konzentrieren, die sie tagsüber gemeinsam unternahmen.

Nichts machte ihn glücklicher, als nach den unendlichen Stunden der Nacht morgens zur Schule zu gehen und sie in der Reihe neben sich sitzen zu sehen. Der Unterricht perlte an ihm ab, wie Wassertropfen an seiner Haut, nicht viel davon blieb hängen. Denn seine Sinne und sein Verstand waren damit beschäftigt, Lillis Nähe zu spüren und in sich aufzusaugen, damit es für die Einsamkeit reichte. Doch es reichte nie. Und das Ende des Unterrichts war wie eine schmerzhafte Operation, die Lilli von ihm entfernte.

Manchmal kamen ihm Zweifel, ob es überhaupt normal war, so zu fühlen. Jedenfalls würde es, wenn er sie verlor, immer weh tun und das würde er nicht ertragen, das wusste er.

Wenn sie nun erfuhr, wer der Junge war, der sie geküsst hatte, mit dem sie hier zusammen war, würde sie ihn hassen. Er hasste doch selbst diesen Teil von sich.

Je mehr sich Alex in die düsteren Gedanken vertiefte, desto unschlüssiger wurde er, ob er sein Vorhaben in die Tat umsetzen sollte. Doch dann sagte ihm die Stimme der Vernunft, dass er nicht das Recht hatte, ihr weiter vorzuenthalten, was mit ihm los war. Sie sollte sich entscheiden können. Ganz gleich wofür sie sich entschied, er musste es akzeptieren. Und sollte sie doch weiter mit ihm befreundet sein wollen, was er kaum zu hoffen wagte, musste er alles Erdenkliche tun, um sie nicht noch einmal in Gefahr zu bringen. Seraphim hatte recht! Am vernünftigsten wäre, ihr nie wieder nahe zu kommen. Doch das war so, als müsste er seine Liebe abstellen. Es war schlicht unmöglich.

Alex wischte sich mit der Hand über die Augen. Lilli saß zusammengekauert neben ihm, und als hätte sie seinen inneren Kampf gespürt, bebten ihre Lippen.

»Ich hole eine Decke, du zitterst«, sagte Alex mit rauer Stimme, erhob sich und ging in die Kabine des Motorboots. Als er mit einer Decke und einem Kissen zurückkam, saß Lilli immer noch auf dem Boden und hielt ihre Knie umschlungen. Etwas an ihm beunruhigte sie offensichtlich, denn sie beobachtete jede seiner Bewegungen mit großen, ernsten Augen.

»Ich erzähle dir jetzt eine Geschichte.« Mit diesen Worten ließ er sich neben Lilli gleiten, legte das Kissen auf seine Oberschenkel und bedeutete ihr, den Kopf darauf zu legen. Wortlos tat sie es, er deckte sie zu und atmete tief durch.

Die Nacht war hereingebrochen und der Sternenhimmel breitete sich über ihnen aus. Die Wellen spielten sanft mit dem Boot, das leichte Schaukeln beruhigte ihn. Alex legte den Kopf in den Nacken, so wie er es oft tat, seit er an Land war und in den Himmel schauen konnte, und betrachtete eine Weile stumm die Sternenlandschaft. Seine Finger kraulten ihr Haar.

Schließlich begann er, zu erzählen.

27.
Marian

»Es war einmal ein Junge, der in einer glücklichen Familie geboren wurde. Doch eines Tages, er war gerade neun Jahre alt geworden, endete mit einem Schlag das Glück und seine kleine Welt bekam einen Riss, den er heute noch als Narbe in seiner Seele trägt. Alles hatte sich seit jenem Tag verändert, und wenn er heute darüber nachdenkt, so scheint es ihm manchmal, als hätte es jenen glücklichen Jungen nur in seiner Fantasie gegeben. Der Junge lebte in einer Welt, die vollkommen anders als die war, die man gemeinhin die Welt der Menschen nennt.«

Lilli hob kurz den Kopf und sah Alex belustigt an, so dass er dachte, sie würde gleich loslachen. Doch sie nickte ihm nur aufmunternd zu.

»Weiter.«

Alex war froh, dass die Anspannung zwischen ihnen nachgelassen hatte. Er sprach ermutigt weiter und verlieh dabei seiner Stimme Theatralik:

»Wenn das verehrte Publikum jetzt denkt, dass wir über Dinge reden, die so unvorstellbar sind, dass sie Legenden entspringen müssen, so sei hiermit versichert, dass Sie, meine liebe Zuhörerin, wahrlich ganz nahe dran sind.« Alex machte eine Pause.

Lilli sah ihn erneut an und erst als sie die Augenbrauen hochzog und ungeduldig nickte, fuhr er fort. Diesmal in normalem Ton:

»Über die Welt unseres Jungen zu sprechen, klingt so fantastisch, dass es scheint, als trügen sich die Geschehnisse in der Fantasie eines Geschichtenerzählers zu. Wie dem auch sei ...

Unser Junge schwamm an jenem Tag, an dem die Geschichte beginnt, gemütlich nach Hause – in seiner Welt kommt man von einem Ort zum anderen schwimmend. Ja, genau, wie die Fische im Wasser. Dieser Junge lebte im tiefen Ozean. Nennen wir ihn Marian.

Marian also kehrte von seinen Großeltern zurück, die in der Siedlung wenige Kilometer entfernt wohnten. Da begegneten ihm verzweifelte Artgenossen. Sie verkündeten – unter Wasser verständigt man sich über Lippenlesen – dass ein Krieg ausgebrochen sei. Der Junge, ein heiteres Gemüt, war nicht so schnell zu erschüttern. Zwar beunruhigt, doch insgesamt recht guter Dinge, schwamm er zügig nach Hause. Es sollte dieser Krieg zwischen zwei ewigen Todfeinden sein, der dem Jungen alles nahm.« Alex hielt inne.

Es war eine Lüge, nicht der Krieg hatte ihm seine Eltern genommen. Doch nie durfte Lilli jenes andere Geheimnis erfahren. Sie würde ihn verachten. Der Junge, der sie küsste, ihr Freund – der Sohn eines Mörders. Dieses Wissen würde er ins Grab nehmen. Wozu es ihr sagen? Sein Vater war tot. Weit weg von zu Hause gestorben, nachdem er seine Mutter umgebracht hatte. Gejagt und getötet auf der Flucht, mit dem Pfeil einer Harpune in der Brust, zurückgelassen in den kalten Tiefen des Marianengrabens, wo kein normaler Amphibion je hinkommt. Das war das Geheimnis, das er mehr hüten musste als seine Herkunft. Vielleicht war er gar nicht so verschieden von seinem Vater. *Er* hätte töten können. Gerade eben erst. Er hätte Lilli töten können. War es mehr als nur Instinkt, hatte er das Böse geerbt? Zum ersten Mal dachte er so darüber, denn er hatte gerade selbst erfahren, wie leicht er sich vergessen konnte.

Lilli sah ihn mit erwartungsvollen Augen an.

Er riss sich zusammen und fuhr fort. »Die Wasserwesen und Landwesen bekämpften sich nun schon zum wer weiß wievielten Mal in ihrer jahrtausendealten Geschichte, in der sie nach ihrer Abspaltung zu natürlichen Feinden geworden waren. So sehr sie sich von den Menschen unterschieden, ähnelten sie ihnen nicht nur in der äußeren Erscheinung, sondern auch gefühlsmäßig. Sie lieben und hassen genauso wie Menschen es tun. Auch ihre Kriege führen sie mit ebensolcher Besessenheit und Blutrunst wie die Menschen.

Um die Geschichte nicht in die Länge zu ziehen, sei hier nur erwähnt, dass der Krieg, der an jenem Tag zwischen ihnen begonnen hatte, bald endete. Dank der Macht der Auserwählten, die in solchen Situationen am Schauplatz des Geschehens aufzutreten pflegen. Die erscheinen, wo das Böse eingezogen ist, um es zu bekämpfen. Der Krieg endete nach nur wenigen Tagen, beide Seiten beklagten ihre Opfer, auf beiden Seiten trauerte man um die Toten.

Auch Marian trauerte um seine Toten, um die Eltern. Mit seinen neun Jahren begriff er jedoch noch nicht die ganze Tragweite dieses Verlustes und in dem Chaos, das der Krieg hinterlassen hatte, kümmerte sich keiner um einen kleinen Jungen, der das erste Mal Verzweiflung kennenlernte.

Wieder einmal konnte man nicht sagen, wer der Gewinner und wer der Verlierer war. Nachdem aber erneut so viele Opfer zu beklagen waren, beschlossen die Weisen beider Arten einen Pakt. Dieser verbot in Zukunft jede Einmischung in die Angelegenheiten und Territorien der anderen. Der Pakt besagte: Solange du dich aus meiner Welt heraushältst, halte ich mich aus deiner heraus. Obwohl es zu Beginn noch unwahrscheinlich erschien, so herrschte dank dieses Pakts tatsächlich Frieden.

Alle Wege, die beide Welten verbanden, wurden abgesperrt und man lebte fortan sein Leben, als hätte es die anderen nie gegeben. Einer dieser Wege, die nach Abschluss des Friedenspakts gesperrt wurde, war ein 15 Kilometer langer Tunnel, der die Ortschaft Calahonda und ein Gebäude in 200 Metern Tiefe verband, das heute eine Unterwasserschule ist. Mit der Zeit geriet dieser Tunnel in Vergessenheit, weder ein Wasserwesen, noch ein Landwesen haben ihn seither betreten. Es galt als Kriegserklärung, in den Tunnel zu gehen. Doch, wie bereits erwähnt, lebten die beiden verfeindeten Arten viele Jahre in Frieden.«

Als er seinen Erzählfluss abbrach, sah Lilli zu ihm hoch. Sie hatte sich die ganze Zeit nicht gerührt und er hatte angenommen, sie sei bereits eingeschlafen. Ihre Blicke begegneten sich. Sie lächelte ihm hellwach zu. Alex holte tief Luft und fuhr fort. Er fühlte sich jetzt sicherer.

»Kehren wir zu jenem Tag zurück, an dem die kleine Welt unseres Jungen, die aus Vater und Mutter bestand, aus den Angeln gehoben wurde. Eines von vielen Dramen während dieses Kriegs, doch für Marian ging damals seine Welt unter. Denn er wurde zum Waisen. Eine Zeit lang lebte Marian bei den Großeltern, die Eltern seiner Mutter. Großeltern väterlicherseits hatte er nicht, denn sein Vater war als Waise aufgewachsen. Schließlich einigte man sich, ihn ins Internat zu schicken, da man mit dem Jungen, der von Woche zu Woche schwieriger wurde, nicht mehr zurechtkam. Erfahrene Lehrer sollten ihn wieder in den Griff bekommen, ein Mentor wurde schließlich gefunden und in dessen Obhut kam Marian.

Allmählich heilten die Wunden des Krieges, Normalität kehrte bald zurück. Wie immer nach einem Krieg herrschte Aufbruchstimmung und der Bedarf, Neues zu schaffen. Man baute neue Einrichtungen oder erneuerte die bestehenden, wie die Thalassa-Schulen, eine Reihe von Unterwasserschulen, die weltweit in den Tiefen der Meere existieren. Marian kam auf eine dieser Schulen, auf Thalassa 3, die vor der Küste von La Perla lag. Damals war er elf Jahre alt. Er lebte auf Thalassa 3 ein durchschnittliches Leben, fand allmählich sein inneres Gleichgewicht wieder und entwickelte sich wie alle anderen. Er verbrachte all seine Zeit dort. Auch in den Ferien, da er keine Familie mehr hatte, denn seine Großeltern waren inzwischen gestorben.

Es vergingen die Jahre und Marian wuchs zu einem Jungen heran, der nicht viel mehr kannte, als das Leben in der Welt von Thalassa 3. Er hatte einen guten Freund und gute Noten, doch keine besonderen Ziele in seinem Leben. Marian hatte nie richtig darüber nachgedacht, wie es für ihn sein würde, wenn er eines Tages Thalassa 3 verlassen müsste. Noch lebte er unbekümmert, verbrachte die meiste Zeit außerhalb des Unterrichts mit seinem Freund und machte sich ab und zu Gedanken über die bevorstehende Metamorphose, eine Verwandlung, die alle Wasserwesen durchmachen. Diese Verwandlung ist vergleichbar mit der Pubertät bei den Menschen, nur viel unangenehmer. Es tut weh. Der einzige Vorteil, den Marian für sich darin sah, war, danach an Land zu können. Vor der Verwandlung war es ihm nicht möglich, nach oben zu gehen. Die Luft dort würde ihn töten. Marian war schon immer von den Menschen und der Welt oben fasziniert gewesen. Seit er ein kleiner Junge war, träumte er davon, eines Tages in eine große Stadt zu gehen, nach New York zum Beispiel.«

Alex spürte, wie Lilli bei seinen letzten Worten leise in sich hineinlachte. »Doch, wirklich! Alles, was Marian über die Städte und Menschen wusste, war aus den Büchern auf Thalassa 3. Oder aus Filmen. Nach dem Krieg und dem großen Pakt war die Versorgung mit Dingen aus der Welt der Menschen lange Zeit unmöglich, doch allmählich sah man ein, dass es die Boten wieder geben musste, die die Dinge besorgten, wie früher. Der Posten eines Boten reizte Marian, als Bote wäre er in beiden Welten zu Hause. Und dieser Gedanke gefiel ihm. Der Beruf eines Boten hatte nach dem Pakt eine andere Bedeutung bekommen als früher. Diskretion und das Vermögen, sich klug und so gut wie unsichtbar an Land zu bewegen, waren wichtige Bestandteile der Ausbildung. Ebenso die Pflicht, sich für die Selbstverteidigung vorzubereiten. Aber auch ein großes Allgemeinwissen wurde während der Ausbildung vermittelt. Marian ahnte damals nicht, dass ihm der Wunsch, an Land zu gehen, auf eine Art und Weise erfüllt werden sollte, die wortwörtlich fantastisch war.«

Als Alex die letzten Worte sprach, richtete sich Lilli auf und war sichtlich gespannt, was er nun erzählen würde.

»Weiter«, drängelte sie.

Die Andeutung eines Lächelns in den Mundwinkeln fuhr Alex fort:

»Jeder musste eine Metamorphose durchmachen, was drei Tage dauerte. Den Landwesen blieb diese Verwandlung erspart, worum sie manchmal Marian beneidete, obwohl er erzogen war, sie zu hassen. Am Rande bemerkt: Die Wasserwesen hatten die gleiche Zeitrechnung wie die Menschen an Land. Der Unterschied zwischen Tag und Nacht ist zwar in den Tiefen der Meere, in ewiger Finsternis nicht sichtbar. Aber selbst da bestimmt der Wechsel von Tag und Nacht das Leben. Wie viele Raubtiere an Land sind die Raubtiere der Meere nachtaktiv ...«

Alex hielt plötzlich inne. Schlug sich mit dem Handteller auf die Stirn. »Natürlich!«, rief er.

»Was ist?« Lilli schaute ihn erschrocken an.

Wieso kam er erst jetzt darauf! Er war ein Raubtier, ein Jäger der Nacht. Deshalb fiel es ihm bei Einbruch der Dunkelheit schwerer, seine Instinkte in Lillis Nähe zu kontrollieren.

»Nichts weiter.« Alex strich ihr geistesabwesend über das Haar. Die Stunden der Dämmerung und die ersten Stunden der Nacht waren die intensivsten für Jäger. In beiden Welten. Da schärften sich ihre Sinne, da waren sie besonders empfänglich für Gerüche. Witterung der Beute, Jagd und Blutrausch – eine untrennbare, instinktive Abfolge. Wie einleuchtend plötzlich alles war! Während des Sonnenuntergangs hatte Lillis warmer Duft ihn beinahe um den Verstand gebracht. In jenen Stunden folgte er dem Ruf seiner Raubtierinstinkte. Gut zu wissen, ein weiteres Puzzleteil, das er ins Bild fügen konnte.

Er drückte Lilli erleichtert an sich. »Wo war ich? Ja, genau! Auch für Marian kam nun die Zeit, in der er sich verwandeln würde. Und dann – den Augenblick wird er wohl nie vergessen – teilte sein Mentor ihm eines Tages etwas mit, das ihn umhaute. Zunächst begriff er überhaupt nichts. Kristallverwandlung. Etwas, das die Wasserwesen aus ihren Legenden kannten. Und sein Mentor behauptete allen Ernstes, er sei dafür bestimmt, zu einer Legende zu werden. Als Kind hatte er die Geschichten über diese Auserwählten geliebt. Doch alles, was ihm dazu einfiel, war so unglaublich, dass er sicher war, sein Mentor nehme ihn auf den Arm. Es stellte sich aber heraus, dass alles stimmte. Die Legenden waren mit Sicherheit eines: wahr. Es gab die Auserwählten und er war einer von ihnen. Was es leichter für ihn machte: Sein bester Freund und dessen Schwester gehörten ebenfalls zu den Aus

erwählten. Er war nicht allein. Es stellte sich heraus, dass insgesamt fünf für den Kristallkörper bestimmt waren. Die Aufregung war groß. Schließlich geschah es nicht alle Tage, dass sich jemand in einen Unsterblichen verwandelte ...«

»Unsterblich?« Lillis Ausruf unterbrach die Erzählung und Alex zuckte zusammen. Er war so vertieft gewesen, dass er zu spät merkte, was er gesagt hatte. Lilli saß kerzengerade da und starrte ihn mit einer Mischung aus Verwunderung und Entsetzen an.

»So lautet die Legende, Lilli«, sagte er der Vollständigkeit halber, obwohl er sicher war, nicht mehr viel damit retten zu können. Wie verlockend es auch erschien, jetzt reinen Tisch zu machen, er war immer noch an den Schwur gebunden.

Lilli sah ihn sprachlos an und als er ebenfalls schwieg, zuckte sie mit den Schultern, ließ sich zurück ins Kissen fallen und murmelte »Unsterblich«, als wolle sie sagen: *Auch das noch.*

»Laut diesen Legenden bekommen die Auserwählten nach der letzten von drei Verwandlungen den Diamantkörper und sind dann unsterblich. Doch das lag für unseren Helden in weiter Ferne. Für Marian und die anderen vier begann bald darauf ihre

Ausbildung. Das Erste, das sie dabei tun mussten, war zu schwören, alles geheimzuhalten. Niemand durfte von ihnen erfahren, keine Artgenossen und schon gar nicht Menschen. Dieser Schwur band sie, er sollte ihren Schutz gewährleisten. Wer ihn brach musste mit dem Tod rechnen. Das erste und unbarmherzigste Gesetz der Wasserwelt.

Ihre Ausbildung ähnelte in gewisser Weise der zum Boten. Doch sie war darauf ausgerichtet, sie für die erste Verwandlung, die schrecklichste, vorzubereiten. Die fünf Auserwählten lernten in dem halben Jahr ihrer Ausbildung alles, was sie wissen mussten. Doch jene Nacht, in der sie sich alle der Kristallverwandlung unterzogen, war für sie schlimmer als ihre schlimmsten Albträume. Sie durchlitten unvorstellbare Schmerzen und Qualen, verglichen damit wäre der Tod Erlösung gewesen. Es war die Hölle!«

Seine Stimme brach. Lange war er unfähig, weiterzusprechen. Er hätte nicht erwartet, dass die Erinnerung an jene Stunden ihn immer noch so erschüttern würde. Lilli berührte seinen Handrücken. Diese sanfte, behutsame Geste linderte das Grauen, das ihn überwältigt hatte und er konnte weitersprechen.

»Es waren aber nicht nur die körperlichen Schmerzen. In jener Nacht, in der sich die fünf aufmachten, um in tausend Metern Tiefe den Kristallkörper anzunehmen, ahnten sie nicht, dass nur drei übrigbleiben würden. Denn die Metamorphose konnte jemanden töten oder ihn bösartig werden lassen. So geschah es, dass einer von ihnen starb. Erst später sollte Marian erfahren, dass nicht die Verwandlung ihn getötet hatte, sondern das andere Böse, dem sie alle ihr Schicksal zu verdanken hatten. Danya, eines der beiden Mädchen aus ihrem Team, schloss sich dem Bund dieser Bösen an.«

»Hat Marians Freund es geschafft?«, wollte Lilli wissen.

Alex schmunzelte angesichts der Selbstverständlichkeit, mit der Lilli diese Frage stellte. So, als würde sie sich nach einem alten Bekannten erkundigen. Sie hatte verstanden, wer Marian war. Ob sie es auch glaubte?

»Ja, Marc schaffte es. Er war aber am Boden zerstört, dass seine Schwester geflohen war, um sich einer Bande von Mördern anzuschließen.« Alex räusperte sich und ließ nicht zu, dass ihn die Wut übermannte, die jedes Mal bei der Erinnerung an Danya im Leuchtturm hochkam. »Drei hatten es geschafft. Doch selbst wenn sie das Schlimmste überlebt hatten, sollte es erst jetzt richtig losgehen. Es gab sie, weil das Böse zurückgekehrt war. Und dieses mussten sie bekämpfen. Wenige Tage später bekamen sie ihre Aufgaben zugeteilt, die vom Rat der Auserwählten bestimmt wurden. Diesem Rat gehörte auch ihr Mentor Seraphim an, selbst ein Unsterblicher.«

Alex spürte, wie sich Lillis Rücken unter seiner Hand versteifte. Plötzlich wurde ihm bewusst, dass er den Namen Seraphims erwähnt hatte. Schon wieder.

Doch sie blieb stumm und so fuhr er mit seiner Geschichte fort: »Marian sollte an Land gehen und die Zelle des Bösen ausfindig machen, dessen Oberhaupt Rex einen teuflischen Plan verfolgte. Rex wollte etwas besitzen. Und das gab es nur in einer Gegend auf der ganzen Welt. Die Beschreibung dieser Gegend ist nicht präzise, war diese Gegend ja ein gehütetes Geheimnis. Doch mit ein wenig Fantasie könnte man auf die Ortschaften La Perla und Calahonda kommen. Die Leute um Seraphim vermuteten, dass die Rex-Bande ihr Quartier dort an Land hatte. Marian bekam die Aufgabe, dieses Quartier zu suchen.«

Alex hielt inne. Vielleicht reichte es für heute. Er wollte sie nicht mit weiteren Details über Rex beunruhigen, das Ganze machte sie eh schon nervös. Nachdenklich kraulte er Lillis Haare.

»Was für unseren Helden als Albtraum begann, nahm eines Tages eine Wendung, mit der er nie gerechnet hatte. In den ersten Tagen oben bewegte er sich wie auf heißen Kohlen. Denn bevor er offiziell an Land geschickt wurde, hatte er schon einmal Bekanntschaft mit der Welt der Menschen gemacht. Eine nicht gerade freundliche Begegnung. Er wurde an Land gespült und hatte drei quälende Tage und Nächte dort leben müssen, bevor er es geschafft hatte, zurück ins Meer zu gelangen. Die Welt über Wasser war ihm als bedrohlich, laut und schmutzig in Erinnerung geblieben. Es war wie sein ganz persönlicher Albtraum, noch einmal dorthin zurückzukehren. Natürlich verwarf er schnell seine Idee, Bote zu werden. Zu jener Zeit wollte er nie wieder nach oben gehen. Er beschloss, so schnell wie möglich aus dieser Welt zu verschwinden. Er musste nur seine Arbeit erledigen. Also packte er sich für die bevorstehende Zeit in eine Schutzhülle aus übertriebener

Achtsamkeit und stummer Kälte. Marian hielt sich tagsüber kaum unter Menschen auf. Und nachts ging er auf die Suche nach Rex. Eine Woche verging auf diese Weise. Sie schien ihm so unendlich lang wie ein ganzes Jahr.

Er kam in eine Schule und begegnete dort dem Mädchen wieder, das er nach dem Beben gerettet hatte. Das ihn seinerseits gerettet hatte. Durch sie veränderte sich sein Leben in der Überwasserwelt. Sie öffnete sein Herz. Und weil die Welt über Wasser ihre Welt war, so sollte sie bald auch die seine werden. Das Mädchen wurde sein kleines Stück Heimat in der Fremde, eine Seelenheimat, in der er sich fallen lassen konnte, obwohl sie sein Geheimnis nicht kannte. In ihre grünen Augen tauchte er ein wie ins unendliche Meer und manchmal konnte er, wenn er ganz genau hinschaute, bis zum Grund sehen.«

In der Pause, die er machte, spürte er, dass Lillis Puls schneller ging. Sie setzte sich auf und sah ihn direkt an.

»Und so geschah es, dass unser Held sich unsterblich in diese Augen verliebte ...« Seine Stimme zitterte, doch sein Blick versenkte sich fest in sie.

Lilli lächelte. »Und das Mädchen? Hat es sich auch in unseren Helden verliebt?«

Alex antwortete nicht sofort. Als er nickte, war er sich jedoch sicher.

Lilli seufzte wie zur Bestätigung und fragte schließlich mit rauer Stimme: »Dieser Rex, ist er eine Bedrohung für die Menschen hier?«

Erneut nickte er.

»Wieso?«

Lilli sah ihn ernst an, sie sprachen jetzt nicht mehr über eine Legende, er hatte keine Zweifel, dass sie verstanden hatte, wie real alles war.

»Weil Menschenleben für diesen Irren keine Bedeutung haben. Er würde den Tod von Tausenden in Kauf nehmen, um sein Ziel zu erreichen.« Alex bebte vor Zorn und er machte keinen Hehl daraus.

»Was ist es? Was will er?«

»Unsterblichkeit.«

»Oh.«

Er bereute es plötzlich, sie so weit in die Geschichte hineingezogen zu haben. Er war zwar erleichtert. Nun wusste sie endlich, was er war. Andererseits kamen ihm Zweifel. Sie so tief in seine Geheimnisse blicken zu lassen ... Natürlich hatte sie begriffen, wer Marian war und das zu verdauen, war schon ein hartes Stück Arbeit. Die Sache mit Rex hätte er wirklich für sich behalten sollen!

Er wurde abgelenkt. Sie lag warm und weich in seinen Armen, verlockend. Er erschauerte, als er jenes dunkle Verlangen wieder spürte. Doch seine menschlichen Gefühle waren stärker.

Sie spielte mit seinem Haar, streichelte seinen Nacken und seine Schultern. Als er sich schließlich von ihr löste, war es schon späte Nacht.

Der Sternenhimmel breitete sich über ihnen aus wie eine mit funkelnden Kristallen übersäte Samtdecke. Wellen spielten plätschernd mit dem Boot.

Es war so friedlich in ihm. Alles war leicht geworden, es fühlte sich gut an, ja, es war gut. Er legte den Kopf in Lillis Schoß und drückte seine Wange an ihren Bauch. »Versuch zu schlafen«, flüsterte er und umschlang ihre Taille.

»Ich sollte nach Hause«, gab sie leise zurück, doch es klang nicht sehr überzeugt.

Er schloss die Augen und murmelte: »Ich bringe dich vor Sonnenaufgang heim, deine Eltern werden nichts bemerken.«

»Gut.«

Sie ließ sich neben ihn gleiten und zog die Decke über sie beide. Alex ließ es geschehen, obwohl er keine gebraucht hätte.

Vielleicht war sie bereits eingeschlafen, vielleicht war er eingeschlafen, wie aus weiter Ferne hörte er sie flüstern:

»Marian ...«

Er zog sie fester an sich und raunte ihr ins Ohr: »Ja, meine Lilie, ich bin hier.«

Er schreckte hoch. Es war, wie Seraphim gesagt hatte. »Du weißt es einfach!« Er besaß eine zweite Fähigkeit!

28.
Befangen

Das erste Licht des Tages sickerte zwischen ihre Wimpern, als sie schlaftrunken blinzelte. Mit einem Ruck setzte Lilli sich auf. Sie war nicht im Boot, sie war in ihrem Bett und im Nu hellwach. Hoffnungsvoll schaute sie sich im Zimmer um. Kein Alex! Sie war allein.

Es war nur ein Traum gewesen. Die Wirklichkeit dieses Gefühls jagte ihr einen Schauer über den Rücken. Die Bootsfahrt, die Delfine, Alex' Berührungen, seine Nähe – nichts als ein verwirrend schöner Traum. Sie ließ sich in die Kissen zurückfallen und schlug die Hände vors Gesicht, verzweifelt bemüht, die Leere in ihrer Brust in den Griff zu bekommen. Je mehr sie den Traum festhalten wollte, desto schneller entglitten ihr die Bilder. Sie verschwanden aber nicht ganz, was sie schließlich etwas tröstete. Und neue Bilder tauchten auf. Jenseits von Traum, jenseits von Wirklichkeit.

So war es doch gewesen:

Alex begleitet mich nach der Schule zum Hafen. Wir steigen ins Boot der Tauchschule und fahren hinaus aufs Meer. Unsere Delfine kommen und Alex schwimmt mit ihnen. Ich weiß noch, dass ich kurz davor bin, mit ins Meer zu springen, doch das Wasser ist um diese Jahreszeit eisig. Zurück im Boot küsst er mich. Und wendet sich verzweifelt ab. Was ich nicht verstehe.

Wie konnte es aber sein, dass sie das nur geträumt hatte? Und wie und wann war sie, wenn es ein Traum gewesen war, von der Schule nach Hause gekommen?

Da war noch etwas. Etwas Wichtiges. Aber so sehr sie sich auch anstrengte, kein Bild wollte kommen, nichts. War es möglich, dass ihr ein ganzer Abend in der Erinnerung fehlte?

Lilli warf die Decke von sich. Sie hatte das Gefühl, keine Luft zu bekommen. Taumelnd lief sie zur Balkontür, riss sie auf und wankte ins Freie. Die kühle Morgenluft beruhigte sie und allmählich nahm sie ihre Umgebung wieder wahr. Die Sonne schob sich über den Berg und färbte den Himmel in ein seidiges rosa Licht. Erstaunt stellte sie fest, dass eine breite Schneise am Ende der Bucht dazugekommen war, als hätte man eine große Scheibe aus dem Berg herausgeschnitten. Dort schlugen Wellen an den Strand.

Und dann fiel es ihr ein. Beim Anblick des Meeres, spanisch *mar*. Marian. Alex hatte ihr im Boot eine Geschichte erzählt. Angeblich eine alte Legende. Über einen Jungen aus einer anderen Welt, aus der Welt des Meeres, über Marian. Sie erinnerte sich an diesen Namen, weil er schön geklungen hatte. Sie erinnerte sich auch, wie sie an einem Punkt der Geschichte mit untrüglicher Sicherheit gewusst hatte, dass es Alex' eigene Geschichte war. Sie sah ganz deutlich den Moment, in dem sie es begriffen hatte: Er konnte ihr nur in dieser Form die Wahrheit sagen, unter dem Vorwand, ihr eine Legende zu erzählen. Die Antwort auf das Warum war in dieser Legende enthalten. Weil es ihr oberstes Gesetz war, weil er die Geheimhaltung schwören musste. Und weil ein Verrat mit dem Tod bestraft wurde ...

War es möglich, dass ihr Verstand ihr das nur vorgaukelte? Hatte sie es doch nur geträumt? Und was war mit ihrer Erinnerung an den Augenblick, in dem ein anderer Name fiel? Seraphim. Die Erinnerung an den Schrecken, als Alex gesagt hatte, Seraphim sei sein Mentor und unsterblich? Und dann Rex? Der zweite handgeschriebene Name im alten Buch von Eugene. Der Böse in Alex' Geschichte. Okay, es klang wirklich unglaublich, doch wenn es nicht real war, was war es dann?

Sie selbst hatte seit einer Weile mehrere Erklärungen für Alex' Geheimnis entworfen, und doch, die Geschichte von Marian klang plausibler als alles, was sie sich zusammengereimt hatte. Marian war Alex. Es musste so sein! Es wäre die Antwort auf all ihre Fragen.

Alex-Bilder tauchten vor ihrem inneren Auge auf. Wie er ihren Vater ohne Taucherausrüstung gerettet hatte. Wie er ihrem Vater unter Wasser Sauerstoff gegeben hatte. Seine Unerfahrenheit in manchen ganz alltäglichen Dingen, wie Fahrradfahren. Alex bei den Delfinen. Seine unwirkliche Schönheit. Überhaupt, seine ganze Existenz.

Mit all dem Unwirklichen, ja, eigentlich Unmöglichen, konnte sie umgehen. Wenn sie ihr rationales Denken und ihren bisherigen

Glauben an diese Welt aufgeben musste, dann würde sie es tun. Damit, dass alles nur ein Traum gewesen sein sollte, konnte sie jedoch nicht leben. In ihrem Kopf überschlugen sich Gedanken und Bilder, doch sie schaffte es nicht, mit Gewissheit zu sagen, was davon real und was Traum war.

Alex war der Einzige, der ihr Klarheit verschaffen konnte. Sie musste mit ihm reden. Und zwar sofort.

Lilli trat aus dem Hof und warf einen Blick über die Landschaft. Es war vollkommen windstill und doch bewegte ein ferner Wind die Wellen, die sich schäumend über dem Kies ergossen. Es roch nach trockenem Gras.

Als hätte er ihren lautlosen Ruf gehört, stand er da. Das Bild war befremdlich. Er wartete unten am Zuckerrohrfeld, eine Statue, die in ihrer Schönheit allem trotzt. Und doch wollte er nicht ganz in diese erdige Umgebung passen, die im harten Licht der Morgensonne staubig und verdorrt vor ihr lag. Als wäre die Erde nicht sein Element, dachte Lilli unwillkürlich.

Auf sein Fahrrad gestützt, sah er ihr entgegen. Sein Anblick ließ sie erneut zweifeln. Die Bilder in ihrem Kopf, nichts davon war real gewesen. Sie hatte nur geträumt.

Ich verliere langsam den Verstand, dachte sie und das Lächeln gelang ihr nicht so recht, als sie auf Alex zuging. Überhaupt, warum stand er da? Hatten sie etwas ausgemacht? Sie schüttelte den Kopf, es fiel ihr nicht ein. Aber wenn er schon mal da war ...

»Alex, ich muss dich etwas fragen«, kam sie ohne Umschweife zum Thema.

»Auch dir einen guten Morgen, Lilli.« Er beugte sich zu ihr und drückte ihr einen Kuss auf die Wange.

Sie wurde rot, Unhöflichkeit war nicht ihr Stil. Verlegen nuschelte sie »Morgen« und fuhr gleich fort: »Ich habe etwas Seltsames geträumt.«

Alex sah sie ernst an. »Was war es?« Es lag eine Spur Besorgnis in seiner Stimme.

»Na ja, eigentlich weiß ich nicht so genau, wo mein Traum anfängt und wo er aufhört.« Lilli wartete, dass sich auf seinem Gesicht Belustigung oder wenigstens Erstaunen zeigen würde. Doch er blieb ernst. »Ich möchte, dass du mir den gestrigen Abend beschreibst. Ich meine, die Zeit, die wir zusammen waren.« Sie wandte den Blick von seinen forschenden Augen ab.

Als sie schon fast dachte, er sei zu verdutzt, um etwas zu sagen, legte er das Rad in den Schotter, verlagerte sein Gewicht auf ein Bein und stemmte seine Hände in die Hosentaschen.

»Ähm, wo soll ich beginnen?«

Lilli rümpfte die Nase, es war zu komisch. Es war absurd. Aber ihre einzige Hoffnung auf Klarheit. »Am besten beim Ende der Schule«, gab sie kleinlaut zurück.

Alex nahm einen tiefen Atemzug, seine Körperhaltung drückte etwa Folgendes aus: Ich erzähle dir mal, was ich gestern so gemacht habe, denn du warst zwar dabei, erinnerst dich aber an nichts. Darüber nachzudenken wäre aber nicht gut.

»Gut«, begann er. »Wir sind der Schule zusammen zum Meer gegangen, haben das Boot der Tauchschule genommen und sind zu der Stelle gefahren, an der wir schon einmal waren. Die beiden Delfine sind kurze Zeit später erschienen und wir haben mit ihnen gespielt. Ich war mit ihnen schwimmen ...« Alex runzelte die Brauen als könnte er sich so besser erinnern.

»Und dann?«, drängelte Lilli.

»Ist nicht mehr viel passiert. Wir sind noch eine Weile im Boot geblieben, dann habe ich dich nach Hause gebracht. Es war bereits dunkel und wir haben uns vor dem Haus verabschiedet.« Bei den letzten Worten wandte er den Blick von ihr ab.

War er befangen wegen der Küsse? Die waren doch real, dachte sie verzweifelt. So etwas konnte sie nicht bloß geträumt haben.

»Haben wir uns geküsst?«

Seine Haltung beantwortete ihre Frage, sie wollte es aber von ihm hören. Als er antwortete, schaute er überall hin, nur nicht zu ihr. »Haben wir.«

Lilli schoss die Röte ins Gesicht und sie war froh, dass er sie jetzt nicht ansah.

»Hast du mir eine Geschichte über einen Jungen Marian aus der Welt der Menschenamphibien erzählt? Du hast sie *Wasserwesen* genannt.«

Alex' Kopf schnellte hoch und sein Gesicht wurde selbst unter seiner Sonnenbräune blass. Hatte er gerade nach Luft geschnappt oder bildete sie sich das nur ein?

Er räusperte sich und sagte beinahe hart: »In deinen Träumen.«

Lilli klappte den Mund auf und wieder zu. »Alex, bitte, hast du?«

»Worüber noch mal soll ich dir erzählt haben?«

Lilli schnaubte. Er hatte sie sehr wohl verstanden, sie würde sich nicht lächerlich machen und es wiederholen.

»Ich habe dich geküsst, okay. Wenn es dir nicht recht war, was ich allerdings nicht denke ...«

»Darum geht es nicht!«, fauchte Lilli. Es war offensichtlich, dass er so schnell wie möglich das Thema wechseln wollte. Und es war echt ärgerlich, dass er so eingebildet über seine Kusskünste war.

»War es okay für dich?«, fragte Alex unbeeindruckt.

»Was?«, zischte sie.

»Die Küsse, waren sie okay für dich?«

Sie bebte vor Zorn, blähte die Nasenflügel und wandte sich abrupt ab.

»Jetzt warte doch, Lilli! Tut mir leid. Ich frage nicht mehr.«

Sie trat von einem Fuß auf den anderen. Stimmt, Weglaufen war seine Spezialität. Außerdem hatte sie nicht vor, zu Fuß zur Schule zu gehen. Ihr Fahrrad war aus irgendeinem Grund, an den sie sich ebenfalls nicht erinnerte, nicht im Hof gewesen.

Als Alex sie erreichte, legte er ihr eine Hand auf die Schulter. »Hey, nicht sauer sein.«

Er hielt sie hin. Es ging ihm gar nicht um die Küsse, er wollte das Thema wechseln. Und das machte Lilli stutzig. Und neugierig. Als sie sich zu ihm umwandte, kniff sie die Augen zusammen und sagte mit kühlem Ernst:

»Alex, Schluss mit den Spielchen. Ich mache das nicht mehr mit. Wenn du versuchen solltest, mich anzulügen ... Was genau geht hier vor? Was ist mit mir los? Wie bin ich gestern heimgekommen? Mein Fahrrad ist weg. Ich wollte es vorhin holen, es ist nicht hier.«

Alex hielt ihrem Blick stand. Sichtlich um Beherrschung bemüht sagte er: »Fein. Keine Spielchen mehr. Auch nicht deine Spielchen.«

Lilli war zu perplex, um ihm gleich zu antworten. Als sie schließlich ein lautloses »Was?« über die Lippen brachte, war sein Blick kalt.

»Du hast mich verstanden. Ich bin nicht der Einzige hier, der lügt. Aber ich kann gerne der Erste sein, der damit aufhört. Heute

Abend.« Mit diesen Worten schwang er sich aufs Rad und entfernte sich in einer schmalen Staubwolke.

Sie sah ihm nach, wütend, dass er sie wieder einmal so stehen ließ. Und zu sprachlos, um ihm nachzurufen, wann denn genau heute Abend.

Und sie war plötzlich traurig. Es war ihr erster Streit gewesen. Das Gespräch mit Alex hatte wie so oft mehr Fragen aufgeworfen, als beantwortet, dachte sie bitter. Zum Beispiel die Frage, wieso Alex dachte, *sie* würde irgendwelche Spielchen spielen.

Verflixt, das Fahrrad! Er hatte es total vergessen. Natürlich stand es noch in Calahonda, wo sie es gestern Abend hingestellt hatte.

Das Ganze war umsonst gewesen. Wieso hatte es bei ihr nicht funktioniert? Hatte er sich nur eingebildet, Erinnerungen beeinflussen zu können? Die Fragen rasten durch seinen Kopf wie er selbst auf seinem Rad Richtung Calahonda.

Er war sich so sicher gewesen, als er in der Nacht im Boot plötzlich wach geworden war, dass er eine neue Fähigkeit hatte: Erinnerungen verschieben. Dass er, sobald jemand im Tiefschlaf war, in dessen Kopf dringen konnte und die Erinnerungen aus dem Erinnerungsspeicher des Gehirns ins Unterbewusste oder in den Traumbereich verschieben konnte. Wenn die Person wach wurde, erinnerte sie sich an nichts oder sie erinnerte sich an die Wirklichkeit wie an einen Traum. Er hatte alles in der Nacht so intensiv empfunden, als hätte er es schon Hunderte Male gemacht.

Warum erinnerte sich Lilli an die Geschichte mit Marian? Sie hätte sich an nichts erinnern *dürfen*. Was hatte er falsch gemacht?

Und wie sollte er nun dieses Problem lösen?

Das Geräusch an der Balkontür ließ sie zusammenfahren. Lilli hielt den Atem an. Vermutlich ein Streich ihrer überreizten Fantasie. Wer soll da auch sein? Der Balkon war mindestens zehn Meter hoch und niemand würde einfach so da hoch kommen. Bis auf ... Noch bevor sie den Gedanken zu Ende denken konnte, klopfte es an der Scheibe der Balkontür. Ihr Herz machte einen Hüpfer.

»Hey, ich bin es, Alex«, kam es im Flüsterton von draußen. Als hätte seine Stimme einen Bewegungsmechanismus in ihr ausgelöst, war sie mit einem Satz an der Balkontür, riss den Vorhang beiseite und öffnete die Tür.

Da stand er, im Schein der Zimmerbeleuchtung und sah sie aus dunklen Augen an. »Darf ich hereinkommen?«

Lilli schüttelte den Kopf, während sie wortlos beiseitetrat. Schnell schlüpfte er ins Zimmer.

»Wie ... ach, schon gut.« Sie zuckte mit den Schultern, ließ sich aufs Bett fallen und bedeutete ihm, es ihr gleichzutun. Er zögerte, setzte sich dann aber auf die Bettkante.

Mit einer Mischung aus Frustration und Neugierde betrachtete sie ihn. Er trug ein dunkles T-Shirt und dunkle Jeans. Seine Haare glänzten im Schein der Tischlampe feucht und nichts verriet, dass er gerade einen Kraftakt hinter sich hatte, um auf ihrem Balkon zu erscheinen.

Als Alex ihren Blick bemerkte, deutete er mit dem Finger auf seine Haare. »Bin durchs Wasser hergekommen. Geht schneller.«

Lilli öffnete den Mund und klappte ihn wieder zu, nickte nur. Natürlich, was sonst.

Als hätten sie mal eben ein Gespräch unterbrochen, sagte er im Plauderton: »Und, was möchtest du wissen?«

Lilli seufzte. Ja, was wollte sie wissen? Alles, doch beginnen wir damit: »Keine Lügen.«

»Keine Lügen«, echote Alex trocken, sein Blick ernst.

Sie setzte sich in den Schneidersitz und holte tief Luft. »Die Menschenamphibien, gibt es sie?« Sie hob den Blick von der Bettdecke, auf die sie gestarrt hatte, und schaute Alex in die Augen.

Für einen Moment flatterten seine Lider, doch dann wurde sein Blick klar und er nickte.

»Die Geschichte über Marian, hast du sie mir erzählt?«

Wieder ein Nicken.

»Verstehe. Ich bin also nicht verrückt. Und ich habe es nicht geträumt. Wieso aber fühlt es sich so eigenartig an, nicht ganz wirklich, aber auch nicht ganz Traum? Und wieso fehlen mir Teile des gestrigen Abends, der Heimweg zum Beispiel?«

Alex wand sich unter ihrem Blick. Als sie sein Zögern bemerkte, sagte sie mit Nachdruck: »Du hast es mir versprochen.«

»Und ich halte meine Versprechen. Auch wenn es uns vielleicht das Leben kostet.«

Ausdruckslos starrte sie durch ihn hindurch, bemüht, ihre Gesichtsmuskeln unter Kontrolle zu halten. Uns? Wäre sein Schwurbruch das Todesurteil auch für die Person, der das Geheimnis verraten wurde? In dem Fall sie ... Sie kaute an ihrer Lippe.

Ungeduldig hatte sie darauf gewartet, dass es endlich Abend wurde, hatte in Gedanken alle möglichen Fragen vorbereitet und sich immer wieder gesagt, dass sie nun sein Geheimnis kannte und sie nichts mehr erschüttern konnte. Doch wie wenig sie trotz allem über Alex und seiner Welt wusste, wurde ihr jetzt erst klar.

In der Schule hatte er ihr die kalte Schulter gezeigt und das hatte wehgetan. Sie hatte sich aber fest vorgenommen, ganz gleich, was sie am Abend erfahren würde, sie würde Alex ihre Gefühle nicht zeigen. Und sie würde keine Angst haben. In diesem Augenblick jedoch, in dem ihr diese Gedanken durch den Kopf schossen, kroch ihr ein kalter Schauer den Rücken hoch.

Alex musterte sie eine Weile aufmerksam, dann stand er vom Bett auf und stellte sich an die Balkontür. Mit einem unergründlichen Ausdruck im Gesicht, das sie gespiegelt in der Scheibe sehen konnte, schaute er aus dem Fenster. Als er schließlich zu sprechen begann, drehte er sich nicht um:

»Ich kann unter bestimmten Umständen Erinnerungen so beeinflussen, dass sie wie ein Traum erscheinen oder ganz im Unterbewusstsein verschwinden. Ich wollte die Erinnerung an die Geschichte, die ich dir erzählt hatte, verschieben, damit du dich an diesen Teil des Abends nicht erinnerst. Es hat bei dir offensichtlich nicht geklappt.«

Als Lilli nach Luft schnappte, drehte er sich um. Sie biss die Zähne zusammen. Betont sachlich fragte sie: »Unter welchen Umständen?«

»Die Person muss schlafen. Ich muss die Traumphase oder die Tiefschlafphase abwarten.« Er räusperte sich. Seine Stimme klang emotionslos, als würde er einen Vortrag in Psychologie halten:

»Die Menschen – wie die Menschenamphibien übrigens auch – haben drei Bewusstseinszustände. Wachzustand, Tiefschlaf und Traumschlaf. Vereinfacht ausgedrückt läuft das so: Im Wachzustand entstehen im Gehirn Bilder. Man sieht etwas, hört, riecht etwas, nimmt es also über die Sinne wahr und das Gehirn verwandelt es dann in ein Bild. Es wandert in jenen Bereich im Gehirn, in dem Erinnerungen gespeichert sind. Der Tiefschlaf ist ein Zustand ohne große Gehirnaktivität, da passiert sozusagen nichts, das Gehirn ruht sich aus. Im Traumschlaf laufen dagegen in Sekundenschnelle Hunderte von Bilder ab, die Träume. Wenn man in diesem Zustand ist, ist das Gehirn am aktivsten. Und diese Aktivität ist getrennt vom Körper, sonst würden wir unsere Träume mit dem Körper erleben. Das Gehirn sendet sozusagen keine Impulse an den Körper. Ich kann dabei aus dem Erinnerungsspeicher Bilder herausholen und in die Traumsequenzen verschieben. Oder auch ins Unterbewusstsein, wenn die Person im Tiefschlaf ist.«

Alex hielt inne. Sie spürte seinen wachsamen Blick auf sich gerichtet und saß wie versteinert da. Doch in ihr brodelte es. Es mochte ja alles hochspannend sein, dass er aber in ihren Erinnerungen herumgemurkst hatte, versucht hatte, sie zu manipulieren ... Die Vorstellung trieb sie zur Weißglut.

»Wage es nicht noch einmal, das zu tun, Alex oder Marian oder wie auch immer du heißt!«, brach es aus ihr heraus. Sie spürte, wie ihr die Zornesröte ins Gesicht schoss.

»Eigentlich sind beide richtig. Mein zweiter Vorname ist Marian. Ich habe ihn noch nie benutzt. Bis auf gestern in der Geschichte«, sagte Alex leise. Er wandte sich ab und schaute wieder in die Nacht jenseits der Balkontür. Auf seinem Spiegelbild in der Scheibe erschien ein trauriger Zug.

Ihre Wut ließ langsam nach, sie bemühte sich um einen sachlicheren Ton: »Wieso erzählst du mir erst eine Geschichte und willst dann, dass ich sie wieder vergesse?«

Er drehte sich zu ihr, und dann sprudelte es aus ihm heraus. »Verstehst du das nicht, Lilli? Es darf eigentlich nicht sein, dass ein Mensch über uns Bescheid weiß. Es ist wie ein Todesurteil. Ich wollte dieses Geheimnis nicht länger für mich behalten, doch ich bin an den Schwur gebunden. Ich bin, seit ich dich kenne, innerlich zerrissen. Einerseits sollst du wissen, wer ich bin, andererseits darf ich es dir nicht verraten. Wir sind verpflichtet, unsere Existenz geheim zu halten – unter allen Umständen. Ich hätte es nie offen sagen dürfen. Du hast aber ein Recht zu erfahren, mit wem du zusammen bist. Als ich auf die Idee kam, es dir indirekt zu verraten, hatte ich die große Hoffnung, dass du dich damit zufrieden gibst, es dabei belässt. Aber du hast nicht aufgehört zu fragen ...

Ich wusste außerdem nicht, wie du darauf reagieren würdest. Wie reagiert ein Mensch auf so eine Geschichte? Mit Ungläubigkeit oder Angst? Mit Abscheu? Ich sehe wie ein Mensch aus, doch das täuscht, ich bin ein gefährliches Raubtier, Lilli. Wir sind zwar nicht darauf aus, zu töten. Doch es ist Teil unserer Natur, die wir seit Tausenden von Jahren zu kontrollieren versuchen. Ich hatte keine Ahnung, wie du die Wahrheit über mich aufnimmst. Als ich merkte, wie sehr du dich in die Geschichte vertieft hattest, wie sie dich beschäftigte, wie dich die Erwähnung von Rex und des Bösen, das auf die Menschen hier lauert – was natürlich mein Fehler war, es zu erwähnen –, mitgenommen hat, war ich mir nicht mehr sicher, ob es gut war, dir das alles verraten zu haben. Doch es war nun mal gesagt. Also beschloss ich, es dich wieder vergessen zu lassen.«

Alex schüttelte gedankenverloren den Kopf. Mit einer Hand fuhr er sich durchs Haar und lehnte sich an den Rahmen der Balkontür, als würde er dort Halt suchen.

Lilli dachte über seine Worte nach. Warum wunderte sie sich nicht, dass es bei ihr nicht geklappt hatte? »Wäre es möglich, dass ein Teil von mir nicht wollte, dass ich es vergesse? Mein zweiter Name ist übrigens Dickschädel.«

Alex lächelte schwach. »Du kannst nicht alles auf dich nehmen, Lilli. Es ist nicht mehr wichtig, weshalb es so ist. Du weißt nun Bescheid. Allein das könnte dein Todesurteil sein. Also ist im Augenblick das Wichtigste, dass es sonst niemand erfährt.«

Sie nickte. Ein schrecklicher Gedanke, dass Alex ihr etwas antun könnte, doch sie war zu sehr damit beschäftigt, das eben Erfahrene zu verarbeiten, um sich vor irgendetwas zu fürchten.

»Sehe ich das richtig: Rex ist der Böse und Seraphim, dieser Mentor, ist der Gute?«

Alex nickte. »Grausamerweise sind sie Brüder.«

Aha, das erklärt denselben Nachnamen in Eugenes altem Buch.

»Wenn dieser Rex so viele Menschenleben aufs Spiel setzen will, um an seine Unsterblichkeit zu kommen, wie können wir ihn davon abhalten?«

»Wir?«, fauchte Alex. Er wirbelte herum. »Du meinst nicht allen Ernstes uns beide, also dich und mich?«

Sie war zusammengezuckt. »Ähm, ich dachte, ich könnte ...«

Alex schnitt ihr das Wort ab. »Du dachtest! Falsch gedacht!« Er schüttelte ungläubig den Kopf. »Ich war der Meinung, dir so nahe zu kommen, sei leichtsinnig. Doch du übertriffst darin sogar mich.«

Lilli hätte beleidigt sein müssen, sie lächelte stattdessen nur und sagte:

»Wenn wir schon beim Thema *Nähe* sind. Wieso bist du so vorsichtig? Was war im Boot mit dir los?« Sie hatte die Szene noch lebhaft in Erinnerung. Wie könnte sie diese Umarmung, diesen Kuss vergessen? Es war das Schönste, was sie je erlebt hatte und niemand konnte es ihr nehmen, auch nicht Alex mit seinen Gedankentricks.

Sie wünschte sich mehr als alles andere, die Zeit mit ihm zu verbringen. Doch irgendetwas war da, was diese Nähe gefährlich machte. Dieses Gefühl hatte sie von Anfang an gehabt. Nachdem sie jetzt wusste, wer Alex war, was er war, bekam sie eine Ahnung, was es sein könnte. Doch sie wollte es von ihm hören. Jetzt, da er endlich bereit war, ihre Fragen zu beantworten, wollte sie nicht aus Furcht vor den Antworten einen Rückzieher machen.

Sein Gesicht war düster. »Ich bin ein Jäger, Lilli. Es ist schwer in bestimmten Stunden des Abends oder der Nacht, dich als menschliches Wesen und nicht als Beute zu betrachten.« Er sah sie mit wachen Augen an, als fürchte er, sie könne gleich das ganze Haus zusammenschreien. »Wir haben Jagdinstinkte, die stark ausgeprägt sind. Es wäre fast zu spät für diese Erkenntnis geworden: Dass es in den Abendstunden, wenn die Jäger ihre Beutesuche beginnen, viel gefährlicher ist, dir nahe zu sein, als zu einer anderen Tageszeit. Ich war unvorsichtig, als ich dich bei Sonnenuntergang im Boot geküsst habe. Dein Geruch, deine Wärme, die Nähe, all das sind sehr laute Lockrufe für das Raubtier in mir. Es kann passieren, dass unsere Instinkte in solchen Momenten unsere Vernunft in den Hintergrund drängen und wir nur noch Jäger sind, die Blut wittern.«

»Was wäre passiert?«, krächzte Lilli mit trockener Kehle. Willst, du dumme Nuss, es wirklich wissen? Ja, beantwortete sie sich selbst die Frage. Sie wollte alles ganz genau wissen. Um zu verstehen, wer Alex war, was er jenseits eines menschlichen Antlitzes verbarg. Jenseits dieses vollkommenen Gesichts, das darüber hinwegtäuschte, dass noch etwas anderes in diesem Wesen schlummerte. Etwas Gefährliches, Todbringendes.

»Lilli, bitte nicht«, flüsterte er. Er sah sie mit schmerzerfüllten Augen an.

»Ich muss es wissen. Ich habe mehr Angst, wenn ich mir etwas nur vorstelle, als wenn ich es weiß. Würde es tödlich ausgehen, wenn du die Kontrolle verlierst?«

Alex schloss die Augen, dann nickte er. Er räusperte sich, bevor er sprach. Seine Augen blieben geschlossen.

»Der erste ... Biss ist zunächst schmerzhaft, an der Stelle, wo meine Zähne die Haut durchbohren. Über dem Brustbein an der Kehle. Dann kommt das Gift. Du spürst den schrecklichen Schmerz im ganzen Körper, während es durch deine Adern fließt. Der zweite Biss lähmt dich. Die nächsten Bisse pumpen so viel Gift in dich hinein, dass die Lähmung auch deine vitalen Organe erfasst. Dein Herz hört auf zu schlagen, deine Lungen kollabieren ...« Er hielt inne. Eine Träne sickerte hervor und rollte über seine Wange. »Danach reiße ich dir die Kehle heraus, obwohl es gar nicht mehr nötig wäre, denn du bist bereits tot. Das ist die gnädigere Form. Sonst können wir im Blutrausch auch direkt die Kehle ...« Seine Stimme brach und er wandte sich ab.

Lilli starrte auf seinen Rücken, der leise bebte. Dann stand sie auf und trat zu ihm ans Fenster. Sie legte ihm ihre Hand auf den Rücken.

Er zuckte zusammen, als hätte er nicht erwartet, dass da noch jemand ist, der ihn berühren mochte.

Sanft packte sie ihn am Arm und zog ihn vom Fenster weg. Widerwillig drehte er sich um. Sie sah in seine geröteten Augen.

»Wozu musst du das wissen, Lilli?«, flüsterte er mit erstickter Stimme. »Ich will nie wieder so etwas in deiner Nähe spüren. Nie wieder. Lieber sterbe ich, als dass ich dir wehtue.« Seine Augen waren dunkel vor Schmerz.

»Danke, dass du es mir gesagt hast. Ich musste es hören. Ich weiß, du könntest mir nicht weh tun, Alex.«

»Du weißt es?«, rief er verzweifelt. »Woher denn? Ich weiß es doch selbst nicht!«

Lilli wich nicht von seiner Seite. Er wischte sich mit der Hand über die nassen Wangen.

Sie nickte ihm zu und sagte mit der ganzen Überzeugung, die sie in ihre Stimme legen konnte: »Ich jedenfalls weiß es.«

Alex antwortete mit einem ungläubigen Kopfschütteln. »Wenn wir schon dabei sind. Da ist noch etwas.« Seine Stimme klang beinahe zynisch. »Während jemand schläft, kann ich nicht nur seine Erinnerungen beeinflussen, ich kann ihn auch töten. Jeder Mensch hat Bilder über den eigenen Tod in sich, jeder hat sich schon vorgestellt, wie es wäre, zu sterben. Oder hat Angst davor. Diese Bilder, die Todesangst nutze ich. Ich kann ihm suggerieren, dass er gestorben ist. Dann hört er auf zu atmen. Er stirbt tatsächlich.«

Lilli sah Alex an und vermutlich gelang es ihr nicht, ihr Entsetzen völlig zu verbergen, denn sein Gesicht hatte einen gequälten Ausdruck angenommen. Trotzdem fragte sie: »Hast du schon jemanden getötet?«

Entschieden schüttelte er den Kopf. »Nein!«

»Nur noch eine letzte Frage.«

Er nickte bereitwillig, als hätte er eingesehen, dass nun das Schlimmste heraus war.

»Ist es nur mit mir so oder kommen diese Instinkte auch bei anderen Menschen?«

Mit fester Stimme antwortete er: »Nur bei dir. Es ist eine unserer Besonderheiten. Wir entwickeln eine starke Bindung zu einem Menschen, wenn wir ihn retten. Wir fühlen uns verantwortlich für dieses Leben und wir sind an dessen Schicksal gebunden. Aber dem auch ausgesetzt. Es kam schon oft vor, dass Amphibien Leute retteten. Sie haben dann ein Leben lang aus sicherer Entfernung den Menschen begleitet, an seinem Leben teilgenommen.«

Bei diesen Worten erinnerte sich Lilli an Amandas Geschichte. Vielleicht war die Frau, die sie damals gerettet hatte, ebenfalls in ihrer Nähe geblieben. Vielleicht war sie wirklich im Meer, wenn Amanda schwimmen ging, und ihr Gefühl täuschte sie nicht, dass da jemand war, der sie beschützte.

»Es ist ein unsichtbares Band. Man kann es eine Weile ignorieren, doch es kommt immer der Tag, an dem man sich wieder diesem Menschen zuwendet, wieder seine Nähe sucht. Bei uns beiden ist es noch intensiver, weil auch du mich gerettet hast. Alles ist intensiver, die Instinkte, die Gefühle, die schönen, aber auch die gefährlichen. Es hat unser beider Schicksal unwiderruflich besiegelt. Wir gehören zusammen, Lilli.« Er holte tief Luft und nahm Lillis Hand in seine. »Ich habe Angst, dass ich es vergesse. Du musst Geduld haben. Ich will dir nahe sein, mehr als alles andere, doch ich habe Angst um dich.«

»Sag mir, was ich tun kann, um dir diese Angst zu nehmen.«

Auf seinem Gesicht erschien ein dankbarer Ausdruck. »Du tust schon das Richtige. Durch dein Verständnis und deine Geduld tust du genau das Richtige.« Er setzte sich auf die Bettkante, als hätte ihn sein Geständnis erschöpft.

Lilli berührte sein Haar und fuhr mit ruhigen Bewegungen hindurch. Lange stand sie so da und streichelte ihn wie ein Kind, das Trost sucht. Irgendwann hob er den Kopf und schaute sie mit glänzenden Augen an. Er legte eine Wange an ihren Bauch und umschlang ihre Taille. So verharrten sie in der Stille der Nacht, bis sein warmer Atem an ihrem Bauch den gleichen Rhythmus hatte wie ihrer.

»Lilli?«

»Hm?«

»Ich werde ein paar Tage nicht hier sein.«

Sie löste sich aus seiner Umarmung und setzte sich neben ihm aufs Bett.

»Ich muss nach Thalassa 3.«

Ach ja, *das* Thalassa 3 aus seiner Geschichte. Alex sagte es so selbstverständlich, als würde er sagen, er müsse nach Granada. Sie musste sich erst noch daran gewöhnen.

Lilli fröstelte mit einem Mal. »Wie lange bleibst du dort?«

»Vier Tage. Vielleicht auch fünf.«

Sie nickte abwesend, versuchte, sich vorzustellen, wie sie es vier Tage ohne Alex aushalten würde und erkannte, wie sehr er bereits Teil ihres Lebens war. Es war unmöglich, sich auch nur einen Tag ohne ihn auszudenken.

Diese Gedanken mussten sich auf ihrem Gesicht gespiegelt haben, denn Alex sagte: »Keine Sorge, so schnell wirst du mich nicht mehr los. Ich bin bestimmt wieder da, bevor du überhaupt gemerkt hast, dass ich weg war. Und dann kannst du mich weiter ausfragen.« Er schüttelte energisch den Kopf und machte eine abwehrende Geste. »Nein, keine Fragen mehr. Ich erzähle dir einfach alles, jetzt, da ich sowieso schon die wichtigste Regel gebrochen habe.«

»Versprochen?« Lilli war überrascht, wie weinerlich ihre Stimme klang. »Nicht, dass ich keine Fragen mehr hätte. Ich will alles über deine Welt wissen.«

Alex lachte leise auf.

»In Anbetracht der Tatsache, dass sich mein Freund als ... Fisch entpuppt hat, erübrigt sich die Frage, ob wir per E-Mail in Kontakt bleiben. Ich nehme an, du twitterst auch nicht.«

»Ich könnte wie ein Delfin pfeifen, nicht wie ein Vogel. Benutzen Menschen noch Brieftauben?«

»Twittern ist ...« Schwieriger zu erklären als ein Fahrrad. »Schon gut.«

»Wenn ich wieder zurückbin, bringst du es mir bei. E-Mail, Vogelkunde. Und ich verspreche dir, alle deine Fragen zu beantworten. Doch bevor ich morgen Abend gehe, will ich dir noch etwas zeigen. Ich habe ein Geschenk für dich.« Er lächelte sie an, beinahe der Alte, nur eine Spur Traurigkeit lag noch in seinen Augen.

Sie hatte ihn noch einen Tag! Einen Tag, um sich an vier Tage Abwesenheit zu gewöhnen. Und er hatte ... »Ein Geschenk?«

Sein Lächeln wurde breiter. »Ja, Menschen haben doch diese Angewohnheit, sich Geschenke zu machen. Ich bin sehr gespannt, was du dazu sagst.«

Sie schmunzelte. »Was immer es ist, es ist jetzt schon das Schönste, was ich je bekommen habe.« Okay, das war zu früh. Sich ihm so an den Hals zu werfen!

Alex stand auf und machte Anstalten, zu gehen.

Wenn er schon mal hier war und sie schon mal an seinem Hals hing ...

»Möchtest du bleiben?«, fragte sie, ohne lange zu überlegen.

Alex hielt inne und blieb mit dem Rücken zu ihr stehen, wie er es manchmal tat, wenn er überlegte. Dann drehte er sich um und sah sie sehnsüchtig an. Ihr Herz schlug plötzlich so laut, dass sie sicher war, er konnte es hören. Bestimmt hatte er auch so ein feines Gehör wie Delfine. Sie stand auf und wartete verlegen auf seine Antwort.

Ohne ein Wort trat er zu ihr und umarmte sie. Sie spürte seine Vorsicht. Doch es machte ihr nichts aus, dass seine Umarmung behutsam war. Sie genoss jede Sekunde. Sie hatte es so vermisst.

»Du solltest jetzt schlafen.« Alex ließ sie aus der Umarmung los und strich ihr eine Haarsträhne aus dem Gesicht.

»Und du?«

»Ich muss nicht viel schlafen. Wir schlafen nur drei bis vier Stunden im Morgengrauen.« Er grinste über ihren verdutzten Gesichtsausdruck.

»Beneidenswert.«

»Ja? Wieso?«

»Weil dir mit weniger Schlaf mehr Zeit bleibt, viele schöne Dinge zu tun.« Sie schaute ihn verschmitzt an.

»Wenn du es so sehen willst ...«

»Und was machst du solange? Mir dabei zusehen? Kommt nicht in Frage!« Sie setzte ihren furchteinflößendsten Gesichtsausdruck auf, den sie auf Lager hatte. Das Ergebnis war allerdings wenig befriedigend, denn Alex unterdrückte nur mit Mühe ein Grinsen.

»Oh, nein. Darauf wäre ich nie gekommen!« Er wies diese Idee mit einer wegwerfenden Geste weit von sich. »Ich kann natürlich auch Hausaufgaben machen.«

»Ich möchte nicht, dass du schon gehst«, quengelte sie.

»Wenn das ein Trick ist, um mehr über dein Geschenk aus mir herauszulocken, dann wird das nicht klappen. Ich kann sehr verschwiegen sein.«

»Stumm wie ein Fisch, was?«

Alex gluckste.

»Du kannst nicht etwa auch noch Gedanken *lesen?*«, fragte sie vorsichtig.

»Leider nein. Vielleicht später mal.« Plötzlich wurde er ernst.

Lilli kannte inzwischen diesen düsteren Ausdruck nur zu gut und ihr wurde mulmig.

»Ich muss noch etwas erledigen. Ich bleibe aber, bis du eingeschlafen bist.« Er kauerte auf dem Boden und lehnte sich ans Bett, mit dem Rücken zu ihr.

Sie setzte zu einem Protest an, etwas in seiner Haltung hielt sie aber davon ab. So kuschelte sie sich ins Kissen und nickte, doch er sah es nicht mehr.

29.
Lil Majestic

Lilli löschte das Licht und ging auf den Balkon. Eine Windböe spielte mit ihrem Haar. Sie beugte sich über die Brüstung und blickte suchend in die Finsternis jenseits der Hofmauer.

Es war eine windige Nacht.

Einige Atemzüge lauschte sie, dann war sie sich sicher. Es war das Rauschen des Zuckerrohrfeldes, das sich mit dem der Brandung mischte. Fasziniert betrachtete sie das nächtliche Schauspiel der Natur: das Aufblitzen der weißen Schaumkronen, die sie selbst in der Dunkelheit erkennen konnte, und die vom Wind gepeitschten Zuckerrohrpflanzen, die hin- und herwogten wie die See; die Palmen im Hof, deren lange dünne Blätter eine eigene Stimme in diesem Geräuschpotpourri hatten, während sie auf die Steinplatten wilde Schattenspiele kritzelten. Die bewegten Blumenranken an der Hofmauer, von denen ein intensiver Duft ausströmte. Sie atmete tief die würzige Nachtluft ein.

Beim Anblick des aufgewühlten Meeres dachte sie unwillkürlich an Alex. Sie bemühte sich gar nicht erst, ihr schneller pochendes Herz zu beruhigen. Sie war nun schon den ganzen Tag so aufgedreht und im Dunkel der Nacht, im wilden Wogen der Elemente wurde ihre Erregung noch größer.

Diese Zeit war Lillis liebste, seit sie hier war.

Sie genoss die andalusischen Nächte, die so ganz anders waren als die in New Yorker, sinnlicher und unmittelbarer. Bereits kühl, war die Nacht eine Wohltat nach den noch heißen Tagen des südspanischen Herbstes.

Das stetige Geräusch des nahen Meeres, mal sanft, mal stürmisch wie heute, gab den Stunden eine geheimnisvolle Schwingung. Unbekannte Erwartungen und ein inneres Glühen, als würde etwas geschehen, begleiteten sie in den Minuten zwischen Wachsein und Schlaf und wurden zu Vorahnungen oder exotischen, farbenprächtigen Bildern in ihren Träumen. Hier träumte sie viel.

Als hätte sich dieser Gedanke materialisiert, erkannte sie eine Gestalt hinter der Hofmauer. Wie ein Schatten aus dem unendlichen Schatten der Nacht gelöst, wie eine Gestalt aus ihren Träumen.

Der Schein der Hoflaterne drang nicht bis jenseits der Mauerkrone vor und so blieb sein Gesicht nur ein Fleck in der Schwärze. Doch sie spürte, dass er zu ihr hochschaute, so intensiv, als stünde er vor ihr.

Ihre Augen hatten sich mittlerweile an die Dunkelheit gewöhnt und reglos beobachtete sie ihn. Dann löste sie sich aus ihrer Betrachtung und ging zurück ins Zimmer. Sie schloss die Balkontür, schnappte sich die Jacke vom Bett und schlüpfte hinein. Vorsichtig trat sie in den Flur, der dunkel dalag. Die Eingangstür knarrte und für einen Moment hielt sie den Atem an und lauschte. Doch in der Wohnung blieb es still. Auf leisen Sohlen schlich sie sich aus dem Haus.

Ihr Herz begann wild zu rasen, als sie auf Alex zuging. Was hatte er nur vor? Den ganzen Tag in der Schule hatte er so geheimnisvoll getan. Sicher, er hatte damit erreicht, dass sie sich stündlich mehr darauf gefreut hatte. Aber warum konnte er nicht einfach zu ihr kommen und ihr sein Geschenk geben? Wieso musste sie sich auf so abenteuerliche Weise aus dem Haus schleichen und ihm Gott weiß wohin folgen? Wenn das ihre Eltern wüssten ... Sie hatte so etwas noch nie gemacht!

Sie sollte, wenn es dunkel geworden war und ihre Eltern schlafen gegangen waren, ab und zu hinausschauen. Er würde vor der Hofmauer warten. So lauteten seine Anweisungen.

Zunächst hatte sie sich weigern wollen, doch dann hatte sie aus einem Impuls heraus beschlossen, sein Spiel mitzuspielen.

Natürlich war es einer jener Abende gewesen, an denen sich ihre Eltern mit dem Schlafengehen besonders lange Zeit gelassen hatten. Jedenfalls war es Lilli so erschienen.

Gegen zehn Uhr war sie in die Küche gegangen, um ein Glas Milch zu holen. Und um sich einen Überblick über die Lage zu verschaffen. Ihre Eltern hatten immer noch im Wohnzimmer vor dem Fernseher gesessen. Lauter als nötig hatte sie ihnen »Gute Nacht!« zugerufen. Doch da hatte das Handy ihrer Mutter geklingelt und sie war stehengeblieben, um zu lauschen, wer da noch so spät anrief.

»Es ist deine Großmutter«, hatte ihre Mutter gesagt.
»Super. Ich will sie kurz sprechen.«
Ihre Mutter hatte ihr das Handy gereicht.
»Hi, Grams! Wie geht es dir?«
»Hallo, Liebes! Mir geht es ganz gut. Der Fuß ist fast wie neu. War nur eine idiotische Entzündung am Unterschenkel.« Ihre Großmutter hatte über die Besuche bei den Ärzten und den zähen Heilungsprozess berichtet und sie dann gefragt, wie es ihr in Spanien ginge.
»Prima! Du hattest recht. Es ist fantastisch am Meer. Und die Stille hier ist gar nicht schlimm. Ich bin froh, dass ich hier bin.« Und Lilli hatte erzählt, wie ihr Zimmer aussah und wie es in der Schule war. Und dass sie neue Freunde gefunden hatte.

Ihre Granily hatte sich für sie gefreut – sie hatte mit nichts anderem gerechnet – und nach ihrer Mutter verlangt.

Lilli hatte sich verabschiedet und noch mit einem Ohr gehört, wie ihre Mutter gesagt hatte: »Ja, ja, Momy, wir werden alles regeln, kein Grund zur Besorgnis. Warst du beim Arzt? Wie geht es deinem Fuß?«

Erst eine knappe Stunde später waren ihre Eltern leise miteinander schwatzend endlich in ihr Schlafzimmer gegangen. Es war lange nach elf Uhr gewesen und ihre Anspannung jetzt auf dem Höhepunkt.

Als sie durch das niedrige Hoftor trat und Alex erreichte, wurde sie mit einem Mal ruhig.

Er schlang einen Arm um sie und zog sie an sich. Sanft strich er die Haare, mit denen der Wind spielte, aus ihrem Gesicht und gab ihr einen Kuss auf die Stirn.

»Bist du schon gespannt?«, flüsterte er ihr mit aufreizender Seelenruhe ins Ohr.

Sie wand sich aus seiner Umarmung. »Kein bisschen. Ich bin andauernd nachts unterwegs, um mir irgendwelche Geschenke abzuholen.«

Alex lachte leise sein dunkles Lachen und nahm sie bei der Hand.

Der Wind jagte Wolken über den Nachthimmel. In raschen Abständen blitzte die zu dreiviertel fertige Mondscheibe hervor, um gleich wieder hinter der nächsten Wolke abzutauchen. Der Hund, den Lilli ab und zu aus ihrem Zimmer hörte, wenn sie nachts in ihrem Bett lag, und über den sie erfahren hatte, dass er dem Hausmeister gehörte, bellte sein monotones, heiseres Gebell.

Sie stellte überrascht fest, dass Alex, dem sie ohne Widerstand folgte, nicht weiter mit ihr den üblichen Weg ging, sondern links ins Zuckerrohrfeld einbog. Sie liefen Hand in Hand den schmalen Pfad entlang, der ins Feld führte und tauchten bald ins knisternde Meer der dicht gewachsenen Zuckerrohrpflanzen ein. Lilli war hier wie blind. Und etwas besorgt. Die Dunkelheit umhüllte sie und ihre einzige Stütze war Alex' Hand.

Das Zuckerrohr hob sich meterlang über ihre Köpfe und verdunkelte den Pfad wie ein Wald. Alex lief in einem Tempo, als wäre es helllichter Tag. Als sich ihre Hand in der seinen verkrampfte, merkte er endlich, dass sie Schwierigkeiten hatte, mit ihm Schritt zu halten und drosselte sofort seine Geschwindigkeit.

»Wir sind gleich da. Vertrau mir«, rief er ihr über die Schulter zu. Seine Worte gingen fast unter im Rauschen der Zuckerrohre, das sie an Rascheln von Papier erinnerte. Allerdings vor einem Mikrofon, verstärkt durch ein Dutzend Lautsprecher.

»Ich nehme an, du siehst perfekt auch bei Dunkelheit?«, entfuhr es ihr spöttisch, während sie mit nachtblinden Augen tapfer weitertapste.

Alex blieb stehen und prompt lief sie in ihn hinein. »'Tschuldige.«

Er fing sie auf und drückte sie an sich. »Ich würde sagen, ich sehe ein wenig besser als du.« Seine Stimme an ihrem Ohr war neckisch und zärtlich zugleich. Sie bekam eine Gänsehaut, als sein Atem ihr Ohrläppchen streifte.

»Bin nicht neidisch. Es ist keine Kunst, nachts besser zu sehen als ich.«

Alex ließ sie aus der Umarmung los und griff wieder nach ihrer Hand.

Schade, eigentlich hätte sie ihn gern geküsst. Stattdessen wurde sie ganz die Praktische. »Hast du denn keine Taschenlampe? Das würde es vereinfachen.«

»Doch, ich mache sie aber später an, sobald wir tiefer drinnen sind. Es muss uns ja keiner sehen.«

»Oh, okay.« Mit einem Seufzer stolperte sie ihm nach.

»Ich muss dein Auge sein.« Und schon zog er sie weiter mit sich, ins nicht enden wollende Dunkel.

Von ihrem Balkon aus überblickte Lilli das Feld bis weit nach hinten zum Berghang. Sie schätzte seine Fläche auf mindestens zwei Quadratkilometer ein, also könnte ihre kleine Nachtwanderung noch eine Weile dauern. Noch nie zuvor war sie den Weg ins Zuckerrohrfeld gegangen, obwohl sie jeden Tag daran vorbeikam. Der Pfad verlor sich schnell im Feld, und sie hatte ein ungutes Gefühl bei dem Gedanken gehabt, da hineinzulaufen. Doch an Alex' Hand fühlte sie sich sicher, trotz der unheimlichen Finsternis, die sie knisternd von allen Seiten umschloss.

Sie erkannte wenigstens Umrisse. Mit ihren langen, dünnen Blättern erinnerten die Zuckerrohrpflanzen an gewöhnliches Schilf. Wenn sie den Kopf in den Nacken legte, sah sie die bewegten Spitzen in den Himmel verschwinden. Doch nur wenige Schritte entfernt verschwammen die Stängel zu einer dunklen Wand.

Als eine Wolke den Mond erneut freigab, erkannte sie, dass der Pfad einen Bogen nach rechts beschrieb und sich dann gabelte. Ein kaum erkennbarer zweiter Pfad ging hier ab und dahin führte sie Alex jetzt. Er ließ ihre Hand los, um die Pflanzen für Lilli zu teilen, bis sich endlich das Zuckerrohrfeld lichtete.

Alex trat mit den Worten »Da wären wir!« zur Seite, schaltete eine Taschenlampe ein und richtete ihren Lichtstrahl ins Dunkel vor ihnen.

Lilli riss die Augen auf. »Was ...?«

Sie hatte sich den ganzen Tag ausgemalt, was Alex mit seiner albernen Heimlichtuerei bezweckte. Ein Geschenk konnte schließlich so einiges bedeuten: ein Mitternachtspicknick bei Kerzenlicht, ein nächtliches Bad im eisigen Meer, eine Überraschungsparty. Okay, und auch jene Sache. Sie hatte gehofft, er würde ihr ganz nahe kommen. So richtig nahe ...

Aber das hier? Sie fixierte den Gegenstand, der sich im Schein der Taschenlampe zuckend aus der Finsternis schälte und hoffte insgeheim, er würde sich in Luft auflösen. Ob Blinzeln half?

Der Gegenstand blieb, wurde deutlicher, je näher Alex ihm mit seiner Taschenlampe kam.

Er wollte ihr ein Boot schenken?

Das Heck verschwand im Gestrüpp, sie erkannte jedoch, dass das Boot gute zehn Meter lang war und eine kleine Kajüte im hinteren Teil hatte, fast ganz verdeckt vom Zuckerrohr. Durch runde, blinde Fenster, die wie kleine Bullaugen aussahen, drang ein schwacher Lichtschimmer. Die Farbe an den Bootswänden blätterte ab und an manchen Stellen war das Holz aufgerissen.

Sprachlos schaute sie abwechselnd Alex und das Boot an.

»Unser geheimes Haus«, sagte er stolz.

Er wollte ihr ein Boot schenken!

»Eines der Dinge, die man so auftreiben kann, wenn man nicht viel Schlaf braucht.« Er lachte auf.

Klar lachte er, sie hatte den Mund offen stehen.

»Komm, sieh dir das Innere an. Da sieht es inzwischen besser aus.« Aufgeregt nahm er ihre Hand und führte sie zum Boot.

Schmale, aus übereinander gestapelten Steinen improvisierte Stufen lehnten an der Bugseite.

»Du erlaubst, dass ich vorgehe?«, sagte er galant und stieg geschmeidig die drei steilen Stufen empor. Er schwang sich mit einem federleichten Satz an Bord, beugte sich herab und reichte ihr die Hand.

»Keine Angst, das Pinienholz ist sehr gut erhalten.« Er klopfte an die Bootswand und lächelte ihr aufmunternd zu.

Sie reichte ihm stumm ihre Hand und ließ sich von ihm ins Boot helfen.

Alex ging zur Kajüte, schob zunächst einen Teil ihres Daches und dann eine niedrige Holztür beiseite. Er winkte sie zu sich, bückte sich und verschwand rücklings ins Innere. Über eine Holzleiter, die beinahe senkrecht hinabführte, folgte sie ihm.

Unten angekommen schaute Lilli sich um. Es verschlug ihr die Sprache. Und sie war zu ihrer eigenen Überraschung gerührt.

Warmes Licht weckte die Gegenstände unter Deck zu glühendem Leben. Im Flackern der Kerzen, die überall in der Kajüte verteilt waren, die meisten in bunten Windlichtern, bot sich ihr ein fantastischer Anblick. Der Raum zitterte im Schein ihrer Flammen, als hätten das Holz und die Gegenstände Lillis Aufregung in sich aufgesaugt.

Die Kajüte war gemütlicher und größer, als es von außen den Anschein gehabt hatte. Auf der rechten Seite standen ein Tisch aus schwerem Holz und ein Stuhl. Zur Linken war eine Etagenkoje eingebaut, auf dem schmalen Bett über einer Decke lagen mehrere Kissen. An der hinteren Kabinenwand entdeckte sie ein niedriges

Regal, etwas schief, aber dennoch in der Lage, einige Gegenstände zu tragen: einen Krug, ein paar Tassen, einen alten analogen Wecker und ganz oben im Regal einige Bücher.

Auf Lilli machte es den Eindruck, als sei eine Seite aus einem alten Kinderbuch herausgelöst und in Raum und Zeit gezaubert worden. Es könnte ein Kinderzimmer in einem Bauernhaus sein. Wo die Annehmlichkeiten des zivilisierten Lebens noch nicht eingezogen waren.

»Ich habe auf die Schnelle nicht sehr viel einrichten können«, sagte Alex in ihr stilles Staunen hinein. »Leider gibt es in Calahonda nur alle zwei Wochen einen Flohmarkt. Unglaublich, dieser Brauch der Menschen. Ich hätte nicht gedacht, dass es mir so viel Spaß machen würde, über einen Flohmarkt zu laufen und in alten Sachen zu stöbern.«

Sie schaute ihn mit einer Mischung aus Rührung und Ungläubigkeit an.

»Die Überraschung ist mir eindeutig gelungen«, sagte er lachend, als er ihren Gesichtsausdruck bemerkte.

Oh ja, die Überraschung war ihm wirklich gelungen! »Ich weiß nicht, was ich sagen soll, Alex. Ja, gelungen.«

»Gefällt es dir?« Er strahlte in kindlicher Freude und Erwartung.

»Ob es mir ... klar, gefällt es mir, ich bin überwältigt. Es ist großartig!« Lilli umarmte Alex stürmisch. Echt, es war großartig! »Wie hast du das nur gemacht? Wo hast du das Boot aufgetrieben?«

»Es war hier, im Zuckerrohrfeld. Das erste Mal habe ich es gesehen, als ich nach dem Beben auf der Suche nach Wasser herumgeirrt bin. Es muss Jahre hier gelegen haben. Total zugewachsen. Aber das Zuckerrohr hat es geschützt, das Holz ist erstaunlich gut erhalten. Außen verträgt es einen Anstrich, doch ich wollte zuerst das Innere richten.« Er deutete stolz um sich. »Viel Dreck war hier, und auch der eine oder andere tierische Bewohner. Ich habe fast eine Woche zum Putzen und Renovieren gebraucht.« Er kratzte sich am Kinn und fuhr gedankenverloren fort: »Ich glaube, dieses Feld ist seit Jahren nicht abgeerntet worden. Die Pflanzen wachsen einfach wild, durch die milden Winter sind sie unbeschadet geblieben. Keiner kam bis hierher, so blieb das Boot unentdeckt.«

In seinen Augen glänzte der Kerzenschein und färbte sie in der Farbe flüssigen Goldes.

Sie sah sich erneut um. Noch nie hatte sich jemand so viel Arbeit gemacht, um ihr eine Freude zu bereiten. Sie war glücklich, obwohl sie dieses Geschenk beim ersten Anblick für verrückt gehalten hatte. Sie hatte Alex für verrückt gehalten. Aber sie hatte recht gehabt, es war das Schönste, was sie bislang bekommen hatte.

»Unglaublich. Ein Boot ...«

»*Unser* Boot«, sagte Alex und tupfte ihr eine Träne weg. »Wenn du willst«, fügte er hinzu.

»Unser Boot«, wiederholte Lilli und küsste ihn sanft auf die Lippen.

»Ich taufe es *Lil Majestic*.«

Später, als Lilli in seine Arme gekuschelt auf der Koje lag und sein Herz unter ihrer Wange schlagen spürte, dachte sie über das Glücksgefühl nach, das sie erfüllte, wenn sie zusammen mit Alex war. Auch was jenes andere Gefühl war, das sich manchmal klar und deutlich, manchmal mehr eine Ahnung, darunter mischte. Waren es Zweifel? Angst? War das alles nicht viel zu schön, um wahr zu sein?

Sie konnte nicht glauben, dass sie so viel Glück hatte und Alex sie liebte, so wie sie ihn. Traurigkeit erfüllte sie. Es wird zu Ende gehen. Es kann nicht lange anhalten, spätestens wenn sie nach New York zurückkehren musste ... Diese Vorstellung ließ sie erzittern.

»Frierst du?«, flüsterte Alex und zog sie näher an sich. Sein Körper schmiegte sich warm an ihren. Die Gewissheit, dass es ihre Wärme war, die er angenommen hatte, beruhigte sie ein wenig.

Er hatte ihr verraten, dass er sekundenschnell die Temperatur seiner Umgebung annahm, denn wie alle Amphibien war er wechselwarm. Und als sie ihn ungläubig angesehen hatte, hatte er lachend ergänzt, dass der Rhythmus seines Herzens sich auch ständig neu anpasste. Wenn er ruhte, verlangsamte sich sein Herzschlag wie jetzt. Wie an jenem Abend, als er in Lebensgefahr gewesen war, hatte sie sich erinnert.

Sie hatte gefragt, ob er denn nie fror und er hatte geantwortet, dass er auch nie schwitzte. Ein Phänomen, das er erst bei

Menschen beobachtet hätte. Wenn sie zusammen waren, klopfte aber auch sein Herz schneller.

Alex richtete sich auf und ihr Kopf glitt von seiner Schulter aufs Kissen. Er betrachtete sie forschend. »Manchmal denke ich, ich mache dich traurig.«

Sie setzte sich ebenfalls auf. »Du machst mich glücklich.«

»Was ist es dann?« Seine Stimme war leise, aber eindringlich.

»Ich ... ich habe Angst, dass ich aufwache und du verschwunden bist, wie eine Traumgestalt. Ich habe Angst, dass das hier jeden Augenblick vorbei ist. Mit einem Mal weg. Wie morgens alles weg ist, was in einem Traum war. Oder dass ich eines Tages merke, dass es dich gar nicht gegeben hat, weil es nur eine fantastische Geschichte war. Eine Legende. Es klingt verrückt, aber es ist so unwirklich für mich, mit dir zusammen zu sein. Und zu wissen, woher du kommst.«

Alex verzog das Gesicht, als hätte er in etwas Saures gebissen.

Rasch fügte sie hinzu: »Dumm, ich weiß. Es ist kompliziert mit mir.«

Er überhörte die letzten Worte. »Wenn ich dir sage, dass es mir genauso geht, glaubst du es mir?«

»Mit mir?« Als ob man das vergleichen könnte. »Ich bin doch nur ein gewöhnlicher Mensch!«

»Du vergisst gerade dein Selbstwertgefühl.« Er sagte es beinahe tadelnd. »Du bist so viel mehr als gewöhnlich, Lilli. Du bist eine Kostbarkeit für mich, einzigartig und wertvoller als alles. Du bist meine Lilie.« Er fuhr mit seiner Hand über ihre Wange. »Es geht dir gar nicht durch den Kopf, dass du mir genauso viel bedeutest und mich manchmal auch die Angst packt, du würdest von mir weglaufen. In deiner Welt zu sein, ist für mich immer noch wie ein Traum.«

Sie seufzte. Hielt er sie wirklich für etwas Besonderes? Sie war genau so besonders wie eine Glasperle in einem Haufen anderer Glasperlen. Er war hier der Diamant.

Er musste ihr Zögern bemerkt haben. »Lilli, ich kann dich nicht zwingen, mir zu glauben. Ich werde es dir beweisen. Aber wenn du meinen Worten schon keinen Glauben schenkst, so musst du eins verstehen.« Er holte tief Luft und setzte zu einer langen Rede an.

»In der Welt der Menschenamphibien gibt es Dinge, die für einen Menschen zu fantastisch sind, um an sie zu glauben. Ich werde dir irgendwann meine Welt zeigen, sie für dich real machen. Ich werde dir auch alles darüber erzählen, über diese dunkle Welt, die trotzdem so bunt und faszinierend ist wie deine Welt voller Sonnenschein. Ich werde dir über meine Fähigkeiten erzählen, über unsere Legenden, über Amphipolo und Salzseen auf dem Meeresgrund, über Tintenfische und Seesterne, die so rot wie Blut leuchten. Über all das, worüber du etwas wissen möchtest. Auch über die Macht des Bandes, das uns beide vereint. Ich habe dich gerettet und du mich. Wir sind enger verbunden, als es zwischen zwei Menschen jemals möglich wäre. Ob wir nun zusammen sind, sieben Kilometer oder 7.000 Kilometer voneinander entfernt, wir sind unzertrennlich. Ich werde immer spüren, wie es dir geht, immer an dich denken.« Er streichelte über ihren Handrücken. »Das heißt nicht, dass wir nie getrennt werden können. Ich weiß nicht, was in einem Jahr sein wird oder in zehn. Wo du sein wirst, wo ich sein werde.« Nachdenklich nahm er ihre Hand und drückte einen Kuss darauf. Mit eindringlicher Stimme schloss er: »Aber für jetzt, für diese Nacht ... Ich bin hier und ich liebe dich.«

Lilli hatte ihn, während er gesprochen hatte, betrachtet, und jetzt, da er sie mit jenem Blick aus warmen, schillernden Augen ansah, der sie jedes Mal tief berührte, vergaß sie zu denken. Seine Worte voller Leidenschaft verscheuchten die dunklen Gedanken und sie gestattete sich, glücklich zu sein.

Mag sein, dass in ihm etwas war, das gefährlich war. Doch im Feuer seiner Worte und in seinen Augen fand sie nur sinnliches menschliches Verlangen.

Er legte eine Hand auf ihre Wange, streichelte mit seinen Fingern über ihr Kinn, zog die Linie ihres Gesichts, ihres Halses nach.

Ihr schien, als hielte das Universum den Atem an, während er sich vorbeugte und seine Lippen sie berührten. Von der Wange glitt sie langsam zu ihrem wartenden Mund und umschlossen ihn. Hände fanden sich und Finger umschlangen sich, wie um einen Halt zu suchen im reißenden Strudel ihrer Gefühle.

Sie zog ihn an sich und lachend fielen sie in die Kissen. Es schwindelte ihr, als er kurz von ihr ließ, um sie Sekunden später mit noch größerer Leidenschaft zu küssen. Seine Finger ruhten liebkosend auf ihrem Nacken. Sie schob ihre Hand unter sein T-Shirt. Er zuckte leicht zusammen. Oder war es ein Schauer?

»Ich habe das schon einmal gespürt«, raunte sie, während sie über seine Brust fuhr. »Was ist es?«

»Der Haihauteffekt. Nach der Kristallverwandlung hat sich unsere Haut verändert.« Alex' Stimme klang heiser, er hatte keine Lust, jetzt zu reden.

»Haihauteffekt«, echote Lilli. Seine Brust fühlte sich samtig an, aber nur solange sie von oben nach unten strich. In die andere Richtung geschah etwas Erstaunliches. Die Haut wurde rau. Nicht unangenehm. Nein, gar nicht, es gefiel ihr. Es war, wie das Empfinden beim Berühren von Wildleder. Oder beim Berühren eines Delfins. Sie schloss die Augen und gab sich diesem Gefühl hin.

»Ich weiß, Haihauteffekt klingt blöd. Es bedeutet lediglich, dass wir schneller schwimmen können, wir gleiten besser durchs Wasser, da unser Körper weniger Widerstand bietet.« Alex seufzte genüsslich und fügte hinzu: »Ich ziehe den Begriff Samteffekt vor und ich ziehe es eindeutig vor, dich auf meiner Haut zu spüren anstatt Wasser.«

Sie lachte, ließ sich aber nur zu gern von der Fragerei ablenken. Sein warmen Atem an ihrer Halsbeuge, seine Lippen dort. Gänsehaut. Zu ihrem Verdruss ließ er von ihr ab und setzte sich auf.

»Wolltest du schon mal mit einem Jungen so zusammen sein?« Er blickte ihr in die Augen und ihr schien, er schaue auf den Grund ihrer Seele.

Sie setzte zu einer Antwort an, hielt aber inne. Mo? Wollte sie mit Mo so zusammen sein? Und ohne weiter zu zögern, sagte sie wahrheitsgetreu:

»So noch nie.«

Erstaunt hob er die Brauen. Doch etwas in ihrem Blick musste ihn überzeugt haben, denn er nickte zufrieden. »Für uns Wasseramphibien ist das erste Mal etwas ganz Besonderes.«

»Bei uns Menschen«, griff Lilli seinen Gedanken auf, »ist es eigentlich auch so. Aber die meisten vergessen das.«

»Mit etwas Besonderes meinte ich ...« Er hielt inne und kämpfte um Worte. Schließlich beugte er sich vor und legte seine Stirn an die ihre. Kurz rieb er sie daran und sagte ohne sie anzusehen: »Wenn wir uns mit jemandem vereinigen, binden wir den anderen für immer an uns. Es ist ein Schritt fürs ganze Leben und muss sehr wohl überlegt sein. Erst wenn beide sich hundertprozentig sicher sind, gehen sie diesen Schritt. Denn einmal getan, gibt es kein Zurück. Deshalb haben wir auch ein langes ... ähm, eine lange Vorbereitungszeit.« Alex hüstelte verlegen. »Es ist meistens so, dass ein Paar jahrelang zusammen ist, bevor es miteinander schläft. Oder bevor man sich wieder trennt.« Er atmete tief aus, als hätte er sich endlich etwas sehr Schwieriges von der Seele geredet.

»Sollte bei den Menschen nicht viel anders sein, doch wir sind ungeduldiger.«

Alex sah sie nachdenklich an, nickte und erwiderte: »Die Konsequenzen bei Menschen sind wohl nicht unwiderruflich.«

»Es kann andere Konsequenzen haben. Trotzdem trennen Menschen sich. Sogar nach nur einer Nacht zusammen.«

»Wirklich?« Er schien darüber nachzudenken. Kopfschüttelnd sagte er: »Das würde uns nie passieren. Die erste Nacht zusammen ist immer der Beginn vom Rest des Lebens zu zweit.«

»Also warten wir noch ein paar Jahre damit«, schlussfolgerte Lilli mit echter Enttäuschung in der Stimme.

»Oh ja!«, rief er. Als er ihr Schmollen bemerkte, sagte er weniger beflissen: »Vielleicht nicht Jahre, aber ein Weilchen noch.«

»Warum? Ich bin mir sicher, was dich angeht.« Und ich bin mir sicher, dass du der einzige Junge weit und breit bist, der damit ein paar Jahre warten wollte, dachte sie. Phoebe würde sich kaputtlachen!

»Und du? Hast du Zweifel?«, fragte sie besorgt.

Mit einem entwaffnenden Lächeln sagte er, während er sich zu ihr beugte: »Ganz und gar nicht. Doch warte es ab, nach einem Monat denkst du anders über mich.«

Bevor sie Zeit hatte, zu protestieren, umschlossen seine Lippen die ihren und er zog sie in seine Arme.

Der Regen prasselte in monotoner Hartnäckigkeit auf das Boot. Nach dem Wind war der Regen gekommen und Alex war gegangen. Er hatte sich für den Rest der Nacht verabschiedet, denn er musste »noch etwas erledigen«. Sie sollte schlafen, er würde vor Morgengrauen wiederkommen und sie nach Hause bringen.

Lilli war erst lange, nachdem er gegangen war, in einen unruhigen Schlaf gesunken und vom lauten Geräusch des Regens wachgeworden, der durchs Feld peitschte und auf das Kajütendach donnernd niederging.

Die Windlichter waren bis auf zwei erloschen, der Wecker zeigte kurz nach vier Uhr morgens. Sie stand auf und schob vorsichtig die Kajütentür beiseite und ihren Kopf ins Freie. Brrr, war das ein Wetter! Schnell schloss sie die Schiebetür wieder und wischte sich die Regentropfen aus dem Gesicht.

Die Kühle der Nacht und der Regen brachten sie zum Frösteln. Ohne Alex fühlte sie sich leer und das Geräusch der Regentropfen auf dem Holz bekam ein bedrohliches Echo. Plötzlich packte sie eine wilde Angst vor der Einsamkeit. Sie kroch tiefer unter die Decke und versuchte, sich mit der Erinnerung an seine Nähe abzulenken. Ihr wurde mit einem Mal schmerzlich bewusst, dass sie vielleicht nie wieder mit Alex so zusammensein könnte, wie heute. Unbefangen, unschuldig. Und unendlich verliebt. Das Wissen, dass nicht nur seine menschlichen Gefühle ihn zu ihr trieben, so wie ihre sie zu ihm trieben, verdunkelte ihr Glücksgefühl. Das Dunkle war aber nun mal Teil von ihm, sie musste lernen, es anzunehmen. Sie wusste, er könnte ihr nie etwas antun, und es war so, weil er sie liebte. Also, sagte sie sich entschlossen, musste sie dafür sorgen, dass seine Liebe nie weniger wurde.

Eine der Kerzen erlosch und die letzte tauchte den Raum in schwaches Licht. Sie schaute zu den blinden Fenstern, durch die ab und zu ein Blitz schimmerte. Das Geräusch des Regens und des wogenden Zuckerrohrs verschluckte jedes andere Geräusch.

Allmählich beschlich sie das Gefühl, der letzte Mensch auf der Welt zu sein, ein Relikt aus einer fernen Zeit, in der es einst Grenzen zwischen Fantasie und Wirklichkeit gegeben hatte. In der man wusste, dass die Wesen aus den Büchern dort blieben. In der jeder vernünftige Mensch die Fantasie und die Realität auseinanderhielt.

Doch ihr gelang es kaum noch, diese Trennlinie zu finden, als ob die Grenzen zwischen Traum und Wirklichkeit nicht mehr sehr scharf wären. Und sie wusste manchmal nicht, ob sie in einer Fantasiewelt lebte oder ob es immer noch zu ihrer Wirklichkeit gehörte. *Er* zu ihrer Wirklichkeit gehörte.

Kann man sich Dinge vorstellen, die es nicht gibt? Ist es möglich, auf diese Grenzen zu verzichten, ohne verrückt zu werden? Sie wusste es nicht. Verrückt war sie in gewisser Weise, wie sonst sollte sie sich Alex erklären?

Würde diese Angst jemals verschwinden, die sie beschlich, wenn er sie für ein paar Stunden verließ? Dass er nie wieder zu ihr zurückkam?

Wie um ihre Befürchtungen zu verscheuchen, schob sich die Kajütentür beiseite und Alex schritt mit geschmeidigen Bewegungen die Leiter herab. Sein Körper glänzte im Licht eines Blitzes auf, bevor er die Schiebetür wieder zuzog.

Wie der Körper einer Statue, die durch den Regen zum Leben erwacht ist, dachte sie. Ihr Herz schlug schneller, doch nicht die Angst beschleunigte es diesmal.

Regentropfen perlten von seiner Brust ab und erschufen das sinnliche Trugbild, sein Körper bestünde aus verdichtetem Wasser. Ein Wesen, wie ein Fluss. In den man unweigerlich hineingezogen wurde, sobald man seine Oberfläche berührte. Nein, so verrückt es auch schien, Alex war real. Er war gerade aus dem Regen zu ihr gekommen und stand nun hier, direkt vor ihr. So nah, dass sie ihn berühren konnte. Sie sah ihn in stummer Verzückung an. In diesem Augenblick erlosch auch das letzte Windlicht.

»Hallo, meine Lilie«, sagte er und beugte sich zu ihr herab, um sie zu küssen.

Ich bin vielleicht verrückt, ja, verrückt nach dir, dachte sie, als sie seine kühlen Lippen berührten. Wasser tropfte aus seinem Haar auf ihr Gesicht.

»Wieso hast du keine Kerzen angezündet?« Er erwartete keine Erklärung, sagte die Worte mehr zu sich. Geistesabwesend nahm er die Streichhölzer und eine Kerze vom Regal, zündete sie an und stellte sie auf den Tisch. Auf seinem Gesicht stand ein besorgter Ausdruck.

»Du hast trotzdem gewusst, dass ich noch da bin.« Lilli suchte seine Augen, fand sie endlich. Sie tauschten ein Lächeln. Sie erwartete auch keine Antwort. Sie wusste, dass er ihre Anwesenheit schon von Weitem mit seinen feinen Sinnen gespürt hatte.

»Ich fühle es, wenn du in der Nähe bist«, flüsterte er. »Und auch wenn du fern bist, spüre ich dich bei mir.« Seine kühle Hand strich ihr über die Wange, glitt hinab zum Kinn und mit zwei Fingern hob er es an. Auf seinem Gesicht stand wieder jene schützende Zärtlichkeit, die ihre Furcht verscheuchte.

Sie schlang die Arme um seinen Hals und zog ihn zu sich aufs Bett. In der Umarmung spürte sie die feinen Veränderungen in seinem Körper. Seine Anspannung wich und er schmiegte sich in ihre Arme, kühl von der Nacht und vom Regen. Sein Kopf glitt auf ihren Bauch und ein tiefer Seufzer entwich seiner Brust, als ihre Hand an seinem feuchten, nackten Rücken hinabglitt.

»Du bist besorgt. Warum?«, fragte sie.

Er richtete sich auf den Ellenbogen auf, sah sie einen Moment lang forschend an, dann sagte er: »Dir entgeht aber auch nichts«, und stand vom Bett auf. Mit düsterem Blick, der irgendwo in die Ferne gerichtet war, rieb er sich den Nacken. Der zuckende Schein der Flamme verstärkte das Bild seiner inneren Unruhe.

»Ich habe einen Ausflug zum Leuchtturm gemacht. Ich, äh, es ist ...« Er hatte sichtlich Mühe, über das, was ihn bedrückte, zu reden. »Im Leuchtturm treffen sich die Anhänger von Rex. Ich war wieder dort und habe etwas gehört.« Er begann auf und ab zu laufen, was in der Enge der Kajüte bedeutete, dass er sich in kleinen elliptischen Bahnen bewegte.

Lilli hatte sich aufgesetzt und verfolgte jede seiner Bewegungen mit den Augen. Doch sie vermied es, ihn mit Fragen zu bedrängen.

Alex ließ sich auf den Stuhl fallen und schüttelte den Kopf. »Es wird höchste Zeit, dass wir etwas tun.« Als er jetzt sprach, klang seine Stimme, als wäre er schon ganz weit weg. »Das wird Seraphim nicht gefallen.«

Ihre Kehle wurde eng. Sie war wieder da, die Angst vor dem Erwachen.

Sie hörte sich sagen: »Weißt du, dass meine Eltern Rex kennen?«

30.
Amphipolo

Den Ort gab es auf keiner Landkarte. Eigentlich gab es ihn überhaupt nicht. Nur einmal im Jahr.

Was Alex darüber wusste, war nicht viel. Es war ein Flecken Erde, nicht größer als zwei Quadratkilometer, im Nordatlantik auf Höhe des 42. Breitengrads und des 25. Längengrads – in etwa. Um diesen Ort rankten sich genauso viele Legenden, wie es wissenschaftliche Untersuchungen gab.

Seraphim hatte sich breitschlagen lassen, seinen kostbaren Zweimaster klarzumachen und zum Amphipolo-Turnier zu segeln, anstatt Hunderte Meilen mit Gepäck zu schwimmen. Die Reise führte sie durch die Straße von Gibraltar und Richtung Äquator an Afrikas Westküste entlang.

Obwohl das Weltturnier erst am folgenden Tag begann, hatte Seraphim beschlossen, eine Nacht vorher da zu sein. Es gab Wichtiges mit den Mitgliedern des Rats zu besprechen.

Stella und Marc waren mit an Bord, sie würden an den Gesprächen teilnehmen, denn die Mithilfe aller war jetzt gefragt.

Alex hatte sich auf seine Freunde wie ein Kind auf sein Geburtstagsgeschenk gefreut. Sie hatten Neuigkeiten ausgetauscht, wobei Alex mehr geredet hatte, als im gemeinsamen halben Jahr ihrer Ausbildung. Erst als er ihren Gesichtern angesehen hatte, dass sie menschliche Dinge wie Fahrräder oder kulinarische Details nicht sonderlich interessierten, hatte er seinen Redeschwall abgebrochen.

Stella und Marc waren irgendwann im Laufe des Nachmittags in die Kajüte gegangen, um sich auszuruhen. Sie hatten die Vorbereitungen für die Reise alleine getroffen und waren kaum zu Schlaf gekommen. Seraphim hatte sich währenddessen für das bevorstehende stundenlange Segeln ausgeruht.

Es war später Nachmittag und auf Seraphims Drängen ging Alex schließlich ebenfalls in die Kajüte, um etwas Schlaf zu finden.

Plötzlich schreckte er aus dem Schlaf. Die innere Anspannung erfasste ihn sofort wieder. Blinzelnd schaute er zu seinen Freunden, die auf ihren Kojen lagen und tief schliefen.

Er schlich sich hinaus. Der Himmel begann, im Osten dunkler zu werden, er war nicht länger als zwei Stunden unter Deck gewesen.

Alex atmete tief die kühle Luft ein, während er zu Seraphim ans Ruder ging. Sie durchschnitten zügig das trübe, unruhige Wasser des Atlantiks. Obwohl die schweren schwarzen Wolken ein Gewitter andeuteten, bewahrheitete sich Marcs Vorhersage, dass sie auf diesem Kurs vom Unwetter verschont blieben. Marc konnte alle Wetterphänomene, Stürme und ungewöhnlichen Naturereignisse seit seiner Kristallverwandlung vorher spüren. Praktisch schon in der Planung einer langen Segelfahrt.

»Wenn wir diese Geschwindigkeit beibehalten, kommen wir am späten Abend an«, rief ihm Seraphim zu. »Setz das Großsegel höher gegen den Wind!«

Alex tat, wie ihm befohlen.

»Ich bin sehr gespannt, wie das Ganze sein wird«, sagte er, als er wieder neben Seraphim trat. Salzwind legte sich auf sein Gesicht wie ein feiner Nebel.

Sein Mentor sah ihn lächelnd an und nickte. Auch sein Gesicht glänzte feucht von der Salzluft, der er die vielen Stunden an Deck ausgesetzt gewesen war. Doch das Segeln machte ihm sichtlich Spaß, er schien kein bisschen müde.

»Ich erinnere mich noch an mein erstes Weltturnier. Es waren die turbulentesten Tage, die ich bis dahin erlebt hatte. Es ereignete sich kurz nach meiner normalen Verwandlung und vor der Kristallverwandlung.«

Seraphim hatte ihnen über dieses seltene Phänomen erzählt, erst die übliche Metamorphose und dann die Kristallverwandlung durchzumachen. Es kam nur vor, wenn ein Auserwählter später bestimmt wurde, so wie Seraphim.

»Ein Wechselbad der Gefühle war das«, fuhr dieser fort. »Mal verloren wir, dann gewannen wir wieder. So ging es ganze vier Tage lang, dreimal am Tag. Das Endspiel ... puh!« Seraphim schaute auf den Horizont und rieb sich das Kinn. »Wir standen im Finale gegen Thalassa 1, ich war Ersatzspieler. Ein dramatisches

Spiel! Beide Teams waren gut. Doch unsere Mannschaft hatte Pech. Es kam Sturm auf. Einer der Spieler machte im entscheidenden Moment einen Fehler. Er war der Beste, doch er hatte eine Schwäche. Bei bewegter See wurde ihm schlecht.«

»Einem Wasseramphibion wird es schlecht im Wasser?« Alex traute seinen Ohren nicht.

»Das gibt es. Viele sind selten oben und kennen die Wellen nicht.«

»Was geschah dann?«

»Er verlor die Kontrolle, es wurde ihm übel, als er den Ball fangen sollte. Der Ball sauste an ihm vorbei zum Gegner, während er sich übergab. Der Spieler der anderen tauchte mit dem Ball ab, schwamm blitzschnell auf unser Tor zu und schnellte keine fünf Meter davor wieder aus dem Wasser. Unser Tormann war nicht vorbereitet und der Spieler konnte den Ball, noch während er in der Luft war, ins Tor schießen. Wir verloren mit nur einem Punkt Differenz.«

Seraphim seufzte. Er verfiel in Schweigen und betrachtete in Erinnerungen versunken das Ruder.

»Erzähl mir über die Secret Lagoon«, bat Alex. »Was hat es mit diesem Turnierplatz auf sich?«

Seraphim schnaubte. »Die Secret Lagoon? Meiner Meinung nach eine überbewertete Geschichte. Wissenschaftlich durchaus erklärbar. Wenn Mond und Sonne auf gleicher Linie stehen, die Sonne auf der Nachtseite und der Mond auf der Tagseite, verändert sich das Gravitationsfeld der Erde. Die beiden Gestirne saugen sozusagen die Wassermassen zu sich wie gewaltige Staubsauger, und zwar für genau 108 Stunden in jedem November. So kommt es, dass sich der Ozean an dieser Stelle teilt, die meines Wissens die einzige auf der Erde ist, wo so was möglich ist. Es existiert hier ein mehrere Quadratkilometer großes Plateau knapp 100 Meter unter der Oberfläche, rechts und links davon kilometertiefe Schluchten. Unter dem Einfluss dieser natürlichen Faktoren teilen sich die Wassermassen. Starke Winde, verursacht durch das Zusammentreffen warmer und kalter Luftströme, und die Anziehungskraft von Sonne und Mond machen es möglich, dass für 108 Stunden eine kleine Insel auftaucht, die sonst unter der Wasseroberfläche liegt. Inseln sind nichts anderes als die Gipfel von untermeerischen

Bergen, die aus dem Wasser ragen. Wenn diese Insel auftaucht, bildet sie eine Lagune. Das heißt, die Insel ist umgeben von flachem Wasser.«

Seraphim korrigierte leicht den Kurs der Yacht und stellte die Navigation auf Selbststeuerung um. Dann wandte er sich Alex ganz zu.

»Der Platz ist ideal für unser Polo, 10 Meter Wassertiefe auf etwa 200 Metern Fläche. Wir haben auch ein Stück Land, das während der Turnierzeit die Mannschaften und ihre Fans unterbringen kann. Es gibt im Leib der Insel einige Höhlen, die wir ausgebaut haben. Wenn sie trockengelegt sind, dienen sie als Unterkünfte. Am Ende des Turniers werden sie wieder geflutet, die Wassermassen fallen in sich zusammen und die ganze Insel verschwindet im Ozean.«

Seraphim setzte sich auf die Deckbank auf der Steuerbordseite.

»Was sagen die Legenden?« Alex setzte sich zu ihm. Wissenschaftliche Erklärungen schön und gut, aber: »Warum spricht man von der Secret Lagoon als von einem Ort des Grauens?«

Seraphim zog die Schultern hoch. »Die Legende sagt, dass es einst eine wohlhabende Insel war, mit einem kleinen Volk, das sich weit weg von der Welt der Menschen eine glückliche Existenz aufgebaut hatte. Doch hält das Glück bekanntlich nicht ewig. So geschah es, dass eines Tages Piraten das kleine Paradies mitten im Ozean entdeckten. Sie kamen auf die Insel und mit ihnen das Böse. Sie brachten Zwietracht, Gewalt und Tod zu den Insulanern und verlockten sie zu allerlei grausamen Taten. Immer öfter schlossen sich auf deren Beutezügen auch Insulaner an, die, gelockt vom Abenteuer, viele Leben vernichteten. Die Götter schauten dem Treiben eine Weile zu. Als das Böse überhandnahm, beschlossen sie, einzugreifen. Um dem Gräuel ein Ende zu bereiten, sollte die Insel vom Erdboden verschwinden. Doch weil es gerechte Götter waren, wollten sie die guten Insulaner verschonen. So gaben sie ihnen die Fähigkeit, unter Wasser zu leben und fluteten die Insel. Die guten Insulaner lebten fortan unter der Meeresoberfläche und die bösen ertranken jämmerlich in einer gewaltigen Sturmflut.

Die Götter hatten aber zu lange gewartet. Das Böse war tief ins Leben der Inselbewohner eingedrungen. Viele hatten sich mit den Piraten verbunden und brachten deren Kinder zur Welt. Die

Kinder der Piraten waren dem Dunkel, dem Bösen geweiht. Um diese auszurotten, mussten die Götter ein letztes Mal eingreifen.

Sie beschlossen, dass die Nachkommen dieser Piraten an Land nicht atmen konnten und dass sich einmal im Jahr der Ozean teilen sollte, um alle Bösen auszurotten. Deshalb stieg die einstige Insel wieder aus den Fluten auf und all jene, die das Böse in sich trugen, wurden gezwungen, an Land zu bleiben und zu sterben. Wenn man in die Nähe dieser Stelle segelte, hörte man fünf Tage lang die Schreie der Sterbenden. Nach diesen fünf Tagen versank die Insel wieder und das Meer schloss sich über ihr. Die guten Insulaner aber lebten weiter in den Tiefen der Ozeane.«

Seraphim lächelte Alex über die Schulter hinweg zu. »Wer es glauben mag ... Wenn du mich fragst, ist diese Legende die Entstehungsgeschichte unserer Art. Die unwissenschaftliche Variante. Jedenfalls soll das Böse, das wir nach Kristallverwandlungen manchmal erleben, aus jener Zeit stammen, das Erbe jener Piraten sein, die sich mit unseren Vorfahren vermischt haben. Daran glaube ich allerdings sehr wohl. Schließlich muss es ja für alles einen Anfang geben. Auch für das Böse.«

Seraphims Gesicht nahm plötzlich einen verschmitzten Zug an. Er lachte in sich hinein und stand auf, als fürchte er, seine nächste Bemerkung könnte ihm einen Rippenstoß einbringen.

»Die Sache mit den Herrschaften, die sich Götter nennen, ist nicht ganz sauber. Oder glaubst du, die Götter haben sich um die Guten gekümmert? Die waren viel zu sehr mit sich beschäftigt. Feiern, sich paaren und sowas ...«

Alex lachte. Manchmal war sein Mentor kindisch.

Doch bevor er etwas erwidern konnte, lehnte sich Seraphim aufgeregt über die Bugreling. »Da!«

Alex sprang auf und trat zu ihm. Die Nacht war gänzlich hereingebrochen und das Meer lag dunkel vor ihnen. Er sah nichts.

»Wir sind bald da. Ich denke, wir werden erwartet.«

Alex suchte weiter das Meer ab. Dann endlich sah auch er es. Ein Lichtschimmer zitterte im pechschwarzen Wasser unter der Horizontlinie, als würde im Meer eine Kerze brennen und es von innen beleuchten.

Seraphims Aufregung sprang auf ihn über, er würde bald dem rätselhaften Phänomen beiwohnen! Er würde Zeuge werden, wie sich das Meer teilte. Erwartungsvoll lehnte er sich an die Bordwand und schaute in die Ferne.

Allerdings musste er sich gedulden, denn bevor der Spaß begann, hatten sie noch etwas zu erledigen. Der Gedanke gab seiner Euphorie einen Dämpfer. Die Neuigkeiten, die er von seiner letzten Erkundungstour am Leuchtturm mitgebracht hatte, waren besorgniserregend.

Er hatte sich in jener Nacht nur widerwillig von Lilli verabschiedet und war durch den Regen zum Leuchtturm gerannt. Wie schon einmal hatte er sich hineingeschlichen und die Gespräche belauscht. Sie wähnten sich immer noch unentdeckt, denn Rex hatte über seine Pläne so unbefangen geplaudert, als würde er einen Familienausflug planen. Alex hatte mit wachsendem Entsetzen zugehört, bis er nicht mehr klar denken konnte.

»Ich muss, bevor ich das Land zerstöre, noch etwas erledigen«, hatte Rex abschließend gesagt. »Und etwas besorgen. Was, wenn ich Glück habe, in einem Zug geschehen wird. Dafür habe ich meinen Mann mobilisiert, der als Hausmeister sozusagen direkt an der Quelle sitzt. Und das andere – das ist meine ganz persönliche Sache, die niemanden was angeht.«

»Hat deine persönliche Sache mit diesem Alex zu tun?« Das war Danya gewesen.

Rex hatte höhnisch aufgelacht. »Dir geht der Bursche nicht aus dem Kopf, meine Süße. Und ich dachte, du liebst mich?«

»Stimmt ja auch, ich will es nur wissen, denn wenn es um Alex geht, bin ich dabei und reiße ihm persönlich die Kehle heraus. Bitte, ja?«

Alex hatten sich sämtliche Nackenhaare gesträubt. Nicht dass Rex hinter ihm her war, hatte ihn aufgebracht. Es war Danya gewesen, ihre Art zu sprechen, zu lachen.

Angewidert hatte er den Leuchtturm verlassen. Der Gedanke an Lilli hatte ihm Kraft gegeben, zurück zum Boot im Zuckerrohrfeld zu laufen.

In der darauffolgenden Nacht war er nach Thalassa 3 geschwommen und hatte Seraphim sofort darüber berichtet.

»Wieso will Rex mich jagen, Seraphim?«

Sein Mentor hatte nicht sofort geantwortet. »Ich glaube nicht, dass es meinem Bruder um dich geht. Wie ich Rex kenne, hat er

Größeres im Sinn. Wie auch immer er von dir erfahren hat, du kannst keine Bedrohung für ihn sein. Es ist etwas anderes.«

»Was?«, hatte Alex gefragt.

»Preisfrage.«

»Helena aus meiner Klasse könnte ihm von mir erzählt haben. Oder Eugene.«

»Lilli!«, hatte Seraphim so plötzlich gerufen, dass Alex eine Sekunde geglaubt hatte, sie sei in sein Arbeitszimmer wie durch Zauberei erschienen. »Ja, das ist es. Und das ist nicht gut.«

Alex hatte eine tiefe Angst um Lilli gepackt. War es möglich, dass sie in die ganze Sache verwickelt war? Gut, er hatte ihr alles – und Seraphim nichts – davon erzählt, doch wie hätte Rex es so schnell erfahren sollen? Was hatte Seraphim angedeutet?

Doch als Alex gestern Abend auf Thalassa 3 die Frage laut ausgesprochen und Seraphim gebeten hatte, ihm alles zu sagen, hatte dieser sich geweigert. Er müsse zuerst nachdenken, war dessen trockene Antwort gewesen.

»Hast du schon nachgedacht?«, fragte Alex jetzt, während Seraphim am Ruder stand und die Yacht auf das Leuchen im Meer zusteuerte. »Du weißt schon, über die ganze Sache mit Lilli und Rex.«

»Zieh das Großsegel und die Genua ein, wir sind gleich da«, rief Seraphim statt einer Antwort.

Als Alex sich nicht rührte, blickte er zu ihm hinüber. Mit einem Zungenschnalzen antwortete er: »Habe ich. Und ich habe auch ein wenig recherchiert. Aber du ziehst erst die Segel ein, dann kommen wir an, dann treffen wir die anderen und erst dann erzähle ich. Ich habe keine Lust, es hundert Mal zu wiederholen.«

In Alex fing es an zu kochen. Er tappte im Dunkeln, was Lilli in dieser Sache anging. Er hatte Seraphim alles berichtet, was er wusste, jetzt wollte ihn sein Mentor weiter hinhalten. Was glaubte er eigentlich, wer er war? Mentor hin oder her, das war nicht fair!

Alex schaute ihn wütend an, in seiner Brust brannten die angestauten Gefühle. Mit zusammengekniffenen Augen sagte er: »Bei allem Respekt, Seraphim, ich dachte, wir sind Freunde, und Freunde halten sich nicht hin. Nicht, wenn es um wichtige Dinge geht. Ich habe schon verstanden. Du bist mein Mentor und ich habe zu gehorchen. Fein. Ich ziehe jetzt die Segel ein.«

Mit diesen Worten wandte sich Alex ab und stapfte zum Großmast, die Fäuste geballt. Er packte die Schot und mit bloßen Händen zog er an der Leine, bis das Segel vollständig um den Baum gewickelt war. Dann rollte er die Schot um die Schotwinsch und widmete sich der Genuaschot, einer dicken Leine am kleineren Segel. Er ignorierte seine aufgeschürften Handflächen.

Als er fertig war, stellte er sich an die Bugspitze und schaute missmutig ins untermeerische Licht, dem sie immer näher kamen.

Eine Hand legte sich auf seinen Rücken.

»Ich war grob. Ich kann mich manchmal nicht zusammenreißen, wie es sich für einen coolen Mentor, der immer einen klaren Kopf behält, gehört. Du hast recht, ich sollte mit dir allein darüber sprechen, es ist keine Angelegenheit für den Rat.« Als Alex keine Anstalten machte, ihn anzusehen, fuhr er fort. »Ich hatte die Befürchtung, dass du nicht mehr mitkommst, wenn ich es dir erzähle. Das Treffen mit dem Rat ist wirklich sehr wichtig.«

Bei den letzten Worten Seraphims, blickte Alex ihn finster an. »Wieso sollte ich nicht mitkommen wollen?«

»Weil es um Lilli geht. Ich weiß, dass du sie sehr gern hast und du hättest sie nicht allein in La Perla gelassen. Ich glaube, Rex hat es auch auf Lilli abgesehen.«

Alex versteifte sich. Als er zu einer Antwort ansetzte, bedeutete Seraphim ihm, damit zu warten. »Alex, was ich dir jetzt sage, sind nur meine Vermutungen. Es gibt keine Beweise dafür, es gibt keine hundertprozentige Gewissheit. Ich habe mir das alles anhand der wenigen Dinge, die ich weiß und herausbekommen habe, zusammengereimt.

Rex ist ein Rächer. Er kann es nicht ausstehen, wenn die, die ihm angeblich Schaden zugefügt haben, einfach davonkommen. Er rächt sich an ihnen und an ihren Familien und Freunden. Irgendwann bin auch ich dran.« Seraphim hielt inne, blickte einen Augenblick mit konzentriertem Gesichtsausdruck aufs Meer. »Meine Frau Emily war die ältere Schwester von Suzanne, Lillis Mutter. Rex und ich trafen sie unter äußerst schlimmen Umständen. Damit du es besser verstehst, hole ich ein wenig aus.

Die weiblichen Mitglieder dieser Familie sind in mehreren Generationen Landamphibien. Ich habe letzte Nacht den Stammbaum von Lillis Familie studiert und bin auf etwas Erstaunliches gestoßen: das Phänomen der *Fünften der fünften Tochter*. Kommt nur alle paar hundert Jahre vor und ist etwas, wovor sich alle Amphibien an Land und unter Wasser fürchten. Und jetzt, wenn meine Rechnungen stimmen, kommt die Überraschung: Genau genommen ist *Lilli* diese Fünfte der fünften Töchter. In dieser Familie überträgt sich das Landamphibiengen allein auf die weiblichen Mitglieder. Vor fünf Generationen brachte eine Frau sieben Kinder zur Welt. Davon fünf Töchter. Olivia, die Urururgroßmutter von Lilli, war die fünfte dieser Töchter, also die jüngste. Olivia wiederum bekam eine Tochter, Eve, die ihrerseits eine Tochter hatte: Ann Riley, Lillis Großmutter, die heute noch lebt. Und die ich persönlich kenne und sehr schätze.

Ann bekam zunächst eine Tochter, Emily. Später kam Suzanne, Lillis Mutter. Meine Frau Emily war also eine Landamphibienfrau in vierter Generation, die von der fünften Tochter abstammte. Immer, wenn mehrere Töchter geboren wurden, erwachte zunächst in der ältesten Tochter dieses Gen. In den anderen, wie in Suzanne, schlummern die Gene und können unter Umständen aktiviert werden.

Als Emily starb, passierte das mit Suzanne, obwohl sie es nie gewollt hatte. Sie hat sozusagen das Erbe der vierten Generation übernommen und mit Lilli kam die fünfte Generation der Töchter zur Welt. Suzanne hatte wohl Angst, dass ihr Ähnliches zustoßen könnte wie ihrer Schwester, deshalb hat sie ihre wahre Natur ihr Leben lang verleugnet. Ich denke, sie wollte ein normales Leben für ihre Kinder. Doch sie hat ihre Landamphibiengene an Lilli weitergegeben.«

Seraphim sah mit schmalen Augen in die Ferne, als bereitete es ihm körperliche Anstrengung, den Weg in die Vergangenheit zu gehen. Er atmete tief durch, bevor er fortfuhr: »Jedenfalls waren Rex und ich zu der Zeit, als Emily eine junge Frau war, auf Thalassa 1. Leider gab es damals, vor ziemlich genau zehn Jahren, wieder einen Krieg, wie du dich noch erinnerst. Rex und ich waren für die Kristallverwandlung auserwählt worden. Ich hatte die normale Verwandlung hinter mir, doch mit 25 bekam ich, zusammen mit Rex, der gerade 17 wurde, den Kristallkörper. Wie es bei Rex ausging, wissen wir inzwischen. Damals wusste ich es noch nicht, denn er täuschte alle über ein Jahr lang. Während dieses Kriegs lernten wir Emily kennen. Wir retteten sie, beide unter dem Einsatz unseres Lebens. Na ja, und seither ist alles anders zwischen meinem Bruder und mir, denn nicht nur ich verliebte mich Hals über Kopf in Emily, sondern auch er, der schon längst bösartig geworden war. Sie aber hatte mich gewählt und wollte, dass wir nach dem Brauch der Menschen heiraten.« Seraphims Augen lächelten bei der Erinnerung. Einen Tick zu geschäftig machte er sich am Ärmel seiner Jacke zu schaffen.

»Wie bei dir und Lilli sprach einiges gegen diese Verbindung. Todfeinde, dass ihre Welt die Welt der Menschen war und dass unsere Gesetze es verbieten, eine solche Verbindung einzugehen. Unsere Liebe war aber stärker. Und dann starb sie.«

»Rex hat sie getötet!«

Seraphim nickte. »Er hat es nicht ertragen, mich glücklich zu sehen«, sagte er matt. »Wir waren glücklich! Wie die Menschen so schön zu sagen pflegen – ein Herz und eine Seele. Konnten uns nicht vorstellen, jemals ohne den anderen zu sein. Natürlich vereinte uns das Band, ich habe sie ja gerettet. Leider war das Band auch zwischen Rex und Emily da, doch bei ihm war es der Hass, der ihn zu ihr trieb.

Ich habe es nicht kommen sehen. Ich ahnte es noch nicht einmal, dass mein Bruder Emily töten könnte, dass er dem Bösen verfallen war. Ja, er war verletzt, er hasste mich dafür, dass Emily mit mir war. Ich wusste, dass sich früher oder später dieser Hass zeigen würde. Aber doch nicht ihr gegenüber!« Seraphims Stimme war laut geworden. »Es hat mich vollkommen unerwartet erwischt. Ich war danach lange Zeit krank. Ich wollte sterben. Aber ich hatte inzwischen den Diamantkörper, den ich noch während unserer kurzen Ehe bekam, und Sterben war so eine Sache. Es ging gar nicht.

Glaube mir also, Alex, ich verstehe, wie du dich fühlst, wenn es um Lilli geht. Genau deshalb wollte ich es dir nicht sagen. Der Gedanke, dass Rex vielleicht hinter ihr her ist, quält dich jetzt. Und am liebsten würdest du sofort umkehren.

Ich kann dich aber nicht gehen lassen, wir müssen heute Nacht mit den anderen reden. Wenn wir nicht bald etwas unternehmen, wird ein halber Kontinent vernichtet und mit ihm auch Lilli und ihre Familie.«

»Wieso muss ich dabei sein? Ihr könnt doch alles planen und mir Bescheid geben. Ich kann zurück an Land gehen und Lilli beschützen.«

»Alex, du musst selbst dem Rat erzählen, was du im Leuchtturm erfahren hast. Ich habe dafür gesorgt, dass Lilli nicht allein ist. Ich habe Eugene damit beauftragt. Er passt auf Lilli auf. Eugene hat sie gern, er wird alles tun, um ihre Sicherheit zu gewährleisten.«

Obwohl die Worte seines Mentors ihm einen heftigen Stich versetzten, nickte Alex. Er blickte auf seine Handflächen. Die Aufschürfungen, die er sich beim Segeleinholen zugezogen hatte, waren fast verheilt. Seit Seraphims Bericht war er von einer kaum zu bändigenden Unruhe erfasst worden und sein Verstand arbeitete auf Hochtouren. Dass jemand bei Lilli war, beruhigte ihn ein wenig.

»Wenn du ihm vertraust, dann will ich das auch. Ich verstehe zwar nicht, wieso du auf ein Landamphibion zählst, das du kaum kennst ...«

»Ich weiß, du kannst ihn nicht ausstehen, das ist nur natürlich. Aber in dieser Sache ist er der Beste, den wir uns wünschen können. Dank seiner Kräfte. Und dass er einen natürlichen Feind wie Rex von Weitem spüren kann. Außerdem schuldet er mir etwas. Er hat sich doch selbst angeboten, uns zu helfen, schon vergessen?«

Alex nickte. Ja, Eugene hatte sich angeboten, doch er war von diesem Angebot nicht überzeugt. Merkwürdig, was schuldete Eugene denn Seraphim? Dass er ihn nach dem Beben wieder gehen ließ, obwohl er über sie Bescheid wusste? Alex verdrängte diese Gedanken. Es war nicht wichtig, was zwischen den beiden für Abmachungen liefen. Hauptsache Lilli war nicht ganz allein in La Perla. Außerdem war es nicht so, dass er Eugene nicht leiden konnte, Eugene hatte ihm schließlich nichts getan.

»Es ist nicht, dass ich ihn nicht ausstehen kann, es ist nur ...«

»Schon klar, mein Lieber. Eifersucht nennt sich das. Nicht nur die Menschen, auch wir kennen sie. Ich habe sie bei Emily und Rex gespürt. Kein schönes Gefühl. Doch letztlich lief es darauf hinaus, wie sich Emily entscheiden würde. Sie liebte mich, das hatte ich gewusst, alles andere war unwichtig geworden.«

Alex seufzte tief. »Es liegt also alles an ihr.«

»Es liegt alles an ihr. Liebe ist nie einfach. Aber das Wichtigste ist das Vertrauen.«

»Eine Sache noch. Warum sollte Rex hinter Lilli her sein?«

Seraphim sah ihn mit schmerzerfüllten Augen an. »Wenn ich das wüsste. Vielleicht, weil sie mit Emily verwandt ist. Vielleicht aber auch, weil er vor ihr Angst hat. Er muss es herausgefunden haben und fürchtet sich davor, was sie einmal sein könnte. Schließlich ist ein solches Wesen, wenn es erwacht, sehr mächtig. Und es kennt keine Gnade mit dem Bösen. Diese Frauen haben die Geschichte der Menschenamphibien verändert, denn sie waren schon immer die wahren Herrscher beider Arten. Selbst ich weiß noch zu wenig darüber. Ich habe es aufgegeben, etwas auch nur annähernd Vernünftiges hinter den Taten meines Bruders zu sehen. Und das rate ich dir ebenfalls.«

Seraphim widmete sich wieder dem Ruder, was Alex zurück in die Wirklichkeit holte. Die Yacht steuerte direkt auf das Strahlen zu. Es war, als würde das Meer von unten wie ein überdimensionales Aquarium leuchten. Fischschwärme zogen darüber hinweg wie dunkle Schwaden und der eine oder andere Orka glitt träge durchs Licht, als müsse er es bewachen.

»Uns bleiben knapp fünf Stunden, bis sich das Meer teilt. Deshalb nehmen wir unser U-Boot. Damit sind wir schneller am Treffpunkt, denn so klein das Ding auch ist, es ist verdammt flink – stell dir vor, 500 Stundenkilometer bringt es zustande. Es wird dir gefallen! Und mir auch, ich darf es mal wieder steuern.« Seraphim zwinkerte ihm zu. »Es ist Zeit, deine Freunde zu wecken.«

Die U-Boot-Kapsel mit den vier Personen an Bord drosselte ihre schwindelerregende Geschwindigkeit und hielt vor einer senkrechten Felswand in 6.000 Metern Tiefe. In den Felsen eingelassene Tore glitten auf, als würde ein Zyklop sein Auge öffnen. Ein schwacher Lichtschimmer drang aus dem Inneren der Felswand und verlor sich im Abyssalschwarz. Das U-Boot glitt wie von Geisterhand getragen in die Grotte hinein.

Die Kapsel dockte an und Alex trat mit Marc, Stella und Seraphim durch die Schleuse in einen hell erleuchteten Raum, der wie ein Salon aus dem englischen Epochenfilm anmutete.

Nichts von alledem hätte er an diesem Ort erwartet, einer der geheimen Treffpunkte des Rats. Der Saal war gemütlich eingerichtet. Nicht üppig, doch so, dass auch ein längerer Aufenthalt hier angenehm gewesen wäre. Große Sofas und gepolsterte Armsessel gaben dem Raum ein Flair, das Alex an den Stil der Wohnung von Marcs Eltern erinnerte. Sie hatten ihr Esszimmer sehr »menschlich« eingerichtet. Etwas, das Marcs Mutter in ihrer Familie durchgesetzt hatte.

Alex gefiel es hier sofort. An den hellen Steinwänden hingen Gemälde und Fotografien. In der Mitte des Raums stand ein großer ovaler Tisch mit Stühlen. Getränke und kleine Happen auf Tellern waren auf einem Beitisch angerichtet. Ein appetitanregender Duft ging von ihnen aus und erfüllte den Raum.

Zwei Männer warteten bereits. Die Neuankömmlinge traten auf die beiden zu und, nachdem herzliche Begrüßungsworte ausgetauscht und Marc, Stella und Alex vorgestellt worden waren, setzten sich alle um den Tisch.

Sie sprachen beim Essen vom bevorstehenden Turnier, diskutierten über mögliche Sieger dieses Jahr und dass Thalassa 1 ein schwächerer Gegner durch das Ausscheiden ihres Kapitäns geworden war. Auf keinem der Gesichter fand Alex den bitteren Ernst der Lage gespiegelt.

Seraphim hatte Alex und seinen Freunden auf dem Weg hierher verraten, dass die beiden Frauen und Männer, die sie treffen würden, die ältesten Mitglieder seien. Nichts wurde ohne sie entschieden, ihnen gebührte der Respekt aller. Ihre Weisheit und ihr Wissen waren unschätzbar.

Seraphim selbst war Schüler eines der Männer gewesen. Sie hießen Octavian Greville und Victor Sinclaire. Octavian stamme, so Seraphim, aus einer alten französischen Amphibienfamilie und war schon lange Mentor auf Thalassa 2. Und Victor, Seraphims Mentor von Thalassa 1, komme aus den Staaten. Seine Familie war jedoch ursprünglich ebenfalls vor der Küste Englands zu Hause, wie die Familie Seraphims.

Die Frauen hießen Eloise Toth, auch sie Ratsmitglied seit undenklichen Zeiten und Mentorin im australischen Thalassa 4, und Nami Mori. Sie war in Thalassa 5 zu Hause, das vor Japan lag. Die beiden Frauen verspäteten sich offensichtlich.

Alex hatte erwartet, lauter Grauhaarige vorzufinden, doch als sein Mentor davon gesprochen hatte, dass sie die Ältesten im Rat waren, hatte er nicht ihr körperliches Alter gemeint. Octavian und Victor sahen nicht älter als 30 aus.

Octavian musste die Stimme nicht erheben als er begann:
»Als wir uns das letzte Mal versammelten, standen wir vor einem Krieg.«

Mit einem Schlag verstummten sie und richteten ihre Gesichter auf den Redner. Als dieser sicher war, dass er die uneingeschränkte Aufmerksamkeit aller hatte, fuhr er fort:

»Bevor wir beginnen, möchte ich mich im Namen von Eloise und Nami entschuldigen. Sie können heute nicht bei uns sein, die Reaktorkatastrophe in Japan verlangt auch nach so langer Zeit den ununterbrochenen Einsatz von Nami, um Thalassa 5 zu retten. Die Zerstörungen sind unbeschreiblich. Unsere Heiler sind immer noch ständig im Einsatz, obwohl sie der Strahlenkrankheit, an der die meisten durch das verseuchte Wasser erkrankt sind, kaum beikommen können. Hier sind auch unsere Möglichkeiten an Grenzen gestoßen. Viele werden daran sterben. Eloise ist seit Monaten ebenfalls dort und hilft. Ich werde sie und Nami selbstverständlich von unserem Gespräch in Kenntnis setzen. Kommen wir also zum Thema.«

Octavian richtete sich auf und fuhr fort: »Unsere Art und auch Menschen haben damals im Krieg großen Schaden erlitten. Nach dieser Zeit des Friedens sind die Auserwählten erneut in den Startlöchern. Für uns das eindeutige Zeichen, dass das Böse zurückgekommen ist. Nach vielen Jahren des Friedens werden wir und die Menschenwelt wieder bedroht. Wir wissen Folgendes.«

Der Sprecher berührte einen großen Bildschirm, der vor ihm in den Tisch eingelassen war.

»Spanien soll geflutet werden, was hieße, dass der Atlantik und das Mittelmeer nicht mehr nur durch die Straße von Gibraltar verbunden wären. Unmittelbar vor der Küste Südspaniens befindet sich eine Verwerfung. An ihrer Linie will man sprengen und so einen Tsunami von gigantischen Ausmaßen auslösen. Gleichzeitig würde sich als unvermeidbarer Nebeneffekt die Kontinentalplatte herabsenken und Spanien und Portugal ins Meer verschwinden.«

Er tippte, während er sprach, auf dem Bildschirm und an der Wand erschien ein großes Bild. Alle konnten an der Computeranimation verfolgen, was er gerade erklärt hatte.

Marc war aufgesprungen und rief: »Wow! So einen Computer wollte ich schon immer sehen! Der letzte Schrei.«

Stella neben ihm verzog verlegen das Gesicht und zerrte Marc zurück in seinen Stuhl. Sie raunte ihm etwas zu und er sagte mit hochrotem Kopf: »Verzeihung.«

Octavians Mundwinkel zuckten, während er seinen Blick über die Gesichter der Anwesenden wandern ließ. Kurz verharrte er bei den beiden leeren Stühlen und ein sorgenvoller Ausdruck breitete sich auf seinem Gesicht aus.

Mit wachsendem Entsetzten starrte Alex den Bildschirm an der Wand an. Da, wo noch vor ein paar Sekunden Portugal und Spanien zu sehen gewesen waren, erstreckte sich jetzt ein blauer Fleck, der das Wasser symbolisierte.

»Somit befindet sich auch das gesamte Gebiet um Thalassa 3 in Gefahr. Wenden wir uns nun Rex zu.«

Jetzt tippte Victor etwas am Bildschirm in der Tischplatte und ein neues Bild erschien an der Wand. Das Porträt eines jungen Mannes. Alex musste wegschauen, der Anblick brachte sein Blut zum Kochen.

»Wir kennen dieses Gesicht leider nur zu gut und wissen, was dieser Mörder schon angerichtet hat. Wir kennen seine Machenschaften. Leider war ihm die Flucht vor zwei Jahren gelungen. Er hat ein bestimmtes Ziel und einen Plan. Er hat sich mit Menschen zusammengetan. Vermutlich auch mit Landamphibien. Wir nehmen an, dass es zwar nicht viele sind, doch in hohen Positionen, also in Besitz von genügend Macht und Geld.«

Victor, der die letzten Erläuterungen übernommen hatte, deutete mit einer schnellen Geste auf das projizierte Bild an der Wand.

»Rex hat die Sache mit dem Pakt herangezogen, aber dass das nicht sein Beweggrund ist, war längst klar. Er kümmert sich nicht um Recht und Ordnung. Offiziell beschuldigt er jedoch die Landamphibien und fordert uns heraus, ihnen den Krieg zu erklären. Ein billiger Trick. Seraphim hat uns nach dem Beben darüber in Kenntnis gesetzt, dass jemand tatsächlich den Tunnel zwischen Calahonda und Thalassa 3 geöffnet und betreten hat.

Doch es waren zwei Menschen und ein Landamphibion, das erst dort unten erfahren hat, was es ist. Sie konnten nichts über uns wissen. Das Landamphibion wusste noch nicht einmal über sich selbst Bescheid. Sie haben den Tunnel zufällig entdeckt. Seraphim hat damals richtig entschieden und diese drei gehen lassen.«

Mit diesen Worten wandte er sich an Seraphim. Anerkennend fügte er hinzu: »Du hast das gut gelöst. Die beiden Menschen wissen nicht, was ihnen zugestoßen war, denn sie waren bewusstlos gewesen. Und dieser Eugene ist, wenn ich es richtig verstanden habe, auf unserer Seite. Gut, er hat das Stadium der Gestaltenwandlung noch nicht erreicht, doch einige Landamphibieneigenschaften sind vorhanden.«

Victor hielt inne und als wäre es abgesprochen, übernahm nun wieder Octavian.

»Die Tunnelsache war also nicht der wahre Grund für Rex, seine Zerstörungspläne auszuführen. Wir wollen keinen Krieg anfangen und das passt ihm nicht. Wir wissen, dass Rex unsterblich werden will. Er dachte, wenn ein Krieg tobt, fallen seine Machenschaften nicht auf. Da es keinen Krieg gibt und er sich folglich nicht dahinter verstecken kann, hat er andere Pläne geschmiedet. Der Stein ist ins Rollen gekommen. Wir können nur hoffen, dass wir seinen zweiten Versuch rechtzeitig stoppen können.« Er blickte ernst in die Runde. »Rex hat seine Leute in und um La Perla versteckt und von dort aus operiert er. Vom Leuchtturm *Faro de Sacratif,* aber vermutlich auch von anderen Stellen aus. Seraphim wird uns die neueste Entwicklung in dieser Sache berichten.«

Er wandte sich an Seraphim und nickte ihm zu, eine Einladung, das Wort zu ergreifen.

»Die Idee von Rex kennen wir bereits von damals, als im 17. Jahrhundert Santorin in die Fluten versenkt wurde. Doch Rex will noch einen Schritt weitergehen.«

Damit wandte Seraphim sich Alex zu.

Alex blickte in die Runde und traf auf neugierige Blicke. Er begann:

»Die Stellen, an denen er ein weiteres Mal sprengen will, hat er nun weitflächiger gewählt. Und er nutzt diesmal die von der Natur zur Verfügung gestellten Hilfsmittel, die Schwarzen Raucher und eine Springflut.«

Ein Raunen ging durch die Runde.

»Das ist verrückt«, entfuhr es Marc. »Wie kann er die Hydrothermalquellen denn nutzen? Aus denen strömt ununterbrochen 300 Grad heißes Wasser!«

Die anderen nickten und schauten Alex erwartungsvoll an.

»Er will dort Sprengstoff platzieren, obwohl er weiß, wie gefährlich es ist. Dass vor zwei Wochen der erste Versuch mit einem dieser Schlote fehlgeschlagen war und er zwei aus seiner Anhängerschaft verloren hatte, erwähnte er übrigens nur nebenbei. Im Meer hatte es kurz gebebt, so Rex, sonst war nichts geschehen. Angeblich war ihm das eine Lehre und jetzt weiß er, wie er es angehen muss. Die Sprengplätze hat er schon bestimmt und beim nächsten Vollmond, wenn die natürliche und harmlose Springflut einsetzt, will er sie in eine tödliche verwandeln.«

Auf die Gesichter war ein konzentrierter Ausdruck getreten und Alex spürte die Spannung in der Luft.

Nach einer langen Minute des Schweigens ergriff Seraphim erneut das Wort:

»Rex ist zur Zeit also in La Perla tätig. Was unsere Arbeit erleichtert, ist, dass jetzt keine Hauptsaison in Spanien ist und sich keine Touristen an der Küste aufhalten. Obwohl sich momentan alles auf Spanien konzentriert, werden wir dennoch eure Hilfe benötigen. Ich schlage vor, dass wir alle verfügbaren Leute vorbereiten und dass ihr euch auf einen längeren Aufenthalt in Thalassa 3 einstellt. Glücklicherweise haben wir Verstärkung – unsere Leute hier«, und bei diesen Worten deutete er auf Alex, Stella und Marc, »sind durch die erste Metamorphose einsatzbereit. Der Wichtigste an Land ist weiterhin Alex. Er wird der Verbindungsmann bleiben. Die Vorbereitungen für seinen weiteren Einsatz laufen.

Wir müssen binnen weniger Tage eine detaillierte Strategie ausarbeiten und zum Gegenangriff übergehen, wenn ihr damit einverstanden seid. Die Zeit ist knapp. Wir werden diese Tage während des Turniers nützen müssen, um zu planen. Der nächste Vollmond steht kurz bevor und wir wollen Rex endgültig zur Strecke bringen, wenn er zuschlagen will. Ich denke, da sind wir uns einig.«

Er schaute in die Runde und als alle entschieden nickten und zustimmend raunten, fuhr er fort: »Oben habe ich unsere Leute instruiert. Sie halten Augen und Ohren offen. Ich will nichts riskieren, denn Rex ist skrupellos genug, beim kleinsten Verdacht weitere Morde zu begehen. Wir müssen auf alles gefasst sein, falls wir keinen Erfolg haben sollten. Auch auf eine eventuelle Evakuierung von Thalassa 3 und Umgebung.«

»Sind es die üblichen oben?«, fragte Octavian, als Stille eintrat.

»Ja. Alex stelle ich nach unserer Rückkehr den anderen vor. Es ist Zeit, dass sich alle kennenlernen.«

»Ich hörte auch von jenem anderen Problem. Genauer gesagt, von den beiden anderen Problemen.« Die Bemerkung kam von Victor.

»Wir haben zwei verloren, ja. Einen an den Tod, eine andere an das Böse. Rex hat Jimo auf dem Gewissen, das steht fest. Es ist für alle ein Schock gewesen. Obwohl ich es hätte wissen müssen. Jimo wäre nicht tot, hätte ich daran gedacht, alles genauer zu überwachen, jetzt, da sich Rex um Thalassa 3 herumtreibt.«

Alex blickte seinen Mentor schockiert an. Gab sich Seraphim die Schuld für Jimos Tod? Das war nicht richtig!

Gerade als er es laut aussprechen wollte, erklang Octavians entschiedene Stimme:

»Seraphim, du trägst keine Schuld an Jimos Tod.«

Sein Ton duldete keinen Widerspruch und das war gut so. Seraphim *durfte* sich nicht selbst beschuldigen und somit seinen Bruder entschuldigen.

Octavian setzte eindringlich hinzu: »Jimos Tod ist in seiner Grausamkeit allein Rex zuzuschreiben. Bitte berichte über Danya, sie lebt zwar noch, doch hat sie sich nach der Metamorphose dem Bösen zugewandt und ist bei Rex. Das steht nun auch fest?«

Seraphim nickte grimmig. »So kommt er uns näher als jemals zuvor. Danya hat ihn sicher mit Informationen über uns versorgt. Was natürlich sehr bedauerlich ist. Glücklicherweise ist es ihm nicht gelungen, trotz dieser Informationen, in Thalassa 3 einzudringen. Lilli, die Tochter der LeBons, muss beschützt werden. Ich habe Eugene O'Grady den Auftrag erteilt.« Als er dies sagte, vermied er es, Alex anzuschauen.

Alex hatte für eine Weile vergessen, in welcher Gefahr Lilli schwebte, doch nun kam die Angst um sie so plötzlich zurück, dass er nur mit halbem Ohr wahrnahm, wie Seraphim weiterredete. Als endlich wieder klare Worte in sein Bewusstsein drangen, sprach sein Mentor immer noch. Er berichtete, dass Señor Yó weiter an Don Pedro, dem Hausmeister der Wohnanlage, wo die Familie LeBon wohnt, dranbliebe. Don Pedro sei mit ziemlicher Sicherheit ebenfalls mit Rex verbündet.

Alex riss die Augen auf, als die Rede auf seinen Klassenlehrer kam. Doch er erinnerte sich gleich, dass Seraphim es erwähnt hatte. An Land waren Helfer. Lillis Eltern, obwohl Alex noch nicht genau wusste, wie sie halfen. Gut, also auch Señor Yó. Er hatte an dem Mann nichts »Unmenschliches« gesehen. Ein Landamphibion war er nicht, das hätte er gespürt, dann war er vielleicht …

Seraphim sagte: »Alex, nur der Vollständigkeit halber, da du die Sache mit Señor Yó nicht weißt. Er ist zu hundert Prozent Mensch, weiß aber seit Langem über uns Bescheid und ist uns schon immer wohlgesinnt gewesen.«

Alex nickte zum Dank und Seraphim schloss mit einem Blick in die Runde. Niemand hatte Fragen.

Es war alles gesagt.

Die U-Boot-Kapsel hatte sie rechtzeitig zurück zur Yacht in der Secret Lagoon gebracht. Die Rückfahrt war schweigend verlaufen, alle bedrückte die gefährliche Lage, die Rex heraufbeschworen hatte. Seraphim hatte ihnen den Befehl erteilt, für die Dauer des Turniers ihren Spaß zu haben, auch wenn sie die Lösung für die Probleme währenddessen gemeinsam finden mussten.

Alex stand zwischen Stella und Marc an der Reling. Sie sahen gebannt dem Naturspektakel zu, das sich seit wenigen Minuten vor ihren Augen abspielte.

Der kräftige Wind, der aufgekommen war, zerrte von allen Seiten an ihnen. Meterhoch wogten die Wassermassen im ersten Licht des Tages. Bedrohlich türmte sich das Meer mal von rechts auf, dann wieder von links, und dann von allen Seiten gleichzeitig. Die Yacht hatte alle Segel eingezogen, die Anker geworfen und neigte sich gewaltig mit den stürmischen Wassermassen, manchmal so stark, dass sie das Gefühl hatten, zu kentern. Gischt war allgegenwärtig.

Doch plötzlich bekam der Wind eine Richtung. Er fegte über das Meer, das sich in immer kleiner werdenden Wellen kräuselte, bis seine Oberfläche gerippt wie eine Sandbank aussah. Die See unter ihnen beruhigte sich allmählich, doch nur wenige Meter vor ihnen arbeitete der Wind unerbittlich weiter.

Etwas anderes geschah gleichzeitig. Die Wassermassen türmten sich in Zeitlupe auf und bildeten eine riesige Welle. Dahinter entstand ein Korridor, als wäre das Meer nicht aus Wasser, sondern feste Materie, die ein unsichtbarer Riese mit einer Schaufel wegschaufelte.

Aus der Talsohle der Wasserschlucht stach zunächst eine Landspitze empor, wurde breiter, je stärker das Meer wich, und eine Insel erschien vor ihnen. Rechts und links Wände aus Wasser, die, wie hinter einem durchsichtigen Hindernis, beinahe unbewegt standen. Der Wind legte sich und hinterließ ein bizarres Bild.

Ihre Yacht thronte nun auf dem breiten Kamm einer Wasserwand. Wie von der Kuppel eines Bergs blickten sie auf eine felsige Insel inmitten dieser Wassermassen hinab.

Seraphim jubelte und klatschte in die Hände. Von überallher hallten Jubelschreie über das Meer. Erst jetzt bemerkte Alex die Boote und Yachten auf beiden Seiten der Wasserschlucht.

Hier war sie also, die Secret Lagoon mit ihrer Insel, die es nur einmal im Jahr für fünf Tage gab.

Marc und Stella brachen ebenfalls in begeisterten Jubel aus und umarmten sich stürmisch. Alex schloss sich ihnen an und gemeinsam sprangen sie auf dem Deck umher, als hätte ihr Team bereits das Turnier gewonnen.

Als sich der allgemeine Jubel gelegt hatte, setzte hektische Betriebsamkeit ein. Zuerst tauchten nur vereinzelte Amphibien ihre Köpfe aus den Wasserwänden, sprangen an Land und liefen über den Platz in alle Richtungen davon. Dann wurden es immer mehr. Wie Fische, die an Land fliegen, strömten Hunderte Amphibien auf die Insel und begannen mit den Vorbereitungen für die Spiele.

Tribünen wurden zusammengebaut, das Spielfeld abgesteckt. Die beiden riesigen Tore, die aus jeweils zwei hohen Holzpfosten bestanden, wurden an den schmalen Seiten des Spielfelds aufgestellt, befestigt auf zwei kreisrunden schwimmenden Flößen.

Alex und seine Freunde hatten sich das Treiben von oben aus angeschaut, während Seraphim die Yacht vorbereitet hatte, um sie gemeinsam zu verlassen. Sie lösten sich jetzt von der Reling und holten ihr Gepäck aus der Kajüte, bevor Seraphim auch diese abschloss.

Auf der Insel wartete ein eigener Gemeinschaftssaal auf die jeweiligen Teams und ihre Fans.

Mit ihren wasserdichten Beuteln auf dem Rücken gingen Alex, Marc und Stella von Bord und tauchten tiefer. Seraphim verließ als Letzter die Yacht und folgte seinen Schützlingen.

31.
Allein

Lilli riss das Streichholz an, es stieß Funken in die Dunkelheit, bevor es aufflammte. Einen Augenblick später warf eine Kerze ihr Licht auf das Innere der kleinen Kajüte.

Lilli erstarrte und Wachs tropfte heiß auf ihre Finger.

Auf dem Bett lag jemand. Es gelang ihr nicht, den Schatten der Etagenkoje zu durchdringen, doch ihr Instinkt sagte ihr, dass es nicht Alex war.

Die Gestalt schwang die Beine zu Boden und glitt ins Licht der Kerze.

Ihr Körper verkrampfte sich. Ein Gedanke schoss ihr durch den Kopf: Ich bin verloren.

Alex war seit Tagen weit weg. Selbst ihre Eltern waren am Vormittag zu einem zweitägigen Ausflug nach Sevilla aufgebrochen, wo ihre Mom eine Fiesta fotografieren wollte. Niemand war hier, der ihr helfen konnte.

Und eine Stimme sagte ihr, dass er das ganz genau wusste. Als betrachte sie einen alten Bekannten, den sie lange nicht gesehen hatte, schaute sie den jungen Mann an, weißblondes Haar, kalte graue Augen. Niemand, den sie wiedersehen wollte.

Sein Mund verzog sich zu einem eigentümlich aufgesetzten Grinsen.

»Guten Abend, Lilli. Wie schmeichelhaft. Ich sehe, du hast mich nicht vergessen.« Er sprach leise und es hörte sich angenehm an, dunkel und klar. Wäre da nicht der Hauch von Kälte gewesen.

Gut möglich, dass sie genau jetzt dem gefährlichsten Jungen aus ganz Andalusien gegenüberstand. Flüchtig fragte sie sich, woher er ihren Namen kannte, doch schon in der nächsten Sekunde beschäftigte sie dieser Gedanke nicht mehr. Langsam, aber sicher kroch Angst in ihr hoch.

Sie rührte sich nicht, als er auf sie zutrat.

Das hässliche Grinsen hatte sein ganzes Gesicht erfasst, erreichte die Augen aber nicht. Immer noch kalt und gefühllos betrachteten sie Lilli.

Sie starrte in diese seltsam hypnotischen Augen und dachte beinahe erleichtert, dass er gut aussah. Als wäre dies eine Garantie, dass er ihr nichts tun würde. Er überragte sie um einen Kopf. Sein Körper war sehnig und muskulös gebaut. Das eng anliegende türkisgraue Shirt betonte jeden Muskel seines Oberkörpers und unterstrich die helle Farbe seiner Augen. Die blonden Haare, die in sanften Wellen seine Schultern umspielten, täuschten auf den ersten Blick über diesen Ausdruck in seinem Gesicht hinweg. Bei näherer Betrachtung fiel Lilli auf, dass er nicht so jung war, wie sie zunächst geglaubt hatte. Er musste schon auf die 30 zugehen.

Sie wurde das Gefühl nicht los, dass die Freundlichkeit, wie auch der jungenhafte Eindruck nur äußere Erscheinungen waren.

»Und du bist ...«

»Oh, wie unhöflich von mir! Ich sollte mich vorstellen. Rex Fothergyll.« Er verneigte sich leicht und schaute Lilli unter blonden Augenbrauen an. Er lächelte noch immer. Genau dieses Lächeln machte alles schlimmer. Es war im Gesicht aufgeklebt. Falsch.

Sie trat unwillkürlich einen Schritt zurück, setzte sich auf den Stuhl und somit in den Lichtkreis der Kerze, die sie auf den Tisch gestellt hatte.

Plötzlich veränderte sich Rex' Gesichtsausdruck. Er starrte sie aus zusammengekniffenen Augen von oben herab an, als hätte sich in ihrem Gesicht ein besorgniserregender Ausschlag breitgemacht. Unwillkürlich fasste sie sich an die Wange.

Das Lächeln war aus seinem Gesicht gewichen.

»Bemerkenswert«, murmelte er, trat auf sie zu und ging vor ihr in die Hocke. Er wiegte den Kopf. »Wirklich erstaunlich.« Abrupt erhob er sich wieder.

Sie biss sich auf die Unterlippe. Einerseits war sie neugierig, was Rex gesehen haben mochte. Andererseits wollte sie keinen Smalltalk anfangen. Also schwieg sie.

Er betrachtete sie stumm, beinahe verunsichert.

»Ich bin gekommen, um mir mein Eigentum zurückzuholen.« Das falsche Lächeln erschien wieder.

Lilli sah ihn wachsam an, seine Worte verwirrten sie. Was meinte er mit »sein Eigentum«? Bevor sie weitergrübeln konnte, beantwortete Rex ihre Frage.

»Das Buch, Lilli. Ich will es zurückhaben.«

Im ersten Moment wollte sie vorgeben, nicht zu wissen, wovon er sprach und welches Buch er meinte. Doch sie ahnte, dass es nichts bringen würde, Rex hinzuhalten.

...aphim y Rex Fothergyll. Die verblasste Handschrift auf der ersten Seite in Eugenes Buch. Sie presste die Lippen aufeinander und schwieg.

Rex hob eine Augenbraue, das Lächeln verschwand.

»Lilli!«, bellte er. Ihr Name detonierte in der Stille wie eine Explosion und ließ sie aus dem Stuhl schnellen. Die Kälte war aus seinem Gesicht gewichen und Wut entstellte es zu einer Fratze. Bei seinem Anblick hatte sie Mühe, die Fassung zu bewahren. Die Bedrohung, die von diesem Mann ausging, war greifbar. Er machte ihr Angst.

Sie räusperte sich und versuchte, ihre Stimme fest klingen zu lassen:

»Ich habe das Buch nicht.«

Er starrte sie einen Moment an. Dann begann er leise zu lachen. Lilli bekam eine Gänsehaut. Es war das Lachen eines Teufels. Als er damit aufhörte, sagte er beinahe gutgelaunt:

»Und wo ist das Buch? Lilli?«

»Es wurde mir gestohlen.« Was sogar stimmte. Dass es der Hausmeister womöglich geklaut hatte, würde sie diesem Mörder nicht verraten. So seltsam Don Pedro auch war, sie wollte ihn Rex nicht ausliefern.

»Oh. Das ist sehr, sehr schade. Was machen wir denn nun?«, fragte er in jenem unverbindlichen Ton, in dem man eine Freundin um einen Rat bittet. Plötzlich aber zischte er: »Du lügst. Es hätte dir gestohlen werden *müssen*, doch mein Mann sagte mir, dass es bereits weg war, als er dich besucht hat.«

Lilli stützte sich mit einer Hand auf den Tisch. Ihre Gedanken überstürzten sich.

Don Pedro war sein Mann. Er hatte das Buch gestohlen, als er in der Wohnung war. Doch anstatt es Rex zu bringen, hatte er es behalten und ihm das Märchen aufgetischt, dass es schon weg war. Wenn Don

Pedro das Buch nun hatte, was wollte er damit? Warum riskierte er Rex' Missgunst oder Schlimmeres?

Weiter kam Lilli in ihren Überlegungen nicht, denn Rex erhob sich und trat zu ihr. Er stand nur wenige Zentimeter von ihr entfernt und leichter Salzgeruch stieg ihr in die Nase.

»Ich. Will. Das. Buch.«

Jedes Wort war wie ein Fauchen und sie wich einen Schritt und noch einen zurück. Er hatte die Maske der Höflichkeit gänzlich abgelegt, auf seinem Gesicht stand jetzt ein hasserfüllter Ausdruck. Irgendetwas lief in seinen Plänen schief.

Sie senkte den Blick unter seinen frostigen Augen.

»Zwing mich nicht, dir wehzutun.«

Er klang fast besorgt. Mal böse, mal gut. Wie irre war das denn!

»Ich tue niemandem gern weh, Lilli«, fügte er hinzu und ein reumütiger Ausdruck trat auf sein Gesicht.

»Ich habe das Buch wirklich nicht.«

Etwas an ihr musste ihn irritieren, denn er sah sie jetzt wachsam an. Sie versuchte, sich an das zu erinnern, was ihr Alex über Rex verraten hatte. Doch sie kam nicht dahinter, warum er diesen eigentümlichen Ausdruck im Gesicht hatte, wenn er sie ansah. Es war nicht der Blick, den Jungen einem Mädchen zuwarfen, wenn sie es begafften. Es war ein Blick voller Ungläubigkeit. Sie hatte das seltsame Gefühl, dass ihr Anblick ihn verwundbar machte.

»Du siehst ihr erstaunlich ähnlich«, platzte es plötzlich aus ihm heraus. »Tja, liegt in der Familie, schätze ich.« Als wolle er ein Selbstgespräch weiterführen, sagte er verträumt: »Ich erinnere mich noch ganz gut an deine Tante Emily. Damit habe ich dir etwas voraus. Du nämlich nicht, weil ich sie getötet habe, als du noch klein warst.« Ein leises Lachen begleitete seine Worte.

Sie spürte, wie eisige Kälte ihr die Wirbelsäule emporkroch. Nur mit Mühe unterdrückte sie ein Zittern. Er war verrückt, schoss es ihr durch den Kopf. Sie war mit einem Irren eingeschlossen. Wenn es stimmte, dass er Tante Emily getötet hatte ... dann stimmte es womöglich auch, dass er versucht hatte, sie zu töten, als sie klein war. Warum nur?

Plötzlich war sie felsenfest davon überzeugt, dass er alles tun würde, um an das Buch zu kommen. Er würde sie, wenn nötig, foltern und töten. Lilli biss sich hart auf die Unterlippe, um nicht verzweifelt aufzustöhnen.

»Aber über familiäre Dinge können wir ein anderes Mal plaudern. Jetzt will ich, dass du mir sagst, wo das Buch ist. Und spar dir das *Ich weiß nicht, wo es ist*-Gequatsche!«

Lilli klappte den Mund wieder zu. Sie überlegte fieberhaft, wie es möglich war, dass Rex Emily gekannt hatte. Emilys Tod war für die Familie immer ein Tabu gewesen. Niemand sprach laut aus, dass sie gewaltsam umgekommen war. Lilli wusste nichts über ihren Tod, denn sie war damals noch klein gewesen.

Wie seltsam das Leben war! Da war sie auf einem anderen Kontinent und erfuhr viele Jahre später, wie die Schwester ihrer Mom gestorben war. Aus erster Hand sozusagen.

Mit ausdrucksloser Miene schaute sie Rex an.

Er ließ sich auf den Stuhl fallen, auf dem sie vorhin gesessen hatte, und sah aus, als wolle er sich auf längeres Warten einstellen. Doch sie merkte am nervösen Wippen seines Fußes, dass er sehr ungeduldig war. Und er schien zu überlegen.

»Lilli, bitte, wem hast du das Buch gegeben?«

Und wieder sah sein Gesicht anders aus, ein neuer Ausdruck stand darin. Alles Böse war gewichen und er war ein normaler junger Mann, der über alltägliche Dinge plauderte. Er war ein Chamäleon. Er versuchte sie einzuwickeln.

»Von mir bekommst du nichts heraus, selbst wenn du mich zu Tode quälst.« Es klang pathetischer als beabsichtigt, und sie rechnete mit einem erneuten Heiterkeitsausbruch oder Wutanfall, doch Rex sah sie nur verwundert an.

Dann nickte er und stand langsam auf.

Ehe sie es sich versah, traf sie der Hieb. Ihr Bewusstsein flackerte noch kurz auf und erlosch, wie die Flamme einer Kerze.

Feuchte, salzige Kühle schlug ihr ins Gesicht. Sie hörte das Blut in ihren Ohren rauschen, es vermischte sich mit einem anderen Geräusch. Dem Motor eines Bootes.

Lilli versuchte, sich zu bewegen, wurde jedoch von den Schmerzen in ihren Armen abgelenkt. Ihre Handgelenke waren auf dem Rücken fest verbunden. In den dunklen Nebel in ihren Gedanken kehrte die Erinnerung zurück.

Sie riss die Augen auf und erfasste in einem einzigen Moment die Lage. Es war immer noch dunkel. Die Kühle der Nacht ließ sie frösteln. Wasser spritzte von Zeit auf und durchnässte ihre Kleider. Sie war in einem Boot mit Außenbordmotor. Keine zwei Meter weiter vorn, am Steuerpult, stand Rex mit dem Rücken zu ihr, breitbeinig mit einer Hand am Steuerrad. Der Fahrtwind peitschte ihm das Haar wild um den Kopf, was ihm etwas von einem Besessenen gab. Großartig, jetzt hatte sie es geschafft. Wer weiß, wohin er sie brachte.

Er hatte sie nicht getötet. Was also hatte er mit ihr vor?

Ihre Arme schmerzten höllisch, sie musste sich schleunigst aus der Stellung herausrollen, um sie zu entlasten. Augenblicklich durchfuhr sie ein stechender Schmerz, der sich bis hoch zum Hals zog. Außerdem brummte ihr Schädel noch von dem K.O.-Schlag.

Sie bemühte sich, trotz der Schmerzen, um einen klaren Kopf. Überleg, wie du dich aus dem Schlamassel befreien kannst. Etwas hatte er vor und ließ sie so lange am Leben.

Wozu brauchte er eigentlich dieses Buch?

Sie hatte Alex nie darauf angesprochen. Einmal war ihr der Gedanke gekommen, ihn zu fragen, ob er das Buch kannte, da es ja Geschichten mit Menschenamphibien enthielt und seinem Mentor gehört hatte. Doch sie hatte es dann wieder vergessen. Außerdem blieb das Buch verschwunden.

Was wollte Rex so dringend damit? Was wollte er mit Geschichten über Menschenamphibien anfangen? Stand da noch mehr drin? Gut, es gehörte ihm, doch das allein konnte nicht der Grund sein. Wie oft hatte sie ein Buch ausgeliehen, ohne hysterisch zu werden, wenn sie es nicht zurückbekommen hatte. Was entging ihr?

Leider gab es für den Augenblick nicht viel, was sie tun konnte, um Antworten auf ihre Fragen zu bekommen. Sie war so müde. Jedes Zeitgefühl war ihr abhandengekommen. Wie lang es dauerte, bis Rex schließlich den Motor drosselte und ganz abstellte, wusste sie nicht.

Sie hob die schweren Augenlider und bemerkte die Lichter, die jetzt den Himmel aus ihrem Blickfeld verdrängten. Überrascht erkannte sie, dass sie zu einer Yacht gehörten. Die dunkle Wand des Rumpfes erhob sich bedrohlich neben dem Motorboot.

Rex rührte sich aus seiner Steuermannsposition. Er beugte sich vornüber und suchte das Wasser ab. Dann streckte er den Arm aus und griff nach dem Ende einer Strickleiter, die am Rumpf der Yacht baumelte. Flink stieg er darauf bis zu den Davits hoch, vertäute das Boot an den Stahlhaken und kletterte zurück ins Boot. Er riss Lilli an den Handfesseln hoch. Der Schmerz in ihren Armen ließ sie aufschreien.

»Wer wird hier gleich losheulen. Du markierst doch schon die ganze Zeit die Tapfere und Todesmutige.«

Er machte sich an ihren verbundenen Handgelenken zu schaffen und Lillis Hände waren frei. Der stechende Schmerz ließ nach und eine dumpfe Taubheit trat an seine Stelle.

»Da hoch«, rief Rex und deutete auf die Strickleiter.

Lilli rieb sich die Hände, um wieder Gefühl hineinzubringen. Wortlos folgte sie seiner Anweisung. Es war eine alte Strickleiter, die bei jeder Bewegung schwankte. Die Seile waren an vielen Stellen abgeschabt und dünn. Sie vermied es tunlichst, nach unten zu sehen.

Die Leiter schien kein Ende zu nehmen. Sie rutschte einige Male ab und als sie schließlich über die Reling kletterte und keuchend auf zitternden Beinen stehen blieb, hatte sie blutige Aufschürfungen an den Händen.

Rex tauchte neben ihr auf. Für ihn schien die Kletterpartie mühelos verlaufen zu sein, denn er zeigte nicht die geringste Spur von Anstrengung. Wortlos packte er sie am Oberarm und stieß sie unsanft Richtung Kajüte.

Lilli sah sich um. Es war eine protzige dreimastige Segelyacht, die schon bessere Tage gesehen hatte. Die Holzplanken sahen abgenutzt und von Wind und Wetter gebleicht aus. Die Segel hingen bis auf ein Vorsegel auf Halbmast. Der Stoff war eingerissen und zerschlissene, notdürftig geflickte Nähte vermittelten den Eindruck, dass es sie bei der nächsten kräftigen Windbö auseinander reißen würde.

Die Segel hoben sich kaum vom Himmel ab, auf dem ein blasser Schimmer der Morgendämmerung lag. Nur an den Stellen, an denen die Lampen des Mastes sie anleuchteten erkannte Lilli ihre seltsame Farbe. Es war ein schmutziges dunkles Rot, das nach unten hin in Braun überging.

»Ochsenblut«, bemerkte Rex, der gesehen haben musste, wie sie die Segel betrachtet hatte. »Eine alte Seemannstradition, die Segel mit Ochsenblut zu tränken.«

Was sollte das werden, eine Führung? Unter anderen Umständen hätte sie das alles interessiert, doch jetzt war sie als Gefangene hier und nicht neugierig, wie ihr Gefängnis beschaffen war.

Sie schwieg, was Rex nicht zu stören schien, denn er fuhr fort: »Es ist eine alte Fischeryacht. Sehr solide, auch wenn sie nicht so aussieht. Solche Yachten hat man in Deutschland um 1900 für die Fischerei in der Ostsee gebaut.« Er deutete auf zwei große verrostete Zylinder am Heck, die wie überdimensionale umgefallene Sanduhren aussahen. Daran waren verschmutze Seile unordentlich aufgerollt. »Auf diesen Winschen waren früher die Fischernetze befestigt gewesen, die Fischbäume sind aber längst verrottet. Die Netze waren schwer, denn man fertigte sie zu jener Zeit aus Wolle an, die im Wasser ein unheimliches Gewicht bekam. Deshalb waren mindestens vier Mann nötig, um so ein Netz einzuholen. Das war harte Knochenarbeit für die Fischer.«

Sie erreichten eine viereckige Deckluke. Rex bückte sich und schob sie beiseite. Als Lilli die senkrecht hinabführende Holzleiter betrat, drangen Stimmen und Gelächter zu ihr, die schlagartig verstummten, als sie in der Kajüte ankam.

Rex war ihr gefolgt und begrüßte jetzt ein Mädchen und zwei junge Männer, die an einem Holztisch saßen und Bier tranken. Obwohl seine Begrüßung freundlich war, sah man den dreien die Anspannung an. Sie nickten stumm zurück.

Das Mädchen stellte ihre Flasche ab, nahm dem Mann zu ihrer Rechten die seinige aus der Hand und stellte sie ebenfalls auf den Tisch. Der Mann hob fragend die Augenbrauen, während der andere aufstand und nach oben deutete. Lilli bemerkte, dass er ein walnussgroßes Muttermal auf der linken Wange hatte.

»Kommt«, sagte das Mädchen. Sie warf Lilli einen feindseligen Blick zu. An Rex gewandt fragte sie spöttisch: »Und das ist nun deine grandiose Idee?« Mit einer abfälligen Geste deutete sie auf Lilli.

»Offensichtlich.« Rex grinste.

Sie schnaubte und taxierte Lilli kalt. Dann folgte sie den Männern nach draußen. Lilli hörte sie noch sagen:

»Die wird doch keiner zurückhaben wollen.«
Die Männer lachten.
»Warum bin ich hier?«
Als Rex antwortete, war seine Stimme wie ein eisiger Windhauch: »Ich tausche dich gegen das Buch.« Wieder dieses aufgesetzte Grinsen.

Hieß das, er wusste, wer es hatte? »Du hast die ganze Zeit gewusst, dass ich es nicht habe!« Sie sah ihn aus schmalen Augen an und ihre Stimme bebte vor Zorn.

Er sagte nichts, neigte nur den Kopf in stummer Zustimmung.
»Warum also das ganze Theater, Rex? Wieso kommst du dann zu mir?«

Er hob die Schultern. »Ich war mir nicht ganz sicher, ob es nicht doch noch bei dir ist und mein Mann vielleicht gelogen hat. Aber ich glaube dir. Da Alex es mir nicht freiwillig aushändigen wird, brauche ich dich.«

»Was? Nein! Alex hat es doch auch nicht!«
Plötzlich erinnerte sie sich an Eugenes Worte: *Alex ist in Calahonda kein Unbekannter.* Jener sehr blonde junge Mann, den Eugene erwähnt hatte, war Rex gewesen. Er hatte sich mit Helena im *Mesón* unterhalten, was erklären würde, woher er wusste, dass Alex ihr Freund war.

Und sie erinnerte sich auch an das merkwürdige Gefühl, beobachtet zu werden, das sie manchmal gehabt hatte. Zunächst hatte sie ihren Bruder dahinter vermutet, ihm nicht geglaubt, als er gesagt hatte, er hätte keine Spitzel auf sie angesetzt. Mit einem Mal wurde ihr klar, dass Rex sie beobachtet und sie mit Alex gesehen hatte. Daher kannte er also Alex! Und wenn er jemanden dazu bekommen konnte, sie zu retten, dann ihn.

Auf einmal wünschte sie sich, das Mädchen würde recht behalten, als sie vorhin gesagt hatte, dass Lilli niemand zurückhaben wollte. Doch sie wusste, dass Alex sie zurückhaben wollte, er würde für sie sein Leben riskieren.

Das durfte Rex nicht tun, Alex da hineinziehen! Musste sie jetzt doch den Hausmeister verraten? Wenn sie Rex ihren Verdacht verriet, würde er ihr womöglich nicht glauben. Unter diesen Umständen würde es so aussehen, als wolle sie Alex um jeden Preis heraushalten. Es war aussichtslos.

Benommen, fast flehentlich wiederholte sie: »Alex hat das Buch nicht.«

Für einen kurzen Moment verdunkelte sich sein Blick, dann fauchte er:

»Dann muss er es eben besorgen.« Wieder zuckte er mit den Schultern und betrachtete Lilli geistesabwesend. »Ich kann nicht oft genug beteuern, dass ich niemandem wehtun möchte. Noch nicht einmal Alex. Weiß er überhaupt über deine Familie Bescheid? Zu dumm, dass sich manchmal die Geschichte wiederholt. Wie auch immer, wenn ich das Buch nicht bald bekomme, wird es Tote geben. Es ist bedauerlich, dass ich diesen Weg gehen muss. Man lässt mir keine Wahl. Man hat mir von Anfang an keine Wahl gelassen, Lilli. Jeder denkt, er kann mich hintergehen, mich bestehlen!«

Zu ihrem Entsetzen erkannte sie, dass sein Gesicht traurig wurde und er mit einem Mal sehr menschlich aussah. Auf einen menschlichen Rex war sie nicht gefasst.

»Hast du deshalb einfach so Tausende Menschenleben aufs Spiel gesetzt?«, fragte sie sarkastisch.

»Es sind nicht Tausende von Menschen gestorben.« Nach einer Pause fügte er hinzu: »Um die sechs tut es mir leid.«

Sie hatte tatsächlich das Gefühl, dass er es ernst meinte. Doch sie mahnte sich zur Vernunft. Sie wollte nicht die andere Seite der Medaille sehen. Sie wollte nicht nachdenken müssen, weshalb er so war, wie er war. Sie wollte wütend sein.

»Du hast das Beben verursacht, mit dem Wissen, dass dabei halb Spanien im Meer hätte versinken können. Das war dein Plan, Rex. Dass es nicht so funktioniert hat, war pures Glück. Du willst es wieder tun. Diesmal wird es viele Tote geben.«

»Da hast du wohl recht. Was das Glück angeht, meine ich. Und nein, ich will es kein zweites Mal versuchen. Bevor ich dich besucht habe, bekam ich die erfreuliche Nachricht. Ich habe, was ich brauche. Es fehlt nur noch eins. Das Buch. Und ich werde auch das noch bekommen.«

Moment. Er hatte bekommen, was er wollte? Was hatte Alex neulich gemeint, nachdem er vom Leuchtturm zurückgekehrt war? Dass Rex erneut vorhatte, zu sprengen, weil er an diese Diamanten kommen wollte? Eiskalt durchfuhr es Lilli bei dem Gedanken, dass Alex und somit auch Seraphim und die anderen sich auf die völlig falsche Spur konzentrierten.

»Was meinst du, du hast bekommen, was du wolltest? Hast du die Diamanten?« Es war ihr herausgerutscht.

Rex betrachtete sie neugierig. »Du scheinst ja ganz gut informiert zu sein. Hat dir Alex alles verraten? Über unsere Welt, und was er und ich sind, über meine Pläne offensichtlich auch? Nicht sehr klug, der Junge. Hat den Eid gebrochen. Ich habe euch zusammen gesehen. Zwischen euch ist das Band, nicht zu übersehen. Aus dieser Art von Liebe heraus macht man schon mal eine Dummheit. Hab ich auch einst gemacht. Hab Emily geliebt und war dumm genug zu glauben, dass mein Bruder fair spielt. Ich vertraute ihm alles an. Aber Seraphim war in dieser Sache unfair.«

»Seraphim?«, rief Lilli. Das wird ja immer verrückter! Was hatte Seraphim mit ihrer Tante zu tun?

»Er hat mir Emily weggenommen, hat ihre Gefühle durcheinandergebracht, bis er sie soweit hatte, dass sie glaubte, ihn zu lieben. Dabei war ich es, in den sie sich von Anfang an verliebt hatte. Das Dunkle, Gefährliche reizte sie mehr als das Rechtschaffene. War ein Wildfang, deine Tante. Nicht so brav, wie sie Seraphim gern gehabt hätte. Er hat es nicht ertragen. Er hat sie mir weggenommen.

Und jetzt«, Rex seufzte, »will er mir wieder etwas stehlen.«

»Das Buch.«

»Das Buch?«, fragte er gedehnt. »Du denkst, mein Bruder hat es wieder? Interessanter Gedanke. Ich meinte aber etwas anderes. Kannst du dir vorstellen, dass dein eigener Bruder sich weigert, dir das zu geben, was dich am Leben halten würde?«

Rex schob die Ärmel seines Shirts hoch und deutete auf die roten Flecken auf seinen Armen.

»Ich sterbe, Lilli. Es ist die Krankheit, die uns Gescheiterte früher oder später umbringt. Ich hätte eine Chance, die mein Bruder mir aber verweigert. Ich hätte eine Chance, etwas gut zu machen. Für das, was ich getan habe, einzustehen und zu büßen. Ich wollte nie böse sein. Verrückt und wild, ja. Ein Krieger und Auserwählter. Aber nie böse. Seit 10 Jahren verfluche ich diese Verwandlung, die mich zum Monster gemacht hat. Wenn ich eine Chance bekäme, weiter zu leben, würde ich alles tun, um gut zu bleiben.«

Seit wann hatte das Gespräch eine sachliche, fast schon freundschaftliche Wendung genommen?, fragte sich Lilli, als sie merkte, wie eindringlich Rex sie ansah.

Plötzlich hatte er etwas Verwundbares an sich, das sie aus dem Konzept brachte. Sie verstand jetzt, was Alex meinte, als er ihr Rex beschrieben hatte. Er hatte in der Tat eine besondere Anziehungskraft, er war gefährlich, manipulativ, vielleicht genau das, was ihrer Tante gefallen hatte.

Nach seinen Worten schwankte sie. Deutete Rex an, dass sein Bruder ihn retten könnte, es aber nicht wollte? Das war völlig verrückt! Wenn das stimmte, war Seraphim nicht der Gute, wie sie bisher angenommen hatte. Wenn er Rex retten könnte und es nicht tat, trug er indirekt Schuld an dessen Machenschaften. Am Tod dieser sechs Menschen ...

Lilli schüttelte sich, sie wusste nicht, was sie noch glauben sollte. Konnte es sein, dass Rex übel mitgespielt wurde und er nur deshalb so ist, weil er keine andere Wahl hatte?

Es gab immer eine andere Wahl.

Oder?

Ihm war ihr Zögern nicht entgangen. Er fragte: »Worüber denkst du nach?«

Lilli schnaubte. »Ich hoffe, sie kriegen dich, bevor du noch mehr Unheil anrichten kannst.« Sie hielt erschrocken über ihren eigenen Mut inne. Doch er schien über ihre Worte amüsiert, schaute sie von oben herab an und grinste.

Ihre Wut kehrte zurück. Sie hatte einen Moment vergessen, dass sie mit einem Mörder sprach. Dem Mörder von Emily!

»Du siehst so siegessicher aus. Dabei bist du mit einem Fuß bereits im Grab!«, zischte sie.

»Die Wut steht dir gut. Du siehst Emily wirklich ausgesprochen ähnlich. Sie konnte sich auch so hübsch aufregen. Allerdings«, fügte er fast bedauernd hinzu, »bist du anders als Emily. Du hast nicht ihre Neigung zur dunklen Seite. Ich habe dich ein wenig studiert. Du bist durch und durch brav.«

Lilli funkelte ihn an. Wie sie vermutet hatte. Er hatte sie beobachtet.

»Sehr originell«, brummte sie und verschränkte die Arme vor der Brust.

»Stimmt, war nicht gerade einfallsreich. Bald werde ich unsterblich sein und die Ewigkeit auf meiner Seite haben, um in solchen Dingen mehr Erfahrung zu sammeln. Euch Menschen scheint die Fantasie nie auszugehen.«

Er kicherte. Jetzt sah er wie ein Halbwüchsiger aus, der sich über einen gelungenen Streich freute.

Nur noch fester drückte sie ihre Arme an die Brust. Mörder, er ist ein Mörder, rief sie sich zur Besinnung.

Immer noch betrachtete er sie mit einem forschenden Blick, in dem sich nicht nur Neugierde spiegelte, sondern auch das, was Lilli den *boyzblink* nannte. Wenn sie ein Junge auf eine Weise ansah, wie man ein Mädchen anschaut, das einem gefällt.

»Vielleicht fange ich bei dir an.« Er starrte sie weiter ungeniert an.

Sie wurde rot. »Ich bin mir sicher, deine Freundin hätte was dagegen«, sagte sie angewidert und drehte sich weg, um seinen dreisten Blicken auszuweichen. Sie hörte ihn leise lachen und bekam eine Gänsehaut.

Als sie sich wieder umdrehte, war sie allein.

Ein Junge tauchte aus dem Wasser auf, schwang sich auf die schwimmende Tribüne und lief keuchend zu Alex nach oben. Er stellte sich vor ihn und nahm ihm die Sicht auf den Platz, wo die letzten Minuten des Endspiels liefen. Wasser tropfte von seinem dürren Körper und sammelte sich in einer Lache zu seinen Füßen.

Verärgert schob Alex ihn beiseite, doch eine Geste des Jungen ließ ihn aufschauen.

Alex erkannte Greg. Der Junge, der sie in der Nacht der Kristallverwandlung geweckt und ihnen ihre Schwimmanzüge gebracht hatte.

Greg fummelte an seinem wasserdichten Beutel herum, fand, was er suchte und überreichte ihm wortlos ein zusammengefaltetes Blatt Papier. Dann war er wieder weg.

Seraphim, der neben Alex stand, war vom Spielgeschehen gefesselt und hatte die kleine Szene nicht bemerkt. Thalassa 3 spielte im Finale gegen Thalassa 1 und die letzte Minute des Turniers entschied über den Gewinner. Die Chancen standen noch gut, dass ihre Mannschaft den Sieg holte.

Alex riss sich vom Spiel los und faltete das Papier auseinander:
»Alex Valden,
bring mir das Buch, wenn du Lilli lebend zurück haben willst.
Morgen Abend, bei Sonnenuntergang, findest du dich an
diesen Koordinaten ein: 36°41'32.5"N 3°22'54.8"W!«
Die Zahlen verschwammen vor seinen Augen. Wilde Panik überkam ihn und er musste kräftig blinzeln, bevor er weiterlesen konnte:
»Komm allein, sonst findet keine Übergabe statt. Wenn ich auch
nur einen von den anderen im Umkreis von 10 Meilen finde,
ist Lilli tot.
Du kommst mit dem Buch an Bord. Ich weiß, dass du im Wasser
unsichtbar werden kannst. Doch für solche Spielchen bin ich nicht
in Stimmung. Keine Tricks und keine weiteren Komplizen.
Rex«

Alex starrte auf die Zeilen, unfähig, sich zu rühren. Wie ein Geistesgestörter registrierte er, dass die Schrift fein säuberlich und schön, beinahe kunstvoll war.

Die Zuschauer brüllten und feuerten die Mannschaften in ihren letzten Spielsekunden an, doch Alex lauschte nur seinem eigenen rasenden Herzschlag. Mit steifen Fingern faltete er den Brief zusammen.

»Alex!«

Eine bekannte Stimme.

»Wir haben gewonnen, *yesssss!*«

Seraphim umarmte ihn stürmisch. Dann ließ er ihn wieder los.

»Was ist?« Die Freude wich schlagartig aus seinem Gesicht. Er rüttelte Alex. »Was hast du?«

Alex schloss die Augen und reichte Seraphim den Brief.

»Sie haben Lilli«, sagte Alex mit tonloser Stimme. Seine Augen wanderten zum Himmel empor, er blinzelte das Feuchte darin weg.

»Rex hat meine Lilli.«

Seraphim überflog die Zeilen. Dann ließ er seine Hand sinken, als hätte er alle Zeit der Welt für diese Geste.

Und mit einem Mal ging alles sehr schnell. »Los, komm!«, befahl er Alex. Während er seine Hose abstreifte, zog er Marc, der neben ihm stand, am Arm und flüsterte ihm etwas ins Ohr. Dann rannte er los.

Alex erwachte aus seiner Starre und folgte Seraphims Beispiel, obwohl er nicht verstand, was dieser vorhatte. Aus dem Augenwinkel sah er noch, wie Marc Stella packte und mit ihr in die entgegengesetzte Richtung eilte.

»Wir schwimmen nach Thalassa 3 zurück«, rief ihm Seraphim über die Schulter zu.

Alex stolperte, fing sich noch rechtzeitig, indem er sich auf eine Zuschauerin stützte und hastete weiter. Seraphim war am Kopf der Tribüne angekommen.

»Was ist das für ein Buch, das er will? Und wieso schwimmen, was ist mit deiner Yacht?«

»Zu langsam, wenn wir schwimmen, sind wir schneller dort. Marc und Stella bringen die Yacht heim. Das Buch – es ist die Übersetzung des Amphiblions.«

Im nächsten Augenblick packte er Alex am Arm und riss ihn im Sprung in die dunkle Wasserwand mit, die sich pulsierend hinter der Tribüne auftürmte.

32.
Brennendes Wasser

Die Zeit stand still.

Aus dem Abgrund des Meeres tauchte er hoch, sah den Kiel der Yacht über ihm und schwamm hin.

Unruhig leckten die Wellen am Rumpf, die Ankerkette klirrte leise. Er glitt in den zitternden Schein der Lichter, hielt inne und wurde eins mit dem Meer. Seine Hand, die nach der Ankerkette griff, war nur noch Erinnerung. Er schwang mit den Wellen, Wasser wogte im Wasser. Es war, als gebe es ihn nicht.

Rex verlangte aber, dass er auftauchte und sich ihm zeigte, weil er allein dort oben wie die Dinge dieser Welt war: sichtbar. Der Mörder aus der Tiefe fürchtete sich vor seiner Gabe, dachte er mit einem Anflug von Genugtuung. Er wollte ihn sehen, um ihn zu töten.

Gut, er sollte es bekommen. Er wurde in die Welt die Menschen geschickt und war heute Nacht bereit, für eins ihrer Mädchen zu sterben. Sein Mädchen. Mit einem Mal war die Erinnerung da: ihr wunderschönes Lächeln, das ihm jedes Mal den Atem raubte, ihr warmer Duft, der ihn an den Spätsommer erinnerte, und ihre Augen, deren Sog ihn wie eine klare Tiefenströmung zu sich zog.

Plötzliche Wut. Heiß und tödlich sickerte sie durch seine Adern und füllte jeden Zentimeter von ihm aus. Die Vernunft schwand und er wurde zum Kampf getrieben. Er könnte dabei sterben, doch das war unwichtig. Um seine Liebe kämpfte er, nicht um sein Leben. Denn er hatte dem nur eins entgegenzuhalten: die Entschlossenheit, alles aufs Spiel zu setzen, um sie zu retten.

Er erzitterte, die Anspannung erfasste seinen ganzen Körper und einen Herzschlag lang zögerte er doch. Dann gab er sich einen Ruck. Geräuschlos und flink zog er sich an der Ankerkette hoch, schnellte durchs Wasser und durchdrang die Oberfläche. Er roch den Wind und sah seine Hand, wie sie die Reling packte.

Rex sollte es bekommen, dachte Alex grimmig, während er geduckt an Deck an der Bugreling entlang eilte. Es läuft aber nach unserem Plan, du Mistkerl!

Er war hier, um sein Geschenk abzugeben. Allerdings nicht jenes, das Rex erwartete. Wie Seraphim es angeordnet hatte, hinterließ er überall Päckchen mit Sprengstoff. Gut versteckt unter Seilen, einer losen Deckplanke oder hinter den Winschen.

Niemand störte ihn, während er hochkonzentriert arbeitete. Sein feines Gehör registrierte von der Kajüte unter Deck einzelne Stimmen. Die abendliche Brise trug auch Lillis Geruch zu ihm und er wurde abgelenkt. Bei dem Gedanken, dass er ihr ganz nahe war, biss er die Zähne zusammen. Nur mit Mühe widerstand er dem Impuls, sie sofort zu befreien. Doch allein würde er gegen Rex und seine Leute nicht ankommen. Er musste vorgehen, wie mit seinem Mentor abgesprochen.

Auf dem Rückweg von der Secret Lagoon hatte sich Seraphim einen Plan ausgedacht, während Alex mit gedankenleerem Kopf und letzter Kraft versucht hatte, mit Seraphims Schwimmtempo mitzuhalten. Da erst hatte er begriffen, was Seraphim gemeint hatte, sie würden schwimmend schneller ankommen.

Auf Thalassa 3 hatte er alles zusammengetragen, was er auf die Schnelle auftreiben konnte und sie hatten sich sofort auf den Weg zu den Koordinaten gemacht, die Rex aufgeschrieben hatte. Das Buch hatten sie nicht dabei.

Ihr Plan war simpel, aber gleichzeitig auch kompliziert, dachte Alex, als er ein weiteres Päckchen hinter einer Holzkiste versteckte. Sein Gelingen hing von Seraphims Mutmaßungen und von einem guten Timing ab. Sie mussten sich darauf verlassen, dass Rex so handeln würde, wie Seraphim es vorhergesagt hatte. Und das war, nüchtern betrachtet, verrückt.

»Die Drecksarbeit macht Rex nie selbst. Er wird jemanden aus seiner Mannschaft mit Lilli losschicken«, hatte Seraphim zerknirscht gesagt. »Er wird auf seiner Yacht bleiben und warten.«

Deine Worte mögen sich bewahrheiten, Seraphim, dachte Alex und legte ein Sprengstoffpäckchen in eine große Kiste mit Seilen. Wenn nicht würden die Sprengladungen, die er gerade an Deck platzierte, nicht nur Rex in die Luft jagen, sondern auch Lilli. Darüber wollte er aber nicht nachdenken. Es musste klappen, sonst würde er Seraphim eigenhändig umbringen, Diamantkörper hin oder her!

Wenn es nach ihm gegangen wäre, hätte er gekämpft, wenn nötig mit bloßen Händen. Doch Seraphim hatte auf seinem Plan bestanden. Der war zwar etwas primitiv, aber wirksam, wenn man eine Yacht samt Kapitän loswerden wollte.

Marc und Stella waren nach Spielende auf die Yacht in der Secret Lagoon zurückgekehrt und hatten von dort mit der modernen Satellitentechnik an Bord eine Suche gestartet. Dabei war ihnen Marcs Faible für Computer und Technik von großem Nutzen gewesen. Marc hatte Rex bald gefunden. Seine Koordinaten hatten Alex und Seraphim auf Thalassa 3 erreicht, als sie völlig erschöpft vom stundenlangen Schwimmmarathon dort angekommen waren.

Zum Ausruhen war keine Zeit mehr geblieben. Alex war mit Seraphim in dessen Motorboot sofort losgefahren. Während er sich auf die Yacht von Rex schleichen sollte, wollte sein Mentor im Boot warten. Nur wenn etwas schiefginge, würde Seraphim eingreifen. Als Reserve, falls Alex es nicht schaffen sollte.

Die Sonne war schon tief gestanden, die Zeit der Übergabe war nähergerückt und Alex blieb weniger als eine halbe Stunde Zeit, um den Sprengstoff zu platzieren.

Irgendwann in diesen völlig unwirklichen letzten Stunden hatte Alex Seraphim gefragt:

»Ist das Buch jenes, das dir gestohlen wurde?«

»So ist es. *Las historias y metamorfosis de los anthrophibios*, die altspanische Übersetzung unseres Buchs mit den geheimen Lehren. Es scheint wieder aufgetaucht zu sein und Rex hat davon erfahren.«

»Wieso denkt er, ich hätte es?«

»Vielleicht ist es bei irgendjemandem in deinem näheren Umfeld gesehen worden. Oder er denkt, ich habe es. Mit Lilli als Druckmittel will er dich dazu bringen, es mir zu entwenden.«

Als Alex gefragt hatte, weshalb sie ihm das Buch nicht brachten, hatte ihn Seraphim erstaunt angesehen.

»Wir geben ihm das Buch, Lilli ist frei und alles ist wieder, wie es war. Und selbst wenn er unsterblich wird, können wir immer noch mit ihm kämpfen.«

»Alex, wie naiv du sein kannst, wenn es um Lilli geht!«, hatte Seraphim gerufen. »Rex wird sie nicht freilassen. Das verspreche ich dir. Er wird sie töten. Abgesehen davon: Wie sollten wir das Buch auf die Schnelle auftreiben? Es bleiben uns nur noch wenige Stunden bis zum Übergabetermin und ich habe keine Ahnung, wo es ist.«

Alex war zusammengezuckt und hatte nur genickt. Seitdem war er stumm den Anweisungen Seraphims gefolgt.

Ja, er war naiv, aber er konnte an nichts anderes denken als an Lilli.

Das letzte Päckchen fand unter einem Haufen schmutziger Lappen seinen Platz und Alex verharrte keine Sekunde länger. Er lief geduckt zum Anker zurück, kletterte lautlos über die Reling und ließ sich flink an der Kette herabgleiten.

Als er das Wasser erreichte, wurde er augenblicklich unsichtbar.

Sie wurde unsanft geschüttelt. Lilli sah sich erschrocken um, sie war eingeschlafen. Durch die Kajütenfenster sickerte rötliches Licht. Konnte es erst die Morgendämmerung sein? Ihr Zeitgefühl sagte ihr aber, dass sie lange geschlafen hatte.

Ein Glück, dass ihre Eltern heute Abend noch in Sevilla waren. Sie würden sich Sorgen machen, wenn sie nicht heimkam. Was würden sie tun? Sie suchen, sogar die Polizei benachrichtigten? Oder auch ... Seraphim?

Sie könnte Rex damit beunruhigen. Womöglich ließ er von seinem Plan ab. Na klar, und den Klabautermann gibt es wirklich, Lilli! So dringend, wie er das Buch wollte, würde er sie nicht gehen lassen.

Als sie sich auf ihrer Pritsche umdrehte, stellte sie verwundert fest, dass nicht Rex sie gerüttelt hatte. Das Mädchen, das bei ihrer Ankunft in der Kajüte am Tisch gesessen hatte, sah sie von oben herab an.

»Los, wir gehen hinauf«, sagte sie mit frostiger Stimme.

Es scheint ansteckend zu sein, dachte Lilli bitter und erinnerte sich, was Alex ihr über Danya erzählt hatte.

»Bist du Danya?« Lilli erhob sich.

Statt einer Antwort packte sie das Mädchen am Unterarm und schubste sie zur Leiter.

»Was geht dich das an?«, hörte sie das Mädchen in ihrem Rücken sagen, während sie nach oben ging. Damit war das Gespräch fürs Erste beendet. Aber irgendwie war diese Antwort wie ein »Ja«.

An Deck hatte Lilli die Gelegenheit, die Fremde aus der Nähe zu betrachten. Sie war schön. Ihre sonnengebräunten, schlanken Beine in den Jeansshorts zogen alle Blicke auf sich und das ärmellose rote Top schmiegte sich eng an ihren Körper. Es ließ erkennen, dass sie durchtrainiert war. Sie trug ihre Haare kurz und stufig geschnitten, wodurch ihr schmales Gesicht filigran wirkte. Lilli bemerkte, dass sie einige Zentimeter größer war.

Das Mädchen musterte Lilli ebenfalls. Aus ihren dunkelbraunen Augen blitzte die Kälte wie Spots aus einer Winterlandschaft.

Das Böse hat wohl selbst hinter den schönsten Augen das gleiche Gesicht, dachte Lilli.

Rex trat zu ihnen. Er sah Lilli nachdenklich an, dann wandte er sich an das Mädchen. Sie schaute grimmig zu Rex auf. Irgendetwas schien ihr gegen den Strich zu gehen. Lilli beobachtete die beiden, die sich für Sekunden mit Blicken duellierten. Rex löste sich als Erster aus dem stummen Kampf und sagte unbeeindruckt:

»Du wartest eine Stunde nach Sonnenuntergang. Nicht länger. Wenn Alex nicht auftaucht, weißt du, was du tun musst. Und, Danya, ich will sie lebend. Sieh mich nicht so an. Vertrau mir, es ist besser so. Sie wird uns noch nützlich sein.«

Das Mädchen war also Danya. Und die wollte sie tot sehen, Rex aber nicht. Ein andere Gedanke ging Lilli durch den Kopf: Wenn das der Sonnenuntergang war, wie konnte es sein, dass sie den ganzen Tag geschlafen hatte? Hatte sie geschlafen?

Doch Danyas scharfer Ton unterbrach ihre Grübeleien.

»Wie du meinst«, presste sie hinter zusammengebissenen Zähnen hervor, den Blick auf Lilli gerichtet. »Du kennst meine Ansicht dazu. Aber ...«, sie drehte sich zu Rex um, »du bist der Boss.«

Rex zischte: »Genug jetzt. Lebend, verstanden?«

Danya nickte steif. Sie deutete Richtung backbord.

Lilli beugte sich über die Reling und entdeckte im Schein einer Lampe dort das Boot vertäut, in dem Rex sie hergebracht hatte.

»Los!«, rief Danya ihr zu und schob sie vor sich her. Lilli erhaschte noch einen Blick auf Rex. Auf seinem Gesicht stand ein süffisantes Grinsen.

Sie wartete an die Reling gelehnt. Danya machte das Boot klar und Lilli staunte über die Kraft, die in deren zierlichen Armen steckte.

Dieselbe wackelige Strickleiter brachte sie nach unten ins Boot. Sie warf einen letzten Blick zur Yacht und erkannte Rex' Umrisse im Gegenlicht der Deckbeleuchtung. Er stand reglos da und fixierte sie.

Danya machte sich am Steuerpult zu schaffen, dann heulte der Motor auf. Sie steuerte den westlichen Horizont an, als wollte sie der untergegangenen Sonne hinterherfahren. Ein dünner Streifen Glutrot trennte den Himmel vom Meer, ein Zeichen, dass der Sonnenuntergang Minuten zurücklag. Danya schaute sich kein einziges Mal um. Sie stand am Steuerrad, breitbeinig, um nicht das Gleichgewicht zu verlieren, während sie das Boot über das dunkle Wasser jagte.

Als die Explosion den Abend zerriss, waren sie keine fünf Minuten gefahren. Danya ließ das Steuerrad los und wirbelte herum. Das Boot geriet ins Straucheln und fuhr ein paar Sekunden gefährliche Schlangenlinien, die Lilli zu Boden zwangen. Danya griff ans Steuerrad, drosselte den Motor und wendete.

Als sich Lilli aufsetzte, sah sie das Feuer. Die Yacht brannte lichterloh. Als würde das Meer verbrennen, dachte sie bestürzt. Eine erneute Explosion zerriss die Nacht. Sie vergrub ihr Gesicht in der Armbeuge. Vier oder fünf weitere Detonationen folgten.

Danya starrte mit weit aufgerissenen Augen zur brennenden Yacht. Im Widerschein des meterhohen Feuers schimmerte ihr Gesicht kupfern und in ihren Augen loderten die Flammen wie in zwei Miniaturspiegeln. Sie war das zu Stein gewordene Entsetzen, der Mund zu einem stummen Schrei geöffnet.

»Was ... Rex, nein!« Plötzlich schaute sie Lilli an, als hätte diese die Yacht persönlich in die Luft gejagt.

Lilli erstarrte.

Es war vorbei. Sie würde sterben. Es gab keine Übergabe, es gab keinen Rex mehr, der sie lebend haben wollte, es war vorbei.

Danya trat langsam auf Lilli zu, darauf bedacht, nicht das Gleichgewicht zu verlieren. Ihr Gesicht war wutverzerrt.

»Was habt ihr getan!«, schrie sie und schlug Lilli ins Gesicht. Danyas Faust traf sie wenig später in der Magengrube und zerquetschte ihr das Zwerchfell. Sie schnappte nach Luft wie ein Fisch an Land. Sie krümmte sich. Danya riss sie an den Haaren wieder hoch. Ehe sie es sich versah, wurde sie gepackt. Der Boden unter ihren Füßen war weg.

Danya ging mit ihr über Bord.

Die Kälte des Wassers trieb ihr die Luft in die Lungen, schon wurde sie unter Wasser gezogen und schloss instinktiv den Mund. Sie versuchte, zurück zur Oberfläche zu schwimmen, sich aus der Umklammerung freizumachen. Doch Hände wie tonnenschwere Stahlgewichte drückten sie an den Schultern tiefer und tiefer.

Das Salzwasser brannte in ihren Augen, sie hielt sie dennoch offen. Danyas Augen leuchteten silbern, Pupillen wie dünne Schlitze. Unheimlich, unmenschlich, wild. Als sie ihren Mund öffnete, blitzten spitze Zähne auf. Was hatte sie vor?

Lilli riss sich kurz los, wollte davonschwimmen, wurde jedoch festgehalten. Im nächsten Augenblick durchzuckte sie ein stechender Schmerz. Danya hatte ihr die Zähne in den Nacken geschlagen. Einmal und noch einmal.

Unwillkürlich dachte Lilli an Alex' Worte.

Der erste Biss ist zunächst schmerzhaft, an der Stelle, wo meine Zähne die Haut durchbohren ... Dann kommt das Gift. Du spürst den schrecklichen Schmerz im ganzen Körper, während es durch deine Adern fließt. Der zweite Biss lähmt dich. Die nächsten Bisse pumpen so viel Gift in dich hinein, dass die Lähmung auch deine vitalen Organe erfasst. Dein Herz hört auf zu schlagen, deine Lungen kollabieren ...

Das Feuer schien das Meer entzündet zu haben. Wie glühende Lava wogten die Wellen über ihr. Doch in ihr brannte ein anderes Feuer, wurde stärker und stärker. Sie bäumte sich auf, schrie und es schallte laut in ihren Ohren wider. Jede einzelne Zelle ihres Körpers tat weh. Sie verbrannte – mitten im eisigen Ozean.

Einen letzten Blick warf sie auf Danya. In deren Gesicht stand noch immer der unmenschliche Hass, eingefroren wie in einem schaurigen Gemälde. Dann schloss Lilli die Augen.

Es war wie ein schwereloser Fall. Es könnte ein schöner Traum vom Schweben sein, dachte sie. Wenn da nicht die Kälte wäre, sehr real und schmerzhaft. Das Feuer in ihr erlosch.

Sie sank tiefer und stellte verwundert fest, dass sie keine Angst verspürte. Nur Frost, der bis in ihr Innerstes kroch und sie lähmte. Sie konnte sich nicht mehr bewegen. Sie versuchte es auch nicht; an die Oberfläche wollte sie nicht wieder zurückkehren. Es gab nichts mehr zu tun. Rex war tot. Alex würde nach Thalassa 3 gehen, für immer. Sie wäre allein.

Sie ließ sich in die eisige Umarmung des Meeres sinken. Stellte sich vor, im Wasser zu atmen wie Alex. Als würde sie hierher gehören, in seine Welt. Für einen Moment bildete sie sich ein, ihre Gier nach Luft hätte nachgelassen.

Alex, wo bist du nur?
Es war still.
Es war vorbei.

Die letzten Luftbläschen lösten sich von ihren Lippen und verschwanden im unendlichen Meer.

Sein Bild erschien vor ihrem Auge und löste sich gleich wieder auf. Nein, dachte sie erleichtert, es gab keinen Film ihres Lebens. Nur ein einsames Bild, das allen Raum einnahm. Alex. An dieses Bild wollte sie sich festhalten.

Sie spürte, wie ihr Herzschlag langsamer wurde, der Atemhunger riss schmerzhaft an ihren Lungen. Sie durfte nicht nachgeben. Sie durfte nicht! Warum, wusste sie nicht. Wieso eigentlich nicht? Spielte es eine Rolle? Ertrinken, ersticken, durch Gift – was machte es für einen Unterschied? Niemand würde ihren Körper finden, niemand sie begraben. Sie sank auf den Grund des Meeres. Der Atemreflex würde einsetzten, so oder so. Doch etwas hinderte sie, dem natürlichen Impuls nachzugeben. Und so hielt sie ihm mit letzter Kraft stand.

Leben, atmen. Als ob je ein Ertrinkender dem Impuls widerstehen konnte, zu atmen. Sie erstickte mitten im Meer, wie eigenartig. Ertrinken wäre richtig! So war das in ihrer Welt, bei den Menschen. Er dagegen war nicht von ihrer Welt, er war stark, flink, hatte scharfe Sinne und Fähigkeiten, die über die menschliche Vorstellungskraft gingen. All das verkörperte Alex. Und bald wird er unsterblich sein. Für den Bruchteil einer Sekunde zweifelte sie erneut, dass es dieses Wesen gab, schließlich war er eine Legende. Selbst für seine eigene Art. Doch dann erinnerte sie sich so intensiv an sein Gesicht, an seine Nähe, seine Küsse und Berührungen, dass ihre Zweifel im Nu verschwanden. Diese Gewissheit wärmte sie, trug sie furchtlos dem Ende entgegen. Sie war bereit.

Ich liebe dich. Auch wenn es mich nur für die Dauer eines Augenaufschlags in deiner unendlichen Existenz gegeben hatte: Du liebst mich auch. Und das reicht mir.

Die Worte ihrer Granily hallten in ihr wider: *Ich wurde so sehr geliebt, dass es bis zum Schluss reichen wird. Das Glück hat nicht jeder.*

Sie hatte es, an ihrem Ende. Selbst jetzt spürte sie seine Liebe, spürte sie seine Nähe, als wollte er sie halten. Sie hörte seine tiefe, sinnliche Stimme, als würde er ihr zärtliche Worte ins Ohr raunen. Worte, wie nur er sie sagen konnte. Sie schmeckte das Salz seiner Lippen, als würde er sie küssen. Sie roch seinen Duft. Meeresbrise und Bernstein.

War er gekommen?

Sosehr sie ein letztes Mal die Augen aufschlagen und in sein wunderschönes Antlitz schauen wollte, sie konnte nicht. Tief in ihrem Inneren bäumte sich der schmerzhafte Wunsch auf, zu leben. Doch die Lähmung erfasste allmählich die inneren Organe.

Ihr Herz pochte immer leiser in ihren Ohren. Ein fernes Echo des Lebens, das nun zum Stillstand kam. Das Gift hatte es erreicht.

Poch ... Poch ... Poch ... *Ist mein Herz der Raum meiner Seele?*

Poch ... Poch ... *Wer bin ich gewesen?*

Poch ... *Wo gehe ich hin?*

Stille ... *Was ist jenseits vom Leben?*

Aus Furcht vor der endgültigen Stille einatmen, schreien. Eisiges Wasser überschwemmte ihre Lungen. Das Gurgeln verstummte.

Sie wurde eins mit der Dunkelheit.

Die Druckwelle der ersten Explosion streifte ihn und er hörte auf zu schwimmen. Es war zu früh! Lilli konnte noch nicht von Bord gegangen sein. Entsetzen überkam Alex. Nein! Was hatte Seraphim getan? Es war zu früh!

Eine weitere Druckwelle. Und noch eine. Er war bereits weit weg von Rex' Yacht und spürte sie wie Wasserhände, die ihn wegstießen, ohne ihm etwas anzuhaben.

Er ließ sich nach oben treiben und verdrängte den grausamen Gedanken, der ihm plötzlich kam. Es konnte nicht sein, dass Seraphim Lillis Tod in Kauf nahm, um Rex zu töten! Ebenso wenig wie es sein konnte, dass er Rex nie hatte retten wollen, obwohl er es hätte tun können. Ihm die Diamantverwandlung ermöglichen, damit er seine Krankheit besiegte. Nein, Seraphim war zu dieser Grausamkeit nicht in der Lage. Es war Seraphim, Herrgott! Und er war kein kaltblütiger Mörder. Er würde helfen, selbst seinem kriminellen Bruder. Er würde ihn erst retten, um ihn dann seiner gerechten Strafe zuzuführen!

Wieso aber trösteten ihn diese Gedanken nicht?

Weil Lilli jetzt vielleicht dank Seraphims idiotischem Plan tot war?

Er blickte um sich, erkannte aber nur dunkles Wasser. Nicht lange fackeln. War es nicht das, was sein Mentor an ihm schätzte? Aber was sollte er jetzt tun? Wohin sollte er schwimmen? Der Plan war anders gewesen. Seraphim hätte auf ihn warten sollen.

Er war auf halbem Weg zurück, vor ihm lag die dunkle See. Dort wartete Seraphims Boot auf ihn. Hinter ihm lag die Yacht. Was dort war, konnte er nur ahnen. Seine Hilflosigkeit brachte ihn zur Verzweiflung.

Je höher er kam, desto deutlicher spürte er die Druckwellen der Explosionen. Sechs, sieben. Ein fernes Knistern von Flammen drang zu ihm. Und das Geräusch eines Motorbootes, etwa zwei Kilometer weit weg. Er konnte nur hoffen, dass Lilli darin saß.

Er sah die Oberfläche, die im rötlichen Schimmer der brennenden Yacht bebte. Und dann wurde es still. So still, dass er den spitzen Schrei eines Seeadlers hören konnte, der über den Wellen flog.

Eine Woge von Schmerz traf ihn mit voller Wucht. Er schnappte nach Wasser, wand sich.

Nicht sein Schmerz. Lillis Schmerz ließ ihn aufschreien. Hektisch sah sich Alex um. Wieso war sie im Wasser? Wo war sie? Er schloss die Augen und konzentrierte sich. Das Wasser trug ihre Qualen in dichten Wellen zu ihm. Er spürte, dass ihr ganzer Körper brannte. Sie verbrannte mit der Yacht! Sie war nicht rechtzeitig weggebracht worden.

Alex schrie auf. Er verbrannte mit ihr, spürte ihren Todeskampf, starb mit ihr. Doch mit einem Mal hielt er inne und horchte. Er fühlte die Botschaft des Wassers. Nein, nicht die Flammen auf der Yacht verbrannten sie, es war ein inneres Feuer, als hätte sie ... Das konnte nicht sein! Sie hatte Amphibiengift in sich. Er riss die Augen auf, drehte auf der Stelle um und tauchte tiefer.

Ein Pfiff, dann noch einer. Ein zweistimmiger Ruf. Alex konnte sie nicht sehen, doch die unverkennbaren Rufe seiner Delfinfreunde erreichten ihn. Mit einem Mal wusste er, wo er Lilli finden würde. Sie trieb einen Kilometer weiter im Meer, sie sank dem Meeresboden entgegen, unfähig zu schwimmen, gelähmt durch das Gift.

Wie besessen schwamm er in ihre Richtung, folgte den Stimmen der Delfine, ließ sich von ihrem Todeslied leiten.

Lillis Signale wurden schwächer. Er erkannte, dass ihre Schmerzen nachließen. Das Feuer in ihr erlosch und Kälte erfasste sie.

Er wurde eins mit ihr. Es war, als würde das Wasser mit jedem Atemzug ihre Gefühle in sein Inneres tragen und es wurden seine Gefühle. Sie hatte keine Angst vor dem Tod. Sie war sogar glücklich. Bevor er darüber nachdenken konnte, wurde er abgelenkt. Das Gift erreichte in diesem Moment ihr Herz. Entsetzen packte ihn, trieb ihn noch mehr an.

Endlich sah er sie. Wie ein seidener Fächer schwebte ihr offenes Haar im Wasser. Die beiden Tümmler zogen in einer Kette von Luftblasen enge Kreise um ihren schwerelosen Körper und verhinderten, dass sie tiefer sank.

Als er sie erreichte, hatte ihr Herz gerade aufgehört zu schlagen. Alex umschlang sie und schwamm mit ihr in seinen Armen zur Oberfläche, rechts und links die Delfine.

Ihre Köpfe durchdrangen gleichzeitig die Oberfläche. Lillis Kopf hing schlaff auf ihren Schultern.

Alex presste Luft in ihre Lungen, einmal, zweimal.

»Atme, Lilli! Bitte, atme!«

Er rüttelte sie und drückte sie wieder fest an sich, in der Hoffnung, das Wasser aus ihren Lungen herauszupressen.

»Nein, nicht! Lilli, bitte!«

Wieder beatmete er sie. Nichts tat sich, kein Puls, keine Atmung. Die Delfine steckten ihre Köpfe zusammen und vollführten geschmeidige Drehungen. Sie klapperten und pfiffen dabei, als wollten sie ihm sagen, er solle die Hoffnung nicht aufgeben. Dann tauchten sie ab.

Aus dem Augenwinkel registrierte Alex die Umrisse eines Motorbootes, das herrenlos auf den seichten Wellen trieb. Mit der letzten Kraft der Verzweiflung schwamm er dorthin. Er sah noch etwas anderes unweit des Bootes. Im ersten Moment hatte er gehofft, Seraphim wäre gekommen, doch es war Danya. Sie schaute zu ihm hinüber, aus silbern schimmernden Augen, die spitzen Zähne gebleckt. Und dann tauchte auch sie ab.

Alex erreichte das Boot und brachte Lillis leblosen Körper an Deck. Er begann mit der Herzmassage. Leerte endlich ihre Lungen und pumpte Luft hinein, redete auf sie ein, bis ihm die Tränen kamen.

»Lilli, du wirst schon wieder, ich weiß es. Aber atme jetzt! Bitte.«

Er musste an Land, er musste sie ins Krankenhaus bringen, Ärzte mussten ihr helfen. Menschen. Oder die Heilerin auf Thalassa 3. Aber das Land war weit weg, Thalassa 3 noch weiter. Und niemand überlebte das Gift eines Wasseramphibions.

Alex gab Lilli noch einmal Luft. Dann stand er auf und ging schwankend zum Steuerpult. Er startete den Motor und jagte das Boot über eine stille See Richtung Festland. Er hatte das Gefühl, als würde sich das Boot durch schweren Schlamm schleppen.

Es waren lange Minuten, im lähmenden Gefühl der Sinnlosigkeit seines Versuchs, sie zu retten. Sie war tot. Er hatte gespürt, wie sie gestorben war, er war mit ihr gestorben, hatte ihren letzten Herzschlag gehört. Er konnte nichts mehr tun.

In der Finsternis seines Bewusstseins machte er ein Geräusch aus, ein anderes Boot. Er schaute sich aus einem Reflex heraus um. Seraphims Boot folgte ihm.

Und dann kam endlich Land in Sicht, die Bergkette. Alex steuerte Calahonda an. Als er das Ufer erreichte, stoppte er den Motor und, betäubt vom Schmerz, vertäute er das Boot.

Er ließ sich neben Lilli sinken, zog sie in seine Arme. Ihr Körper war kalt und er verfluchte sich, dass er ihr keine Wärme spenden konnte, er war selbst kalt wie die Nacht geworden.

Das Boot schaukelte, als Seraphim an Bord sprang. Er bückte sich und betrachtete mit ausdrucksloser Miene Lillis leblose Gestalt.

Wut stieg in Alex hoch. »Du hast sie getötet!«

Er ließ Lilli los und packte Seraphim. Seraphim wollte einen Schritt zurückweichen, rutsche aus und fiel rücklings hin.

Alex stürzte sich heulend auf ihn, seine Zähne spitz, bereit zum Biss. Doch Seraphim hatte sich flink zur Seite gerollt und war

Alex ausgewichen. Er griff ihn von hinten und hielt ihn wie in einer stählernen Klammer fest.

»Lass mich los! Du wolltest sie gar nicht retten! Du hast es in Kauf genommen, dass sie mit draufgeht, stimmt's? Du wolltest niemanden retten! Weder Lilli noch Rex. Du bist nicht besser als dein Bruder!«

Seraphim hielt ihn immer noch umklammert. Seltsamerweise beruhigte sich Alex, hörte auf, sich zu winden. Müdigkeit erlahmte ihn. Sie sanken gemeinsam auf die Heckbank. Sein Zorn war zu einem dumpfen Bohren in der Brust geworden, das langsam nachließ.

Seraphim hielt Alex weiter umschlungen. »Schhh.« Er wiegte ihn wie ein verletztes Kind. Als Alex zu schluchzen begann, ließ er ihn nicht los.

»Ich hätte nie gezündet, wenn ich nicht sicher gewesen wäre, dass Lilli nichts passiert. Sie war nicht mehr an Bord, als die Yacht explodiert ist. In einem Punkt habe ich mich allerdings verkalkuliert. Rex hat Danya mit ihr fortgeschickt, nicht seine Männer. Danya muss Lilli gebissen haben, als sie die Explosionen gesehen hat.«

»Danya?«

»Ja. Und ich hätte meinen Bruder gerettet, wäre ich der Überzeugung gewesen, dass da noch etwas zu retten gewesen wäre. Doch er war schon zu lange böse, es gab nichts Gutes mehr in Rex, das man hätte retten können. Nichts, Alex! Seine letzte Tat beweist es. Nach Lillis Entführung war ich mir sicherer denn je, dass er durch und durch dem Bösen verfallen war. Er hätte sie getötet und deshalb mussten wir ihn töten.«

Alex schaute mit geröteten Augen in Seraphims Gesicht. Er glaubte ihm.

Leere wich der Verzweiflung. Nichts war mehr wichtig. Lilli war gestorben. Er hatte keine Kraft mehr, sank zu Boden.

»Hör doch, ihr Herz schlägt«, sagte Seraphim nach einer Ewigkeit.

Alex richtete sich auf und schaute ihn erstaunt an.

»Sie lebt.«

Nur ganz langsam drangen die Geräusche in sein betäubtes Bewusstsein. Lillis Herz, wie aus weiter Ferne. Zart klopfte es und es hörte sich an, als lägen zwischen ihm und ihr Millionen Tonnen Meerwasser. Er stand auf, beugte sich zu ihr hinunter und legte das Ohr auf ihre Brust. Ja, da war er, ein leiser Herzschlag. Ihr Brustkorb hob und senkte sich kaum merkbar.

»Sie ist ein Landamphibion, schon vergessen? Sie ist die Fünfte der fünften Tochter!« Seraphim lächelte Alex an. Erleichterung spiegelte sich in seinen Zügen. Und die Gewissheit, dass seine Vermutungen stimmten.

»Das Gift hat sie nicht getötet, sie ist etwas Besonderes, Alexander Marian Valden!«, rief er. »Trotzdem solltest du ihre Wunden im Nacken aussaugen«, fügte er nüchtern hinzu.

Alex legte den Zeigefinger auf seine Lippen und bedeutete Seraphim still zu sein. Er horchte. »Sie schläft.«

Seraphim schüttelte den Kopf. »Sie ist bewusstlos und sehr geschwächt. Sie ist unterkühlt und sollte schleunigst in ein Bett. Sie muss Sauerstoff bekommen und etwas zu essen, wenn sie wieder zu sich kommt. Und saug endlich die Bisswunden aus!«

Alex blickte zu Seraphim hoch und nickte. Behutsam hob er Lilli in seine Arme, strich ihr Haar aus dem Nacken und legte seine Lippen auf ihre Haut. Er schmeckte Salz und einen Rest Blut. Plötzlich erwachte die Gier wieder. Schwindel überkam ihn, ein Taumel aus Lust und Grauen. Ihr Blut auf seiner Zunge, ihr unvergleichlich süßer, köstlicher Geschmack.

Doch dann schmeckte er das Gift und die Bestie in ihm verstummte.

»Lass uns an Land gehen«, sagte Seraphim, als Alex von Lilli abließ. Alex glaubte, Bewunderung in Seraphims Gesicht zu sehen. Erst jetzt wurde ihm bewusst, dass sein Mentor ihn beobachtet hatte. Und dass er es geschafft hatte, ihrem Blut zu widerstehen.

Er hob Lilli in seine Arme und sie verließen gemeinsam das Boot. Über den Steg liefen sie ans Ufer.

Im Bergtunnel tauchte aus dem Nichts Eugene auf und versperrte ihnen den Weg. Beide blieben abrupt stehen.

»Wo war sie? Was ist geschehen?« Eugene keuchte und kam näher. Panik spiegelte sich auf seinem blassen Gesicht.

Fauchend entblößte Alex seine Zähne, während er einen Schritt zurücktrat. Sein Kiefer spannte sich an.

»Sie ist nur knapp dem Tod entkommen. Rex hat sie entführt, wir haben ihn ausgelöscht.« Das war Seraphims Stimme, beruhigend und leise.

Bevor Eugene etwas sagen konnte, befahl Alex voller Hass: »Geh weg! Ich weiß nicht, was ich machen würde, hätte ich die Hände jetzt frei. Aber ich rate dir, mir schleunigst aus den Augen zu gehen.« Die Nacht war so still, dass er das Gefühl hatte, seine Stimme würde am Berg abprallen und verstärkt zurückschallen.

»Nicht so eilig, Alex.«

Wieder Seraphim. Er trat vor und stellte sich zwischen Alex und Eugene.

»Lilli ist für heute Nacht bei ihm am besten aufgehoben«, sagte er an Alex gewandt. »So kann sie nicht nach Hause. Und er kann das wieder gutmachen, was er vermasselt hat.«

Alex ließ Seraphims Worte auf sich wirken und kam zu dem Schluss, dass sie Sinn machten. Mit besorgtem Blick sah er auf Lilli in seinen Armen. Sie war noch immer bewusstlos und etwas sagte ihm, dass sie es auch noch eine Zeit lang bleiben würde. Ihre Lippen waren blau angelaufen und ihr Atem ging nur sehr oberflächlich. Sein Mentor hatte recht. Doch alles in ihm schrie »Nein!«, er konnte diesem Typen Lilli nicht einfach anvertrauen. Nicht, nachdem er sie schon einmal im Stich gelassen hatte.

Er traf eine Entscheidung.

»Wir bringen Lilli zu ihm, aber ich bleibe bei ihr.« Es war ein Kompromiss, ihr zuliebe.

»So leid es mir tut, das kann ich nicht zulassen. Ich brauche dich jetzt sofort. Ich habe Danya gesehen, wir müssen sie finden.«

»Sie ist am Boot gewesen, ja. Dann aber verschwunden.« Alex kämpfte mit sich. Auch er wollte Danya finden. Für Marc. Doch er konnte Lilli nicht aus den Augen lassen. Schon einmal hatte er sie allein gelassen und sie wäre beinahe gestorben.

»Lass uns Danya suchen und dann kannst du zu Lilli. Eugene schafft das sicher allein. Lilli ist nicht mehr in Gefahr. Jedenfalls nicht, was Rex angeht.«

An Eugene gewandt sagte Seraphim: »Bring Lilli zu dir nach Hause. Sie braucht Sauerstoff. Nimm das hier.« Damit reichte er Eugene eine Sauerstoffflasche zusammen mit einer Atemmaske. »Die hatte ich in meinem Boot.«

Nur widerwillig ließ Alex Lilli los, als Eugene sie aus seinen Armen nahm. Er beugte sich zu ihr und gab ihr einen Kuss auf die Stirn.

»Ich bin bald zurück«, flüsterte er ihr zu. »Pass wenigstens jetzt auf sie auf, Eugene, bis sie wieder zu Kräften kommt.«

Eugene nickte stumm, drehte sich um und verschwand mit Lilli auf den Armen in die Nacht.

33.
Drei Fassungen vom Ende

Etwas stimmte nicht. Ihr Herz schlug im vertrauten Rhythmus und jeder Schlag dröhnte in ihren Ohren wie das Hämmern einer Basstrommel.

Licht hinter geschlossenen Lidern. Und der keuchende Atem eines Lebewesens.

Keine Stille, keine Dunkelheit. War nach dem Leben wieder Leben?

Auch das noch! Schmerz in ihrer Brust. Sie hielt den Atem an. Erstaunlich, dachte sie, der Schmerz war weg. Kein Atem, kein Schmerz. So einfach war es.

»Lilli, verdammt. Du sollst atmen!«

Zu laut. Es war zu laut. Und wer rüttelte sie da? Sie schnappte nach Luft. Sofort war der brennende Schmerz wieder zurück. Sie war nicht am Grund des Meeres. Vielleicht war sie auf Thalassa 3. Sie wollte sehen, wo sie war, öffnete und schloss wieder die Augen. Wieso tat es so weh, zu leben?

Etwas Kaltes berührte ihre Lippen. Kühles Feucht benetzte sie, rann durch ihre brennende Mitte bis in den Magen. Etwas, das nicht schmerzte. Gierig trank sie.

Das Meerwasser musste sie durstig gemacht haben. Und mit einem Schlag erinnerte sie sich.

Sie war mit Danya im Boot. Die Übergabe stand bevor, dann überraschten sie die Explosionen, die die Yacht in Flammen setzten. Rex war tot und Danya wollte sie umbringen. Sie ertränken. Oder vergiften.

Wo war Alex?

Der Gedanke an ihn ließ sie den Schmerz vergessen, ihre Augen aufreißen. Das Licht stach, sie blinzelte und zwang sich, die Augen offen zu halten. Ein Gesicht schwebte in der Luft vor ihr.

»Alex?« Es klang dumpf, als spräche sie in eine Tasse.

»Schscht! Du hast eine Sauerstoffmaske über dem Mund.«

Es war nicht Alex.

»Wer immer Alex ist, er ist bestimmt okay. Lilli, ich weiß nicht, wie du es hinbekommen hast, doch du wirst bald auch okay sein.«

Die Stimme ihres Bruders. Sie erkannte verschwommen sein Gesicht. Ihr Blick klärte sich.

Chris sah sie aufmerksam an, lächelte besorgt.

Plötzlich hatte sie das Leben wieder. Sie richtete sich auf und schaute sich um. Ihre Augen stellten sich scharf. Der Raum kam ihr vertraut vor. Die Bücher in den Regalen, der Fernseher auf zwei Kisten, der Paravent, der den Raum teilte ... Eugenes Zimmer? Sie blinzelte, um sicherzugehen, dass sie nicht halluzinierte. Was hatte sie hier zu suchen?

»Ich nehme die Atemmaske ab. Ich glaube, du kannst jetzt wieder normal atmen.« Chris hob behutsam die durchsichtige Plastikschale von Nase und Mund und schaute sie dabei an.

Obwohl jeder Atemzug schmerzte, atmete sie selbstständig, wenn auch nur flach. Sie lag in Decken gehüllt und schwitzte. Immer noch hatte sie das Gefühl, nicht genug Luft zu bekommen.

»Zu warm«, flüsterte sie und versuchte, sich aus den Decken zu schälen.

»Du bist total unterkühlt, Lil.« Chris kam ihr zu Hilfe und entfernte Schicht um Schicht bis zur letzten Decke.

Sie fragte sich, wieso er sie nicht in ein Krankenhaus oder nach Hause gebracht hatte. Und woher Eugene ein Sauerstoffgerät hatte.

Eine Tür ging leise auf und zu. Eugene schob sich neben ihrem Bruder ans Bett. Er schaute sie aus dunkel umrandeten Augen sorgenvoll an. Dann seufzte er erleichtert auf.

»Gott, Lilli.« Seine Stimme brach und er wendete sich ab. Sie hörte erneut die Tür auf und zu gehen. Fragend blickte sie Chris an.

»Er hat sich große Sorgen gemacht. Obwohl es Quatsch ist, fühlt er sich dafür verantwortlich, dass du fast gestorben bist ...« Chris schossen die Tränen in die Augen.

Sie tastete mit steifen Fingern nach seiner Hand und tätschelte sie ungeschickt.

»Bin nicht so leicht unterzukriegen«, sagte sie heiser.

Chris lachte auf, wischte sich über die Augen und Erleichterung zeigte sich auf seinem Gesicht. »Als ich dich gesehen habe ... blaue Lippen, eiskalte Haut, wie damals.« Er stockte und biss sich auf die Unterlippe.

Die Tür ging wieder auf und zu. Essensgeruch stieg ihr in die Nase. Eugene stellte einen Teller auf den Nachttisch neben dem Bett ab. Zu ihrer eigenen Verblüffung merkte sie, dass sie Hunger hatte.

Eugene lächelte: »Tortilla. Frisch aus der Pfanne. Iss, du musst hungrig sein.«

Lillis knurrender Magen gab die Antwort. Sie lächelte zurück. »Danke.«

Chris stand auf und trat einen Schritt zurück, so dass sich Eugene an seiner Stelle auf die Bettkante setzen konnte.

Eugene reichte ihr den Teller. Als sie ihn nehmen wollte, gehorchten ihre Arme nicht. »Ich schätze, du musst mich füttern.«

Eugene brauchte keine zweite Einladung.

Er schnitt mit der Gabel ein Stück Tortilla ab und führte es an ihre Lippen. Noch nie hatte ihr das Essen so geschmeckt, und als auch der letzte Krümel vom Teller verschwunden war, ging es ihr besser.

Sie streckte sich und versuchte, ihre Arme und Beine zu beleben. Doch eine bleierne Müdigkeit überkam sie und sie kuschelte sich ins Kissen.

»Ich glaube, ich schlafe eine Runde.«

Eugene nickte und stand auf. Lilli legte ihre Hand auf seine. »Danke. Für alles.«

Er schaute sie eine Weile stumm an, dann beugte er sich zu ihr und drückte ihr einen Kuss auf die Stirn. »War mir ein Vergnügen. Eins musst du mir aber versprechen. Wenn du wieder eine nächtliche Bootstour machen willst, sag mir vorher Bescheid.« Er zwinkerte ihr zu und machte eine Kopfbewegung nach hinten, wo Chris stand.

Sie begriff.

Ihr Bruder sollte nichts von den wahren Ereignissen der Nacht wissen. Wie viel wusste Eugene eigentlich und wieso wollte er alles als Bootsunglück vertuschen? Hatte er sie an Land gebracht?

Lilli verzog das Gesicht, nickte aber. »Wie lange war ich eigentlich weg?«

»Nur ein paar Stunden. Es ist jetzt halb acht in der Früh«, antwortete Eugene mit einem Blick auf seine Uhr.

Lilli erschrak. Ihre Eltern! »Was ist mit Mom und Dad, wissen sie Bescheid? Sind sie schon zu Hause?« Sie richtete die Fragen an Chris.

»Sie waren noch nicht da, als ich weggefahren bin. Inzwischen ziemlich sicher, denn Dad hat gerade angerufen. Ich wette, auch bei dir. Ich muss mir eine Geschichte ausdenken, warum wir so früh ausgeflogen sind. Und ihn zurückrufen. Etwas sagt mir, dass ich lieber nichts von einem Bootsunglück erwähnen sollte, was?«

Lilli wurde es ganz heiß bei diesem Gedanken. Ihr Vater! Welche Lügengeschichte konnte man ihm plausibel verkaufen? Und dann war da ja noch ihre Mutter. Die Story musste wirklich gut sein! Ihre Eltern hatten Gott sei Dank nicht mitbekommen, dass Lilli in der Nacht nicht da gewesen war. Sie wollten aber am frühen Morgen aus Sevilla zurückkommen. Warum weder Lilli noch Chris zu so früher Stunde nicht zu Hause waren, war schwer zu erklären. Zumal es ein Samstag war.

Chris fischte sein Handy aus der Hosentasche und räusperte sich, bevor er die Nummer von Louis wählte.

»Weißt du, was du sagen wirst?«, fragte Lilli mit klopfendem Herzen.

Chris sah sie finster an. »Eigentlich müsstest du das machen, aber deine Stimme klingt, als hättest du die ganze Nacht auf einem Konzert gebrüllt.« Ins Handy sagte er: »Ja, Morgen, Dad. Ich weiß, ich hätte vorher anrufen sollen. Sorry. War alles in letzter Minute. Wir wollten ursprünglich heute Mittag zum Campen aufbrechen, wie ich dir vorgestern erzählt hatte. Die anderen wollten aber unbedingt in diese kleine Bucht mit der Unterwasserhöhle, um zu tauchen, allen voran Lilli. Sie war noch nie tauchen seit wir in Spanien sind.«

Er lauschte. Dann sagte er nonchalant: »Ja, sie ist mit uns gefahren. Lilli hat ja den ganzen Plan umgestellt ... Es ist eine längere Fahrt bis zu dieser Unterwasserhöhle und wir wollten so früh wie möglich ankommen. Ihr seid ja auch früh aus Sevilla aufgebrochen, weil es auf dieser Strecke immer viel Verkehr gibt.«

Wieder lauschte er, nickte. Völlig unnötig, dachte Lilli und ertappte sich dabei, wie sie selbst nickte.

»Genau! Das haben wir auch gedacht. Lieber früher losfahren, denn später werden alle ins Wochenende aufbrechen und die Straßen werden total verstopft sein. Vor allem, Richtung Malaga ... Ich dachte, sie hätte euch Bescheid gegeben. Ich kann sie nicht ans Telefon holen, sie ist gerade mit den anderen tauchen ... Ja, natürlich ist sie vorsichtig. Es ist eine kleine Höhle, Dad. Das Wasser ist nicht tief hier.« Chris' Kiefer mahlte. »Ja, ja, ich weiß. Etwa 20 Meter ... Ist klar, Dad! Hat dich Mom angesteckt? Du bist ja schlimmer als sie! Seit wann bist du denn so ängstlich, wenn's ums Tauchen geht? Lilli war schon immer super darin ... Ja, Dad, richte ich ihr aus ...« Er verdrehte genervt die Augen, während er länger zuhörte. »Du solltest Mom nichts sagen«, sagte er schließlich in konspirativem Ton. »Lass dir was einfallen. Du erfindest doch auch immer was, wenn *du* tauchen gehst.«

Lilli atmete wieder weiter, vor Anspannung hatte sie den Atem angehalten. Clever von ihm, so zu tun, als wären sie zum Tauchen gefahren. Darüber konnte ihr Vater schlecht schimpfen. Und schon gar nicht vor ihrer Mutter. Sie stellte sich vor, wie ihr Dad seinerseits eine neue Geschichte für ihre Mom erfinden würde, um sie nicht zu beunruhigen.

»Okay. Bye, Dad.«

Chris drückte auf den Aus-Knopf am Handy. »Jesus Christus! War das anstrengend!«

Bevor er etwas zu Lilli sagen konnte, zupfte Eugene ihn am Ärmel. »Sie sollte jetzt schlafen. Komm.«

Eugene war von seinem Platz im Sessel am Schreibtisch aufgestanden, wo er die ganze Zeit still gewartet hatte. »Mann, bist du ein toller Geschichtenerzähler. Da bin sogar ich vor Scham in den Boden versunken.«

Eugene verließ mit einem schiefen Lächeln das Zimmer, einen breit grienenden Chris im Schlepptau.

Dieser blieb noch einmal stehen, wurde ernst:

»Dass du eine lausige Autofahrerin bist, weiß ich. Aber in einem Boot loszufahren, ohne vorher den Treibstoff zu checken, ist wirklich dämlich.«

»Ich weiß. Kommt nie wieder vor«, sagte Lilli schuldbewusst.

Chris brummte etwas, ob es ihr galt oder Eugene, konnte sie nicht sagen. Die Tür schloss sich.

Und sie schloss die Augen. Sie würde Eugene später fragen, was er ihrem Bruder für eine Geschichte erzählt hatte. Weggefahren zum Tauchen – wirklich gut! Bootsfahrt ohne Treibstoff – auch nicht schlecht.

Zwischen Wachzustand und Wegdösen ging ihr ein Gedanke durch den bleischweren Kopf: Dass sie noch lebte, war nicht normal. Sie konnte länger als ein gewöhnlicher Mensch unter Wasser bleiben.

Ihre Hand wanderte zum Nacken hoch. Sie ertastete die Kerben, wo Danyas Zähne sich in ihre Haut gebohrt hatten. Es tat noch weh, doch die Bisswunden verheilten schnell. Auch das hatte sie überlebt. Das Gift eines Wasseramphibions.

Sie fiel in einen traumlosen Schlaf, aus dem sie bald wieder erwachte. Sie fühlte sich erstaunlich gut. Probeweise bewegte sie ihre Hände und Füße und stellte fest, dass alles einwandfrei funktionierte. Erleichtert warf sie die Decke von sich und stand auf. Okay, das war dann doch noch zu früh, sie musste sich wieder setzen. Als Eugenes Zimmer aufhörte zu schaukeln, schaute sie sich nach einer Uhr um. Neben dem Bett auf dem Nachttisch entdeckte sie eine gerahmte Fotografie.

Sie betrachtete sie aufmerksam. Der endgültige Beweis, dass Amanda die Wahrheit gesagt hatte, als sie im Chat geschrieben hatte, Eugene sei ihr Sohn. Die Zwillinge waren in der Mitte des Bildes, wobei Lilli nicht sagen konnte, wer von ihnen Eugene und wer James war. Rechts und links die Eltern. Amanda war unverkennbar. Und plötzlich begriff Lilli, was ihr damals in der Bibliothek so vertraut in ihrem Gesicht erschienen war. Eugene sah ihr sehr ähnlich.

Lilli stellte die Fotografie zurück und stand behutsam auf. Diesmal wurde ihr nicht wieder schwindlig. Sie ging auf die Suche nach Eugene und fand ihn mit seinem Onkel in der kleinen Küche.

»Hallo«, brachte sie mühsam hervor.

»Ah, da ist die junge Dame, die einen über den Durst getrunken hat!«, rief Eugenes Onkel und grinste sie an. »Ich bin Barry.« Mit diesen Worten stand er auf und reichte ihr die Hand. Mit der anderen schob er ihr den Stuhl hin, auf dem er gesessen hatte.

Lilli nahm seine Hand und sagte mit einem verwirrten Blick zu Eugene: »Freut mich, Barry. Lilli.« Sie setzte sich.

Eugene klärte sie auf: »Ich habe meinem Onkel erzählt, wie betrunken du letzte Nacht warst und dass ich dich in diesem Zustand nicht nach Hause radeln lassen konnte.«

Hörte sie einen Tadel in seiner Stimme?

»Du konntest ja kaum mehr laufen. Deshalb habe ich angeboten, dass du hier übernachten kannst.« Er sprach tatsächlich im Tonfall eines verärgerten Vaters.

»Oh. Okay. Ich hoffe, ich habe nichts Dummes angestellt. Ich kann mich an nichts erinnern.«

Lilli schaute schuldbewusst zu Barry hoch, der sich an ihrer Stuhllehne abstützte. Sie fand den Mann sympathisch. Vor allem fand sie es sehr angenehm, dass *er* ihr keine Standpauke hielt. Denn seine wäre im Gegensatz zu Eugenes Show echt gewesen.

Und noch sympathischer wurde er, als er ihr grinsend ein Glas Wasser mit Aspirin reichte. Sie nickte dankend und verzog das Gesicht, als hätte sie einen fürchterlichen Kater. Barry tätschelte ihr verständnisvoll die Schulter. Lilli lief rot an. Allerdings aus anderen Gründen, als Eugenes Onkel vermutlich dachte. Gott, war das alles verrückt! Variante zwei also handelte von der betrunkenen Lilli.

Barry sagte im Türrahmen: »Lass den Tag langsam angehen. Glaub mir, ein wenig Ruhe wirkt Wunder. Ich rede aus langjähriger Erfahrung. Der Liebeskummer ist ein guter Schwimmer, er ertrinkt nicht in Alkohol.« Er winkte ihnen zu und war verschwunden.

Eugene kicherte, als Lilli ihn anfunkelte.

»So, betrunken?«

»Will ich mal erleben, wenn du volljährig wirst. Bist du dann lustig drauf, was meinst du?«

»Ich weiß nicht«, fauchte sie.

»Wie geht es dir?«, fragte Eugene wieder ernst geworden.

»Bin okay. Im Hals fühlt es sich noch etwas kratzig an. Was hast du eigentlich meinem Bruder erzählt?«

»Ich habe Chris gesagt, dass du auf die verrückte Idee gekommen bist, eine Mondscheinbootsfahrt zu unternehmen. Allerdings allein. Und ohne die Genehmigung deines Dads.«

Lilli sah ihn mit großen Augen an, während er weiter berichtete.

»Auf dem Rückweg war dir der Treibstoff ausgegangen und zu allem Übel war ein starker Wind aufgekommen, der dich aus dem Boot geschleudert hat. Mit letzten Kräften bist du an Land geschwommen, wo du dann zusammengebrochen bist. Leute aus der Tapasbar, die noch am Ufer gesessen hatten, haben dich aus dem Wasser getragen und mich aus der Bar geholt. Ich war im *Mesón*, weil ich mir noch spät einen Film angesehen habe. Zum Glück waren die Leute zu betrunken, um Fragen zu stellen. Allerdings habe ich das Ende des Films verpasst.«

Lilli schüttelte den Kopf über so viel Einfallsreichtum. »Hat Chris es echt geschluckt?«

Eugene antwortete ungehalten: »Hat er. Ich selbst habe es fast geglaubt.«

Variante drei also eine vermasselte Bootstour. Bei Mondschein! Trotz der verzwickten Situation, war es zu komisch, wie alles weitergesponnen wurde, um es aus der jeweiligen Perspektive logisch zu gestalten. Wobei Variante eins ihres Beinahe-Endes, die Tauchen-Gehen-Variante, doch ihre liebste blieb.

Es war in der Silvesternacht. Lilli und Alex standen vor dem *Mesón del Mar* und hielten sich umschlungen. Der Strand wimmelte von fröhlichen Menschen in den verrücktesten Verkleidungen.

Lilli hatte ein rotes Flamencokleid an, das sie sich auf Marias Anraten gekauft hatte. Maria und ihr Zwillingsbruder Toni gaben viel auf die Traditionen ihrer Heimat und sie hatten nicht nur sie überredet, sich nach altem Brauch zu verkleiden, sondern auch Chris.

Maria hatte Lilli zum Shoppen nach Granada mitgeschleppt.

»Keine Widerrede! Du gehst mit! Wenn dich dein Alex in einem Flamencokleid sieht, wird er dir unsterblich verfallen.«

Lilli hatte aufgelacht. *Unsterblich* traf es auf den Punkt.

Irgendwo in der Menge waren sie alle. Eugene hatte Toni, Maria, Chris und sie später ins *Mesón* eingeladen. Bis auf Lilli hatten alle begeistert zugestimmt. Sie hatte sich herausgeredet, bereits mit ihrer Freundin Nina für eine Silvesterparty verabredet zu sein.

In Wahrheit war Nina mit ihrer Familie über Silvester nach Granada gefahren und sie hatte die *Lil Majestic* hergerichtet, um mit Alex dorthin zu gehen. Sie war noch nicht bereit, ihn ihren Freunden und ihrem Bruder vorzustellen. Außerdem wollte sie lieber mit ihm allein sein.

»Du siehst sehr schön in diesem Kleid aus«, sagte Alex und strich über ihren Rücken.

»Danke. Du bist aber auch sehr schick.«

Er sah wirklich atemberaubend gut aus in seinem weißen Hemd und den schwarzen Hosen mit dem roten Seidengürtel um die schlanken Hüften. Selbst der schwarze Hut, den er dazu trug, stand ihm, obwohl er beim Küssen störte.

»Du würdest einen ausgesprochen hübschen Flamencotänzer abgeben.«

»Einen Flamencofisch sozusagen.«

Lilli gluckste. Wobei sie beim Thema »Fisch« wären, das sie in den letzten sechs Wochen unter anderem beschäftigt hatte.

»Alex, bin ich eine von euch?« Sie traute sich erst nach dieser langen Zeit, danach zu fragen.

Er spielte mit einer Haarsträhne und seufzte, als hätte er mit der Frage gerechnet.

»Nein. Ich weiß, du wünschst es dir. Dass du länger als ein Mensch unter Wasser sein kannst, macht aus dir aber noch kein Fischlein.« Er fuhr ihr wehmütig lächelnd mit dem Handrücken über die Wange, als bereue er es selbst, dass es so war. »Du bist ein wunderschönes Menschenmädchen.«

Lilli war trotz seiner liebkosenden Worte enttäuscht. Sie ließ nicht locker:

»Ich weiß, ich habe keine Kiemen und so weiter. Du musst aber zugeben, dass es nicht normal ist, was mit mir geschehen ist. Und es war nicht das erste Mal. Als ich ein Kind war und Rex versucht hat, mich in die Tiefe zu ziehen, war es genauso. Na ja, bis auf das Gift.«

Sie sah ihn ernst an. Sie hatte ihm die Geschichte erzählt, dass Rex sie damals töten wollte.

»Ich gebe zu, dass es seltsam ist. Das und dass du das Gift überlebt hast.«

Lilli nickte beflissen. »Genau. Und dass Rex mich gefragt hat, ob du über meine Familie Bescheid weißt«, ergänzte sie. »Weißt du denn etwas über meine Familie?«

Alex schüttelte den Kopf. »Wenn du unbedingt willst, versuche ich herauszufinden, was all das zu bedeuten hat.« Plötzlich grinste er.

»Was ist?« Lilli löste sich aus seiner Umarmung.

»Da draußen ist Seraphim mit seiner Yacht.« Er deutete aufs Meer.

Sie suchte die dunkle Fläche ab, konnte jedoch nichts erkennen.

»Und auf der *Lady* sind mit Sicherheit auch Marc und Stella. Sie wollten sich das Feuerwerk anschauen. Ich soll dich übrigens von Seraphim grüßen.«

Lilli legte den Kopf schief und sah ihn vorwurfsvoll an. »Herzlichen Dank. Du lenkst nicht etwa vom Thema ab? Du weißt schon, die seltsamen Dinge, die mit mir geschehen und so weiter?«

Alex blickte immer noch in die Ferne. »Ich sagte doch, ich versuche, es herauszufinden.«

»Versprochen?«

»Ja, ich verspreche es. Ich weiß zwar nicht, wo ich anfangen soll, aber ich denke darüber nach.« Er wendete sich vom Wasser ab.

Mehr wollte sie für den Moment nicht. Glücklich lächelte sie Alex an.

Erneut strich er über ihre Wange, zeichnete die Linie ihres Gesichts nach und kraulte sie im Nacken. Dabei berührte er die Narben und sein Gesicht verfinsterte sich. Mit bekümmerter Miene schaute er ihr in die Augen.

Sie ahnte, dass er nicht sie sah, sondern das, was vor sechs Wochen geschehen war, als er sie in jener Nacht im Meer treibend gefunden hatte. Sie hatte es sich nicht eingebildet, er war da gewesen. Er und auch die beiden Delfine. Er hatte ihre Signale im Wasser empfangen und sie gefunden. Bewusstlos und unterkühlt, die Lungen voller Meerwasser, das Blut voller Gift.

Sie erkannte jetzt in seinen Augen auch noch einen Rest jener schrecklichen Wut, die sie damals das erste Mal bei ihm gesehen hatte. Noch nie war er so aufgebracht gewesen wie in den Tagen nach ihrer Rettung. Bei jeder Gelegenheit hatte er über Eugene geschimpft. Er hätte während Alex' Abwesenheit auf sie aufpassen sollen. Doch in dieser Nacht war es Rex gelungen, Eugene auszutricksen. Er hatte zu spät gemerkt, dass sie weg war.

Woher Alex Eugene kannte, und warum er ihn überhaupt eingespannt hatte, war Lilli bis heute nicht klar, doch es schien ihr inzwischen nicht mehr wichtig. Zumal Alex bei diesem Thema rot sah. Selbst auf ihre Frage, was mit Danya geschehen war, ob Seraphim und er sie gefunden hatten, reagierte er aggressiv. Nein, sie hatten sie in jener Nacht nicht finden können. Sie sei verschwunden, so seine knappe Antwort. Lilli hatte das Thema lieber nicht wieder angesprochen.

Vielmehr musste sie endlich herausbekommen, was Eugenes Mutter Amanda im Chat damals ihr gegenüber angedeutet hatte. Eugenes Geheimnis. Ja, sie musste sich unbedingt mit ihm über seine Mutter unterhalten und weshalb er verschwiegen hatte, dass er spanische Wurzeln hatte. In diesen Wochen hatte sie noch keine Gelegenheit gehabt, allein mit ihm zu reden. Jene Nacht war das große Thema gewesen.

Schade, dass sie die vierte Variante nach Tauchengehen, Betrunkensein und Bootsunfall – die Geschichte ihres Vaters für ihre Mutter – nie erfahren würde. Ihre Mutter hatte seitdem nie wieder etwas zu ihrer kleinen Tauchexpedition gesagt. Und Lilli würde den Teufel tun, sie jemals darauf anzusprechen.

Jener geschichtenreiche Morgen in Eugenes Zimmer war in weiter Ferne gerückt und Lilli vergaß allmählich, was sie wirklich erlebt hatte. Sie war so glücklich, Alex täglich um sich zu haben, dass alles andere nebensächlich wurde.

Nicht so für Alex. Sie gab ihm einen Kuss auf den kummervoll zusammengepressten Mund. Viel wussten sie noch nicht voneinander, dachte sie wehmütig. Zum Beispiel, wie es jetzt weitergehen sollte, da seine Aufgabe an Land erledigt war. Rex war keine Bedrohung mehr. Und Alex würde wieder nach Thalassa 3 zurückkehren ...

Sie hatte noch so viele Fragen, sie wollte noch so viele Stunden bei ihm sein, seiner Stimme lauschen, seine Nähe einatmen, jeden Winkel seiner Seele erforschen.

Sie blickte auf die Wellen, die durch den Tunnel im Berg schwappten und stellte sich vor, wie er eines Tages wieder ins Meer zurückkehren würde.

Ein Chor von Stimmen riss sie aus ihren schwermütigen Grübeleien. Sie zählten die letzten Sekunden des alten Jahres.

»Fünf, vier, drei, zwei, eins!«
Der erste Glockenschlag der Kirche ertönte.
Lilli nahm die Weintrauben aus ihrer Tasche. Auch das ein Tipp Marias. Wie es der Brauch verlangte, sollte auf jedem Kirchuhrschlag eine Traube gegessen und ein Wunsch gedacht werden.
Lilli und Alex schoben sich die Trauben gegenseitig in den Mund. Sie mussten lachen, ihre Backen waren dick gepolstert mit Weintrauben.
Als der zwölfte Glockenschlag verklang, brachen alle in Jubelschreie aus. Überall umarmten und küssten sich die Menschen.
Beim Anblick des Bergs durchzuckte Lilli der schreckliche Gedanke, dass es diese Menschen und diesen Ort nicht mehr geben würde, wäre Rex' teuflischer Plan gelungen.
Der nächtliche Himmel explodierte unter buntem Feuerwerk und das Meer wurde bis weit nach draußen zu einem Webteppich aus farbenfrohen Glitzerfäden.
Eine vom Wasser aufs Land ziehende kühle Brise trug den herben Geruch von Seetang zu ihnen und wehte Lillis knöchellanges Kleid auf.
Alex drückte sie an sich. »Und, hast du dir zwölf Wünsche ausgedacht?«
Sie nickte. »Und du?«
Seine Augen schillerten warm. Aller Sturm war verschwunden und nur Sehnsucht flackerte in ihnen. »Ich habe mir zwölfmal das Gleiche gewünscht. So geht es sicher in Erfüllung.«
Ihre Knie wurden weich, als er sie mit diesen Gewitterwolkenaugen ansah und ihr die betörenden Worte zuflüsterte. Irgendetwas sagte ihr, dass das im neuen Jahr auch so bleiben würde.
Glücklich schmiegte sie sich an ihn, spürte seinen Herzschlag unter ihrer Wange wie ein Echo ihres eigenen Herzens, seine Nähe wie eine uralte Vertrautheit, heilsam und tröstend.
»Frohes neues Jahr, meine Lilie!«, flüsterte er. Sein Atem streifte ihre Halsbeuge und die weiche Schwingung seiner Stimme an ihrem Ohr hüllte sie zärtlich ein.
Gänsehaut.
»Frohes neues Jahr, mein Delfin.«
Er nahm ihre Hände, streifte das Innere der Handgelenke mit seinen Lippen.

Die Berührung jagte ihr einen süßen Schauer über die Arme. Seine Augen ließen von ihr nicht ab, während er sich zu ihr beugte.

Als er sie leidenschaftlich küsste und sie in der Glut seiner Berührung zu einem lodernden Feuer entflammte, schloss sie die Augen.

ENDE BAND 1

Hat Ihnen das Buch gefallen?
Die Autorin freut sich über Eindrücke und Anregungen.

Auf der Website
www.karla-fabry.de
finden Sie weitere Informationen.
Schauen Sie vorbei!

Made in the USA
Charleston, SC
26 September 2016